浙江大学一流基础骨干学科建设计划
资助项目

浙大中文学术丛书

吴秀明 著

重返文学的『历史现场』

吴秀明学术论文自选集

ZHEJIANG UNIVERSITY PRESS
浙江大学出版社

图书在版编目(CIP)数据

重返文学的"历史现场":吴秀明学术论文自选集/吴秀明著.
—杭州:浙江大学出版社,2018.8
ISBN 978-7-308-18409-0

Ⅰ. ①重… Ⅱ. ①吴… Ⅲ. ①文学理论—文集
Ⅳ. ①I0—53

中国版本图书馆 CIP 数据核字(2018)第 153517 号

重返文学的"历史现场"
——吴秀明学术论文自选集

吴秀明　著

责任编辑	宋旭华
责任校对	王荣鑫
封面设计	黄晓意
出版发行	浙江大学出版社
	(杭州市天目山路 148 号　邮政编码 310007)
	(网址:http://www.zjupress.com)
排　版	杭州中大图文设计有限公司
印　刷	浙江省邮电印刷股份有限公司
开　本	710mm×1000mm　1/16
印　张	34.25
字　数	582 千
版 印 次	2018 年 8 月第 1 版　2018 年 8 月第 1 次印刷
书　号	ISBN 978-7-308-18409-0
定　价	168.00 元

自 序

进入甲子之年岁后为自己编选一本"自选集",在颇多惭愧的同时引发了无限的感慨。这里将选出相对像样或尚有代表性的拙文坦呈于专家和读者们面前,既有"自我盘点"的意思,更有向大家讨教的用意,我真切地希望得到来自各方面的批评和指正。

回顾自己走过的磕磕绊绊的学术研究历程,我以为大体经历了"历史小说研究"、"文学史研究"、"文献史料研究"三个阶段,或者说是治学的"三部曲"。我是从历史小说评论起步的。20世纪80年代初,为当时涌动的历史小说大潮所感奋,我曾追踪性地作过一段时间的当代历史小说批评工作,像《李自成》、《金瓯缺》、《戊戌喋血记》、《风萧萧》、《星星草》、《九月菊》、《庚子风云》、《天国恨》、《少年天子》、《白门柳》、《曾国藩》、《雍正皇帝》等,都留下了一些带有"呐喊"性质的批评文字;稍后,出于理论总结和提升的考虑,我还撰写了不少历史文学形态理论的有关文章。"作品论"+"形态论",两方面加起来的批评和研究文章,有100篇左右,结集出版的论著有5部(这还不包括5个中国当代历史小说的选本,以及2007年出版的1部《中国当代长篇历史小说的文化阐释》的论著)。

大概是在90年代中后期吧,由于主客观方面的原因,我的治学慢慢由历史小说研究转到了当代文学史研究上来。先是根据讲义编撰出版了一部《转型时期的中国当代文学思潮》的论著,后是组织团队主编了两部当代文学史《中国当代文学史写真》(三卷本)、《当代中国文学五十年》(2009年修订扩充为《当代中国文学六十年》)。我将其称为是对自己学术的一种"回归"——我在高校主要从事当代文学教学,就自己的本职工作来说,从历史小说研究向当代文学(史)研究的"转移",不妨可看作是对自己学术工作的一种"回归"。于是,根据自己的认识和理解,我便从专业化的角度,对当代文学的生成发展、运行轨迹、创作批评、传播接受及其经验教训等作了较为全面的归纳和爬梳。当代文学至今虽只有近70年历史,尚属"未完成"的"年轻"的学科,但因为与对象贴得太近,加之体制的、人事的、世俗的等诸多因素,往往显得十分复杂,不易把握;同样一个作家作品,评价起来,彼此歧异也很大。我的工作,主要是想通过"三元一体"、"文献性"、"客观性"等思路和方法,对之作出属于自己的评判和阐释。

第三阶段,就是当代文学文献史料研究,这也是构成我近些年来治学的重心。有关这方面的研究,追溯起来,最早当推与赵卫东合撰的《应当重视当代文学的史料建设——兼谈当代文学史写作中的史料运用问题》①一文,首次对当代文学史料内容、特点及其面临的困难和问题作了初步梳理。当然,这是很粗糙也是很初步的。真正的研究开始并进入一种状态,应该是2010年国家重点项目"中国当代文学文献史料问题研究"被批准立项以后。在此期间,对当代文学史料所作的"整体系统"研究(而不是"专题"探讨),其阶段性成果,刊发于《文学评论》、《文艺研究》、《文艺理论研究》、《中国现代文学研究丛刊》等重要的学术刊物上,并于2016年在中国社会科学出版社主编出版了一部65万字的《中国当代文学史料问题研究》论著;同时,还在浙江大学出版社主编出版了两套书"中国现当代文学作品与史料选"(与陈建新合编)、"中国当代文学史料丛书"(共11卷,现已出5卷),将文学史料的有关理念延展到了选本编纂和文学教学上来。文献史料是学术研究的前提和基础,也是一个学科生存发展的"阿基米德点"。然而,当代文学却在这方面存在着历史性的欠缺,长期以来盛行并占主导地位的是"文学评论"或"以论代史"的路数,这对该学科的发展尤其是长远的发展是不利的。因此,有必要对此作带有补课性质的"战略"调整。

也许与上述经历有关吧,它不知不觉地培养了我的文史互渗的学术趣味和治学方向。不仅是文学史研究和文献史料研究,就是历史小说研究和当代作家作品研究,都自觉不自觉地融入了较多的史学元素,而不是也不愿将思维

---

① 吴秀明、赵卫东:《应当重视当代文学的史料建设——兼谈当代文学史写作中的史料运用问题》,《中国现代文学研究丛刊》2005年第5期。

停留在狭义的纯诗学的即纯审美的范畴。在这里，"历史"成了我治学的一个重要关键词和切入点，一个互动互证对话的重要内容和方法。胡适曾云："我们无论研究什么东西，就须从历史方面入手。要研究文学和哲学，就得先研究文学史和哲学史；政治亦然；研究社会制度，亦宜先研究其制度沿革史。寻出因果的关系、前后的关键，要从没有系统的文学、哲学、政治等等里边去寻出系统来。"他认为，包括文学在内的人文学研究，很重要的，就是在方法上要有"历史的眼光"。① 对此，我深表赞赏。当然，它也由之对研究者的史学素养提出了要求。而这，对于像我这样没有受过史学专业训练的当代文学学人来说，无疑是具有挑战性的，也是很有难度的——应该说，在中国大陆的高校中，整个中文一级学科，除古典文献学外，我们都没有至少没有受过专门的史学训练（含史料研治），而往往将中文系的"文学教学"变成了与历史无关的单一的纯诗学教学。

但这样说，绝不意味着理论和批评不重要，意味着要返回到曾经有过的"为史料而史料"的老路，像当年乾嘉学派的某些末流那样，死板地抱持传统史料工作的那个"说五字之义至于二三万言"的烦琐作法不放，将史料与理论、批评绝对对立起来。而恰恰在这个问题上，当下学界对其理解是有歧义的。为了表示自己对当代文学研究的整体性与整体性的当代文学研究的追慕，我曾将当代文学学者知识结构及其研究比喻为是由"史料实证"、"作品解读"与"理论思维"三者构成的一个富有意味的"正三角"（"△"）：如果说处在"正三角"尖顶的是"理论思维"，对"作品解读"与"史料实证"产生能动作用，那么居于其底线两个端点的"作品解读"与"史料实证"就相辅相成，共同支撑着"理论思维"，使之成为实事求是的言说。② 韦勒克和沃伦为了更有效地对文学作系统整体的研究，六十多年前，在他们那本极具影响力的《文学理论》中，就提出过文学理论、文学史和文学批评三者相互区别又相互包容的观点。他们认为以上三者的研究方式不能单独进行："文学理论不包括文学批评或文学史，文学批评中没有文学理论和文学史，或者文学史里欠缺文学理论与文学批评，这些都是难以想象的。显然，文学理论如果不植根于具体文学作品的研究是不可能的。

---

① 胡适：《研究国故的方法》，载《东方杂志》，收入蒋大椿：《史学探渊——中国近代史学理论文编》，吉林教育出版社 1991 年版，第 685 页。

② 具体阐述，详见本书上编《批评与史料如何互动》一文。

文学的准则、范畴和技巧都不能'凭空'产生。可是,反过来说,没有一套课题、一系列概念、一些可资参考的论点和一些抽象的概括,文学批评和文学史的编写也是无法进行的。"①他们的话,值得深思。

当代文学的历史已近七十年,从时间的长度、作品的数量、思潮的频率来说,都远超于现代文学三十年,我们不能永远停留在以前的那种陈旧的习见的观念之中,将其一股脑儿地都看作是现在进行时态的文学。在理论、批评与史料均有颇多成果和积累的情况下,将它们彼此融会贯通,更有利于形成一种整体综合的学术优势,也更能充分反映和体现当代学科的学术风貌。毫无疑问,当代文学研究当然要从传统那里寻求借鉴。在这方面,我们以前忽略了,甚至出现了不应有的中断,今后需要大大强化;但同时不能将其简单化、绝对化,毕竟当代不同于古代及现代,今天有今天的情况和问题。而且,作为人文学中最具个性、灵性和弹性的文学研究,对于美的敏锐感悟和评判,同样也是学者的一个重要的素养和能力。这可能与自己从事过文学批评的经历(主要是历史小说批评)有关,但这一切都应该置于整体性的思维理念和阐释体系中加以考察,并且要"历史化"。

十多年前,在回顾和总结自己学术道路一文中,我曾斗胆提出了"建立根据地"与"超越根据地"的主张。所谓的"建立根据地",是指在茫茫的学海中寻找安身立命的家园,并用自己的实践加以确立;而所谓的"超越根据地",则是指在找到了自己的学术位置以后,又不满足,对原有定位有所突破和超越。我认为理想的学术研究,都应该有自己的"根据地",否则,跟着感觉和时尚走(现在是跟着体制化的研究项目走),四面出击、到处布点,也许很热闹,但终因没有自己独特的东西,导致话语权的丧失。但"根据地"的建立,也有可能使你陡生一种自恋性和封闭性的思维惰性,带来意想不到的负面作用。所以,它也是有陷阱的,有必要从自己经营成熟的"根据地"进行突围。这一步如果跨出去了,而且跨得好,它就可为自己后来的研究孕育和催生一个新的飞跃,这有利于学术的提升和发展。大量事实也表明,一个有理想有抱负的学者,他是不愿将自己封闭在一个恒定的格式和秩序之中的,而总是使自己的研究处于一种

---

① 〔美〕雷·韦勒克、奥·沃伦:《文学理论》,刘象愚等译,生活·读书·新知三联书店
1984 年版,第 32 页。

动态的开放状态。如此,才能有更大的成就和作为。

在"根据地"的问题上,我当然有起码的自知之明,但就主观意愿而言,应该说,我对此还是比较注意的,至少有一定的自觉意识。不妨自夸一下,如果说历史小说研究是我建立的一个"根据地"的话,那么后来的文学史和文献史料研究,就是我对原先建立的"根据地"的"超越"和再"超越"。正是在这样的"建立"而又"超越"和"再超越"的过程中,我感到了学术探索的一种乐趣,一种富有意味的弹性和张力,同时也给自己的研究平添了某种爬坡的难度。学术研究是因人而异的复杂的精神劳动,不可强求一律。但倘作深究,这里的确有个"根据地"即定位以及如何辩证地看待定位的问题。某种意义上,这也可以说是文学研究的一个普遍规律吧。我想,理性的、睿智的态度应该是将其纳入动态的阐释体系中进行观照和把握,而不是将其视为一种恒定的、僵硬的学术活动。在这个意义上,所谓的"根据地"既是一种固守,也是一种探索,又是一种丰富,它是与"原点"的一种不断的互动和对话,是可以而且应该纳入历史脉络和进程中进行考察的。

当代文学是一体化的文学,也是朝代史或国史的文学,还是现代新型的文学。它看似没有门槛,没有任何的阅读障碍,但真正研究起来实则具有相当大的难度,涉及的方面和问题很多,也很复杂。对此,我们应该有清醒的认识,任何的夸大和无视,轻言和急躁,都是不合适的,也是不必要的。一代有一代的机遇,一代也有一代的学问。相比于古代文学和现代文学,当代文学在对典籍熟悉程度和传统文化涵养方面也许自叹不如,但在新理论掌握和新方法使用方面,却自有优势和特长。因此,在中文一级学科的大家族中,我们当然应该甘当"小弟弟",但也不必妄自菲薄,更不能因为对过度理论化、批评化的反思,就剑走偏锋地将自己推向"反理论"、"反批评"(或"去理论"、"去批评")的窄路上。

回到研究的话题上来,眼下的当务之急,我以为是在接续传统或成熟学科的学术传统,同时又充分利用现代或新的理论、批评和文献条件,将理论、批评与史料三者之间打通,逐步向学科化、专业化转换,甚至不妨将其当作一门"学问"去作,就像古代文学和现代文学一样。这也许是时代赋予我们的一个重要使命,是近些年来兴起并引起广泛关注的"历史化"的根本要义之所在。

目　录

上编　文献史料的研治与阐释

中编　文学历史的编写与反思

下编　历史文学的理论与实践

上编　文献史料的研治与阐释

学科视域下的当代文学史料
及其基本形构

中国当代文学迄今为止已有 60 余载，是"现代文学"的两倍时长，就学科来讲不算"太年轻"了。但由于诸多原因，在取得相当成就的同时仍处在"很大的不稳定性"状态，在许多问题上出现了"分裂"，甚至连基本的价值衡估都存在着很大的分歧。这种情况在其他学科是不多见的，包括与它密切关联的"现代文学"学科。①

针对上述这种状况，近年来有学者提出了"先认识后评价"的主张，认为当务之急是当代文学研究界要转变意识，"起码有部分学者从'前沿'状态抽身退却，不参与各种时论争讦，专心作当代文学史的案头工作"。② 也有学者从学科"历史化"的角度，提出"重建当代文学与现代文学、古典文学之间的历史关联"问题，认为当代文学要想成为一个像"现代文学"那样"相对成熟和高水平的学科"，就应"按照研究古典文学的方式，对之进行长时期的资料收集和积累"，走"古典文学化"的研究路径③；而在当下，尤有必要在研究思路、格局、向

---

① 当代文学的价值衡估一直是当代文学研究领域充满歧义的话题，从 2006 年德国顾彬提出所谓的中国当代文学"垃圾说"以后，学界就"如何看待当代文学问题"展开激烈的论争，期间不少学者也介入此讨论。这种情况，正如洪子诚在比较"现代文学史"与"当代文学史"研究差异时指出："对于现代文学史，经过 50 年代，尤其是 80 年代以来，在几代学人的勤奋工作中，已处在一种相对的稳定之中。而对于当代文学史来说，则可以说还是暴露在很大的不稳定性之中"，"可以看到，在近年的当代文学史研究中，视角、立场、方法上比较一致的情况下，已在发生变化，出现了'分裂'"。见洪子诚：《近年的当代文学史研究》，《郑州大学学报》2001 年第 2 期。
② 李洁非：《典型文案》写在前面，人民文学出版社 2010 年版。
③ 程光炜：《主持人语》，转引自蒋晖：《试论赵树理三十年代小说创作的主题和形式》，《文艺争鸣》2012 年第 12 期。

度和方法上进行一次带有"战略转移"性质的重要调整,即从原来比较单一的"阐释"走向"阐释"与"实证"兼具①,等等。现代文学在草创时期即具有较强的史料意识,便注意史料的搜集和保存,并取得了不俗的成就(如完整的《中国新文学大系》尤其是阿英编选的《中国新文学大系·史料·索引集》的出版),当代文学相形之下就显得滞后了,直到半个多世纪后的今天,才将它作为一个重要的基础性的命题提出。这当然是令人遗憾的。但从另外一个角度来看,这不也正表明当代文学学科已逐步进入对自我的根源性反思的阶段,它开始由不自觉走向自觉。

本文试从学科建设的角度来探究当代文学史料整理与研究,追问它在当下提出这个问题的重要性和学理依据,梳理其自身探索的发展脉络及其基本形构和主要类型特点,辨析它与思想阐释及研究主体之间的内在关联,呈现其在当代文学研究中应有地位、作用和价值,以便更好地推进当代文学学科"历史化"的进程。

一、问题的提出

首先,有必要对文学史料概念作一番界定,以使问题的探讨有个明晰的疆域。所谓文学史料,即指研究和编纂文学时所用的资料,就大的而言,主要包括目录学、校勘学、版本学等。现当代文学史料概念更宽泛,还进而将注释学、文体学、图书情报学、信息管理学等都涵盖进来,可以说是兼及古今、融会传统与现代的一种"全集息"的综合。文学史料源自历史,带有很强的客观性,但作为以往知识与信息的记录,它又带有一定的主观性甚至夹杂着虚假的信息。因此,文学史料有个考订辨伪的问题,史料进入研究视野,必须经得起历史与理性的叩问与筛选,不是所有能见到的史料都可作为探讨规律之用,也不是所有史料都具有同等价值。以往,"人们通常把史料看作是'死'东西,把史料的发掘与整理看作是一个多少有些枯燥乏味的技术性的工作,这是一个天大的

---

① 吴秀明:《史料学:当代文学研究面临的一次重要"战略转移"》,《中国现代文学研究丛刊》2012 年第 2 期。

误解。史料本身是一个个活的生命存在历史上留下的印迹"。① 因此,文学史料尽管在表现形态和方式上有古今之别,但就其本质来看,它都是人类生命一种折射,都无不包含着极其丰富的文化内涵与生命内容。那种将文学史料看成是传统学科的"专利",看成是消极的单向的工作,不仅是片面的甚至是浅薄的,它只会给文学研究带来伤害。

当然,这是今天的认识,并不意味着它已被人们照单接受。恰恰相反,在相当长的一段时期内,史料在当代文学研究领域是不被重视的,甚至在当下项目生存化、学术浮躁化、功利化的学术环境下,将其视为没有学问的"小儿科"乃至不算学术成果,不愿从事这项艰苦寂寞的工作,也不乏其人。克罗齐曾指出,"一个人重新整理一部书的可靠文本,解释已被遗忘的文字和风俗,研究一个艺术家的生活情况,完成一切工作,使艺术作品的品质与本来色调复活,他是不应受到鄙视与嘲笑的"。② 遗憾的是,这种"鄙视与嘲笑"在我们这里一直未曾中断。真正认识到这个问题的重要并开始付诸实践的,是最近一二十年的事。像徐庆全、黎之、刘锡诚、陈徒手、李辉、傅光明、洪子诚、李洁非、刘福春、程光炜、陈思和、於可训、金宏宇、谢泳等都曾在这方面作过专门探索,并给我们留下了一批成果,特别是孔范今、雷达、吴义勤和施战军主编的《中国新时期文学研究资料汇编》、张健主编的《中国当代文学编年史》等,可称是这方面的代表,也为当下和未来史料整理与研究打下了基础。另外,各级行政管理部门出于盛世修史的需要,也普遍加大了对包括当代文学在内的各种各类史料的重视和投入。就拿2010—2013年国家社科基金项目来说,被批准立项资助的就有"中国当代文学文献史料问题研究"、"当代文学史资料长编"等14项,

---

① 钱理群:《重视史料的"独立准备"》,《中国现代文学研究丛刊》2004年第3期。
② 〔意〕克罗齐:《美学原理》,朱光潜译,上海人民出版社2007年版,第172—173页。

有的还列为重点项目。① 2013 年国家社科基金重大招标项目(第二批基础类)118 项,其中史料整理与研究就有 58 项,立项率占该批项目总数近半。有意思的是,像《文学评论》这样评论或理论类的权威刊物,在 2012 年第 6 期竟打破"常规",以头版头条的位置,刊登了以引征史料为主(史料引征占全文五分之四以上)的洪子诚长文《材料和注释——1957 年中国作协党组扩大会议》。这在以前是没有的。

但尽管如此,我认为这一切对当代文学史料来说仅仅是开了个头,带有"启动"性质,实际上在成就的背后存在着不少问题,离人们的期待和学科的要求还有很大的差距。也许与"贵古贱今"观念有关,长期以来,中国文史学界如胡适批评的"仍然不能脱离古董家的习气"②,往往只注意古代史料的辑佚、整理与研究,而漠视当代史料。以致到了后来,情况愈演愈烈,"乾嘉以后,上流人才集精力于考古,以现代事迹实为不足研究。此种学风及其心理,遗传及于后辈,专喜寻扯残编,不思创垂今录"。③ 甚至将其排斥于研究的视野之外,造成了研究的封闭和僵硬,这种情形至今仍有相当的市场。君不见不少文献史料学或文献史料丛书将下限锁定至"晚清"(最多下移至 1949 年以前的"现代文学"范畴),并被视作是一条隐性的"规则"或"规范"吗?这里特别需要提及的是梁启超,他在 20 世纪初崇古之风甚烈的情况下,仍密切关注当代史料,还以太平天国、戊戌变法史料无人及时整理为忧作深刻的自我反思,对乾嘉学派学风提出了批评:"我自己便是遗传中毒的一个人,我于现代事实所知者不为

---

① 2010—2013 年国家社科基金项目(不含重大招标项目)有:"中国当代文学文献史料问题研究"(吴秀明)、"当代文学史资料长编"(程光炜)、"抗美援朝文学叙事研究及史料整理"(常彬)、"文学史视野中的中国当代文学期刊研究"(黄发有)、"穆旦诗编年汇校"(易彬)、"网络文学文献数据库建设"(欧阳友权)、"中国当代杂文编年史"(王岩森)、"袁牧之整理研究暨《袁牧之全集》编辑整理研究"(杨新宇)、"华文文学的跨语境传播研究暨史料整理"(颜敏)、"1949—2000 年英语世界中国'十七年文学'传播与接受编年史"(纪海龙)、《格萨尔》各类版本综合研究"(仁青道吉)、"西藏当代文学编年史"(1980—2010)(东主才让)、"新疆当代江格尔奇的田野调查及其档案库建设研究"(吴铁木尔巴图)、"蒙古族科尔沁叙事民歌田野调查与传承研究"。其中"中国当代文献史料问题研究"、"网络文学文献数据库建设"为重点项目。
② 《胡适文集》第 3 卷,人民文学出版社 1998 年版,第 371 页。
③ 梁启超:《清代学术概论》,中华书局 2010 年版。

少,何故总不肯记载以诒后人?吾常以此自责而终不能夺其考古之兴味,故知学风之先天的支配,甚可畏也。呜呼!此则乾嘉学派之罪也。"①他对当代史料价值的认识,以及在这方面的忧思,令人感动,已经化为我们不少同行的广泛共识。尤其是现在知识与材料愈是海量,借助于云计算、云储存技术,愈是容易获取,这对区分、筛选与处理能力提出挑战。其实,就这些数量庞大的当代文学史料而言,当代文学史料搜研面临压力是空前的。正如鲁迅所说,"中国文学史,研究起来,可真不容易,研究古的,恨材料太少,研究今的,材料又太多"。② 从史料实际情况来看,似乎是时间愈远愈清楚,愈近反而愈糊涂、叙述起来愈难。现当代文学是"目的引导型"的一种文学,它不同于"自然生长型"的古代文学,是从生活的土壤中自然而然地成长起来的,而是从五四文学革命到今天名目繁多的各种文学,都是在理论的"导引"下,往往先有理论后有创作,更多借助于外在的强力推促的结果。③ 因此,其史料不仅庞杂而且呈弥散之状,与社会政治粘连特别紧密。这自然不能不加剧了史料整理与研究的难度。

当然,在这里之所以将当代文学史料作为一个问题提出,主要还是基于当代文学研究在现有基础上如何进一步提升发展的全局性考虑,包括文学史编写,也包括学科建设。大家知道,学术研究的推进主要取决于新史料的发掘和新观念的提出,这也可以说是古今中外学术研究的基本规律。而当代文学,由于学术研究时间比较短、积累有限,特别是由于外部学术环境的影响,长期以来盛行的却是"以论带史"、"以论代史"的研究理路,推动当代文学研究的内驱力和进行学术评价的依据,主要是思想观念而不是文献史料,后者甚至被置于无关紧要的位置。这样一种研究理路在学科发展的某一特定阶段,无可非议,特别是在新时期之初整体文化思想处于十分封闭僵硬的情形下,具有历史的必然性和深刻的合理性,且的确也发挥了作为新的"思想模式"或"理论模型"的重要的"生产能力"作用。④ 但不必讳言,这种研究本身是存在问题的。第一,它用作武器的"理论模型"因来自异域,有些也许适应西方而不一定适应中

---

① 梁启超:《清代学术概论》,中华书局 2010 年版。

② 鲁迅:《魏晋风度及文章与药及酒之关系——九月间在广州夏期学术演讲会讲》,《而已集》,人民文学出版社 1973 年版,第 80 页。

③ 参见张志忠:《序言:严谨而生动的学术灵性》,《海南师范大学学报》2012 年第 2 期。

④ 参见陈平原、钱理群、黄子平:《"二十世纪中国文学"三人谈》,《读书》1985 年第 10 期。

国。第二,更为主要的是,它忽略了范式赖以存在发展的历史背景、条件与相关的知识谱系,不仅空洞轻飘而且容易走偏误读,影响了学术价值,而且催生了焦虑、浮躁与粗疏的学风。

当代文学毕竟走过 60 多年历程,已有相当的史料积累,现在是可以而且应该进行史料的发掘、整理与研究了。一方面,随着社会的嬗变和档案的开放,陆续不断有新史料的发现或披露,如白洋淀诗歌、"文革"地下文学、"五七"干校文学、校园文学、旧体诗文,以及大量的书信和日记等私人性史料,包括影响很大乃至堪称经典的《刘志丹》、《草原英雄小姊妹》、《二泉映月》的内幕史料,也包括蒋介石日记、红卫兵小报等诸多新史料或域外史料,等等。另一方面,当代文学文本不同于古代文学和现代文学文本,因作家本人健在,也因政治因素的介入,其中相当一部分都有一个不断修改的问题,有的甚至刚刚发表,马上就进行修改,它是处于一种未完成的、不确定的状态。如《青春之歌》、《山乡巨变》、《野火春风斗古城》等"红色经典"的修改,《红灯记》、《沙家浜》、《白毛女》等"样板戏"的修改,"茅盾文学奖"以"修订本"的名义获奖的两部长篇小说《沉重的翅膀》、《白鹿原》的修改等。所有这些,都应及时反映并纳入研究视野或文学史编写之中,相应的文学史书写或原有的研究,也要因这些史料的挖掘而出现或大或小的变动与调整。对此,近些年来虽陆续有所反映,但相比于实践还是很不够的。而这,恰恰是当代文学史料的重要特色,是构成其"当代性"及其特殊存在的一个具体表现。

特别需要指出,当代文学有别于古代文学的一个很大差异,就是除了"死"材料之外,还有存留在不少当事人大脑或口头的"活"材料。相较于那些已形成文字或图片并被收录进档案的"死"材料,"活"材料因没有固化,且受当事人主体条件尤其是不可抗拒自然规律的限制,加上其他各种因素,实际上处于自生自灭、随时可能湮没的紧迫状态。有位哲人就曾沉痛地感叹,"每一个老人的死去,就像是一座图书馆的遭到焚毁",这对史料来说无疑是灾难性的。王乃庄在《舒乙与〈老舍〉》一文中讲到曾三次去访问老舍亲戚和同学,而他们都不幸在近期去世,甚至将老舍遗下的一部日记当作"无用的废纸"烧掉的经历,就非常典型。① 如今,不要说老舍等老一辈作家早已作古,就是比他晚几十年

---

① 　参见王乃庄:《舒乙与〈老舍〉》,《北京日报》1986 年 9 月 19 日。

出生的右派作家也都垂垂老矣,其中不少已先后谢世,离开了我们。但正因如此,抢救这些所存不多的"活"材料工作就刻不容缓、显得格外重要。我们之所以提出当代文学史料问题,其中一个重要任务就是抢救这批危在旦夕的"活"材料,为改变当代文学史料单一固化的结构,为该学科长远的和可持续发展,提供坚实的基础支撑。

二、作为一个分支学科的探索

当代文学史料问题虽然是近些年提出来的,是当代文学研究领域一个基础性也是比较专门化的话题,但作为当代文学的一个分支学科,它的存在不仅有其深刻的必然性和合理性,而且与古代文学和现代文学史料之间具有难以切割的内在关联。某种意义上说,当代文学史料是古代文学和现代文学史料在当代的一种特殊呈现。在这里,它既有自身具有的"当代"特质,同时也蕴含着古代文学和现代文学史料共性的东西。

大家知道,中国自古就有良好的史料传统,从汉代的汉学到清代的乾嘉学派,经过历代学者的不懈努力,逐步形成了以版本、目录、考据、训诂、校勘、辨伪、辑佚为主体的一套周密精细而又行之有效的治学方法,对延续至今的学术研究产生了深远的影响。当然,传统史料毕竟是过去社会文化的产物,它在推进中国学术攀登旧有时代高峰的同时,也留下了难以掩饰的历史局限。这就决定了它在进入 20 世纪之后有一个新旧转换和调整问题。梁启超的睿智和过人之处在于领时代风骚,以雄视百代的开阔视域对此作了拓荒性的探讨。他的无所不包、贯通中西的素养,使他在历史转型的关键时刻承当了中国现代史料学先行者的角色;他的《中国近三百年学术史》《清代学术概论》《中国历史研究法》等成了这方面绕不过去的"经典";他的"关于史料是一切历史研究根据的概括,关于清代考证的五项成绩、朴学十大原则的评析,关于尊重客观事实、不能强史就我原则的强调,关于研究不能只重视史之躯干,更要关注史之神理,用史料生发学术主张的推崇,以及对史料从古至今面临五大厄运的洞察,所总结的鉴别伪书十二法等,事实上建构起了由古典文学史料学向现代文学史料学转化的基础"。① 这也是梁氏对中国学术现代化的一大贡献,它无意之中为包括本文所说的当代文学在内的所有新兴学科史料学的建设,奠定了基础,尽管他的史料研究带有新旧夹杂的特点,显得不无粗疏。梁氏之后,鲁迅、胡适、钱穆、傅斯年、陈寅恪、顾颉刚、郑振铎、闻一多、朱自清、阿英等一批现代文化先驱,接过这个话题,联系自己的实践,从各个方面继续探讨。如鲁迅"受清代学者的濡染"而又"不为清儒所囿"(蔡元培语),强调立足现实,又融怀疑、批判与创造为一体的现代史料观,胡适曾振聋发聩的"大胆的假设,小心的求证",及其基于科学主义(吸纳杜威实验主义方法的优长)、国际宏阔视域和平和豁达心态的现代文学史料观。他们这些论述虽然系统性不及梁启超,但因嵌入了五四精神,显得新颖深刻和富有质感。这在"小学"受贬而"新观念"、"新方法"盛行的当时是非常难能可贵的。

真正在这方面比较自觉,将其提到"一项宏大的系统工程"的高度来看待并身体力行的,是王瑶、唐弢、李何林等第二代学者和樊骏、严家炎、孙玉石、朱金顺、马良春、刘增杰、钱理群、吴福辉、杨义、陈平原、解志熙等第三、四代学者,他们在现代文学学科逐步独立和成熟的情境下,从事史料的发掘、整理与研究。因而,不仅带有很强的实践品格,而且还颇具本体性和体系化特征。这一点在第三代学者那里表现得尤为突出。如樊骏在全面考察的基础上提出的从思想观念、方式方法到工作体制等有关文献史料现代化和规范化的构想②,马良春从学科历史、现状与发展出发,提出的以七类史料为核心有关建立现代文学"史料学"的建议。③ 像这样全面周密,似前所未有,从中可看出乾嘉学派、马克思主义与文化批评的影响。至于从2003年开始,在清华大学、河南大学、中国现代文学馆等处召开的现代文学文献史料会议,及其提出的有关建议或达成的"共识",无疑将史料研究在整体性上又向前推进了一步。

上述种种,构成了当代文学史料研究的背景,当代文学史料这一分支学科也就是在这样的情形之下尤其是在现代文学史料的研究影响和推动下,逐步

① 刘增杰:《中国现代文学史料学》,中西书局2012年版,第48页。
② 樊骏:《这是一项宏大的系统工程——关于中国现代文学史料工作的总体考察》,《新文学史料》1989年第1、2、4期。
③ 马良春:《关于建立中国现代文学"史料学"的建议》,《中国现代文学研究丛刊》1985年第1期。

发展起来的。自然,与现代文学史料研究相比,它的羸弱滞后十分显见。这可能与当代文学学科一直处于漂泊的、不稳定的状态有关。但如果撇开这一点不讲,就当代文学史料自身"学科发生史"的角度来看,我们必须承认,它在经历了几十年坎坷与曲折之后也开始出现了某种可喜的局面。这种情况,主要集中于新世纪之后的这十余年,除上文提到的洪子诚的《材料和注释——1957年中国作协党组扩大会议》外,还有洪子诚、钱文亮的《当代文学史研究中的史料问题》,张志忠的《强化史料意识,穿越史料迷宫——关于中国现当代文学史料问题的几点思考》,谢泳的《中国当代文学史叙述中的史料拓展问题——以1951年刘盛亚〈再生记〉事件为例》,吴秀明的《史料学:当代文学研究面临的一次重要"战略转移"》,李洁非的《典型文案》,傅光明的《口述历史下的老舍之死》等一批著述。他们或立足于宏观的史论,或侧重于微观的个案分析,或两者兼而有之,撩开了原来晦暗不明甚至带有神秘面纱的当代文学史料"内幕",让我们具体切实地感受到自批俞平伯《红楼梦》研究以来日见稀缺的传统实证的治学路径,也为我们展现了有别于宏大理论的另一种研究的个性魅力。程光炜在这方面似乎很可称道,这些年来,由他领衔的学术团队在全面盘点和反思(包括观念与方法、宏观与微观)的基础上,不仅独辟蹊径地提出了"重返八十年代"的"年代学"问题,而且还孜孜于"文学期刊"、"作家年谱"的整理编纂研究,用实际行动为当代文学学科及文学史研究"历史化"作出了努力。

当代文学作为与共和国一起诞生的一个年轻学科,在相当长的一段时期,由于政治意识形态的强力支持,在发展的过程中虽有不少作家纷纷中箭落马,但这一学科被赋予的"社会主义"属性又使它不仅"优越"于古代文学而且也"优越"于现代文学,享有更高"等级"的待遇,从而使自己在疲于为意识形态奔波时,疏忘了包括史料在内的学科基础工程建设。20世纪80年代以后,当古代文学和现代文学在传承原有丰厚学术积累的基础上,相继重续传统汉学(或称朴学)一脉纷纷致力于自我知识谱系建构之时,当代文学因追踪和阐释这些令人炫目的域外(主要是西方)的各种"思想与主义",又一次丧失了史料"补课"的机会,从而使学科在"无限风光"之后不同程度地产生某种疲困状态,以至连学科和文学史编写的合法性都有人提出质疑。正是在这样的情形之下,上述出现的转向就弥足珍贵,具有特殊的意义。"我厌倦了那种流行的阐释型批评。当年读硕士时很是迷恋过一阵精神分析批评和神话原型批评,后来读博期间又痴迷于福科的权力话语学说,从现代到后现代的各派西潮理论,曾经牢牢地占据我的心灵","可惜这时我已经失去了当初追逐新潮的激情","近人梁启超在《清代学术概论》中认为,清代朴学的'轻主观而重客观,贱演绎而尊归纳'的学术精神是'治学之正轨'。这对我们时下搞文学批评的人来说是很好的鉴戒"。① 李遇春此言是很有代表性的,这也预示了当代文学学科将不可避免地产生某种结构性的变化。

当然以上这样说不免有些粗糙,甚至不够准确。其实严格地讲,当代文学研究领域出现的这种"从史料再出发"的趋向,早在90年代初就初露端倪。这其中,具有标志性的例证就是 1991 年第 2 期《当代参考资料与信息》(中国当代文学研究会主办的会刊)在"面对历史的挑战:当代中国文学史料学研究笔谈"通栏标题下,刊载的北大青年教师、博士和访问学者的一组笔谈。他们在当时"以论带史"、"以论代史"之风依然盛行的情形下,尽管对当代文学史料建设的意义及其性质与范围理解不尽一致,但为了"加强当代文学研究的科学性,推动当代文学史料的收集与整理,为当代文学史的研究与写作打下坚实的基础并提供可能的新的起点",都不约而同地将"当代文学史料学"问题作为一个"迫切需要"的问题提出,有的还参考历史学学科等相关内容,进而提出一些具体的设想。② 在此前后,还有像黎之、刘锡诚、李辉、徐庆全等一些知情人或编辑也在默默地为史料收集付出了辛劳,留下了带有原生态的史料。但限于当时的历史条件,却未能引起大家的重视:《当代参考资料与信息》的笔谈虽颇具前沿性,但该刊的栏目推出后却应者寥寥,只出了一期就终结了,没有再续说;至于史料收集,基本上是个人化行为,没有产生广泛的辐射和影响。这与上面讲的基于史料自觉而引发的带有某种"思潮"特点的研究不可同日而语。

可以这样说,在相当长一段时间里,当代文学史料与研究基本处在分离状态。真正启动并开始付诸实践的还是新世纪以后近十几年的事,也只有在学科"历史化"启动的新世纪,它才有可能真正付诸实践,出现以前所没有的带有

---

① 李遇春:《从阐释到实证》,《南方文坛》2010 年第 3 期。

② 分别是韩毓海:《文学的"重构"与"解构"——建设"当代中国文学史料学"的意义》;马相武:《传记工程:当代文学研究的基本建设》;张玞:《当代文学的历史叙述与史学的建立》;孟繁华:《当代文学的历史叙述与史学的建立》;张颐武:《当代中国文学史料学:起点与机遇》。见《当代文学研究资料与信息》1991 年第 2 期。

某种思潮特点的整体转向。科恩在《科学革命的结构》中指出：科学研究必定奉行某些传承下来的公认的范式（科恩将其称为"科学共同体"或"基本原则"），只有当旧的范式弊端充分暴露，在不断流变着的现实中不能解释有关新问题而受到挑战的时候，才有可能产生范式转换并使新确立范式有效地发挥其功能价值。① 科恩的范式转换理论，从一个角度为我们分析新世纪与此前（主要是 20 世纪八九十年代）史料工作之间关联，提供了理论特别是方法论的依据。

三、基本形构与泛政治化的几种类型

以上主要从研究者的角度对当代文学史料发展演变作了探讨，还没有触及史料本体及内在结构。其实，当代文学史料无论是作为一种独特的形态，还是作为一个相对独立的分支学科，它都具有属于自己的基本形构的东西。这个基本形构是其存在发展的基础，它主要来自以下两个方面：

首先，是对"传统恒定史料"的借鉴，如古代文学历经千年累积的目录、版本与校勘，以及现代文学在此基础上新增的报刊、出版、传播等。马良春在《关于建立中国现代文学"史料学"的建议》一文中曾将史料分为专题性研究史料、工具性史料、叙事性史料、作品史料、传记性史料、文献史料、考辨性史料七类。这些都可作为基本形构进入当代文学史料之中，成为其中不可或缺的重要组成部分，继续发挥作用。其次，是对"现实活态史料"的整合。如近一二十年来兴起并广泛使用的影像图像、声像网络、口述实录、社会调查等有关史料，它因以电子技术为载体，虽便于即时获取和现场阅读，但却不易储存。如 2006 年的"韩白之争"几乎都是通过网络博客这一媒体平台展开，但在风浪过后，韩寒博客就删去了全部相关文字，这是"纸质时代"史料所没有，也是无法想象的。所以，为建立与之相适的当代文学史料形构，有必要打破原有的框架体系，对之进行结构性的调整。当然这只是一方面，更为主要的是将其扩大至社会学、文化学、信息学、管理学、图书情报学等其他学科，并向港澳台以及域外华文学、少数民族文学、民间文学、地下文学、校园文学等拓展，以及与档案馆、图书

---

① 〔美〕托马斯·科恩：《科学革命的结构》，上海人民出版社 1981 年版。

馆、文学馆、纪念馆对接,从它们那里获取史料以丰富和充实自己。活态史料往往带有较强的不确定性与不稳定性而显得比较复杂,但无论怎样,它可以而且应该纳入当代文学史料构架之中。这也是史料由传统向现代转型时所面临的一个新的现实和新的问题,是当代文学史料有别于古代文学史料和现代文学史料的一个重要区别。

　　实践表明,当代文学史料本体或曰本体的当代文学史料,主要就由传统恒定史料与现代活态史料两部分组成,它是这两部分史料相互对峙碰撞而又互渗互融的产物。就我目前阅读范围来看,迄今有关这方面的研究大体就是按照这样的思路来搭建其史料形构。如张颐武在20世纪90年代初的一篇笔谈短文中,曾把它梳理为版本研究与整理、散失或湮没文本收集、重要事件与会议整理等8个方面。① 这也是我见到的最早且比较全面探讨当代文学史料构架的文章。吴秀明、赵卫东的《应当重视当代文学的史料建设——兼谈当代文学史写作中的史料运用问题》一文,则将其归纳为公开与未公开发表的各种文本、领导人有关讲话与发言、港台文学史料等13个方面"内容和特点"。② 它较之现代文学史料似乎更复杂,其史料构架中自然也融入了更多的政治元素。众所周知,国家政治权力对当代文学的规范,主要依靠现行制订和颁发的文艺方针政策,它自身则往往退居幕后以隐性方式存在;当这些方针政策在具体实施过程中出现了阻力或不能解决所谓的"政治思想问题"时,政治权力才由幕后走上前台出面干预,并往往由此及彼演变成一场批判运动或文艺整风。这种情形,也就自然而然地铸就了当代文学史料尤其是"前三十年"当代文学史料的泛政治化特征,并使之相应地具有"显性"与"隐性"两种存在方式。当代文学史料涉及面很广,构成的因素也很多很复杂,但毫无疑问,史料与政治的关系是我们观照把握的一个重要维度。

　　基于这样考虑,我主要就如下三种泛政治化史料类型展开探讨,看它在"一体化"语境下如何生存发展而成为当代文学史料形构的无可选择的重要基底,为构建符合"中国特色"实际的当代文学史料学,尽一分绵薄之力。目前,许多重要的史料尚未公开,有关史料整理与研究成果也比较有限,建立"当代

---

① 张颐武:《当代中国文学史料学:起点与机遇》,《当代参考资料与信息》1991年第2期。

② 吴秀明、赵卫东:《应当重视当代文学的史料建设——兼谈当代文学史写作中的史料运用问题》,《中国现代文学研究丛刊》2005年第5期。

文学史料学"的条件似乎还不具备。在此情形之下,与其泛泛地谈论当代文学史料的宏观框架或追求所谓的完整体系,还不如回到学术研究原点,从具体的枝节与细部作起更实在,也更有切实的意义。

第一,是政策导向型史料。这是国家权力意志在当代文学史料中的突出体现,它往往诉之于权威的中央文件、决议或领袖人物的讲话、报告、批示以及社论等形式,成为诸多政治运动的"思想指南"而处于史料链的最高端。如1951年思想改造运动,当时总学委颁布了由列宁、斯大林、毛泽东、刘少奇文章或讲话汇编而成的一个学习文件,指定参加者必须学习。[①] 就史料的来源来看,其中很大一部分从苏联直接引进,如苏联当时负责文艺工作的领导人日丹诺夫的《关于〈星〉和〈列宁格勒〉两杂志的报告》、联共(布)中央《关于剧场上演节目及其改进方法》、《关于改组文学艺术团体》等有关决议,都几乎同步地翻译过来。它们或编入整风文件指定必须学习,如刚才提及的1951年思想改造运动的学习文件,其中就包含了日丹诺夫的《关于〈星〉和〈列宁格勒〉两杂志的报告》、联共(布)中央《关于剧场上演节目及其改进方法》等;或直接效仿,也用"决议"作法,对文学问题作出政治裁决性质的结论,如1954年的《关于〈文艺报〉的决议》,1955年关于胡风"反革命集团问题"的决议,关于丁玲、陈企霞的"反党集团"决议,等等。而当时中央主管文艺的领导也明确表态,中国要"坚定不移"和"不能动摇"地"在文学艺术工作上学习苏联"。[②] 从某种意义上,中国当代文学政策导向型史料就是苏联四五十年代同类文学史料的"中国版",它不仅在大的方针政策而且在具体作法、提法上都师法苏联、模仿苏联,带有明显的"苏化"痕迹。这种情况,自然与当时奉行的"一边倒"政策有关,它一直延续到中苏关系"决裂"前的50年代后期、60年代初。

80年代以后,改革开放与社会文化转型,面对新的形势,当代文学史料则更多表现在具体政策的调整以及在体制转换过程中的规范与精神守望。前者如80年代初在处理胡风"反革命集团"案件时,主流权力语话及当年参与其事并发挥重要作用的周扬等人为平反冤假错案而经历的颇为艰难、复杂乃至痛

---

① 《中央关于京津高等学校教师思想改造学习的主要情况和经验的通报》,《宣传通讯》1951年11月20日。

② 习仲勋:《对于电影工作的意见》,《电影创作通讯》1953年第1期。

苦的过程,甚至"平反"的文件也不能一步到位,先后拖了 8 年①;后者如 1984
年 12 月国务院《关于对期刊出版实行自负盈亏的通知》,1991 年 3 月中宣部等
《关于当前繁荣文艺创作的意见》,2004 年 4 月国家广电总局《关于认真对待
"红色经典"改编电视剧有关问题的通知》等,其文件的政策导向较之以前有很
大不同。这种情况,一方面反映了主流意识形态在进入新时期以后的务实态
度,它使不少泛政治化文学史料因此从封闭的档案馆里直接进入社会的"公共
空间";另一方面也向我们揭示了这种类型文学史料背后的双重的"人学"或曰
历史主体的内涵:这就是泛政治化文学史料的生成发展,与其所属的当代文学
一样,除了毛泽东等制订政策的最高政治领袖外,还离不开像周扬这样的政策
的主要阐释者和执行者。由是之故,我们在讲这种类型文学史料时,就应超越
现有的数量堪称世界之最的各种各样的文件,同时还要将从毛泽东到周扬这
样的政策顶层设计者、中介执行者管理者有关讲话、报告、批示纳入视野;不仅
关注中央文献出版社、中央党校出版社出版的《建国以来重要文献选编》、《中
共中央文件选集》、《中共中央文献选集》等大型图书,同时还要关注与这些文
件有关高层领导或当事人如杨尚昆、胡乔木等的书信、日记、回忆录等私人性
史料;不仅关注"两报一刊"(《人民日报》、《解放军报》、《红旗》杂志)社论,同时
还要关注中央文化宣传系统和意识形态机关主办的内部刊物(如中宣部的《宣
传通讯》、新华社的《内部参考》、全国人大秘书处的《代表来信》、作协的《作家
通讯》、《文艺报》的《内部通讯》)的有关信息。而后者,因为涉及比较敏感复杂
的政治,一直封存于档案,或属于内外有别,不能进入当代文学史料形构之中
成为人们公享的资源;即使有,往往也不是以整合而是以分散的方式存在于包
括来自主流编撰的出版物或传记,且与政治、领袖或重大事件的评价相勾连。
这需要我们超越所谓的"纯文学"思维观念,而从政治文化或曰大文化、大视野
角度和路径楔入。当代文学研究的隐形障碍,最棘手也是无法跨越的难题,就
是这部分泛政治化文学史料。

　　第二,是政治批判型史料。这种类型史料主要集中在当代"前三十年",它

---

① 　关于"胡风反革命集团"案件处理,1980 年 9 月,中央曾以批转的形式下发《关于"胡风
　　反革命集团"案件的复查报告》;后因胡风家人不满,又于 1988 年 6 月经中央政治局讨
　　论下发《中央办公厅关于胡风同志进一步平反的补充通知》(即中办发〔1988〕6 号文
　　件),才认定是最后"平反"。参见梅志:《胡风传》,北京十月文艺出版社 1998 年版。

不仅数量惊人,而且往往与当时的政治运动直接联系在一起,成为当代文学史料的主要存在。谢泳指出:"中国所有的政治运动,基本保留了一个传统,就是运动中凡被批判的对象,都有较为完整的'批判言论集'、'罪行录'一类史料保留下来,这些史料在当时都是'供内部批判'的,但当那些政治运动成为历史后,这些史料有可能脱离当时的政治处境,而成为一种独立的史料来源。"①他所说的,完全合乎事实。如批判胡适、梁漱溟、胡风运动,就留下不少政治批判史料,最有名的八册《胡适思想批判资料》(生活·读书·新知三联书店 1954年版)、两册《梁漱溟思想批判》(生活·读书·新知三联书店 1956年版)、八册《胡风思想批判》(生活·读书·新知三联书店 1955—1956年版)、六册《批判胡风文艺思想资料》(作家出版社 1956年版)等;其中包括不少子女、家属、学生写的批判父母或老师的文章,如胡适儿子胡思杜写的批判父亲胡适的文章《对我的父亲——胡适的批判》。② 到了反右运动就更多了,比较著名的有《高等学校右派言论选编》(中国人民大学出版社 1958年版)、《批判右派分子林希翎等论文集》(中国青年出版社 1957年版)、《"论'文学是人学'"批判集》(新文艺出版社 1958年版)、《青年作者的鉴戒:刘绍棠批判集》(东海文艺出版社 1957年版)、《批判右派思想言论选辑·毒草集》(复旦大学图书馆 1957年版)、《批判〈文汇报〉的参考资料》(解放军报社 1957年版)等。这些政治批判型史料,尽管当时整理编纂的目的,"主要出于政治考虑",且"不可避免带有'欲加之罪,何患无词'的特点",但并不等于没有文学史料价值,"至少这些史料为后来的研究者提供了史料线索,或者提供了一般情况下难以为人所知的属于私生活领域中的一些背景,这些材料对于开阔研究者的思路和让研究者意识到更复杂的社会生活,这使得这些本来供'批判使用'的材料,在政治运动成为历史后,获得了另外的价值"。③ 尤其是其中没有公开的那些文学史料,如 1956年为召开全国知识分子问题会议当时高等教育部有关北大知识分子情况的调

---

① 谢泳:《建立中国现代文学史料学的构想》,《文艺争鸣》2008年第7期。

② 胡思杜:《对我的父亲——胡适的批判》,香港《大公报》1950年9月22日。

③ 谢泳:《建立中国现代文学史料学的构想》,《文艺争鸣》2008年第7期。

查报告①,1957 年作协召开历时 3 个多月的党组扩大会议②,就更是如此,也更有必要引起我们的重视。可惜有关这方面史料披露不多,尽管像作协党组扩大会议这样史料搜集已经有了一些成果,但诚如洪子诚所说,它也"仍是水面下的冰山。史实、材料的被封闭和垄断,导致当代文学研究在许多问题上仍是暧昧不明"。③ 需要指出,从 60 年代开始,它还由此及彼,从国内对知识分子的思想批判延展到对以苏联为首的国际修正主义及其文艺思想的批判,催生了一批堪称"批判经典"的"九评"④,以及限于"内部发行"实则对"潜在写作"和新时期文学产生不可小觑影响的所谓的"黄皮书",如西蒙诺夫的《生者与死者》、索尔仁尼琴的《伊凡·杰尼索维奇的一天》、卡里宁的《战争的回声》以及论文汇编《人道主义与现代文学》等。

　　新时期开始的 10 多年,上述情况虽然发生了根本性的变化,但"历史转换"的艰难复杂,使上述政治批判难以一时消匿,仍在继续复制政治批判史料的作用。从朦胧诗到《苦恋》,从批判"资产阶级自由化"到清除"精神污染",以至批判电视纪录片《河殇》,围绕着这些敏感而又复杂的事件或问题,都曾留下不少观点不尽相同甚至颇为对峙的史料,其中影响最大的当属奉邓小平之命

---

① 高等教育部关于 1956 年前后北京大学知识分子调查的具体情况,谢泳在《建立中国现代文学史料学的构想》(《文艺争鸣》2008 年第 7 期)一文中作了一些披露;该调查见高等教育部《北京大学典型调查材料》,《关于知识分子问题的会议参考资料》(第二辑)。

② 这次会议有关情况,洪子诚根据了解的若干材料在《材料和注释——1957 年中国作协党组扩大会议》一文中作了编排与注释,洪文见《文学评论》2012 年第 6 期。

③ 洪子诚:"1957 年六月至九月召开的近 30 次的中国作协党组扩大会议,批判丁玲、陈企霞、冯雪峰、艾青等人。在会上作批判发言的有 110 多人,几乎囊括了当时大陆全部知名作家、艺术家,而内容则涉及中国现代文学(尤其左翼文学)的历史和现状,表现了不同的人在严峻情境下的思考和反应。会议记录共 100 多万字,当时有的曾打印成册,发到部分参加者手里(后又被收回)。这一重要材料,目前也未见公开。是否将永远封闭于'暗箱'中,甚至从此湮灭,那也是难以逆料的事。"见洪子诚:《历史承担的意义》,《开放时代》2000 年第 3 期。

④ "九评"即指 20 世纪 60 年代,以《人民日报》编辑部、《红旗》杂志编辑部名义发表的批判以赫鲁晓夫为首的苏共"变修"的九篇文章,如《苏共领导同我们分歧的由来和发展——评苏共中央的公开信》(1963 年 9 月 6 日)、《关于赫鲁晓夫的假共产主义及其在世界历史上的教训——九评苏共中央的公开信》(1964 年 7 月 14 日)等,它是中苏两党彼时在意识形态领域"大论战"的产物。

写就的、带有"钦定"性质的《论〈苦恋〉的错误倾向》一文,还有王震化名为"易家言"发表的《〈河殇〉宣扬了什么》、王忍之的《关于反对资产阶级自由化》等文章。① 只是出于短视或某种现实功利考虑,目前往往流于表面而未将其提到史料搜集和细究的层面。这种状况虽可以理解,但从当代文学史料建设的角度讲,无疑是需要克服的一个弊端。

第三,是政治检讨型史料。政治检讨型史料与政治批判型史料密切有关,从本质上讲,它们都可说是"政治运动"的产物,只不过政治检讨型史料是将批判的矛头由针对他人转向批评自身,并且通过这种外在"压力"达到所谓的"自我批评"实则是迫于无奈与不得已的一种精神"自污"或"洗脑"。从政治话语的角度考察,"检讨以话语顺服的姿态表明对权威的臣服。检讨既是一种主流话语调控的产物,同时又是主流话语运作的策略。通过来自'他者'的检讨,主流政治和主流话语便得到了证明,并巩固了其'真理性'"。② 因此,这也就决定了政治检讨型文学史料的生成与当代中国的政治批判运动息息相关。从 50 年代初思想改造运动开始,一直到批《海瑞罢官》,伴随着一场接一场的政治运动,我们看到上自郭沫若、茅盾、巴金、老舍、曹禺,下至一般作家,包括周扬、夏衍、林默涵、张光年等手握大权的文艺界领导,都先后作过检讨,几乎所有当代作家与学人不能幸免。仅 1952 年出版的《批判我的资产阶级思想》一书就收录费孝通等 30 位文化名人的检讨。③ 据说当时教育界检讨的人数不少于 60 万,其中高校教师约 18 万,文艺界仅北京实际参加就有 1228 人,上海 1300 人。且调子愈后愈高,文本形式多样,除"自我批评"、"自我批判"外,还有"检查"、"交代"、"思想总结"、"思想汇报"、"学习总结",等等。④ 80 年代当代文学也存在类似的政治检讨型史料。围绕着《苦恋》、朦胧诗以及人性人道等评价

---

① 唐因、唐达成:《论〈苦恋〉的错误倾向》,《文艺报》1981 年第 19 期,《人民日报》1981 年 10 月 7 日转载;易家言:《〈河殇〉宣扬了什么》,《人民日报》1989 年 7 月 19 日;王忍之:《关于反对资产阶级自由化》,《人民日报》1990 年 2 月 22 日。

② 尹昌龙:《重返自身的文学——当代中国文学思潮中的话语类型考察》,广东人民出版社 1999 年版,第 82 页。

③ 夏衍等:《批判我的资产阶级思想》,五十年代出版社 1952 年版。

④ 这里的统计数据和检讨文本形式多样之材料,引自或借鉴商昌宝的《作家检讨与文学转型》一书,该著由新星出版社 2011 年出版,第 17,27 页。

和探索展开的讨论,新时期的作家或学者白桦、徐敬亚、谢冕、张笑天、孙静轩等也都迫于环境撰文作过公开检讨;即使是像谢冕所在的"自由度"相对较大的北大也不例外,其检讨书须刊登在校刊上"作个交代"或有所"回应"才能过关。①"但是,思想其实是不能'改造'的,暂时的屈从不能说明内心的接受,一有机会,他们原来的东西还照样会恢复。1979年的社会批判风暴恰好说明了这一点。"②这也说明这种检讨的乏力,作为泛政治化的文学史料,它的价值正如邵燕祥所言,犹如"一堆活化石,记录着特定时期现代作家的生存状态和心理状态,怎样想、怎样说、怎样作的思维方式、语言方式和行为方式"③,即通常所说的历史还原,至于这之中到底包含了多少内心的真实感受就很难说了。

需要指出,当代文学中这种类似"活化石"的特殊史料,除不少曾发表在报刊上,还有十倍百倍于读者已见到的并未进入传播,它们或被装入各种不同的档案袋里,或已遗失销毁或还保存在作家家属以及有关的当事人手中,真正流传下来并将其编入集子公之于众的,只有邵燕祥的《沉船》、《人生败笔——一个灭顶者的挣扎实录》、《检讨书——诗人郭小川在政治运动中的另类文字》,以及《聂绀弩全集》、《沈从文全集》、《朱光潜全集》、《赵树理全集》、廖沫沙的《瓮中杂俎》、王造时的《我的当场答复》等,数量很有限。颇多作家或学人及家属出于各种考虑,对之采取回避的态度。这个问题比较复杂,它涉及史料背后的伦理(个人隐私)问题,需专文探讨。但无论如何,对邵燕祥、郭小川子女在处理泛政治化文学史料时所表现的坦率和勇气,我们则表示由衷的钦佩。

---

① 有关检讨文章,较有代表性的如:白桦的《关于〈苦恋〉的通讯》,《解放军报》1981年12月23日、《文艺报》1982年第1期;徐敬亚的《时刻牢记社会主义的文艺方向》,《人民日报》1984年3月5日;张笑天的《永远不忘社会主义作家的职责》,《人民日报》1984年1月9日;孙静轩的《危险的倾向,深刻的教训》,《文艺报》1981年第22期。谢冕的检讨文章《在批评和自我批评中得到提高——访中文系副教授谢冕》,载《北京大学校刊》1983年11月;事实上,这篇文章不是谢冕写的,是北大校刊记者的采访,它用访谈的形式进行"检讨"。

② 孟繁华:《1978:激情岁月》,山东教育出版社1998年版,第207页。

③ 邵燕祥:《为什么编这本书——〈人生败笔〉序》,《人生败笔——一个灭顶者的挣扎实录》,河南人民出版社1997年版,第2—3页。

四、思想阐释与研究主体独立性问题

然而对于文学史料重要性的强调,并不意味着对思想的排斥,重返原有的"史料"与"思想"紧张对立的老路。实际上,正如海登·怀特所指出,各种历史都融合了一定数量的"资料"以及"解释"这些资料的理论概念和一种叙事结构。在这种理念和叙事结构里的这些资料预先被假定出现于过去的时间序列之中,而这种结构性内容则充当了一种特定"历史"解释应该毫无批评便接受的范式。① 这也就是说,世上本无绝对"纯粹"的所谓文学史料,凡是进入人们阐释视野的文学史料都不可能与主观思想理论无关;即使在今天强调史料实证而反对理论过度阐释,"其实这本身就是某种思想理论的表达,我们其实是用一种'理论'反拨着另外一些我们并不喜欢的'理论'",只不过为自己的思想理论的表达寻找合适的"质料"。②

当然,今天讲当代文学史料,不是回到一般的"史论结合"或"论从史出"的思维层面,而是主要强调在现有理论思想和认知的高度以及研究成果的基础上,进一步推进"史料"与"思想"或"事实"与"意识"之间的互渗互融,以达到在较高平台上的动态平衡,求得研究工作的新拓展。现在有种误解,以为占有大量史料就能客观地叙述历史。事实上,占有史料只完成了工作的一半,更重要的是对占有的史料要有独到的解读,否则就有可能成为史料堆积的大杂烩。尤其是当代文学史料与研究主体处于"同构"的情况下,对之进行观照把握就愈加困难。然而,唯其如此,它才有可能赋予史料以新的生命,也为自己的研究提供了可以充分发挥个性的阐释空间。李洁非的《典型文坛》、《典型文案》之所以颇受学界好评,原因就在于此。就拿王蒙《组织部新来的青年人》这个作品与他后来被打成"右派"之间的关系来说,在当代文学史上一直就是一笔"说不清的糊涂账"。但李洁非通过对毛泽东、中宣部、北京市委、团市委、中国作协、《人民文学》、《文艺学习》等围绕着该作的修改、发表、批评、讨论等大量

---

① Hayden White,Metahistory:The Historical Imagination in Nineteenth Century Europe,Balimore and london,1987,pⅨ.

② 李怡:《中国现代文学研究的文献史料:问题与方法》,《汕头大学学报》2005 年第 1 期。

的第一手史料,包括王蒙自述以及书信、日记、检讨、口述等相关私人性史料的综合考察和仔细辨析,最后给出了自己的解释:就是这位毛泽东当年亲施援手的青年作家在接踵而至的反右运动中,最终还是未免于厄运,主要原因在于毛泽东在"始料不及"的苏共二十大和整风招致的激烈批评的突变面前,原本真心要搞"改革"的他,由于缺乏心理准备,转到完全相反的另一个方向。毛泽东的这一变,使原本就岌岌可危的王蒙的命运在顷刻之间发生了"戏剧性的逆转"。尽管直至今天为止,没有史料证明毛泽东在王蒙被划为"右派"问题上曾有过"介入",但至少在事理和逻辑层面上,我认为李洁非的分析是很具说服力的。这也说明作者不仅重视史料,而且的确"具备着一般研究者所缺乏的一种超卓的辨析解读史料的能力"。① 此外,像茅盾为什么在精力旺盛、处于思想艺术巅峰状态的 1949 年以后难以为继,没有写出哪怕是一部完整的长篇小说?舒芜为什么"反正"以及怎样看待他的"反正",将其由个人的道德审思上升为对中国文化及 20 世纪中国知识分子精神史的探察?在有关当代文学史编纂的诸多问题上,李洁非的"文案"在用史料说话,细细爬梳条分缕析的同时,每每都有独到精彩的发现或思考。

"以往对文艺和文艺史,都强调主体性,把作家艺术家的才能、性情、修养视为原动力,研究他们如何从事自我创造从而推动文艺发展与变化。但一九四九年以后,顺着这种角度观察,视线会受到阻碍,很难伸展下去。人不是决定者;一个人也好,一件事也好,经常处于'被决定'状态——被预置的各种条件所决定。真正追索下去,在我们文艺中最终面对的不是人而是物:体制、政策、形势、运动,等等。过去,作家作品的成败,一般从其自身找原因,而在当代,必须从社会总体找原因,其自身原因却退居次要乃至微不足道","自特殊性言,当代文学史不是作家史,不是作品史,是事件史、现象史和问题史"。② 窃以为,李洁非这段话,不但适合于其《典型文坛》、《典型文案》,而且对整个当代文学(尤其是十七年文学)研究都具有重要的启迪作用。是的,迄今有关当代文学研究大体都是强调"作家主体性"的一种研究。这样一种研究当然无可厚非,且自有价值。但从批评对象化的角度来看,我们不得不承认它与当代文

---

① 王春林:《读李洁非的〈典型文案〉》,《文学评论》2011 年第 3 期。
② 李洁非:《典型文案》写在前面,人民文学出版社 2010 年版,第 4 页。

学尤其是"前三十年"当代文学之间的确是存在抵牾——现在有的文学史也正因此不断地压缩"前三十年"当代文学篇幅,然而由于过分"强调主体性"而忽略了对于事件、现象与问题的还原式探究,致使文学固有的面貌受到很大的伤害和歪曲。在这样的情况下,李洁非提出"当代文学史不是作家史,不是作品史,是事件史、现象史和问题史"的观点,用它统摄、整合史料,自然就有着特别重要的意义。它不仅激活了原来被摈弃的这些史料,赋予其不同凡响的新的生命价值,而且对整体当代文学研究(包括问题与方法、范式与路径等)产生意想不到的辐射和影响。这相比于当下所谓的"新左派"或"自由主义"的评判,无疑更客观公允,也更通脱大气。

当代文学史料源于"当代",原本就嵌有浓重的观念的印记,它的只有起点而没有终点和日趋开放的学科特点,也使其在发展过程中,较之古代文学和现代文学往往能产生和发掘更多的新史料。这客观上给史料深入研究提供了新的可能,当然也对研究者本身的学术资质尤其是辨析和处理史料的能力提出了挑战。就拿胡风研究来说,新世纪以来,胡风家书、胡风与舒芜、路翎之间的书信、聂绀弩回忆胡风的材料、舒芜自传等一批重要史料的披露①,以及王元化、黄曼君、严家炎、吴福辉、李继凯、支克坚、周燕芬、文贵良、张业松等有关回忆和文章以及博士论文等新的研究成果推出,在事实上为我们更真实更全面地了解胡风,对其作更深入、更高层面的研究提供了可能。它涉及新史料与原有旧史料、局部与整体、科学主义与人文精神、个人私道德与历史评价等颇多以前没有碰到的新问题。而这,无疑需要借助于柯林武德所说的"思想"的力量。否则,不仅无法实现对历史的超越,甚至可能被繁杂无序的史料所湮没而不知所向。从这个角度来看,我们也没有理由不高度重视思想之于史料的参证作用。这也许就是陈寅恪为什么将"观念"与"材料"互证作为阐释王国维

---

① 比较有代表性的史料有:《胡风家书》,复旦大学出版社 2007 年版;路翎:《致胡风书信全编》,大象出版社 2004 年版;《聂绀弩全集》第 10 卷(本卷中"运动档案和附录"尤为重要,内有大量胡风终生老友聂绀弩对胡风的回忆和看法,均为首次披露),武汉出版社 2004 年版;《胡风致舒芜书信全编》,《新文学史料》2008 年第 1、2 期;《舒芜致胡风书信全编》,东方出版中心 2010 年版。另有《舒芜集》第 8 卷,河北人民出版社 2001 年版;《舒芜口述自传》,中国社会科学出版社 2002 年版。

"二重证据法"的重要原因①,胡适为什么在讲史料研究时强调必须具有"精密的功力"和"高远的想象力"②的重要原因。

说到史料的思想阐释和研究主体独立性问题,还不能不涉及与之关联的生存环境与文化保存制度问题,这也是当代文学史料无法回避的一个现实问题。中国有治史传统,也有收集和保存史料的习惯,早在周朝开始就设立保管史料的专职机构。然而,由于频繁的战乱、社会动荡和政治文化原因,这些官方保管的史料不仅损毁严重,而且体制封闭,成为殿堂少数人垄断的专利。1949年以后,我国建立了3000多个档案馆,收藏有1亿多卷资料,史料有了很大发展。但由于当代文学与当代政治休戚相关的特殊情况,许多重要的、关键性史料,如文艺批判运动重大决策与内部重大斗争的来龙去脉,许多当事人在斗争中的具体表现及其转变,大写十三年,中苏大论战缘起、发展与变故,等等,可能涉及某些敏感的政治,某些人的形象、道德和人格的评价,而至今还封存在各个等级的档案馆(尤其是最高等级的中央档案馆),未能进入公众视野。而如果占有的史料不多,特别是没有占有这些重要的、关键性的史料,当代文学研究是很难深入下去的,更不会取得实质性的突破。80年代初平反冤假错案时,某些尘封的档案曾经启动过,并对当时文学研究产生了很好的推动作用。但严格地讲,这不是体制调整的结果,而是出于暂时的一种策略性考虑,并且只是有选择地开封了很小一部分,整体的文化保存体制没动,依然按照原有方式在运转。尽管后来有中国现代文学馆的建立,不少省市也相继建立或正在筹建文学馆,但这些文学馆收藏的主要是现代文学方面的文学史料(以非政治类的专业书籍为主),因而对当代文学研究影响不是很大。有人说,"现代

---

① 王国维在1925年的讲义《古史新证》第一章《总论》中说:"吾辈生于今日,幸于纸上之材料外,更得地下之新材料。有此种材料,吾辈固得据以补正纸上之材料,亦得证明古书之某部分全为实录,即百家不雅驯之言亦不无表示一面之事实。此二重证据法,惟在今日始得为之。"见王国维:《古史新证》,清华大学出版社1994年版,第2页。陈寅恪在《王静安先生遗书序》中论述王国维治学方法时对此作了发挥,将其概括为三个方面:"一曰取地下之遗物与纸上之遗文相释证","二曰取异族之故书与吾国之旧籍互相补正","三曰取外来之观念与固有之材料互相参证"。见陈寅恪:《金明馆丛稿二编》,上海古籍出版社1980年版,第219页。

② 胡适:《北京大学国学季刊发刊词》,《胡适文集》第3卷,北京大学出版社1998年版,第15页。

文学研究领域里对史料的运用主要集中于期刊研究上,那么在当代文学研究领域,目前史料搜集的侧重点则在档案文件、历史记述等。因为当代文学与当代政治历史相伴生的历史特点,查找相关档案文件,梳理当权者与文人集团之间错综复杂的关系是还原历史语境的关键所在。较之现代文学,当代文学研究更担负着澄清历史面貌的任务"。① 这是符合当代文学史料实际的。唯其如此,打破沿袭已久的体制,构建一种与人的自由与解放相适的、现代开放开阔的文化保存制度,对当代文学史料研究来说就显得不无迫切和重要。21 世纪是更加开放的世纪,随着全球化、民主化、科技化步履的加快,许多原来陌生或被排斥禁忌的、域外的、异质的史料,通过各种渠道源源不断地浸润进来了,如台湾"反共文学"史料,香港的"绿背文学"史料,海外《今天》杂志,"文革"小报、蒋介石日记、高行健和莫言获诺奖及其授奖词,等等。现实已经向我们提出了一个如何超越原有简单意识形态,用开放态度与之对话的问题。王国维、陈寅恪当年在"取异族之故书与吾国之旧籍互相补正"②,即在汉文文献之外搜集、利用外文文献和域外史料方面,取得了丰硕的研究成果,古代文学研究领域在这方面也有很好的学术传统,并在近年来有新的拓展。当代文学史料与之相比,无疑渗入了更多的意识形态的元素,情况可能也更为复杂。但无论怎样,这种来自域外的史料对我们固有史料研究模式和格局来说,是有意义的,至少为其丰富和拓展提供了有益的参照。

马克思在《政治经济学批判(1857—1858 年手稿)》中谈到自由与真理关系时指出:"克服这种障碍本身,就是自由的实现,而且进一步说,外在目的失掉了单纯外在自然必然性的外观,被看作个人自己提出的目的,因而被看作自我实现,主体的对象化,也就是实在的自由。"③在马克思看来,所谓自由就是不断克服障碍的一个过程。他这里所说的障碍,既指外在于主体的自然必然性对人的限制,也包括人对自我主体力量的实现以及将这种主体力量对象化的能力。而就当代文学史料来讲,它同时涵盖外部社会政治环境与研究者自身

---

① 吴舒洁:《浅论当代文学史研究中的史料问题》,《漳州职业技术学院学报》2007 年第 3 期。

② 陈寅恪:《王静安先生遗书序》,《金明馆丛稿二编》,上海古籍出版社 1980 年版,第 219 页。

③ 《马克思恩格斯全集》第 30 卷,人民出版社 1995 年版,第 615 页。

精神思想两个方面。目前,当代文学文化保存体制还不完善,档案法在实施中也存在不少问题。据说中央档案馆至今解密不到百分之四十,当代文学领域许多重要关键性史料因各种原因仍处于尘封状态,许多历史人事还"包在饺子里"(公刘语)。要解蔽还原,既要有翔实的史料,也要有足够的耐心。对于有些一时还无法解蔽的史事,在条件尚不具备的情况下不作强行的主观臆断,而是存疑,留给后人在条件成熟时索解。在环环相扣而又代代相续的学术链上,我们所能作的就是实事求是、尽最大努力作出属于我们自己的历史贡献。这也是研究者应有的一种科学态度,是他通向自由、实践自由,将自由内化为"主体对象化"的一个具体表现。

（载《文学评论》2014 年第 4 期）

当代文学史料存在方式及其相关问题的思考

如果将 1949 年中华人民共和国成立看作是中国当代文学的一个起点，那么中国当代文学迄今为止已走过风雨坎坷的六十余年历程。六十一甲子，苍黄一瞬间。在回顾和反思这段两倍于中国现代文学时长的历史时，愈来愈多的人开始认识到中国当代文学学科构建及其研究"历史化"的重要。而学科构建和"历史化"，就有一个文学史料的问题，也离不开文学史料的支撑。

众所周知，文学史料是学科构建和学术研究的基础，也是中国传统朴学和西方实证主义的精髓所在。文学史料意识的有无确立以及实践的程度如何，不仅直接关系到研究的客观公允与否，而且在学术创新和学科建设中都占有举足轻重的位置。有时候一条史料的发现，可以推翻一个结论。因此，文学史料问题历来受到学界的高度重视，它也成为一门学科成熟的重要标志之一。古代文学研究之所以具有相对较恒定的学术水准，重要原因即在于此；五四和民国时期的一批学人如胡适、鲁迅、顾颉刚、郭沫若、陈寅恪、陈垣、郑振铎、闻一多、俞平伯以及嗣后现代文学领域的王瑶、唐弢等，之所以为我们留下了带有碑石性质的重要学术成果，也可从中找到解释。

应该承认，由于社会历史环境的制约和"贵古贱今"学术观念的影响，当代文学领域长期盛行的是"以论代史"、"以论带史"的研究理路；轻史料重阐释，将研究（包括立论和论证）建立在日新月异的"观念创新"而不是客观实在的文学史料的基础上，已成为主导这个学科的基本取向。这样一种研究理路在学科发展的某一特定阶段——如 20 世纪 80 年代即人们通常所说的"新时期文学"，或许在所难免，且具有某种历史的必然性和深刻的合理性。因为那时刚走出"文化大革命"，累积的问题实在太多，思想观念的封闭、僵化和滞后问题显得很突出。所以在此情形之下，人们才高度重视并彰显"思想观念"的解放，并将其当作时代的中心任务;而思想观念的解放,的确也给当代文学学科的确立和发展提供了很好的契机和重要的精神动力。但不必讳言,这样一种与文学史料"不及物"的研究及其空疏的学风,它本身是有问题的。尤其是 90 年代,当人文知识分子由"广场"返回"岗位",就更是如此。为什么当代文学研究领域中热点不断,但却往往旋生旋灭?为什么不少著述率性而为,无章可循,其研究往往变成无征可信的个人哲思冥想?对文学史料的漠视,不能不说是其中的一个"脆弱的软肋"。这也从侧面反映出当代文学研究的浮躁和学科的不成熟。

针对上述这种状况,我认为在当前有必要强调和提出"当代文学史料学"问题,并借此呼吁在这方面应该师法古代文学,从它那里寻找和借鉴有关的学术资源。王瑶先生早在 1979 年谈到"必须对史料进行严格的鉴别"的任务时,就指出:"在古典文学的研究中,我们有一套大家所熟悉的整理和鉴别文学史料的学问,版本,目录,辨伪,辑佚,都是研究者必须掌握或进行的工作。"①后来,马良春、樊骏、朱金顺等还对此作过更专门更深入细致的探讨,提出了一系列很好的建议。② 最近一些年来,现代文学领域接连召开数次颇具规模和影响的学术研讨会,更是形成了一股不可小觑的"新思潮"。所有这些,对当代文学史料研究无疑是一个挑战,同时也为它提供了一个很好的参照。我们不赞同在当代文学史料研究中生搬硬套古代文学、现代文学史料的标准,但却主张和倡导从它们那里吸纳长期以来形成的、行之有效的学术规范和治学之道。已逾"甲子"的当代文学不是"很年轻"了,它留下了较之过去任何时代更为丰富复杂且永无止境的文学史料;其中有的还堪称"活态的文学史料",它留存在不少当代文学亲历者身上。而这些人因年事渐高,加上其他各种因素,不少文学史料实际处于随时可能湮灭的紧迫状态,可以说,抢救当代文学史料工作已刻不容缓。

大量事实表明:目前当代文学研究又处在一个重要的"十字路口",如何从

---

① 王瑶:《关于中国现代文学研究工作的随想》,《中国现代文学研究丛刊》1980 年第 4 期。

② 马良春:《关于建立中国现代文学"史料学"的建议》,《中国现代文学研究丛刊》1985 年第 1 期;樊骏:《这是一项宏大的系统工程——关于中国现代文学史料工作的总体考察》,《新文学史料》1989 年第 1、2、4 期;朱金顺:《新文学资料引论》,北京语言学院出版社 1986 年版。

根本上改观上述所说的"以论代史"的弊病，这是需要我们严肃认真对待的一个问题。而从学科建设的角度讲，随着研究工作的深入，也是鉴于以往的经验教训，不少当代文学研究者已逐渐意识到单纯依靠某种观念或引进某种理论"漂浮物"是远远不够的，离开了切实可信的文学史料，正如恩格斯早就批判过的，这样研究所得的"历史至多不过是一部供哲学家使用的例证和插图的汇集罢了"。① 其最终的结果，则不可避免地使"历史本质将被阉割，她的科学价值便不复存在，学科生命也随之窒息"。②

正是在这个意义上，我认为，"理论阐释"尽管在现实和未来的当代文学研究中仍将发挥它的重要作用，作为一种治学的方法和理念，它与"史料实证"之间的关系也不一定如我们想象的那样水火不能相容；但是，就目前当代文学学科建设和研究现状来看，我们不得不对后者投以更多的关注，并认为它应从原来比较单一的"意义崇拜"或比较抽象的价值衡估的范式中走出来，向着包括"史料实证"在内的更加多元立体、更加开放宏阔的天地挺进，并把尊重历史客体、重视实证作为治学的基础，置于首位，在研究的思路、格局、向度和方法上进行一次重要调整。显然，这种调整对当代文学学科及其研究来说，不是个别局部和枝节的修残补缺，而是带有整体全局性质的一次重要的"战略转移"。它所内含的意义，不亚于 20 世纪八九十年代耳熟能详的"重写文学史"运动——如果说"重写文学史"运动所体现的"观念创新"是当代文学研究的一次意义重大的"战略转移"，那么现在提出并强调对文学史料的重视则可说是研究的又一次重要的"战略转移"；它表明当代文学研究在经过一二十年的酝酿积蓄后，又进入一个新的历史阶段，正面临着一种新的、艰难而又美丽的蜕变，并有望在整体学术水平和层次上有一个大的提升。

当然，这样说并无意于否认我们在这方面所取得的成绩。应当看到，六十多年来特别是近三十多年来，中国大陆也陆续编纂和出版了一些文学资料，包括 80 年代由茅盾作序、众多大专院校合作编撰的"中国当代文学研究资料丛书"（现已出版近 80 种），也包括 21 世纪初由孔范今等主编的《中国新时期文学研究资料汇编》、洪子诚主编的《中国当代文学史·史料选》、路文彬主编的《中国当代文学

---

① 恩格斯：《路德维希·费尔巴哈和德国古典哲学的终结》，《马克思恩格斯选集》第 3 卷，人民出版社 1972 年版，第 225 页。

② 《文学评论·编后记》，《文学评论》2006 年第 6 期。

史料文论选》、吴秀明和陈建新主编的《中国现当代文学作品与史料选》,以及王蒙主编的《新中国六十年文学大系》、王尧和林建法主编的《中国当代文学批评大系》、王尧主编的《"文革"文学大系》、《中国当代文学:史料与回忆》等。在基本史料建设方面,也扎扎实实地作了不少工作,如 2006 年於可训、李遇春主编的《中国文学编年史·当代卷》,2012 年张健总主编的《中国当代文学编年史》,以及刘福春的《中国当代新诗编年史》,卓如、鲁湘元主编的《20 世纪中国文学编年》,梁庭望、李云忠、赵志忠主编的《20 世纪中国少数民族文学编年史》,仲呈祥主编的《新中国文学纪事和重要著作年表》等。尤其是编年史类史料,成就更为突出,它似乎成为近年学界的一个热点。作家和学者的年谱编纂也取得了突破性的进展,如唐金海、张晓云主编的《巴金年谱》,曹玉茹主编的《王蒙年谱》,以及近几年《东吴学术》杂志以专栏形式刊登并引起广泛关注的有关当代作家和学者的"学术年谱"。特别需要指出,最近几年,当代文学研究领域还出现了一些为过去从未见之的"考据"文章,如《"新时期文学"起源考释》(黄平)、"莫言家世考证"系列(程光炜)、《莫言小说人物原型考》(原帅)、《赵树理 1965 年记事本考释》(刘长安)等等。可以预期,随着时间进一步推进,当代文学史料在内涵、外延与向度等方面将都会有进一步的拓展,并由此及彼给整个当代文学研究及其知识谱系带来结构性的调整——就此而论,我们不妨可将这种调整称为一场新的"知识重构"。

已有研究者注意到,当代文学史料尽管散落在各类图书馆、档案馆、纪念馆和各种杂志、文集、选本以及大量的拷贝、影像资料中,它们与当代近距离乃至零距离以及与政治几乎处于同构的存在,给我们的搜集、鉴定和整理带来为古代文学、现代文学所没有或鲜有的不少麻烦。这在一定程度上影响和降低了人们对它的积极投入,并由此及彼影响了对研究对象更加准确的把握。但正如福柯所说的,吊诡的是,这些历史档案并非如人们想象般的杂乱无章,那些看似混乱的资料堆积,其实就是一种有意图的历史分析。从本质上讲,史料的搜集、整理和编选就是建立在对历史"还原"基础上的一种再叙述,一种重返历史现场的再努力。所以,当研究者通过自己的爬罗剔抉的艰苦努力,从着重"观念创新"转向重视"史料实证",将过去被隐匿或遮蔽的材料重新发掘、整理并公之于众,他实际上已越过官方或主流所设定的界限,不仅恢复了非主流话语和声音的旺盛生命力,而且有效地"拓宽当代文学的视域,重新梳理当代文学的历史线索,使当代文学的研究不再是对现代政党的真理性及文艺政策的研究,而是可以放在 20 世纪中国革命多重的历史抉择,放在全球性左翼文化的总体格局之中,客观和重新检讨当代文学的历史贡献及其教训,这样的研究在今天不仅不是梦想,不是虚拟的现在,而成为了一种可能"。① 这也说明当代文学史料校注、辨伪、辑佚、考订、整理、编纂,并非是简单的"剪刀加糨糊"的纯粹技术性工作,它内在地体现了编者的史识及其重构历史的动机。

当然,今天谈当代文学史料问题,不能满足于一般的呼吁,而应该在全面清理和总结既有成绩的基础上有一个整体通盘的考虑和实施计划。文学史料搜集、整理和编选不同于通常的个体化的学术研究,它相对比较适合于"集体合作";而当代文学史料量大面广、丰富复杂的存在,也需要动员更多的有志者共同参与,需要投入很多的人力和物力,才有可能完成。当代文学史料与古代文学、现代文学史料之间有共同性,也有自己的独特之处。这里所说的独特,从纵向来看,大致可分"政治中心时代"和"经济中心时代"两个阶段;而从横向来看,大体则又分为两种不同的情况或曰两种不同的存在方式:

(一)一种当代文学史料,随着时间的推移特别是政治意识形态的日趋松动和开放,虽未至禁忌尽除,但却陆续公开或披露,它事实上已为学界所广泛接受,并对当代文学研究产生了影响甚至深刻的影响。这里包括官方、半官方的,也包括民间的。如中共中央党史研究室历经十六年编写的《中国共产党历史》、《杨尚昆谈新中国若干历史问题》、薄一波的《若干历史重大决策与事件的回顾》、《胡乔木回忆毛泽东》、李锐的《大跃进亲历记》、李之琏的《共和国重大事件决策实录》、周扬的《答记者问》、张光年的《文坛回春纪事》、《王蒙自传》、《邓力群自述》(未刊)、贾漫的《诗人贺敬之》、梅志的《胡风传》、周良沛的《丁玲传》、朱正的《1957 年的夏季:从百家争鸣到两家争鸣》、韦君宜的《思痛录》、涂光群的《五十年文坛亲历记》、邵燕祥的《人生败笔——一个灭顶者的挣扎实录》、陈为人的《唐达成文坛风雨五十年》、郭小惠等的《检讨书:诗人郭小川在政治运动中的另类文字》、聂绀弩的《脚印》等等。前者(即官方、半官方的),由于出自政要亲笔或其子女亲属之手,带有政治解密的特点,不仅在"浮出地表"

---

① 　程光炜:《"新时期文学"的再叙述》,《文艺报》2006 年 10 月 28 日;《文学想像与文学国家——中国当代文学研究(1949—1976)》,河南大学出版社 2005 年版,第 185 页。

之初的当时格外引人瞩目(初披露时还带有震惊的效果),而且对当时乃至以迄于今的文学研究和文学史写作产生深刻的影响。后者(即民间的),最具代表性的,恐怕要数被有些文学史家挖掘并命名的"潜在写作",这一带有个性化的概念尽管有不同的看法,但它的源于和基于文学史料的提出,的确扩大了文学研究的内涵和外延,为当代文学及文学史研究拓展了空间。当然反过来,概念本身也富有意味地照亮和激活了文学史料的收集、整理和阐释,这是一个双向互动的过程。① 此类文学史料主要集中于十七年、"文化大革命"两个阶段,它很好地起到了"记录着特定时期现代作家的生存状态和心理状态,怎样想、怎样说、怎样作的思维方式、语言方式和行为方式"的作用。② 这也从一个侧面反映和说明这两个阶段文学政治化的特点尤为突出,文学在生成、传播和接受的过程中,备受政治意识形态乃至政治权力的干预;而与之相对应,文学在备受干预的同时,也遭到了来自作家和民间或显或隐的抵制,形成一种富有意味的张力关系。

(二)还有一种当代文学史料,广泛存在于各类档案馆、出版物、图像音响资料,包括自传、回忆录、书信、日记、手稿、报告、讲话、批示、访问、传说、口述、录像、录音、实物、照片之中,它与版本学、目录学、图书情报学、文物博物馆学、新闻传播学、电子计算机以及现实的政治、历史、经济、文化等联结在一起,牵涉收集、整理、编写、保管、出版、传播等各个环节,形成一个非常复杂的系统。但由于诸多原因,有的仅露出"冰山的一角",有的沉潜或半沉潜于历史深处尚未跃出水面,若明若暗;即使初露端倪,也有很多不确定性,还留下大片的"空白",需要进行鉴别、整理和拓展。应该说当代文学史料的存在,更多是属于这种情况。它也是构成目前我们进行文学史料研究的主体和主要内容。有关这方面,笔者十年前在与人合写的一篇文章中曾将其归纳为八个方面、六种表现,并认为它在搜集、发掘和整理上存在六大困难。③ 这里为避免重复,恕不赘述。需要强调和补充的是,在所有这些文学史料中,与重大政治事件关涉的

---

① "潜在写作"的文献史料及其相关情况,可参见刘志荣的《潜在写作:1949—1976》,复旦大学出版社 2007 年版。

② 邵燕祥:《人生败笔》序,河南人民出版社 1997 年版。

③ 参见吴秀明、赵卫东:《应当重视当代文学的史料建设——兼谈当代文学史写作中的史料运用问题》,《中国现代文学研究丛刊》2005 年第 5 期。

文学史料的搜集相对最难也较为棘手。由于主客观诸方面因素，现在也许还不具备足够的条件，还没有到"把历史的内容还给历史"的时候，其中有的可能长久地尘封于档案馆，很难作为"共享史料"进入人们的视野。但这不应成为我们裹足不前、消极等待的理由。相反，它应成为激发我们学术探秘的内在动力。当代文学史料在当下的意义，最具意味和价值的也许就在于此。它的可行性和可能性，也只有作这样的理解，才比较切实。

尽管史料编纂对于当代文学来说具有非同寻常的意义，但有必要指出：我们编纂史料的最终目的是为了推进学术研究和学科建设，为之提供切实的根源性的支撑，而不是为史料而史料。因此，如何将史料编纂与研究工作结合起来就显得格外迫切和重要。这也是史料工作的关捩和难点所在。令人感到不无欣慰的是，虽然当代文学史料工作"发动"嫌晚（这应看作是当代文学研究的一个"历史性的欠缺"），较之现代文学尤其是古代文学史料工作处于明显的滞后状态且比较粗糙、简单和零散，尚未形成整体性、体系性的格局；但在基于史料的研究，包括文学史编写方面还是取得不少成绩的，其中有的具有相当明晰的自觉意识。在这点上，我认为洪子诚是很可称道，也是很突出的。他不仅主编出版了两套当代文学史料选①，更为主要的是将当代文学史料纳入"一体化"机制和"历史情境"的阐释体系之中，用他惯有的波澜不惊的平实语调以及老吏断狱般的缜密笔法进行症候式的叙述。最近几年，洪子诚在原有基础上又进一步加大了史料在研究中的蕴涵和作用，连续发表了"材料与注释"的系列文章。② 这些文章，除"小引"和"正文"各节用寥寥几行注释性文字外，均由引述的"材料"组成，"材料"占了文章的五分之四以上。它们经论者披沙拣金，密密匝匝地从历史的各个隐秘暗角汇聚在一起，本身就成为一种特殊的"历史

---

① 这里所说的两套当代文学史料选，是指洪子诚主编：《中国当代文学史·史料选》，长江文艺出版社 2006 年版；谢冕、洪子诚主编：《中国当代文学史料选》，北京大学出版社 1995 年版。

② 洪子诚近年来以"材料与注释"为题，发表了一系列文章，如《1957 年中国作协党组扩大会议》，《文学评论》2012 年第 6 期；《毛泽东在颐年堂的讲话》，《现代中文学刊》2014 年第 2 期；《张光年谈周扬》，《文学评论》2014 年第 4 期；《林默涵的检讨书》，《文艺争鸣》2015 年第 5 期；以及《"大连会议"材料的注释》，《海南师范大学学报》2011 年第 4 期等。

言说"。另外,李洁非与程光炜在史料由一般"编纂"(或"考证")向"研究"推进方面也取得了不菲的成绩:李洁非的《典型文坛》、《典型文案》、《典型年度》对周扬、胡风、郭小川等诸多当代文人所作的基于"物的结构与属性"(李洁非语)的发微、辨析和阐释,亦史亦论,显示了独到的精细和深度;程光炜提出的"重返八十年代"及其出版的《当代文学的"历史化"》、《文学讲稿:"八十年代"作为方法》,包括他带领的中国人民大学团队对此所作的个案分析,在学界产生了广泛的影响和辐射作用。从洪子诚、李洁非、程光炜的研究中我们可以得知:史料与史观是相辅相成、相得益彰的,对史料重要性的强调,并不意味着对思想(史观)的排斥,而是强调"史料"与"思想"之间的对话,强调对占有的史料的独到的观照和阐释。唯其如此,它才有可能赋予史料以新的生命,也为自己的研究找到可以充分发挥个性的阐释空间。

正是在这个意义上,我很赞同金宏宇用"版本批评"代替传统"版本学",即将理论、文学史、批评、情报信息等诸多学科打通的"大史料"的观点①,而不大赞赏对史料作狭义的文字意义上的传统训诂式的探讨,这样可形成对史料对象更立体开阔也更具历史纵深感和当代性的观照和把握,它亦非常契合当代文学学科的属性特点。刘增杰先生在谈到理论对史料研究的重要性时指出,"史料学的本意应该是:它既是知识仓库,又是知识的熔炉。熔炉就是通过感受、理解,把史料融为学术的血肉,从史料中发现问题,并且独出心裁、别开生面地阐释问题,从而透出实践的血质和生动。"②这是很有道理的。它也昭示我们,除了重要的关键性的史料之外,如何"从史料中发现问题,并且独出心裁、别开生面地阐释问题",它应成为我们当下及今后史料研究思考的重心和研究的枢机所在。换言之,当代文学如何超越史料的狭隘视角,通过与政治、历史、文化的"关联"角度,将其充分敞开,在更大的时空范畴中寻找和发现问题,与时代形成双向能动的对话,将成为决定史料工作的成败的根本和关键。在当代文学研究上,我们当然要倡导实事求是,向传统朴学吸取为我们这个"年轻学科"所欠缺的治学方法,我们提出史料问题本身,就带有很强反思空疏学风,将之历史化、经典化,借以提高其学术含量和价值之意,使之跻身于强手

---

① 金宏宇:《中国现代长篇小说名著版本校评》,人民文学出版社 2004 年版,第 5—7 页。

② 刘增杰:《中国现代文学史料学》,中西书局 2012 年版,第 214 页。

如林的中国语言文学一级学科的核心;但我们不想将史料工作作死作窄,为了所谓的"有学问",而将其原本固有的血肉丰盈的东西滤去。我们追求的是"事实"与"思想"、"实证"与"阐释"的融会贯通。也就是说,在强调当代文学史料与古代文学、现代文学史料相同或一致的同时,我们不能疏忽或忽略了它作为"未完成"的"当代"文学史料形态的独特个性和禀赋。

说到"当代"形态的文学史料,不能不提及一下网络电子化史料。尽管它的出现只有二十多年的时间,其中堪称经典、在文学史上被讨论的尚不多见。但由于互联网使用量的剧增和出版产生的版本问题的客观存在,特别是由于史料现代化的启动和现代科技的广泛使用,这个问题将愈来愈成为一个迫近的现实问题,它已不知不觉地改变着当代文学创作和研究的思维方式、评价方式。像余华《第七天》中将性丑闻、毒大米、野蛮拆迁、强制引产、暴力审讯、上访卖肾等的"新闻串烧"式的写作,显然与博客、微博等新兴的电子文化载体有关(也正因此,有人将余华的《第七天》称为"微博段子集锦"),这在传统的图书纸媒时代是不可想象的,仅仅用生活的丰富性和复杂性,是很难解释的。至于2006年在新浪博客上展开的那场轰动一时的"韩白之争",当时的网民(严格地讲,应该是"80后"的网民)对韩寒声援几乎是"一边倒"的力挺,而致使白烨不得不关闭网站,以宣布退出实则是以失败而告终,如果不了解或不从网络史料的向度来考察,那同样也让人感到不可思议。"一时代之学术,必有其新材料与新问题。取用此材料,以研求问题,则为此时代学术之新潮流。"①因此,为了适应并积极主动地参与这样一种"时代学术之新潮流",我们不仅需要继承传统的研究方法,而且还要将现代科技的开放性与优越性集合其间。在全球化、科技化和信息化的今天,时代社会已对我们提出了不同于以往的新的要求,我们有必要思考和构建包括网络电子化史料在内的"中国当代文学史料"的新原则、新方法和新体系。

陈寅恪当年在比较古今史料时曾指出:"上古"时代去今太远、史料不多,可以"见仁见智";"中古"时代文献足征,"易于著笔,不难有所发明前进";"至于近现代史,文献档册,汗牛充栋,虽皓首穷经,迄无了之一日,加以地下地面

---

① 陈寅恪:《金明馆丛稿二编》,上海古籍出版社1980年版,第236页。

历史遗物,日有新发现,史料过于繁多,几无所措手足"。① 后来,他在为陈垣《明季滇黔佛教考》作序时,还就书中征引的史料进而感叹道:"寅恪颇喜读内典,又旅居滇地,而于先生是书征引之资料,所未见者,殆十之七八。其搜罗之勤,闻见之博若是。"②学术大师面对晚近书籍文献史料况且如此,更遑论知识学养都有明显缺憾的第三、四代的后学晚辈,我们所面对远比近现代更为浩瀚也更为复杂的文学史料,其艰难程度就可想而知了。然而,因为它关系到"一时代之学术"和"时代学术之新潮流",同时也是为了给后人研究今天的当代文学留下更多真实而又丰富的第一手史料,没有理由不给予高度的重视。

（载《中国现代文学》〔半年刊〕第 29 期,2016 年 6 月）

---

① 参见王钟翰:《陈寅恪先生杂忆》,纪念陈寅恪教授国际学术讨论会秘书组编:《纪念陈寅恪教授国际学术讨论会文集》,中山大学出版社 1989 年版,第 52 页。

② 陈寅恪:《陈垣〈明季滇黔佛教考〉序》,陈美延编:《陈寅恪集·金明馆丛稿二编》,生活·读书·新知三联书店 2001 年版,第 272 页。

一场迟到了的"学术再发动"
——当代文学史料研究的意义、特点与问题

　　当代文学在经过半个多世纪发展以后,学科建设的重要性日益迫切地突现出来。人们厌烦了"以论代史"、"以论带史"的阐释模式,也不再满足于过于主观感性的"感觉式"、"批评化"的评判思路,而是广泛借鉴传统朴学和西方实证主义的研究方法,按照"实事求是"的学术态度,正在努力地向着带有"学术转向"性质的学科重构的方向挺进。尤其是 21 世纪以来的这十几年,更是呈现出了前所未有的良性发展态势,不仅一部分溢出院校的批评家从"广场"撤回"岗位"从事学术研究(也包括一部分批评家退出文坛进入高校),而且原有从事研究的不少学者也开始有意识地借鉴古代文学、现代文学的治学经验,将当代文学研究当作一门"学问"去作,有的还主动从詹姆逊的"永远的历史化"那里寻找外源性的资源。于是,一场迟到了的"学术再发动"的历史化思潮不期而至,遵循学术研究的基本规律和基本规范,强调学术的自足性和规范性,重视文献史料和知识谱系,不期而然地成为许多学者的共同追求。

　　本文拟在历史化的大背景下,对当代文学领域重要而又常常被忽略了的文学史料研究试作探讨。在这里,除了必要的背景和过程的介绍外,我更关心的是当代文学史料研究的意义、特点与问题。在中国古今贯通、环环相扣而又异同并呈、阶段性特征分明的文学史上,当代文学史料工作无疑是最薄弱的。在史料发掘、整理与研究方面,它不仅根本无法与体大思精的古代文学史料媲美,就是与之具有异质同构关系的现代文学史料也有相当距离——现代文学史料与古代文学史料相比尽管稍逊风骚,但其史料搜集整理如今已大致成型,史料意识相对也比较自觉,还推出了一批较为成熟的研究成果。这种情况,在给当代文学史料研究不无沉重压力的同时,也为它的提升和发展留下较大的余地。我们只有从思维、态度与方法等方面进行调

整,才有可能改变目前所处的迟滞窘迫的局面。

一、"历史补课"的总体背景与态势

众所周知,文献史料是中国学术研究的一个传统,从汉代的汉学到清代的乾嘉学派,中国学术煌煌成就几乎都围绕着文献史料展开。陆侃如先生将文学史的工作,分为朴学的工作、史学的工作和美学的工作这样三个步骤。① 所谓朴学的工作,就是史料的搜集和考证,他将它列为第一位,可知史料在老一代学者心目中的重要地位。然而近世以降,由于受"考据化"向"阐释化"转换的整体学风的影响,加之政治意识形态、西方各种主义"强制阐释"和世俗功利等诸多因素的合力作用,这样一种传统学术在当代文学研究领域,不说全然断裂,起码岌岌可危。如王瑶先生所说的,熟悉古代文学研究版本、目录、辨伪、辑佚等一套"整理和鉴别文献史料的学问"②,并运用于研究实践的,几乎乏人可寻。这是一个时代学术之弊。它还由此及彼,对后面几代产生不可忽视的影响,并且时至今日留下了严重的后遗症。钱理群指出:"中国现代文学始终是在古今、中外关系中获得发展的,这就要求它的研究者必须具有学贯古今、中西的学养"③,像王瑶这样的学科开创人那一代学者,大都具有这样的学养,但这一传统,"从第二代开始,就被中断了",在拒绝一切中外文化遗产背景下"成长起来的第二、三、四代学者,总体上都存在着知识结构上的巨大缺陷。这样的学科发展所提出的学贯古今中西的客观要求,与几代学者自身知识结构的缺陷,两者之间形成了巨大的矛盾,成为制约中国现代文学研究学科发展的长远的、根本性的因素"。④ 当代文学学者同样也存在这样"知识结构上的巨

---

① 参见陆侃如:《中古文学史系年》序例,人民文学出版社 1985 年版。
② 王瑶先生在 1979 年谈到"必须对史料进行严格的鉴别"任务时,曾指出:"在古典文学的研究中,我们有一套大家所熟悉的整理和鉴别文献史料的学问,版本,目录,辨伪,辑佚,都是研究者必须掌握或进行的工作。"王瑶:《关于中国现代文学研究工作的随想》,《中国现代文学研究丛刊》1980 年第 4 期。
③ 钱理群:《那里有一方心灵的净土》,中国文联出版社 2008 年版,第 10 页。
④ 钱理群:《樊骏参与建构的中国现代文学研究传统》,《文学评论》2011 年第 1 期。

大缺陷",甚至更突出。当然,物极必反,它在促使我们深刻反思的同时,也为如何在这方面进行"历史补课"提供了很好的契机。

略感欣慰的是,这些年来,由于受传统学术思想和知识重构思潮的影响,从国家到地方有关部门开始重视当代文学史料工作,并将其纳入视野予以立项资助。如2014年度国家社科基金重大招标项目中,就有"新中国文学史料综合研究、分类编纂与数据库建设"一项,2015年度国家社科基金项目指南中,首次将当代文学史料(具体题目为"50—70年代文学史料整理与研究")列在其中。学术刊物也普遍加大了对当代文学史料的用稿,《文学评论》、《文艺研究》、《中国现代文学研究丛刊》等经常刊登当代文学史料方面的研究文章,《中国现代文学研究丛刊》还设有固定的"文献史料"栏目,几乎每期都刊发当代文学史料方面的文章。更为重要的是,这种思维理念逐渐弥漫升温,为愈来愈多的业内同行所接受,上升为一种治学理念——一种"基于史料"的实证研究的治学理念,对包括研究生在内的年轻一代学者产生了广泛的影响。这一点,只要翻阅一下量大面广的现当代文学专业研究生学位论文,就可发现较之以往,近一二十年来研究生学位论文,不仅普遍注重引文的出处、注解、参考书和行文的规范,而且在内在的思想观念上出现了"由论向史"的皈依。长期以来没有的编年、年鉴、年谱特别是考据(在过去,它几乎被古代文学研究领域所"垄断")也开始出现了——不仅有与莫言等创作有关的生平、经历及家世方面的考镜源流,而且还有作品与原型的参照比较等考证。① 某种意义上,当代文学研究领域的确呈现出了知识化乃至古典化的倾向。在中文学科内部,开始呈现出新兴学科"历史化"与传统学科"现代化",及其彼此交融对话的发展态势。

有学者在总结中国学术研究规律时指出:文献史料的发现往往在思想层面上与主流文化思想构成抗争格局,"所以,文献学是具有发动学术意义的,不应该将其视作前学术阶段的工作。一个学科发展到一定阶段,核心文本成为文献学追逐的目标确实是学术向更高层次重新发动的标志,同时也是学术精

---

① 有关这方面的考证文章,如黄平:《"新时期文学"起源考释》,《文学评论》2016年第1期;程光炜:《莫言家世考证》系列文章,《南方文坛》2015年第2期、《新文学史料》2015年第3期;原帅:《莫言小说人物原型考》,《中国现代文学研究丛刊》2015年第8期;刘长安:《赵树理1965年纪事本考释》,《现代中文学刊》2014年第3期;等等。

神的淬炼和提升"。①　当代文学史料有所不同,也许到现在为止还没有形成大家共同追逐的核心文本,并且在我看来,发展到了今天这样,要想发掘出能够彻底改变或重建当代文学整体结构和基本走向的所谓的重大史料,现实的希望和可能性不大;作为一种现代的学术,它也需要而且应该融涵和吸纳形而上学、辩证法等逻辑理性和科学主义等思维理念和研究方法,甚至像钱理群等所说,采用"思想模型"或浪漫主义研究也不无可以,不能以史料的丰富来贬低理论或取消理论的重要性,这是一。　其次,尽管学界开始重视当代文学史料,形成了较好的态势,并取得了不少的成果,但由于诸多复杂因素,相比于古代文学和现代文学学科,毕竟处于迟滞乃至不被理解或压抑的状态。　如上述所说的 2014 年度当代文学唯一的一个国家社科基金重大招标项目和 2015 年度国家社科项目指南所列的"50—70 年代文学史料整理与研究"项目,最终均未被立项;而后一个项目,哪怕是"50—70 年代"戏剧、小说、诗歌等次一级的文体史料整理与研究方面,也都没有。　凡此种种,颇令人玩味。　它从一个侧面说明,史料并不像我们所想象的那样只是技术活或体力活,而是与政治的、人事的、世俗的具有直接或间接的关联,有时甚至是有禁区的,并不是随意可为,想怎么研究就怎么研究。　这也是当代文学史料与现代文学特别是与古代文学史料的一个很大乃至根本的区别。　但是无论如何,史料是当代文学研究的基础,"尊重材料,重视证据,是治学者的必要条件"②,史料的有无、多寡、真假与否以及程度如何,不仅为当代文学研究提供了具体切实的参照互证,而且它还成为衡量当代文学学科的一个重要标准。　从纯粹的学术研究角度讲,文学史料不仅仅是研究的一种工具或手段,它本身就成为当代文学研究及其历史化的主体之一,成为我们研究和叙述当代文学史、思想史和学术史的重要方式。　因此,无论如何,不管有多少困难,我们都有必要将其提到当代文学研究及其历史化的"战略"高度加以重视。

---

① 　王风:《现代文本的文献学问题——关于〈废名集〉整理的文与言》,《中国现代文学研究丛刊》2004 年第 3 期。

② 　王瑶:《论考据学》,参见《中国文学论丛》,上海平明出版社 1952 年版,第 50 页。

二、学术创新与政治化史料研究的特点及难度

作为一场迟到了的"学术再发动",当代文学史料研究也许很难说在方法论上有多少创新。但如果我们不是从一般的概念逻辑出发,而是将其放在近十年来当代文学学术语境中进行考察,那么就会发现:它的提出与实践,尽管远未达到人们所期待的历史化和知识重构的要求,在水平、层次与境界等方面也都存在着不少问题,但对于推动学术创新和纠正研究中存在的含混或不当的判断,却具有不可忽视的重要意义;至少为学术创新和纠谬辨正,或如福柯所说的对研究对象进行考古学的评判,提供扎实的史料依据,使学术研究回归"实事求是"的正确轨道上来。

比如一般的文学史都将老舍的《茶馆》创作视作是对以往文学政治化模式的超越。但据老舍长子舒乙发现后来的手稿和同事林斤澜的回忆①,其实老舍《茶馆》初版本仍有当时盛行的这种"配合政治"的痕迹,"上下五场或正面或侧面扣着政治事件,人分左中右,议论分正反,命运各随政局变迁"。后来在排演时,是北京人艺的导演和演员们"进行了一场非常严肃认真的讨论……(大家)形成了统一意见",才帮助老舍摆脱了配合政治宣传的束缚,促使他"按第二场的路子重写了一个以茶馆为中心的戏",进入一个他所熟悉的、可以自由驰骋的天地,从而使之从"前《茶馆》"走向了"后《茶馆》"。② 这也就是说,《茶馆》的成功在很大程度上得益于北京人艺这个精英荟萃的艺术团体,老舍可贵之处就在于欣然接受了大家的意见。又如人们通常都认定,朦胧诗源于"文革"期间的"白洋淀诗群",认为它是"一场革命在诗歌领域发生的征兆","重新确立了中国当代诗歌的峰顶"。③ 但唐晓渡、张清华等发现,事实上,它在60

① 舒乙:《由手稿看〈茶馆〉剧本的创作》,《十月》1986 年第 6 期。
② 林斤澜:《〈茶馆〉前后的后话》,《散花记散》,湖南文艺出版社 1996 年版,第 60 页。
③ 李润霞:《一个刊物与一场诗歌运动》,《贵州社会科学》2006 年第 4 期。

年代后期黄翔、哑默等贵州诗人群那里就已开始了探索①,这就纠正了人们对朦胧诗"起点"的不确观点。再比如不少文学史都将卢新华的《伤痕》和刘心武的《班主任》看作伤痕文学的滥觞。但随着视野的拓展和新史料的发现,我们得知在1978年的"地下刊物"《今天》杂志那里就已有伤痕文学,而且与文学史所说的还不一样,带有异质的成分;后来被称为朦胧诗代表诗人如北岛、舒婷、顾城、江河、杨炼等,他们在进入体制内刊物《诗刊》之前,都曾在《今天》上发表过作品,其中《诗刊》上有些作品原本就直接选载于《今天》。近年来,在作协系统担任过领导或工作过的同志提供的大量的第一手史料,也对很多误传的史事有匡正作用。比如,坊间一直传说周扬在复出之后没有对丁玲说过一句"对不起"的话,造成文坛的长期对立;束沛德新近出版的《我的舞台我的家——我与中国作家协会》有文字记录表明,情况并非如此,在第三次作代会上,周扬曾对丁玲作了公开的、反复的道歉。② 从抗战文学研究的情况来看,近些年来之所以超越过去比较封闭狭窄的视野,在真实的广度、深度以及层次、境界、维度等方面有所推进和拓展,除了历史观外,与期间陆续披露的有关中日两国的文献史料,包括中国官方公布的国共两党在抗战的正面战场和敌后战场分别消灭日军的具体数据(其中国民党领导的军队在抗战的正面战场消灭日军85万,共产党领导的八路军、新四军和东北抗日联军在抗战的敌后战场分别消灭日军52.7万、17万),也包括《蒋介石日记》、德国约翰·拉贝的《拉贝日记》、美国明妮·魏特琳的《魏特琳日记》、美籍华人张纯如的《南京大屠杀》以及各国家各地区各层次各类别档案发表和公布的史料密切有关。正是得益于这些众多的史料,抗战文学研究才开始从原来的多为敌后战场文学而无正面战场文学研究的偏执局面走出来,有关正面战场的正面表现,正面战场问题的表现,以及作家与正面战场的关系等,均有论文或论著推出;尽管在研究抗战的问题上,海峡两岸至今还存在着"两种系统,两个论述"的情况。

而与此相反,有的研究之所以对当代作家作品作出不尽确当或客观公允的评价甚至产生误评,其所依据的史料正确与否,往往也是其中的一个重要原

① 参见唐晓渡编选:《在黎明的铜镜中——"朦胧诗"卷》,其中收入了黄翔4首标注为60年代创作的诗歌,最早的一首是1962年的《独唱》,北京师范大学出版社1993年版;张清华:《朦胧诗:重新认知的必要和理由》,《当代文坛》2008年第5期。

② 束沛德:《我的舞台我的家——我与中国作家协会》,作家出版社2015年版,第64页。

因。如有人批评杨沫笔下的林道静具有深重的原罪感①,但据从事新文学版本研究的金宏宇证实,这个结论是从《青春之歌》再版本,而不是从初版本得出的;它涉及版本学问题,是缺乏版本意识所致。类似的这种版本错位引发的不当论争和批评,不仅在大陆而且在夏志清的《中国现代小说史》等海外汉学研究及其文学史中也不乏其例。② 中国传统学术是非常重视版本的,并往往以追求善本为目标。西方亦然,如韦勒克、沃伦和沃尔夫冈·凯塞尔在其《文学原理》、《语言的艺术作品》中都不约而同地提及版本校勘问题,强调文学研究"最好采用与作者原稿最接近的手抄本",尤其是要选择好一个最能代表作家"成熟的意志"和"最后决定的意志"的版本,还用专章篇幅探讨了包括版本在内的"论据的编排与确定"问题,指出:"有些考订真伪和作者的问题,会牵涉到许多复杂证据问题,而且也会应用到古文字学、目录学、语言学和历史学等各方面的学问。"③这些都很值得借鉴。不过,由于现当代文学版本的修改更多是作家、编辑和传播在政治意识形态语境下,自觉或不自觉(也许有迎合与被迫之分)"自我修改"或"二度修改",所以它需要结合创作学、语言学、修辞学、释义学、传播学、接受学、阐释学的理论与方法,有一个被当代学者称之为"渊源批评"、"演进批评"的问题。④ 而这,与将重点放在"真伪鉴别"的古代文学版本研究是不同的。

可以这样说,当代文学研究的推进,大到宏观的学科和文学史,小至具体的文学事件和作家作品,像胡风、丁玲、冯雪峰冤案平反问题,两个"小人物"与批判《红楼梦》研究运动关系问题;像文学运动、文学论争、文学会议、文学杂志、文学评论、文学评奖、文学体制问题;像"文革"文学、潜在写作、人文精神、作文新概念、韩白事件;像赵树理、柳青、杨沫、莫言、路遥、贾平凹、王安忆等新经典作家;还有像郭沫若、茅盾、巴金、老舍、曹禺、沈从文、张爱玲等现代作家晚年创作问题等等,它都离不开文学史料的参与,事实上文学史料虽不那么自

① 王一川:《中国现代卡里斯马典型》,云南人民出版社 1994 年版,第 183 页。

② 金宏宇:《新文学研究的版本意识》,《文艺研究》2005 年第 12 期。

③ 〔美〕雷·韦勒克、奥·沃伦:《文学原理》,生活·读书·新知三联书店 1984 年版,第49—64 页;〔瑞士〕沃尔夫冈·凯塞尔:《语言的艺术作品》,上海译文出版社 1984 年版,第 26 页。

④ 金宏宇:《新文学版本研究的角度》,《中国现代文学研究丛刊》2005 年第 2 期。

觉,但从中也一直都在发挥着重要的作用,甚至扮演了"再发动"的角色。如陈思和及其团队对"潜在写作"这一概念的提出,就源于文学史料,他们据此也发表了不少文章,包括以此为题撰写博士论文《潜在写作:1949—1976》(刘志荣),并将其纳入文学史给予较高的定位;反过来,这些研究又促进文学史料再发现,如此回环往复,形成了良性互动的学术效应。也有的因观念所囿,从开始的视而不见到以后的高度重视,几成热门,经历了一个过程。如洪子诚讲道:在80年代看《文艺报》的时候,"就不大注意有关通俗文学的部分,也很少注意《说说唱唱》、《民间文艺》、《故事会》这类刊物。通俗文学在20世纪文学的地位等问题被重新关注之后,才逐渐认识其中一些史料的价值"。① 当然,现在仅仅是起步,还有不少文学史料刚刚打开,尚需作进一步确认或再确认。如上文提及的抗战文学史料,虽取得了不少进展,但据秦弓归纳和梳理,现在起码还存在两方面问题:一是新的认识和新的结论还没有进入文学史,目前基本尚停留在"解放区歌天颂地"和"国统区揭露国民党腐败"的阐释框架中讲述;二是还有国民党战区文化与文学、正面战场文学与日本侵华战争文学、正面战场文学与世界反法西斯文学等十方面工作,需要在搜集包括墓碑、墓志铭、纪念碑、英烈祠堂、对联、书信、日记等文献史料的基础上进一步展开。② 即使像胡风这样比较成熟的研究课题,仍有不少史料"瓶颈",而要再深入,也与史料整理发掘有关。如关于胡风与《讲话》的关系,这是关涉胡风思想实质及其悲剧命运的重要问题。以往学界几乎一致认为胡风有意反对《讲话》,才导致其跌进悲剧的深渊。然而,从现在所有的有关胡风文学史料(包括私人书信及日记)来看,均找不到他反对《讲话》的证据。我们所能看到的,反倒是胡风不时地维护《讲话》,当然有总是一厢情愿地将其纳入自身的理论体系加以阐释的倾向。

　　樊骏在80年代后期发表的那篇著名的长文《这是一项宏大的系统工程》中,就史料工作所包罗的众多方面和广泛内容,以及其所达到的严谨程度和科

---

① 洪子诚、钱文亮:《当代文学史研究中的史料问题》,《文艺争鸣》2003年第1期。

② 参见张丛皞:《中国现代文学研究会第十二届常务理事会暨现代文学研究最新动态与学科发展高端论坛综述》,《中国现代文学研究丛刊》2015年第12期;秦弓:《现代文学研究60年》,《文学评论》2009年第6期。

学水平,曾指出史料本身就是"一项宏大的系统工程,一门独立的复杂的学问"。① 当代文学史料亦是"一项宏大的系统工程,一门独立的复杂的学问",所不同的是,当代文学史料海量般的存在,加之时间又短,它没有也不可能出现像王国维先生所说的"地下"存在方式,反映到学术研究,也就不复有"纸上"与"地下"史料互证的问题。对当代文学史料来讲,比较突出也是更具难度的是,因与现实政治同构而带来的诸多非学术化因素的干扰,以及空间上的延展和传播媒体的变化而催生的新的文学史料,如少数民族文学史料、台港澳及海外华文文学史料、网络文学史料等等。对这些史料的发掘与研究,也许在我们面前展现一个全面立体的当代文学世界。尤其值得指出,文学与政治的一体化,使不少当代文学史料至今还被封存在各种政治档案中没有解密。洪子诚在一篇谈当代文学史料文章中提道:"研究'十七年文学',包括整个当代文学,最大的困难反而是史料的问题。特别是当代这种与现实政治休戚相关的特殊情况,导致很多关键性资料的获取几乎不可能。我们国家现在似乎还没有决策层的资料解密的规定。"②他还告知我们,在 1957 年 6 月至 9 月中国作协党组召开的批判丁玲、陈企霞、冯雪峰和艾青第 27 次扩大会议上,当时几乎所有的作家都作了批判发言,内容涉及中国现当代文学的历史和现状,会议记录(包括被批判者的发言和检讨)竟达一百多万字,当时有部分在整理后曾打印成册发到有的参加者手里,后又被收回。即使是这个很不完全的发言,目前也未见公开。他由此感叹"全部的事实是否永远封闭于'暗箱'中,甚至从此湮灭,那也是难以逆料的事情"。③ 再如对文学史产生重要影响的《纪要》(即《林彪同志委托江青同志召开的部队文艺工作座谈会纪要》),这份否定十七年文学和确定"文革"文学理论基础的关键史料前后经过三次修改,初稿究竟写了什么,又经过哪些人和哪些内容的修改,这些都关系重大而我们又都不了解或

---

① 樊骏:《这是一项宏大的系统工程——关于中国现代文学史料工作的总体考察》,《新文学史料》1989 年第 1、2、4 期;后收入《中国现代文学论集》,题目改为《关于中国现代文学史料工作的总体考察》,人民文学出版社 2006 年版。

② 洪子诚、钱文亮:《当代文学史研究中的史料问题》,《文艺争鸣》2003 年第 1 期。

③ 洪子诚:《历史承担的意义》,《我的阅读史》,北京大学出版社 2011 年版,第 29—30 页。

不很了解。①

其实,岂止是十七年,新时期以来以迄于今的整体的当代文学何尝不是如此。如民间刊物"开放"问题,它在 1979 年 10 月召开的中国作协第三次代表大会的《协会章程》中虽然获得通过,但在同年年底正式发布的、作协主席团会议的"修订定稿",民间刊物"开放"一事实际上"已经搁浅"。② 这之间到底什么原因、什么人发话导致情况发生变化均不详。也许是与一体化体制有关吧,当代文学领域内几乎每次重大冲突和重要决策,往往都伴随着不无激烈的政治冲突,或多或少地带有"幕后较量"的特点。有时候这种"幕后较量"甚至诉诸一个指示或电话,且往往连录音也不留或不准留。所以,这就更给当代文学史料平添了"政治史料"才有的神秘化的特点。前者,如 80 年代初引发激烈争议、在某种程度上绵延至今的《时代的报告》事件,它曾一度扑朔迷离,最后"事情总算出现了转折"(即受到"整顿停刊"的处理),它实则是中央书记处的决定,据刘锡诚记录,当时胡乔木、杨尚昆等都为此有过批示③;后者,如 80 年代中期人民文学出版社发表和出版张炜的长篇小说《古船》后,在出版和宣传问题上都受到当时某些上级领导者的口头而未见诸文字的严厉批评,是责编何启治据理力争,顶着压力,以个人名义写了书面保证,出版社才勉强同意出版

---

① 根据现有史料来看,《纪要》的初稿是仅为 3000 余字的《汇报提纲》,江青对这一稿并不满意,毛泽东于是让陈伯达、张春桥、姚文元参与修改,修改后名为《江青同志召集的部队文艺工作座谈会纪要》,文字经过增删后达到 6500 余字,之后毛泽东又修改了 11 处,在标题中加上了"林彪同志委托"字样,还加入了要求继续斗争、全盘斗争的内容。江青根据这一版本,再次修改全文到 1 万余字并送交毛泽东,3 月 17 日毛泽东指示:"此件看了两遍,觉得可以了","建议用军委名义,分送中央一些同志征求意见,请求他们指出错误,以便修改"。3 月 19 日,江青写信给林彪说明《纪要》起草、修改的经过。4 月 10 日《纪要》批发全党。参考朱健华、郭彬蔚、李有清主编:《中华人民共和国大事记事本末》,吉林教育出版社 1992 年版,第 651—653 页。

② 参见李建立:《转折时期文学体制的内与外——以 1979 年〈今天〉与〈安徽文学〉的交往为例》,《中国现代文学研究丛刊》2015 年第 11 期。

③ 关于《时代的报告》杂志整顿停刊"事件,参见刘锡诚:《1982:围绕"十六年"的一场大辩论》,《南方文坛》2015 年第 3 期;窦金龙:《一份刊物的浮沉——〈时代的报告〉从创立到停刊(1980—1983)》,《扬子江评论》2015 年第 5 期。

该书的单行本。① 李怡曾对现代文学史料研究过分集中于北京和上海"中心"提出批评,认为它不符合现代文学史料存在的实际,应该由"中心"向包括重庆、桂林在内的"边缘"转移。② 当代文学不同于现代文学,是体制化的文学,其政治中心与文化中心高度统一(现代文学的政治中心与文化中心往往是分开的,尤其是在国民党统治时期更是如此,它所定都的南京和陪都重庆只能算作是政治中心,而很难称得上是文化中心),它往往凭借和依托以北京为中心的、自上而下的层级性政治权力、政治运动和政治逻辑强力来推动文学运演,所以,这就使当代文学史料存在呈现出了为现代文学所没有的高度集中和统一,以致被作为政治文献史料收入最高级别的政治档案进行保管和封存。

不管我们承认不承认或喜欢不喜欢,当代文学史料嵌入了明显的政治化的印记。这种政治化不仅作为背景,而且深入骨髓地影响和规约了当代文学的走向,形成乃至积淀为一种带有中国特色的历史运演和叙述方式。对此,如果我们简单地搬用现代文学所谓的"去中心"的作法进行研究,效果可能会适得其反。

三、史料多向拓展与文学史关系处理

然而这样说并不意味着我们无所作为,更不应该成为我们裹足不前、放弃作为一位当代学人应有的学术使命。大量事实表明,不少政治性史料往往不是以整合,而是通过各种分散方式,在各种党史、军史、共和国史以及有关党和国家重要领导人的传记、年表、回忆录、文集中有所呈现。这就要求我们在史料研究工作中不能过分局限于文学一隅,而是应该放开眼光,从政治文化或大文化角度切入进行收集、整理和研究,并且要有足够的耐心和谨慎。如 80 年代初期对《苦恋》及资产阶级自由化的批判,虽然期间背景和内幕迄今不甚其详,但通过周扬年谱披露的有关史料,我们还是可以得知它的晦暗幽明的变化及其结果,不仅与周扬、张光年、陈荒煤、冯牧、林默涵、刘白羽、贺敬之等文艺

① 何启治:《文学编辑四十年》,人民文学出版社 2001 年版,第 47 页;宋应离、刘小敏编:《亲历新中国出版六十年》,河南大学出版社 2009 年版,第 773 页。
② 李怡:《中国现代文学研究的文献史料:问题与方法》,《汕头大学学报》2005 年第 1 期。

界领导核心的分歧有关,而且还与邓小平、胡耀邦等最高决策者的主导思想具有密切关联,甚至是后者直接介入乃至拍板裁决所致。① 所有这些,已远远超出了文学史料,是建立在广搜博取史料的基础之上的。

当然,史料搜集和占有只是第一步,更为重要、更具难度的是,当代文学史料因受社会政治纠葛和传播载体等各方面影响,显得特别丰富驳杂。如何在继承传统朴学同时,根据当代文学的实际情形,归纳提炼适合自己的原则与方法,站在"与古人处同一"(陈寅恪语)而又超越古人的立场进行研究,这不仅关涉思维方法,而且还牵及深层的价值观念,它不可避免地碰到史料与史观、新史料与旧史料、公共性史料与私人性史料等关系处理的问题。占有史料并不能确保研究的客观公允和必然成功,更不意味着将史料的多寡与研究水平及结论的确当与否直接画等号。为什么李洁非的舒芜研究在诸多胡风事件研究中别具新意和深度,很重要的就在于超越了对舒芜的"犹太"定位和道德谴责,在处理其"上交书信"导致胡风命运急转直下这份史料时,没有把自己"关注的焦点"放在"舒芜当年所为究竟是什么性质",而是从史料与知识分子关联角度,将其"放在他怎样条分缕析去呈现自己何以至的由来"进行深入的探讨。因此,使研究由"冤案"之案,进入"学案"、"文案"之案,"从感性历史向历史理性的转换,确切地说,便是越过个人因素层次,掉头深入历史肌理、机制,寻求对于文化、思想、精神上'看不见的手'的认识,从而揭示整个悲剧的实质"。②

往往有一种误解,以为史料研究就是简单的剪刀加糨糊。实际上,这项工作内在地体现了编者的史识及其重构历史的动机。对此,笔者深有体会,在撰写有关文学史料文章的过程中,感到最棘手也是耗时最多的往往不是史料的搜集和整理,而是如何将其纳入阐释体系中给予合历史合逻辑的评判,并由此及彼提出问题,推动和促进当代文学研究及其历史化和学科建设。占有的史料愈多,反过来,它也对你的史观和史识提出更高的要求,否则,你就有可能在返回历史现场时,迷失于丰富复杂的史料中不能自拔,为了史料忘了目的。有人不了解这一点,同时也是与"以论代史"的观念有关吧,往往对当代文学史料搜研尤其是所谓的"边缘性"文学史料搜研多有批评指责,认为这种考古式的

① 参见吴敏:《周扬年谱简编(1980—1985)》,《现代中文学刊》2014 年第 4 期。

② 李洁非:《典型文案》,人民文学出版社 2010 年版,第 115 页。

搜研不仅造成研究格局的琐碎，而且会给当代文学研究的"质"的提升尤其是"大文学史"编撰带来负面影响。

毫无疑问，当代文学史料是需要防止为史料而史料，不能忽略对整体历史的把握；当代文学史料数量奇多，的确有个选择问题，并且要注意其当代性的特点。但在讲这个问题时，我以为有两点需要辨识：

首先，文学史只是当代文学研究的一种路径与方式，而不是全部，它不可以也不应该取代其他诸多方法（除了文学史外，还有年鉴、年谱、传记、选本、大系以及作家作品、思潮运动等个案或专题研究），而且由于与当代贴得太近，缺少必要超越，当代文学在述史上的确存在着某种先天的局限，表露出了很大的不确定性（这也是唐弢、施蛰存等为什么不同意编撰当代文学史的主要原因）。相反，包括琐碎史料在内的所有文学史料倒是比较稳定的，带有很强的客观性。所以，我们不应该因其不符合"大历史"或不足以改写整个文学史，就对它予以薄视。其次，所谓的琐碎史料或史料琐碎也是一个颇为含混和不那么确定的概念，如上文所说的作协代表大会通过的同意民间刊物"开放"而在最后公布时实则被取消，它看似小事（通常也不会将其写入文学史），但它所呈现的客观事实，对还原新时期文学"历史现场"无疑是有意义的。又如"文革"时期红卫兵自行印刷的报刊中的大量诗歌，无论就思想还是就艺术来看，当然不能"入史"，也无法容纳进现有的文学史的叙述框架中；但却让我们具体切实地感受和思考"文革"之际普遍存在的思维方式及诗歌写作的特点，对"文革"文学史编撰具有重要的参考价值。① 哪怕是作为一种即将消失的史料的保存，它也很有价值。如果考虑到今天还有不少年轻人有意无意地对"文革"进行非历史的美化，觉得它"好玩"，恐怕就更有必要，也更有意义。

从这里也可知道，史料研究虽然讲的是史料，但它其实已牵涉到包括文学史观在内的诸多观念问题。过分拘泥于文学史尤其是狭隘的文学史，可能会对史料研究造成不必要的遮蔽。同样一个史料，在不同阶段或不同的人来看，

---

① 刘福春的《中国新诗编年史》在这方面收有相当丰富的史料，包括1967年8月武汉钢工总宣传部、新湖大队红八月公社编印的白桦诗集《迎春铁矛散发的传单》（内收白桦19首诗）等，这也是这部专著受人称道的"亮点"之一；萨支山在一篇笔谈文章中，就以《"文革"时段的处理是此书亮点之一》，高度评价刘著，萨支山此文载《创作与评论》2014年第11期。

可能会大相径庭(前面所举的洪子诚在 80 年代和 2010 年对《说说唱唱》、《故事会》等文学史料持完全不同的态度,便是一个例证)。这里,问题不在史料本身是否琐碎,而是在于史料研究主体是否恢弘开阔,是否将其纳入整体性的历史中作考察;在于不是为了证明某种观点而选择和取舍史料,而是在于从史料本身实际出发寻找其"意义"之所在,这才是最根本最关键的。如果说上述说法是有道理的话,那么,窃以为有必要对琐碎史料与史料琐碎的定位和批评采取谨慎的态度,不能简单化、绝对化。我们只有把它放置到具体的历史文化中,将其与其他相关的史实联系起来,从整体性和关联性等方面作综合考察,才有可能对之作出比较客观的评价。

特别需要指出,当代文学不同于古代文学、现代文学,长期以来盛行的主观化、批评化的研究之风,不仅养成了我们"以论代史"的思维习惯,而且还使我们拙于甚至割断了与传统实证的关联,几乎忘记或忽略了作为学术评判最基础性的史料工作,在这方面欠账太多。对当代文学来讲,自觉或比较自觉的史料工作,严格地讲,是从近些年才启动的,时间很短。因此,较之古代文学和现代文学,面临的问题很多,情况也更为复杂:一方面,大量该整理的史料而未予整理(如报刊书籍等目录学史料);一些史料刚刚开启,仅露出冰山一角(如日记、书信、检讨等私人性史料);一些史料开启了,但因新史料的发掘需要重新加以甄别和整理(如上文提及的胡风相关史料);活态的史料处于随时湮灭、亟待抢救的急迫状态(如"文革"文学,尤其是尚在世的一些"文革"文学亲历者口述史料的抢救与保存——否则,为人们所诟的"文革"发生在中国,而"文革"研究在国外的尴尬局面将无法避免)。

另一方面,由于历史的、政治的、人为的等诸多因素,当代文学史料毁坏散失的情况十分严重,即使保留下来的,也因一体化体制,其中又有相当一部分还尘封在档案馆中不能成为共享资源,甚至永远不能开放(盖因文学史料政治化,有不少文学史料同时也是政治史料)。洪子诚据此就曾提出当代文学史编撰"尺度相对放松一些"的标准问题①,李洁非还进而强调指出:"当代文学研究界,亟待转变意识,起码有部分学者从'前沿'状态抽身退却,不参与各种时

---

① 　洪子诚、钱文亮:《当代文学史研究中的史料问题》,《文艺争鸣》2003 年第 1 期。

论争讦,专心作当代文学史的案头工作。"①当然,这也从反面告知我们史料与文学史(史观)之间的密切关联,要想在史料问题上有所作为,必须在文学史观上进行调整,建立多元开放、富有弹性且容纳异质的文学史观。

当代文学史料是当代文学文化的印迹,它的发掘、整理与研究,不仅为文学史编写和学术再发动及学术创新提供重要的支撑,而且也为后人研究当代文学及其社会文化提供重要的第一手资料,它所包含的内容是相当丰富的,其意义和价值也是多方面的,不能将其简单和狭隘地理解为单一的文学史编写,用所谓的"有用"与否作为衡量或评判的重要乃至唯一的标准。众所周知,文学史总是因人因时而异在不断变化,而史料则是恒定不变的(它只有发掘、甄别),以稳态的方式存在。半个多世纪以来的实践也表明,我们的文学史编写往往变化有余而沉稳不足,在相当程度上变成了各种"理论"演练场:从原来单一的"革命"范式走向现在"启蒙"、"现代性"、"人性"、"民族性"等多种范式;而这诸多范式,诚如胡适在八十年前所批评的那样,相当普遍地存在着"系统太整齐"而导致人事描写"形迹可疑",即缺乏真实性的问题②,加之文学史料基础工作没有及时跟进,与研究处于分离状态。在这种情况下,如果还继续停留执守于固有的带有话语霸权性质的、藐视史料的思维理路上,在刚启动的当下,就对史料过多过严地加以批评指责,而不秉持作为文学史家应有的谦恭和对话的态度,那么它不仅对史料研究而且也对文学史编撰将造成不必要的抑制。在当今学界,坦率地讲,我总感到程度不同地存在着"当代文学无史料"、"文学史料无用论"的观点,它以各种方式影响着正在行进中的文学史料研究工作。而"当代文学无史料"、"文学史料无用论",它往往又与这些年被我们不适当夸大或自恋化了的所谓的"大文学史"有关。这也从一个侧面说明"以论代史"思维方式的强大,它迄今为止还有相当的市场。

陈寅恪曾经说过:近现代史是较之上古、中古时代,"文献档册,汗牛充

---

① 李洁非:《典型文案》写在前面,人民文学出版社 2010 年版。

② 胡适在致罗尔纲信中强调指出:"凡治史学,一切太整齐的系统,都是形迹可疑的,因为人事从来不会如此容易被装进一个太整齐的系统里去。"见《胡适全集》第 24 卷,安徽教育出版社 2003 年版,第 314—315 页。

栋","史料过于繁多,(使他)几无所措手足"。① 我们所说的当代文学史料,它所面对的是远比近现代更为丰富复杂而又没有很好进行盘点清理的文学史料——如从数量上看,仅长篇小说,每年年产量就达 4000 多部;从内容上看,仅北京、上海、成都在八九十年代就先后有《倾向》、《幸存者》、《异乡人》、《知识分子》、《文化与道德》、《现代汉诗》等 100 余种不同的地下文学刊物、集刊及书籍不定期出版,90 年代以后随着出版体制的开放和商业化,地下刊物又进一步出现了向"地上化"发展的趋向(如万夏、潇潇主编并基本发行的《后朦胧诗全集》),有不少学者和作家的作品是自费出版的,它们与国家主导和掌控的地上刊物和作品形成了某种既抗衡又互补的局面。这些刊物和作品也许永远也不会成为我们的研究与文学史的重点,但它们同样是当代文学的一部分。所以,如何在坚持基本四项原则的前提下,从人类文明文化的传承和更加开放开阔的维度,而不是站在狭隘功利,仅仅是对文学史是否"有用"以及体制化出版物这样一个封闭狭隘的立场,将其收集整理就显得有其必要。这同样也是一个不应受到忽视或怠慢的当代文学史料库,它迟早要进入当代文学研究视域,成为其中不可或缺的重要组成部分。

结语　面向后现代的思考

历史在倏忽之间已进入了 21 世纪。在今天讲当代文学史料,不同于以前任何时候,它是在更加开放也更为繁杂的全球化语境下进行的一项带有总结性的知识重构活动,将不可避免地受到后现代主义的影响。而后现代主义,是主张"文本之外无历史"的。这在打破"史料即历史"的传统封闭观念,拓展思维空间的同时,也给历史阐释的主观主义和虚无主义埋设了某种理论陷阱。到底如何吸纳后现代主义历史观、史料观而又不为所拘,形成对它的超越,这是需要我们面对的一个新的也是极具挑战性的课题。著名史学家严耕望先生曾以陈垣、陈寅恪为例,将史料搜研和考证分为"述证"与"辨证"两个类别、两

---

① 王钟翰:《陈寅恪先生杂忆》,纪念陈寅恪教授国际学术讨论会秘书组编:《纪念陈寅恪教授国际学术讨论会文集》,中山大学出版社 1989 年版,第 52 页。

个层次:"述证的论著只要历举具体史料,加以贯通,使史事真相适当的显露出来","辨证的论著,重在运用史料,作曲折委蛇的辨析,以达到自己所透视理解的新结论"。他认为陈寅恪的史料研究和考证侧重后者,因而在"较深刻,亦较难写"中"证成新解",取得了"光辉灿然,令人叹不可及的成就"。① 以此反观当代文学史料研究,我的心情是相当复杂的。对于这场迟到了的"学术再发动",尽管我在前文中作了较多的肯定,认为它在短短的近十年中迈出了重要一步,取得了不少阶段性成果,反映和体现了当代文学学科化、历史化的新走向。但是就其整体而言,尤其是与古代文学、现代文学史料研究相比,我不得不说它仍是相当迟滞薄弱的,到目前为止还没有形成带有共识性的统一的标准,甚至还没有形成自己的价值表述、理性原则、关键词,更不要说达到严耕望所说的"述证"与"辨证"的层次和境地了。在我们这里,当代文学史料仍是覆盖了非常庞杂的知识谱系而没有给予清晰梳理的一种类似二级学科的命名,并且从总体上看,基本还停留在收集整理而尚未进入研究的"初级阶段"。

当然,指出问题的目的是为了解决问题,以镜鉴现实和未来。那么对于当代文学史料研究来说,我们到底应该从中吸取哪些经验呢? 这个话题太大、太复杂了,不好回答,但有一点可以肯定,并且需要在今后研究中引起重视,那就是基于对历史与现实的整体判断及其深刻反思,有必要从中寻找古今之间的内在关联,"一方面是重启人文主义自身所蕴含的巨大的乌托邦的能量,另一方面,是借助后现代主义(后人类主义)来透视人文主义的危机,反思人文主义,重获想象未来、赢得未来的力量"。② 当代文学史料研究能否在现实的基础上有所拓展,有效彰显与古代文学、现代文学不同的学科风貌,很重要的就在于在充满矛盾悖反的历史和生活中探寻和发掘这种"张力"。当代文学史料既有一般文学史料共有的原则与方法,也有不少是属于我们"当代"所特有的。这一点有识者不能不察。

(载《学术月刊》2016 年第 9 期)

---

① 转引自桑兵:《晚清民国的国学研究》,上海古籍出版社 2001 年版,第 190 页。
② 林品:《全球连接·数码转型·后人类主义——戴锦华专访》,《文艺报》2016 年 1 月 13 日。

"一体化"视域下的当代文学运动史料

一、当代文学运动特殊性及其史料的历时演变

有学者前几年在谈及古今文学异同时,曾把中国古代文学说成是"自然成长型"的文学,而将五四以降的中国现当代文学称之为是"目的引导型"的文学。①所谓的"目的引导型",是指它不是从生活的土壤上自然而然地成长起来,而更多是借助于某种理论的导引或外在强力推促的结果。此论甚当,我深表赞赏,认为是很符合中国现当代文学实际的。《中国新文学大系》10 卷中理论占有 2 卷(建设理论卷、文学论争卷),就多少说明了这一点,它也反映了那个时代新旧观念碰撞之激烈。从此之后,文学似乎改变了原有的轨道,沿着这样的理路推进:即往往先有理论后有实践——先有《讲话》,后有《白毛女》、《小二黑结婚》、《李有才板话》,先有《钟山》杂志提出的新写实概念,后有《烦恼人生》、《风景》等新写实小说,带有明显的逆向性特征。

中国古代文学也有观念的碰撞及文学运动的发生。如唐宋古文运动,它虽与政治甚至与当时皇权的助推不无有关(唐代古文运动倡导的"思修其辞,以明其道"的文风,就与唐玄宗的励精图治、革除武后以来的奢靡之风不无关系),但从根本上说,它还是韩愈、柳宗元、欧阳修、王安石、苏轼等"主盟文坛"的领军人物顺应时代社会发展之需,以其不凡的才力和地位施加引领和影响的结果。用台湾学者柯庆明的话来说,就是这些"主盟文坛"的文化精英,"不仅独善其身,自

---

① 张志忠:《序言:严谨而生动的学术灵性》,《海南师范大学学报》2012 年第 2 期。

我完成,而且更是能够栖栖惶惶地接引同志,奖掖后进,甚至号召群众。因此他们不只影响久远,成为文化传统中永不熄灭的火炬,而且更是开创了风云际会的时代潮流的吹鼓手"。① 而在古代文学领域的概念及阐释体系中,它是将少数居于文坛的"典范"地位,并对整体文学及其走向产生辐射影响作用的文化精英的文学实践活动称之为"文学运动"的。这与现当代文学有关"文学运动"的概念内涵,尤其是以激烈的文化批判方式更新文学观念、推动文学发展的作法,有着根本的区别。

以上讲的是古代文学运动,那么现代文学运动呢,它与当代文学运动又是处于怎样一种关系? 与古代文学运动相比,应该说,当代文学在"目的引导"方面与现代文学并无多大的区别,某种意义上,它是对现代文学"目的引导"的承续和接着说。尤其是与左翼文学及延安文学一脉,更有一种内在的血缘的关系。但稍加辨析,彼此的区别还是十分显见的。这里所说的区别,不仅是指其"目的引导"更突出,指向更明确,更是指它被纳入强有力的"一体化"体制之中,使之变成了有组织、有计划的文学。这是当代文学运动不同于现代文学运动的独特之处,也是同样强调文化领导权,毛泽东不同于葛兰西的一个重要区别。由之,它也自然给当代文学运动史料带来了为现代文学运动史料所没有的貌态和特点。

有必要解释,此所谓的"一体化",如作结构主义分析,它是由"高端决策—中介贯彻—底层顺应"三个部分组成的。这个机制是学苏联的,它已成为掌控当代文学的主导方式。按照主流政治的文化想象和基本设定,社会主义代替资本主义原本就充满了斗争,加之东西方之间的冷战,所以就使得这种斗争显得更为尖锐激烈;而文艺作为"思想战线上和政治战线上的社会主义大革命"的重要"大军",为了更好地服务于现实政治,也为了"给资产阶级反动思想以致命的打击,解放文学艺术界及其后备军的生产力,解放旧社会给他们带上的脚镣手铐,免除反动空气的威胁,替无产阶级文学艺术开辟一条广泛发展的道路"②,就更要持续不断地开展这种批判和斗争,并将其上升为带有普遍永恒的哲学命题及其掌控文学的基本方略。这一点,只要参照毛泽东1957年在审

---

① 参见何寄澎:《北宋的古文运动》柯序(柯庆明),上海古籍出版社2011年版。
② 转引自洪子诚:《1956:百花时代》,山东教育出版社1998年版,第258页。

阅周扬《文艺战线上的一场大辩论》所加的上述转引的这段话,以及他对在历次运动中扮演组织者和批判者并最终小赢于对手的周扬所作的"政治上不进展"、"政治性不足"、"下不了手"的严厉批评,就不难可知。大量事实表明,当代文学领域开展的一系列运动,其实就是"斗争"在被极度夸大了的文学政治化年代的折光反映。当最高决策层感到其文化想象在现实中受阻,无法有效地得以贯彻实施(如要求《人民日报》、《文艺报》转载两位"小人物"批判俞平伯《红楼梦研究》的文章,遭到了拒绝),这时候,他们就从"幕后"直接走上"前台",诉诸政治权力,通过发动运动方式扫除障碍,强力推行。这种情况,在十七年的批判电影《武训传》、《红楼梦》研究、胡风文艺思想以及反右运动中,均有突出的表现。于是,原来左翼一脉存在的强大的批判斗争思维,在新的时代环境下就被有效地继承、放大和激活,并与现实中的主导政治意识形态和复杂的人际关系纠缠在一起,成为1949年后文坛政治运动频繁发生的主要原因。而正是这种政治运动式的批判,包括对资产阶级文艺思想的批判,也包括对左翼内部非主流文艺思想的批判,主导政治意识形态最终确定了它在文学领域的文化领导权。自然,在这一过程中,它也就给我们留下了堪称世界之最、也是别具"中国特色"的体系化的文学运动史料。

需要指出,"一体化"体制的主体是人,它是由人来执行的。20世纪60年代以后,随着中苏关系的恶化及毛泽东文化忧虑重心的嬗变,随着江青、张春桥、姚文元等逐渐得势并取代周扬之后,文学批判运动内涵随之也发生了变化,这就是不仅较之以前更严厉决绝,而且由原有"单一"的外部社会的阶级斗争(所谓的"阶级斗争年年讲,月月讲,天天讲","阶级斗争一抓就灵"),向现在"双重"的外部社会的阶级斗争与政党内部的路线斗争的维度转移,并侧重于后者。因此,60年代文化批判较之50年代,更多将矛头指向周扬等当时文艺界的实际领导,批判"修正主义文艺思想"成为那时的主潮。"文革"中被"四人帮"定为"黑八论"的有关理论主张,基本都来自那个时期。这样,在运动过程中或后期,再也不复出现周扬曾经有过的所谓的"摇摆性"的"修复"与"修复"的"摇摆性",而是变得十分刚性,坚硬无比。所以批判的结果,一场复一场,大批作家纷纷中箭落马,到了"文革",除浩然等外,所剩的作家无多。姚文元就是从这个时候扶摇直上,发迹走红,而成为"无产阶级的金棍子"的。他在1957年写的那篇颇获毛泽东赞赏的《教条与原则》和随后所写的《再谈教条与原则——与刘绍棠等辩论》,与毛泽东此时提出反对修正主义之间,是有联系的。至于 1964 年出版的《文艺思想论集》(1958 年曾以《论文学上的修正主义思潮》为书名,由新文艺出版社出版过一次),更是全部围绕"修正主义"这样一个关键词来作文章,其锋芒所向,几乎覆盖了革命文学史从创作与理论、历史与现实的"修正主义"的各个方面,甚至"文革"中文艺大批判的所有主流命题和话语,都已包括在内。而"认为修正主义取代教条主义成为主要敌人,这是毛泽东的一个重大思想演进。反对修正主义,开启了毛泽东的晚期历史,是他晚期思想与行动的母题"①,也是他晚年最大的文化忧虑所在。他在两个"批示"中批评文艺界,在最近几年,竟然已"跌到了修正主义的边缘","要变成像匈牙利裴多菲俱乐部那样的团体"②,均由此而来。所以,这就直接导致了批判运动的转型升级。它也预示了当代文学至此将出现结构性的变化,一场席卷中国十年之久的更大的政治风暴,不可避免地降临。

新时期以降,由于社会文化转型和文艺方针政策的调整,上述这种"破字在先"的思路,逐渐为重在建设和引导当然也是更加务实的文化发展战略所取代(如通过评奖和立项资助)。事实上,这种思路也为人们所厌恶,不再那么灵光了,在总体上明显趋于弱化,但基本构架依然存在。这从 1979 年《天津日报》对蒋子龙《乔厂长上任记》的批判和 80 年代初中期的批判自由化和清除精神污染,都不难可见十七年的痕迹,包括运行机制和操作方式。"这就使一个时期内,'文学运动'呈现出忽紧忽松、有头无尾和无规律的情况。"③由此也造成了文学与政治关系的一度紧张,使文学史料从内涵到外延都呈现了前所未有的变化。刘锡诚的《在文坛的边缘上》,以亲身经历者的身份,从权力拥有者与文艺界之间的根本性冲突的角度对此作了描述。④ 与刘锡诚不同,徐庆全的长达六万字的《〈苦恋〉风波的前前后后》一文,则超越亲历者,以更为理性客观的态度对此作了立体多层的梳理。一方面,它还原了这场不是运动却带有运动性质和特点的文学事件,因彼此观点歧异而造成了当代文学内部的严重

---

① 李洁非:《典型文坛》,湖北长江出版集团、湖北人民出版社 2008 年版,第 136 页。
② 转引自洪子诚:《中国当代文学史·史料选(1949—1999)》(下),长江文艺出版社 2002 年版,第 513 页。
③ 程光炜:《文学史的兴起——程光炜自选集》,河南大学出版社 2009 年版,第 220 页。
④ 刘锡诚:《在文坛的边缘上》,河南大学出版社 2004 年版,第 558 页。

裂痕,引发了最高决策层邓小平、胡耀邦等的严厉批评,以致最后引起了"国内外的轩然大波";另一方面,也如实揭示,这一论争虽然激烈但并没有演变成过去那样的残酷斗争和无情打击,①"在当时,最起码是意识形态部门中的部分领导,对于处理'《苦恋》问题'是相当慎重的,而且,对于《苦恋》的'修改'(即'挽救')已经基本'取得一致意见'"。② 另外,像对朦胧诗、西方现代派、重写文学史、文学主体性以及《公开的情书》、《飞天》、《在社会档案里》、《人啊,人》等大小不一的文学现象、文学主张和文学作品的批判,也都如此。不过,由于80年代中期以后更为复杂的社会矛盾成为主宰当代中国的力量,也由于社会的主要传媒形式由文学转向大众文化,"这些因素都促使'当代文学'的'文学运动'迅速衰落。1985年后,文学界很少再发生较大规模的文学运动及其思潮。那些惊心动魄的'文学运动',正在成为遥远而模糊的历史记忆"。③

当代文学运动史料是当代文学生成发展及其运动的一种物化形式,也是其运行过程的一种生命印迹。因此,它是动态的而不是恒定的,既有前后相续的一致性和连贯性,同时也有彼此相异的历时性和阶段性。我们只有将其放置于整体格局和文化脉络中进行考察,才能对运动史料作出合历史合逻辑的观照和把握。

二、批判者史料与被批判者史料及其他

从本质上讲,当代文学运动是基于对当代政治意识形态形势的判断所发起的一场自上而下、由内至外的政治化运动,它的预设原本就不是对文学问题展开正常的讨论,而是以文学为由解决政治思想问题,尤其是文化领导权问题。因此,不同于上述所说的古代文学运动,它不是靠"激情的破坏"或"政治权力的三令五申",而是靠"主盟文坛"的文化精英提出的"足为时人及后人仿

---

① 徐庆全:《风雨送春归——新时期文坛思想解放运动记事》下篇,河南大学出版社2005年版,第322—436页。

② 参见张光年:《文坛回春实录》(上),海天出版社1998年版,第224页。

③ 程光炜:《文学史的兴起——程光炜自选集》,河南大学出版社2009年版,第222页。

效与遵循"的文学主张和成功创作所形成的"典范的作用"①；它也不同于现代文学运动，参与讨论的双方是平等的，它基本限定在"文学圈子"范畴，哪怕观念冲突非常激烈，彼此之间都不会也不可能给对方施加文学之外的政治打压，就像鲁迅与梁实秋、周扬等的争论一样。而当代文学运动则不然，因为被纳入"一体化"机制之中，且将文学之间不同意见定性为阶级斗争和路线斗争的反映——所谓的"文学是阶级斗争和路线斗争的风向标"，故而彼此之间是不平等的。当时被指认为"资产阶级"、"修正主义"或"某某分子"的作家是没有发言权和申辩权的，事实上他们也被剥夺了正常的发言和申辩的机会，而只有老老实实地政治检讨和低头认罪的份儿。这样，文学上的所谓争论，实际上就变成了当时的批判者代表国家政权（包括组织、人事乃至公检法）对被批判者的一种单向的、居高临下的政治宣判。也因此故，它与其说是文学运动史料，还不如说是政治运动史料。

当代文学运动史料包罗万象，情况复杂。它不仅涉及高端决策、中介管理和处于底层基层一线的众多知识分子，而且还涉及政治、历史、传播、管理、批评、接受，涉及运动的生成、发展、高潮、结束等各个环节，各个方面，是一项"宏大的系统工程"。这里限于篇幅，也囿于视野和笔力，为便于讨论，我主要拟从文学运动的主体即人的角度着眼——文学运动往往是将人分成批判者与被批判者的对立双方，从这最基本的特点出发，对当代文学运动史料试作钩沉和分析：

（一）作为批判者的一种运动史料

它主要由这样两部分构成。首先，是高端决策层针对运动的有关讲话、批示、报告、发言、通信等。如毛泽东在 50 年代对电影《武训传》、胡风问题、丁玲问题的内部指示，毛泽东为《人民日报》撰写的《〈关于胡风反革命集团的材料〉的序言和按语》，以《人民日报》名义发表的《〈文汇报〉的资产阶级方向应该批判》，对周扬送审的第三次文代会报告的修改，对《文艺报》"再批判"特辑和按语的删改处理，周恩来、邓小平等其他中央高层核心或重要领导的相关讲话、报告、批示和意见（这些意见有的并不直接诉诸文字），凡是这些，都毋庸置疑

---

① 参见何寄澎：《北宋的古文运动》柯序（柯庆明），上海古籍出版社 2011 年版。

地成为指导和引领每场运动的最重要"指示",处于史料链中的最高端。二是遵循这些"最高"指示精神,对被批判者进行批判的史料,包括一般作家学者,也包括身份比较特殊或有话语权的中介人物撰写的批判文章,如周扬的《我们必须战斗》、《文艺战线上的一场大辩论》,袁水拍的《质问〈文艺报〉编者》、姚文元的《论文学上的修正主义》等。这方面的史料很多,每次运动之后,都有史料结集。其中比较典型的,如批胡适时,有《胡适思想批判资料》(8册),批胡风时,有《批判胡风文艺思想资料》(6册),反右时,有《高等学校右派言论选编》等。如果篇幅允许的话,可开出长长的一个清单,它可以说是构成运动史料的主体,以至形成一种独特文体。从存在或分布的情况来看,这些史料主要散见于党史、大事记以及领袖人物的文稿、选集、回忆录、年谱、年表,也有的已散失。当然,近些年来,因诸多因素的促成,这方面史料也陆续有所披露。如陈徒手的《故国人民有所思:1949年后知识分子思想改造侧影》告诉我们,在1958年中宣部召开的政治教育工作会议上,康生曾点名批判游国恩和王瑶,说他们"没什么实学,那是搞版本的,实际上不过是文字游戏"①,这对当时"拔白旗运动"起到了推波助澜的作用。据说北大中文系学生在统一了思想后,不到一周,就写出了七篇批判文章,《光明日报》还刊登了《北大中文系清算资产阶级学术思想》的长篇报道。② 自然,其中有的因涉及比较敏感的政治,迄今还被封存在档案馆里尚未解密。

在上述诸多史料中,毛泽东的批示和源于1966年的《纪要》显得比较特殊,有必要在此附笔稍说几句。关于毛泽东的批示,较之为人们耳熟能详的《讲话》和以《人民日报》社论名义发表的文章,自然显得零散,有时甚至简洁到了不过寥寥数语。然而,当代文学因高度的政治化和中国所独有的决策方式,不仅使其"高居这段文学史顶层,犹如一根巨绳,串联和撑持文坛几三十年"③,而且还对文学运动起到了为其他同类史料所没有的权威性的作用。如在1955—1957年的批判胡风和反右斗争中,通过持续频密、不断加码的亲笔批示,一举扭转事态发展,强行将运动纳入自己预设的轨道,"迫使相关系统认

---

① 陈徒手:《故国人民有所思:1949年后知识分子思想改造侧影》,生活·读书·新知三联书店2011年版,第187页。
② 参见钱理群:《读王瑶的"检讨书"》,《中国现代文学研究丛刊》2014年第3期。
③ 李洁非:《文学史微观察》,生活·读书·新知三联书店2014年版,第239页。

识到,来自他(指毛泽东——笔者注)对文艺任何表态都不能视为个人好恶,应该奉为行政指令乃至文艺政策。"尤其是晚年的批示,"日益达到'自由王国'的境界,从开始的穿越了固有程序直接构成政策,以至于后来甚至也穿越了政策本身,使之因时、因地制宜,随时、随意加以变化,出内入外,造化无羁"①,往往片言只语,就达到了对文学及其运动驾轻就熟掌控的效果。这也从一个侧面反映了毛泽东在文艺领域的绝对权威的建立。有关这方面,李洁非在《文学史微观察》一书中有专章分析,建议有兴趣的读者不妨一读。这也是迄今为止,我见到的唯一而又最翔实最具深度解读毛泽东批示的有关著述。如果说毛泽东批示是对运动进行即时掌控,那么《纪要》(全称为《林彪同志委托江青同志召开的部队文艺工作座谈会纪要》)作为"文革"的典型性文本,它对当代文学及其运动的影响是全局性的。尤其是对 30 年代革命文艺的全盘否定和对新中国十七年所作的被"文艺黑线专了政"的判断,不仅为"文革"十年扫荡一切的大批判运动(如批法批儒运动、评《水浒》运动)提供了历史根源和现实依据;更为荒诞和富有讽刺意味的是,它用更为彻底和砸烂的方式,将以前发生的形形色色的批判在现实中又作了复制,并且推向前所未有的程度。结果,致使六七十年代中国出现了令人扼腕浩叹和沉思不已的历史悲喜剧:"因为批判'文艺黑线',从 30 年代以来一直在文艺界担任领导职务、时任中宣部副部长的周扬首当其冲地被打倒。但是,在周扬执文艺界之生杀大权的时候,文艺界所发生的一次次批判和斗争,作为文艺批判对象的人物和观点,又为'文艺黑线'论的出台,作了某种预设和铺垫。"②

　　从研究主体的角度来看,这种批判者史料又可分为两种不同的情况:一是从事创作和研究的作家学者,他们对于运动,最初是抵触或很不理解的,但迫于形势,最后也不得不参与。如李劼人在批判《草木篇》时,开始还为流沙河辩护,认为对其的批判"是很粗暴的",但结果大出他的意料,他很快公开检讨。③当然也有比较"聪明"或绝顶"聪明"的,揣摩领袖心理或上级领导意图,投其所好,将其视为往上爬的机会。如上文所说的姚文元。二是受"破除迷信,挑战权威"政治文化的影响,处于青春叛逆期的青年学子对老师或同窗所作的批

---

① 李洁非:《文学史微观察》,生活·读书·新知三联书店 2014 年版,第 253 页。
② 张志忠:《〈纪要〉问世的前前后后》,《海南师范大学学报》2016 年第 2 期。
③ 参见《李劼人全集》第 8 卷,四川文艺出版社 2011 年版,第 166、168—203 页。

判。钱理群自述 1957 年反右运动中在班级批斗会上,为了与右派"划清界限",曾两次上台发言,"慷慨陈词"地对右派有关民主和自由进行批判,结果在客观上"是对本和自己命运相当的同窗的迫害,把他人推向了万丈深渊而以自救"。① 他由此后悔不已,并对置身的"一体化"体制进行反思,再次提出了"拒绝遗忘"的问题。

(二)作为被批判者的一种运动史料

被批判者运动史料量大面广,它不仅牵涉俞平伯、李何林、巴人、萧军、艾青、舒群、白朗、阿垅、彭柏山、黄源、陈学昭、绿原、牛汉等一批"现代"作家学者,涉及王蒙、刘绍棠、李国文、邓友梅、陆文夫、高晓声、张弦、方之、白桦、公刘、张贤亮、邵燕祥、流沙河等一批"五七"作家,同时还包括丁玲、冯雪峰、夏衍、周扬、茅盾等权重一时的文坛领导。因为在"一体化"下的"目的引导",谁都无法保证永远"走在金光大道上",即使像周扬这样的毛泽东文艺思想的权威阐释者,随着 60 年代毛泽东文化忧虑的转换,他也开始受到批判,并被指认为文艺黑线的"总头目"最后被打倒批臭逐出文坛。从史料形态上看,最多也是最具代表性的,当属被批判者在接受批判的过程中或事后自己撰写对批判表示臣服的"检查交代",如胡风的《我的自我批判》、冯雪峰的《检讨我在〈文艺报〉所犯的错误》、丁玲在中国作协主席团等会议上痛哭流涕的"深刻检讨"等。它名曰"自我检查"实则是"自我批判",以这样的方式为运动的必要性和合法性提供依据。当然,这些"检查交代"是政治指令的产物,并非是被批判者的自觉自愿。作为一种史料形态,它与批判者史料之间也不是平等的,而在实际上是处于从属和依附的地位,本身不具有独立性。当时之所以将其刊登在报纸杂志上,主要是为了发挥其"反面教材"的作用。这也是近年来开始引起关注的一种史料形态。从内容上看,这些"检查交代"大多夸大其词,无限上纲,表现出了明显的自虐倾向。当然,如同批判者史料一样,它也是分等级的,其中最严重也是影响最大的(而这又与被批判者的知名度,特别是被高端决策层的点名批判有关),往往就刊登在最高级别的《人民日报》、《红旗》杂志、《解放军

① 钱理群:《示众——反右运动中我在两次批斗会上的发言》,参见孔庆东等编:《我们的诗文》,北京大学出版社 2010 年版,第 108—112 页。

报》《文艺报》上，在全国范围内进行批判。这种情况，甚至一直延续到 80 年代，比较典型的当数围绕着朦胧诗引发的三次"崛起论"的讨论。张笑天、徐敬亚因在这次批判中为朦胧诗辩护，只好"遵命"在主流媒体上发表《永远不忘社会主义作家的职责》《时刻牢记社会主义的文艺方向》等检讨文章。

还有一种情况，就是批判者根据批判的需要，对被批判者以往言论或文章中有关观点进行"摘编"，作为"罪行录"供批判用。如 1964 年批判邵荃麟的"中间人物论"时，《文艺报》在该年的第 8、9 期合刊上，就专门编辑了一个《关于"写中间人物"的材料》。目录和标题上使用的超大字体，也表明这些材料的重要和邵氏宣扬"中间人物论"问题性质之严重。事实上，在公布该材料的引言中，《文艺报》编辑部就明确将"中间人物论"定性为"资产阶级的文学主张"。① 有意思的是，当社会文化语境发生变化，这些被批判的史料不仅完全倒了个，有的还成为运动史料的"新经典"。如孙绍振为朦胧诗"欢呼"，在 80 年代曾受到严厉批判的《新的美学原则在崛起》一文，进入 21 世纪以后，不仅普遍受到推崇，甚至还被刊登于《文学评论》这样的权威刊物，作"修改及发表始末"的版本学考察，认为它"在中国文学艺术史的长河中具有标本的意义"②，其"原稿本"还被收藏于中国现代文学馆。这种大起大落、断裂式的变化，令人感慨，也极具讽刺意味。也有的被批判者为了"将功赎罪"，积极主动地上交有关私人书信，而批判者出于策略考虑，也是为加强运动批判的力度，往往不惜将这些私人书信公之于众，并作断章取义的增删修改。如舒芜交信即是。这就使被批判者史料掺杂了不少虚假的东西，显得相当复杂。由之，它不仅关涉运动史料的真实性问题，而且也向我们提出了运动史料研究的伦理问题。舒芜交信之事之所以至今还众说纷纭，重要原因即在于此。

当然，也有的不服或不那么服的，在检讨时带有某种辩解的成分。如钱谷融就《论"文学是人学"》一文受批所写的"自我批判提纲"，就具有这样的特点。针对批判者的"人性论"指责，他往往抽象承认自己"颇有人性论的倾向"，而具体行文，则巧妙地引用毛泽东《讲话》和马克思《〈政治经济学批判〉导言》有关"马克思主义者本来并不否定人性的存在"的论述，引经据典，不断地使用"我

---

① 参见《文艺报》编辑部：《关于"写中间人物"的材料》，《文艺报》1964 年第 8、9 期合刊。

② 连敏：《〈新的美学原则在崛起〉修改及发表始末》，《文学评论》2015 年第 3 期。

以为"的语式,为自己的"人学"观点进行辩解;而不是为了过关,"一味的苟合取安,一味的随风倒"。① 与之相似的是王瑶,他在 1958 年"拔白旗"运动中,面对来自学生及其他方面的严厉批判,不得不曲折委婉地使用"虽然……但是"的"但书"体来进行应对,这使其"自我批判"或"检讨书","文字极为缠绕,问题也就模糊化了"。至于此前他所写的有关俞平伯、胡适"资产阶级唯心论"和"烦琐哲学"的批判文章《从俞平伯先生对〈红楼梦〉的研究谈到考据》、《批判胡适的反动思想——形式主义与自然主义》等,则皮里阳秋,需要细辨方能体会。② 其他像冯雪峰、张光年、林默涵等有关检讨交代,在被迫承认所犯"罪行"的同时,仍有自己的坚守。这也说明,被批判者之间也有人格品格之差。当然,也有一部分作家学者和知识分子保持比较清醒的认识,敢于进行质疑的。如吕荧在批判胡风的会议上说,"胡风问题不是政治问题是认识问题"。《北京日报》的记者戚学毅因为不愿违心批判揭发好友刘宾雁,就在批判会现场跳楼自杀。他死前的几天,曾对韦君宜说过:"我读过黄秋耘那篇《锈损了的灵魂的悲剧》,我可不愿意自己的灵魂受到锈损。带着锈损了的灵魂而活下去是没有意思的。"③这种现象尽管很少,但它毕竟也是一种存在。出于对历史和历史正义的尊重,我们应该很好地进行发掘和整理。

　　需要强调指出,上述批判者与被批判者并不是绝对的,有时会出现身份交替转换的情况。因为运动频繁,政治又充满诡谲,具有极大的不确定性和风险性,它总要寻找和设计具体的批判对象,所以每次运动都会导致不少人的罹难。这就使批判者与被批判者之间难以永恒,今天的批判者,明天很有可能变成了被批判者,反之亦然。有的甚至在很短的时间内,同时扮演了批判者与被批判者的双重角色。如冯雪峰、胡风在被批判的同时或稍前,向萧也牧与《文艺报》发难,给予其"致命的一击",但没想到不久,自己也变成了被批判对象,并迅速升级为全国最大的"反党分子"和"反革命分子"。最富意味的是郭小川,作为中国作协党组副书记兼秘书长,他在参与领导的各种运动中,立场坚

---

① 参见钱谷融:《〈论"文学是人学"〉一文的自我批判提纲》。该文写于 1957 年 10 月。1980 年 3 月,作者删去其中的"原文要点"和"今天的认识"两部分,刊载于《文艺研究》1980 年第 3 期。上述有关情况,详见该文开头引言部分。

② 参见钱理群:《读王瑶的"检讨书"》,《中国现代文学研究丛刊》2014 年第 3 期。

③ 参见王培元:《在朝内 166 号与前辈灵魂相遇》,人民文学出版社 2007 年版,第 126 页。

定,所向披靡,表现了很强的斗争性,深受陆定一、周扬等人的赏识。但因创作了有违主流政治意识形态"规训"、眷恋个性解放"小我"的《望星空》和《深深的山谷》等抒情诗、叙事诗,也受到了严厉的内部整肃,而陷于难以排解的角色危机之中。为此,这也给当代文学史料平添了为过去任何时代史料所没有的纷纭复杂,使之在本体构成上往往显得很"矛盾"。应该说,这样的情形在当代作家学者中绝非个案,尤其是在运动频仍的十七年,更是相当普遍。由之,它也给嗣后这代作家学者有关"文集"、"全集"的编纂出了难题。笔者在主编《王西彦全集》过程中,对此深有体会。这也提醒我们,在搜集、整理和研究当代文学运动史料时有必要超越二元对立的思路,既要注意每个个体作为批判者留下的史料(在当下,这种史料往往被人们刻意回避),同时也要注意每个个体作为被批判者留下的史料(在当下,这种史料往往被人们有意强化),尽可能全面地占有史料,而不是以偏概全,不加辨析地听信和使用那些有选择的所谓的"回忆录"。否则,就有可能为史料所误,从而导致对历史的简化甚至歪曲。

当然,这样说决非有意暴露某些所谓的"不光彩"的历史,颠覆现有文学史已被大家认同的基本秩序,而是意在强调尊重和还原复杂历史的一种评判思路,反对对历史及作为历史主体的人的非历史的纯化和洁化。大量事实表明,批判者与被批判者之间不像我们所想象的那样泾渭分明,包括批判者或被批判者自身,也包括批判者与被批判者之间,某种程度上,它们自己或彼此之间还有一种继承关系。谢泳在十年前的一篇文章中,曾以北大中文系在"双反"运动中批判林庚为例,提出了当代学术史上出现的一种特殊现象——"批判者继承现象":就是在中国已发生的学术运动中,批判学术权威的学生,后来多数成为同一学术领域的学科继承者,批判者与被批判者之间的学术关系,并没有因为批判的原因发生完全决裂。相反,"在这些人后来的学术成就中,他们反而倾向于认同自己早年批判过的现象,这说明在政治运动和学术训练中保持了一些复杂的关系,也就是说,批判的一个附加作用是批判者在熟悉批判对象时,受到了被批判者学术的影响,当流行的政治观念过时后,批判中熟悉的学术专业会保持下来"。[①] 应该说,此类现象在现当代文学学科发展中也有存在。

---

① 谢泳:《中国当代学术史上的"批判者继承现象"——从 1958 年对林庚的批判说起》,《南方文坛》2008 年第 1 期。

三、需要正视的观念、方法与史源问题

在所有的当代文学史料中,运动史料所占的份额是很大的。过去留下来的史料,相当一部分都属于此。近些年出现的各种各样的回忆录,在这方面也占有很大的比例,并已影响到文学史写作。这些运动史料,就总体而言,目前尚处于搜集整理而非研究的阶段;即使是搜集整理,严格地讲,也是刚刚启动,在点与面、宏观与微观、时间与空间等方面还有很多遗漏,在思维观念方面也有不少有待改变和调整的地方。总之,已取得了一些阶段性成果,但问题不少,不妨可称之为是"初级阶段"的一种研究吧。

那么,对于当代文学运动史料研究来说,怎样寻求新的突破呢?这当然比较复杂,非三言两语能讲得清楚,但从实践的角度来看,我以为以下三点有必要引起重视,这也可以说是影响和制约当下运动史料研究的关揌所在。

首先,在观念上,注意历史与道德之间的关系,在反对对历史作非道德或反道德评价的同时,又要对历史道德化的非历史主义倾向保持必要的警惕。历史与道德关系是一个老话题,但它对本文研究却具有相当切实的意义。为什么这么说呢?因为上述所说的这些运动史料,就其内容而言,颇多是负面的,包括批判者按照当时的政治预设,利用手中的权力话语,对批判者所作的简单粗暴的批判,也包括被批判者迫于形势,为求自保而所作的不诚表现,乃至作出有违伦理道德底线的不类行为——建立在斗争基础上的大批判运动往往有意无意地激发批判者与被批判者身上的非道德因素,它也很容易引发我们的道德愤怒,对之产生道德评价的冲动。然而,如果这种非道德的现象普遍产生,成为一种常态,恐怕就不能仅从个体品质上进行解释。洪子诚援引日本丸山真男的话,指出当代政治生活中"道德与权力关系"的实质,就是在两者无法分辨的时代,"道德唯有在权力的强制之中并且在实体化之形式下始能存在,而权力也是作为道德权威体系之一始能显现其本身的社会意义"。① 这相

---

① 丸山真男:《现代政治的思想与行动——兼论日本军国主义》,台北联经出版事业公司1984年版,第375页。

当深刻。我这里想要补充的是,权力也不是无限的,它本身即是历史的产物,应该将其纳入历史的进程和脉络中进行考察,也只有纳入历史的进程和脉络中,才有可能对它作出合乎情理的解释。就拿十七年批判运动的最高领袖毛泽东来说,他在这方面自然很主动,牢牢地掌控着话语权,但为了实践他的"从属论"和"先破后立"的理念,有时也不得已从"后台"走上"前台",亲自直接对文学进行强力干预。他在 60 年代所作的两个批示,"文革"后期对文艺的调整,本身就反映了其无奈。他不断修改自己撰写的文章,这也说明形势频变已超出了他的预想,面对不断加码的批判斗争,他自己也显得不无尴尬。以之观照当代文学运动,将其归结为"整人"与"被整"关系,进行褒贬分明的道德评价,就显得简单化、表浅化了,也不那么符合事实。

由此及彼,想到了学界至今颇盛的一种"阳谋论"的解释,这就是将频仍的运动和斗争看成是某一人物虑周藻密运用政治权谋的结果。"其实,这是另一种神化,好像真有人可以神机妙算、图回天下",它反而"可能大大降低对那段历史的解释的有效性,甚而落在索引的境地,总想挖掘秘闻、内幕来找动机"。① 据黄秋耘回忆:1957 年 5 月在邵荃麟家聊天,二人畅谈文坛百花齐放大好形势时,突然接到周扬给邵打来高层指示"要转了"即要求马上刹车、进行反右的电话指示,"不到二分钟,他(指邵)登时脸色苍白,手腕发抖,神情显得慌乱而阴沉"。② 这也提示我们不能过多从政治权谋和伦理道德角度看取当代文学运动,而应将思考的目光更多投向政治权谋和伦理道德背后的"一体化"机制,从那里寻找更为内在本质也更警世策人的东西。前中国作协秘书长、文学运动的亲历者张僖说过:"我们经常谈到某些人左,某些人右,根据我在作协多年工作的体会,所谓左和右,除了每个人的思想和人品之外,决定的常常是政治因素,是周围的环境造成的,是当时形势发展所决定的。"③ 他的话,触及当代文学的深层内核,值得三思。

说到历史与道德的关系,似乎不能不提晚年复出的周扬,这也是新时期无法回避的一个重要人物,围绕着他,牵扯出历史与现实的诸多矛盾和问题。一

---

① 李洁非:《文学史微观察》,生活·读书·新知三联书店 2014 年版,第 210—211 页。

② 黄秋耘:《风雨年华》(修订本),人民文学出版社 1988 年版,第 167 页。

③ 张僖:《片言只语——中国作协前秘书长的回忆》,北京十月文艺出版社 2002 年版,第 83 页。

般来讲,对于周扬晚年复出直至去世这段历史,学界和坊间大体意见比较接近,这就是对他为当年批判运动给许多当事人造成的伤害,在各种场合频频道歉都给予好评,甚至将其视为是新时期文坛"解放派"的首领。相反,对邓力群尤其是对胡乔木,因为异化问题上与周扬的相左表现,则给予颇为严厉的批评。然而,人们在作如此贬褒分明评判时,却往往有意无意地忽略了两点:(1)正是这位文坛"解放派"的首领,他在新时期拨乱反正的重要关头曾一度固执地坚守原有的"从属论"的立场,其思维理念显得不无保守;相反,倒是胡、邓力促对"从属论"的扬弃。而这一点似乎被很多人遗忘了,有关史料也处于被漠视的状态,这是否反映了我们史料研究中某种伦理主义取向呢?(2)异化问题发言是导致周扬晚年命运急转直下的一个节点,也是新时期影响很大的一个事件。现如今人们谈起此事,往往都对周充满同情,而将全部的责任都归咎于胡。但返回历史现场,从80年代初的大的政治背景和组织化程序来看,胡的批评并非没有道理,因而它符合当时的历史逻辑,甚至更能反映和体现以邓小平为代表的主流政治的集体意志。据吴敏的《周扬年谱简编》(1980—1985)披露:在1983年10月批判"异化"问题的后期,"周扬在中顾委小组会作检讨,胡乔木、邓力群认为可以了,向邓小平汇报;邓小平说,周扬在《人民日报》发表了那么长的文章,内部检讨几句就完了?"①这也启示我们,坊间盛传的所谓"革新"与"守旧"之间的斗争嫌简单了,用这种二元对立和道德化的批评解释不了复杂的历史。在研究时,不能因为周扬晚年道歉而享有历史评价的豁免权,将道德评价置于历史评价之上。正如黑格尔在《历史哲学》绪论中所说,无论如何,用从私人性格角度对人物所作的道德评价代替从精神角度所作的历史评价是不适当的,"因为世界历史所占的地位高出于道德正当占据的地位,后者乃是私人的性格","'世界历史'在原则上可以完全不顾什么道德,以及议论纷纷的什么道德和政治的区分","'世界历史'必须记载的,乃是各民族的'精神'行为,而'精神'在现实外界中具有的各种个别的形态,可以委以于各项专史的记忆"。②

其次,在方法上,注意微观实证与整体会通之间的关系,谨防对细节作孤

---

① 吴敏:《周扬年谱简编》(1980—1985),《现代中文学刊》2014年第4期。

② 〔德〕黑格尔:《历史哲学》绪论,王造时译,世纪出版集团、上海书店2001年版,第67—68页。

立割裂式的处理。当代文学运动史料就其属性而言,当属宏观史料。因为它所涵盖的内容,借用当时流行的话来说,是关系当代文学方向与道路的大是大非的问题,是社会主义文化和精神文明的重要组成部分。这也就是为什么毛泽东等最高领导不避政务繁忙,有时候甚至绕过中宣部直接插手干预,为什么丁玲在80年代创办《中国作家》时,惊动了中央书记处领导乃至总书记胡耀邦的原因之所在。如果不广泛搜集掌握这些史料,就很难进行研究,甚至会产生误评,也不符合运动"由上而下"、带有层级性展开的特点。正因此,我们没有理由不高度重视宏观史料,并将其作为自己研究的基本构架。然而,构架性的宏观史料固然重要,但它不是唯一的,不可能也无法取代其他。与此同时,我们还要看到,与宏观的构架性历史结伴而至、缠绕在一起的是丰富复杂的日常生活,它们不仅成为运动史料不可或缺的重要组成部分,而且还对其生成发展产生更为内在的深刻影响。这也是过去史料研究时被忽略了,近些年来开始引起广泛关注并还在继续发酵的一个新的热点或向度。如沈从文晚年的精神危机,过去往往都归咎于外在政治的打压。的确,郭沫若的点名批判,文代会的冷落,北大的大字报,所有这些,是很容易让我们按政治抵抗的方式对之进行解读。然而,从张新颖的《沈从文的后半生》和解志熙等学者近年来披露的大量史料得知,批判只是诱因,还有一个重要的也是更为直接的因素,是他个人生活方面的。又如杨沫夫妇在"文革"中相互检举贴大字报,对对方造成了严重的伤害,也给自己留下了挥之不去的内心伤痛。还有郭小川日记所述的处于运动漩涡中心,为批判与否以及如何批判而自我的内心撕裂。凡此种种,它让我们看到了主流运动和政治意识形态无法覆盖也覆盖不了的小历史、边缘史、民间史乃至福柯所说的异托邦的历史;看到了由外在激烈的大批判运动已渗透到家庭、朋友、同事等一切人际关系的里层细部,并由此引发的家庭、朋友与同事的新的矛盾冲突,当然反过来,这种家庭、朋友与同事的新的矛盾冲突,也对当时正在进行中的运动产生直接间接的影响,它们彼此之间是互渗的。这一点,在经受后现代史学和新历史主义大面积、多渠道辐射影响的今天,相信人们不会毫无所感。

有学者在谈及现代书话史料时曾提出"文学群落"的概念,意思是说,与自然界的生态群落相似,文学的存在也呈现出一个相对自足的文学生态群落,在这个"生态群落"中,亦有"乔木"、"灌木"、"草丛"等不同等级的层次的生态链。① 当代文学运动史料也有一个"群落"问题。如果说处于"一体化"高端、对运动起决定作用的最高指示决定决议讲话是"乔木",那么在"乔木"之下,居于中介管理和底层作家学者就可看作是"灌木"与"草丛"。这里当然不是作价值判断,贬低"灌木"与"草丛",其实恰恰是这些处于中介管理与底层作家学者的所作所为,才构成了当代文学运动的错落有致的"文学群落",为我们更加全面立体地反映当代文学运动,尤其是将运动由外在的社会政治斗争引向内在的精神心灵层提供了翔实的史料。它也告诉我们,当代文学运动是"历史合力"的产物,而并不像我们所想象的那样简单、绝对和纯粹,只有主流政治意识形态一元在发声,即使是"一体化"时期也不例外;只不过其他的声音以"潜在"或非均等的方式存在,它具有自我的文化和心理的逻辑。现在需要作的,关键是要超越固有狭隘封闭的线性思维,全面还原和呈现因政治、观念及人事诸多因素,被当时排斥或遗忘在主流政治意识形态之外的史料,包括当时被批判而在今天看来是正确的"同质性"的史料(如邵荃麟的"写中间人物"材料),也包括今天看来错误或有问题的"异质性"的史料(如朦胧诗讨论反对"崛起论者"的史料),并将其与"乔木"式的史料摆在同等重要的地位,有的还将其列入抢救的范围,采用特殊方式给予发掘保护。从研究方法角度来讲,重要的在于将史料(尤其是微观小历史的史料)纳入"通古今之变"的阐释体系中,强调它与整体系统的关联及其彼此之间的互动对话。完整意义上的当代文学运动史料,是宏观大历史与微观小历史的有机结合,在属性上,则包含了同质与异质两种元素。从这个意义上讲,所谓的"一体化"概念是有局限的,它在反映和概括文学与政治同构时,往往容易将与政治以外的史料忽略了,一定程度地将当代文学及其史料简单化、平面化了。洪子诚也因此故,在后来坦率地承认"一体化"概念及其论述是有局限的,认为"'一体/多元'的这种'对立项'的设置显得僵硬、绝对,尤其是其中的价值判断过于简单"。② 事实上,在一体化的总体格局下面,"文化领域的'分层'的现象,不同力量的矛盾与冲突并没有消失",洪子诚并在 2007 年出版的《中国当代文学史》修订本中对此"进行了某种

---

① 赵普光:《现代文学书话史料的发掘与研究》,《中国现代文学研究丛刊》2013 年第 2 期。
② 洪子诚:《材料与注释》,北京大学出版社 2016 年版,第 268—269 页。

辩证式的自我修正"。①

最后,在史源上,注意横向空间的拓展,在开发本土资源的同时融入台港澳及世界华文文学新质,实践海内外的相互建构。由于种种原因,尤其是当事人的迁徙离散,包括批判运动在内的不少中国现当代文学史料,至今还散落在域外,等待我们开发和利用。如老舍名著《四世同堂》在美国遗失的英文原稿不久前被找到,译出并刊于 2017 年第 1 期《收获》杂志。也有的因频繁的运动或政治等原因被毁损,由大陆移至台港澳及世界各地,而在转移地却有保存,甚至有相当完整的保存。如"文革"小报、民刊等——所以,难怪有人因此批评说,"文革"发生在中国,而"文革学"研究却在国外。陈寅恪当年在解释王国维"二重证据法"时所说的"取外来之观念与固有之材料互相参证"②(这也是陈氏所说三个"三个互证"之一),杜维明近年来所说的"文化中国"不仅包括中国人、海外华人,甚至将与中国没有任何关系的外国人也纳入"三个意义世界"的范畴③,就涵盖了这层意思。它也体现了现代开放的史料观,符合当代文学史源跨区域跨文化乃至跨语际的特点。

当然,本文之所以提出问题,主要还是指大陆运动之对海外的辐射影响,在他们那里因政治或文化差异所作的评价,与当时的大陆截然不同。而对此,由于众所周知的原因,我们以往是不知道的,即使知道,也往往将其视为"敌对"或"反动",一概予以排斥否定。古远清在《大批判运动中的两岸文坛》一文中指出,50 年代初,大陆上下在进行大批判运动时,胡秋原在海峡那边的台湾,曾不无夸大当然也不无寄意地将当时正在展开的胡风事件,称为"是争自由的山洪暴发之第一响"。而胡适呢,面对大陆批胡运动结集出版的《胡适思想批判》(8 辑)及其他出版社出版的 30 本、计 300 多万字的大批判文章,他不仅全部读完,"在有些地方作了富有谐趣的批注",而且还"将其看作是自己资产阶级学术思想乃至政治信念的胜利,是对自己另一种方式的抬举和宣传"。④ 这

---

① 洪子诚:《问题与方法——中国当代文学史研究讲稿》,生活·读书·新知三联书店 2002 年版,第 189 页。

② 陈寅恪:《金明馆丛稿二编》,上海古籍出版社 1980 年版,第 219 页。

③ 杜维明有关"文化中国"之说,情况比较复杂,参见吴秀明:《"文化中国"视域下的世界华文文学史料》,《文艺研究》2015 年第 7 期。

④ 古远清:《大批判运动中的两岸文坛》,《新文学史料》2009 年第 2 期。

为我们认识和评价运动史料提供了很好的参照,它也是今天全球化时代从事包括文学运动在内的当代文学史料研究应注意的一种品格。詹姆逊说过:"每一个社会构形或历史上存在的社会事实上都同时包括几种生产方式的交叠和结构共存,包括古老生产方式的残余和幸存,现在被归于新的生产方式而在结构上处于依附的地位,同时也有潜在的与现存体系不相协调但尚未生成自己独立空间的预示倾向。"①而要更全面客观还原和呈现"交叠和结构共存"的当代文学运动史料,就必须超越单一狭隘的本土迷思,建构和确立本土与境外互为参照的思维理念。"关注本土,恰恰要在本土与境外的互为参照中完成,在跨越本土的观照中返观本土,这样才可能走出文学史'迷思'。"②

当代文学运动史料是当代文学史料的重要组成部分,无论是作为殷鉴不远的特殊教材,还是作为对已然历史印迹的真实记录和抢救性的发掘,它都有必要引起我们重视。这种情况,随着时间不断流逝和当事人的陆续离世,特别是随着整体社会由阶级斗争向重建和谐的转型,而在当下似乎有意无意地被人遗忘,以至出现了某种集体性的"失忆",它就显得格外引人注目。其中比较突出的一个表现,就是现有的文学史,一般都大幅度地压缩或淡化上述所说的这些文化批判运动。这种压缩和淡化虽然可以理解,并且有其深刻的必然性、合理性,但从历史的反思和历史真实的还原,从历史的长时段和史料的完整性的角度来讲,我以为很值得商榷。因为面对这些浸渍着沉重历史负荷的事实,如果刻意回避或压缩和淡化,那么就存在着遗忘的危险。须知,这也是当代文学的一个重要资源。它只有被记忆的时候,才有可能成为我们的前车之鉴。当然,叙述负面消极的历史,不是为了控诉和报复,而是出自政治发展和社会和谐的需要。它涉及我们社会、历史、文化等诸多方面,也对每个研究者人格、伦理、心态提出了挑战,绝对不是一个轻松的话题。

(载《南方文坛》2017年第6期)

---

① 〔美〕弗雷德里克·詹姆逊:《政治无意识》,王逢振等译,中国社会科学出版社1999年版,第85页。

② 黄万华:《互为参照:走出文学史"迷思"》,《文学评论丛刊》第12卷第2期(南京大学出版社2010年版)。

批评与史料如何互动

一、从批评、史料与理论的"正三角"关系说起

在 2015 年的一次当代文学学术会议上,为强调和突出文学批评的"历史化"及其重要性,我曾参照韦勒克和沃伦《文学理论》有关文学批评、文学史与文学理论互为关联的观点,不无冒昧地提出了当代文学批评和研究应该具有如下"正三角"的知识构架:若将当代文学批评家和学者的学养与知识结构比作是由"作品解读"、"史料实证"、"理论思维"三者组成的"正三角",居于三角形顶尖的是"理论思维",其底线的两个端点则分别为"作品解读"与"史料实证",它们各自独立,合在一起又是一个相互补充的整体的话;那么,文学批评的主要功能就体现在"作品解读"上,它与"史料实证"相辅相成,共同支撑着"理论思维",成为当代文学批评家和学者重要而又必不可少的一个基本功。见图示:

理论思维

作品解读　　史料实证
（文学批评）

我之所以将"文学批评"置于"正三角"构图中进行阐释,主要基于以下两点考虑:首先,是强调文学批评的特殊性及其功能价值,这就是对美的感知和评判,

这也是诗学原则的核心,是批评个性和魅力的关捩所在。而这一切,它是根植于"作品解读"尤其是"文本细读"的基础之上。没有"文本细读"的功夫和能力,就像以沙聚塔一样,所有一切美好的构想都等于白搭。其次,是强调从整体性和关联性的角度来看待文学批评,而不是就批评谈批评,将目光仅仅拘囿于"文本细读"层面不作超越和拓展,这也就是韦勒克和沃伦将文学批评、文学史与文学理论三者放在"文学本体"研究范围来探讨的主要原因。那样作,可以使文学批评所致力的"作品解读"与"理论思维"及"史料实证"之间形成一种相互对话碰撞而又相互制衡、相互建构的张力关系,避免批评走向偏至。这些年来,由于文学研究方法和边界的不断扩张,文化批评、意识形态批评、生态批评等风行一时,加之世俗功利和浮躁学风的浸渗影响,人们在从事文学批评时往往忽略了"文本细读"。在不少人那里,文学性是被悬置的,进入批评并占据主导的往往是大量庞杂无意义而又故作高深的理论和社会文化信息。它不是来自具体的文学事实和文本阅读体验,而是主要基于某种先在的理论或观念。这样,久而久之,不仅造成了审美感受和判断能力的孱弱及贫乏,而且还招致了思维视野的封闭、狭隘和琐细,影响和制约了当代文学研究及其学科发展。

大量事实表明,文学批评从来不是"单独进行"的,它总是与文学史料与文学理论"相互包容"地联系在一起,以整体综合的方式在推进和运演。尤其是在现代语境下更是如此,更不要说我们这里所说的当代文学批评已经过了近七十年的积淀,已有一部属于自己的批评史,它正日甚一日受到纷纭复杂的社会文化的影响,并成为这种多元立体文化的表征和载体。这与十七年甚至与刚走出"文革"的 20 世纪 80 年代是不一样的(尽管 80 年代被称为是"批评的年代",那时批评的活跃与活跃的批评至今令人难以忘怀)。正因此,我们今天在谈文学批评时,不仅要注意它与以往历史的赓续关系,心中要有一部隐性的批评史,而且还要注意它在横向上与文学理论及文学史料之间的逻辑关联。这里所说的文学史料,主要是指文学作品"周边"的书信、日记、档案、回忆录以及会议、运动、事件、传播、阅读等相关史料,它是构成文本生成发展与传播接受的外缘性元素,一般称之为"外部研究"。"文学理论如果不植根于具体文学作品的研究是不可能的。文学的准则、范畴和技巧都不能'凭空'产生。可是,反过来说,没有一套课题、一系列概念、一些可资参考的论点和一些抽象的概括,文学批评和文学史编写也是无法进行的。"①韦勒克和沃伦以此话告诉我们,批评并不排斥理论,相反,要充分借重理论所固有的逻辑和概念的力量,但它必须返回文学现场,从文学作品的阅读感受和体验出发。否则,就有可能因理论与文本之间的疏离,而导致批评的失效和"不及物"。

本文限于篇幅,仅就当代文学批评与文学史料互动关系试作探讨。我知道,在一篇文章中讲清这个问题是很难的,而且"文学批评"与"文学研究"的界线也不易区分,不能简单化,尤其是在当代文学领域存在着不少"更偏向文学批评","从精神气质和论述方式也更贴近文学批评家"的"文学研究"②;再进一步,就是"文学批评"本身,倘若细析,它也还可分"历史性文本批评"与"即时性文本批评"两种③,这就更需审慎。但不能简单化,并不代表不能对其关系及其意义和内涵进行探讨,更不能成为裹足不前、放弃探讨的理由。这里对于我们来说,最重要的也许不在彼此概念的辨析,而在将其返回当代文学现场作历史的具体的考察,看批评与史料应该及如何进行"互动",它们各自的脉络源流及其彼此融通的可能与可行、有效性与有限性,从中总结经验教训。愈来愈多的事实昭示,当代文学批评在经历了近七十年后的今天,因诸多"历史合力"的驱动,现又处在新一轮的转型的一个节点上。我们只有顺应社会文化和学

---

① 〔美〕雷·韦勒克、奥·沃伦:《文学理论》,刘象愚等译,生活·读书·新知三联书店1984年版,第40页。

② 文学批评有广义与狭义之分,广义的文学批评包括文学研究甚至文学史研究。文学研究亦然,它在一定意义上也与文学批评重合。显然,这些概念的区分只是相对的,并无绝对的意义。本文所说的文学批评,主要是指具体作家作品分析品评的那种论说文体即狭义的文学批评,但按照本文论旨的需要,有时也将文学研究尤其是如陈晓明在评王德威文学批评时所说的"更偏向文学批评","从精神气质和论述方式也更贴近文学批评家"的文学研究也涵盖在内,具体情况要视上下文而定。陈晓明评王德威的文学批评,见陈晓明:《重新想象中国的方法——王德威的文学批评论》,《中国现代文学研究丛刊》2016年第11期。

③ 这里所谓的"历史性文学批评",主要是指对已成历史或准历史的过去式文学作品的批评,如十七年文学、新时期文学等;所谓的"即时性文学批评",主要是指对当下或离今较近出现的文学作品的批评。这两种批评与史料之间的"互动"关系是有区别的。一般来讲,前者更明显,存在问题也更多。本文所说的"文学批评",更多讲的是"历史性文学批评"。当然,有时也根据论题需要,将"即时性文学批评"纳入视域,如第五节对"非虚构写作"批评的探讨。

术发展的需要,立足文学而又超越文学,充分吸取包括史料在内的丰沛的史学资源,才有可能推进和提升文学批评乃至整体当代文学研究及其学科"历史化"的层次、水平和境界。 显然,这里所说的"互动",是指批评与史料之间的互融互证、互读互释、相互促进、相互激发,它们看似矛盾龃龉实则相辅相成、互为主客,可以进行平等对话的。 这既是跨界兼容的一种研究方法,也是开放开阔的一种思维理念,它是"文史互证"或曰"诗史互证"之在审美评判活动中的一个富有意味的存在和表现。

二、批评与史料互动的内在逻辑及其学理依据

迄今为止,文学批评量大面广,不可胜数,一度还成为当代文学领域引以为自傲的一个突出景观(如 20 世纪 80 年代),但将它与史料联系起来进行探讨的,却似乎很少。① 此处的难点在于:批评就其主体精神和论述方式而言,是比较强调才情天分,好的文学批评要求批评家深具个人洞见,对作家作品要有敏锐的艺术感觉,并将这种主观态度和才情融会于批评对象之中作为自己论述的起点;而史料实证则强调理性客观与严谨持重,有一分史料说一分话,它主要凭借丰富的积累和深厚的学养修炼而成,是带有很强专业性和知识性的一项工作。 它们彼此似乎难以协调。 那么,讲史料实证是否有违批评或反批评之嫌呢? 这是首先需要辨析的,也是讨论的前提。 毫无疑问,作为一种独特的审美实践,也是"正三角"关系结构中的一个重要的基础性的存在,文学批评相比于"理论思维"尤其是"史料实证",的确是比较个性化和主观化的。 在这方面,古今中外名家和现有的教科书有大量的论述,人们似乎没有什么异议。 80 年代曾经非常流行的一句话——"我评论的就是我",就非常典型地道

① 据笔者有限的视野,将文学批评与文学史料联系起来的,除程光炜的《"资料"整理与文学批评——以"新时期文学三十年"为题在武汉大学文学院的演讲》(载《当代作家评论》2008 年第 2 期)外,别无他作。 而程文这里所说的文学批评与本文所说的文学批评不是同一个概念,它是将今天对当代文学资料整理也当作一种文学批评,即一种"再叙述"或"再批评",主要是讲史料整理本身所包含的批评眼光和选择,这与本文强调史文互动互渗互证的研究思路也不尽相同。 当然,它为本文撰写提供了很多史料和思考角度。

出了文学批评这一感性形式的自身逻辑。这既是对批评家天赋能力的一个要求，也是西方文学批评由作者到文本、由文本到读者，再由读者向文本转移这样三次循环回复的产物，是从社会历史批评到英美新批评再到接受美学等诸种批评范式演进而形成的一套批评话语系统。

按照罗兰·巴特的"及物"（或"不及物"）以及文本主义的理论，文学写作就是在现代语言学背景下的一种"词"的放置和安排，它与现实世界没有一对一的关系，"词"本身并不是"物"即现实世界，因此，文学写作是"不及物"的。①尽管罗兰·巴特和文本主义切断文本与世界（即"词"与"物"）联系，用语言学代替文学的观点不免偏激，但他们强调文学及文学批评的独立性还是很有道理的，这也是西方新批评秉持的文学批评原理。从当代文学学科属性以及批评家知识结构的健全和批评的有效性角度讲，我甚至认为，当代文学学者最好是批评家，至少有过从事批评的实践活动，有文本细读的功夫和能力。否则，其批评或研究往往就大而无当，搔不到痒处，甚至出现误评，难以有效地还原丰富复杂的文本世界与文本世界的丰富复杂。中国原本有重视审美鉴赏的传统（从《文心雕龙》到唐以后的诗话词话尤其是小说评点批评），悠久而又丰厚的内源性的批评资源，形成了不同于西方逻辑判断的经验直觉话语体系。然而，由于受西方理论强制阐释和文化批评的影响，这种批评资源现如今虽不能说完全断裂，但至少处于严重的孤立隔膜状态。这样，不仅使文学批评和研究蹈虚凌空，难以有效地对对象作出解读，而且极易导致文学本体的空心化和泡沫化，它反过来影响和制约了文学批评的声誉和影响。在此情形下，如何回归文本细读的基点，防止批评和研究在某种理论或文化强制绑架之下与文本脱节，强调和突出其固有的文学性基本元素如形象、情感、文体、语言、结构、叙述以及创造性、想象力等，这个问题就显得不无迫切和重要，它也成为这几年人们反思当代文学批评的一个热门话题。《文艺报》之所以从 2016 年 5 月开始，延至 2017 年 1 月，连续不间断地用长达半年多时间开设"回到文学本体"笔谈专栏，发表了 20 多篇讨论文章，其意就在于"吁请文学研究界重新思考文学批评的本业和职责"，为不无虚夸虚浮的当下论坛"提供'文学'地研究文学的范

① 参见吴秀明:《当代文学研究应该与如何"及物"——基于"文献"与"文本"的一种解读》,《文学评论》2016 年第 6 期。

式和案例"。① 同样道理,孙绍振、陈晓明、张清华等之所以不约而同地关注"文本细读"或"文学审美"问题,甚至提出了"重建文本细读的批评方法"的主张(陈晓明),在这方面频频发声,主要也是对当下"观念性批评"占主导,用"观念性"代替"文本性"批评的不满,力图给予纠偏使之"及物",重返"文学性"的现场。

然而,让批评从现有的虚夸虚浮那里走出来,使之与文本对象之间形成"及物"关系,是否就意味着它只能固守在纯文本世界里,而不能也不应该将其与包括文献史料在内的文本之外的世界进行互证参照和比较分析呢? 或者说,是否就意味着文学批评作为"美的感知和评判"活动只能作纯艺术的分析,而与史料实证毫不相干呢? 应该说,这是一个相当复杂乃至令人困惑的话题,在如今的学界是有分歧的。 如有从事批评的业内同行,为了强调当代文学学科的特殊性,或痛感批评和研究远离文学,防止出现某些方向性的迷误,就坚持认为,当代文学批评和研究不应成为一门实证性的研究和知识积累的部门,而是恰恰相反,"它必须是一门把'不规范'当成自己的规范的所谓'学科'"。② 有的还据此提出了"三不主义"的主张:"一是不作史料研究,二是不作文学史研究,三是不作作家年谱和作品版本。 认为这些都是历史研究和考古研究,与文学原创无关,与文学本身无关。"③

出于对当代文学历史化、学科化、规范化而导致故步自封的知识生产的警惕,也是有感于当下其切入世界能力和评论研究活力的日渐匮缺的忧虑,反对当代文学批评对史料不加规约的滥用,提出批评不应成为一门追求实证性的知识系统与学科,对此我非常理解;而且从某种意义上讲,文学及其文学批评(甚至整个人文学科)究其本质是"主观"的,文学讨论的问题从根本上讲是不可验证的,它更多靠感受和体验才能品领。 借用诗评家吴晓东的话来说,"文学的魅力之一就是无法实证性。 文学研究的'科学性'和学术性必须先在地接纳和涵盖这种文学感悟,才称得上真正'科学'"。④ 这也是被古今中外大量文学实践反复证明了的一个规律和道理。 我们甚至可以说,文学批评若是一味

---

① 参见何平:《"回到文学本体"笔谈(之一)"主持人语"》,《文艺报》2016 年 5 月 25 日。
② 刘复生:《当代文学研究的历史危机和时代意义》,《文艺理论与批评》2008 年第 3 期。
③ 晏杰雄:《批评写作的行话与师承》,《文艺报》2016 年 11 月 25 日。
④ 参见洪子诚、吴晓东:《关于文学性与文学批评的对话》,《现代中文学刊》2013 年第 2 期。

强调史料实证将与文学批评的最终目的背道而驰,它将会把具体感性的文学考证和分析得干瘪,使文学沦为饾饤之学。但这仅仅是一个方面,与此同时,我们还要看到,美虽然无法用史料来实证,或者反过来说,实证虽然无法品评美,但它却为我们认识和评价美提供了一个很好的参照或别具说服力的依据,这是其一。

其二,文学批评作为对美的一种认知和评判,虽然有它特殊的本体论范畴,不接触本体论层面的文学文本,就没有甚至就不是文学批评。但落实到具体的实践层面上,批评其实也很难就真的能够直面文学文本,它同时必然面对承载文本信息的诸多文献史料及其各种各样的理论话语、概念和解释,而后者,则不可避免地会影响到我们欣赏和感知的本体论的那个东西。

其三,文学与历史并非如我们想象那样截然对立,而是如海登·怀特所说彼此之间还有"同一性",即"过去的实在是一种只能通过本质上具有文本性的作品才能指涉的东西"①,因此引进史料不仅在叙事层面上具有一定的审美性,而且它还具有重构历史的可能性。尤其是 20 世纪末,自进入了"新的文学时代"以来,一方面,传统的文学疆域在人们的犹疑中不断地径自扩大,另一方面,原有的纯文学因"虚构的异化"脱离了生活的母体而逐渐陷于日趋闭锁的私人化写作窘境中难以超逸,在这样情的形之下,如何通过带有"间性"特征的"非虚构写作"来重续与外部社会生活关联,不仅对作家写作而且对文学批评也提出了挑战。因为自 2010 年在"国刊"《人民文学》的大力推动下,"非虚构写作"俨然已发展成为一股来势凶猛而又颇多歧义的浪潮。

其四,跳出文学批评的视角,从更长远的眼光来看,强调对史料的重视,也是当代文学学科建设的需要。一个学科发展到一定程度,必有史料建设,这可以说是中外古今所有学科发展的一个基本规律。当代文学亦然,它虽然在中文一级学科中相应显得比较"年轻",但经过这么多年来艰行不已的努力,毕竟有不少积累,并逐步形成了自己的特色,作为一种资源或作为一种方法,它已对批评产生了能动的辐射和影响。当然,由于历史和现实的原因,它也存在着不少问题,需要加以辨析和清理。

---

① 〔美〕海登·怀特:《形式的内容:叙事话语与历史再现》,董立河译,北京出版社 2005 年版,第 279 页。

　　说到这里,我想起了王彬彬前几年在谈及学界对陈寅恪"以史证诗"的误解,认为"以史证诗"只是通释诗的内容而不涉及诗之艺术价值有关观点时,他对此提出批评:"陈寅恪的以史证诗,出发点固然主要不在诗的艺术价值。但是,如果认为以史证诗,全然与对诗的审美鉴赏无关,全然无助于对诗的艺术价值的评说,则又是颇为谬误的。实际上对文学的'内容'、'真相'的了解,与对其艺术性的鉴赏,往往是相关联的。对其'内容'、'真相'的了解越准确,对其艺术性的鉴赏就越到位。陈寅恪在以史证诗时,也决不只是'通释诗的内容,得其真相'。他常常在指出某种史实的同时,或多或少地引申到对诗的艺术性的评说。"①我还想起了韦勒克20世纪40年代在谈及文学史与文学批评时所作的一番忠告:"一个批评家倘若满足于无视所有文学史上的关系,便会常常发生判断的错误,他将会搞不清楚哪些作品是创新的,哪些是师承前人的;而且,由于不了解历史上的情况,他将常常误解许多具体的文学艺术作品。批评家缺乏或全然不懂文学史知识,便十分可能马马虎虎,瞎蒙乱猜,或者沾沾自喜于描述自己'在名著中的历险记'。"②这样的批评或忠告,我深以为然。这里需要补充说明,批评尽管是充满主观性的一种审美评判活动,但它并不像我们理解的那样一味地排斥理性,相反,好的批评总是能将主观的感性认识与客观的理性判断恰切地平衡在一起。更何况,就批评的对象即文本而言,"文本内的意义总是指向文本外的,对文本的理解,不仅取决于对文本文身的探索,艺术的魅力恰恰来自言外之意、韵外之旨。含蓄是文本的诱惑所在。深层的理解就是要探索文本之外的意义。而对文本之外意义的考察,就必须将文本放在作者的人生脉络里进行理解,考察文本形成的过程及其背景,让文本呈现在一个社会与历史的脉络之中"。③

　　再进一步追问:批评所倚仗的感受和体验,它真的就那么可靠、完全可以信赖吗?在当代的历史语境下,还有真的所谓的原初的、纯粹的艺术感觉吗?这是一个需要审慎对待的问题。如果不加规约地加以运用,很有可能事与愿违,将批评简化到文学爱好者的层次水平,反过来对批评本身造成伤害。至

①　王彬彬:《中国现代文学研究与中国现代历史研究的互动》,《文艺争鸣》2008年第1期。

②　〔美〕雷·韦勒克、奥·沃伦:《文学理论》,刘象愚等译,生活·读书·新知三联书店1984年版,第38页。

③　刘毅青:《读者理论的重建——以〈锦瑟〉的阐释为例》,《文学评论》2013年第3期。

少,一味地躲避于文本之象牙塔,它极易会造成批评的封闭性取向,影响其向复杂变化的生活世界敞开,更不要说在席卷全球的世俗化社会中,文学及其文学批评其实是很难坚壁清野,置身其外的。台湾批评家杨宗翰在近期发表的《论诗歌节如何"毁诗不倦"》一篇笔谈文章中,就尖锐地批评台湾 2015 年举办的诗歌节看似热闹无比,其实是"以各种伪装,逐步篡改诗歌的本体位置",而最终导致了"毁诗不倦"。① 这种情形绝非仅见,在大陆恐怕也存在。这也告诉我们,批评回归文学本体固然重要,需要引起重视,但它并不像我们所想象的那样简单,说回归就可以和能够回归得了的;它也不能简单归因于批评家的不作为,而是源于文学之外许多牵扯文学很难回归文学本体的诸多因素。此种情况在走出 80 年代意义狂欢尤其是在进入 90 年代目睹了市场经济的魔力后,对于中国当代批评家已有更为复杂的社会因素和心理因素,有时甚至隐藏着一颗规避社会历史语境的孱弱心智和顺应文化市场的世俗诉求。

在这一意义上,我很赞同马塞尔·雷蒙在分析了包括马拉美在内的象征主义诗歌之后对人们的提醒:"绝对的纯诗只有在人世间以外的地方才有可能想象。它只能是非存在……对于诗来说,这种非存在的诱惑是十分可怕的危险"。只是马拉美的继承者在好多年以后才明白,"诗赢得天使般纯净的同时,失去的是人情味和效率"。② 而就本文论旨而言,在这里,批评能否与史料形成相互印证、相互激发的互动关系,通过"他者"找到自足或自我提高的资源和智慧,重要的不在于对史料的迎拒褒贬,而在于将其纳入诗学(而不是史学)体系中给予合历史合目的当然也是合情合理的阐释。而从个人的角度通向对文学世界的认知,也就是詹姆逊和德里达在《政治无意识》、《文学行动》中所说的个人化立场问题,即在对史料进行相互确认、相互建构时不忘批评主体的个性化呈现。

---

① 杨宗翰:《论诗歌节如何"毁诗不倦"》,《文艺报》2016 年 12 月 28 日。

② 〔法〕马塞尔·雷蒙:《从波德莱尔到超现实主义》,邓丽丹译,河南大学出版社 2008 年版,第 20—21 页。

三、批评与史料互动的实践反证及其经验教训

文学批评与史料互动,不仅自有其内在逻辑与学理依据,而且还可从实践反证中找到合理的解析,它包含了人们"对美的感知和评判"的殷切期待和诸多经验教训。回顾共和国成立以迄于今的文学发展史,我们看到,正是因为缺少这样一种与史料互融对话的意识,它使不少当代文学批评在真伪和是非问题上出现了不应有的误评误导,从而在损及批评声誉的同时给整体社会和全民阅读带来负面影响,乃至流布于今还不能完全消除。当然,这是就总体而言,具体细述,它又带有明显的阶段性特征。在十七年,由于受特定政治文化和"以论带史"、"以论代史"思维理念的影响,人们往往习惯于将批评对象纳入阶级斗争模式进行解读,但因违背了带有质定性特点的历史事实(史料),结果不仅造成了自身的尴尬,更为严重的是给作家作品的解读和评价抹上了虚假的痕迹。这种情况,在一些纪实性或准纪实性作品的批评中表现尤为突出。

就拿稍年长的人们熟悉的"阿炳的故事"和"草原英雄小姐妹"来说吧,它们曾经影响和感动了当代中国好几代人。某种意义上,这两个文本的确也有不俗的感染力。然而,从近年来有关史料获知,前者所诉说的饱受苦难而又才艺超群的"瞎子"阿炳,其实是一个爱赌博、抽鸦片、个人私生活相当放纵的民间艺人,他的眼睛不是被日本宪兵用硝镪水弄瞎,而是花柳病所致,最后是毒瘾发作难控等原因而自杀身亡的;其《二泉映月》也不是阿炳创作,而是源自风月场中的调情曲《知心客》。[①] 后者所叙述的 60 年代草原英雄小姐妹为抢救集体羊群与暴风雪搏斗的故事,据事隔三十多年后出版的《蒙古写意》等著作中披露,当年文艺作品如影视、舞剧、交响乐、连环画等所塑造的这一切是完全按照政治逻辑杜撰的,后来真正营救迷路而陷于绝境的小姐妹是一位发配在此接受管制的"右派"(而不是所谓的铁路工人),而他因这一"身份"不仅在作品中被写成了"偷羊贼"、"反动牧主"和企图杀害小姐妹的"罪恶凶手",而且还因这些黑白颠倒的"艺术想象"在现实中遭受苦难,最后被关进监狱,直到 1979

---

① 参见冬苗:《陆文夫一生的"阿炳情结"》,《苏州杂志》2010 年第 2 期。

年胡耀邦过问才得以平反昭雪。①顺便提及，"阿炳的故事"至今仍有广泛的影响，其《二泉映月》堪可称得上是控诉旧社会的天籁之音和家喻户晓的"民间艺术经典"。仅近几年，以阿炳为原型的创作并演出的同名的《二泉映月》至少有辽宁芭蕾舞剧、空政音乐剧、无锡锡剧和浙江越剧四个，其中浙江越剧还是为庆祝小百花成立三十周年的庆典之作，可见其影响之大。

上述两个例子，发生在特殊年代，也许不宜或不能一概否定，甚至不妨对之抱一点陈寅恪所说的"了解之同情"；况且，作为一种独特的文本，它也可以存在，并自有其价值（这种情况在文学史上也并非绝无仅有，如《长恨歌》中所写的李杨情爱剥离了历史实存，审美泛化为超越时空的人类普遍情感，就具有某种类似的特点），我们不必非要将其从文学史、艺术史中驱逐出去。但是，毋庸置疑，它也不应剥夺我们对它提出质疑和批评的权力，剥夺我们根据史料提供的历史真实对它进行"重写"抑或推倒重建的权力。我一直在想，如果我们的作家和编导者在创作的当时获悉这些史料，并且相信这些史料的真实性，他们会怎样呢？是否还会进行这样的叙述呢？艺术真实作为一种"第二自然"的存在，虽然有其自身的独立性、自洽性，但它毕竟与历史真实具有某种内在的逻辑关联，借用徐复观一个形象化的比喻：就是"有如葡萄酿成酒后，酒虽然表达出来时，已经不是葡萄，但酒究竟是由葡萄升华而来，所以研究酒的人必须先知道它的原料"。② 而探讨这样一种复杂关联，也正是批评家应有的专业素养，否则批评就混同于一般的阅读与欣赏。回到本文的论题上，就是批评面对以往历史遗留的作品（尤其是"有问题"的作品），它不但要将其纳入历史进程中给予客观的评价，同时还要有一个站在时代高度思考超越的问题，以此来彰显批评的主体意识和当代精神。也就是说，批评在利用史料对文本进行艺术评说时，它不只是关注过往已然的历史，同时还应着眼现实的这种超越性的重建。遗憾的是，我们很少看到这种超越性的重建，包括上面所讲的"阿炳的故事"和"草原英雄小姐妹"，迄今为止，我们没有看到基于真实史料进行"重写"的作品。这也从一个侧面反映了当下艺术创造力的不足。有人在谈及陆文夫当年在了解了真实的阿炳，但因种种过虑而未能写作《阿炳》时说过这样的话：

---

① 参见巴义尔：《蒙古写意·当代人物卷一》，民族出版社1998年版，第162—163页。

② 徐复观：《中国文学论集·环绕李义山（商隐）〈锦瑟〉诗的诸问题》，上海书店2002年版，第280页。

如果陆文夫能"把'这一个'身处底层的瞎子阿炳写出来,一定会比《美食家》中的朱文治更具美学意义。依他扎实的文字功力,揣摩人物的深厚学养,真实地塑造瞎子阿炳,已水到渠成,呼之欲出。在世界文学长廊中,多一个瞎子阿炳独特的人物形象……将是不朽的艺术典型,会流传千古,亦许能问鼎'诺贝尔奖'呢"?① 这虽然带有一定推测的成分,但其所蕴含的道理,值得深思。

如果说"阿炳的故事"、"草原英雄小姐妹"中的文本与文献处于紧张对立状态,那么下面所述的刘心武的《班主任》、徐迟的《哥德巴赫猜想》文本与文献,因为社会与个人诸多因素,这种紧张对立开始趋向松缓,呈现出了既矛盾抵牾又努力协调的复杂状态。这自然与"文革"结束初期乍暖还寒的特定历史语境有关。但即使是这样,如果我们疏忘或忽略了对事实(史料)的关注,而一味主观逞意,那也极易造成对作品的误读和误解。比如作为"伤痕文学"的发轫之作,刘心武的《班主任》所塑造的"思想僵化"的谢惠敏形象和作者借人物之口发出的"救救被'四人帮'坑害了的孩子"的呼声,至今人们在谈及该作思想艺术成就时,往往异口同声作出"前褒后贬"的结论。然而,据该文责编崔道怡晚年口述回忆,当年正是他传达了《人民文学》主编张光年和自己作为责编的意见,刘心武才强化了谢惠敏在小说中的地位,对原稿中的这位班团支部书记作了重要修改,从而有效地打破了当时的流行模式,提升了小说的艺术境界。至于该作中为人所诟的"救救被'四人帮'坑害了的孩子"的有关叙述,崔道怡告诉我们,其实不是刘心武所为,而是他出于政治等方面的顾虑,将刘原稿直接借用鲁迅《狂人日记》中的名言"救救孩子"所改写的,自然这也在客观上降解和窄化了该作原有的主题思想。② 如果了解了这一切,再去阅读《班主任》,我们恐怕就会对他上述的描写多一分理解和同情,而绝不会简单武断地将其"贬斥"为是作者对《狂人日记》反封建思想的阉割;相反,它让我们看到,"三十年前的刘心武与'五四'时期的鲁迅先生在精神上是相通的"③,从而对这个作品作出更客观精准的评价。

当然,在这方面,最具代表性的恐怕要数徐迟的《哥德巴赫猜想》。谈及这

① 参见冬苗:《陆文夫一生的"阿炳情结"》,《苏州杂志》2010 年第 2 期。

② 参阅崔道怡、白亮:《我和〈班主任〉》,《长城》2011 年第 7 期。

③ 李遇春:《文学史前史的建构——关于"编辑与八十年代文学"的思考》,《文艺争鸣》2013 年第 6 期。

部被称为报告文学发展史上具有"第二个里程碑"意义的作品，一般的批评往往都讲《人民文学》如何在"文革"结束之初的全国科学大会将要召开前夕选择了陈景润，讲这个广孚影响的"国刊"如何打电话到武汉邀请即将办理退休手续的徐迟来撰写，讲徐迟又如何得到其姐夫、解放军副总参谋长伍修权将军的支持，讲陈景润如何一直蜗居在仅仅六平方米的房间从事数学王国中的"哥德巴赫猜想"，讲他如何痴迷于科学而厌恶当时流行的政治，但并非是政治上的"傻子"，相反，具有相当的政治敏感性，等等，等等。所有这些，在当年该作责编周明的《春天的序曲》、王丽丽等《陈景润传》以及五六年前程光炜教授组织的人大博士生的系列访谈文章中均有披露，相信读者尤其是圈内的同行们都会有所了解，限于篇幅就不再赘述。在此需要特别强调，这仅仅是一个方面而不是它的全部。据近年来史料披露，事实上，陈景润在"文革"中并非如徐迟所写那样，只受到迫害，而是在 1973 年 3 月新华社上报中央的内参上受到了江青的格外青眼。据说江青在内参上看了陈的材料后"含泪"批示，并上呈毛泽东，毛也作了相关批示。由之，陈景润受到了特殊的"爱护"，并被增补为人大代表，获得了一系列的政治待遇。也因此故，所以在"文革"结束初期陈一度紧张不安，直到后来被树为"科学的春天"的典型，这才松了一口气，并很快地成为新时期家喻户晓的"科学英雄"。而上述这一情况，在《猜想》中却被回避了，转而代之以隐晦而又抽象的所谓的"诗化"描述："他眩晕，他休克，一个倒栽葱，从上空摔到地上"等等。徐迟那时影响很大的《关于报告文学问题的讲话》，在言及《猜想》创作过程中许多史料使用和尚未使用时（准备留待《猜想》续作使用），也未提此事。为什么呢？因为陈在"文革"中被政治征用的这些史料，已超越了徐迟彼时历史观和艺术观的极限，按照我的推断，所以他只好将其排拒于现代化、诗化的阐释体系之外。然而，正是这种"排拒"，恰恰从另外当然也是从否定性的角度，为我们打开了被遮蔽了的另一种阐释的可能性，并从中领悟他精心塑造的陈景润形象，其实并非是对历史生活的简单还原和反映，而是作者建构出来的、带有很强的主观性，甚至以牺牲历史生活的丰富性复杂性为代价。① 这也说明批评与史料的关系是动态的,随着新史料的不断发现,它将不可避免地会对原有的批评产生影响,这是一种双向对话与互动互建的关系。

需要指出,类似《班主任》《哥德巴赫猜想》的情形在新时期以降的文学中还有很多,如卢新华的《伤痕》、蒋子龙的《乔厂长上任记》、戴厚英的《人啊,人》、张炜的《古船》、张洁的《沉重的翅膀》、陈忠实的《白鹿原》乃至十七年的"红色经典"、"文革"之中"样板戏"的评价,都与史料有着直接或间接的关联。"历史研究对文学研究的意义,不仅仅是外部的,不仅仅只有助于我们全面、准确和深刻地认识文学作品的时代背景,对于我们领会作品的艺术价值,也往往有着直接的帮助。"②从上述分析的情况来看,我们是可以这样结论的。不久前,在《学术月刊》杂志上读到复旦大学陈尚君教授撰写的一篇《李白诗歌文本多歧状态之分析》的文章,该文通过对存世李白文集代表性善本和唐宋选本、古抄保存李白诗歌文本的详细校勘,令人信服地证实李白诗歌并不像我们所理解的是在醉酒的状态中一挥而就,甚至认为他写诗一喷而成,而是在不少情况下经过反复修改才完成的,他向我们呈现了大诗人文学创作的另一面。③陈尚君讲的虽然是高度历史化、经典化了的古代文学研究,但其所蕴含的"以史证诗"的道理对当代文学批评同样是适合的。

---

① 参见丁东:《江青曾经帮助陈景润》,《文史参考》2010 年第 21 期;黄平:《〈哥德巴赫猜想〉与新时期的"科学"问题》,《南方文坛》2016 年第 3 期;吴秀明主编:《中国当代文学史料问题研究》第十二章第一节《文学史料政治化与政治化的文学史料》,中国社会科学出版社 2016 年版,第 353—358 页。有关江青 1973 年对陈景润材料"含泪"批示并上呈毛泽东给予"爱护"一事,徐迟当年写作《猜想》时是否知道此事,现如今无法确认。但按一般常理推断,我以为他应该是知道的。因为此事惊动了毛泽东,并在中科院传达,在当时是一件大事,也是一个公开的"秘密"。徐迟为写作《猜想》深入中科院,为此花很大功夫采访和收集材料,他不可能不知道此事。

② 王彬彬:《中国现代文学研究与中国现代历史研究的互动》,《文艺争鸣》2008 年第 1 期。

③ 陈尚君:《李白诗歌文本多歧状态之分析》,《学术月刊》2016 年第 5 期。

四、历史化背景下呈现的新状态和新面向

指出批评与史料的问题,并不意味着否定我们在这方面所作的探索及其取得的成果。其实,当代文学批评无论作为一种独特的文体或言说方式,还是作为"正三角"构图中的一个子系统,尽管在吸纳史料参与艺术性评说方面问题不少,但由于文体自律性的作用,从批评活动开始的那天起就与史料之间形成了难以切割的互动关系。尤其是最近一二十年,随着整体学风"由虚向实"的转换和当代文学历史化的启动,这种互动较之以前更为明显。某种意义上,它构成了当代文学批评的一个潜在的向度,一个值得关注的新的生长点。当然,这里所说的互动只是批评的一个方面和向度,并且与古代文学和现代文学有所不同,而具有自己的特色。这就是不再像过去那样一味的"我评论的就是我",即不加节制地夸大和放纵批评家的主观意志,而是返回当代文学现场,强调文里文外、书里书外的互证互融,努力实现内证与外证这两个证据链之间的交合、协调与沟通。

比如在十多年前发生的那场引起爆炸性反响的顾城杀妻及自杀事件,当时有些媒体发表的文章对此作了不无主观偏激或世俗化的解读,曾一度引发了舆论的批评乃至公愤(所谓的"诗人难道有特权可以杀人?")。吴思敬的《〈英儿〉与顾城之死》一文,根据自己与出国前顾城、谢烨交往的直接印象,顾城夫妇生前及其好友的回忆,尤其是根据带有强烈自传色彩的《英儿》一书中大量书信原件的引用以及大胆坦诚的心理直白,让我们看到 1993 年这场瞬间惨烈事件的深刻必然性。论者认为,"对顾城之死仅仅停留在感情层面上去叹惋或怒斥,是远远不够的。我们需要的是对顾城其人其作的全面考察与理性的审视。"[1]在这里,吴思敬不仅依仗丰富的史料为载体营建自身逻辑,还原和触摸历史,重返已逝的历史现场,同时还通过史料与《英儿》文本的对比分析,富有意味地展现和揭示了这位心理年龄只有八岁的"童话诗人",是如何蛰居在新西兰小岛上偏执地经营着不无荒诞乃至带有畸形性质的所谓的"天国花

---

[1]　吴思敬:《〈英儿〉与顾城之死》,《文艺争鸣》1994 年第 1 期。

园",模糊了幻想与现实的界线。所以,当两个心爱的女人英儿和谢烨出走或离开,加上个人心理、生理等原因,最终导致了悲剧不可避免地发生。尽管顾城之死有很大的特殊性和偶然性,也尽管论者据此得出的"文化失衡"的结论略显简单,但所有这一切因建立在具体切实的文献文本及其彼此互证比较的基础之上,故整体分析令人信服,具有相当的深度,与当时的一些浅薄无聊嚼舌头或简单将其看作是一桩刑事案的批评,拉开了层次和距离。这也是我至今见到的探讨顾城之死最客观、最具学理性的一篇文章。

说到外部文献史料与内在作品文本的互动,还有必要提及程光炜近几年所写的有关陈忠实、贾平凹、格非等当代作家和作品评论,他较之吴思敬,似乎具有更为自觉的追求。如对贾平凹发表于 70 年代后期成名作《满月儿》的分析和评价,就突破了常见的审美、叙事、结构、语言、风格等"纯文本"分析的批评思路,而将思维触角投向文本以外与之具有内在逻辑关联的"文学周边",结合作者初涉文坛创作不顺,驻队经历,与孙犁的《山地回忆》比较,与本家姐姐、烽火大队农科站姐妹等诸多人物原型,尤其是与当时热烈追求的女友韩俊芳这样内外"两层故事"串联到一起,"让我们对这部作品人物原型的意义有了新的理解",至少知道,"没有韩俊芳与贾平凹两人刻骨铭心的人生故事,'满儿'和'月儿'的文学虚构故事是不可能这么情趣无限的"。① 在这里,论者巧妙地将与《满月儿》有关的史料糅在一起,进行文里文外的互证融通,占据全文一半篇幅的是史料,最后又引王国维、蔡元培、胡适有关作品与作者关联,相当明显地表露了文史互证之理念;在方法上,将批评、研究、评传与史料几方面打通,这与一般的文学批评乃至与他本人早几年的批评文字还不大一样。它对我们如何真切精准地理解和把握文本及其艺术创造和转换,提供了为一般纯文本鉴赏所没有的东西,甚至觉得纯文本鉴赏嫌浅,味儿也嫌淡,感到不够过瘾,缺少历史实感和质感。程光炜之所以这样,自然与他"重返八十年代"的文学主张和实践以及其所秉持的当代作家经典化、历史化理念有关。他认为,像贾平凹这样等级的当代作家已具备了经典条件,而文学经典是可以而且有必要这样作的:"古代文学早就有将文学作品与作者身世联系在一起的研究方法,这是该学科根深蒂固的学术传统。为什么当代文学再使用这种方法就遭人质

---

① 程光炜:《〈满月儿〉创作小史》,《当代作家评论》2016 年第 6 期。

疑,被说三道四呢? 大概是觉得'当代'作品距离研究者的位置太近的缘故吧。但批评者忘了,《满月儿》从1978年发表到2016年已整整38年,距半个世纪也只差十多年,它已经是落满历史尘土的文学经典。"①

顺便指出,像吴思敬、程光炜这样的批评在当下中国并非个例,近十余年来,他们的思维路线和趋向已开始被批评界所认识和重视,并在李遇春、黄发有、张均、斯炎伟、付祥喜、李松等年轻或较年轻一代的批评家那里引起了一些反响,形成了某种气候。李遇春在前几年还由之提出了将"形证"、"心证"与"史证"三者融为一体的"新实证主义批评方法论",认为只有这样才能避免批评的伪证或虚证,彰显其有效性,进而发现文本或文学现象中的真理。② 而程光炜的批评与研究理念,更是对杨庆祥、黄平、白亮、杨晓帆等80后批评家(他们都是程光炜指导和培养的中国现当代文学博士)产生了明显的辐射和影响——他们虽然彼此个性和趣味不同,但有一点似乎是共同的,那就是突破单一的观念性、文本性的分析思路,赋予批评以丰沛的历史内涵,并将其落实到当代中国复杂的语境中。如黄平在"新时期文学之发生"系列研究文章《"现代派"讨论与"新时期文学"的分化》一文中,用程光炜的"描述＋史料"方式方法,围绕"风筝通信"和"现代化与现代派讨论",将笔墨收放自如地伸向京沪冯牧与李子云之间的矛盾及和解,高行健《现代小说技巧初探》与刘心武、冯骥才等人的通信,《外国文学研究》创刊与徐迟此前的《哥德巴赫猜想》及《文艺与现代化》发言等诸多新时期政治与文学"蜜月期"走向尾声的纷纭繁复的史料,逐步形成和呈现了某种带有师承、学缘关系的"批评的历史化"或曰"历史化的批评"之共同特点。"在今天的上海回顾往昔的北京岁月,我尤其认同程老师'论从史出'的学术态度,开阔的文学史家眼光,扎实沉着的'史家批评',以及对于'当代'与'文学'内敛、深广的关切与同情"③;"越是了解新时期文学复杂的历史现场,笔者觉得越有必要从斩钉截铁的理论立场后撤,警惕'理论'凌驾于

---

① 程光炜:《〈满月儿〉创作小史》,《当代作家评论》2016年第6期。

② 参见李遇春:《实证是文学批评有效性的基石》,《文艺报》2012年7月6日;《新实证主义批评方法论刍议》,《南方文坛》2012年第4期。

③ 金理、杨庆祥、黄平:《以文学为志业——80后学者三人谈(之一)》,《南方文坛》2012年第1期。

'历史'之上"。① 黄平此说,从一个侧面道出了他们的批评由虚向实、由单一向多维嬗变的内在原因,它也说明批评本身正在出现"由当下性的批评格局向学院批评转化"(张清华语)的客观事实。80后批评家崛起是近年来比较引人注目的一个现象。这一代批评家大多高学历,有硕博士文凭,受过系统的专业训练,思维敏捷,视野开阔,有较好的西学背景、外语水平和理论素养。但相似的学院和生活体验及经历,在凸显他们优势的同时,也导致了他们历史感的匮乏和文本解读能力的弱化,从而情不自禁地沉溺于所谓的理论深度的幻觉,将批评当作某种理论的跑马场或试验田。站在这样的层次角度反观杨庆祥、黄平等人的批评实践,就觉得颇难能可贵。这也反映了新一代批评家在赓续前人的基础上而开始探寻到了适合自己的路径,他们有属于自己的新的状态和新的面向,当然也遭遇到了属于自己的新的困难和新的问题。

批评与史料的互动,从本质上讲就是历史逻辑与艺术逻辑之间的协调沟通,它是对过于主观化鉴赏的一种纠偏和校正,目的是为了更好发现美和阐释美,赋予批评以历史感和准确性。上述所举的有关例子,也充分地证实了这一点。当然,如同在讲"艺术逻辑"时需要防止审美独断论一样,在讲"历史逻辑"时,我们也有必要对历史霸权主义给予必要的警惕。而后者,往往是学院派批评家易犯的一个通病。尤其需要引起注意,当代文学是"一体化"的文学,文学与外部社会政治之间具有一种特殊的"结构"关系。这种"结构"关系内化为一种强大的政治逻辑,在批评实践中,它不仅优先于历史逻辑与艺术逻辑,而且还成为规约和决定历史逻辑与艺术逻辑的主导力量。此种情况,不独是在十七年,就是在21世纪的今天还有相当的普遍性。这也就决定了我们上述所说的批评与史料的互动,它们必然被纳入强大的"一体化"体制中与政治"结构"性地纠缠在一起,难以割裂和分离。也就是说,除了历史逻辑与艺术逻辑之外,它还有一个政治逻辑的问题。像前文提及的"阿炳的故事"、"草原英雄小姐妹"以及新时期《班主任》、《哥德巴赫猜想》等有关批评,都明显具有这方面的意向。如对《哥德巴赫猜想》中陈景润的"文革"生存状态,特别是对1973年江青对陈景润的"含泪"批示和转呈毛主席给予"爱护"的评价,到目前为止,都更倾向于将江青此举看成是"别有用心的政治行为",而不是作为"自然人"的

---

① 黄平:《"现代派"讨论与"新时期文学"的分化》,《扬子江评论》2016年第4期。

应有的道德同情心的流露。① 凡此种种，所有这些，它其实已远远超逸了艺术或审美的范畴，是很难用"反政治"或"我评论的就是我"或西方新批评可以和能够解释得了的。

至于像《乔厂长上任记》、《苦恋》和朦胧诗，包括十七年的《保卫延安》、《刘志丹》、《青春之歌》的讨论，乃至近几年对梁鸿的《中国在梁庄》、乔叶的《拆楼记》、李娟的《羊道》、阿来的《瞻对》等"非虚构写作"的评价，因带有明显的政治意识形态性或纪实性的特点，它也存在着如上文徐复观所说的"酒与葡萄关系"的问题："酒究竟是由葡萄升华而来，所以研究酒的人必须先知道它的原料"。② 由此，它也昭示我们的批评不能只是停留在纯文本（即酒）层面赏析，而应该立足文本而又超越文本，努力借助原型对象（即葡萄）及其相关史料进行互证互读。这在某种意义上，即将葡萄的作用提到带有本体意义的重要地位加以认识和观照。于是，批评也就自然而然地具有福柯等西方谱系学所讲的"生成论"而非"本质论"的效果历史，即主要关注文本是如何生成其所是，它的动态变化的过程，而不是其恒定的、本质属性的抽象归纳和提炼，并将文学与历史的关系演绎得更为丰富复杂。

五、史料实证的"有限性"及其他问题

当然，在讲史料之与批评互动，发挥纯文本鉴赏所无法起到作用的同时，也要防止过分夸饰和拔高史料的倾向，对批评和研究中出现的被史料对象化的现象保持应有的警惕。有人说，"没有纯粹的文学史料，只有可以放在文学

① 据黄平介绍，目前对此的评论，或者从具体的人事斗争出发认为江青是以陈景润来扳倒别的数学家，或者道德化地感叹江青虽作恶甚多，但也作过好事；而黄平自己则主要是从江青及其背后"文革"政治对陈的征用这个角度进行解读，这其实也是一种政治或准政治的解读。参见黄平《〈哥德巴赫猜想〉与新时期的"科学"问题》，《南方文坛》2016年第3期。

② 徐复观：《中国文学论集·环绕李义山（商隐）〈锦瑟〉诗的诸问题》，上海书店2002年版，第280页。

范围内来解释的史料。"①"文献史料的价值其实最终还是体现在它与作品认知、作品解读的关系中。也就是说,文献史料只有在它有助于文学作品意义把握的时候才是有价值的,否则就只能成为一堆垃圾。"②这是很有道理的。就当代文学批评而言,我知道,尽管至今仍存在着外在政治逻辑对历史逻辑尤其是对内在艺术逻辑的强制阐释,存在着相当严重的"以论代史"或主观随意的倾向,甚至连作品都不读就敢在研讨会上夸夸其谈的也不乏其例,因而我们不能置文本"周边"于不顾,作茧自缚地将目光停留在所谓的纯而又纯的"纯文学"本身;但我还是要说,史料实证及其对批评的作用,最后还是要落实到文本内证上,落实到文学作品本身的肌质、架构、叙事、语言上,从这些构成文学之所为文学的基本要素入手,彰显批评的"及物"和有效。"当代文学无论如何'不文学'或'不那么文学',但它毕竟还是'文学功能圈'范围的事,它的全部指向应是文学的。也就是说,当代文学研究可以不受任何边界的约束,展开对文学周边诸多要素和力量的分析,包括政策、体制、文件、档案、批评、社群以及前代作家的文本等,但在如此这般时,却不能也不应该用外围代替本体,用文献代替文本,用考证代替欣赏。"③一句话,不能因为强调批评与史料的互动而走向"以史代文"的另一个极端,用历史逻辑或政治逻辑代替艺术逻辑,忽略了史料实证作为一种研究方法,它的功能作用在讲究精神、情感和审美的文学领域存在的有限性问题,而不能将其有效性无限夸大。

　　沿着这一思路,也是为了将批评与史料关系问题的探讨推向深入,行文及此,我想联系"非虚构写作"及其批评新状况的实际稍述一二。前文已提及,也许是对纯文学"虚构的异化"和私人化写作偏至的反拨,加之《人民文学》的极力推动,当下中国出现了一股不可小觑的"非虚构写作"浪潮。不少批评家驻足关注,对此作出自己的评价。其中最重要最值得关注的,我以为就是在讲"非虚构写作"介入性写作姿态时,不忘其文学属性和作为批评家应有的文学

---

① 李怡:《何谓史料？何谓作为学术"行规"的史料？——中国新文学史料问题的一点反思》,载《中国现代文学文献学的理论与实践国际研讨会论文集》第189页,长沙理工大学主办,2016年4月。

② 谢泳:《中国现代文学史研究法》,广西师范大学出版社2010年版,第29页。

③ 吴秀明:《当代文学研究应该与如何"及物"——基于"文献"与"文本"的一种解读》,《文学评论》2016年第6期。

站位问题。因为常识告诉我们，只要写作是叙事，或只要你承认写作是叙事，就不可避免会有虚构，你也就不可能真正作到"非虚构"写作，这是一个悖论。在这个意义上，"非虚构写作"是不甚准确的一个概念，它在挑战传统写作伦理和审美趣味的同时，的确存在着"文体边界与价值隐忧"的局限，只有将其放在"文学谱系的节点上"进行考察，它的意义和价值及其引发的反响和争议才能得到充分理解。① 有的作品，如阿来的《瞻对》，虽然在"小说形式"上作了有益的探索，但正如有批评家所指出："这种探索不具有普遍意义，它是一种突破，但这种突破的文学意义并不大，它不能发展成为一种小说模式，不能广泛地推广和运用。"②因此不宜夸饰其辞，将其当作一种常态的模式加以推广和渲染，或者把"非虚构写作"理解成一种"反文学""非文学"写作。相反，唯其存在着"文体边界与价值隐忧"的局限，这就更有必要对之抱有一份文学呵护之心。毕竟，"非虚构写作"是属于文学（而不是史学）的一个部族，所以它的"非虚构"就有一个如何"化史入诗"，即徐复观所说的"酒与葡萄关系"的问题。这里对于批评来说，不是所有的"非虚构"都值得肯定。同样是"第一自然形态"的真人真事，哪些需要"写作"，哪些不需要"写作"；而需要"写作"的，又如何对之作增删隐显、贬褒臧否的选择处理，它写什么、怎样写，背后都隐含着一个无法回避当然也是妙不可言的"文学"问题。相应的，彼此在艺术水平、层次和质量方面也就有一个高低精粗雅俗区别的问题，是不可作简单一刀切的。这也是批评的一种责任，是我们对理想意义上的批评的一种期待，自然，反过来，它亦对批评家的艺术眼光和审美内化能力提出了考验。不管怎样，文学批评是关乎审美创造、艺术个性与才情的一种实践活动，它总得给文学性留下可资阐释的空间和余地。

如果说上述说法有道理的话，那么以此来审视当下的文学批评，窃以为，我们不仅不能乐观，相反，应该有必要对之保持一种理智和审慎。因为我们看到，这些年来，也许是与"后学"背景及学风心态有关吧，有的批评在向包括史料在内的历史敞开或进行文史互动对话时，程度不同地存在"以文代史"的偏向。此种弊病表现在常见的批评中，往往是将"文学观念的开放与应有的艺术

① 孙桂荣:《非虚构写作的文体边界与价值隐忧》,《文艺研究》2016 年第 6 期。
② 高玉:《〈瞻对〉:一个历史学体式的小说样本》,《文学评论》2014 年第 4 期。

自律"混淆起来,从而造成了审美弱化和批评的失衡。反映在"非虚构写作"批评上,主要表现,则是片面强调对生活逻辑与真实原则的恪守,对在场性与行动性的重视,而漠视其中的艺术逻辑和文学性之含量。这种状况相当普遍。即使是一些较好的批评文章也难以避免,在文学性方面,至多也只讲到中间性写作及其文体和理念求新为止,其所作的有关肯定性评价,基本都围绕题材或主题的"及物"展开;真正述及艺术质量和审美价值的似乎很少,要不就是三言两语,"哗"的一下就过去了,没有形成一种阐释的力量。而事实上,有不少自诩为"非虚构写作"的作品,同样可信性不高,而且文学性贫乏,粗糙化和粗鄙化现象相当突出,是可以而且有必要对之作文学性追问的。另外,与之相关而又不尽相同,是有的当代文学"本事"与"本事"的当代文学研究,也有类似的问题,几乎将全部的心力都用在"作品文本"与"生活本事"(作品中的人事描写与生活中的真人真事)虚实关系的勘比上,而很少去关注和探讨作者对"生活本事"的整体打碎重塑,即根据自己审美理想与作品主题情节的需要,进行合目的合规律的创造。这当然不能不使批评和研究显得简单粗疏和僵硬刻板,而缺少了文史互动对话所形成和呈现的丰厚张力及独特魅力。

正是从这个意义上,我认为上引的程光炜有关"将文学作品与作者身世联系在一起的研究方法"是需要辨析的,不能滥用,因为这里存在着文献学考索与文艺学阐释两种不同的路径。要知道,同样是重视历史背景与作者身世,中国传统文学批评,往往"认定文学作品等同于作者本身,将作品所描述之事与作者之经历等同起来";而当代文学批评,主要"不在于为作品的作者提供直接的本事,而是为作品提供一个更为丰富完整的历史脉络,以便读者更为真实地进入作者的心灵与精神世界"。① 它们彼此存在着根本的区别。也正是从这个意义上,我认为郜元宝提出的"考据式的文学研究如今已成为中国大学'文学研究'的最高旨趣。中国大学的中文系没有从文学角度出发的中国文学之研究,殆可断言"的批评②,尽管与实际情况有所出入,但却自有其价值及警示意义。可以预见,随着学科"历史化"的逐步推进和深化,如何强化史料建设和科学合理地借鉴运用传统考据式的研究,避免乾嘉学派曾经出现过的那种"说

---

① 刘毅青:《读者理论的重建——以〈锦瑟〉的阐释为例》,《文学评论》2013 年第 3 期。

② 郜元宝:《比"德赛两先生"更本源的问题是什么?》,《探索与争鸣》2015 年第 8 期。

五字之义至于二三万言"的烦琐学风,将成为未来批评和研究需要重视的一个"问题与方法"。

　　总之,在当代文学批评与史料关系问题上,我不赞成绝对超然混沌尘世的"纯文学"立场,也不认同完全置文学于不顾的"非文学"或"反文学"的观点,希望在它们彼此之间寻求一种动态的平衡,一种为批评家所具有的"徘徊于真实与虚构之间的权力"(黑格尔语)。借用较我年长和年轻的批评家赵圆、金理的话来说,就是"向史学学习而不失却文学研究者的面目","勇敢地跨出樊篱,而更丰富地回返自身"。①

（载《文艺研究》2017 年第 12 期）

---

① 　金理、杨庆祥、黄平:《以文学为志业——80 后学者三人谈(之一)》,《南方文坛》2012 年
　　第 1 期。

当代文学版本生产与版本批评的实践

尽管"严格意义上的版本,只是对古籍而言,对中国现(当)代文学研究来说,有重要的版本,但并不等于有版本之学"。① 然而,这绝不意味当代文学不存在版本问题,更不是说它的版本问题不重要。恰恰相反,由于政治、经济、文化、传媒乃至印刷技术发展等因素,当代文学版本不但量大类多,而且还呈现出了为古代和现代文学版本所没有的纷繁复杂的情况,各种版本之间主要不再限于个别文字上的歧异,而是更多涉及与之同构的时代社会以及作品的整体思想艺术。从这个意义上说,研究当代文学版本不但具有独立的学术价值,而且也给当代文学研究,特别是基于文化学视野下的文学体制研究提供了很好的视角,它应当成为当代文学研究的一个重要环节和最基础的支撑工作,其研究的思路、方式与路径也要根据版本实际情况作出调整。

本文如标题所示,主要探讨当代文学版本的历史嬗变与现实思考。具体拟按以下两个层面展开:首先,从纵向发展的角度将当代文学版本生产分为前后两个"三十年",归纳和梳理它在诸多因素的作用下,是如何以自己的独特方式生产及其呈现的阶段性特点;然后,再联系当代文学版本实际情况,就版本批评的当下重建问题,提出自己的思考。在当代文学领域,文献史料整理与研究原本就是弱项,更不要说版本这样一个比较专业的问题了。我们希望通过对版本的比较与探讨,总结经验教训,为当代文学学科"历史化"尽一点绵薄之力。

---

① 谢泳:《中国现代文学史研究法》,广西师范大学出版社 2010 年版,第 176 页。

一、当代"前三十年"：一体化机制下的重印、修改与潜版本

在论述当代"前三十年"版本时，首先也许有必要提及 20 世纪 50 年代初被"重印"的一批现代文学作品。它们虽然在 1949 年以前已完成并定型，其中不少还是那个时代的经典名作，但由于作家按照当时新的意识形态话语对原有文本作跨时代的集体性"重述"，因此修改后的作品，如茅盾所说，"那就失去了本来面目，那就不是 1927—1928 年我的作品，而成为 1954 年我的'新作'了"。① 在某种意义上，它可以看作是"现代文学"的一种特殊的"当代版"，并不可避免地改变了作品固有的历史存在状态与思想艺术特点。当然，这是就这批现代名作重印的总体情况来说，其实同样是重印，解放区与非解放区的又不一样：前者由于 1942 年前后曾经受过类似的意识形态规训，重印并未对它造成实质性的影响；后者因缺少这道环节，则表现了对新规范的矛盾与不适，它有一个艰难复杂的"磨合"过程。

解放区文学在 1949 年后以"中国人民文艺丛书编辑委员会"为名集中修订后重印再版，其中包括后来获斯大林文学奖的《太阳照在桑干河上》。该小说在 1949 年初版时名为《桑干河上》，1950 年恢复为《太阳照在桑干河上》。其版本修改主要集中在三个方面：首先，"作者对作品中一些涉及土改政策的欠妥的描述进行了订正，并对个别人物关系作了调整"，比如丛书初版中写顾涌家里土地多，"一直到不能不雇上很多短工"，1950 年新版中改为"一直到不能不临时雇上一些短工"，以此"减轻其剥削程度"。其次，作家"对误笔误排作了校改，并作了一些整理和润饰"，1949 年初版第一章中写赶车时溅起的泥浆水"打在光腿上也是暖熔熔的"，在 1950 年版中，"暖熔熔"被改为"热虎虎"，这一以农民口语代替具有"知识分子气"的形容词的改动，显然是考虑到新中国文学"大众化"、"民族化"的要求。最后，还"将东北初版本'目次'中的五十八个小标题改动了二十个"。②

---

① 《茅盾全集》第 1 卷，人民文学出版社 1984 年版，第 426 页。
② 龚明德：《〈太阳照在桑干河上〉修改笺评》，湖南人民出版社 1984 年版，第 5—6 页。

　　对丁玲等来自解放区的作家来说，由于共产党执政地位的变化，他们出版于延安时期的作品很难说完全符合新意识形态话语对"现代民族国家"的想象，这意味着要在旧作中真正落实革命斗争经验的"全面的研究、总结和提高"①，就必须对其进行"当代化"的修订。但另一方面，作为毛泽东文艺思想的最初执行者和实践者，他们的创作在最基本的层面上又与意识形态权威保持一致，因此在新中国成立初期文艺规范未及完全确立时，其文本叙述与政治话语之间不会发生根本性的错位或矛盾，更多只是在"同一种审美形态或文学话语中"进行的"微调与细改"。② 事实上直到 20 世纪 50 年代中后期，这些作品才出现了涉及面较广且修改力度较大的新版本。③

　　不同于解放区作家的"小修改"，来自非解放区的作家在新中国成立初对旧作内容思想的调整幅度之大有时到了某种"伤筋动骨"的程度。比如巴金在1953 年人民文学版的《家》中有意识地对前几版中关于劳动人民的叙述进行了调整，"举凡有丑化或贬抑劳动者的词句都被删去，又增加了叙述底下人美好、善良品行的文字，还补叙了主人（瑞珏、觉慧）与仆佣的深厚情谊。这类修改主要是把劳动人民的形象描叙得更好"，同时删去红灯教是匪徒的相关议论以"避去了污蔑农民起义的嫌疑"。④ 这当然与新中国政治话语对"人民翻身作主人"的革命判断和历史语境有直接关系。再如1951 年开明版的《雷雨》中，曹禺为了强调工人阶级的必胜力量而主动消解了原作中的悲剧性，甚至直接修

---

① 周扬：《新的人民的文艺》，《周扬文集》第 1 卷，人民文学出版社 1984 年版，第 512 页。

② 金宏宇：《中国现代长篇小说名著版本校评》，人民文学出版社 2004 年版，第 223 页。

③ 丁玲对《太阳照在桑干河上》较为集中的一次修改在 1952 年到 1953 年大连休养时期，1955 年由人民文学出版社出版，共进行了 600 余处的修正。《暴风骤雨》的人民文学第二版则到 1956 年才正式出版，不同于 1952 年只在细节进行了微调，1956 年的新版中出现大约 500 多处修改。

④ 金宏宇：《〈家〉的版本源流与修改》，《中国现代文学研究丛刊》2003 年第 3 期。

改了极为关键的"宿命论"思想①,剧本的艺术水准因此大打折扣。有的现代作家如老舍,虽曾明确表示过不愿意修改旧作②,但迫于现实的压力,对《骆驼祥子》也大删过三次:1951年开明书店出版《老舍选集》中收录的《骆驼祥子》,作者将16万字的长篇删成了不足10万字的中篇;1952年的改订本,从第24章开头起删去9页文字,只留下最后8个自然段作结尾;1955年的最后重修本,再次"删去些不大洁净的语言和枝冗的叙述",同时还删去了结尾描写祥子堕落行为的一章半篇幅,以迎合"十九年后的今天,广大劳动人民已都翻了身"③的政治现状。

由于没有"在毛泽东思想的直接教育之下"展开"积极的学习和工作"④,"尤其缺乏根据'文艺讲话'中的精神进行具体的反省和检讨"⑤,这些非解放区作家在急速推进的政治形势下,尚不能也来不及对其文艺思想资源和以启蒙为归旨的创作经验进行根本性的调整。从这个角度来说,他们实际上是从"思想改造"的思路来对昔日旧作进行增删处理,其心态与丁玲等解放区作家

---

① 曹禺是"国统区"作家中拥有再版旧作资格的少数几位作家之一,也正因如此,他的修改就建立在对过去创作成果和创作经验、甚至阶级认识的批判上。在1950年第3期《文艺报》上《我对今后创作的初步认识》中,他写道:"我是一个小资产阶级出身的知识分子,'阶级'这两个字的含义直到最近才稍稍明了。"他批评《雷雨》里的鲁大海是"穿上工人衣服的小资产阶级",而造成这个后果的原因是自己始终依照自身阶级的经验写作工人形象,"我完全跳不出我的阶级圈子,我写工人像我自己",从而更进一步否定了超越阶级的"是非之心"、"正义感"存在。在这样的思路下,新中国成立后曹禺的修改就试图克服原版中的宿命论思想,挖掘社会罪恶的阶级根源。周朴园和周萍的形象更加负面化,鲁大海、侍萍的斗争则更为坚定、勇敢,还增加了省政府参议的角色作为黑暗政府的代表,结局处周冲和四凤都没有死亡。

② 老舍在《我怎样写〈骆驼祥子〉》中表示:"《祥子》自然也有许多缺点。使我自己最不满意的是收尾收得太慌了点。因为连载的关系,我必须整整齐齐的写成二十四段:事实上,我应当多写两三段才能从容不迫地刹住。这,可是没法补救了,因为我对已发表过的作品是不愿再加以修改的。"见《青年知识》1945年第1卷第2期。

③ 老舍:《骆驼祥子》后记,人民文学出版社1955年版,第214页。

④ 郭沫若:《为建设新中国的人民文艺而奋斗》,《人民日报》1949年7月4日。

⑤ 茅盾:《在反动派压迫下斗争和发展的革命文艺》(节选),谢冕、洪子诚主编:《中国当代文学史料选(1948—1975)》,北京大学出版社1995年版,第41页。第一次文代会上,茅盾曾说:"解放区的文艺运动的范例……展开着一个和过去完全不同的崭新的人民的时代"。这让非延安作家们产生了"渐渐地有了向前进行的正确轨迹了"的意识。

是不同的;同时,急就章式的修改也不可避免地在版本上留下了草蛇灰线的弥
合痕迹。如艾芜的短篇小说《秋收》在收录于1947年建国书店的《当代小说
选》时,文中帮助农民的伤病员的身份就非常模糊①,而在新中国成立以后,作
家有意识地增加了一段文字以突出作品在政治上的"情感倾向"。② 但这些新
加的内容并不能有效地帮助读者指认这些伤病员,反而暴露了作家试图缝
合新旧文学话语的修改动机。

　　值得注意的是,尽管第一次文代会正式确立了解放区、非解放区作家在组
织内的身份等级,并直接影响了新中国成立后不同作家向人们展示其文学成
就和文化形象的"权利"差异,但由于20世纪50年代初期当代文学体制毕竟
不像六七十年代那样僵硬和刚性,加之部分非解放区作家在现代文学史上的
重要贡献和影响,因而新中国成立初对其作品的重印就具有某种"统战"的性
质,它在对作家作品的选择上仍有一定的弹性空间。沈从文在新中国成立初
被排除出文坛,而在政治语境相对宽松时的20世纪50年代中期却能出版经
过修订并符合"当代文学"规范的《沈从文小说选集》③,就证实了这一点。

　　如果说新中国成立后修订重印的现代名作尽管在本质上已近乎"当代版
本",仍难免带有前历史的痕迹,那么创作于新中国成立后、经过重修再版的当
代文学作品就应被视作"真正的"当代版本。一般来说,这些再版本与初版本

---

① 原文只是说:"在这乡镇里疗养的兵士们,都集合在庙前榕树荫下,光着头听副官训话。
大意是说,要他们身体好点的,去帮助农民收割稻子。因为村中许多壮丁,都抽到前线
打日本鬼子去了,作工的人手,非常不够,若不帮忙,今年收成,就会遭到损失。"

② "在这乡村里疗养的兵士们,都集合在庙前榕树荫下,光着头听副官训话。他首先报告
时事,说八路军在平型关打了胜仗,是抗日战争中第一个辉煌的胜利,又说八路军能打
胜仗,是他们经常为老百姓服务,老百姓也出力帮助他们。因此要真正作抗日的好战
士大胜日本,就得学习八路军的精神。"艾芜:《艾芜文集》第8卷(短篇小说),四川文艺
出版社1989年版,第612页。

③ 参见《沈从文小说选集》题记,人民文学出版社1957年版。其中写道:作者对《边城》等
旧作的修改,是考虑到"读者对象今昔已大不相同",特别是"涉及青年男女恋爱抒情事
件",如不对文字进行调整筛选,"怕对现在读者有害无益"。另外对是谁修改了小说,
凌宇、聂华苓和金介甫似乎有不同意见,凌、聂两人认为是人民文学出版社的编辑修订
了1957年版的《边城》。但根据1957版《边城》尾注内容"1957年1月10日校正于北
京历史博物馆,距最初动笔已23年",似应是沈从文自己动笔修改的。人民文学版具
体的修改内容可见曹青山:《〈边城〉版本汇校述评》,《江汉大学学报》2010年第2期。

的时间相隔较短,通常两年左右就立刻推出新版。它的修改,在很大程度上可归因于当时政治化的文学批评。《青春之歌》、《红旗谱》等作的再版,在这方面就颇具代表性。在这里,尽管意识形态已对它们所描写的这段民主革命历史有了盖棺式的结论,这些成长于"新时代"的作家们在叙事上一般不会偏离出预定的轨道;但"文学对于自己审美形式的追求又可能会使自己成为特定意识形态的离心力量",甚至形成对意识形态"独白体系"①的破坏。这也就是为什么《青春之歌》初版本发表后,会出现郭开等的严厉批评,而杨沫则唯有"照单全收"地进行修改。

在讲当代"前三十年"版本时,最不能疏忘的也许是因政治(乃至政策)变化而修改的这批作品,它占据很大的数量,内在地折射了现实政治对作家造成的精神压力。就拿 1951 年出版的《铜墙铁壁》和 1965 年出版的《欧阳海之歌》来说,可以发现,与上述的《青春之歌》、《红旗谱》等相比,它们所描写的题材内容,在时间上更接近甚至本身就属于社会主义革命的范畴。这也意味着"革命"本身发生的任何变动,都将直接影响乃至颠覆该小说存在的"合法性"。以《铜墙铁壁》为例,此书于 1962 年再版时受到庐山会议"左"倾思想的影响,"由出版社提出,经柳青同意,把书中出现的彭德怀、刘景范两同志的名字删去"。1971 年,出版社再次根据当时政治情势认为,"第二章通过区委书记金树旺的口,三次提到刘少奇同志在中共七大《修改党章的报告》里的话,需删去"。而在同年 12 月完成修改后,"批林批孔"运动兴起,又"对《铜墙铁壁》的再版发生了直接的影响",领导要求"再查一查有没有为彭德怀'招魂'的问题"。由于彭德怀的名字早已在 1962 年版中被删去,因此,修改就只是将第五章开头一段介绍陈绍清"早年在私学堂教'子曰学而时习之'糊口"的文字删去了②。此时,文学修改已经成了疲于奔命的政治化行为。

《欧阳海之歌》1965 年初版时正值对刘少奇发动批判的前夜,而再版时"文革"已经全面爆发,它直接影响到作品的修改。这可从新旧两个版本的《内容提要》看出端倪:1965 年初版,它只简单介绍作品是"描述伟大的共产主义战士

---

① 朱国华:《文学与权力——文学合法性的批判性考察》,华东师范大学出版社 2006 年版,第 21、106 页。

② 参考何启治:《世纪书话——我和当代优秀长篇小说的遇合机缘》,见《美丽的错误》,首都师范大学出版社 2010 年版,第 4—12 页。

欧阳海烈士生平事迹的一部长篇小说";1966 年再版,则特别强调欧阳海成功实现自我改造"是革命战士活学活用毛主席著作,特别在'用'字上狠下功夫,把毛主席的书当作最高指示,在改造客观世界的同时,努力改造主观世界的结果"。① 当然新版的修改,最重要的还是按照"文革"的思维全盘颠覆了初版中对刘少奇的正面评价。本来,在初版本中有两处提到刘少奇的《论共产党员的修养》:一处是第八章第四十节"与人为善",写欧阳海通过阅读《修养》进行自我批评②;另一处是第九章第四十四节"干革命",副指导员薛新文意识到自己错怪了欧阳海并进行自我批评后,欧阳海以刘少奇的《修养》一文要求组织对他作出更严格的要求③。 可以发现在这两处中,刘少奇都是以绝对正确乃至神圣的"党员典范"形象出现的。但在 1967 年 5 月 22 日《光明日报》上刊出的《欧阳海之歌》修改文本中,《修养》已经变成了受到批判和鄙夷的对象:欧阳海"无意间发现了一本薄薄的小册子,满是灰尘的封面上,模模糊糊地看得出是谈有关共产党员的什么问题的",由于他"心里正有个疙瘩解不开",于是"心不在焉"看了起来,但发现书里"尽是些什么'人皆可以为尧舜','吾日三省吾身',什么'苦其心志,劳其筋骨',要'动心忍性'才能担起'大任'的孔孟之道",而且还"非常刺眼地跳出这么一句话来,说什么为了'党和革命'的利益,要能

---

① 有意思的是,1979 年重新修订出版的第三版《欧阳海之歌》的前言又与前两版不同:不但 1966 年版中新增加的文字被删去,1965 年初版里关于部队"广泛深入地学习毛主席著作,坚持四个第一,大兴三八作风,开展四好运动",指明作品意义在于"是毛泽东思想的颂歌,也是我们社会主义时代的颂歌"等具有极强政治色彩的文字也被一并删去。此时作者对作品"去政治化"的修改,意图就较为明显。

② "欧阳海把打过红道道的地方反复地读了几遍,终于在读到最后几页的时候,仿佛从字里行间听到了少奇同志亲切的声音'……有些同志……丝毫也经不起批评、打击,受不了委屈、冤枉,甚至连一句不好听的话也受不起……'看到这里,欧阳海闭了手电筒,觉得脸上滚烫滚烫的,一阵阵惭愧从心底涌起来……"见《欧阳海之歌》,解放军文艺出版社 1965 年版,第 379—380 页。

③ "那次副指导员批评了我,我心里觉得有些委屈,这说明我还经受不起误会。少奇同志在《论共产党员的修养》中说过:'世界上完全不被别人误会的人是没有的,而误会迟早都是可以弄清楚的。我们应该受得起误会……'对照这个来检查自己,委屈情绪实际上是一个党员修养不够、觉悟不高的表现。所以,我希望组织上,希望副指导员今后好好地教育我们,更严格地要求我们,更大胆地管理我们,帮助我们尽快地接近党的要求。"见《欧阳海之歌》,解放军文艺出版社 1965 年版,第 441 页。

'宽大、容忍和委屈求全',甚至要'能够忍受各种误解和屈辱'",这让他"就像吞了一只苍蝇,感到一阵恶心"。然而,毛主席"洪亮而坚定的声音"代替了"少奇同志亲切的声音",让主人公豁然开朗,而这本"唬弄人的小册子"则被一阵风带下了窗台,"正好掉进放在窗外装垃圾的簸箕里"。由于欧阳海生前刘少奇未被打倒,因此新版本中欧阳海对刘少奇的批判实际上是作家有意"虚构"出来的。当代文学版本变迁之与现实政治之间的深刻关联和惊人同构,由此可见一斑。

讲当代"前三十年"版本,还不能不提及"潜版本"问题。这里所谓的"潜版本",是指由于各种历史原因特别是意识形态方面原因,有些作品无法正式出版,只能以"地下"或"抽屉"等"潜在"的方式存在。这些特殊的作品,"尽管……没有公开发表因而也没有产生客观影响,但是同样反映了那个时代知识分子的严肃思考,是那个时代精神现象的一个不可忽视的有机组成"①,所以同样具有版本研究的意义。然而,也正因处在"地下"或"抽屉"状态,其真实版本状态难以依靠出版时间和出版定本的版权页进行认定,它较之普通的初刊本、初版本与后来的再刊本、再版本等版本问题,显得更为复杂。比如胡风在狱中的创作,在当时的历史情况下根本不可能公开流传与发表,它只有在出狱后才陆续问世②,但问世之作与狱中"默记"原稿是否一致就不为人知了;再如老舍"奉命写作",却因为"没有经过改造的知识分子"身份而被江青"枪毙"的

---

① 陈思和:《牛后文录》,大象出版社 2000 年版,第 218 页。

② "仅现在收集到《胡风全集》中的《怀春杂诗》、《怀春曲》、《怀春室感怀》就有一百三十多页",充分表现了诗人在逆境下所忍受的孤独、痛苦和可贵的"独立的精神创造"。而我们今天所见到的狱中诗也"仅仅是胡风在狱中默吟的诗歌的一部分,还有不少诗作迄今还没有公开"。参考刘志荣:《特殊年代的精神活动——"胡风集团"作家的潜在写作》,《上海文学》2001 年第 5 期。

修改版剧本《人同此心》。① 需要指出,这些真实存在而因各种原因无法公开的"潜版本"往往与重要历史人物和历史事件有关,甚至会对当代文学史叙述以及思想史评价构成直接影响,故有必要给予重视。如广泛引起关注的《郭小川全集》和日记、检讨书的出版以及诗人文学史地位的变动②,再如王蒙创作于 1974—1978 年、出版于 2013 年,经修订后被保留下的"重要而丰富的文学价值及文学史价值为读者提供了多种阅读和言说空间"③的《这边风景》,等等。

　　由于"潜版本"在很大程度上源于当代"前三十年"极左思潮的压制,尽管大部分历史真相已经获得澄清,但相关史料的发掘仍易受到来自意识形态方面的影响。④ 同时,"潜版本"还与特殊历史时期的"集体创作"有关。而后者,它不但介入地下版本的生产和流通过程,甚至还会反过来影响初版本的形态。

---

① 根据齐锡宝介绍,《人同此心》的特殊性在于题材是毛泽东提供的,任务则是由周恩来布置下来,特别请来熟悉北京生活的老舍担任电影编剧,且经过茅盾主持的电影指导委员会讨论,老舍又在初稿的基础上完成了修改稿。江青枪毙剧本的理由并非艺术不过关,而是:"老舍自己就是个没有经过改造的知识分子,他哪能写好符合我们要求的电影剧本? 怎么改也改不好。干脆,拉到吧!"考虑到其生产背后的各种政治力量,剧本的修改版成了意料之外的"潜版本",构成了研究者透视当时复杂文学生产体制和文学权力话语关系的有效视角。见作者《回忆老舍先生奉命写〈人同此心〉的前前后后》,《电影创作》1994 年第 1 期。

② 霍俊明指出,这些新史料从"潜版本"中走出后不论是对郭小川个人,还是对"知识分子的思想历程以及当代文学的生产方式",都产生了直接影响,也在某种程度上改变了人们对郭小川"战士诗人"的文学史印象,复原诗人"复杂而矛盾"的一面。见霍俊明:《当代新诗史写作问题研究》,首都师范大学 2006 年博士学位论文,第 210 页。

③ 李晓晨:《〈这边风景〉:中国当代文学的重要发现》,《文艺报》2013 年 5 月 20 日。

④ 比如陈徒手的《人有病 天知否——一九四九年后中国文坛纪实》中有关郭小川的大量史料都来自于专访后整理的口述以及郭小川自己写成的检查交代,其中一部分史料包括频繁引用的 1967 年《在反右派斗争前后——我的初步检查之十》,是广西师大版《郭小川全集》第 12 卷和 2001 年中国工人出版社版的《检讨书:诗人郭小川在政治运动中的另类文字》中所没有收入的。出现这种情况的原因,或是这些材料并没有归还给郭小川家属,也没有正式公开,因此整理手稿时无法收录;要不,就是编者出于某种顾虑没有将这篇检讨收入出版物。笔者更倾向于前者。陈徒手此书终于使这篇检讨的部分内容重见天日,但它也从另一个角度提醒我们关于郭小川的史料可能仍未"穷尽",且更多的文档在生产出来后立刻进入"潜版本"状态,还来不及与研究者见面。

这种情况在"手抄本"的流传过程中就表现得颇为明显。比如《第二次握手》的书名就不是原稿时确定的,而是来自一个抄录小说的工人。① 当代"潜版本"数量多,它不像传统的版本以线性方式更替,而是呈辐射状增殖。因此,如何有效收集这批潜伏在"地表之下"的史料,这对版本研究也提出了挑战。

再放宽一点,有些曾直接影响当代文学发展、具有重要文学史意义的政治文献"潜版本"也值得引起注意。如《林彪同志委托江青同志召开的部队文艺工作座谈会纪要》,这份否定十七年文学和确定"文革"文学理论基础的关键材料前后经过三次修改,但初稿究竟写了什么? 又经过哪些人和哪些内容的修改? 这些都关系重大,需要作出更为细致的梳理考证。②

最后,还想就"样板戏"的版本问题稍述一二,以使本节对当代"前三十年"的概括尽可能更全面些。众所周知,"样板戏"的修改都严格按照"革命逻辑"展开,它表现了强烈的革命伦理代替家庭或血缘伦理的倾向。比如京剧《红灯记》原剧本中有老奶奶和李铁梅缝衣穿针和抒发家庭感情、刑场上李玉和跪下与奶奶生离死别、行刑后李铁梅回屋睹物思人伤心痛哭的片段;但在反复修改后,这些表达日常情感的内容,因涉嫌宣扬"鸠山妄想用'母子之情',瓦解李奶奶的革命斗志,并且向李玉和贩卖'人不为己,天诛地灭'的剥削阶级人生哲学"③,悉被删去。与此相应的是,承担着扮演世俗伦理与革命意识形态"弱

---

① 小说最初仅是一篇名为《浪花》的短篇,后来被改为《香山叶正红》的中篇,1970 年又改名为《归来》。"其时,手抄本风靡全国。而其在流传过程中出现了各种各样的版本——《氢弹之母》《归来》《归国》等。其中一本流传到北京的某一个工厂。因为封面缺失,读者也不知道小说叫什么名字,一名工人就贴了张纸作封面,并取名《第二次握手》。"根据作家的回忆,这个版本的手抄本"以北京为辐射点向全国扩散的时候,就是以《第二次握手》为书名扩散的,包括当时的西藏都有传到,基本都叫《第二次握手》。所以它'喧宾夺主',《第二次握手》倒成了正宗了,我给它取的名字倒不正宗了,当我在北京修改完这本书,青年出版社出版之前,他们找我商量,他说在全国大多数地区,大家都叫它《第二次握手》,是不是你也能够尊重大家的感情和意愿,就让它叫《第二次握手》吧,我说那就这样吧"。具体见蒋肖斌:《〈第二次握手〉:从手抄本到终极本》,《中国青年报》2013 年 1 月 15 日;《"手抄本"之罪》,凤凰卫视出版中心编:《沉浮:鲁豫有约说出你的故事》,中国友谊出版公司 2008 年版,第 107—108 页。

② 参见本书第 59 页注释①。

③ 北京大学、清华大学写作组:《反映新的人物、新的世界的革命新文艺——谈革命样板戏的历史意义和战斗作用》,《人民日报》1974 年 7 月 16 日。

者"角色的女性形象,为了维护革命者形象"阶级的情义重于泰山"的纯洁性,也纷纷从原来主角位置迁移到配角。《沙家浜》、《红色娘子军》、《白毛女》的修改就证实了这一点。① 但这只是"样板戏"修改的一个方面,并非是它的全部。② 就拿《杜鹃山》来说,从1963年的话剧初版到1974年《革命样板戏剧本汇编》版③,剧本中的柯湘一步步从边缘走向斗争的中心。有意思的是,修改者一方面保证她"始终以压倒一切的英雄气概居于主动、积极地进行斗争的地位。整场戏的重音,不是落在雷刚身上,而是落在柯湘身上"④;另一方面,"汇

---

① 《沙家浜》的结尾修改可见戴嘉枋:《样板戏的风风雨雨》,知识出版社1995年版,第47页。当时的戏剧工作者如此解释这一改动:"除了加强战士们的描写以外,在原本已有的基础上,更突出地刻划了郭建光作为一个军事指挥员的优秀品质和才能。"郭汉生:《试评京剧〈沙家浜〉的改变》,《人民日报》1965年3月18日。《红色娘子军》的修改则"改变了过去芭蕾舞剧以女角为主,男角为次的作法,突出地刻划了娘子军党代表洪常青的形象,表现了他对革命事业的赤胆忠心"。见仲林:《芭蕾舞革命化的重大胜利——评舞剧〈红色娘子军〉》,《文汇报》1965年5月20日;评论者还特别指出刻画洪常青的意义和方法,见《无产阶级崭新的舞剧艺术——赞革命现代舞剧〈红色娘子军〉的舞蹈创造》,《革命样板戏评论集》,上海人民出版社1976年版,第261页。

② 《龙江颂》、《杜鹃山》和《海港》都是以女性作为主要英雄形象的"样板戏",其中前两剧修改时有意识调整人物关系。在《剧本》1964年第3期江文等人改编的话剧《龙江颂》中,书记、队长等主要角色依然是男性。据有关史料记载,在京剧版改编时主人公的性别"按江青的旨意早已由男变女改成大队党支部书记江水英"。见戴嘉枋:《样板戏的风风雨雨》,知识出版社1995年版,第193页。

③ 《杜鹃山》的版本一般有1963年话剧初版、1964年全国首届京剧现代戏观摩会演出时的北京京剧团版和宁夏京剧团版,但由于种种原因,北京版被江青否定、宁夏版也被搁置。1969年北京京剧院再次重排,1972年左右大致定稿。目前,笔者能够搜集到的最早版本,是1963年王树元所著的三幕七场话剧剧本以及发于1964年的由胡希明、萧荻二人改编京剧剧本。除了艺术形式不同,两个版本在主题内容上几无差异,只有字词方面略有调整。从后来相关史料看,北京京剧团的初演版恐怕也无本质性的差异。考虑到实证文献的限制,故此处版本对比主要选择发表于1964年5月《剧本》杂志上的"胡萧版"与人民文学出版社1974年版的《革命样板戏剧本汇编》第1集中较为权威的"定版"。

④ 黄式宪:《无产阶级党性的光辉典型——评〈杜鹃山〉中柯湘形象的塑造》,《河北文艺》1974年第1期。

编版"中柯湘革命者身份的确认,却又通过颇男性化的外貌来实现的。① 这意味着在越来越激进的政治意识形态影响下,女性的进入不可能再为剧本带来关于感情、血缘、家族的"柔性想象",相反,意识形态话语加紧了对形象内涵的"抽空"和再次"注入"——这明显地表现在"汇编版"对"64 版"中柯湘充满男性"江湖气"的话语修改上。② 可知性别更多是作为一个滑动的能指进入意识形态的话语场域,一切叙述都是为了凸显革命意识形态的"绝对权威"而存在的,后者才是其叙事的真正所指。③

问题的复杂还在于:颇多史料证明,"样板戏"的修改除了日趋强烈的政治化修饰外,也融入了作家的不少艺术心血。因而,一味地"用类乎'主流话语'、

---

① 新版中的柯湘主动对自己的"性别"和"革命"之间关系作出了解释:"风里来,雨里走,终年劳累何所有? 只剩得,铁打的肩膀粗壮的手……"这说明在暴力活动和劳动生产中,"铁打的肩膀粗壮的手"这种更男性化的外貌特征显然更符合意识形态的革命化审美想象。柯湘对作为女性参与革命的合法性的论证却是极力突出自己的"男性化特征",这表现了女性在进入"革命"时的悖论性的生存方式。

② "胡萧版"《杜鹃山》中,柯湘在解除了醉酒队员的武装后开始为其他人斟酒、敬酒,并说:"同志们! 咱们打了胜仗,杀了土豪,辛苦啦! 我代表父老乡亲们,敬咱们的子弟兵一杯! 来,干!(一饮而尽)来,干哪!"这样的言语间不但富有强烈的"江湖色彩"、"够交情"、"够义气",完全不符合传统的女性形象。而在 1974 年版"汇编版"的《杜鹃山》中,柯湘则立刻进入"痛说家史"的回忆状态,揭示自己"穷苦出身",为革命行动寻找血缘论的支撑,而后更进一步,将个人的悲剧与秋收暴动联系起来,也顺利将个人复仇与阶级斗争联系起来。在劝阻乌豆(雷刚)不要滥杀俘虏时,她的表述也就不仅仅是旧版中"一条藤上的瓜,一条船上的人。革命就是靠咱们大家"这样"日常化"的"比喻",而是熟练地运用毛泽东语录和有关阶级斗争政策:"'谁是我们敌人? 谁是我们的朋友,这个问题是革命的首要问题。'""白军俘虏,要宽大处理;一般商人,应该争取;豪绅列强,是我们的死敌;而劳苦大众,乃是革命的主力! ……你,这是革谁的命? 造谁的反? 灭谁的威风? 长谁的志气? 雷刚同志! 普天下受苦人同仇共愤。"

③ 值得注意的是,有研究者以《杜鹃山》和《龙江颂》中对女性形象的推崇来论证江青的"女权主义",但笔者以为,如果考虑到在 20 世纪 70 年代拍摄"样板戏电影"《白毛女》时江青明确要求"要尽力突出大春",使得本来是一号人物的喜儿被迫"降为"二号人物,可见决定人物剧本地位的并非其性别,而更多是考虑"英雄符号"在意识形态化的编码过程中,是否能够有效承担起所有的政治功能。

'国家意识形态'等概念"①,批判政治对"样板戏"艺术个性的扭曲和极度压制②,就不免显得有点简单粗糙。曾参与改编《杜鹃山》和《沙家浜》的作家汪曾祺的回忆,在这方面就有助于我们了解"样板戏"的版本修改同样有艺术性的考虑。③ 不论是江青出于政治目的在修改中不断强调舞台艺术的表现方式(如对主人公衣着颜色的要求,对布景和灯光的要求,甚至对补丁位置和数量的要求),还是汪曾祺等人在修改中新增的"人一走,茶就凉"、"垒起七星灶,铜壶煮三江。摆开八仙桌,招待十六方"这样具有相当创新性和艺术性的唱词,抑或是对演员唱腔的调整以使其更为流畅优美④,都说明即便是在最激进的政治语境下,文学艺术仍部分保留了形式上的独立性;而知识分子的介入和修改,也在某种程度上避免了"样板戏"完全沦为用政治逻辑代替艺术逻辑的粗暴置换。

　　当然,笔者也充分意识到这种修改的有限性(仅仅停留在细节和文字打磨的层次),前文的论述并非为"样板戏"的政治性辩护,而意在说明它的存在及其版本生产作为一种特殊的文本,同样有其自身的复杂性。这也告知

---

① 洪子诚、钱文亮:《当代文学史研究中的史料问题》,《文艺争鸣》2003 年第 1 期。

② 比如有研究者指出:"随着江青的美学理想对'样板戏'的步步侵犯,民间话语越来越少,而政治话语越来越多……同时又用拙劣的艺术手法把艺术创作改造成政治宣传品的专断行径。整个'文革'时期的样板戏被修改、改编的过程就是这样的艺术蜕变过程。"见严家炎主编:《二十世纪中国文学史》(下册),高等教育出版社 2010 年版,第114—115 页。再如杨鼎川认为:"君临一切的还是江青。江青不仅插手每一个戏,全部这些戏是她搞京剧革命的'试验田'……而且她还以权威姿态,不断发布各种修改'指令',令剧组成员不知所措。"见《1967:狂乱的文学年代》,山东教育出版社 1998 年版,第 42 页。这些论述在不断被不同的研究者重复后,已构成了某种稳定的、不证自明的文学史概念,似乎不再具有反思的必要。

③ 汪曾祺指出,"样板戏"的修改在"试图解决现代生活和戏剧传统表演程式之间的矛盾"上,"作了一些试验,并且取得了成绩,使京剧表现现代生活成为可能";"于会泳在音乐上是有才能的。他吸收地方戏、曲艺的旋律入京剧,是成功的。他所总结的慢板大腔的'三送'(同一旋律,三度移位重复),是很有道理的。他所设计的'家住安源'(《杜鹃山》)确实很哀婉动人。《海港》'喜读了全会的公报'的'二黄宽板',是对京剧唱腔极大的突破。"参见汪曾祺:《关于"样板戏"》,《汪曾祺全集》第 4 卷(散文),北京师范大学出版社 1998 年版,第 327 页。

④ 具体内容可参考常熟市政协文史工作委员会编:《常熟文史·第 34 辑——红色经典沙家浜》,第 88—91 页。

我们对"样板戏"及版本的研究,有必要调整想象历史的方式,而对原有单一的意识形态批评有所超越。

二、当代"后三十年":开放时代的再版、修订与电子版

相较而言,当代"后三十年"版本要显得更丰富繁复。首先,主流政治意识形态开始有意识调整文学与政治关系,文学获得相对独立的言说空间。但由于刚走出"文革"不久,还无法在短时间内弃置原有的叙述模式。这主要表现在以下两个方面:

第一,在十七年和"文革"时期被批判或被禁行的文学作品于 20 世纪 70 年代末重新修订出版,但其思想内容却呈现出与时代相悖的滞后状况。如《暴风骤雨》1977 年再版本就对文本政治层面的内容"作了大量的修改和变动",从而"使作品更加符合国家意识形态巩固红色政权和建构社会主义政治文化的需要"。① 再如《青春之歌》于 1978 年修订再版,该新版"修改(仍)有 80 多处。其中属于政治问题和英雄形象问题的改动有 17 处"②,而这些修改大多有违

---

① 马亚琳:《〈暴风骤雨〉的版本变迁与文本修改》,《重庆师范大学学报》2013 年第 1 期。1977 年版一个重要的修改就是对林彪形象的改动,这与前文提到的金敬迈对刘少奇形象的 180 度改动非常相似。1956 年版中"想起林彪同志在哈尔滨南岗铁道部里的讲话"被改成了"想起了松江省委的传达报告"。另外,像"林彪将军率领的民主联军,遵照毛主席的战略,把蒋匪的美械军队打得大败了"这样称颂林彪、毛泽东的句子,也被删改为"人民军队遵照毛主席的战略","毛主席的军队在前方打胜仗了"。具体的版本改动实证对比,另见程娟娟:《〈暴风骤雨〉的版本变迁研究》,《现代中国文化与文学》2011 年第 2 期。

② 金宏宇:《中国现代长篇小说名著版本校评》,人民文学出版社 2004 年版,第 255 页。

历史真实,只求简单图解20世纪70年代政治政策。① 《山乡巨变》、《野火春风斗古城》和《创业史》等"红色经典"的修改,也都表现出了类似延续十七年激进政治话语的倾向。此外,我们还可发现一个有趣的现象,再版时老作家纷纷表示对旧版只作很小的改动,比如周立波在后记中写道:"我只删去了几句,并在全书文字上略有改动",杨沫也在重印后记中说"除了明显的政治方面的问题,和某些有损于书中英雄人物的描写作了个别修改外,其他方面改动很小"。但版本校对的结果,却发现它们"普遍存在着'性'、'革命'、'政治'等方面的修改内容"。② 这无疑与过渡时期的历史环境与作家心态直接有关。

第二,意识形态的后撤并不意味着执政党放弃了对文学的领导权。从宏观角度看,"文革"后的这次"再版"与30年前现代文学名作"重印"非常相似,它象征着一个新的时代的到来。另外,胡启立在第四次作代会上的祝词也表明了政治对文学仍怀有强烈掌控之意。只是有鉴于以往的经验教训,转而扮演较为开放与柔性的"文化权威"角色,并运用正面、积极与规范的评奖方式加以引导。如研究者指出的,"任何奖项的设立,本身就具有意识形态性,它除了举荐和维护文学艺术自身的生产规则外,还要考虑它们在多大程度上体现了评奖标准的要求"。③ 因此,才会出现《沉重的翅膀》和《白鹿原》以"修改本"获茅盾文学奖这样特殊的现象。它表明意识形态对文学控制,在松动的同时也有坚执的固守。由于这两部长篇的修改主要不是针对原版的艺术缺陷,而更

---

① 如《青春之歌》1958年版第374页:"讲中国的苏维埃运动;讲共产国际给了中国三位一体的人物——这就是建立苏维埃政权、加强红军、领导白区的群众运动。"在1978年版第402页中,这段话被调整为:"讲中国的共产主义运动;讲南昌'八一'起义;讲毛泽东同志领导湖南农民运动和秋收起义;讲红军在井冈山等地建立革命根据地和武装斗争;讲党领导白区的群众运动。"杨沫将"苏维埃"等具有苏联背景的词汇一律删除,显然是考虑到20世纪60年代以来逐步恶化的中苏关系,但就文本所呈现的历史场域来说,这种删除却显然不符合"历史真实"。

② 金宏宇:《论中国现代长篇小说的修改本》,《文学评论》2003年第5期。

③ 孟繁华:《1978:激情岁月》,山东教育出版社1998年版,第24页。

多是依照官方的意见调整叙述里过度"尖锐"或"越界"的文字①,事实上,这也揭示了作为官方或准官方奖的"茅奖"的意识形态性。

意识形态的"在场"同时还体现在一部分特殊题材作品的"修改限度"上。如抗战题材文学,因涉及国共两党关系与蒋介石等重要历史人物的评价,在过去受政治影响很大。而新时期以来,随着政治的逐渐开放和文化的日趋多元,特别自胡锦涛 2005 年在《在纪念中国人民抗日战争暨世界反法西斯战争胜利60 周年大会上的讲话》②以来,这就为作家站在今天的时代高度进行"重述"提供了新的史料支撑和叙述空间。罗先明的《远东战争风云》③的修改,可堪为例证。该小说初版中原有一段宋美龄访美"喋喋不休地"与美国总统夫妇说长道短,以至于差点"把脚踝扭了"的描写。而在 2012 年的修订版中,作者对宋氏访美的态度明显发生了改变,他不但删去了"崴脚"的细节,还新增了宋美龄"能说一口十分流利的英语,而无需通过翻译",且"有出色的语言表达能力",因而她的讲话加深了美国民众对中国抗战了解和同情等有关文字。从尊重历史出发,实事求是地评价宋美龄访美的意义,对其形象塑造表现出更多的肯定而非初版本中的讽刺,可以说是修改的一个突破。不过,话又说回来,仅仅将修改落在宋美龄访美上毕竟太窄了,无论从历史还是就小说来看,它都无法取代彼时的蒋介石——他(而不是宋美龄)才是对整个远东战争产生影响的历史

---

① 比如《沉重的翅膀》在刊发于《十月》的初版时写道:"谁也不知道这长期的、简直像没有尽头的贫困是为了什么,没有了资本家,没有了地主,那么,为什么还是贫困?造成贫困的根源在哪里?生活的目标是什么?人的灵魂,将在这旷日持久的、为每日的食物竭尽全力的挣扎中遭到腐蚀。它引起愤激、忧虑、人的尊严的丧失、对自身生存价值的怀疑……"这样对社会主义制度性的反思与评价文字在修订版中被全部删去。而对《白鹿原》的删改主要则集中在朱先生的"鳖子说"上,因为这些有别于"历史元话语"的言说以及与此有关的若干描写,有可能"引出误解"。

② 胡锦涛:《在纪念中国人民抗日战争暨世界反法西斯战争胜利 60 周年大会上的讲话》,《人民日报》2005 年 9 月 4 日。

③ 严格来说,《远东战争风云》共有 5 个版本。小说第 1 卷首先"按照公开发表的要求加以删改",在《中国作家》杂志上以增刊《东方大抗战》(第 1 卷)出版,为初刊版。在 2003 年,作家又"将全部初稿压缩删改",以 63 集电视连续剧《远东大抗战》剧本的形式分为上、下两册在工人出版社出版。2005 年,小说的三卷本首版《远东大战纪事》由广西人民出版社出版,2009 年在加入了 40 万字的新内容后再版,2012 年人民出版社推出全新的修订版,此版共有 4 卷。

叙事的真正的主角。而恰恰在作为历史叙事主角蒋介石抗战的问题上,小说从 2001 年的初刊(《中国作家》增刊)到 2012 年的第 5 版(人民出版社),作者并未作多少实质性的修改,而是更多采用将国民党官兵与蒋介石"两分"的方法来处理,即:一方面歌颂国民党底层战士英雄无畏,浴血作战;另一方面,又极力回避或否认蒋介石在抗战中的历史作用。这就使其后几版的修改尽管在文字上增加了不少,但却不能对小说整体的思想艺术产生有效的影响。相反,加深了它与历史真实乃至文本自身之间的"矛盾"。这里的原因,除作者自身素养外,自然与题材(尤其是蒋介石)的政治敏感性有关。对此,作者在"后记"中曾有直言不讳的表达,认为当时初刊本和电视剧版本的出版,"杂志社、出版社和责任编辑都承担了极大的政治风险"。① 这也从一个侧面说明,哪怕在日趋开放的"后三十年",隐晦未明的意识形态禁忌依然存在,它已潜在并将继续对作家的创作包括对以往作品的修改产生影响。同时也告知我们,修改毕竟只是对旧作作局部的增删处理和文字修饰(而不是也不可能对之作整体性或根本性的推倒重建),因此,它的修改总是有限的,尤其是在原有观念重大调整情况下更是如此。

但无论如何,文学的审美话语终于找到了自己的立足点,并开始在作品的修改中逐步拉开了与政治话语的距离。这种情况在 70 年代后期、80 年代初的剧本《大风歌》中多少可见一斑。据有关材料介绍,陈白尘为了在艺术上精益求精,曾先后对《大风歌》修改了七稿。为此,他还对"官方"层面"下达"的修改指令表达了强烈的不满。② 当然,真正比较自觉地从艺术着眼进行修改的还

---

① 罗先明:《远东战争风云》第 4 卷"后记",人民出版社 2012 年版,第 676 页。

② 根据陈白尘回忆:《大风歌》初稿(当时名为《陈平与周勃》)于 1977 年 9 月 18 日,到 11 月 26 日已经作了第四次修改并正式定名。1978 年 4 月 11 日改出话剧本第五稿,并作为电影版的蓝本。8 月时电影版第一稿写成,10 月话剧版第七稿成为最后定稿。11 月时电影本第二稿修改完成。此后 1979 年电影本还进行了第三次修改。这样频繁的修改,并不是作家受到来自意识形态的压力,而与他本人对艺术审美精益求精的要求有关。同时,《大风歌》还存在着不同的"演出本","更准确点说是删节本。它是由剧场演出时间的限制,在不超过二小时半的标准内删节的……其理由据说是保护观众有足够的休息时间,不致影响工作"。陈白尘对这种强加于作者的规定表示了非常不满,"曾在'实话'排演场上还发过一次火"。见陈白尘:《从〈大风歌〉演出本谈起——兼答南昌江野芹同志》,《戏剧研究(简报资料)》1982 年第 7 期。

是 90 年代之后。如莫言的《天堂蒜薹之歌》,这部小说初刊于 1988 年第 1 期《十月》,随后出版单行本;小说在 1993 年经过修改并改名为《愤怒的蒜薹》,由北京师范大学出版社出版;2001 年北岳文艺出版社重版时又改回了初版的名字。① 最后,这部小说 2009 年在上海文艺出版社出版了全新修订版。在具体内容上,1993 年的修订版将初刊版卷首杜撰的一段斯大林语录②,替换为题记:"高密东北乡,生我养我的地方,尽管你让我饱经苦难,我还是为你泣血歌唱。"如果说创作之初的莫言,因为强烈的感情震动而有意识地突出了文本的政治寓意,那么 1993 年的修订版在某种程度上又把文学与现实政治拉开了距离,这种文学/政治两分的修改逻辑在 2009 年的修订版"代后记"中再一次得到强调。③ 但有意思的是,"09 版"的实际修改内容却与此正好相反,或者说莫言不再以文本专指特定的现实事件,而是将之上升到了普遍的政治层面。如他专门加入了新的第二十章,将"93 版"结尾处众人暧昧不明的结局作了清晰的交代,张扣、四婶和高马在新版中无一例外都迎来了各自的死亡,整本小说在绝望和悲凉中落下帷幕,第二十一章(即"93 版"的第二十章)中交代《群众日报》的人也由张扣变成了张扣的徒弟。几位农民主人公的遭遇愈悲惨,就愈显

---

① 就这个问题,有记者曾专门采访过莫言:"莫言的《天堂蒜薹之歌》曾经一度更名为《愤怒的蒜薹》,说实话,这篇小说确实比较适合用'愤怒'二字来描述,当时莫言也是用很短的时间,带着悲愤完成了这篇小说,但是后来又改回原来的题目《天堂蒜薹之歌》。按照莫言 10 月 11 日回答《鲁中晨报》的说法,是为了避免过于效仿斯坦贝克《愤怒的葡萄》。"见李波:《一场沉默者的胜利》,《鲁中晨报》2012 年 10 月 16 日。

② "小说家总是想远离政治,小说却自己逼近了政治。小说家总是想关心'人的命运',却忘了关心自己的命运。这就是他们的悲剧所在。"根据莫言的说法,这句"名言"是他"杜撰"出来的,以至于小说出版后很多人来问:"为什么查遍《斯大林全集》,也找不到出处?"他便回答:"这段话是斯大林在我的梦中、用他的烟斗指点着我的额头、语重心长地单独对我说的,还没来得及往他的全集里收","但我相信:斯大林是能够说出这些话的,他没说是他还没来得及说"。见莫言:《天堂蒜薹之歌》自序,北岳文艺出版社 2001 年版。

③ 在 2009 年上海文艺出版社版《天堂蒜薹之歌》的"代后记"中莫言写道:"其实也没有想到要替农民说话,因为我本身就是农民。现实生活中发生的蒜薹事件,只不过是一根导火索,引爆了我心中郁积日久的激情。我并没有像人们传说的那样,秘密地去哪个发生了蒜薹事件的县里调查采访。我所依据的素材就是一张粗略地报导了蒜薹事件过程的地方报纸。"

出《群众日报》报导的虚伪和最后结局的讽刺性。① 而这种有意识的修改恐怕不是"前三十年"文学政治化的重演,而是建立在作家对现实生活和文学关系更深入的理解上。

需要指出,文学生存环境的变化,20 世纪 90 年代以来当代文学版本愈来愈多地受到来自市场经济和新媒体传播的影响,用单纯的政治/艺术二分法来概括当代"后三十年"版本已显得捉襟见肘。特别是政治文化转型并引导当代媒体转向"自力更生"、依靠商业市场的运作机制以获得新的生存空间,更直接造成了当代文学在生产、传播和消费过程中必须依赖于出版媒体的运作;另一方面,对于当代作家来说,回避经济压力在某种程度上已经变成比回避政治压力更难办到的事情。这意味着纯粹审美化的修改只是一种乌托邦的想象,没有市场的支持,再好的艺术构想因为无法出版而只能变成被锁在作家抽屉里的"潜版本";同时也表明除了从艺术角度修改外,很多时候作家也会因为市场、传媒等外部原因修订旧作,推出新版。从某种意义上,20 世纪 90 年代以来的当代文学版本已走出了原有比较单一狭隘的政治化的格局,它变成了市场、传媒和作家彼此之间的"合谋"。前文提到的文学评奖的意识形态要求,它当然毋庸置疑,并贯穿于"后三十年"始终。但这是就大的而言,实际上,现在不少作家和出版社主要就不是出于意识形态,而是基于市场效益等因素来考虑和谋划(获奖)作品版本。比如麦家的《暗算》和《风声》均在 2009 年以文集形式推出新版(《暗算》还直接将茅盾文学奖授奖词印为前言),就明显具有这样的意向。莫言也不例外,前文提到的《天堂蒜薹之歌》于 2009 年全新修订版出版后,在 2012 年上海文艺出版社、作家出版社,又几乎同时以"诺贝尔文学奖获得者莫言作品系列"和"中国首位诺贝尔文学奖得主莫言代表作"的名义推出了新版。考虑到作家并没有再对作品进行大面积修改,此时的再版,就只能解释为出版社看中"诺贝尔文学奖"在中国市场的重要影响力以及首位中国籍作家获奖的巨大市场潜力,以这种新版(实际上是重新装帧印刷)的形式赢取

_____

① "犯有严重错误的原天堂县委书记纪南城同志和原县委副书记、县长仲为民同志,认真学习党的路线、方针、政策,深刻检查思想,认识了错误,并决心在今后的工作中改正错误,弥补过失……拟任命纪南城同志为岳城县委副书记兼岳城县县长;拟任命仲为民同志为三河县委副书记兼三河县副县长。"莫言:《天堂蒜薹之歌》,上海文艺出版社 2009年版,第 328 页。

更多的经济利益。

这里,特别需要提及的是林白的《一个人的战争》,它较之麦家的《暗算》和莫言的《天堂蒜薹之歌》,更能说明当代文学版本与当代媒体之间的关系。而要讲清这一点,有必要引入热奈特有关的"副文本"①概念。不同出版媒体对作品文本的不同"阐释",的确,当代文学版本往往表现在各个版本的"副文本"上。1994年甘肃人民出版社的《一个人的战争》初版本,其封面是一具赤裸的女性身体,她跪伏在冷色调的地面,身后还有另一个靠近的、似乎是男性的半身裸体,封面正上方是小说的标题"汁液","一个人的战争"则被安排在右侧稍小字体。这个封面的设计被认为"具有春宫画意味",特别是标题中"汁液"的加入,更容易使人产生关于"性"的联想。如此这般,出版社的用意也就不言而喻,自然该版本遭到了作者的强烈反对。② 1996 年内蒙古人民出版社再版时,上述的封面被更换,且由于作品已经遭到了"准黄色小说"的批评,作者"被迫删去了原稿题记中最重要的部分,此外内文也删掉了一些文字"。1999 年小说以单行本的形式在长江文艺出版社出版,如果算上初刊于《花城》的版本,这已经是小说的第五版了(1997 年江苏文艺出版社出版《林白文集》,其中也包括《一个人的战争》),此版封面的主色

---

① 热奈特在讨论跨文本关系的《广义文本之导论》中最先提出了"副文本"的概念,并在 20 世纪七八十年代之际写成的著作中持续对这个概念加以深入研究。在《印迹文本》中他概括出五种类型的跨文本关系,其中就包括"副文本"(分别为"文本间性"、正文和"副文本"关系、"元文本性"、"承文本性"和"广义文本性")。而在《副文本:阐释的门槛》和《普鲁斯特副文本》中,他又进一步界定"副文本"是"文本周围的旁注或补充资料","有时甚至提供了一种官方或半官方的评论"。中国的研究者在引入这个概念后根据现当代文学的实际情况,将之具体化为某种"相对于'正文本'而言"的独立研究个体,是"指正文本周边的一些辅助性的文本因素,主要包括标题(含副标题)、序跋、扉页或题下题辞(含献词、自题语、引语)、图像(含封面画、插图、照片等)、注释、附录文字、书后广告、版权页等";"副文本""既在文本之中,又在文本之外","它营造的是一种历史现场,它与正文本一起组成了现代文学文本生产、传播的文学场"。参见金宏宇:《中国现代文学的副文本》,《中国社会科学》2012 年第 6 期;朱桃香:《副文本对阐释复杂文本的叙事诗学价值》,《江西社会科学》2009 年第 4 期;〔法〕热拉尔·热奈特:《热奈特文集》,史忠义译,百花文艺出版社 2001 年版,第 71—73 页。

② 林白:"同年由甘肃人民出版社出版的单行本又被庸俗包装,封面不堪入目,内容错漏百出,我至今不愿承认这一版本"。参见林白:《一个人的战争》后记,长江文艺出版社 1999年版,第 239 页。

调被设计为红色,两个抽象、呈几何状的人体列于下方。可以发现"女性"、"裸体"、"性爱"等在初版封面被"具象化"呈现,以此来吸引读者眼球的"策略"在新版中基本被完全消解,事实上,"身体"被完全抽空了实在意义,仅以"符号"的姿态出现——这或许也更符合林白"个人化写作"的本意。

有意思的是,这部备受争议的小说并未就此停止再版的脚步,而是于 2004 年(北京十月文艺出版社)、2006 年(春风文艺出版社)、2009 年(作家出版社)和 2011 年(中国青年出版社)四次再版。其中除了 2004 年北京十月文艺版的封面用了女性人像外,其他各版本都采用了极为简单的装帧设计。而北京十月文艺版在其封底上引用了大量学者专家和文学史对该部小说的评价,并将之称为"中国女性主义文学代表作",显然是有意识从更高的学术层面引导市场的消费选择。从这个角度来说,《一个人的战争》的版本变迁正好反映了一部不可避免地被纳入传媒机制,同时又具有不为时代主流所接纳的"审美新质"的作品在"后三十年"语境中所遭遇的尴尬——文学市场的逐步完善,一方面使作家获得更多的创作空间;但另一方面,原本仅作为"出版机构"的媒体也开始从非文学性的立场介入,甚至从多个层面支配版本的生产。尽管最后总会重归正轨,但其版本流变的过程和暴露出的问题却不可小觑。

另外,自 20 世纪 90 年代电视剧广泛普及,文学作品被搬上荧幕后再根据影视剧本修改再版,也成为文学新版本生产的主要动力之一。如 2012 年电影《白鹿原》未映先热,小说《白鹿原》的删减版顺应上市;桐华的《步步惊心》与流潋紫的《后宫·甄嬛传》,在同名电视剧获得了巨大成功之后也都推出了新版本。以往研究总是强调影视艺术对传统文学创作的模仿和依赖,但这些由影视"反哺"而生的文学版本则昭示了在新的多元语境下,双方存在着更为灵活复杂的互动关系。而这,无疑需要研究者打破原有的思维和格局,对此作出更加切实有效而又具有理论深度的阐释。

以上所讲,基本属于传统的"纸质出版物"。而在当代"后三十年",还有一个迫切的问题,即进入电脑书写时代之后所催生的电子文献版本。大概是因为基于电子技术载体的版本有很多问题用传统校勘难以解决,人们往往有意无意地予以忽略。但既然有那么多作家在使用电脑,那么,它在出版之前就有一个电子稿文本产生的问题,并且后者自然有其特定的、类似于传统手稿的价值。从这个角度来说,对电子版本的探讨在今天的版本生产语境下可能更有现实意义。

正如有人指出的,"基于技术后台的文学载体"已经表现出"越来越接近于让载体本身作为形式自己说话"①的存在意义,今天我们讨论电子版本问题时,也需要考虑其特殊的技术介质。第一,电脑写作的特点是可以随时修改、多次修改,修改起来更加方便,因而它比手写创作更有工具上的优势。但由于这种删改、隐藏或针对特定群体发表难以追踪,因此很多原始版本可能只存在很短时间就"消失",这也就带来了当代的另一类"潜版本"问题。比如2006年著名的"韩白之争"就几乎都是通过网络博客这一媒体平台展开的,但在风浪过后韩寒博客删去了全部相关文字,这在传统媒体时代是无法想象的。同时,由于网络平台的开放性,原本私人化的写作过程变得透明,作家可以随时向读者解释作品,读者的意志也可以通过网络直接影响作家的创作和修改。这种互动关系就构成了特殊的"网络集体写作"。比如"除了直接在网上创作,还有的作者干脆把自己的作品拿到网上,让网友们一起修改。青年作家宁肯就曾将自己20万字的《蒙城之城》放到新浪网上供大家来修改"。② 由于参与对象从理论上说近于全世界网民,因此其所生产的版本,从理论上来说也是难以估计的天文数字。

最后,网络文学网站的遍地开花,在版本上问题上,也就相应地产生了从电子版初稿到网络版再到纸质版的版本之别。除了电子版初稿与网络发表版之间可能存在不同外,网络版与纸质版之间通常也会因为篇幅、文字润色和其他原因发生改动,换句话说,网络文学的出版物在某种程度上已经难以被算作真正的"初版本"。另外,"计算机通讯型电子出版的出现,使得作者可以在终端方便地写作并及时'出版和发表'自己的作品,这无疑具有重要意义的变革。但是带来的问题是:网络中的读者也可以方便地利用作者的作品,还可以方便地将作者的作品在网络上进行修改,并仍然通过网络'发表'自己修改后的作品"③。这种情况在如今的网络文学已屡见不鲜,往往改编者换掉原文中的几个人物姓名和故事发生的地点名称,便将"修改版"作为自己的创作重新上传

---

① 周静:《网络文学批评的难局与新路》,《浙江社会科学》2012年第7期。

② 参见吴平、芦珊珊:《编辑学原理》,武汉大学出版社2011年版,第162页。

③ 《中国编辑研究》编辑委员会编:《中国编辑研究(1997)》,人民教育出版社1998年版,第350页。

网络"发表",由此造成了"伪版本"。当然,这还牵涉到网络文学的版权问题,需要另辟专文详细讨论。但毫无疑问,这些问题都使得当下电子版本存在状态更为多元复杂。

应该指出,电子版本的(包括博客、微博等以新媒体为载体的文本)出现的时间也还只有二三十年时间,其中堪称经典、在文学史上被讨论的尚不多见。因此,电脑写作及版本问题尽管已经存在,但似乎还没有到被认真关注,也缺乏应有的理论支撑。随着文学研究与叙述对象的日益趋近,这个问题将无可回避地摆到了我们面前。

三、由当代"版本批评"引发的思考

20 世纪中国社会发生了前所未有的激烈变动,文学主体被启蒙和救亡的双重变奏吸引,却又悖论性地失去了建构自身独立话语的能力。特别是新中国成立后文学由一体化向多元化的发展,加之文学载体的变化,都潜在而又深刻地影响着当代版本的生产、流传和接受,使之出现了为过去所没有的新情况、新问题。这也昭示我们今天的研究,在继承传统版本的基础上有必要建立一套新的原则与规范。简单照搬乾嘉学派版本校勘的思维、理念与方法,恐怕很难对当代文学版本及其生成历史与原因作出有效的阐释。

我们高兴地看到,这一问题已开始引起了人们的重视,尽管它是很初步的,也相当零散,但对由"传统版本校勘向当代版本校勘转型"却是有意义的。从这个角度看,我们认为金宏宇近年提出的"版本批评"概念及其在这方面所作的探索,是值得推崇和称道的。金宏宇所谓的"版本批评",首先是对传统版本学之实证考据的继承,它用扎实的文本比较即"对校法","将其初刊本、初版本、修改本、定本等逐一相互对校",找到版本间互不相同的"异文";在此基础上,再强调和突出阐释的意义和重要性:"版本批评既要注意版本研究的一般规律,又要直指文学版本的特性。简言之,是要将版本研究与文本批评整合起来……进一层是借鉴语言学、修辞学和写作学的研究经验,更要运用阐释学、文本批评的理论,对新文学版本进行综合研究。弄清版本源流,对校版(文)本差异,比较版(文)本优劣,揭示版(文)本个性,考察写作者修改版(文)本的动因,探讨接受者对版(文)本的反应,等等。最终总结中国新文学版本变迁的独特规律,指出面对具有众多版(文)本的作品时,文学批评和文学史评述应有的原则。"①换句话说,对不同版本的比较,它只是构成版本研究的一部分;对于当代"版本批评"来说,最重要也是最具难度的工作,主要还是运用"综合研究"的方法,通过版本流变揭示文学逻辑与其他非文学话语之间的复杂的、动态的关系,达到对研究对象立体的、更加精准的把握。

实践证明,此一"版本批评"因有较充分的学术自足性和合理性,已被不少学者借鉴作为当代版本校勘的基本方法,它与洪子诚、谢泳以及樊骏、刘增杰、解志熙、钱理群等强调的既重视传统校勘又融会现代新知以及从整体性出发观照把握等观点也有颇多的相通或一致之处——某种意义上,它可看作是他们上述观点在"版本批评"的集中体现。但考虑到目前当代文学版本研究更多集中在"前三十年",而未或很少涉及"后三十年"尤其是 20 世纪 90 年代以来出现的新形态,为此有必要对现有的"版本批评"模式进行调整。

首先,当代文学的版本形态较古代和现代文学更为多样。在版本形式上,新世纪以来的"电子版本"不但对传统手稿造成了很大的冲击,手稿修订正在迅速被电脑操作的修订所替代;而后者的修改,由于一般难以记录,因此在某种程度上加大了版本考辨的难度。此外,当代文学还有一个"潜版本"问题,这种特殊形态的存在,既增加了版本工作的复杂性,同时也极大拓宽和丰富了现在学界对版本的认识。这些在前文已有较详的分析,此处不再赘述。

其次,在修改动机上,出于艺术考虑的修订尽管依然存在,但在很长一段时间内甚至不是当代文学版本生产的主要动力。相反,政治、市场以及新媒体这些非传统因素开始对版本产生影响,并越来越表现出"复合性"的特征,这显

---

① 金宏宇:《中国现代长篇小说名著版本校评》,人民文学出版社 2004 年版,第 5,6—7 页。

然是古代和现代文学的版本中所少见的①,也是当代文学版本的复杂性所在。但正如前文提到的,目前研究者似乎把更多注意力放在当代"前三十年",准确地说,是放在当代"前三十年"意识形态因素导致的版本变迁上,是一种意识形态化或泛意识形态化的版本批评。当然,这样说并不是否定这种研究思路,而是说它似乎走入了"反复论证"的误区,其研究成果往往只是对现有文学史观念和结论的"重述"。比如对《青春之歌》、《创业史》以及《太阳照在桑干河上》等名著版本变迁的研究,不少文章在作详细的"异文"罗列和逐字逐句的比较分析后,所得的结论不外乎"修订受到了外部舆论的深刻影响,是作家个体的独立判断屈服于主流话语的结果"②云云,彼此大同小异。这里姑且不论"屈服"这一词汇的选择多少遮蔽了版本生产过程中作家对主流意识形态的主动认同③,若是对他们在修订中自觉的字句锤炼视而不见④,就很难说真正达到了"版本批评"的初衷。

这是为什么呢? 个中的原因当然很多,情况也很复杂,但从研究主体角度

———————————

① 就政治性的版本更替而言,现代文学中因为政治原因被查禁而不断再版的例子就有很多,但大多只是更换书名躲避国民党政府的审查,并不变更内容。如郭沫若的自传性著作《我的幼年》1929 年初版,被禁后由 1933 年改名《幼年时代》再版,再次被禁后又改名《童年时代》于 1936 年重版,期间只有部分文字的调整。但也有像《女神》这样不断用后来的思想标准修改原作内容的例子。古代文学一旦涉及政治,则更多采取禁毁的手段而非修订再版。如清朝道光十七年(1837)颁令禁毁淫词小说,录"淫书"共 116 种,举凡"有关秘密结社,攻击贪官污吏,讲儿女私情,写淫秽行为,怪诞不经,已经所谓有关风化的"全都被禁。而在清末时期,"政府严厉的查禁运动,反而刺激了世俗社会对那些小说的阅读欲望",书商因此将旧作改名出版,如《红楼梦》改为《金玉缘》,《肉蒲团》改为《循环报》,《浪史》改为《梅梦缘》,《灯草和尚》改为《灯花梦全传》。见潘建国:《中国古代小说书目研究》,上海古籍出版社 2005 年版,第 180—181 页。

② 张钟等:《当代文学概观》,北京大学出版社 1980 年版,第 352 页。

③ 在笔者看来,像红色经典的改版之所以周期短、调整幅度大且基本按照意识形态批评逻辑进行,除了来自政治层面的"压力"外,作家本人对这种政治话语的主动认同也是非常重要的原因之一。从这个角度来讲,当代"前三十年"的文本再版也是作家进一步将政治符号建构与内化,并推进为文化无意识的个体话语的一种有效手段。

④ 以《太阳照在桑干河上》为例,1953 年大连修改版中丁玲对胡泰家媳妇的修改在语言上就比初版本和新中国成立后发行的新华版更通顺晓畅。再如大连版将初版本中钱文贵老婆"这时刚拿上碗筷也插嘴了"改为"这时她跟着也插嘴了",生动表现出了她是个"没有个性的人","特点就是一个应声虫",是一成功的改动。

考量,它其实反映了版本批评者史观层面的问题。尽管陈寅恪早就提出对历史要抱持一份"理解之同情"的态度,但真正理解并在研究中加以运用还是相当不易的。对当代版本,人们往往一方面将艺术上的修改视为理所当然,并不因特殊的历史语境予以足够的重视;另一方面,却又在忽略了作家对原作的艺术打磨,而不适当地放大了另外一些非艺术的修改。如此这般,这就必然导致将复杂的文学问题简单化、平面化了。处理不当,甚至会出现以政治判断代替艺术评判的倾向,像有的研究或文学史一样,在对"样板戏"进行"版本批评"时完全无视或忽略它在不断修改过程中编者所作的虽非常有限却又难能可贵的艺术加工和修饰。当代文学版本是时代历史的产物,我们只有占据全部的版本材料,将其"还原"到特定的历史语境,"从事实的整体上、从它们的联系中去掌握事实"①,才有可能进行有效的"版本批评",更好地理解"样板戏"这一特殊载体的复杂内涵以及当时知识分子的人格与心态。德国哲学家施莱尔马赫指出:"每一在一给定文本中需要充分确定的东西只有参照作者与他最初的公众共有的语言领域才能确定";且"在一段给定的文章中每一个词的意义只有参照它与周围的词的共存才能确定"。② 他的话,提示我们应从全局的角度来考察版本之异同。

更进一步,我们今天提出当代"版本批评",既是为了更直观地进入历史话语的时空场域,在字句段落的正文内容更改和标题、封面等副文本演变的过程中寻找到历史内部文化迁移的痕迹;同时也是对当代文学研究范式的一次"重建",它意味着当代学人对文献史料重视程度的加强,并把版本研究的方向从传统的"修改了什么",转换为"为什么这么修改",或曰"修改为了什么",以症候式批评方式从对不同版本异文间"裂隙"中寻找深入修订者文化心理层面的途径,形成"语境与文本互释",并最终提升"版本批评"在当代文学史"重塑"过程中的基础性乃至决定性作用。③ 如果对之缺乏整体全局的把握,不但会阻碍研究者重返历史语境考察文学主体的多样性和版本内涵的复杂性,而且也会影响学人发挥当代文学研究的理性阐释优势,很有可能使研究滑入单纯解

---

① 列宁:《统计学和社会学》,见中国社会科学院文学研究所文艺理论研究室编:《列宁论文学与艺术》,人民出版社1983年版,第53页。

② 转引蒋永福等主编:《东西方哲学大辞典》,江西人民出版社2000年版,第691页。

③ 参见金宏宇:《新文学的版本批评》,武汉大学出版社2007年版,第48、60页。

构主义下"专门寻找能指与所指、文本与意识形态之间裂隙、杂乱和矛盾"①的批评陷阱,这就在很大程度上丧失了当代"版本批评"的价值和意义。

总而言之,我们并不因考据而放弃阐释,也不因强调理论话语的逻辑推衍而轻视版本实证的重要作用。真正的当代"版本批评"应以版本考据作为版本阐释的基础,同时又以版本阐释反过来激活版本考据工作的深入发展。如此,方能使研究既不脱离于宏观的社会文化语境大框架,更为自如地穿梭于文本结构内部,在寻找历史话语流变的地上表征的同时,有效地挖掘文学思潮衍绎的深层理由,最终实现从"史料研究"向"史料学研究"的转型。

(与章涛合撰,载《中国现代文学研究丛刊》2013 年第 11 期)

---

① 朱国华:《文学与权力——文学合法性的批判性考察》,华东师范大学出版社 2006 年版,第 96 页。

当代文学史料研究的时空拓展及其档案制度障碍

按照通常的说法，所谓的当代文学史料是指 1949 年以迄于今发生在中国大陆的有关文学的各种文字、图表、声像等不同形式的历史记录。在这里，史料时空范畴的界定与人们对当代文学学科的时空范畴的界定是一致的，它似乎成了当代文学史料研究不证自明的隐性疆域。考虑当代文学史料工作刚起步不久的特殊情况，似不能操之过急；但从学科发展的角度看，这样的时空范畴显然嫌窄了，它与当代文学史料存在的实际情况也是有抵牾的。本文有感于此，试就以下两个方向和维度对之进行弥补与拓展：在历时性的时间上，由1949 年中华人民共和国成立向前上溯，实现当代文学与现代文学之间的连接；在共时性的空间上，从中国大陆向中国台港澳敞开，从国内向国外敞开，体现当代文学与世界文学之间的关联，以求在较为深长开阔的时空范畴与视野中展开对当代文学史料研究。

杨义先生前几年在由现代文学"转向"古代文学的研究中，曾结合自身实践，富有见地地将"世界视野和文化还原"作为现代中国学术的"总体方法或元方法"问题提出，认为只有强调和突出这种"双构性"，"才能找到自己的生长之机，创造之魄，才能在克服抱残守缺，或随波逐流的弊端中，实现一种有根的生长，有魂的创造"，在此基础上创造一种大国的学术。① 我们强调史料研究的时空范畴拓展，其意就是通过这种"世界视野和文化还原"的"双构性"的观念、方法与路径，努力对当代文学史料作更有根基也更为开放的把握。当然，由于当代文学史料研究是一个涉及当代政治、历史、文献、情报、管理、教育、传播诸多领域的"宏大的系统工程"，它的存在及有关收集、整理、研究与传播，都是在

① 杨义：《现代中国学术方法综论》，《中国社会科学》2005 年第 3 期。

123

当代文学体制及其档案制度下进行的,在这一过程中不可避免地受其制度的影响和规约。所以,在纵横两个向度对当代文学史料进行研究之后,本文也就顺理成章地进入对档案制度障碍的探讨。

一、时间拓展:与现代文学史料的纵向承接

之所以提出当代文学史料时间拓展问题,主要是考虑它与现代文学史料虽不尽相同,但毕竟都是 20 世纪新文化的产物,彼此具有内在的一致性、同质性,如果过分强调"1949 年"的所谓的时间界标,许多问题就无法作出合理的解释,也不大符合文学的客观事实。另一方面,作为与共和国一起诞生的新兴学科,当代文学毕竟稚嫩,为了发展,也是为了寻找历史资源以推进学科"历史化"进程,就很自然地将目光投向与已具有特殊关联的现代文学。新中国成立后不久,当代文学就启动"中国人民文艺丛书"和"新文学选集"的编纂,推出了丁玲的《太阳照在桑干河上》、周立波的《暴风骤雨》、欧阳山的《高干大》等一批解放区的现代文学作品和鲁迅、郭沫若、茅盾、瞿秋白等一批五四现代作家选集;此后还创办了《中国现代文艺资料丛刊》,组织人力编选期刊目录,特别是编辑出版或影印了涵盖文学运动、思潮、社团、流派、报刊,共计 40 种的《中国现代文学史资料丛书》甲、乙两种,对中国现代文学史料作了较为系统的整理,目的就是为了借此强化与现代文学的姻缘联系,有效拓展自身学科的时间长度和历史纵深感。

然而,这些进入"当代"视野的现代文学史料在当时是要经过严格筛选的。尤其是在十七年,被允许进入的主要或主体部分是现代革命文学史料,其他如启蒙文学、通俗文学等非革命文学史料不仅非常有限,处于十分边缘的位置,而且一概被纳入刚性的"一体化"机制之中,成为比革命文学低一两个"等级"的二三等或陪衬性的文学史料。因此,尽管在十七年期间现代文学史料工作从总体上讲还是显得比较薄弱,但革命文学——主要是 20 年代无产阶级文学、30 年代左翼文学、40 年代延安文学等史料还是受到高度重视,得到相对较好的发掘和整理。如上海文艺出版社 1962 年编辑出版的《中国现代文艺资料丛刊》第二辑,革命文学史料内容占四分之三:如"创造社史料"、"鲁迅著译系

年目录"、"革命作家胡也频、殷夫研究资料"等。另外,像"左联五烈士"、"30 年代左翼文艺"、"革命根据地文艺"等有关研究资料及编目,也在当时所有史料中占有突出位置。特别是鲁迅,他被毛泽东称为"革命家"及其斗争性一面的史料不仅被放大(鲁迅杂文在十七年特别是在"文革"之时备受推崇,应与此有关),而且成为评判现代文学史料的价值标准,各种回忆都小心谦恭地往他那儿靠,他的带有强烈个人"印记"的文字,常常被当作仅次于"最高指示"的绝对真理。如 1975 年评《水浒》,上海人民出版社编印的《水浒全传》,在扉页毛泽东有关"《水浒》这部书,好就好在投降","宋江投降,搞修正主义"的"毛主席语录"下,就赫然打上鲁迅论《水浒》"不反对天子,所以大军一到,便受招安……终于是奴才"的话;鲁迅 40 年前的片言只语,成了指导"文革"后期这场政治运动的权威话语,对鲁迅的态度俨然成为革命与否的试金石和分水岭。

更值得关注的是,曾几何时,由"现代"进入"当代"的中国文坛虽然"统一"了,但各种矛盾冲突依然潜伏性地存在,它与频繁发生的文化批判运动纠缠在一起显得更加尖锐激烈甚至不无残酷。而在每次运动过程中,主流政治意识形态及其代言人为了确立自身在文坛的领导权,也是出于政治功利和某种宗派主义情绪,往往有意回眸"现代"的历史档案,从中寻找"有用"的证据和独门秘密武器。这种情形在十七年尤甚,它似乎成为那个时期文坛斗争尤其是左翼文艺阵营内部斗争的一个突出现象,自然,它也成为"现代"文学史料进入"当代"的主要存在方式。如 1957 年批判丁玲、冯雪峰时,为"配合"现实政治,为他们所谓的"反党罪行"提供合法性的历史依据,当时执掌文坛生杀大权的周扬等就曾煞费苦心地在这方面采取了一些非常手段:前者,在 40 年代组织已有结论、先后查了丁玲两年 30 年代旧档案而又没找到证据的情况下,开始准备给予撤销;后因作家被划为右派分子,"在没有发现任何新事实、新证据、新证人和新理由的情况下,宣布将原结论改为:丁玲被捕后叛变,从南京回到陕北是敌人有计划派回来的"①,又重新对她的有关历史作了修改。后者,他们不仅指认冯雪峰当年蒙骗鲁迅起草答徐懋庸的信是搞分裂活动,迫使他对《鲁迅全集》这条注释进行修改,而且还对该《全集》第 9、10 两卷书信中一些有

---

① 李之琏:《不该发生的故事——回忆 1955—1957 年处理丁玲等问题的经过》,《新文学史料》1989 年第 3 期。

关反映 30 年代左翼文艺界内部矛盾、批评周扬等信件剔除不收。

最令人玩味的是,在批判冯雪峰时,当时作协领导邵荃麟甚至还提出了"看远不看近,看难不看易"的斗争策略。所谓的"看远",就是要看 30 年代冯雪峰所谓的"历史"问题,将对他的斗争看成是三十多年来文艺上的两条道路上的大斗争,置其于永无翻身的死地。所以,这也就难怪,"比较起现实的问题来,周扬等当时的斗争领导人,似乎更重视'历史',特别是 30 年代上海左翼文艺运动的问题。(因为)'历史'问题,对于被批判的一方来说,足以加强、深化'现实'错误的程度:反党且是'一贯'的,足以说明问题的严重性质。对于批判者方面而言,特别是在有关'路线斗争'问题上'一贯'的'清白'(从消极意义说)、'正确'(从积极意义说),那是有关其现实地位的重要'资本',一种证明其坚持的主张、路线的'真理性'的根据"。① 而在这样情形下,被引进的现代文学史料自身固有的独特内涵和独立价值自然也就会被"抽空",变成一种任人捏塑的泥团和政治实用的简单工具。由于十七年政治运动频发,这些运动往往更多发生在革命文学内部,而在文学体制内执牛耳者基本都来自三四十年代的革命文学阵营,他们处于权力中心的显赫位置;另一方面,毛泽东的最大忧虑、剑锋所指也是革命文学阵营的"蜕变"(这可从 50 年代的批判《武训传》和 60 年代的"二个批示"不难可见),所以它在开发和利用革命文学史料"为今用",进行体制性的自我纯洁的同时,自然对革命文学史料造成很大的伤害,一种较其他所有史料更大、更严重的伤害。更不用说江青出于政治的险恶目的,对位居权力中心的文艺界宿怨,也是深知其根底的三四十年代的上海和延安革命文学内部领导迫害,对不利于自己史料的蓄意烧毁了。

明明是重视革命文学史料,将其当作现代文学史料主体予以重点引进,但一俟落实到具体的实践却事与愿违,反倒给它带来莫大伤害,并由此及彼被置换成相互斗争、最后集体性纷纷中箭落马的"利器",将当代文学逐步推向万马齐喑的"文革"。这就是史料政治化与政治化史料的悖谬,也是史料政治化与政治化史料的结果。

由上可知,当代文学的确存在着宗派主义,这种宗派主义通过对现代文学史料"有目的"的选择对当代文学政治化起到了推波助澜的作用。尤其是周

---

① 　洪子诚:《1956:百花时代》,山东教育出版社 1998 年版,第 235—236 页。

扬,更是有着难以推卸的责任。这一点,学界基本已成共识,此处不赘。这里需要强调的是,不能由此将周扬为代表的这种宗派主义无限夸饰,周扬毕竟只是主流意识形态的中介,他受制于最高决策层尤其是毛泽东的领导。就是上述所说的批判丁玲、冯雪峰,他只不过遵命执行、加进了一些"私货"而已;并且他自己在体制中也不轻松,即使不断地"我们必须战斗",但还是受到毛泽东的"政治上不进展"的严厉批评。60年代后,随着激进主义思潮的急剧膨胀,周扬的中介位置也逐渐被江青等取代,他本人连同其从事的左翼文艺运动也被定性为"资产阶级文艺黑线",一起被当作批判的对象。从这个时候开始,在长达十余年的时间内,当代文学也失去了重述现代革命文学史料的前提条件与基础,它的历史的向度被取消了,只剩下了从"大写十三年"到所谓的"八个样板戏"。而当现代革命文学史料也一概被列入扫荡范畴,弃之如敝屣,那么就意味着当代文学这种封闭僵硬的"一体化"范式已走到了尽头,它在物极必反之际蕴含着革命性嬗变的契机。

如果说十七年时期的当代文学主要致力于现代革命文学史料的再利用,那么新时期以降的"后三十年"对现代文学史料则日益明显地表现出多元开放的态势。"文革"结束之初,也许与彼时的政治环境有关,当代文学首先从破坏最为严重的现代革命文学史料开始,从这里"再出发"走向与现代文学史料的恢复性的对话、交流与沟通。这突出表现在80年代初在丁玲、冯雪峰、胡风等一大批平反冤假错案时,为了拨乱反正的需要,围绕着这些"事件",曾经掀起了一股颇具影响的史料"回溯"潮流,它使与"当事人"密切相关的一大批现代革命文学史料获得了披露的机会。如丁玲冤案平反,1980年后的《新文学史料》就陆续刊登了李之琏《不该发生的故事——回忆1955—1957年处理丁玲等问题的经过》、丁玲的《延安文艺座谈会的前前后后》等文章,为我们提供了不少鲜为人知的材料。同样,胡风沉冤平反,也在同期的《新文学史料》以及稍后出版的《胡风集团冤案始末》(李辉)、《我与胡风——胡风事件三十七人回忆》(晓风)等著述中,有诸多重要而又权威性现代革命文学史料的揭示。这些史料的陈述,不仅真实还原了当年被遮蔽或半遮蔽的现代革命文学历史,而且

"为寻求历史新的合法性而否定了旧的合法性,其历史意义是积极的"。① 不过,限于当时的历史条件和认知,这些陈述仍不免显得封闭、僵硬与单一,它带有明显的政治化或泛政治化的症候,从本质上讲,属于主流或革命文学范畴的史料。

真正开始走向多维且带有某种回归文学本体的,是这次"平反"之后的 80 年代中期开始至 90 年代末,在这十几年间,尽管因各种复杂的原因,"思想阐释"在文学研究中仍然占据主导地位,但学科发展的内在需要和治史的意识,还是驱使有些当代学人执着地将探究的目光投向与当代文学密切关联的现代文学领域,并取得了一批阶段性成果。这里所说的成果,除了创办以发表史料为主或者史料与论述并重的《抗战文艺研究》、《延安文艺研究》、《晋察冀文艺研究》等刊物,推出"中国抗日战争时期大后方文学书系"、"中国解放区文学研究丛书"、"延安文艺丛书"、"上海抗战时期文学丛书"、"抗战时期桂林文化运动史料丛书"、"江苏革命根据地文艺资料汇编"以及《左联回忆录》、《三十年代左翼文艺资料汇编》等大型革命丛书或著作;除了推出陈荒煤主编的"中国现代文学史资料汇编"甲、乙、丙三套丛书"中国现代文学运动、论争、社团资料丛书"、"中国现代作家作品研究资料丛书"、"中国现代文学书刊资料丛书",北大中文系等主编的"中国现代文学史参考资料丛书"外;主要还是陆续不断地发表和出版了原来被压抑或遮蔽了的自由主义文学、现代主义文学和通俗文学等相关史料,如《新月派评论资料》、《上海"孤岛"文学报刊编目》、《上海"孤岛"文学回忆录》、《野百合花丛书》和海派文学、京派文学、新感觉派、学衡派、鸳鸯蝴蝶派,以及胡适、林语堂、徐志摩、周作人、沈从文、废名、张爱玲、钱钟书、张恨水的全集、选集、书信、日记、回忆录等等,数量十分惊人,而且同一个作家、流派或思潮,往往就有多种甚至近十种史料。这对 80 年代文学"由一向多"转型,无疑起到重要的推动和促进作用。像沈从文、废名作品及其史料的热销,客观上为汪曾祺和新乡土文学创作提供了直接的精神资源;而张爱玲、鸳鸯蝴蝶派史料的盛行,为王安忆的新海派和众多大众通俗文学写作提供了很好的参照。从这个意义上,我不赞同至少不完全赞同把上述"三重"(即"重评文学

---

① 程光炜:《文学想像与文学国家——中国当代文学研究(1949—1976)》,河南大学出版社 2005 年版,第 181 页。

史"、"重写文学史"和"重排文学大师")活动看成是与史料无关的"纯观念"的产物,而更倾向于将其视作是一种隐性的催化剂,它的意义在于为之营造一个"共生性"的文化环境,用含而不露的特殊方式为"三重"活动提供基础的支撑。

当然,不必讳言,"后三十年"这方面也存在着某种偏颇。其中一个比较显见的问题,就是在强调文学及其史料研究在突破原有革命或阶级斗争范式的"现代转换"时,相当程度地表现了对革命文学及其史料的忽视。这样,不仅使其颇具新意的有关"启蒙"或"现代性"文学史的阐释失之空泛,甚至有可能出现如王瑶批评的导致"不讲殖民帝国的瓦解,第三世界的兴起,不讲(或少讲,或只从消极方面讲)马克思主义,共产主义,俄国与俄国的影响"①即对这方面历史内容的有意无意忽略,与 20 世纪中国文学实践不相吻合;而且直接影响到对现代革命文学史料的深入发掘、整理和研究,导致在"后三十年"在这方面相对处于滞后,包括《抗战文艺研究》、《延安文艺研究》、《晋察冀文艺研究》等杂志的停刊,也包括重大史料成果及其宣传的薄弱等等。

不妨这样说吧,如果说在"前三十年"大一统的革命文学观压制了现代文学启蒙等其他文学史料,造成文学研究的简单粗暴和武断僵硬,那么"后三十年"是否存在着启蒙文学观遮蔽了革命文学史料,导致了文学史编写对左翼文学、革命文学的不应有的冷漠呢?为什么 90 年代以后编写的"20 世纪文学史"(或曰"现当代文学史"),包括在此前提出并十分流行的"20 世纪中国文学"概念,左翼文学和革命文学愈写愈短,被无情遮蔽,乃至变成了启蒙文学的一家独大或准一家独大的演绎,多少可从这里找到原因。自然,它亦与"后三十年"去革命化的大的社会环境和学术风尚有关。这也提醒我们在文学史料研究时,有必要对现代文学史料尤其是革命文学史料抱持一份"理解之同情"(陈寅恪语)的态度。

二、空间拓展:与海外及国外史料的横向关联

这里所说的史料空间拓展较之上述的时间拓展,范围更大,情况更复杂,

---

① 转引自钱理群:《矛盾与困惑中的写作》,《文学评论》1999 年第 1 期。

其难度相对也更大。就当代文学史料的内涵而言,它大致包括两层:一是中国流传出去的有关中国当代文学史料(汉籍),如在西方的"文革"小报、民刊、书信等;一是域外社群和离散作家群写的有关中国题材的文学创作以及研究中国当代文学问题的学术研究,如新移民文学、海外汉学等等。它成了中国之外中国当代文学史料的另一种空间存在,不仅极大丰富充实了中国的当代文学史料,而且对推广和扩大其在域外的辐射影响,发挥了很好的载体作用。王国维当年之所以取得如此成就,很重要的就在于"取异族之故书与吾国之旧籍互相补正"①,同样,陈寅恪也正因善于在汉文文献之外搜集和利用外文文献及域外史料,才获取卓越的研究成果。如今香港、澳门回归,海峡两岸形势也发生了很大变化,全球一体化、网络化已成事实。在这样的情形之下,当代文学研究如何打破狭隘的空间的疆域,充分发掘和利用因各种原因散落在海外的史料,与中国本土史料互渗互证,就显得十分重要和必要。这也是关系到当代文学学科历史化的大问题,是构建"中国特色"的"中国当代文学史料学"必须正视的一个重要问题。

当代文学史料空间拓展是一个庞大的题目,本文限于视野、积累和篇幅,无法在此作较周详的归纳和分析。这里仅择取中国台港、苏俄和欧美(主要是海外新移民文学、海外汉学)三个板块中的某些部分,以偏概全地试作分梳,肯定有不少疏漏和差错之处,敬请方家批评指正。

(一)关于中国台港文学史料

由于众所周知的历史原因,1949 年后海峡两岸文学长期"老死不相往来",彼此处于非常隔膜的状态,直到 1979 年元旦叶剑英发表《告台湾同胞书》以后,才逐渐有所松动,但也十分有限。80 年代出版的有关《台湾诗选》、《香港小说选》按照内地有关"祖国统一大业"和"资本主义是人间地狱"的观点,所选的差不多都是歌颂怀乡爱国和揭露台港社会阴暗面的作品,而选了一些不该选的不见经传的作家作品,遗漏了一些该选而没有选的重要作家作品。其当代文学史编写也相互抄袭,漏洞迭出,存在不少常识性错误(张冠李戴、生卒性别搞错的为数不少);并且因国民党御用文人围剿过乡土文学而大力推崇陈映

---

① 　参见陈寅恪:《金明馆丛稿二编》,上海古籍出版社 1980 年版,第 219 页。

真、叶石涛和尉天骢等,抬乡土文学压现代派文学,将乡土文学当作贯穿台湾当代文学发展的"主线"。这种简单的"以政划线"的评判,当然经不起历史检验:"后来乡土文学阵营发生了裂变,在统独两派中众多乡土文学作家倒向独派一边,这对有些论者过高评价他们来说,无异是莫大的讽刺。后来大陆学者意识到这个问题,已作了不同程度的修正。"①香港文学研究也一样,不少文学史不适当夸大"南来作家"的作用而贬低"香港本地作家"的成就,宣扬"南来作家"在香港所谓的"主导地位"和"领导作用",并断言"九七"回归后,"这种主导地位和领导作用将必定加强而不削弱"②,"到了那时,香港文学的面貌将会改观"。③而事实与这种预言恰好相反:回归后的香港"不仅马照跑,舞照跳,而且通俗文学照旧大行其道,严肃文学虽然有'艺术发展局'的资助,但只是杯水车薪,无法改变纯文学照旧在寒风中颤抖以及刊物旋生旋死、转瞬无声的局面。所谓'博大深厚的作品',至今还未和读者见面"。④ 这里之所以出现这样的误判,除了观念僵化之外,显然也与史料掌握的过于陈旧或不全有关。

台港文学作为中国文学的重要存在,因空间场域尤其是政治文化场域的原因,有自身的独特发展道路,包括文学制度和政策,也包括文学思潮和现象。前者,如台湾 50 年代蒋介石的《复国建国的方向和实践》、《对国军文艺大会训词》、蒋经国的《敬告文艺界人士书》、张道藩的《三民主义文艺论》,以及 1949 年和 1950 年颁布的两份"查禁反动书籍目录",港英政府对文学不管也不干预,一概皆纳入市场进行管理的政策;后者,如台湾的"反共文学"、"乡土文学"、香港的"绿背文学"、"武侠文学"、"无厘头文学"等,而且往往鱼龙混杂,"逢中(共)必反和逢英必崇并存,写实主义和现代主义并存,现代和后现代并存,进步作家和反共作家并存,宗教文学与'咸湿'文学并存,学院文学和打手

---

① 古远清:《中国大陆台港文学研究的走向及其病相》,《中国现代文学研究丛刊》2013 年第 6 期。

② 潘亚暾:《香港南来作家简论》,《暨南学报》1989 年第 4 期。

③ 李旭初等:《台港文学教程》,长江文艺出版社 1996 年版,第 371 页。

④ 古远清:《中国大陆台港文学研究的走向及其病相》,《中国现代文学研究丛刊》2013 年第 6 期。

文学并存,回归文学与观潮文学并存,方言文学与国语文学并存"①,而显得特别复杂。在这里,既有陈映真这样比较坚执的左翼作家,也有叶石涛这样在"中国意识"与"台湾意识"之间摇摆、最终摆向"台独",亮出"台湾文学国家化"的作家,还有余光中那样在戒严时期的乡土文学论战中发表极具煽动性乃至带有政治影射性质的《狼来了》文章,80年代以后又转而对大陆频频示好,刻意遮蔽这一客观事实、不愿在所有的作品集中收入此文的作家。所有这些,都应全面及时地了解和掌握。我们现在的主要问题是在缺少交流,史料占有不多和准备不足的情况下就匆忙地研究甚至编写文学史,这就招致甚多的粗疏和差错,为人所诟病。

在讲台港文学史料时,有必要提及蒋介石日记,它对如何评价抗战文学具有重要的参考价值。大家知道,由于历史原因,以往有关的抗战文学中,蒋介石及其领导的国民党除了"攘外必先安内"外,几乎没有作过于国家民族有益的任何事情。但美国斯坦福大学胡佛研究所从2006年3月开始陆续公开的蒋介石日记却告诉我们,蒋也有积极抗战的一面。特别是1938年后日记中留下有关决心抗战、以雪耻恨的大量记录。如,1938年9月,武汉会战正酣,蒋介石分析形势,于3日自述云:"倭寇军阀不倒决无和平可言。惟有中国持久抗战,不与言和,乃可使倭阀失败,中国独立,方有和平之道也。"②这里也许有夸张和有意的误导的成分,但证之中国官方公布的国民党军队在抗战的正面战争上消灭日军85万数据(共产党领导的八路军、新四军和东北抗日军民在抗战的敌后战场,分别消灭日军52.7万、17万),特别是胡锦涛2005年9月3日在纪念中国人民抗日战争暨世界反法西斯战争胜利60周年大会上,有关国共两党领导的抗日队伍"分别担负着正面战场和敌后战场的作战任务,形成了共同抗击日本侵略者的战略态势……给日军以沉重打击"③的讲话精神,应该说大体是符合历史真实的。它的公布,必将突破而且在事实上也在冲击着长期以来形成的抗战文学研究的封闭僵化的模式,向我们提出了如何"重评"抗战

---

① 古远清:《中国大陆台港文学研究的走向及其病相》,《中国现代文学研究丛刊》2013年第6期。

② 杨天石:《寻找真实的蒋介石——蒋介石日记解读》,山西人民出版社2008年版,第258页。

③ 胡锦涛:《在纪念中国人民抗日战争暨世界反法西斯战争胜利60周年大会上的讲话》,人民出版社2005年版。

文学这样一个严峻的问题。中国社科院文学研究所张中良(笔名秦弓)十年前就着手"抗战文学与正面战场"的研究,发表了《抗战文学与正面战场》、《抗战文学对正面战场问题的表现》等一批系列论文①,他的成果值得借鉴。

(二)关于苏俄文学史料

如果说中国当代文学对台港文学史料的关注主要集中在最近二三十年,那么对苏俄文学史料的重视则突出反映在 20 世纪五六十年代。由于政治意识形态的同构性,苏俄文学史料几乎成为那时唯一的域外空间存在,对当代文学产生重大的、带有主导性的影响。具体又分两个阶段:50 年代中苏"蜜月期",中国从苏联全面"拿来",苏联当代文学创作和思潮被迅速大量翻译引进。那时从中共中央机关报《人民日报》,到各种文学类报刊《文艺报》、《人民文学》、《译文》(1959年改名为《世界文学》)等,都经常转载和刊登斯大林、日丹诺夫等有关文艺问题的指示、讲话,以及苏共中央有关文艺问题的政策、决议和社论,以此作为对文坛进行文化批判与整风的带有指导性的重要依据。如 1954 年中国文联和作协主席团所作的《关于〈文艺报〉的决议》(即所谓的压制"小人物"),就是仿照苏联这些"决议"(如《关于〈星〉及〈列宁格勒〉两杂志的决议》、《关于剧场上演节目及其改进办法的决议》、《关于电影〈灿烂的生活〉的决议》、《关于穆拉杰里的歌剧〈伟大的友谊〉的决议》)的产物。即使是 50 年代后期中苏关系出现了微妙变化,赫鲁晓夫 1957 年 5 月关于有必要给作家设定清规戒律,文艺要同人民生活保持密切联系的两次讲话,因"与毛泽东或周扬的观点如出一辙",也被《文艺报》及时刊登②,"影响了中国反右运动的开展时间和深入程度"。③ 40 年代后期、50 年代初,《战后苏联文学之路》、《联共(布)党的文艺政策》、《苏联文艺方向的新问题》、

---

① 秦弓有关"抗战文学与正面战场"系列论文,如《抗战文学与正面战场》,《河北学刊》2005年第 5 期;《抗战文学对正面战场问题的表现》,《陕西师大学报》2006 年第 2 期;《关于抗日正面战场文学的问题》,《重庆师大学报》2009 年第 1 期;《抗战时期作家与正面战场的关系》,《抗战文化研究》第一辑(2007 年);《抗战文学中的滇缅公路》,《抗战文化研究》第二辑(2008 年),《抗战文学中的武汉会战》,《抗战文化研究》第三辑(2009 年)等。

② 〔苏〕赫鲁晓夫:《文学艺术要同人民生活保持密切的联系》,《文艺报》1957 年第 24 期。

③ 〔荷〕佛克马:《中国文学与苏联影响(1956—1960)》,北京大学出版社 2011 年版,第 170—171 页。

《苏联文艺问题》、《苏联文艺政策选》、《苏联文学艺术问题》以及日丹诺夫的《论文学、艺术与哲学诸问题》等被大量地翻译介绍进来,其中有的版本还被不同的出版社多次重版。"这些译本都汇编了苏共这个时期有关文艺的决议和当时任联共(布)中史书记,负责意识形态工作的日丹诺夫《关于〈星〉及〈列宁格勒〉两杂志所犯错误的报告》,以及当时任苏联作协总书记兼作协主席法捷耶夫的文章,还有苏联作家协会理事会主席团的决议等。无论从组织形式、批判方式、处理办法,还有对文艺的方针要求上,都直接影响了中国共产党建国后在相当长一个时期对于文艺所采取的政策和态度。"①这种情形,一直延续到50年代后期、60年代初中苏关系"决裂"及其由此展开的"大论战"。它也由此及彼驱使中国对苏联当代文学史料采取决然断裂的姿态,而将当时唯一的横向关联的渠道切断,进入了前所未有的封闭阶段。

50年代中国对苏联文学及其史料横移有其深刻的必然性。按照马克思观点来看,中华人民共和国成立,标志着马克思主义在中国已由"科学想象"进入了"政党实践"阶段,历史向中国共产党提出了一个如何管理包括文学在内的一系列新问题。而这,在经典的马恩文论中是没有也不可能有的,只有在马克思主义进入了列宁主义阶段——即建立了社会主义国家的苏联那里才有可能找到借鉴。列宁逝世过早,苏共文艺政策从30年代开始尤其是在1945年反法西斯战争胜利以后发生了重大转变,日丹诺夫遵照斯大林的指示,为对苏联文艺界进行严密全面控制,推行了一系列违反艺术规律的作法,所以它的"引进",对中国当代文学带来的负面影响是显而易见的。苏联不同于中国,即使在斯大林—日丹诺夫时代,也不乏肖洛霍夫、奥维奇金、爱伦堡、巴乌斯托夫斯基、帕斯捷尔纳克等不惧权贵、坚守艺术理想的作家,但这一切在翻译时不是被"忽略",就是根据现实政治需要对之进行了"改写"。如柯热夫尼科夫批评斯大林主义的短篇小说《逝去的日子》,译成汉语后却变成了关于十月革命及之后的故事。就是对高尔基、法捷耶夫、马雅可夫斯基等著名的"革命作家"乃至托尔斯泰这样的大文豪,也都曾作过不少有违事实的片面诠释。

80年代以后苏俄当代文学史料对中国的影响,与50年代相比,自然不可同日而语,但作为域外史料的一部分,仍有必要值得我们重视。苏联社会主义

---

① 李今:《三四十年代苏俄汉译文学论》,人民文学出版社2006年版,第60—61页。

文学的成败得失,至今对中国具有深刻的警示。最近一二十年,包括苏联作家协会内幕、高尔基陷于矛盾痛苦、法捷耶夫"自杀"等大量政治和文学史料的"解密",不仅为我们重评苏联当代文学而且为中国当代文学如何处理文学与政治关系及其发展,提供了十分宝贵的史料。

(三)关于西方文学史料

也许与中西社会制度不同和意识形态对峙有关,在它们那里,真正属于本文所说的域外当代文学史料不多,有的更多的是文化或泛文化史料(主要用来研究"中国问题"),如民间刊物、"文革"小报——在这方面西方有丰富的收藏,它为我们今天和将来的"文革"研究提供了翔实的史料基础。真正意义上的域外当代文学史料,并作为大陆空间以外的一个重要存在,通过文学文化交流的多种路径和渠道对中国当代文学产生影响的,那还是80年代改革开放以后的事,其中被大家谈论较多的是海外版的《今天》杂志和高行健、卢新华、曹桂林、北岛、杨炼、严歌苓、张翎、虹影、严力、查建英、苏炜、陈谦、陈河等的所谓"新移民文学"。前者,诚如不少学者指出,作为中国当代的一个重要"民刊",它自1990年在海外复刊(该刊包括老《今天》在内,迄今已出百期)的特殊办刊背景和思维视野,为人们重新解读"伤痕文学"、"现代主义"、"朦胧诗"乃至"新时期文学开端"提供了另一种可能;当然它也由此为我们打开了当代文学史料的另一空间版图,并为当代文学史料研究从"边缘"反观"大陆中心"提供了新的参照和视角。而后者呢,因移民作家群体的日趋庞大,加之有西方强势文化为依托,而较之比以往任何时候对当代文学产生更大的影响,它构成了海外新儒家杜维明所说的"文化中国"及其史料的特殊存在。这也是中西文学文化对话交流的一种特殊形式,是域外当代文学史料有待开拓的一个重要方面。自然,它在呈现"第三文化空间"独特优势和史料价值的同时,也因疏离了身处的异国的新环境和原有的当代中国政治文化环境,而出现意想不到的尴尬,可能成为"双重疏离的牺牲品"。特别像高行健这样为"自由"而离开中国去西方的作家,这种疏离感给他带来的牺牲可能会更大:由于他出国之前的创作与压迫性的"他者"即原有"国家政治话语"形成了某种颠覆性的张力关系,出国之后,因"压迫性的他者不在场,他后来的作品就失去了方向",很难对中国现实问题产生影响,甚至"有可能被西方保守资本主义利用,变成反共话语的一部分,完全消解了作品的颠覆性",以至"在中国的生命的中断了"。① 从这个意义上说，海外新移民文学创作是存在着某种危机的。

与新移民文学具有某种相似的是海外汉学，它也应纳入我们需要关注和引进的重要的域外史料范畴。海外汉学十分庞杂，遍及美、英、法、德、捷克、俄、日诸多国家，且由于学术传统和文化背景不同，彼此有很大的差异。但从总体来看，"前三十年"它往往从鲁迅、郭沫若、茅盾以及左翼作家切入，对中国持同情和好感立场进行研究。这在东西方"冷战"的特殊情况下是非常不容易的。在这方面，捷克斯洛伐克的普实克是很有代表性的，在他带领和影响下，五六十年代形成了一个欧洲汉学重镇——"布拉格学派"。"后三十年"因各种原因，欧洲的汉学研究中心逐渐由东欧转移到了西欧以及美国。汉学家中华裔的比例明显增加了，其中有的还移居不久，经常来往于中国与域外居住国，带有某种"双栖性"的特点，这使他们的研究相当有效地切入了中国当代文学问题，因而其有关观点及史料也更易于被中国学界所重视和认同。为什么在近一二十年诸多的汉学研究中，人们比较钟情于夏志清、李欧梵、王德威、唐小兵、刘康、孟悦、刘禾、张英进、张旭东等的观点，以至出现如有的学者所批评的某种不应有的"汉学心态"（用王德威带有自嘲的话来说，就是"远来的和尚会念经"），应该说与此不无有关。

如何评价海外汉学及其对中国当代文学的影响，不是本文的目的，我这里关心的是：上述这些海外汉学学者有关观点的提出——如对晚清文化的强调（"没有晚清，何来五四"②），对海派文化的阐扬，对沈从文、张爱玲的重评等，与史料之间具有怎样的逻辑关联，或者说，他们有关观点的背后到底隐含着怎样的史料来源问题，我想要对他们的有关观点作"史料发生学"的追问。这当然比较复杂，譬如美国华人学者黄心村的《乱世书写：张爱玲与沦陷时期上海文学及通俗文学》，"这本书对张爱玲研究以及作为整体的沦陷时期上海文学与文化风貌都具有重要的里程碑意义。其中游刃有余的西方各色理论的运用使全书拥有了全球化的学术背景和远景透视的独特角度，无论在史料采集还

---

① 杨慧仪：《一九九〇年代的小说与戏剧：漂泊中的写作》，《当代作家评论》2013 年第 5 期。

② 王德威：《被压抑的现代性》，见王德威《想像中国的方法》，生活·读书·新知三联书店 1998 年版，第 17 页。

是理论调度方面,都无疑具备了承上启下的学术价值,也为此后的再出发与再阐释留下了巨大的增长空间。"①但与此同时,作为一项带有鲜明的海外学术烙印的研究成果,它也在观念与史料等方面显而易见地存在着若干问题和偏差。史料怎样催生海外汉学的观点,反过来,海外汉学观点又怎样激活史料,彼此形成互渗互证的关系,这个问题很有意思,也很有价值。而恰恰在这方面,我们现有的研究似成空缺,史料工作也没有跟上去。今后很有必要在史料空间拓展上加以关注。

说到这里,顺便提及一下高行健、莫言所获的诺贝尔文学奖,这也不妨可看作域外的一种文学史料吧,因为从本质上讲,它反映了西方对中国当代文学的一种评价。特别是用来说明获奖理由的诺奖"授奖词"更是如此,其所体现的"理想主义"趣味和取向在西方是很有代表性的,应该说是很好也是很有时代特征的域外史料。而这一点,似乎没有引起人们的足够重视。尤其是近一年来有些文章为了论证莫言获诺奖的合理性、合法性,往往有意无意地强调和突出诺奖所谓的超越意识形态的"纯粹性",认为是"文学审美"的一大胜利。莫言获奖是大好事,值得庆贺,但要由此推导出诺奖超越意识形态的"纯粹性",在我看来,就显得不无夸张,至少不那么契合诺奖"授奖词"的史实——实际上,诺奖评委在称道莫言的"授奖词"中表露了相当浓重的意识形态色彩,或者说,他们是按照自己的意识形态对莫言创作进行了"重塑"。莫言获奖及其走向世界也许比较复杂,可以作多种不同的解读和评价,但无论怎么说,在研究时强调对域外当代文学新史料诺奖"授奖词"的重视,应该是不为过的。

三、障碍:档案制度存在的问题及其他

当代时空范畴拓展的文学史料,尽管彼此情况复杂、形态各异,但它之被开发、吸纳而进入中国当代文学研究视域,成为当代文学"史料共同体",不可避免地要与现行中国当代档案制度发生关联,并接受其规约与筛选:如果与制

---

① 王羽:《回到女性的"生死场"——对黄心村〈乱世书写:张爱玲与沦陷时期上海文学及通俗文化〉中几个问题的讨论》,《现代中文学刊》2013 年第 5 期。

度相契,就被引进并有效地发挥功能效应;反之,可能被无情地排拒于门外,成为枯燥乏味的"死之物"。从某种意义上讲,当代时空范畴拓展的文学史料,能否真正发挥自身的优势特色,很大程度上取决于档案制度,档案制度成为它成败与否的关捩所在。

说到现代的档案制度,樊骏在《这是一项宏大的系统工程》一文中认为,它从"思想观念、方式方法、体制、作用等都不同程度地存在着'重藏轻用'的偏向"。他以两位学者在中国江南各地与日本国会图书馆不同遭遇的事实为例,对此提出了尖锐的批评,指出这种封闭垄断的方式、方法与体制如不改革,依旧故我,那么"那些珍藏起来的图书文献,不管内容如何重要,数量如何庞大,保管又如何妥善,只要不为人们所应用,与根本不存在没有多大区别,也就谈不上有什么实际的意义和价值了"。① 樊骏所说的现象今天依然存在,并无实质性的改变。这一点,相信与档案馆、图书馆有过接触的大多数学者都会有深切的感受。它涉及现代档案制度到底是以"以人为中心"还是"以物为中心"这样一个定位问题。而对当代文学史料及其相对应的档案制度来说,它所面临的问题恐怕还不止于此。大家知道,在相当长一个历史阶段,因受"左倾"文艺思想和方针政策的影响,曾使我们封杀了不少很有价值的当代文学史料。虽然 80 年代后期颁布的《中华人民共和国档案法》规定,通常的档案保密 30 年即可解密,但实际执行并不理想,至今为止及时解密所占的比例还不到总档案数的 40%。这不仅限制了档案馆的功能作用,而且对当代文学研究及其史料学建构带来直接的影响。樊骏说得好:"档案馆诚然承担着在一定期限和范围内,为一部分档案保密的职责,但毕竟不同于机要机构,保管不等于保密,即使尚未开放的档案,经过一定手续,也仍然可以供人使用,决不是保密得越严格越好。这种混淆两者区别的思想观念以及由此制定出来的规章制度,在很大程度上限制了档案馆充分履行自己的职责,同时也使不少人因此不敢轻易前往查阅,更多的人或许还根本不知道自己可以从那里看到别处无法提供的大量有价值的资料。与一些档案事业发达的国家相比,我国档案馆的业务是相

---

① 樊骏:《这是一项宏大的系统工程——关于中国现代文学史料工作的总体考察》,《新文学史料》1989 年第 1、2、4 期。

当冷清的,远远没有发挥它在社会生活各领域所应有的积极作用。"①他的批评和分析,应该说是击中了现行档案制度障碍的要害,也合乎当代文学史料研究的实际。

就拿本文所说的与十七年有纵向承接关系的三四十年代左翼文学、延安文学史料来说吧,我们现在藏量颇丰的馆藏档案是否开放,以及开放到什么程度,都受制于现实政治,不是可以随心所欲的;即使碰到冤假错案纠正(这种冤假错案往往与史料的人为修饰乃至"作假"具有密切关系),如上文提到的80年代初胡风、丁玲、冯雪峰"平反"那样,也取决于现实政治的需要,而与档案史料本身关系不是很大(档案史料还是原来的档案史料)。至于域外文学史料,也许与其"异质"性因素有关,虽不像对左翼文学、延安文学史料那样充满政治玄机和吊诡,但其排拒和警惕也同样十分显见。如蒋介石日记,如今仅有的杨天石的《寻找真实的蒋介石——蒋介石日记解读》和张秀章的《蒋介石日记揭秘》两部作品,也只是对其日记有些摘录,且删减严重。②其他对如台湾五六十年代的"反共文学"、香港的"绿背文学",乃至高行健的《灵山》、《一个人的圣经》以及他和莫言获诺奖的"授奖词"全本,也都程度不同地存在拒不收藏、只藏不借,或收藏不全、刻意回避等问题。造成这种对外交流当代文学史料管道堵塞的,固然有经济及其他原因,但主要恐怕还是彼此意识形态敌对所致,以致被人讥为"要在图书馆觅得一本境外的文学读本,可能比自费去新、马、泰的旅游还要困难","个人收藏的要超过国家图书馆"这样一个极为反常的现象。③ 为什么中国之大,至今没有一个比较像样的域外文学史料中心,而在西

---

① 樊骏:《这是一项宏大的系统工程——关于中国现代文学史料工作的总体考察》,《新文学史料》1989年第1、2、4期。

② 据我所知,大陆出版的影响较大的有关蒋介石日记及其解读的读本有两部,一部是杨天石的《寻找真实的蒋介石——蒋介石日记解读》(山西人民出版社2005年版),另一部是张秀章编著的《蒋介石日记揭秘》(团结出版社2007年版)。但它们都不是蒋介石日记的全本,而只是对日记的部分摘录。张秀章本摘录日记比较多,但删减严重(蒋介石的日记原文约1500万字,张本仅择部分刊录)。2010年底,蒋介石的后裔打算由台北的"中央研究院"近代史所出版全套的《蒋介石日记》,然因蒋氏后裔争夺版权而至今未见出版。

③ 李安东:《流水不腐,户枢不蠹——世界华文文学研究中若干问题讨论》,《复旦学报》2003年第5期。

方大学却建立了为数不少收藏相当齐全或带有专题性质的类似藏馆,这与我们以政治画线的收藏、保存和传播理念和机制不无有关。

当然,这样说并无意于将当代文学史料障碍及其存在的所有问题都归之于现有档案制度,将档案制度的功能作用作不切实际的无限夸大。福柯的"知识考古学"理论告知我们:"档案首先是那些可能被说出来的东西的规律,是支配作为特殊事件的陈述出现的系统","是那些在陈述一事件的根源本身和在它赋予自身的躯体中,从一开始就确定着它的陈述性的系统的东西",而且档案在事实上被纳入"某种实践的层次,这种实践使陈述出现多样性"①;同时,档案还必须经过权力检查机制这道环节,与"权力行使方式联系起来",而"检查的程序总是同时伴有一个集中登记和文件汇聚的制度,一种'书写权力'作为规训机制的一个必要部分建立起来"。② 福柯在"知识考古学"视域下所谓的"档案",与我们这里所说的放在档案馆里的史料卷宗之"档案"概念有所不同,彼此的逻辑指向也有很大差异,但他要求突破线性和等级逻辑下的档案及其历史叙述,强调全景敞开权力,充分发掘和利用被传统和主流范式所遗弃和遮蔽了的非连续性、边缘性的历史文化信息,对我们如何认识并解决中国当下档案制度障碍无疑是有启迪的。它告知我们:现有档案中的史料固然重要,特别是其中那些重要的、关键性史料更是如此,因此有必要继续作深入的发掘和拓展。但无论如何,它只是当代文学史料的一个方面而不是全部。更何况,"文献本身就已经内含着一种意向性的结构。这种结构是在文献被书写、选择、整理、保存、使用等过程中,被各种历史实践力量逐渐塑造起来的,它往往与过去及当下的研究形成互动,并因此在意向性结构上与当下的主导话语和范式结成共谋关系。"③而中国当代文学史料,由于众所周知原因,与主流话语的"共谋关系"的问题就更突出。所以,除了加大力度,强化对体制内档案史料理性审思外,就更有必要将目光投向制度外的丰富复杂的历史本相,作好边缘史、日常史和另类史"还原"这篇文章。当代文学史料不同于古代文学史料和现代文学史料,它的障碍往往更多来自体制;而这种体制,无形之中又内化为

---

① 〔法〕米歇尔·福柯:《知识考古学》,生活·读书·新知三联书店 2003 年版,第 144 页。

② 〔法〕米歇尔·福柯:《规训与惩罚》,生活·读书·新知三联书店 1999 年版,第 212—213 页。

③ 刘大先:《现代中国与少数民族文学》,中国社会科学出版社 2013 年版,第 40—41 页。

一种集体无意识,它已成为制约当代文学史料研究进一步拓展的深层原因。

李怡在一篇谈史料建设的文章中,曾提出建立"一个健全的'以人为本'的文化保存制度"①的命题,我甚表赞同。这里想要补充的是,这个制度的建立需要很长的过程,它与本文所说的档案制度障碍的破除在事实上是联系在一起,且不应外在于我们的。正因此,我们不能等待,而理应以积极的姿态参与这项工作。在当下,尤其需要突破现行档案制度的束缚,拓宽史料研究的内涵与外延。只有这样,才能使当代文学史料及其制度建设在"全景敞开权力"的情景下切实有效地得以推进。这也是我们从福柯基于"知识考古学"的"档案"理论那里得到的启示。

(载《文艺研究》2014 年第 3 期)

---

① 李怡:《历史的"散佚"与当代的"新考据研究"——史料建设之于中国现代文学研究的意义》,《学习与探索》2004 年第 1 期。

"文化中国"视域下的世界华文文学史料

一、"文化中国"内涵及提出的意义

提出"'文化中国'视域下的世界华文文学史料"这一命题,是基于如下考虑:尽管中国大陆以外的世界华文文学及其史料十分复杂①,甚至对"什么叫中国"、"什么叫中国文学"也有不同的声音,但就其总体而言,它们都不妨纳入"文化中国"之中,并成为其富有意味的载体。

何为"文化中国"? 据有关学者考订,作为固定概念的"文化中国"一词,最初来自于 20 世纪 70 年代末以温瑞安为代表的马来西亚"华侨生"。首次使用"文化中国"这一概念,并在随后开始逐渐为其他学界同人所沿用,是中国台湾学者韦政通和傅伟勋。其中后者曾于 80 年代五次以"文化中国与中国文化"为主题,在中国大陆发表演讲,对当时的中国大陆学界产生了颇具震撼力的影响。而美国哈佛大学杜维明则是"文化中国"论说在英语世界的宣扬者,当然也是海内外学者中用心最深、同时也是理论建树最多的一位。自 1990 年开始,他先后在美国夏威夷大学东西文化中心、普林斯顿大学中国学社等西方学术重镇,围绕"文化中国"这一话题进行过数次演讲,大力宣扬"文化中国",在英语世界引起了热烈反响。②

---

① "世界华文文学"有广义与狭义之分:广义的"世界华文文学"是由"中国大陆文学"、"台港澳文学"和"海外华文文学"三个板块构成;狭义的"世界华文文学"则专指"台港澳"和"海外"两部分。本文基于论旨的考虑,在这里取狭义说。

② 参见张宏敏:《"文化中心"的概念溯源》,《深圳大学学报》2011 年第 3 期。

杜维明所说的"文化中国",包含了这样三个层次不同却彼此关联的"意义世界":一是中国大陆、中国台湾、中国香港、中国澳门、新加坡等地华人所组成的社会,也包括少数民族群体,他们都是中国文化不可分割的一部分;二是上述地区以外,散布并侨居于世界各地的由华人所组成的包括东亚、东南亚、南亚、太平洋地带乃至北美、欧洲、拉美、非洲等世界各地的华人社会,也就是所谓的"离散华裔";三是与中国既无血缘又未必有婚姻关系,但却与中国文化结了不解之缘的世界各阶层人士,包括学者、教师、新闻杂志从业者、工业家、贸易家、企业家和作家,乃至一般读者和听众,他们致力于中国文化的学习和研究,力求从思想上理解中国,并用自己国家和民族语言,将这份理解带入各自不同语系的社会中去①。杜维明有关"文化中国"的界定,相对而言,他的"第三个意义世界"的划分比较独特,也引起了较大的争议。因为他不仅将华人、华裔而且将与中华民族没有关联的外国人,也都统统纳入了"文化中国"的范畴,这与我们传统有关"中国"、"中国文学"或"中国文化"的概念的确有很大的不同。

杜维明为什么另辟蹊径,如此强调"文化中国",将它当作团结和笼络包括所有心向中华文化的中国人、外国人的最大公约数呢?这与他作为现代新儒学第三代领军人物的"返本开新"的新儒学理念密切相关。按照他的观点,传统儒学在经历了从山东向中原的第一期(秦汉时期)、从中国向东亚的第二期(宋至明清时期)发展以后,现在正面临并进入了由东亚走向更广阔世界发展的第三期。而这次发展不同于以往,由于西方由启蒙导出的价值已成为人类社会最有影响力的强势存在,而传统儒学由于自身的局限及受物质主义、功利主义的影响,没有得到有效的发掘和清理,"该继承不能继承,该扬弃不能扬弃",因而造成了"文化中国不仅资源薄弱,价值领域也非常稀少"。面对这一困境,杜维明认为,儒学要争取第三期发展,就应该超越狭隘的地域的、种族的、语言的层面,从传统儒学或"中国文化"之外寻找价值资源。因为"儒学的基本价值——作人的价值,要在一个自由民主的氛围下才能发展。假如人格不能独立,没有自由发言的权利,没有集社的权利,没有突出自我价值的权利,

---

① 郭齐勇、郑文龙主编:《杜维明文集》编序,第 1 卷,武汉出版社 2002 年版。

谈什么儒家的第三期发展"?①另外,从历史和现实的角度来看,包括儒学在内的文化中国,"长期受到国际上各种不同资源的塑造,在这一过程中,英文和日文所起的作用至少和中文相等,有时甚至更大。这是不可争议的事实。因此文化中国也应该包括第三意义世界"②。

由上可知,杜维明心目中的"文化中国"实则是一个以儒学道统为主轴的文化,它带有超越意识形态性和个人化的浪漫想象,就其概念内涵和外延来说显得比较宽泛,缺乏严密的逻辑性。但他强调文化创造性、创新性和多元性,强调"中国文化"与其他异质文化特别是与西方文化交流互动,并从他们那里吸取资源以丰富充实自己所作的"创建性回应"的理念,无疑是值得肯定的。这也为世界华文文学及其史料研究工作提供了方法论的启迪。在这个意义上,我很赞同如下的观点:杜维明有关"第三意义世界"的理念,"虽然为'文化中国'增加了一个较为晦暗模糊的边缘区域或'中间地带',或许会在某种程度上淡化'文化中国'的文化心理属性,但由此也大大延伸并丰富了'文化中国'的多重内涵,有助于这一概念在国际社会产生更加广阔的辐射力和影响力"③。这应该说是比较客观公允的,它从一个侧面展现了新一代儒学开放的姿态。

顺便补充一句,不但是杜维明,国内外还有不少学者,如东南亚的王赓武,美国的李欧梵、王灵智,以及复旦大学的葛兆光等。他们也在近些年提出了诸如"在地的中国性"、"游走的中国性"、"双重统合结构的中国性"、"宅兹中国"与"周边看中国"等概念或主张④,在"文化中国"问题上,也都对杜氏作出显隐、远近或深浅有别的呼应和诠释。这种呼应和诠释,尽管彼此的立场和观点有所不同,有的甚至不无对立,但它却反映了在全球化语境下,人们对当代中国文化走向与构建的深度关切和深切期待。这与我们通常所说的"大中华文化"还不太一样,它似乎显得更开放,也更开阔。

而恰恰在这点上,窃以为现有的世界华文文学及其史料研究工作是存在

---

① 杜维明:《"文化中国"精神资源的开发与创建》,《东方》1996 年第 1 期。

② 杜维明:《"文化中国"精神资源的开发与创建》,《东方》1996 年第 1 期。

③ 沈庆利:《海内外"文化中国"正当其时》,《大众日报》2014 年 11 月 12 日。

④ 王德威:《文学地理与国族想象:台湾的鲁迅,南洋的张爱玲》,《扬子江评论》2013 年第 3 期。

着难以掩饰的缺憾的。这就是在研究时，往往基于单一狭隘的"政治中国"视角，习惯站在中国大陆的立场，于是"大陆"理所当然地就成了世界华文文学及其史料的绝对"中心"，其研究也就变成了从绝对"中心"对海外辐射的一种研究。大陆与大陆以外，它们不是相互建构，而是我对你的单向影响，彼此之间存在着明显的"中心"与"边缘"的级差。其实，世界华文文学原本就与大陆现当代文学具有内在的血缘关联。特别是台港文学更是如此，在抗战时期，还与大陆文学完全处于同构的状态。香港文学在香港沦陷前，"曾是中国战时的文学中心之一"，那时因内地诸多作家的涌入，各种文学争奇斗艳，十分活跃。"而战后左翼文学就是在香港大展身手，完成了共和国成立之前文学运动、文学批判、文学整合的演练。"只是在新中国成立后，伴随着冷战思潮的兴起，"才开始了新的分野"，逐渐形成了与内地文学不同的运行轨迹①。如果说1949年以后，大陆文学史料主要是以体制管理的方式存在的话，那么除台湾文学尤其是50年代至70年代的台湾文学外，世界华文文学史料则更多以个体零散的形式呈现。世界华文文学史料生存于不同于大陆的语境，它们彼此的差异也挺大，但就总体而言，明显呈现了因跨区域跨文化跨语际带来的异质性、边缘性、混杂性的特点——一种既不同于大陆原创的大陆文学，也不同于所在国家和地区的主流文学，而成为霍米·巴巴和爱德华·W.索雅所说的"第三文化空间"文学。而要对这样一种带有"第三文化空间"性质的文学史料进行收集、整理和研究，光是运用传统的"中国文化"定义就不免力绌难支，需要借助"文化中国"这个概念。因为相对"中国文化"来讲，"文化中国"自然更具弹性和包容性。借助后者这个概念，它不仅能将这些史料蕴含的带有文化基因性质的中国元素概括出来，而且还可从中寄托对民族继往开来、实现与人类进行文化大同的浪漫想象。而抓住了这一点，也就抓住了世界华文文学史料的特质及其本质性的文化蕴涵，不啻找到了全球华人社会的一个最大"公约数"。

作为中国文学（同时也是世界文学）特殊而又重要的组成部分，世界华文文学从发轫到现在已逾百年，至今已有不少的积累，现在是可以而且应该进行"历史化"了；而"历史化"则离不开史料的支撑，是需要进行"史料学"建设，这

---

① 张武军：《新史料的发掘与抗战文学史观之变革》，《中国现代文学研究丛刊》2010年第2期。

也是学科发展的一个规律。中国古代文学之所以在近十多年来出现"新展拓",其中一个重要原因就是将史料研究的视野由过去的中国扩展到东亚乃至世界,"除出土史料、电子史料以外,域外史料,特别是域外汉籍日益受到重视"。因此东亚视野、域外汉籍与汉文化圈,不仅成为中国古代文学与世界汉学研究的一个新路径、新动向,而且还在诸多方面和问题给该学科研究带来了冲击和影响①。源于中国及重视史料在这方面拥有丰厚积累的古代文学尚且如此,那么,作为20世纪全球化产物并与之息息相关的世界华文文学学科,就更应该开放视野,在这方面自觉地进行跨界越疆的史料建设了。

近年来,有人针对过于空泛的理论化研究,提出"世界视野与文化还原"的"双构性"主张,认为只有将"全息"作为"还原"的重要方法或手段,才能成就"大国气象的学术","实现一种有根的生成,有魂的创造"。② 我们重视大陆以外的台港澳及海外其他国家和地区华文文学史料,从中国学术和学科建设角度来讲,目的就是在此基础上,提出新的理论命题和思考方法,打破地域、文化和语言的拘囿,建立世界眼光。实践表明,异域史料的引进是建立世界眼光的重要条件。"用外国的、世界的东西来论证中国的情况,这对于坚守'夷夏之防',笃信'非我族类,其心必异'的国学传统而言,确实具有革命性的意义。"③不仅如此,而且还可从海外汉学研究那里,借鉴和吸纳为我们所欠缺的普遍重视史料的收集、整理和汇编,汇通文史的学术理念和修为④。也许是与整个大环境有关吧,迄今有关的世界华文文学研究"重论轻史"乃至"以论代史"的倾向也是相当突出的,且概念术语特别多。这种情况的出现虽然有其必然性和合理性,不能简单地一概否定,但毕竟有违正常的学术之道。随着整个学科推进和学术转型,它的弊端和不适已日益明显地暴露出来,现在是到了反思和调整的时候了。在环环相扣而又赓续发展的文化链上,我们不能只享受前人馈

---

① 参见张伯伟:《中国古代文学研究的新展拓》,《文艺理论研究》2013年第4期。

② 参见杨义:《老子还原》,中华书局2011年第5页;杨义:《现代中国学术方法综论》,《中国社会科学》2005年第3期。

③ 叶舒宪:《人类学"三重证据法"与考据学的更新》,《书城》1994年第1期。

④ 如伊藤虎丸、北冈正子的日本汉学研究,就编纂出版了《创造社资料汇编》、《摩罗诗力说材料来源考证》等,而李欧梵受费正清和史华慈等前辈的影响,像《上海摩登》等有关研究,也都贯穿和体现了文史兼备的学术路向。

赠的史料成果,而且也应该为后人留下研究这一时期世界华文文学的第一手史料,这亦是我们的一种历史责任。

二、世界华文文学史料存在及主要类型

严格地讲,世界华文文学史料工作在 20 世纪 80 年代初该学科草创之际就启动了,经过海内外诸多学者的共同努力,现已取得了一定的成就。但由于在相当长的一个时期内对外处于隔绝的状态,造成了史料工作的迟缓滞后和不少历史性的误解,它反过来影响了有关这方面的研究和学科发展。因此有必要提到学科建设的"战略调整"的高度给予重视和调整。

这里所谓的建设,包括常规的史料搜集、汇编、钩沉和整理,同时也包括对有关特殊史料的抢救。作为 20 世纪诞生的一个新兴学科,作为只有起点而没有终点、正在"现在进行时"的一种现代史料形态,不少华文作家或学者本身就是一部活字典和图书馆(他们其中不少人,本身就是华文文学的参与者或见证人)。所以,在借鉴版本学、目录学、校勘学、辑佚学、考据学等传统史料方法进行文字史料编纂、实物史料收集的同时,如何运用访谈、录音与录像等现代手段,对其重要而又稍纵即逝的有关史料进行突击性抢救,开发口述史料,这个问题就显得不无重要和必要。而正是在这方面,我们的研究存在着"历史性的欠缺"。迄今为止,虽然出版了一些选本、选集与丛书,如中国友谊出版公司的涵盖诸文体的《台港澳暨海外华文文学大系》,鹭江出版社的《东南亚华文文学大系》,作家出版社的《澳门文学丛书》,黄继持、卢玮銮、郑树森主编的《香港文学大事年表》(1948—1969),王金城、袁勇麟主编的《中国当代文学编年史·港澳台文学卷》(1949—2007),以及《世界华文文学研究年鉴·2013》①等等。但毋庸讳言,总体成果是薄弱的,尤其是整体性综合性史料的整理与编纂,更是

① 《台港澳暨海外华文文学大系》,中国友谊出版公司 1993 年版;《东南亚华文文学大系》,鹭江出版社 1995 年版;《澳门文学丛书》,作家出版社 2014 年版;黄继持、卢玮銮、郑树森主编:《香港文学大事年表》(1948—1969),香港中文大学出版社 1996 年版;王金城、袁勇麟主编:《中国当代文学编年史·港澳台文学卷》(1949—2007),山东文艺出版社 2012 年版;《世界华文文学研究年鉴·2013》,《华文文学》增刊,2014 年版。

如此。相比之下,台港及东南亚同行,较大陆就作得要好些。他们那里,在 20 世纪五六十年代,就曾出版有新加坡的方修主编的《马华新文学史稿》、《马华新文学大系》,香港的卢玮銮整理的 1937—1950 年间约三百位在港中国文化人的资料等;至于近二三十年来则更多,规模较大或较有影响的,就有陈信元总编的《台湾文坛大事纪要》(1992—1995),余光中总编辑、李瑞腾主编的《中华现代文学大系(台湾 1989—2003)》,吕姿玲主编的《台湾文学作家年表与作品总目》(1945—2000),郑明利总编的《当代台湾文学评论大系》,简政珍、林耀德主编的《台湾新世纪诗人大系》,香港青文书屋的《香港文学书目》、邓骏捷编的《澳门华文文学研究资料目录初编》①等一批。只是由于各种原因,大多尚未进入大陆。

世界华文文学史料是一个庞大的题目,至目前为止,它基本处在自发的、零散的状态。世界华文文学学科"历史化"及"史料学"的建设,就意味着我们需要改变过去各自为政的作法,将史料工作纳入协同创新的体系当中,使之组织有序,与整体华文文学研究协调一致。这无论对个体的史料工作者还是对整体的华文文学史料来讲,应该说都是利大于弊的。我们无意要求大家都去搞文学史料(这不可能,也没必要),但从学术研究和学科建设的角度讲,无疑希望起码有部分华文文学学者转变意识,从原来的"理论化"路径那里抽身退出,专心作史料搜集整理这类案头工作。

那么,整体意义上的世界华文文学史料到底包含哪些内容和方面?或者说,世界华文文学史料的整体性、系统性体现在哪里?这当然是很复杂的,也可作多样不同的分类。但按照"文化中国"的理念,就史料存在形态来看(而不是依史料文体来划分),我以为至少包括以下七方面内容或七种类型:

(一)海外移民与留学生文学史料。包括 20 世纪 50 年代以前的早期华人

---

① 陈信元总编:《台湾文坛大事纪要》(1992—1995),中国台湾文化建设委员会 1999 年版;余光中总编辑、李瑞腾主编:《中华现代文学大系(台湾 1989—2003)》,台北九歌出版社 2003 年版;吕姿玲主编:《台湾文学作家年表与作品总目》(1945—2000),台湾图书馆 2002 年版;郑明利总编:《当代台湾文学评论大系》,正中书局 1993 年版;简政珍、林耀德主编:《台湾新世纪诗人大系》,台北书林出版公司 1990 年版;《香港文学书目》,香港青文书屋 1996 年版;邓骏捷选:《澳门华文文学研究资料目录初编》,澳门基金会 1996 年版。

移民和留学生的文学史料,也包括於梨华、白先勇等五六十年代从台湾出去的一批留学生的文学史料,还包括查建英、苏炜、曹桂林、卢新华、严歌苓、张翎、虹影、严力、北岛、高行健、陈谦、陈河等改革开放后从大陆出去的新移民的文学史料。关于新移民文学,近年来已有不少论文甚至论著,研究生中以此为选题的也有很多。据中国知网统计,截至 2013 年底,大陆有关新移民文学的博士论文为 33 篇,硕士论文为 225 篇(其中以严歌苓为选题的为 128 篇)。但它们基本都是"理论阐释"的一种研究,真正着眼于史料收集、整理与研究,迄今为止似尚未有之。关于台湾留学生文学的史料,在大陆与台湾学者的共同努力下,已有一些积累,但情况仍不够理想。而早期华人移民和留学生的文学史料,相比之下,就极为薄弱,在"理论"与"史料"两方面都处于失衡的状况。但恰恰是这一部分的文学史料对于研究中国近现代文学乃至历史政治具有深远影响。众所周知,肇自清朝末年开始,中国就开始了第一次移民潮和留学潮,五四新文化运动的一批大家大都具有留洋经历,其文学思想和主张早在留学时期就已形成,其文学活动在海外留学时期就已展开。这部分文学史料的缺失,对于全面正确理解现代文学具有重要作用。需要指出,留学和移民现象伴随着整个 20 世纪的历史进程,留学与移民之间往往有着紧密的互动,呈现阶段性的特点。早期华人移民以巨大的爱国热忱支持了中国近现代的革命运动,早期留学生大都学成归来报效祖国,推动了中国现代性的进程。20 世纪中期之后,留学生中的一部分由"留学"变成"学留",转变为移民身份,以他们的实际成绩充实并提升了海外华文文学创作乃至海外汉学成就,成为"中国文化"在海外的代言人。

(二)海外汉学与其他有关中国文学研究的文学史料。海外汉学是一个枝蔓庞杂的系统,它遍及美、英、法、德、捷克、俄、日、韩诸国,粗略可分成"纯粹"和"土俗"的两类:前者,如高本汉、普实克、宇文所安、马悦然、顾彬等土生土长的海外汉学;后者,如夏志清、李欧梵、刘禾、奚密等,原本是中国人,后来移居到海外,并从事汉语文学和文化研究。① 按照台湾学者陈珏的观点,海外汉学在几个世纪的发展中,先后经历了由"传教士汉学"到"学院派汉学"、由欧洲

---

① 张学昕:《海外汉学、本土批评与中国当代小说》,《中国现代文学研究丛刊》2014 年第 10 期。

"东方学"到以美国"区域研究"的二次"典范大转移";再过十五到二十年,还将会从欧美返回到东亚的第三次"典范大转移"。① 现在大陆有关这方面的研究成果已有不少,以致出现了某种"虚热"或被人所诟的"汉学心态"。但真正扎扎实实的史料工作则还是不多,尤其是美国夏志清一脉之外的东欧布拉格学派、苏联以及日韩等东亚汉学——也就是杜维明所说的"第三个意义世界"史料的重要组成部分,除了张柠、董外平编选的《思想的时差·海外学者论中国当代文学》②中所收的除美国外的德国、荷兰、丹麦、加拿大、斯洛伐克、日本、韩国等论文外,整体几乎处于空缺状况。这需要加大力度去收集整理,当然它对我们这几代在封闭或半封闭语境下接受教育的学者来说,难度是不言而喻的。真正比较合适的,当属在开放背景下成长的年轻一代,或者像王德威这样从台北到美国,频繁地活动于海峡两岸、东南亚和西方,有着良好的东学和西学素养并会运用双语写作的学者。目前似乎还没有到时候,它更多只是一种理想的构想。

(三)台湾体制性史料。这是指国民党败退台湾以后特别是"二蒋"(蒋介石、蒋经国)时代的文学史料,情况比较特殊。它与其他世界华文文学史料不同之处在于,因为得到台湾制度的支撑,不仅带有强烈的政治意识形态色彩,而且成为所在地区主导性的史料而显得颐指气使,处于史料链的最高端。具体主要由政治化政策化的讲话、文告、禁令、运动、思潮、评奖等史料组成。如台湾20世纪五六十年代"二蒋"的讲话、禁书令及"战斗文艺"思潮等,名目纷繁,俨然成为一个体系。有必要指出,台湾上述的这套体制性史料早在20世纪三四十年代的大陆就有,只不过五六十年代更加周密更加严厉,它显然包含了蒋介石总结大陆文艺统治失败的教训之含意。因此,其史料整理和研究,就有一个考镜源流以及与"民国文学"的参照对比的问题。现在社会和学界不少人对此不甚了解,在讲文学与政治关系时,往往只讲大陆十七年文学"一体化",殊不知同时期的台湾也不例外,甚至有过之而无不及。从这个角度讲,收集和整理台湾体制性史料,不仅对评价台湾当代文学,而且对打通和整合海峡

① 兰平:《汉学"典范大转移"与"新汉学"的来龙去脉——陈珏教授访谈录》,《文艺研究》2014 年第 10 期。

② 张柠、董外平编选:《思想的时差·海外学者论中国当代文学》,北京大学出版社 2013 年版。

两岸中国当代文学,探讨其内在的文化性格,也有历史意义和参考价值。

(四)文化传媒与文学教育史料。这是海外华文文学史料不可或缺的重要组成部分,它也是对百年来置身海外的华人自办华文传媒(主要是报纸和刊物)和华文学校,以此来坚守和传承传统文化血脉的一个反映和概括。有关这方面,东南亚是比较突出的,可资挖掘的史料也最多。近年来,在整体文化和学风的影响下,它也逐渐引起了人们的关注。仅国家社科基金和教育部立项的研究项目就有多项,如"东南亚汉文报刊小说文献整理与研究"(李奎)、"华文文学的跨语境转型研究暨史料整理"(颜敏)、"中国大陆当代小说在英语世界的译介、传播与接受"(王西强)、"台湾地区当代文学在美国的译介、传播与研究"(张曼)等。尽管是初步的,刚刚启动,但毕竟迈出了可喜的一步。相比之下,文学教育史料就显得较为薄弱。其史料编纂,以前仅靠当地华人社团、华文学校的力量,近些年来在国家有关部门的支持下,已开始开展了国际合作。此所谓的文学教育史料,涵盖教育理念、课程体系、教科书(主要是文学史、作品选等教学参考书),并与社会实践、课外活动、社会就业、继续深造等结合起来,还要旁涉与所在国家或地区文化教育的协调与对接。时空和行业的阻隔,要获取这方面史料的确不易。当然,它也由此给华文文学如何进行跨文化跨学科研究,探寻文学与教育之间的内在关联,提供了"根源性"的支撑。在这方面,笔者十年前在马来西亚华人办的新世纪学院教学实践,以及与马来西亚、新加坡学生到浙大就读的亲身接触和体验,对此倍有所感。由之观之,这些华文教育史料的发掘,它的意义已超越了文学与教育本身,而带有深挚的民族文化认同的意味。

(五)重点作家与作品、各种思潮、文体与流派、评论与评奖等史料。它既包括上述的台港澳及海外移民与留学生文学史料;也包括作为"他者"对中国文学评判等史料,体量是很大的。前者,如港台梁羽生、金庸、古龙、黄易、温瑞安等的武侠小说,琼瑶、亦舒、岑凯伦、梁凤仪等的言情文学,它们与报纸出版物之间的关系——像金庸的武侠小说大多先在香港《新晚报》、《明报》等报纸上连载出版的"刊本"和各种单行本,然后于1970—1980年进行修改出版成书的"修订本",再于1999—2006年对"修订本"再次修改的"新修本";从最先在报纸上发表的作品,到后来见到的"修订本"、"新修本",这之间如何修改及其评价,需要借鉴版本学、校勘学和现代图书情报等,进行综合式研究。后者,如大家熟知的高行健、莫言有关诺贝尔文学奖评奖史料——我们现在没有给予及时和客观的翻译:莫言获奖的颇具政治意识形态色彩的"授奖词"被媒体简化平面为对"幻想现实主义"艺术的赞赏;高行健的获奖代表作《灵山》因某些原因在大陆至今没有出版。这里,需要特别提及的是量大面广的古体诗文史料,从台港的台静农、苏雪林、董作宾、罗家伦、张大千、饶宗颐,到新加坡的潘受、张济川、欧美的萧公权、蒋彝、顾毓琇、周策纵、叶嘉莹、张充和,以及遍布世界各地的众多诗词社团(如马来西亚的大马诗社、美国的四海诗社)等,他们的创作不仅是对大陆旧体诗文的重要补充,而且也为我们研究在全球化背景下炎黄子孙深层文化心理提供了形象的依据。因此,也应该占有一席之地。

(六)专题性史料。如蒋介石日记,因蒋在20世纪百年历史上的特殊身份和地位,也因其中包含丰富复杂的历史文化内涵,自2006年在美国公布以后,事实上已对海峡两岸文学创作和研究(尤其是抗日战争文学创作和研究)产生了相当大的影响,是应该而且需要纳入华文文学史料视野进行研究;尽管因各种原因,只公布了一部分,大陆也只摘录出版了一部分。又如阎连科的《四书》、《为人民服务》、《丁庄梦》,余华的《十个词汇里的中国》等,因各种原因一时或无法在大陆出版,而转向海外出版的有关作品(其中大多经修改,后来又在大陆公开出版),它们在海外的出版、发行和接受,又是如何修改的等等,均可作为史料来收集,进行比较分析和研究。甚至包括刘再复、李泽厚等移居国外的有关著述、讲话与学术活动等,他们在西方文化大背景下,如何以"自由知识分子"的身份与中国文学对话,这种对话较之以前有何变化,它与外在语境包括文化交流、文学阅读、文学生活等有何关联,凡此种种,也不妨可作专题史料进行探讨。

(七)实物性史料。主要是指分散在世界各地图书馆、博物馆、文学馆或某某中心机构中的华文文学史料,包括手稿、录音、录像、遗物等。对这些馆藏的实物性史料进行整理和研究,为华文文学史料建设提供实体性的场所与平台。如台湾的"世界华文文学资料典籍中心",香港的"香港文学研究中心",美国哈佛大学的"费正清中国研究中心"和斯坦福大学胡佛研究所"中国现代史档案馆"等。它们由于地缘等原因,在史料收集方面具有为大陆及其他国家和地区所没有的独到优势,其中有的还具重要的史料价值,甚至可称得上是珍稀史料。像"费正清中国研究中心"和"中国现代史档案馆",除了蒋介石日记外,还收藏了不少"文革"时期小报、地下刊物等。而这,恰恰是大陆所没有的。关于这一点,下文还要谈及,此处不赘。

从以上不无粗糙的分类介绍可知,世界华文文学史料无论在文化背景、思想资源还是在生成方式、具体形态等方面,较之中国大陆现当代文学史料都不尽相同,具有自己的特点。因此,它虽然与现当代文学史料具有血缘的关系——某种意义上,它的发展直接受孕于现当代文学,特别是从事这方面研究的大陆学者,大多是由现当代文学那里"转行"而来,或者至少都有现当代文学的学术背景,但我们却不应该也没有必要按照现当代文学史料标准对它进行分类和衡估。当然,这是就总体而言,其实世界华文文学史料内部十分复杂,其所属的每个类型都是一个世界,往往又可分为若干个子系统。限于篇幅,我们在分类时就未及细析。另外,还有口传文学、影像文学、网络文学、双语写作以及杜维明所说的"第三个意义世界"等其他很多史料,囿于积累,这里也只好暂付阙如。尤其是"第三个意义世界"史料,这是杜氏"文化中国"概念中最具个性和歧义,也是世界华文文学史料工作最难、最欠缺的一部分。它的"跨语种"的搜罗、整理工作,不仅对我们现有文学史料观念,而且对今天史料工作者的知识结构提出了挑战。这也说明,要真正作好"世界华文文学史料"工作,必须具备与之相适的"世界性"的思维眼光和学识。

三、关于观念性思维和实体性机制的思考

世界华文文学史料发展到今天,实属不易。它虽不能令人满意,但毕竟迈出切实的一步,已开始引起了人们的关注。面对这种状况,除了呼吁社会各界给予重视和支持外,目前我们需要作的,关键在于总结以往史料工作的经验教训,根据现实的新情况,努力探寻解决的问题、方法与路径,尽量祛弊趋利,少走弯路。

那么,对于现实和未来的世界华文文学史料来说,它的突破和发展之路到底在哪里呢? 最迫切需要解决的问题是什么呢?

首先,最重要的,我认为是在继续强化史料意识的基础上,构建并确立与华文文学存在相适的跨区域跨文化的"大史料观"。世界华文文学史料的意义

和价值在于"跨",它的特点和魅力也在于"跨"。这种"跨",使它超越了狭隘的"政治中国"的视角,不仅为我们提供了既不同于此又不同于彼的一种新型史料形态,而且还为我们观照和把握在全球化语境下"文化中国"的丰富存在提供了坚实的事实支撑。从这个角度讲,将世界华文文学史料看成是中国现当代文学在大陆以外的拓展和延伸,是不准确、不妥当的,它带有某种的"等级制"或"中心论"的痕迹。过去,大陆学界往往看不起港台及海外的通俗文学史料,除了政治意识形态因素外,都可从中找到原因:这就是没有看到进入 20 世纪以后,随着社会文化开放与族群迁徙交流,中国文学不再像以往那样固守原有民族地域作纵向承续,而是向横向空间拓展落地生根,而出现了为以前所少见的"双重传统"("中国文学传统"与"在地文学传统")构成的模糊区或间性杂色的状态。著名历史学家葛兆光教授近年提出了"中国文化复数性"的概念,他认为中国传统文化经过几千年不断的融合、凝固与叠加,已形成了复杂性、容摄性与开放性的特征,不宜将其简单窄化或等同于"儒家一家之学"。① 如果说"中国文化复数性"早就存在于历史,那么在进入 20 世纪以后,随着全球化的推进,这种"复数性"的特点就得到了更突出更充分的表现。反映在世界华文文学领域,可以说,有多少个跨区域跨文化的"在地性",就有多少个文学史料的"复数性"。从这个意义上讲,我认为世界华文文学及其史料研究,重心应调整到对"在地性"上来,而不能拘囿于固有的"中国文化"视域。这里所说的"在地性",是指华文文学由中国向世界外延被赋予的带有"人文地理学"意义的"异域"本土文化传统,包括其所在国家或地区的政治、经济、历史、教育、传媒在内的整体文化生态,这是一个立体复杂的系统工程。

有位研究华文文学的学者在最近一次会上强调指出:现在世界华文文学史料工作,只是刚刚启动,如再推进,就要触及而且也应该触及史料"所在地"的历史文化。他以马来西亚为例,指出在那里,华人命运以及华文创作与当地的"马来亚共产党"(简称"马共")的历史有关,要再深入一步,就须收集"马共"的有关史料。而这,在当下无疑是极具难度也是十分重要的工作,它需要得到当地的华人作家甚至包括政府部门的积极参与和大力支持。光凭一般的史料工作者尤其是大陆的史料工作者的个人努力,是不可能,也是不现实的。为

---

① 葛兆光:《注意"中国文化的复数性和典型性"》,《北京日报》2014 年 9 月 22 日。

此,他认为在研究散居世界各地华文文学的"华人性"或"中国性"时,有必要引进克利福德·吉尔兹的"地方性知识"的观念和方法,并据此提出了"对不同国家、地区和个体的华人不同的'文化与生存境遇'应给予充分的理解、同情和重视","对文学分流及其形成分流的诸种个性化、历史性和脉络性因素予以充分的关照"等有关主张。① 这是颇有见地的,它的确也打中了当下华文文学及其史料工作的症结所在。

当然,这样说绝不意味着否认或切割世界华文文学与中国大陆母体文化之间的血缘关系。应该说,在这个问题上,近年来是有分歧的。海外有的学者,在批评大陆学界固有封闭僵硬思想观念时,就程度不同地表现了这种倾向。如美国的史书美,她在近年来提出的"华语语系文学"概念,不仅以充满批判性的立场,挑战"大陆本位",而且还带有某种剥离乃至"去中国性"的意味。因为按照她的这一概念的预设,中国大陆(汉语)文学与大陆以外华语文学是对立的,并且随着"世界华文文学研究的膨胀跟中国的全球化抱负如影随形",它如同当年法国对法语语系一样,已带有某种殖民扩张的官方观念。因而,她就将其视为"空洞能指",排除于"华语语系文学"之外②。史书美此说,隐藏着巨大的学术空间,为我们审视世界华文文学提供了尖锐而又新颖的批评视角,③但她对"中国大陆"华文文学进行排拒,这又表露了其理论存在的捉襟见肘乃至偏狭。说实在的,如果将"中国大陆"这一最大载体的华文文学(汉语文学)也排除于"华语语系文学"之外,这样的理论又有多大的说服力、生命力呢?其最终结果,不仅会造成华文文学空间的缩小,而且也将导致其理论话语的自戕,这自然不是包括海外学者在内的世界华文学者愿意看到的结果。

事实上,正如不少学者所说:由于历史与现实的原因,在世界华文文学纷纭复杂的体系中,中国大陆文学与海外华文学虽不能也不是简单的"中心"与

---

① 即指福建省社科院的刘小新研究员,这是他 2014 年 11 月 2 日在南京第三届"21 世纪世界华文文学高峰会议"上的发言,笔者当时在现场。引文见他提交的会议论文《在大同诗学与地方知识之间》。这里未经他同意引用发表,在此向他表示歉意。

② 史书美:《反离散:华语语系作为文化生产的场域》,《华文文学》2011 年第 6 期。

③ 王德威对"华语语系文学"作了较多的辨析,参见王德威:《华语语系文学:边界想像与越界建构》,《中山大学学报》2006 年第 5 期,王德威:《"根"的政治,"势"的诗学——华语论述与中国文学》,《扬子江评论》2014 年第 1 期。

"边缘"的从属关系,但中国大陆文学的确一直在扮演和发挥着世界华文文学"本根"和"源头"的作用,这是无可争辩的客观事实。这自然与中国作为一个大国的崛起和文化输出意识的增强,不无相关。就拿新移民文学来说,尽管他们在题材上已突破了传统的"中国文化"或"中国性",亦即所描写的生活已经由中国扩展到了世界各地,但就其文化取向来看,"仍然是中国的而非西方的",更不用说新移民小说的多数作品是以作者所经历或了解到的国内生活为创作素材,它首先是写给国内的读者看的,并基本都是在国内出版的,用毕光明的话来说,就是"它同中国当代文学的粘连性远远高于它作为海外写作的独立性"。故他主张将新移民文学从海外华文文学史那里"离析"出来,当作是新时期文学的"离境写作",而纳入"中国当代文学史"的范畴①。陈思和在1999年出版的《中国当代文学史教程》中,就较早用专章的形式对之作了"史"的归整②。即使是与"中国文化"较为疏远的海外汉学,它的外部"他者"的观察视角,在对中国文学"有独到发现"的同时,也存在着明显的"隔雾看花"、"隔靴搔痒"之弊。这亦从另外一个角度说明"中国文化"的独立存在和价值。在世界华文文学研究问题上,我很赞成张隆溪提出的打破内外、互动综合、互为补充的观点:"要真正了解中国,就必须从不同角度看,把看到的不同面貌综合起来,才可能接近于真情实貌。换言之,汉学和中国本土的学术应该互为补充,汉学家不能忽略中国学者的研究成果,中国学者也不能不了解汉学家的著述……只有这样,我们才可能奠定理解中国及中国文化坚实可靠的基础,在获得准确的认识方面,更接近'庐山真面目'。"③那种因强调"国际视野",而排拒"本土性",即所谓的"外来和尚会念经"的"汉学心态",抑或将"文化中国"与"中国文化"截然对立的说法,同样是不可取的。

探讨现实和未来世界华文文学史料的突破和拓展,还不能不提及文献史料收藏和管理的组织机构。这里所说的组织机构,主要是指博物馆、图书馆、文学馆及某某资料中心等。世界华文文学史料比较特殊,它散布于全世界,量

---

① 毕光明:《中国经验与期待视野:新移民文学的入史依据》,《南方文坛》2014年第6期。
② 详见陈思和主编:《中国当代文学史教程》第二十一章第三节,复旦大学出版社1999年版,第357—359页。
③ 张隆溪:《中国文学和文化的翻译与传播:问题与挑战》,《光明日报》2014年12月15日。

大面广,且往往与居住国家和地区政治文化纠缠在一起,获取特别艰难不易,需要凭借居住国家或地区政府及群体的力量,方能提供一个坚实的平台。中国大陆从 1982 年在暨南大学召开首届台港文学学术研讨会开始,就十分重视华文文学史料的搜集工作,并有组织有计划地启动了史料建设,包括有关的文学总书目、文学期刊目录、报纸文学副刊目录、文学活动大事记、作家辞典、研究论文索引,以及各国各地区的作品总集、各文体作品选、著名作家文集等。但由于思想观念和经费等原因,加上渠道不通畅,除北京的中国现代文学馆收有台港澳及海外华文学史料(据统计,在中国现代文学馆 65 万件馆藏中国现当代文学史料中,也有相当数量的华文文学史料,目前已建海外华人作家文库 13 个,接受捐赠文物文献史料的海外华人作家有 100 多位,海外华人文学社团及机构 20 多家①),以及暨南大学、厦门大学、福建师大、汕头大学等建有台港澳及海外华文学资料中心外,总体情况并不乐观,推进也比较缓慢。许多华文文学史料不是收藏在各大图书馆,而是天女散花般流落在民间个人的手上,不能发挥它应有的作用。一位学者在回忆大陆华文文学史料时曾不无感慨地说,当年"要在图书馆觅得一本境外的文学读本,可能比自费去新、马、泰的旅游还要困难",研究者的史料大多是靠境外朋友所送,以至出现"个人收藏的要超过国家图书馆"这样一个极为吊诡的现象,他们基本就是在这样一个知之甚少的情况下才进入研究的②。这里,虽然讲的是 20 世纪 80 年代以前华文文学史料情形,到今天已有所改善,但不能说有根本性的改观,史料的问题仍然是成为制

---

① 据中国现代文学馆有关网站显示:到 2013 年底为止,该馆馆藏的总图书为 394122 册;另有报刊 159161 册,手稿 28155 件,信函 28480 封,书画 1918 幅,实物 5061 件,照片 24727 张,特藏 306 件,视频 3829 段,音频 639 段等。所有这些,加起来总数是 646398 册(件),即 65 万册(件)左右。而港澳台及海外华文学馆藏数,该馆并未给出具体的统计数据。但据 2012 年 6 月 29 日新闻稿报道:"近年来,文学馆在倾力建造'海外作家文库'中,得到了许多海外作家的响应,他们捐款捐物,给予了极大的帮助。目前文学馆已建海外华人作家文库 13 个,接受捐赠文物文献资料的海外华人作家有一百多人,海外华人文学社团及机构有 20 家。"当时文学馆将已收到的捐赠资料作了陈列,展品涉及"60 多位台港澳及海外作家,还有部分海外华人文学社团及机构捐赠的手稿与实物 200 多件,图书版本 1600 多册",等等。

② 参见李安东:《流水不腐,户枢不蠹——世界华文文学研究中若干问题讨论》,《复旦学报》2003 年第 5 期。

约目前大陆馆藏机构的一个"瓶颈"。丰富的馆藏是从事华文史料工作的基础。如果没有在"实体性机制"上有根本的改观,光是研究者"观念性思维"的突破,显然是不够的,它是无法真正摆脱"以有限史料作无限批评"的窘迫困境,更不要说将华文文学研究和学科进行历史化、经典化了。职是之故,如何组织和联合海内外学界同仁,通过各种行之有效的措施,特别是现代网络开放快捷的方式、通道与路径,很好地利用和发掘资源,共同建立一个完备的世界华文文学史料库,使之成为华文创作与研究的"共享平台",这个问题就显得日益迫切和重要。

台港及海外一些地方的作法,在这方面就可资借鉴。如香港中文大学中文系于 1999 年在该校图书馆建立"香港文学资料库";2001 年 7 月,还成立了"香港文学研究中心",该中心主要工作是将日渐散佚的香港文学资料,作系统性整理和研究,并制定了 9 项长短期工作目标。近几十年来,台湾地区有关筹设文艺资料中心的呼吁一直也没有停止过。1993 年 9 月,台湾地区曾召开"现代文学资料馆"第一次规划小组会议,宣布初步的规划及发展目标。1998 年,台湾世纪大学"基于文史资料保存及华文文学推广之实际需要",还成立了"世界华文文学资料典籍中心"。据有关材料介绍,该中心初拟有四个子计划,目前已收藏有台湾"世界华文作家协会"捐赠的该会所有档案、图书及作品,还希望借此扩大搜集全世界其他华文文学组织的档案、资料、私人收藏的著作及作家作品,使之成为台湾地区乃至全世界收集海外华文文学史料最完备的中心①。台港虽然没有大陆现代文学馆这样集博物馆、图书馆与档案馆为一体,规模较大而又颇具权威性的组织管理机构,但从重视的程度及其总体情况而言,应该说是走在大陆的前面。他们提出并正在实施的有关史料建设规划,也值得我们重视。

世界华文文学是根源于"中国文化"的一种跨区域跨文化甚至是跨语种的文学,也是与中国现实国情和整体推进血肉与共的一种新型的文学。可以预期,随着中国外部社会文化生态的变化,随着孔子学院及汉语教学在全球的普

---

① 以上有关台港华文文学史料机构部分文字描述,引自袁勇麟:《世界华文文学史料学的回顾与展望》,《甘肃社会科学》2003 年第 1 期,特此说明,并向作者致谢。

及和推广①,世界华文文学必将在现有基础上有进一步拓展。当然,在推进的过程中它必将会遇到许多新情况和新问题,包括"中国文化"的中国性与在地性、同质性与多样性、文化身份与现实语境、汉语写作与非汉语写作关系等等。现成的答案自然是没有的。但只要立足中国当下现实,而又秉持开放的国际视野,我们完全有理由相信,它是可以找到自己的发展路径的。未来世界华文文学及其史料发展,也许就在对这些"关系"的动态的把握之中。

(载《文艺研究》2015年第7期)

---

① 据 2014 年 12 月 7 日召开的第九届全球孔子学院会议发布信息,现在中国在全球 126 个国家和地区合建立起 475 所孔子学院、851 个孔子课堂,累计注册学员 345 万人。有 61 个国家和欧盟已将汉语教学纳入国民教育体系,全球汉语学习者已达 1 亿人。参见马跃华:《紫气东来再扬帆——第九届孔子学院大会侧记》,《光明日报》2014 年 12 月 10 日。

当代文学研究应该与如何"及物"
——基于"文献"与"文本"的一种解读

近年来,中国当代文学研究领域的一个显著变化,就是在追求立体多样的同时出现了如当年王国维所说的"扫除空想,求诸平实"①的某种态势。愈来愈多的研究者认识到,光是简单横移西方的理论不仅不接地气,而且也不利于自身学科的发展和建设。于是,当代文学应该与如何"及物"这个问题提出来了,它昭示我们现阶段当代文学研究在走出"理论之后"所面临的新的状态、新的抉择。

"及物"原本借用自英语语法概念(如"及物动词"),故而以语言学、语用学研究为主。但"及物"(或"不及物")作为一个特定的学术概念,最早源于罗兰·巴特在1966年的一篇演讲词《写作:一个不及物的动词?》,该文认为,现代语言学背景下的动词"写作"在语态上是中性的,即不全是"及物"的,其"不及物"的表现在于写作不只是写故事,写人和物,写作也是作者参与其中的一个行为,因为他放置和安排词语,达到一定的效果,而且故事中的人和物离开了写作并不能够单独存在。注意罗兰·巴特用了一个"问号",意谓在此文中他的立场是比较中庸的,说写作不全是"及物",也可以说不全是"不及物"的。而依据结构主义的一般观点,强调的是写作的"不及物"性:词语并不是现实世界,它与世界没有一对一的关系;强调写作的"不及物"性就是强调文学不是反

---

① 这是王国维对自己学术方向变化的一个概括,他在给沈曾植的信中说:"国维于吾国学术,从事稍晚。往者十年之力,耗于西方哲学,虚往实归,殆无止语。然因此颇知西人数千年思索之结果,与我国三千年前圣贤之说大略相同,由此扫除空想,求诸平实。"见王国维:《致沈曾植》,《王国维全集》第15卷,浙江教育出版社2010年版,第68页。

映世界的,这里的"物"指客观世界。① 罗兰·巴特在其他著述中也都贯穿这一思想,不同的只是更突出,这一篇反而有所克制。这也是文学研究"及物"的本义吧。不过,就目前中国当代文学和文艺学研究来讲,我们更多使用的是它的引申义而不是其本义。前者,在诗歌研究领域居多,主要偏向于指称那些属意于现实的抒情风格,本意是说诗学研究要冲破语言的幽闭,关注"词"与"物"之间的密切关系,强调对此在、现时世界的关注,如罗振亚有关当下诗歌的研究②;后者,如有学者曾提出"文化研究在何种意义上是及物的",认为真正的文化批评在方法上要"包容社会学与心理学的双重视域,并在文化实践的具体性和历史性中生发问题意识、生成理论实践性"③,在"文学理论的创新与文论教学"及"文化批评"有关讨论时,都有较多的涉及,作为其中的一个重要问题或关键词提出。④

本文使用的"及物",是属于引申义的,带有一定的喻指性,具体包含"文献的及物"与"文本的及物"两层含义。所谓的"及物",其意是指文学研究不能简单套用西方某个理论或概念,对它进行按图索骥的观念性评判,而是应该建立在"文献史料"和"文学文本"基础之上作合乎文学本义的解析。这与罗兰·巴特有关"及物"的解读有着不同的认知和角度,当然,毋庸置疑,罗兰·巴特强调"写作"在语态上是中性乃至倾向于排贬的观点,也从现代语言学角度为我们评价和审思"词"与"物"的关系提供了方法论的启迪,昭示我们在讲"及物"时不能重返旧现实主义反映论和本质论的老路。当代文学迄今已近七十年,已有不少积淀,现在是可以而且应该进行历史化了,甚至不妨将其当作一门"学问"去作,就像从事古代文学、现代文学研究一样。而恰恰在这方面,我认

---

① 《写作:一个不及物的动词?》是一篇演讲词,1966 年巴特参加约翰·霍普金斯大学的一个研讨会的发言,迄今尚未见到中文翻译。在此,笔者要感谢徐亮教授,他根据英文原文《写作:一个不及物的动词?》(收录于《语言的喃呢》文集),作了一个中文摘要,使笔者借此对罗兰·巴特有关"及物"的理论有一个约略的了解。

② 参见罗振亚的文章:《"及物"及其限度》,《当代作家评论》2010 年第 2 期;《21 世纪诗歌:"及物"路上的行进与摇摆》,《天津师范大学学报》2005 年第 2 期。

③ 孙士聪:《文化研究在何种意义上是及物的——兼评张光芒的"人心文化"命题》,《探索与争鸣》2012 年第 3 期。

④ 参见曾军、苗田:《探索接地气和及物的文学理论——2012 年文艺学研究热点扫描》,《社会科学》2013 年第 1 期。

为如今的当代文学研究是存在着相当突出的问题,这就是受时代虚夸虚浮学风和西方理论存在的强制阐释观点的影响,不愿花工夫去接触文献和贴近文本,从事"实事求是"的研究与研究的"实事求是",而是按照功利实惠的需要,多快好省地拼贴各种主义和复制大量空洞无物而又大同小异的文章。可以这样说吧,文学研究的主观随意与凌空蹈虚已经成为制约当代文学研究的一个重要因素。

上述种种,就构成本文写作的潜在背景。接下来,我想从当代文学研究应该与如何"及物"的角度展开探讨,希望通过有关实例和实证的分析,对目前学界盛行的泛化虚化的现象有所警示和批评,为当代文学研究及其历史化提供的一些思考。每个学科都有自己的属性与特点,也有自己的"问题与方法"。对于由启蒙主义向历史主义转型的当代文学来说,如何借助文献回到现场,通过文本去触摸历史,达到文献与文本互证对话,或者说,如何打破文献与文本二元对立,借助于"文本间性",有效地揭示它们彼此之间的深刻关联,这对于推进和提升其研究层次、规格与水平不无重要。

一、"文献的及物":文学周边与实证性研究的三个方面

文献史料是学术研究的基础性工作,是基础的基础。傅斯年曾经讲过"史学便是史料学",他说:"史学的对象是史料,不是文词,不是伦理,不是神学,并且不是社会学。史学的工作是整理史料,不是作艺术的建设,不是作疏通的事业,不是去扶持或推倒这个运动,或那个主义。""假如有人问我们整理史料的方法,我们要回答说:第一是比较不同的史料,第二是比较不同的史料,第三还是比较不同的史料。"①黄修己在《中国新文学史编纂史》导言中,则从整体结构的角度将文学史分为理论、主体、基础三个层次,所谓的基础层次就是文献史料研究。② 他们的话道出了文献史料的精髓。

可能是与学科的比较"年轻"有关,也与学界流行的"以论代史"的思维理

---

① 傅斯年:《史学方法导论》,江苏文艺出版社 2008 年版,第 1—2 页。
② 黄修己:《中国新文学史编纂史》导言,北京大学出版社 1995 年版。

念影响有关,尽管当代文学文献史料发掘、整理与研究也取得了一些成绩(主要在20世纪90年代以来),尤其是在编年、年谱、日记、书信、口述史编纂与研究方面颇成蔚然之态势;但就整体而言,应当坦率地承认对文献史料"及物"的重要性是缺乏认识的,迄今尚处于自发或自然状态,即缺乏像古代文学那样被大家共同意识到的学术传统和自觉遵奉的工作路径。在这里盛行并得到认同的是古代文学文献史料,"当代"方面的文献史料,正如胡适所批评的,因"不能脱离古董家之习气",则以"不足研究"①,而在实际上是被排斥于研究视域之外,至少是与文献史料是脱节分离的;作文献史料是不受人欢迎的,似乎也没有这个习惯,更没有形成一种赓续的传统。在有些人看来,当代文学只有六七十年历史,离今天太近,有的还与我们处于完全同构的状态,未经历史化,因此对其文献史料以及固有价值往往持怀疑态度,以致直到今天,认为"当代文学无文献史料"、"文献史料无用论"仍有相当的市场。其实,当代文学文献史料虽不同于古代文学、现代文学而具有自己的特点,但它作为当代生命轨迹的印记,对穿越历史、还原当代文学丰富复杂的存在具有重要意义。无论如何,强调对文献史料的尊重、基于文献史料的研究,这是古今中外学术研究的基本规律,也是当代文学进行学科自强、自我提升的必由之道。

那么,当代文学研究到底如何进行"文献的及物"? 在这方面,我们当下最需关注的应该是什么呢? 这当然比较复杂,也不可一概而论。下面,我想根据自己的有限接触,主要从类型、主体、对象三个方面试作概括与分析,以便为当代文学研究及其历史化寻找某种规律性的东西。

首先,是当代文学文献史料类型。这个初一看本不应成为问题的问题,在进入研究实践时却并不如我们想象般这么简单,它直接关系到文献史料的定位,也是我们探讨文献史料"及物"的前提。关于现代文学文献史料类型,马良春在《关于建立中国现代文学"史料学"的建议》一文中曾有这样的"七类分法":

第一类:专题性研究史料。包括作家作品研究资料,文学史上某种文学现象的研究资料等。

第二类:工具性史料。包括书刊编目、年谱(年表)、文学大事记、索引、笔

---

① 　胡适:《〈国学季刊〉发刊宣言》,《胡适文集》第3卷,人民文学出版社1998年版,第371页。

名录、辞典、手册等。

第三类:叙事性史料。包括各种调查报告、访问记、回忆录等。

第四类:作品史料。包括作家作品编选(全集、文集、选集)、佚文的搜集、书刊(包括不同版本)的影印和复制等。

第五类:传记性史料。包括作家传记、日记、书信等。

第六类:文献史料。包括实物的搜集、各类纪念活动的录音、录像等。

第七类:考辨性史料。考辨工作渗透在上述各类史料之中,在各种史料工作的基础上可以产生考辨性史料著述。①

相比于现有为数不少的古代文学、古典文献学的分类(他们大多将其分为文字学、训诂学、目录学、版本学、考据学、校勘学、辑佚学等几个部分),应该说,马良春上述分类是相当准确到位的,也很契合现代文学文献史料存在的实际,他已将其在 20 世纪出现的类型作了相当全面系统的概括。如叙事性史料中的调查报告、访问记、回忆录,作品史料中的书刊影印和复制,传记性史料中的传记、日记、书信,文献史料中的录音、录像等,这些为传统文献学所没有或忽略的形态,在这里均被纳入文献学视域中给予重视。不过,赞肯马良春的类型划分,并不意味着可以不加区辨地照搬。事实上,如同宏观整体的当代文学创作和研究一样,由于意识形态、文化制度、传播方式、语言规范、文学成规等原因,当代文学文献史料在赓续"现代文学"的同时,它从内涵到外延也发生了较大变化,出现了为"现代文学"所没有的新的形态。有些已不适合或不大适合于当代文学研究,有些则可以转换性地挪用(如文字学、训诂学、校勘学等)。与之相应,其文献史料形态及其存在方式自然也有不尽相同的呈现,有的则出现了意想不到的惊人嬗变。有关这方面,笔者十年前在与人合撰的一篇文章中,曾对此作了"七方面内容、六个特点与六点困难"②的概括,主旨内容讲的就是这个意思。近五六年来,在主持国家项目"中国当代文学文献史料问题研究"的同时,与团队同仁一起,主编完成一套 11 卷、总计 600 余万字的"中国当

---

① 马良春:《关于建立中国现代文学"史料学"的建议》,《中国现代文学研究丛刊》1985 年第 1 期。

② 吴秀明、赵卫东:《应当重视当代文学的史料建设——兼谈当代文学史写作中的史料运用问题》,《中国现代文学研究丛刊》2005 年第 5 期。

代文学史料丛书"①，又进而作了一些探索，其意就是为了更好地呈现和还原当代文学文献史料的存在，在类型上对当代文学文献史料作更合乎"当代"实际的还原与呈现。因为按照马良春上述"七类分法"（也包括现今比较流行的"作家或文体分法"），像公共性、重要会议、民间与地下、戏改与样板戏、评论与评奖等是很"当代"的，显然是无法安置的。适合"现代"的并不一定适合"当代"，毕竟它们生活在两个不同的时代。如果将其纳入"七类分法"（或"作家或文体分法"），它也必然与之形成"胀脱"之态。这也表明当代文学作为一个自律自洽的研究领域，应该要从古代文学或现代文学的知识框架和谱系下解脱出来，作"自立门户"之研究。

当然，这是很初步也是很粗糙的，仅仅是开始。作为一种尝试，还存在着很多的问题与不足：包括在内容方面不能像古代文学、现代文学那样，有许多政治禁忌，也包括数量超多而存在如鲁迅、胡适等曾有过的无奈慨叹，只好有待来日；而最大的遗憾，就是少数民族文学、域外文学、电子化三种类型的文献史料，由于种种原因，尚未纳入视野进行编纂。较之王国维的"二重证据法"，当代文学文献史料的特殊性在于既有空间性的民族或国别的文献之隔，也有制度性的潜在与显在之分，却无"纸上"与"地下"之别。以空间理论观之，当代文学文献史料要想取得体系上的圆满，不能仅局限在大陆当代汉语文学文献史料这一空间范畴，还必须以开放的姿态接纳和处理好它与少数民族文学文献史料，以及台港澳文学及海外新移民文学等文献史料的关系。原因是：第一，少数民族文学文献史料原本就属于当代文学文献史料的有机组成部分，研究当代文学文献史料，不涉及少数民族文学文献史料就不是完整的当代文学文献史料。第二，台港澳文学及海外新移民文学等文献史料原本就属于"文化中国"（杜维明语）的有机构成，更遑论台港澳理所当然地成为中国的一部分。第三，自一个多世纪以前中国进入"世界"体系迄今，文学生产（包括文学史料生产）不可避免地与世界其他国家的文学活动产生密切联系，因此，研究当代文学文献史料须如陈寅恪所说，"取外来之观念，与固有之材料互相参证"。②

---

① "中国当代文学史料丛书"，分"公共性""私人性""民间与地下""台港澳文学""通俗文学""影像与口述文学""文学期刊、社团与流派""文代会等重要会议""戏改与样板戏""文学评奖""文学史与学科"等11卷，现已由浙江大学出版社出版了5卷，其他各卷待出。

② 陈寅恪：《王静安先生遗书序》，《金明馆丛稿二编》，上海古籍出版社1980年版，第220页。

只有这样,才能在跨区域、跨文化、跨语际的互动对话中共同建构当代文学文献史料的廊宇。至于电子化文献史料,在现代传播途径与方式方法发生巨大变化以及网络数据资源突显的情势下,它的重要性就不言而喻,其在网站、博客、视频、电子论坛、电子书等发布的丰富驳杂而又飘忽不定的文献史料(如约十年前引起文坛和学界轰动的"韩白事件",即韩寒与白烨围绕"80 后"创作评价在网上展开的激烈争论),一方面提供了为传统纸质文献史料所没有的包容性、开放性、自由化,另一方面"也对史料研究者的学养和知识结构提出了挑战,要求我们不仅要很好地继承传统研究方法,而且还要将现代科技的开放性与优越性集合其间,达到传统与现代结合的有机化、最大化"。[①]

与类型有关而又不同的是研究主体,这是当代文学"文献的及物"需要正视的另一个问题,也是影响和制约其提升发展的枢机所在和核心关键。尤其是十七年,由于众所周知原因,它几乎将当时所有的作家都吸附进去,使其在"一体化"机制中沉浮的同时也对自己及他人带来了伤害,其中有的还身不由己地扮演了受害者与施害者的双重角色。这就使原本复杂的文献史料显得更加复杂,甚至平添了不少扑朔迷离的成分。此种情形在当代文学中相当普遍,可以说已发展成为一种带有吊诡特点和悖论性质的时代症候。它涉及一大批作家和学者,包括 80 年代初被平反、受到人们广泛同情的冯雪峰、胡风事件当事人,也都可纳入此范围(如冯雪峰、胡风在受难之前或同时,曾对萧也牧和《文艺报》进行"致命一击")。其所以如此,除了彼此的文学观念、存在的圈子与个人恩怨外,主要还是为大环境所决定,而非简单的个体伦理道德使然(当然这并非说个人没有伦理道德的责任)。所以,仅从伦理道德角度说事,将其指认为坏人或小人予以谴责,我以为就有失简单。钱理群在谈及现代文学研究"应该是学术、科学、理性的"时提出这样的"三有"条件:一要有努力收集,以至穷尽有关史料的功夫,二要有敢于正视事实的勇气和科学态度,三要有善于处理复杂问题的学术能力。[②] 所谓的"穷尽",就是要求研究者不仅尽可能全面占有文献史料(包括有利于自己观点的文献史料,也包括不利于自己观点的文献史料),同时还要用高于、大于文献史料对象的思维视野对此进行审思,尤

---

① 吴秀明、李一帅:《电子化文学史料的内在形态与知识谱系》,《福建论坛》2016 年第 1 期。

② 钱理群:《"守正出新"——严家炎主编的〈二十世纪中国文学史〉对当下现代文学研究的启示》,《中国现代文学研究丛刊》2011 年第 9 期。

其是将其还原到当时宏观大环境中进行审思,而不能满足或停留在当事人提供的文献史料及其思维视野范围。如果过分黏滞于这些文献史料,仅据此判断,偏听一面,很有可能以偏概全,以局部代替全部,得出不准确乃至错误的结论。前些年,主要是80年代"政治平反"时,我们曾从尘封的档案里"解密"了一些文献史料,但由于是"选择"性而非"常态"性,这就有意无意对"平反"对象作了夸饰和拔高,所以"政治平反"的结果,也给今天"及物"研究留下后遗症。就拿胡风来说,在他身上诚然突出体现了现代知识分子独立不倚的宝贵品格,他遭受残酷政治打击的历史悲剧也令后人顿足扼腕痛惜无比;但作为个性执拗且长期受左翼思想影响浸泡的文人,他并不如我们想象那样抵制毛泽东文艺思想及其体制,相反对其忠心不改,与其政治对手周扬之间具有很大的同质性,有时候甚至有过之而无不及。诚如贾植芳所说:"胡风耿直,但太偏颇,爱憎太分明……范泉办刊物,约他写稿,他不理睬。他说:'他是什么东西!''三十万言书'中,他说范泉是南京特务,害范泉为此挨整。"①当年"胡风集团"案成员之一王元化晚年甚至说:"胡风这个人我是不喜欢的",直言"如果他当了文化部门的领导人,可能比周扬还更坏"②。近些年来,胡风研究之所以出现一些"反弹",均与之不无有关。

面对这种状况,有的学者运用过于拔高的方式进行解读,我认为不仅失之偏激、没有搔到痒处,而且也不符合当代文学文献史料存在的客观实际。李洁非指出:"作家作品仅为当代文学史组成部分之一,且相对次要的部分,文坛政治大过文学创作。……政治是非文学因素,但对中国当代文学来说政治却非外在,而已内嵌其中,使它以政治方式运行。中国当代文学的政治化不是提法问题,不会因一个提法改变而改变。将当代文学说透,没法绕过政治这个字眼。不解政治而治当代文学,方枘圆凿;弃政治、另务玄说而以为高妙,则自欺欺人。"③对此我深表赞同。回到当代文学研究及其文献史料"及物"上来,这里关键不是"去政治"或"非政治",而是研究主体与之对话,并将其纳入历史进程中给予合历史合逻辑的阐释,这才是最重要的。由之,它也自然对研究主体的理性认知水平和能力提出了要求。著名经济学家刘进庆曾经说过:政治不

① 参见李辉:《和老人聊天》,大象出版社2003年版,第122—123页。

② 王元化、吴琦幸:《王元化谈话录》,《东方早报》2011年11月27日。

③ 李洁非:《文学史微观察》,生活·读书·新知三联书店2014年版,第176页。

自由并不是学术与思想发展的唯一障碍，另一个也许更为根本的障碍是后进国的学者自己也接受了某种掩盖现实的理论与知识方法，即毫无批判地接受了从先进国所传来的，并不适合解释后进国社会经济与文化的所谓"现代化理论"。① 这也提醒我们在文献史料研究时有必要调整自己的观念与尺度，知识与素养，不仅要破"人蔽"，而且也要破"己蔽"（戴东原语），在研究主体方面进行反思。在当下，尤其是要克服急功近利、急于求成的思想，面对海量而又不确定且高度政治化乃至档案化的文献史料存在，要有作为人文学者的一种定力。当代文学"文献的及物"，没有独立健全的研究主体是不可想象的。

当代文学文献史料研究还有一种情况比较特殊，它不同于古代文学、现代文学等其他学科，即不少的研究对象还健在，他们作为当事人和经历者的叙述，包括这些叙述中所流露的思想情绪对我们今天的研究无疑是会产生影响的，有时甚至会产生导向性与权威性的影响。这种情况，在十七年，主要是一批从"现代"过来执掌权柄的当时文坛领导如周扬、夏衍、冯雪峰、丁玲等，他们自觉不自觉地将历史旧账嵌入现实的"斗争"之中，从而给文献"及物"平添了不少迷障和难度。而在90年代以降的这一二十年，随着社会文化转型，它更多表现在作家尤其是著名作家利用高度发达的现代大众传媒频频发声，通过访谈、讲演以及召开新作发布会、作品研讨会（往往以高校和科研院所，或彼此联合召开的名义和形式）等自述形式，不时地介入研究，积极主动地进行自我塑造和经典化，在对文学研究提供重要参照的同时，也有意无意地为之架设了如梁启超所说的"盖局中人为剧烈之情感所蔽，极易失其真相，即不尔者，或缠绵于枝叶事项而对于史迹全体反不能得要领"②的陷阱。这一点，只要翻看一下近些年报纸杂志上量大面广而又颇为时人所诉的访谈、创作谈等，就不难可以体味。

特别需要提及的是一些作家或学者的家属、亲友与学生，出于为贤者讳的心理，在文献史料编纂尤其是在作家或学者"文集"、"全集"编纂时，往往回避其过去曾经有过的不那么"光彩"的历史——一个比较有代表性的例子，就是除郭小川等极少数作家外，已出的大多数的作家或学者"文集"、"全集"或"传

---

① 转引自赵刚：《党国、知识分子与性：〈唐倩的喜剧〉》，载《现代中文学刊》2013年第6期。
② 梁启超：《中国历史研究法》，上海古籍出版社2006年版，第74页。

记",都拒绝将他们十七年时迫于政治压力所写的一些趋时违心之作如所谓的"检讨"、"交代"等材料收入。尤其是作家或学者有关的书信和日记,因牵涉到尚在世的名人及其有关隐私,加之家属的介入,一般都很忌讳,是不收录的;已出的,也作了颇多的删改处理。如王蒙在自传中,详细叙述了他在新疆伊犁生产队的"戴罪"生活,但对那个时期究竟写了什么文学作品则一笔带过,采取了回避的态度。① 最具代表性的恐怕要数杨沫,她的《自白——我的日记》,诚如她的儿子老鬼所批评的:"有一个致命的缺陷,就是与历史的原貌有异,欠真实",掩盖了自己生命中的某些经历和一些不利于自己的东西(如与男秘书二十多年的密切关系,"文革"中与丈夫马建民相互写大字报揭发,对孩子缺乏应有的母爱等);而且,"还删去了不少政治上的表态",从总体上看,存在着明显的"文过饰非"、"补写太多"、"自白太少"(被删除)等问题。② 不难想象,如果我们不加辨析地将这些"文集"、"全集"、"日记"中的追忆性叙述当作历史真实,那么从中得出的结论及其可信程度就可想而知了。

"文献的及物"是一种实证性研究而不是阐释性研究,它强调任何立论和观点都建立在丰富的、可征信的文献史料即事实的基础之上,而不是专靠对研究对象作逻辑推理运行和先验主义的分析判断。就当代文学研究来讲,强调文献"及物",并不是要我们只去简单借鉴实证的具体方法(如归纳法、演绎法),它首先推崇的是其科学精神和实事求是的学风。因为按照罗兰·巴特的理论,作为动词的"写作",即使实证,它已不是也不可能真正变成"物"意义上的还原和实指。从这个意义上说,本文所谓的"文献的及物",最重要的,也许不在于引进文献史料以及文献史料的多少,而是在于确立一种基于事实说话的思维理念和话语方式。中国学术向来有义理、考据、辞章分合的说法。一直以来,当代文学研究缺乏的正是这种基于事实的科学精神和思维理念,而主要为义理(十七年主要是革命与阶级的义理,近二三十年主要是启蒙与现代性的义理)所掌控,所以,"我们的研究也许达到了某种理论深度,但却是空洞化的深度;我们引入许多'吓人而迷人'(钱理群语)的知识谱系,但却可能由越界而导致过度诠释;我们沉湎于思考和思辨的快乐,但却缺少发现和考证的愉悦。

---

① 参见《王蒙自传》(第一部),花城出版社 2006 年版。
② 参见老鬼:《母亲杨沫》,长江文艺出版社 2005 年版,第 273、277—278 页。

我们的研究成果缺乏的是丰富的第一手材料、绵密的实证、肌质感和细节"。①
现在该是到了全面反思和调整的时候了。这在后现代主义时代自然很难,颇
有点逆流而上的味道,会遇到包括自身思维惯性和学术训练不足带来的诸多阻
力,但只要"我们仍然信仰历史叙述的非虚构性,对真实、真相、本质仍存在不轻
易放弃的信仰"②,那么就会竭尽全力予以克服。从当代文学学科建设和长远
的角度来看,这也是必须要跨越的一道门槛。

二、"文本的及物":文本细读与传统潜结构的发掘

如果说"文献的及物"的功能是文史互证,为当代文学研究及其历史化提
供具体切实的根源性支撑,那么"文本的及物"的要义就是返回文学场或文学
本体,对其存在和出现的非文学现象进行有效调整。在一个不是把文学当作
纯审美对象,并且日益明显地将其向影视、图像、广告、游戏转移的年代,提出
研究的"文本的及物",这是否有点不切实际,与上文所说的"文献的及物"产生
龃龉呢?

行文及此,有人可能要提出这样的质疑。我的回答是:只要不将作家创作
的文本世界等同于经验世界(即将"词"等同于"物"),而是看成是与包括文献
在内的其他文本的"互文"关系,我以为不仅无可非议,而且有必要坚守。须
知,这是当代"文学的及物"而不是当代"历史的及物",它是"以讲究艺术性为
前提","文本的成功还得依赖诗艺自主性的建构"。③ 因此,无论如何,它最后
还是要回到文学那里去,从文学那里再出发,而不能疏忘或忽略了它作为文学
的最主要也是最基本素质的那些东西,如形象、情感、语言、叙述、文体、结构以
及创造性、想象力等。当代文学研究及其历史化能否经得起历史检验,从根本
上讲,还是取决于这些要素。罗兰·巴特在谈文本写作时,曾将其分为"及物
写作"与"不及物写作"两种,他从语言学的立场出发,完全否定文本与周边语

---

① 金宏宇:《朴学方法与现代文学研究》,《中山大学学报》2009 年第 3 期。

② 洪子诚:《问题与方法——中国当代文学史研究讲稿》,生活·读书·新知三联书店
2002 年版,第 24 页。

③ 罗振亚:《"及物"与其限度》,《当代作家评论》2010 年第 2 期。

境关联的观点自不可取,但他强调文本本身的独立性、超越性,却具有很大的合理性。与罗兰·巴特主要从语言学立场讲文本及其独立性、超越性,因而有意无意地用"语言本体论"代替"文学本体论"不同,中国学者则更多从文学审美角度讲文本,因而更多看到其为一般语言和历史所没有的灵性与诗性、个性与形象。如樊骏在谈唐弢先生极好的艺术感觉时就曾这样说过:文学史家与一般的史家不同,除了掌握尽可能多的史实资料,还需要以最大的力量透析作品的艺术形态、作家的创作个性以及各自的艺术特色和艺术成就。在这方面,唐弢先生比较喜欢"用事实或者形象说明问题,理论包含在形象中";"喜欢用事实说明问题",形成了唐弢先生材料丰富、论证充实的长处;"喜欢用形象说明问题",则决定了他总是从作品的艺术形象入手,研究文学及其历史。樊骏接着强调指出:"从方法论上说,用'事实'还是从'形象'说明问题,基本上是一回事,'形象'是'事实'的一个组成部分;但在文学及其历史的研究中,更需要多从'形象'这类'事实'来说明问题。"①樊骏此话,不仅对唐弢先生有关现代文学研究的突出长处和特点作了准确的概括,同时也在治学的方法论上给人以启迪。它告诉我们,文学研究和文学史研究固然可以不纯粹以文学性作为唯一的标尺,而从史学和其他学科那里寻找和借鉴有关的资源,但因其研究对象是文学或者是文学的历史(主要是作家的创作活动及其演变的历史),所以有必要强化和突出"形象性"或"文学性"的元素,并将其作为有别于史学和其他学科的独特个性在研究中加以体现;至少将"形象性"或"文学性"的坚守看作是自己研究的天职,是整个研究的重要组成部分。

从发生学的角度讲,文学周边及其与之形成"关系"的文化体制固然很重要,然而正如李怡所追问的:"这里有一个至关紧要却可能被人忽视的问题:我们的文学研究竟是以什么为基础的? 或者说以什么样的基础为起点的研究才是有效的和可靠的? 应该承认,无论我们可以获得多少的社会历史材料,可以浏览多少的正史野史,文学研究的出发点也只能是一个,这就是文学作品。一部文学史其实就是文学作品的历史,因为,只有语言文字所构成的作品才成为了我们研究的最可靠的'实在'。连作家本人也不具有这样可靠性,因为人本

---

① 樊骏:《唐弢的现代文学研究》,陈平原主编《中国文学研究现代化进程二编》,北京大学出版社 2002 年版,第 379 页。

身是一个自我封闭的存在,没有他外在的社会性活动的标识,我们是无从获得描述和评价的理由的。对作家的研究,归根到底其实就是对作品的研究。在这个前提下,我们应当指出的就是:文献史料的价值其实最终还是体现在它与作品认知、作品解读的关系中。也就是说,文献史料只有在它有助于文学作品意义把握的时候才是有价值的,否则就只能成为一堆垃圾。"①就当代文学研究而言,诚如上文李洁非所言,毫无疑问,它的确存在并且直至今天还没完全消退的"文坛政治大过文学创作"的现象,因而我们不能将目光局限于文学本身;但尽管如此,我还是要说,"文献的及物"即外证,最后还是要归结和落实在"文本的及物"即内证,也就是内在的文学作品分析上来。这是一个矛盾,也是当代文学研究"及物"的难度所在。谁叫我们研究的是文学呢?——当代文学无论如何"不文学"或"不那么文学",但它毕竟还是"文学功能圈"范围的事,它的全部指向应是文学的。也就是说,当代文学研究可以不受任何边界的约束,展开对文学周边诸多要素和力量的分析,包括政策、体制、文件、档案、批评、社群以及前代作家的文本等,但在如此这般时,却不能也不应该用外围代替本体,用文献代替文本,用考证代替欣赏。这也是本文关注的另一个重要基点,当然它是充满矛盾、不那么好把握的一个基点。否则,就极易导致文学本体研究的空心化和泡沫化,就像近些年来人们经常批评的那样。

正是从这个意义上,我很认同陈晓明提出的在今天"观念性论述"占据主导的背景下,"重建文本细读的批评方法"的主张。陈晓明所说的"文本细读",主要是指英美新批评、结构主义诗学、俄国形式主义等,它在近一个世纪的西方曾经历了由作者到文本、由文本到读者,再由读者向文本转移这样三次循环回复的过程。而中国当代由于长期以来社会主导意识所致,也由于西方现代理论最新成果传播不力,迄今为止,文学研究还没经历过"文本细读"的全面洗礼,新批评、叙事学等西方最为深广的基本方面在这里也没有真正扎下根;90 年代转向文化研究以后,因为没有具体文本的支撑,文学研究还是流于空疏,观念化的问题依然没有解决,还是沿着原有的论述性、阐释性的轨道滑行。所以他认为不管面对多大的阻力,不管如何不合时宜,文学研究都"迫切需要

---

① 李怡:《何谓史料? 何谓作为学术"行规"的史料? ——中国新文学史料问题的一点反思》,载《中国现代文学文献学的理论与实践国际学术研讨会论文集》,长沙理工大学主办,2016 年 4 月,第 189 页。

补上这一课"。① 饶有意味的是,同样是强调文本和审美,与偏好和倚重西学的陈晓明不同,孙绍振在论及当代文学研究审美本体失落时,则更多将批评的矛头直指西方理论。他针对国内学界对西方理论狂热追随现象尖锐地指出:西方理论虽然在总体上表现了"最高层次"的智慧,但"他们在文学审美价值方面(却)表现得极其软弱",其中比较突出的,就是号称"文学理论却宣称文学实体并不存在"。为什么出现这种状况呢? 他认为与西方文论家们的理论视野、价值诉求以及研究方法等直接相关:"第一,西方文论家们几乎不约而同地宣称,对于具体文学作品的解读'一筹莫展'是宿命的,因为,文学理论只在乎概念的严密和自洽,并不提供审美趣味的评判。第二,一些西方理论家执着于从定义出发的学术方法,当文学不断变动的内涵一时难以全面概括出定义,便宣称作为外延的文学不存在。事实上,由于语言作为声音符号的局限性,一切事物和概念的内涵都有定义所不可穷尽的丰富性,并不能因此而否决外延的存在。第三,一般来说,西方理论家们的理论预设涵盖世界文学,可是他们对东方,尤其是中国古典文学和理论却知之甚少,他们的知识结构与他们的理论雄心并不相称。"②孙绍振如上概括当然可以讨论,并且主要是从外源性(而不是从内源性即中国文学自身)那里寻找问题之因,这与陈晓明所说似乎有矛盾;但他强调研究和理论不能离开文本,在这点上又与陈晓明的结论不谋而合,在某种程度上的确击中了当代文学研究的软肋,因此,自然引发了人们对文学"超理论性"的诸多思考。于是,如何以文本细读为肌理来展开论述和阐释,防止研究在西方强制阐释绑架之下与文本脱节,就成为这几年学人的普遍"声音",也成为他们反思和转型的一个节点。程光炜在谈及前几年文学研究时曾作过这样的自我批评:"如果说,这几年的研究还有什么不足,我们可能会对问题阐释过度,或者在充分释放和扩大作品'社会周边'容量的过程中,作品文本内涵因为受到明显挤压而趋向减缩。所以,这学期我们把工作重心转向作品细读,试图想对之作一些调整。"③程光炜在这里实际上向我们提出了文献"及物"的有限性问题,它告知我们文献"及物"固然重要,但不能无限放大,只有将其与文本"及物"结合起来,切入到文本内部,触摸和把握其中的文学内质,才

---

① 陈晓明:《重建文本细读的批评方法》,《创作与评论》2014 年第 3 期。

② 孙绍振:《反思西方文论审美缺失,重建文本解释学》,《中国社会科学报》2014 年 11 月 7 日。

③ 程光炜:《当代文学的"历史化"》,北京大学出版社 2011 年版,第 226 页。

有可能对之作出切实到位的评价和解释。而作到这一点,就应该对西方文本主义理论进行系统的梳理和批判的基础上,构建符合中国历史和现实国情的"文学文本解读学"。

说到这里,我想提及一下张清华刊登在《文学评论》2014年第2期一篇题为《"传统潜结构"与红色叙事的文学性问题》的文章。他通过对"传统潜结构"的分析,为发掘当代革命文学或十七年红色叙事"有限度的文学性价值",证明"革命文学并非是简单的文学"以及当代文学史的"文学性建构",提供了一种可参考的研究思路。张清华所谓的"传统潜结构",即指隐藏于红色叙事中的老模式与旧套路,作为民族根深蒂固的集体无意识,它们经过改头换面,又在时代与意识形态的装饰下再度复活,大量潜伏于这些叙事作品之中,成为支撑其"文学性"的关键性因素。如《林海雪原》中的英雄美人与奇遇历险,《红旗谱》中的家族仇杀与恩怨轮回,《青春之歌》中的才子佳人与三角关系等,它在整个十七年文学中都有相当广泛的存在,而成为我们今天文本重读需要关注的重要的叙事模型与母题要素。大家知道,由于十七年文学本身复杂,也由于研究者观念差异,迄今为止,关于十七年文学或红色叙事的"文学性",仍是一个相当棘手而又充满歧义的问题。其中比较有影响,而在事实上更关注于外在的政治设计或红色釉彩的,是所谓的"新左派"与"自由主义"。张清华研究值得称道之处在于:他不是站在"反现代的现代性"或"去政治的现代性"立场,对之作社会政治学的判断,或基于今天的某种义理和道德,对之进行居高临下、充满历史优越感的审判,而是抱持"了解之同情"的姿态,与之进行客观平等的对话。落实到具体的研究方法上,就是突破观念性的阐释思路,不是先设定了一个自己偏好的理论框架,然后强行在文本中摘取自己需要的内容,而是深入文本,借助内在潜结构的细读分析,来重新打开和还原十七年文学被遮蔽了的多维话语空间,使我们从这些看起来"简单和粗糙的文本"获得"可解析的深度"①。当然,他根据"传统潜结构"含量的多少,将红色叙事分为三类,并由此对《创业史》、《红日》等较多贬抑,而对《林海雪原》、《青春之歌》、《红旗谱》等颇多褒扬,似乎又失之简单。究其原因,是否与他所持的传统和民间原型"文学性"优越之观念不无有关?这也说明文本细读的复杂,还有一个层次和自律

---

① 张清华:《"传统潜结构"与红色叙事的文学性问题》,《文学评论》2014年第2期。

的问题,不是所有的文本细读都能回到文学现场,处理不当,它仍有可能沦为理论或观念的一种注脚。"文学批评大可不必采取高高凌驾于作家、作品文本之上的姿态,一旦从上而下'悲悯'、'俯视'地对待文本,难免不先就为理论先行、观念性批评,提供了水分、土壤和空气。很难想象,一个对文学没有敬畏之心、没有心怀有爱的评论家,能够在文本细读时真正进入文本,能够作出好的文本细读的文章。"①不必讳言,在近些年的当代文学研究中,包括十七年红色叙事,也包括莫言、贾平凹等作家作品评论和研究,尤其是批评性、颠覆性的评论和研究,这样的文本细读并非仅见。

需要值得指出,近十年来,像张清华这样用文本细读方式历史地、具体地看待十七年文学的研究日渐增多,以至演化为一种普遍的思潮。如董之林的《追忆燃烧岁月——五十年代小说艺术类型论》和《热风时节——当代中国"十七年"小说史论(1949—1966)》,孙先科的《叙述的意味》《说话人及其话语》等,他们摒弃了学界所普遍操持的理论模式,抱着对十七年文学的尊重和理解之心,锲而不舍地深入文本,其实也就是以别人不相雷同的阅读感受和角度,来诠释或钩沉其"文本潜结构"中被遮蔽了的文学性元素,对之作了辩护性解读。董之林曾说过,希望自己的研究能够"贴着作家作品以及批评家当时的批评,贴着那些被丢失或已经被'遗忘'得七零八落的历史碎片,去看它们究竟是怎样的,它们与艺术史的源流关系,与由于现代激变而产生的一种张力关系"。② 然而,恰恰是这种深入"文本潜结构"的"张力"的发现,它在很大程度上弥合了十七年与新时期文学之间的"历史空白",而这正构成了我们重评十七年文学和"文学文本解读学"的逻辑起点。它告诉我们:在当代文学尤其十七年文学研究问题上,仅仅作观念性的判断——不管是作"新左派"还是"自由主义"式的判断,是不够的,往往容易滑向简单、片面和极端,无法还原和呈现它原本固有的丰富复杂。

在当代文学尤其是十七年文学研究问题上,恕我冒昧和直言,我总感到难以掩饰地存在着一种从"观念"而不是从"文本"出发的倾向,它已对现有的文学研究包括文学史编纂产生了不可小视的影响。这种情形在 80 年代"重评文学史"、

①　刘艳:《文本细读:回到文学本体》,《文艺报》2016 年 7 月 27 日。
②　董之林、叶立文:《视角改变视界——董之林先生访谈录》,《新文学评论》2014 年第 4 期。

"重写文学史"中就明显存在,当时不少学者标举"艺术性"的标准,但由于时代环境和思维惯性所致,在实际上还是"观念性"在起主导作用,文本、文本细读并没有真正受到重视;即便作了文本分析,还是服从服务于观念,(文学)文本本身并没有获得独立性。因此,才会出现如不少学者所批评的"评价标准"不一,抑或文献价值与文本价值错位的问题:对于《红旗谱》《创业史》等"红色经典"只字不提或基本不提,诸多贬抑;相反,对于文学价值不高,甚至不如"红色经典"的潜在写作、民间文学等却大谈特谈,给予过高的评价。显然,论者之所以对上述两种文学作如此贬褒臧否,主要不是基于文本的审美或艺术标准,而是看它是否符合自己内心早已预设好了的观念。它说到底,还是观念优于文本、观念高于文本。有人在几年前曾指出当代存在着一个"不能公约"的精神生活"并置性"特点,提醒研究者注意:当我们把"地下小说"设置为一种历史界限和文学标准,又应该在哪种范围和层次上同时把其他公开发表的小说吸纳进来,并在同一个思想和学理层面上去评价和理解?① 也就是说,现实中虽然存在着"不能公约"的精神生活,但是作为文学研究者,我们确实又需要去辨析、包容和磨合它们不同的思想艺术观念,应该秉持统一的历史界限和文学标准。当代文学倏忽之间已走过半个多世纪的历程,随着公认的基础知识体系的确立,历史化和经典化的启动,在档案开放和传媒发达不再成为主要困难的情况下,这个问题开始突显出来,我们应该给予足够的重视,尽管这是今天认识十七年文学的"最困难的地方"。

文学文本是文学研究最富有的矿藏,也是文学研究的基础。按传统文献学观点来看,文本属于文献史料的第一层位,甚至比作家自传更真实、更可靠地传递历史信息,是可以而且应该纳入"文学本体论"范畴进行定位的。只有重视文本细读,才有可能穿越历史,重返文学现场,使当代文学研究真正成为一种文学的研究,而不是成为语言学、历史学、文化学或其他什么学的替代品,最大限度地还原历史褶皱中的本真面目,彰显文学的个性特色和魅力所在。当然,强调文本细读并不意味可以切断它与外部联系,将其封闭狭隘为"自足的文本",彻底否定客观世界的一般存在方式。对此,我们的研究也有必要保持警惕。

---

① 程光炜:《"八十年代"文学的边界问题》,《文艺研究》2012 年第 2 期。

三、简短的结论

以上我们分别从"文献的及物"与"文本的及物"两个维度,梳理和分析了当代文学研究的情况。可以归纳起来说,本文有关当代文学研究的"及物"主要探讨了这样几个问题:

(一)本文提出的"及物",主要针对"观念性论述"盛行而带来的虚浮虚夸学风,不同于罗兰·巴特及西方其他结构主义的"及物"理论,它是中国化的一种学术表达,旨在强调一种"实事求是"的学术思维与理念。大标题中所谓的"应该"二字,是指它不仅合乎中国当代文学研究的实际,而且也合乎文学研究的一般规律。当代文学相比于古代文学等传统学科虽然尚显"年轻",但它毕竟具有两倍于现代文学时长的经历和积累,现在是可以而且的确需要作触及肌理的深度反思了。胡适在五四后不久就反思,王国维在研究一段后也反思,他们对研究的反思都是从"及物"开始的,从这一"原点"出发成就大业。我们应该从中寻找借鉴,确立这样的"原点"意识,并将其上升为一种学术自觉和学术自律。

(二)在如何"及物"的问题上,本文主要采用外证与内证两种方法进行分析。其中,"文献的及物"用的是外证,它通过归纳法、演绎法等对之作出评价和解释;"文本的及物"用的是内证,也就是深入文本,用有别于逻辑论证的直觉直观的方法从中寻找破解生命密码。两种方法各有自己的功能价值、运行机制,但又相辅相成、相互释证,它们在内外两个证据链互证互融中形成相对周圆的证据环,追求对当代文学立体多维也更加具体切实的把握。这与目前流行的"观念性"和"批评化"的解读是不一样的。

(三)在讲"文献的及物"与"文本的及物"时,不可避免地涉及彼此关系处理。在这方面,本文推崇多样化、个性化而反对同质化、概念化,但从总体原则上讲,则强调传统文献学的外部研究与深层次的文本细读,也即书外与书里或外证与内证的结合。借用"文本间性"的理论来讲,就是超越一般语言学的逻辑框架,使文献与文本处于一种语义关系之中,彼此形成一种特殊的关联。其实,文献与文本是一对矛盾的统一体,它们貌似水火不容的背后,往往有着某种惊人的相似和一致之处。就拿开头提到的王国维由"空想"转向"平实"的后期研究来说,他的《殷卜辞中所见先公先王考》《宋元戏曲考》等著述,就是将文献考证与审美鉴赏融为一体的很好例证。"王国维后期主要从事考据方面的研究,但王氏所考订的器物,在今天看来,又几乎都应该列入审美鉴赏的范围。……王氏的考订工作,同时又是审美工作。也就是重新确认文本的工作。"①可见,对于文献与文本的关系处理,这里关键不在扬此抑彼或抑此扬彼,而是在于研究者在进行"及物"时是否秉持富有弹性的处理诗、史的立场和态度,是否建立具有"互文"关系的语义关联和对话原则。

最后,我想再重申一点,学术研究的"及物"也许不是一个全新的话题,但对当代文学研究来讲,它又是一个极具当下性而又别具难度的一个话题。某种意义上,它成为影响和规约当代文学研究的枢机所在以及支撑其学科生存发展的阿基米德点。尤其是 90 年代以来,随着整体学术的转型,新的语境对文献与文本"及物"提出了不同于以往新的要求。中国原本有重视文献史料的传统,有汉学、朴学、乾嘉学派等丰厚的学术遗产;中国唐宋元明清也有基于文本的评点批评,形成了不同于西方逻辑判断的经验直觉的话语体系。在当代,因诸多因素的促成,还平添了以审美鉴赏见长的文学批评。凡此这些,不仅构成了当代文学研究的丰沛的上游知识,更为主要的是为我们"迟到"的学术和学科发展提供了内源性资源。诚然,研究的"及物"是当代文学的一个弱项,在这方面我们还有大量工作要作,其中有的是属于补课性和抢救性的工作,尤其是文献史料工作,相对问题较多,任务也更重。但只要我们有效地发掘并作好与外源性资源的对接,实现古今交融与文本之间的对话,相信经过一段时间的不懈努力,现有的状况必有大的改观。至于能否达到人们所期待的理想状态,这就要看具体实践,看我们对学术自律和学术自觉的把握了。

（载《文学评论》2016 年第 6 期）

---

① 刘顺利:《文本研究》,中国社会科学院博士论文,2002 年,第 6 页。

当代文学研究的知识学养问题
——基于文学史料的一种考察

在迄今为止的大量的当代文学研究中，"反思"可以说是其随影相伴的一个核心关键词，一个推进学术研究和学科建设的重要驱动力。不过稍加分析，我们就会发现这里的"反思"主要都是针对外在的"一体化"学术生态环境，如评奖、项目、刊物等等；对研究者自身即研究主体进行"反思"的相对就比较少，也显得很不够，即使有，往往也都是从知识分子缺乏独立的精神思想，而不是从他作为学人知识素养的角度切入，寻找问题的症结所在，总结经验教训。

当代文学研究受制于无所不在的学术生产与管理体制，当代学人面对强大的政治和经济而缺乏自己应有的定力和独立品格，所有这些，当然都需要"反思"，它的确也是导致当代文学研究危机与困境的重要原因，并已构成了近一二十年当代文学研究的一个引人注目的突出问题。但从研究的实际情况和长远的观点来看，像这样比较单向的外在生态和纯精神思想的"反思"，笔者认为存在对学术研究的简单化、粗鄙化理解的问题，它似乎给人以这样的印象，仿佛只要外部生态和作家精神思想"自由"了，就可超越已有的学术，这多少有点夸大体制和精神思想的作用。事实上，当代文学研究与学人本身知识学养密切有关，它还有一个学人的学术主体建设问题。这一点，随着当代文学研究历史化、经典化的启动，随着它从"以论代史"向"史论并重"的战略转移，就开始突显出来，并成为其中的一个重要的根源性因素。遗憾的是，在如今的研究中，它往往有意无意地被忽略了。就拿近些年的研究来说吧，据中国知网显示，截至 2014 年 12 月，专门探讨学人知识学养的研究文章仅有 3 篇，占同期文章的 1.45‰，相反，有关"一体化"和精神不足方面的文章则有 18 篇和 22 篇，分别占据同期文章的 8.67‰和 10.6‰。这也从一个侧面反映了人们对这个问题的忽视，它至今尚停留在比较模糊的状态。

本文拟从文学史料角度对此展开探讨,其意是想通过对这一学术研究的最基础工作入手,还原当代文学学人知识学养的历史和现实状况,寻找存在的问题及其内在的原因。具体包括如下三方面内容:首先,按照"代际"的理论将从事史料整理与研究的当代学人分为三代,对其成就和不足依次作出梳理和评价;其次,从学人知识学养与文学教育关联角度,探讨后者对前者的深刻规约与影响,指出文学教育方面存在的问题,是导致当代学者知识结构偏至的重要原因;最后,从学者与批评家异同关系比较,探讨学者在借鉴和吸纳批评优长的同时,需要进行知识结构的充实和调整。黄修己在二十年前出版的《中国新文学史编纂史》导言中,曾将学科分为理论、主体与基础三个层次。[①] 文学史料就属于其中的基础层次,当然也是最薄弱迟滞的一个层次,它占据学人知识结构的核心,带有奠基性和支撑性的作用。因此,从文学史料角度考察当代学人的心智禀赋和知识学养不仅是合适的,而且还可进而将其与研究主体的"反思"尤其是研究主体自身的学识学养"反思"结合起来。在当代文学研究强调历史化,需要进一步提升研究层次、规格与水平的今天,我们有必要将思维视野由以往单一的价值论向价值论与知识论并重的层面拓展。

一、"代际"状况及其基本判断

从文学史料角度探讨当代学人的知识学养,不妨先从学人们所属的不同的年龄层次即代际说起。最初,我曾想用"老中青"这样的字眼来区分当代文学研究领域代际,这也是不少著述采用的一种研究方法。但考虑"老中青"是一个动态的概念,十七年、新时期所指的"老中青",与今天所说的"老中青",实际人员已经发生了很大的变化。用这样一种恒定的、粗糙的代际划分,不但会招致歧义,而且因概念的含混容易导致批评的失效。所以踌躇再三,最后还是借鉴樊骏、钱理群等有关现代文学史料研究的作法,按照历时性的时间顺序的方式,来梳理当代文学史料的代际问题;同时,还参照其学术活动的时间前后,将作家的"年龄"与他开始从事史料整理、研究工作的"时间"结合起来,进行综

---

① 参见黄修己:《中国新文学史编纂史》导言,北京大学出版社 1995 年版。

合考虑。这样的划分虽也存在简单粗糙之弊,但相对客观准确些,与研究历史与现实也比较对接。

当然这仅仅是参考,不能简单照搬。因为当代文学研究,由于历史的原因,不仅较之现代文学要来得"晚到"(它在相当长的一段时期内,主要是以"文学批评"而不是以"文学研究"的形式存在);而且在它的研究队伍中,缺少了像王瑶、唐弢、李何林、任访秋、田仲济、陈瘦竹等这样一批秉承五四薪火而又学养深厚的老一辈现代文学学人。这种状况,就使六十多年的当代文学及其史料研究呈现出了与现代文学不尽相同的群体特点。这主要体现在如下前后相续而又异同有别的三个代际之中:

第一代学人,主要有朱寨、张炯、洪子诚、潘旭澜、董健、吴中杰、刘思谦、陈美兰、刘锡诚等。① 他们大多是新中国自己培养的学人,受过比较系统的马克思主义理论教育,擅长社会历史批评,其文学观念和研究方法在 20 世纪五六十年代已经基本形成。其史料整理和研究工作,最早可追溯到十七年时期山东师大、华中师大、中国社科院文学研究所编撰的有关当代文学史料及当代文学史。进入新时期以后,在当代文学领域缺少老一辈学者引领,而又普遍缺乏理论准备的情况下,呼应实事求是、思想解放的时代精神,这一代学人更是发挥了开路拓荒的重要作用。他们有的在承担繁重教学和科学任务的同时,还团结和协调各方面力量进行史料编纂。其中比较突出,也是最可称道的,就是从 80 年代初开始,组织了 30 多家高校陆续推出了 80 多卷本的《当代文学研究资料丛书》。这也是当代文学史料规模最大的一套丛书。此外,这代学人还根据教学、研究和人才培养的需要,主编出版了《中国当代文学参阅作品选》、《中国新文学大系续编》、《中国新文艺大系》,以及《新中国文学纪事和重要著作年表》、《中国当代文学作品辞典》等工具书,为当代文学学科及其史料工作作出了贡献。担任这些"资料丛书"、"参阅作品选"和工具书的主编或编委,基本都是这一代学人。这也反映了他们严谨求实、锐意进取而又勇于担当、乐于

---

① 从年龄层次上讲,现代文学的"第二代学者"就相当于当代文学的"第一代学者",因为诚如前文所说,当代文学由于历史原因,在"代际"结构系统中,客观上是存在着王瑶等老一辈学者"缺席"的状态。也正缘此,亦是为了叙述方便,本文将与现代文学"第二代学者"年龄相仿的朱寨、张炯等,称之为当代文学"第一代学者",相应地,当代文学史料队伍也就分为三个"代际",而不像现代文学那样分为四个"代际"。

奉献的学术精神。然而,正如王瑶和董健在评价或自评这一代学人所说的那样:他们"有一定的马列主义的修养,有政治敏感,接受新事物比较快;但由于历史原因,知识面比较窄,业务基础尚欠深广,外语和古代文化知识较差"。①"我们这一代 1930—1939 年出生的大陆知识分子,有三大弱点:第一,各种政治运动对教育制度造成极大的破坏,使我们读书太少,造成知识结构极不合理;第二,知识分子对政治的高度依附意识,使我们丧失了独立思考的自由精神;第三,我们的思维方式、研究方法极为落后。"②这不能不给他们的整体学术带来影响,包括理论研究,也包括史料整理。加之其中有的学者,他们同时还是史料的当事人,出于某种现实因素的考虑,他们在叙述曾经经历的历史时,有时往往有意无意地对之采取避讳的态度,这就给史料工作增加了许多人为复杂的因素。就拿 50 年代批判《红楼梦》运动时被毛泽东称为两个"小人物"之一的蓝翎来说,他在自传《龙卷风》里曾对这种有违真实的"讳莫如深"现象感到不满,提出尖锐的批评;但正如有学者所指出的,其实蓝翎自己何尝不是如此,在《龙卷风》中,他除了"对他与李希凡的个人恩怨写得倒充分"外,也"有意地回避对某些事件和某些人的评价"。③ 而这显然会影响到历史真相的呈现,它可以说是"经历者史料"的一个负面效应吧。

当然,这是就第一代学人的总体状况来说,其实在史料问题上,他们之中也不乏严谨严肃的学人。如朱寨,他主编的《中国当代文学思潮史》,其有关思潮的起始更迭与复杂嬗变,包括文学自身的运演,也包括它与当时的苏联尤其是与十七年政治思潮及政治运动的关系,所有这些都建立在第一手史料的基础之上。如为了弄清关于电影《武训传》那场批判运动的来龙去脉,他亲自带编写组成员几次前往采访悉知内情而又生病住院的亲历者钟惦棐。④ 因而,

---

① 王瑶:《研究问题要有历史感——在〈文艺报〉座谈会上的发言》,《文艺报》1983 年第 8 期。

② 张婷婷:《追求历史真实就是追求真理——文学史家董健访谈》,《文艺报》2015 年 4 月 27 日。

③ 李运抟:《文人传记与硬件史料》,《名作欣赏》2012 年第 9 期。

④ 参见仲呈祥:《仲呈祥演讲录》,作家出版社 2013 年版,第 268 页;中国社会科学院青年人文社会科学研究中心编:《学问有道——学部委员访谈录》(上),方志出版社 2007 年版,第 727 页。

该书较之同类论著具有较大真实性和信誉度,得到了王瑶、夏衍等的高度肯定。又如洪子诚,他从 1999 年的《中国当代文学史》到 2002 年的《问题与方法——中国当代文学史研究讲稿》,再到 2016 年的《材料与阐释》,其所追求的言必有据的"历史言说"方式,引述史料和注释的密密匝匝,竟占全文五分之四左右的篇幅,为当代文学历史化和实证研究提供了一种切实可行、当然也是难度很大的具体方法和路径,可以看作是对现代文学第一代学者王瑶先生学术传统的一种"跨域继承"。有关这方面,我们在绪论第二节中曾作过论述,这里兹不赘言。

第二代学人,主要有於可训、张健、李洁非、程光炜、陈思和、吴秀明、王尧、谢泳、吴俊、王彬彬、金宏宇、杨扬、王本朝、傅光明、李辉、陈徒手、徐庆全等,较之前一个群体,人数更多。他们大多于 90 年代中后期从事史料整理和研究工作,如今的年龄都在五六十岁上下,有的将近七十岁,但仍活跃在教学科研的第一线,其中不少人已经以丰硕的成果确立了自己的学术地位,成为当代文学研究领域新一代的学术带头人,有的还担任着学术组织的重任,对整体的当代文学及其学科建设发挥不可小觑的重要影响。这批学者有丰富的人生阅历(不少曾当过知青,有上山下乡的经历),又大都受过研究生的专业教育,因而形成了比较自觉的学术人文性的特点。与第一代学者一样,他们也注重社会历史的批评,但同时又借鉴吸纳了西方现代主义、后现代主义、文化学、心理学、叙事学、阐释学、生态学等新的观念与方法,显得更为开阔开放。90 年代,当整个社会由"拨乱反正"进入常态发展,他们在经过一段时间的沉淀和反思以后,又逐渐生发了"由论向史"变化的特征与态势,用某些学者的话来说,就是"从'学以致用'走向'分析整理'"。① 这也给近一二十年当代文学研究平添了为过去少见的历史质感与实感、知识结构与谱系。其中有的学者经过多年的经营和积累,建立了属于自己的"学术根据地"。他们不仅在某一领域具有举足轻重的话语权,而且拥有丰富的史料积累和独特的史料优势,从各个方面为当代文学历史化作出属于自己的贡献。如於可训、张健对编年文学史料的整理,分别主编出版了一部当代文学编年史(其中张健主编的为 10 卷本,内容

---

① 黄修己:《从"学以致用"走向"分析整理"——20 世纪 90 年代中国现代文学研究取向》,《中山大学学报》2000 年第 4 期。

和篇幅更为庞大），王尧对"文革"文学史料的整理，主编出版一套 10 卷本的《文革文学大系》，孔范今等对七八十年代文学史料的整理，主编出版一套 25 卷本的《中国新时期文学研究资料汇编》，等等。

　　特别需要指出的是，有的还在史料搜集整理的基础上，进而向研究领域拓展，形成新的学术话题和学术生长点。如陈思和领衔的复旦学术团队对"潜在写作"从史料整理、编选到论文、论著的系统有序的开发，温儒敏领衔的山东大学学术团队对文学生活史料的整理与研究，吴秀明领衔的浙江大学学术团队对整体的当代文学史料的整理与研究等。不过，就近些年的情况来看，在这方面用力最多，成果也更为丰硕的，笔者认为当属程光炜、李洁非。他们不仅在期刊编目、文案史料上有丰富的积累（程光炜主编的 400 万字"中国当代文学期刊编目"即将出版），更为主要的是在此基础上提出的"重返八十年代"和"文案辨踪研究"的主张及其实践，对整个当代文学产生相当广泛的辐射和影响。总之，无论从史料研究的意识与投入，还是从史料研究的成果与影响来看，这一代学者都颇可称道，他们毫无疑问地成为当下文学史料研究中最厚重、占有最大份额的骨干和中坚力量。

　　第三代学人，主要有李遇春、黄发有、张均、斯炎伟、霍俊明、付祥喜、李松、易彬等。他们都是 90 年代后期以来出道，加盟当代文学及其史料整理研究的年轻博士，受过系统的专业训练，思维敏捷，视野开阔，有较好的西学背景、外语水平和理论素养，年龄大多在三四十岁左右。近些年来，在诸多因素的促成下，也是基于对原有学术的反思，有意强化对史料的重视，将学术研究的基点作了调整，一定程度上反映了当下文学研究的新走向，显示了年轻一代学者的治学新风貌。作为史料领域崭露头角的新一代学者，他们一方面继承了师辈的传统，在文学史和包括诗歌、散文、小说、戏剧在内的诸文体史料方面爬梳剔抉，作了发掘清理，取得了不俗的成果——如李遇春对古体诗词史料的整理研究，付祥喜对文学史史料的整理研究，霍俊明对朦胧诗史料的整理研究，李松对"文革"样板戏史料的整理研究等；另一方面，新的思维眼光、知识结构与方法手段，不仅使他们对新型的史料形态给予更多的关注——如黄发有对文学传媒史料的整理研究，斯炎伟对文学会议史料的整理研究等。而且借助于现代新媒体和信息高速传递的互联网，充分发掘现有的各种大型数据库、文学网站、学术网站、数字图书馆等网络资源，为我所用，从而有效地拓展了史料研究的时空范围、内涵和外延。即使是对传统形态的史料,也因思维观念与知识结构的不同,而会有新的发现与新的理解。如张钧对文学体制的研究,与以往就有明显不同,他发现了十七年中存在着与"一体化"概念相抵的不少文学史料,如在 50 年代初的"普及政策"中发现了《文艺报》主编冯雪峰策划的"攻击",在胡风、丁玲等人的事件中发现了不少复杂的人事恩怨或政治形势的原因等。这对"把文学制度研究还原为人的研究",改变十七年文学研究简单化、粗糙化、绝对化的倾向,都是有意义的。这也表明当代文学及其史料研究后继有人,它正在进行艰难而又美丽的蜕变。

当然不必讳言,也许与当下体制化、商业化的成长环境以及浮躁功利的学风影响有关,这些年轻的学者较之上两代年长的学者,虽然具有相对合理的知识结构,在研究的独立性与主体意识方面也能得到较好的张扬,但从总体上看,依然存在"知识面过于狭窄,且不肯在打基础上下功夫"①的问题,尚未达到学科所期待的要求。在研究方法上,也没有彻底摆脱"重论轻史"的研究理路,程度不同地表现了功利化、技术化的倾向,因而存在着与时代社会隔膜的危险。现实的各种诱惑实在太多,它在给当代文学学人带来实惠的同时,也对他们的进一步发展产生了不可小觑的负面影响。这一点,不仅是对第三代学人,也是对包括笔者在内的所有当代文学学人的一个严峻挑战。② 尤其是在21 世纪之后,随着学术体制的日益强大和媒体时代元素对学院的进一步浸渗,已显得愈来愈突出。

以上是笔者对当代文学学人代际的粗糙归纳和梳理,因目力和积累有限,可能遗漏了不该遗漏的很多东西。这里有必要补充说明两点,也许对加深与拓宽对上述问题的理解,是有帮助的。

首先,在史料研究问题上,三代学人之间虽然有着明显的代际界限,但他们也不像我们所想象般那样泾渭分明,而是在事实上彼此是存在着关联的,有时甚至很难作绝对区隔。这不仅表现在"上一代"对"下一代"的影响,而且还

① 钱理群:《那里有一方精神的圣土》,中国文联出版社 2008 年版,第 10 页。
② 体制化、商品化和浮躁风之对当下学界的影响,应该说是相当普遍的,作为置身其中的当代学人,笔者对此感同身受,在平时文学研究尤其是在文学史编撰时过程中,也未能免俗地染上了这样一种"时代症候"。因此,这里所说的"严峻挑战",当然包括笔者在内。

表现在"上一代"对"下下一代"即所谓的"隔代"影响,或"下一代"对"上一代"的影响。这种情况,在"几代同堂"的当代学界是很正常的,甚至可以说是一种常态。这也就是玛格丽特·米德所说的人类文化在代际交流上的三种类型,即"前喻文化、并喻文化和后喻文化":"前喻文化,是指晚辈主要向长辈学习;并喻文化,是指晚辈和长辈的学习都发生在同辈之间;而后喻文化,是指长辈反过来向晚辈学习"。① 前者,如於可训主持《中国文学编年史·当代卷》,邀请博士李遇春加盟,程光炜倡导"重返八十年代"和进行期刊编目,组织杨庆祥、黄平等博士团队参与,他们对李遇春、杨庆祥、黄平等日后研究是有影响的——李遇春从原来热衷于西方理论,转向实证分析,杨庆祥和黄平注重从历史与文学关联角度来理解作家作品,应该与此有关。后者,华东师大钱谷融先生具有一定的代表性,正如学界所公认的,他的人学理念和对作品艺术美的高度敏感,不仅对黄铁仙等较他年轻的一代学者,而且对王晓明、许子东、殷国明、李劼、吴俊、倪文尖、杨扬等更年轻的一代学者产生"隔代遗传"的影响。也正因此,我们不可将代际简单化、绝对化。任何正确理论,如果推向极端,给予教条主义解读,那么往往就会适得其反。

　　其次,三代学人尽管在学养和知识结构上作了很大的努力,特别是新世纪以来积极主动地作了调整和弥补,但我们必须清醒地看到在整体上还存在着明显的历史性局限。钱理群指出:"中国现代文学始终是在古今、中外关系中获得发展的,这就要求它的研究者必须具有学贯古今、中西的学养"②,像王瑶这样的学科开创人那一代学者,大都具有这样的学养,但这一传统,"从第二代开始,就被中断了",在拒绝一切中外文化遗产背景下"成长起来的第二、三、四代学者,总体上都存在着知识结构上的巨大缺陷。这样的学科发展所提出的学贯古今中西的客观要求,与几代学者自身知识结构的缺陷,两者之间形成了巨大的矛盾,成为制约中国现代文学研究学科发展的长远的、根本性的因素"。③ 他这里所讲的现代文学学者"知识结构上的巨大缺陷",也同样适合当代文学——严格地讲,当代文学学者的这一缺陷更突出。因为不管怎样说,现

---

① 〔美〕玛格丽特·米德:《文化与承诺——一项有关代沟问题的研究》,周晓虹等译,河北人民出版社 1987 年版,第 22 页。

② 钱理群:《那里有一方心灵的净土》,中国文联出版社 2008 年版,第 10 页。

③ 钱理群:《樊骏参与建构的中国现代文学研究传统》,《文学评论》2011 年第 1 期。

代文学毕竟还有王瑶、唐弢、李何林、任访秋等老一辈学者，他们不仅以深厚学养抬高了现代文学学科平台，而且通过师承关系和学术威望，对后代学者产生了深刻的影响。这一点，我们从严家炎、樊骏、钱理群、陈平原、刘增杰、解志熙的研究不难发现。现代文学史料研究，无论从认知还是就实践角度来讲，都早于、优于当代文学，如今已有朱金顺的《现代文学资料引论》、刘增杰的《中国现代文学史料学》、徐鹏绪的《中国现代文学文献学研究》、谢泳的《中国现代文学史研究法》等几部史料学论著，而当代文学领域至今尚未有之，显得迟滞，这里除学科因素外，应该说与第一代学者的缺失有关。而这样一种缺失，不仅使当代文学学科缺失了"举旗帜"的人物，而且还相当程度上削弱了与五四及此前文化传统之间的血脉关联。于是，为钱理群所说的"巨大缺陷"就更突出、也更严峻，所谓的"学贯古今中西学养"被狭窄化、单一化、平面化了。

由此及彼，不禁想起了黄修己在《回首来路，也有风雨也有晴》一文所说一番话："我们的老师都是上世纪二三十年代成长的，不管是老北大的，还是清华过来的，都坚持实证的方法，并且传授给我们。如果我们能有成功之处，绝对得益于坚持实证方法。……在坚持实证方法上，我们深受老一辈学者的影响，师承关系是明显的。"①黄修己所说的是带有普遍性的，它从一个侧面道出现代文学研究成功的奥秘所在。尽管当代文学代际情况有其自身的特殊性，存在着某种先天不足，但它同样也有一个师承问题，在基本学养与知识结构等方面与其他研究尤其是与现代文学研究并无本质的区别。因此，我们完全可以从现代文学那里借鉴实证方法。在师承关系问题上，当代文学不应有任何的自薄，我们需要打破狭隘的学科壁垒，向包括现代文学在内的所有学科寻求借鉴，通过这样的路径与方法来进行弥补，谋求发展。

二、学人知识学养与大学文学教育

讲学人知识学养，不能不讲教育，从某种意义上，知识学养是教育出来的，也是教育的结果。所以，在梳理了当代文学学界代际之后，我们就可顺理成章

---

① 黄修己:《回首来路，也有风雨也有晴》,《东方论坛》2004 年第 6 期。

地将思考的触角投向文学教育。

文学教育是教育学的一个分支,涉及的内容很多。陈平原将其界定为与文学史"有联系,更有差异"的"知识、技能与情怀"①,并联系北京大学中文系的实践,对此作了立体多维的探讨。本文出于论旨的需要,将其限定在大学(而不是中小学)的范围,主要是指大学本科生至研究生(含硕士和博士)的文学教育,包括教育理念、人才培养,也包括教科书、课程体系、课堂教学、学位论文、学术训练等。大家知道,与作家不同,从事当代文学及其史料研究的学者几乎全都接受过大学中文专业,尤其是文学教育的培养,他们本身就是大学知识体制的产物。而"大学中文系(国文系)作为一个知识生产的机构,有其自身的评价机制,而这种以学术成就为标准的评价制度,对新来者形成了一种压力和要求,新来者要想获得认可,就需要接受新的规则"。② 也许与文学教育的相对趋于保守有关,也许与中国自汉以来形成的强大而又带体系化的朴学传统有关,这种评价制度在五四时期的大学中文专业中仍然处于相当强势的地位,而对从事新文学教育和研究的"新来者"造成不少的"压力"。据说朱自清先生当年就是为此感到十分焦虑,曾几次要求辞去清华大学国文系主任之职,甚至连作梦都梦见因朴学知识不足而受窘的情况。③ 后来,通过《诗言志辨》、《陶渊明年谱中之问题》等带有转向性、弥补性而又卓有成效的国学研究,得到了傅斯年等的好评,最终才恢复了学术信心。与之相似,留美回来的胡适,开始入北大任教也被人怀疑④,但他后来发愤图强,"穷二十年之力,校勘数十种本子,阅读数百万字的材料,写出上百万字的文稿,为其乡贤戴震洗清冤案,堪

① 陈平原:《作为学科的文学史》,北京大学出版社 2011 年版,第 26—27 页。

② 刘奎:《朱自清的述学文体》,《枣庄学院学报》2012 年第 4 期。

③ 据朱自清在 1936 年 3 月 19 日"日记"记载:"昨夜得梦,大学内起骚动。我们躲进一座如大钟寺的寺庙。在厕所偶一露面,即为冲入的学生发现。他们缚住我的手,谴责我从不读书,并且研究毫无系统。我承认这两点并愿一旦获释即提出辞职。"《朱自清日记》,见《朱自清全集》第 9 卷,江苏教育出版社 1997 年版,第 408 页。

④ 顾颉刚回忆胡适初登北大讲坛时说:"'他是一个美国新回来的留学生,如何能到北京大学里来讲中国的东西?'许多同学都这样怀疑,我也未能免俗。"见顾颉刚:《古史辨》自序,景山书社 1926 年版,第 38 页。

称是考证学上空前盛事"①；更为主要的是他融合中西实证，在进行"整理国故"实践基础上提出的"大胆的假设，小心的求证"的主张，深深影响了现代学术，他也由此成为现代文学学科及其史料学的开拓者。其他如闻一多、苏雪林，甚至包括沈从文，也都有类似的处境和选择。朱自清和胡适"由今向古"的经历也许比较特殊，带有某种不得已的成分（即所谓的迫于"压力"），但它对构建现代文学学科，使之在现代大学安营扎寨，无疑具有积极的意义。这也与大学知识生产体制尤其是学术评价制度密切有关，它反映了那个时代新旧兼容、相互制衡的学术生态环境。新中国成立后，星换斗移，虽然从总体上讲，擅长语义分析的理论批评开始取代传统实证占据绝对的主导地位，现代文学学科在主流意识形态支持下也今非昔比，一跃成为大学文学教育的主课，朱自清先生所说的"压力"已不复存在；但历史的传承，尤其是通过朱自清先生的学生——王瑶等第一代学者的传承，这种将语义分析的现代理论与传统文史互证的研究结合的治学方法，还是在一定程度、层面和范围得到延续。这种情况，在80年代研究生学位制度恢复初期，曾较好地得到了体现。

钱理群回忆在读研究生时指出，"当年老师们就是这样培养"自己的：为研究路翎就先编他的著作年表，从笔名鉴别、著作及佚文的发掘入手；后来写《周作人传》，首先作的就是编了30万字的《周作人年谱》长编，还写了20万字的有关笔记和史料诠释与整理，最后写出来的《周作人传》有40万字，"史料的独立准备"也有50万字。② 解志熙在谈及20多年前参加北大博士资格考试面试时，曾生动地叙述了王瑶在"新方法论热"时如何"笑呵呵"地用传统的版本学、文献考证之学，向他们发起了"突然袭击"，而他自己在河南大学求学期间，"曾经很幸运地"从任访秋那里得到这方面的指教，所以"侥幸"应对过关。③ 陈思和也说，在复旦求学和工作时，受到蒋天枢、章培恒、贾植芳等师辈治学的熏陶和影响，尤其是早年追随贾植芳研究中外文学关系，按他的指导从搜集的大量史料中编撰一份六万多字的"大事年表"，后来写作《中国新文学整体观》

---

① 耿云志：《胡适整理国故平议》，耿云志、闻黎明编：《现代学术史上的胡适》，生活·读书·新知三联书店1993年版，第121页。

② 参见钱理群：《重视史料的"独立准备"》，《中国现代文学研究丛刊》2004年第3期。

③ 参见解志熙：《深恩厚泽忆渊源》，《中国现代文学研究丛刊》2000年第4期。

里使用的材料观点,基本上得益于这份编年记忆。① 从钱理群、解志熙、陈思和的例子不难可知,决定一个学人的学养与知识结构尽管有诸多复杂的因素,但毫无疑问,文学教育从中发挥了不可忽视的重要作用,尤其是将史料搜研当作学术训练的基本方法,更是成为其基础的基础,它直接影响一个学者日后的研究及其成就。很难想象,如果他们三人没有王瑶、任访秋、章培恒、贾植芳等名师指导,受过史料方面的教育和训练,后来如何能够很快地脱颖而出,显示了良好的发展后劲? 众所周知,中国传统的文学教育是文史哲打通的一种教育,中国所谓的文学,从词源上讲,涵盖语言、历史、哲学等诸多学科,是杂文学,而不是今天所讲的狭义的文学即纯文学(一般由诗歌、散文、小说、戏剧等文体组成)。狭义的文学,是五四时期由西方引进,它是由传统的"传统四部"(经史子集)向"现代七科"(理工农医文法商)转换的产物,与现代大学的兴起密切有关。现代大学中文专业的文学教育,与现代意义上的文学观念相适,其实就是源于西方的一种纯文学教育。这种教育与传统的教育相比,因受"分科"的制约,在强调专业化的同时,往往窄化了文学的内涵和外延,给人才培养带来了许多新问题。这也可以说是现代大学文学教育的一大弊端吧,是造成王瑶所说的第二代学者以下的知识结构与学养局限的根源之所在。当然,也是钱理群、解志熙、陈思和之所以取得成就的一个重要原因。

而恰恰在这方面,我认为当代文学教育存在着历史性的缺失,它重阐释重观念,而轻实证轻训练,这就将五四时期的"分科"教育进一步推向极端,造成了学生知识结构的失衡。这种情况在研究生论文中表现得尤为突出。吴福辉谈道:"这几年的研究生对现代文学基本资料、史料所下的功夫越来越少,一般是读一点西方理论,凭借原来的一点文学史知识,找到一个题目,然后直奔主题收集材料便开始写起来。恐怕这样写起来的还算是好的,更有甚者就不晓得怎样了。"②无独有偶,陈思和也对此感到忧虑和不满,他在一篇有关年谱的"总序"中,直言原有的基于史料的良好学风,在最近一二十年"高校的研究生培养中渐渐式微,一些似是而非、华而不实的流行理论、外来术语、教条形式都

---

① 陈思和:《学术年谱·总序》,《东吴学术》2014 年第 5 期。

② 参见吴福辉:《历史与当下:双重视野中的现代文学资料学》,《学习与探索》2014 年第 1 期。

开始泛滥,搞乱了青年学子的求知心路,也破坏了良好求实的学风"。① 当然,以上所说,并非当代文学教育的全部,事实上也有一些研究生论文是写得很严谨扎实的,如金宏宇的现当代文学版本研究、傅祥喜的现代文学史版本研究、李松的样板戏研究、霍俊明的朦胧诗研究等,且近年来愈来愈多,开始呈现较好的态势;再进一步,有的学校如北大、北师大、河大、厦大等早几年在研究生中开设有关史料学方面的课程,有的学校如浙大在本科教学中编写和推广"史料与作品选"的教材,等等。但不必讳言,从总体上讲,应该说还是比较羸弱迟滞的,这也是无法否认的客观事实。据《1984—2012 年中国现代文学博士论文选题分析》指出,"许多博士论文的作者,似乎不太愿意作钻故纸堆功夫,而更乐于从现成的史料中尝试提取新的观点和看法,可真正能作到'言人所不能言'者却实属寥寥,结果,大量的论文就变得表面看似'思想'满天飞,实则不过是人云亦云罢了"。② 博士尚且如此,本科的情况就更不要说了,难怪会出现吴福辉所说的,去参加座谈时,"有的学生顺嘴便说毛泽东的《在延安文艺座谈会上的讲话》里提出了'双结合',或称'两结合'等等,可实际上凡稍微熟悉《讲话》并读过它两遍的人,都知道那里根本就没有'革命现实主义'和'革命浪漫主义'的字样(提到过'现实主义',有一处提到了'社会主义的现实主义'),更遑论两者的'结合'呢"。③

本来,五四时期的现代大学虽然进行"分科",但传统"三古"(古代文学、古代汉语、古典文献)的强大,及其对现当代文学带来的"压力",迫使朱自清和胡适等人"从今向古",这至少在客观上有利于彼时学术生态和知识结构的平衡协调。而当代,因意识形态重建的需要,也是与"以论带史"治学理念以及与琐碎化、绝对化的专业分工有关,把许多人的视野与学识限制在狭窄的天地里。从事当代文学教学和研究的不仅不懂古代文学,甚至不懂现代文学,像解志熙所说的任访秋式人物(第一代学者)已成绝响;即使有,经过几代政治化理论化冲击,也所剩寥寥,在当下量化、项目化的科研和教育体制下,也难以有效得以

① 陈思和:《学术年谱·总序》,《东吴学术》2014 年第 5 期。

② 洪亮:《1984—2012 年中国现代文学博士论文选题分析》,《中国现当代文学研究丛刊》2013 年第 7 期。

③ 参见吴福辉:《历史与当下:双重视野中的现代文学资料学》,《学习与探索》2014 年第 1 期。

施展。这就使固有的弊端暴露得愈加明显。陈平原对比欧美、台港地区与大陆文学教育,对目前还颇为流行的"教授妙语连珠,挥汗如雨,博得满堂掌声;学生不必怎么动脑筋,只是一个旁观者,闭着眼睛也能过关"的"演讲课"颇有微词。他认为理想的文学教育是"讨论课",即在教授引导下,"围绕着相关论题,阅读文献,搜集资料,参与辩难,并最终完成研究报告。"①现当代文学专业课的课时本身有限,如再缺乏应有的训练,采用放马式、随意式教学,那么结果就可想而知。也正是基于此,有人提出了"史实教学"的主张,认为"对史实的重视和强调,并不是文学史教学者遁入书斋远离现实的封闭之举,而是一种严肃可敬的学术行动。尤其是对中文专业学生而言,……史实教学为学生提供丰富的、但又是有待整合的历史碎片,学生通过解读这些素材,得以整理文学的线索,或发现'史'的关联,或对文本形成新的理解"。② 这是很有道理的,值得重视。

说到文学教育,也许不能不提及令我们尴尬的文史分家的问题,这也是现代"分科"教育遗留下来的弊端之一。当代文学史料,从学科归属来看,属于历史学,它的有关搜集、整理、目录、版本、校勘、辨伪,都带有鲜明的史学色彩。而迄今为止,从事当代文学教学和研究的同行学人,绝大部分都是中文专业而不是历史专业毕业,所受的主要是文艺科学而不是历史科学的训练。这种缺少历史科学的训练,正如樊骏所批评的那样:我们"不妨这样自问一下:如果由一般的史家编写文学史,由于对文艺科学有些隔膜,难免产生这样那样的缺陷;而我们能自信不会因为缺少历史科学的修养,而造成任何不足吗?果真如此的话,史学基础理论还有什么独立存在的价值呢"?③ 结论当然是不言而喻的。为此,它也向我们提出了一个史学学养的问题。大家知道,1949 年以来,大陆高校中文学科内部分"语言"和"文学"二大块,其中有的高校因建立古典文献专业,分为"语言"、"文学"与"古籍"三大块。但它们彼此之间往往是分离

① 余三定:《学者风范与学人本色——文艺理论家陈平原访谈》,《文艺报》2012 年11 月 28 日。

② 斯炎伟:《知识负累与史实可能——讲述中国当代文学史的一种方法》,《学术月刊》2013 年第 5 期。

③ 樊骏:《我们的学科:已经不再年轻,正在走向成熟》,《中国现代文学论集》,人民文学出版社 2006 年版,第 505 页。

的,很难揉到一起。特别是当代文学,因为从语言形式到思想体系与传统古籍差异太大,更是如此。教育部颁布的中文学科八门主干课程中,也没有史学或文献史料这门课。在这样的体制下进行文学教育,可能会有所专精,但却缺乏史学素养,知识结构普遍比较褊狭。台港地区的文学教育与之不同。据在台湾作客座教授的北大中文系傅刚教授说,在台大,经、学、史等都是放在中文系里的,并未分得那么细。他们的教育是专书教育,是一本书一本书地读。他曾在台湾的一家书店里买了一本学生读完的《史记》旧书,里面写满了笔记,便签也贴得满满的,而这样一种读书方式,在大陆学生中则是很少见的。由之,他认为"专书教育要非常专,通过专书才能知道概论。现在,我们上来就讲概论,所以讲概论的专业如果分得太细,我们就只懂讲本专业的,或者只能讲文学史"。① 即使讲当代文学史,也不是建立在具体切实的史实基础之上,而是好作凌空蹈虚的观念化、体系化、话本化的叙述。

正是在这个意义上,我认为有必要借鉴台大中文系的作法,开设包括文字、声韵、训诂在内的"小学"专门化课程,以及与文史哲乃至整个大文科打通的跨学科课程,切实作好"专属教育",而不能把文学教育局限在文学(当代文学)范围,就文学谈文学(当代文学)。大量事实告诉我们,文学教育是一个系统工程,决定当代文学学人知识学养虽然有多方面的因素,但无论如何,强调拓宽文学教育的内涵和外延,改变现有封闭狭隘的知识构成,培养与这个学科相适的古今贯通、中西兼备的新型学者,在当下都显得十分重要和迫切。黄修己在十几年前谈及新文史编纂时曾提醒,除了文学理论外,"还要借鉴史学理论","古今中外有关史学理论著作很多,有很高的借鉴价值,大可采撷"。② 比他更早,唐弢先生在 20 世纪 80 年代初也告诫我们:"搞现代文学的人,除了马克思主义、美学、文艺理论以外,最好再钻一门学问;或者本来是搞古典文学的,可以从民族传统影响的角度来研究现代文学;或者原来是搞外国文学的,可以从外来影响的角度来研究现代文学。这样我们的现代文学研究,就会有声有色、具体生动,不至于抽象化、一般化了。"③当代文学及其史料研究又何尝不是如此? 遗憾的是,目前在中文本科和研究生的文学教育中,有关史料意

---

① 参见《怎样的课才是有文化的文学课》,《光明日报》2015 年 3 月 3 日。
② 黄修己:《中国新文学史编纂史》导言,北京大学出版社 1995 年版。
③ 唐弢:《艺术风格与文学流派》,《社会科学战线》1983 年第 4 期。

识的强调和学术训练(当然非常有限),大多集中在古代文学方向,当代文学几乎没有这方面的规划和要求,也没有类似的教材,可以说在整体上处于"空白"或"准空白"状态。这在某种程度上造成了史料工作只能"自学成才"的境况。可以预见,随着学科日趋成熟和史料意识的觉醒,这个问题将更突出、更尖锐,因而有必要引起教育界的高度重视,并采取切实有效的措施加以解决。

当然,我们也不能由之否定和排斥理论思维的作用,将当代的史料研究返回到传统朴学的道路上去,切断与时代社会的关系,为史料而史料,那同样不可取。据说王瑶在去世前的几年多次谈道:章太炎、刘师培这样的国学大师,虽然学识修养渊博高深,多有自己的重要建树,但真正使研究工作发生历史性变革,为推动学科进入新的发展阶段作出决定性贡献的,还是梁启超、王国维、鲁迅、胡适等人。这里主要原因在于,后者"没有墨守成规,善于借鉴汲取西方的文学观念、学术理论、研究方法等,使传统的观念和治学之道发生质的飞跃,从而能够站在新的时代高度,对中国文学有新的发现和认识,进行价值重估"。[①] 在学人学养与知识结构问题上,强化文史功底是为了弥补以往之不足,更好地触摸与还原历史,而不是将其引入封闭狭隘的"索引"之途,更不意味着可以忽视正确的理论与方法。在强调健全合理的知识学养的情况下,这是值得警惕的另一个问题。

三、学人知识学养与批评家的关系

将从事当代文学史料研究的学者与批评家联系起来,并不是对当代文学学者的冒犯和亵渎,恰恰相反,而是对当代文学学者的真正理解和尊重。这是因为在对对象的评判和阐释这个问题上,他们彼此具有同构性和一致性。这也是当代文学学科不同于古代文学、现代文学学科的一个独特之处。

这里所说的批评家,主要是指那些以艺术审美评价活动为职业,并在客观上带有为文学史家甄别、筛选的人而言,是狭义的一种文学批评家,在文学的生态链中,他大致处于"创作—批评—研究"的中介状态。他们与上面所说的

---

① 转引自樊骏:《中国现代文学论集》,人民文学出版社 2006 年版,第 27 页。

学者,因彼此的功能和目的差异,而被赋予不同的主体素养、知识结构和能力。具体地说,就是前者注重主观感受和文本解读,"以敏锐的艺术感受和精细的艺术分析见长,能够迅速及时地跟踪、反映作家的创作动向和作品的艺术信息,他们的批评与创作几乎具有同等的时效性";而后者则致力于对研究对象"作系统化、条理化的分类研究和客观的、历史的综合归纳。……具有更多的一般人文学科学者的特征,他们的工作也基本上是属于科学研究的范畴"。① 因为当代文学不同于古代文学、现代文学,它所面对的研究对象,不是陌生的、稳定和有距离的,而是熟悉的、漂泊的、无距离的,有的甚至是自己亲身参与或经历的。所以有人据此认为,当代文学不应成为一门实证性的研究和知识积累的部门,相反,"它必须是一门把'不规范'当成自己的规范的所谓'学科'"。② 这话虽说得有点过,但是,从当代文学研究"当代性"角度来看,特别是从如何发挥当代文学独特的学科优势,避免史料研究常犯的封闭、僵硬与拘泥的角度来看,它却是有道理的。这也表明当代文学史料研究,的确存在着一个学者与批评家关系处理及其角色定位的问题。

从现有的当代文学史料研究代际状况来看,为数不少的学人如张炯、陈思和、王尧等属于学者兼批评家的两栖型人才,他们频频往返于学界与文坛,左右开弓,在两个领域都取得了颇丰硕的成果,有时甚至很难区分他们到底是学者还是批评家。当然,其中也有不少,原先曾从事过文学批评活动,后来因年龄,或因工作性质(如在高校和科研院所工作)等多方面因素,才将自己的重心由批评逐渐转向研究,成为史料研究方面的学者。在这方面,李洁非是有相当代表性的。2014 年年初,他在接受《中华读书报》专访时说,从 20 世纪 80 年代中期开始,他原本是从事文学批评的:"那时我二十四五岁年纪,脑子里还有理想主义,把文学看得蛮高,觉得它如何如何,当时觉得文学病在思想浅薄,认为搞批评比搞创作更有意义,能更直接地介入文学的思想现实。这都是年轻气盛的想法,所谓把思想看重看高,无非是对胸中那些一己之见很在意。到了 80 年代结束的时候,慢慢觉得执着于个人的东西蛮可笑的,它在现实世界面前分量很轻,根本不足论,与其用主观的想象和规划要求文学,不如脚踏实地研究

---

① 於可训:《论文学批评的主体及其实践活动》,《海南师范大学学报》2015 年第 1 期。
② 刘复生:《当代文学研究的历史危机与时代意义》,载《思想的余烬》,河南大学出版社 2011 年版,第 25 页。

些问题,认识事实。这样一点一点疏离文学批评前沿,后撤到一些专题的研究上。"还有一个原因,就是"中国当代文学最突出的特点,是文学'当代性'的本质体现。从文学到文学,既说不清当代文学,更难以说透"。所以,为"突显当代文学有非一般的特质",毅然决然地进入愈沉潜愈深入、愈庞杂愈开阔的史料领域,推出了"典型三部曲"(《典型文坛》、《典型文案》、《典型年度》)。① 程光炜也有某种类似的情况,他在谈及自己从写诗到写诗评再到提出"重返八十年代"时说:"80 年代的年轻人很理想,很多人,尤其是大学中文系的学生都把文学创作看作一生的志业,我那时候也是这样想的。觉得写诗比作学问层次高,有才气,作死学问算什么啊,那是比较笨的人作的事。那个时候我年轻无知,也很狂妄。"后来,受了陆耀东老师的影响,也是出于学科历史化的考虑,带领博士生团队历时数年在图书馆中翻阅旧报刊,作当代文学史料的整理和打捞工作。"当代文学已经六十多年了,应该可以看作历史现象了。……就是说,你得用'历史的眼光'来看待这些当代文学的作家、作品和现象,把它们当作'过去'的东西,否则,你很难拉开与研究对象的距离,很难保证研究的距离和张力。""总之,当代文学学科,应该像当年的现代文学学科那样,不要再停留在一般的评论的状态了,而应该把学科建起来。"②

　　李洁非、程光炜以上所述尽管不尽相同,彼此切入的角度和侧重点也有差异,但都隐显不同地涉及因年龄渐增——人到中年以后而带来的研究思维观念变化问题。由之,当然也就有一个由批评家向学者转换的知识结构调整的问题。这时,他们不仅顺理成章地补充了为原先所缺失的目录学、版本学、校勘学、考据学、辑佚学等知识谱系,注重客观实证,从而形成了比审美感知为本的批评更开阔也更立体复杂的知识谱系;更为重要的是心态上产生了如李洁非所说的,凡事要有"推己及人"、"反求诸己"的度量,这就是"碰到跟自己思想感情相格不容的人和事,不要代人家立言,把自己放到对象的条件境遇下,找寻他的道理、逻辑。……我们不是出于喜欢不喜欢、赞成不赞成研究一个人一件事,是为探其由来。所以,即便是反感的,不苟同,也以对象为本位,还原他的心路历程、环境背景。写作中的艰苦,有体力上的,也有心力上的。体力上,

---

① 舒晋瑜:《李洁非:"历史应如镜,勿使惹尘埃"》,《中华读书报》2014 年 2 月 26 日。

② 程光炜、魏华莹:《在"当代"与"历史"之间——程光炜教授访谈》,《学术月刊》2013 年第 7 期。

穷搜博览还恐遗漏，很累。但跟心力的艰苦比，却不算什么。实际上，对写到的人、事和问题，我内心不可能没有臧否，放不下喜厌好恶，是将明明有的东西克制住，不让它来干扰研读和写作，这是一个和自己搏斗的过程，碰到我反感甚至憎恶的地方，努力不流露，这是折磨，但没有办法，为的'历史应如镜，勿使惹尘埃'的信念，只能如此"。① 可以这样说吧，当代文学研究，尤其是当代文学史料研究，它的最大的难度并不在"体力"，而在"心力"。但一俟作到了，达到这样的境地，那么它就不仅达到了对原有批评，而且也实现了对一般史料研究的超越。为什么李洁非的"典型三部曲"在当下众多研究中别开生面，备受好评，这里重要原因之一，就源于不同于批评的这种研究的"心力"。英国学者贝特森曾形象地将文学史家与文学批评家作了这样的区分："A 来自于 B"是文学史家的工作，"A 优于 B"是文学批评家的工作。他的意思是说，文学史家的工作主要是叙述事实，而批评家的主要工作是评价事实。贝特森如此的区分也许讲得有点绝对，实际情况并非这么简单，但就强调文学史家工作的客观理性而言，应该说，还是有道理的。在批评家向学者尤其是向史料学者转换问题上，任何无视或夸大批评与研究的界限，都是不必要，也是不可取的，它只会造成研究和批评的两败俱伤。

当然，我这样说，不存在"褒贬"任何一方的含意，而只是着眼于批评与研究之间的主体性质的差异。事实表明，批评是当代文学研究的重要前提和基础，也是当代文学"当代性"的主要标志和突出体现。当代文学及其史料研究只有与之进行双向能动的对话，才能在"当代性"与"历史化"之间保证动态平衡，有效地呈现自己的生命活力。而在这个问题上，我认为当下学界是缺乏足够认识的，存在着两种值得注意的倾向：

一种是将当代文学的"当代性"不适当地窄化为当代文学的全部，用来取消"历史化"及其意义与价值。这种倾向，在一定程度上，就是"当代文学不能写史"观念的延续，它把包括史料工作在内的当代文学"历史化"与"当代性"简单对立起来。比较常见的一种作法，就是拿学院派中质量较差的研究，与文学批评的优秀之作作对比，然后得出贬褒分明的评判。这样的评判当然难以服人。实际上，批评与研究，因为彼此功能价值不同，是不可作如此简单的类比，

---

① 舒晋瑜：《李洁非："历史应如镜，勿使惹尘埃"》，《中华读书报》2014 年 2 月 26 日。

它甚至会出现如朱寿桐所说的三个中文系教授写的文学批评不及三个中学生的情形,因为"学生词汇的轰炸、奇异的思维、运笔的灵性、刚气、活力,可能教授都赶不上,学生会更胜一筹;但是如果用一个研究的课题,写出学术论证的东西,那么即使是比较差的教授都会比最好的中学生写得更好,因为中学生没有经过学术的训练"。① 当代文学是一个"近距离"乃至"零距离"的学科,史料多而又易得,这就容易造成忽视史料的毛病。当代文学又是一个政治性很强的学科,其史料生成、保存与传播,受政治因素干预,遮蔽了不少历史真相,其中有的一直封存在档案馆中没有解密,它离人们的期待有较大的距离,这也往往使人们不像古代文学那样重视当代文学史料。应该说,这种倾向现在还有相当的市场,且在短期内很难有根本的改观。

另一种与之相反,即将上述的"历史化"问题推向极端,用古代文学的"历史化"和学术原则方法来要求当代文学,没有看到当代不同于古代,每天有海量般的新作涌现,这就给当代文学提出了十分艰巨的任务,使得很多从业者把主要精力放在文学批评上;更何况,批评本身由于主客观的诸多因素,事实上也在产生变化,出现了为有识之士所说的"小心求证"即"充分地调动与文学批评对象相关的人证与物证、主证与旁证、内证与外证等各种证据"②的某种走向和态势。可以说,没有批评的鉴别与筛选,包括史料在内的研究工作将很难展开。从现有的研究特别是学院派研究(也包括研究生学位论文写作)状况来看,除了上文讲的不重视史料,"存在缺乏社会关怀和承担意识,将学术技术化、精致化,因而内在精神与生命活力不足的危险"③外,审美贫乏也是一个严重的、普遍的症候。而它之所以如此,其中一个重要原因在于研究者缺少作为文学批评家应有的艺术敏感,在学养与知识结构上存在着缺陷。

与当代文学研究一样,当代文学批评经历了六十多年的历史,已有相当可观的积累了。从茅盾、周扬、何其芳、萧殷、胡采、冯健男、侯金镜、陈荒煤、冯牧、张光年,到陈涌、洁敏、李希凡、朱寨、张炯、谢冕、阎纲、刘锡诚、李子云、陈

---

① 朱寿桐、庄园、李博昊等:《关于文学学术研究与文学批评的讨论》,《创作与评论》2014年第1期。

② 引自贺绍俊:《2012年文学理论:发现新的理论动向,更新文学批评话语》,《文艺报》2013年2月4日。

③ 钱理群:《樊骏参与建构的中国现代文学研究传统》,《文学评论》2011年第1期。

骏涛、雷达、何西来、何镇邦、吴秉杰、谢望新;从曾镇南、季红真、黄子平、孟繁华、贺绍俊、李炳银、吴亮、程德培、李劼、王干、南帆,到李敬泽、李建军、吴义勤、施战军、张清华、谢有顺、洪治纲、邵燕君、李云雷、张莉等,他们在为批评铺砖垫瓦的同时,也都为我们留下了许多值得珍惜的重要史料。从 90 年代末开始,在"世纪盘点"之风的催动下,还陆续推出了如"青年批评家文丛"(人民文学出版社 2000 年版)、"南方批评书系"(广西师大出版社 2002 年版)、"e 批评丛书"(山东文艺出版社 2004 年版)、"学院派批评文库"(吉林出版集团 2009 年版)、"'80 后'批评家文丛"(云南人民出版社 2013 年版)等。中国现代文学馆从 2011 年开始的客座研究员机制,先后将杨庆祥、金理、黄平等 40 多位批评家纳入培养机制中。《南方文坛》从 1998 年起开设"今日批评家"专栏,迄今15 年来已推介了 90 多名青年批评家。有关批评家的年谱也出了一些(其中有的刊发在近几年的《东吴学术》、《文艺争鸣》等杂志上)。创立于 1986 年的鲁迅文学奖,每届都设立了文学批评奖(除第三届外)。尽管目前批评存在不少问题,有的还相当严峻和严重;但毕竟较过去成熟多了,有了一定的学科基础。韦勒克在《文学理论》中提出文学批评要与文学理论、文学史结合①,当代批评家谢有顺呼唤包含义理、实证和文体三方面内涵的"立心批评"。② 这都提醒我们:批评发展到了今天是可以而且需要历史化了,它与理论及包括史料在内的研究之间具有内在的一致,我们应该用更加恢宏开阔的视野来看待史料研究与文学批评的关系,并将后者当作史料研究的一个重要资源。

最后,我想再重申一点,当代文学不同于古代文学和现代文学,其史料存在不仅处于漂泊不稳定的状态,而且因量大面广,还面临一个艰难的海选、甄别的问题。这使史料研究工作往往带有明显的批评成分,有时甚至出现研究与批评混搭的特殊景观,从而显得更为纷纭复杂。正因此,我们在向古人、前人师承实证方法时,不能简单照搬,有一个根据学科实际情况由传统向现代转换,并逐步建立新的原则与方法的问题。朱自清先生在 1948 年的一次"文学考证与批评"的演讲中指出:旧文学属于四库全书的"集"部,很少有考证,因为它认为"集"部的价值不如"经史子"部。后来新文学地位提高,被当作一门学

---

① 〔美〕雷·韦勒克、奥·沃伦:《文学理论》,生活·读书·新知三联书店 1984 年版,第 30—39 页。

② 谢有顺:《呼唤"立心"的批评》,《文艺报》2015 年 3 月 23 日。

问来研究，在很大程度上就体现在考证上，即将考证对象由传统的"经史子"部扩充至"集"部。但光有考证是不够的，考证解决的"是什么"，至于"为什么"的问题，考证是解决不了的，所以，他进而又提出了"批评"，认为这是构成新文学研究和文学教育的新传统，强调考证与批评的融合。① 朱自清这个观点在当时是相当超前的，它告知我们：不要将史料研究简单化、绝对化，不能为了研究的"历史化"和知识结构的健全，而疏忘了作为一个当代文学学人所需要具备的很强的问题意识和理论把握对象的能力。

今天，当代文学处境与六十多年前新文学面临的景况自然不可同日而语。一方面，现在的学术环境与过去相比自由多了，学人的知识结构也有了明显的改观，其中有的杰出者，无论在"西学"还是"中学"，其知识和学养上都可能胜过现在已成为中老年学者的前两代人。另一方面，由于学术生态"项目化"的深层制约，加之上述所说的文学教育、文学批评问题没有得到根本改变，似乎又陷入某种难以摆脱的"怪圈"，甚至出现不如 80 年代的倒退的情况。尤其是年轻一代学者，因为成长于学院体制，又受世俗化、市场化的影响较大，存在的问题更不容小觑。年轻学者是今天和未来当代文学及其史料研究的主体，他们不像此前学者那样已经定型，而是具有很大的可塑性和可资发展的空间。唯其如此，也更有必要对自己的学养与知识结构进行调整。自然，这种调整不是一蹴而就，而是需要经过相当艰难复杂乃至痛苦的一个自我蜕变的过程；而且这也不仅仅是年轻学者的事，是包括笔者在内的所有的当代学人共同的任务。因为正如前文所述，当代文学研究的特殊性，也包括它的"年轻"及其与之有关的历史性的局限，在给我们提供可以充分施展个人才能的同时，也增添了为其他学科所没有的特殊复杂性与难度。对此，我们应该有个清醒的认识，并付诸实践，逐步加以改善。

（载《中国现代文学研究丛刊》2017 年第 6 期）

---

① 参见《文学考证与批评——朱自清昨在师范学院讲》，《世界日报》1948 年 2 月 16 日。该讲演史料系最近发现，详见刘涛：《朱自清的两次讲演与一篇佚文——北平〈世界日报〉有关朱自清的几则史料》，《汉语言文学研究》2014 年第 3 期。

探寻立体呈现当代文学史料的体系与方式

——《中国当代文学史料问题研究》的编纂理念与学术追求

也许与自己从事的文史互动的治学方向和兴趣有关,这些年来,我的一个不无固执的感受,就是无论身处当代文学学者还是作为当代文学学科,都应该重视"文本细读"与"史料实证",并将其摆在重要的基础地位,作为自身赖以支撑的阿基米德点。否则,不仅行之不远,更不要说成就多大的业绩。关于这一点,现如今人们在经历了诸多的反复实践之后,才逐渐有了认识。前者,也就是"文本细读",这个问题在近些年学界引起广泛关注,老一代学者孙绍振和同辈时贤陈晓明、张清华等撰文联袂发声,《文艺报》还开设长达半年多的"回到文学本体"栏目,对此进行专门深入的探讨,现已演化为一个新的学术生长点;而后者即"史料实证",经过一段时间沉潜发酵,也开始出现了某些结构性的变化,自然,它也成为我近几年研究工作关注的重心所在。

但这绝不是说理论不重要,不是的。马克思 170 年前在谈到社会经济落后于西欧其他一些国家的德国拥有先进的哲学时说:"我们德意志人是在思想中、哲学中经历自己的未来的历史的。我们是本世纪的哲学同时代人,而不是本世纪的历史同时代人。"①他所说的思想哲学等意识形态超前于社会形态经济形态的现象,因历史和现实诸多因素的作用,在现代以降的中国也出现了,而且表现得比当年的德国还有过之而无不及。实事求是地说,当代文学领域,尤其是新时期以来的当代文学领域包括史料研究在内的每一个突破,每一项成就的取得,都离不开理论的引领。就学者和学科的知识结构而言,我甚至认为"理论思维"与"文本细读"、"史料实证"一起,是构成它们互为支撑而又互渗

---

① 〔德〕卡尔·马克思:《〈黑格尔法哲学批判〉导言》,《马克思恩格斯全集》第 1 卷,人民出版社 1956 年版,第 458 页。

互融的"正三角"("△"),它在受制于"文本"与"史料"的同时,也对后者产生能动的反作用。这一点,下面在讲事实与思想关系时还要论及,此处不赘。

当然,这也不是说致力于"文本细读"的文学批评不重要。作为人文学中最具个性、灵性和弹性的文学研究,对于美的敏锐感悟和评判,同样也是学者的一种重要素养和能力。更何况,每年令人咋舌而又层出不穷的新人新作的筛选(仅长篇小说一种文体,近些年的年产量就高达 4000 多部),也需要并且离不开批评。而是说,对于美的认知和评判,不能局限于批评一路,千军万马都拥挤在批评的这座独木桥上,根据学科发展的实际情况,有部分人应该从它那里分离出来,从事文献史料建设这类基础性的工作。当代文学迄今有近七十年历史,是现代文学时长的两倍还多,已有不少积累,不能永远停留在"我评论的就是我"这样感性而又过于主观的"批评化"及其相互争讦的层面,需要进行历史化了。而历史化,就有一个史料建设问题,不能率性而言,将研究变成了无征可信的个人哲思冥想。这也意味着我们的治学理路和思维方式需要进行一番带有战略意义的结构性调整。

上述种种,就构成了我们从事当代文学史料研究的背景,笔者也正是在这样隐显复杂纠缠的情形之下,于 2010 年申报了国家社科基金重点项目"中国当代文学史料问题研究",并花了五年多时间,主持完成了这项任务。同名的图书就是这项任务的最后结项成果。它的主要目的,就是想通过对史料存在的渊源流变谱系的梳理,对当代文学史料进行全面系统的归纳、盘整和梳理,为日后"当代文学史料学"的构建提供一个初步的雏形和架构,为当代文学学科建设提供奠基性和根源性的支撑;同时,也对史料研究的相关问题进行深入的探讨,进而回答当代文学史料为什么这样存在以及这样存在的历史必然性。

当代文学史料是一个未完成的、庞杂的系统。尽管因意识形态以及或人事或伦理或经济的原因,至今还有不少史料被尘封在档案馆没有解密,或如公刘所说"包在饺子里",人们不得其详,但仅就其露出的"冰山之一角"来看,我们都不得不为其丰富复杂的存在与存在的丰富复杂感到惊讶。可以毫不夸张地说,当代文学史料大幅度扩张,几何级递增,使它的任何一类,都已经超过了中国历代各类史料的总和。由于传媒的高度发达等原因,"史料愈近愈繁"已成规律,这不能不给研究者造成不堪重负的压迫感,甚至连主张将史料竭泽而渔的二陈(陈寅恪与陈垣)也不免会望洋兴叹,感到"虽皓首穷经,无所措手足"

（陈寅恪语）。为了避免这种尴尬，现在的当代文学史料研究一般都采用"专题"研究的方式。当然更多的，是从自己某个特定课题的直接需要出发，作为研究工作的"前期准备"去收集史料。这样作，就个体研究的程序来看，是完全合理的，但因只关注史料的某个环节或某个局部，目的和视野过于单一狭隘，故而往往显得比较零碎琐细，难以概括和反映史料所固有的复杂内容，也不能满足和适应史料工作由点向面、由微观向宏观、由分散向综合转换的发展态势和时代要求。我们感佩于"专题"研究的同行，他们"掘一口深井"的勘探自然构成史料工作不可或缺的重要组成部分，成为其基础的基础。但是，从当代文学史料研究的"及物性"，即史料研究与史料实际存在的关联角度来讲，我们又不能不为迄今为止只有诸多"专题"研究而还没有一部"立体"呈现当代文学史料论著的现状感到遗憾。尽管我们知道，选择这样一种"立体"呈现的模式难度是很大的，它与我们的知识积累和学养尚有一定距离，而且条件也不是很具备，现在还没有到了"将历史还给历史"的时候。然而，唯其如此，也许更有意义，它也为我们的学术创新提供了可能，至少反映我们这代人对"当代文学历史"的认识，为后人研究今天的文学留下了大量的第一手史料。

何为"立体"呈现？也许一百人有一百种不同的理解，一百种不同的方式方法。这里所说的"立体"呈现，按照我们的编纂理念以及对当代文学及史料的理解和认识，尤其是根据我们现在掌握当代文学史料的实际情况，主要将其分为"公共性"、"私人性"、"民间与地下"、"期刊社团与流派"、"通俗文学"、"台港澳文学"、"书话与口述文学"、"版本与选本"等不同的类型，它涵盖了当代文学史料的各个方面，是带有体系性的。而每一种类型，为了更好地体现其"及物"性的特点，又进而细分若干亚类型，并作纵向"辨章学术，考镜源流"的渊源性追溯。比如"公共性"史料再分为政策文件、《文艺报》等报刊、评论批评文章三种形态，"私人性"史料再分为日记书信、回忆录自传、检讨交代三种形态，"民间与地下"史料再分为手抄本、地下社团民刊、"文革"小报、民歌、校园文学五种形态，再加其他有关的电子文献史料、文代会史料、潜在写作史料等；这样"已然传统的史料"与"现代活态的史料"多层多元多维的交集，就较为完整地反映和概括当代文学史料整体谱系及其来龙去脉，让我们具体切实地了解到中国自汉代开始的汉学，到清代的乾嘉学派再到五四的整理国故，在经过几千年的流变进入当代以后呈现的纷纭复杂而又喜忧参半的新貌相、新状态、新问题。当代文学不同于古代文学和现代文学,"一体化"、全球化和网络化的复杂的生存环境,决定了它不仅在类型而且在内容上较之古代文学和现代文学显得更为繁复,各种充满矛盾对立的思潮、主义与现象在这里都留下浓重的印迹。在今天,要简单搬用古代文学乃至与之相近但又不尽相同的现代文学类型研究方法,显然是不够的,它也不足以概括和反映当代文学史料存在的历史和现状,我们只有返回当代文学现场,从历史实存的"事实"出发(而不是从预设的"观念"出发),才能较好克服史料繁多而又无法尽阅这一无法克服的难题,还原和呈现当代文学史料固有的丰富性多层性。一般认为,当代文学史料多而又搜集不难,所以较之古代文学史料研究要容易,殊不知,正因数量太多而又贴得过近,恰如身在此山中不识庐山真面目一样,仍然难免穿凿附会的流弊。正是在这个意义上,我不认同梁启超、胡适所谓编纂近人年谱或长编较为容易的观点,相反,而是对当代学者桑兵不能按照古代史自圆其说标准来治近代史事的主张表示赞成。为什么呢?因为离今太近而又"资料繁多",彼此错综复杂,所以"详尽再现史事各层面的真反而不易确证"。① 笔者对此也深有体会,在史料研究过程中,感到最棘手也是费时最多的往往不是史料的搜集,而是如何将其纳入逻辑有序的"立体"的体系中给予阐释,并由此及彼提出问题,将现象研究上升为历史研究。

　　当然,强调从"事实"而不是从"观念"出发,并不意味着"观念"不重要,更不可由此推导出史料研究"非观念"或"反观念"的结论。这是因为不存在纯粹独立的所谓的"事实",当我们说它是"事实"的时候,它其实隐含了我们的观念,用韦勒克的话说,"在文学史中,简直就没有完全属于中性'事实'的材料",即使是史料的取舍以及年份、书名、传记事迹等相对中性"事实"的还原,也离不开观念的参与、对话与激活。② 更何况当代文学史料研究,由于历史与现实原因,在它身上夹裹了太多的问题,情况也十分复杂。为什么近年来现当代文学史料研究普遍呈现向"批评"靠拢,即所谓的"史料研究批评化"的倾向,包括版本、选本、辑佚、考证等,有的研究者还提出了"将版本研究与文本批评整合

---

① 桑兵:《治学的门径与取法——晚清民国研究的史料与史学》,社会科学文献出版社2014年版,第223页。

② 〔美〕雷·韦勒克、奥·沃伦:《文学理论》,刘象愚等译,生活·读书·新知三联书店1984年版,第32页。

起来"即"借鉴语言学、修辞学和写作学的研究经验,更要运用阐释学、文本批评的理论,对新文学版本进行综合研究"的"版本批评"的概念①,重要原因就在这里。也正是基于这样的事实和道理,我们在"立体"呈现时,不仅不惮于"观念",相反,而是要积极主动地从当代思想理论那里寻找"观念",并融入强烈的前沿意识和问题意识,来对"事实"进行观照和把握。这样一种学术追求,下编"专题探讨"诸章似乎表现得更为明显,在那里,我们借鉴和运用现代社会学、文化学、历史学、信息学、传播学、档案学、心理学、伦理学、阐释学等各种理论,分别从历史、政治、科技、文化、文学史等维度,对当代文学史料进行了探讨。每一章聚焦于一个问题,作由此及彼的纵深开掘。如第12章有关文学史料与政治关系,在叙述知识谱系的过程中,就花费相当多的篇幅探讨政治意识形态是如何介入史料,成为显性或隐性的"推手"而潜在又深刻地规约着当代文学史料的生成与发展,乃至在新时期的"平反"冤假错案中也表现得十分明显,它在开启了档案史料的同时也有意无意对之作了功利化的处理。

当代文学史料研究不同于古代文学,甚至不同于现代文学,由于人事因素特别是政治意识形态因素的介入,也由于上述所说的史料繁多而与对象之间靠得太近,加之一体化的档案制度,有些史料叙述者同时还是史料经历者即所谓的"双重角色";凡此种种,就使史料的"存在与叙述",包括是非、真假掺杂的情形,显得尤为纷纭复杂。所以,这就更有必要向现代理论借助"批判的武器",实现对"武器的批判"。当代文学史料研究从本质上讲,是当代人对当代史料的认识理解,它虽然推崇"实证",强调用"事实"说话,但背后却隐含着研究者许多不愿、不便或不宜明说的观点。从阐释学角度讲,实证主义本身就是一种理论,它有其哲学的和逻辑的依据。也许与此有关吧,韦勒克在对文学史料作"非中性"的辨析后,特地辟出一章对史料有关"论据的编排与确定"作了探讨,并将其放在该书主体内容"外部研究"和"内部研究"之前。从现当代文学史料研究的实际来看,诚如有学者所指出的,目前薄弱之处,不仅反映在实践层面上,史料研究因"发动"太迟而招致在整体的质和量两方面都处于迟滞状况,而且还表现在史料理论建设上缺乏应有的自觉意识:"中国现代文学史料研究长期以来缺乏理论自觉,中国现代文学史料研究中轻视理论,向往于把

---

① 金宏宇:《中国现代长篇小说名著版本校评》,人民文学出版社2004年版,第7页。

新发掘出来的史料堆砌出来以示丰富,缺乏对已有史料作深入的理解与阐释。"①——这里虽然讲的是现代文学史料理论建设,但它同样适合当代文学史料理论建设,严格地讲,当代文学史料理论建设情况存在的问题更突出。正是在这样的情况下,所以,在当代文学史料研究中,如何防止经验型研究的限制和负面影响,重视史料理论建设,如何防止空疏化同时又不忘给予应有的理性蕴涵,这就显得不无重要和必要。事实上,当代文学史料作为一种新的史料形态,它具有自己的属性和特点。不管是从总结经验还是从建设角度来讲,我们都需要对它进行理论概括,只有这样,才能突破"专题"研究带来的精专有余而宏阔不足的局限,有效地提升自己研究的水平、层次与境界。我们不能因为过去"以论代史"、"重论轻史"的偏颇,就将"理论"的作用一概否定,而走向"反理论"的另一个极端,只关注其中的那些恓钉枝节,而掩盖了作为人文学者对于"宇宙之基源"、"人生之根蒂"的形上思考(熊十力语),将自己置于当代思想理论的对立面。当然,也不能因为强调"理论"的重要,反过来轻视"历史"(史料),像20世纪50年代批判俞平伯的《红楼梦》研究那样,简单粗暴地将其斥责为"资产阶级唯心论和形而上学"。在"历史"(史料)与"理论"或"事实"与"思想"关系问题上,任何厚此薄彼、二元对立的观点都是不可取的,我们需寻找的是"历史"(史料)与"理论"或"事实"与"思想"之间的互渗互融,一种双向能动的平等对话,以此达到较高平台上的相辅相成而又相互激活。

当代文学史料研究的基本方法是实证研究,它的主旨和要义是强调一种实事求是的治学与治学的实事求是。这种"实事求是"正是在当下所盛行的项目化、泡沫化、浮躁化环境中所欠缺的。所以,最近一二十年,随着当代文学历史化的启动,也是出于对当代文学研究及学科现状的忧思,人们开始对史料给予关注,并由此及彼,促使整个学界呈现由虚向实进行战略调整的发展态势。从实践的角度看,当代文学史料研究是一项高投入低回报的工作,对它的探讨,现在虽然取得了一定的成绩,但由于上述所说的诸多原因——包括史料庞杂,也包括许多重要史料至今尚未解密等等,在此情景之下,要想形成全面、完整与准确的观点,实现真正意义的"立体"呈现和还原为时尚早。对于这项惠及当下利及子孙后代的工作,我们一方面要抱持对历史敬畏和对现实及未来

---

① 刘增杰:《中国现代文学史料学》,中西书局2012年版,第214页。

高度负责的精神,像鲁迅在编纂《中国小说史略》时所说的那样"废寝辍食,锐意穷搜"①;另一方面,对研究中存在的难度和复杂性乃至由史料解密或新史料发现"未完成性"所带来的反复甚至再反复,要有足够的清醒的认识。作为与对象处于近距离或零距离的一种研究,我们在发挥自我优势的同时,应该尽可能将其局限和盲视减弱到最低的程度,并将这种优长短缺并存的研究落实到大小不一的一个个史料的发掘、甄别与阐释上。

在这篇短文的最后,我想起了我的师辈也是"老杭大"中文系吴熊和教授与我讲的一桩小事,他说 60 年代在"老杭大"中文系师从夏承焘先生从事词学研究时,有次给夏先生提交一篇约八千字的文章,不想被夏先生叫去批评了一番,说怎么能写这么长的文章,里面的"水货"太多需要榨干,致使他后来不敢写长文章了;末了他给了我这么一句:你们现当代文学研究与我们古代文学不一样,好像特别擅长写长文章!吴熊和教授此话是在三十年前讲的,他本人也于五年前驾鹤西去离开了我们,但至今令我记忆犹新,并且在《中国当代文学史料问题研究》一书编纂过程中不止一次地与大家讲起,良多感慨。当代文学及其史料研究有自己的规律、原则和特点,不能简单照搬古代文学那套作法,在治学问题上不必也无须妄自菲薄;但是从反思角度来讲,窃以为,我们也应坦率承认,现当代文学研究相比于古代文学研究,尤其是相比于老辈学者的古代文学研究,的确存在着"水货"太多,太会写"长文章"的问题。从研究主体角度讲,像我们 50 后一代学者,往往有丰富的由连绵不断的苦难而积累起来的人生经验,但却明显缺乏先辈学者那种文史贯通的知识结构与学养,目录学、版本学、考据学等一套传统治学方法不说一无所知,起码十分生疏,仅得皮毛而已,以前也缺少这方面的学术训练。因此,在史料研究时常常陷于无奈或尴尬。这里的原因,除了"现代分科"教育造成的知识缺失外,与当代文学长于批评而缺少学院传统的历史源流不无有关。文学史料研究牵一发动全身,从某种意义正打中了我们的痛处,暴露了我们在诸多领域和方面存在的问题,需要引起社会各界的广泛重视。

或许这就是当代文学史料研究的世纪难题,就是已故的樊骏先生为什么将现代文学史料工作称之为是"一项宏大的系统工程"。这也昭示我们,史料

① 鲁迅:《致曹聚仁》,《鲁迅全集》第 12 卷,人民文学出版社 2005 年版,第 404 页。

研究不仅关乎"问题与方法",同时更关乎深层的"思想与观念",只有克服功利急躁的心态,回到实事求是的"原点",才有可能使自己的研究在原有基础上具有质的提升。从学科建设的角度讲,才有可能使当代文学跻身于强手如林的现代大学中文核心学科的行列,真正受到大家的尊重。

(载《南方文坛》2017 年第 3 期)

中编 文学历史的编写与反思

当代文学学科特点与时代新质的嬗变

——兼谈当代文学史编写的另一种思路

从 1949 年新中国成立迄今,中国当代文学伴随时代社会的沧桑演进走过了半个多世纪的风雨历程。比之于绵延三千年悠久文学历史的中国文学来说,当代文学所经历的只是短暂的瞬间。然而,作为中国文学史上一种新的文学形态,它所具有的现代意义的文学特质以及内含的丰富深刻的历史经验,却是以往任何时代的文学无可比拟的。因此,中国当代文学研究,理所当然地受到人们的重视;中国当代文学,也早已作为一门重要基础或主干课程列入高等教育之中。

"文革"前十七年,当代文学研究,附庸于政治的、时评式的研究居多。由于刚跨入新中国的门槛,时间短,缺乏丰富的文学实践和积累,当代文学一时没有也不可能修史;作为一门学科,它还没有独立出来,而基本依附在当时并不那么发达的现代文学范畴。以后,随着时间的推移和实践积累的日趋丰富,才陆续产生了几部文学史著作。尤其是在 20 世纪八九十时代,在新的文学观、史学观的推动之下,倏忽之间,文学史的编写蔚然成风,在短短的十几年时间,先后出版了数十部质量不等的当代文学史。一向比较孱弱的当代文学学科迅速浮出水面,并摆脱附庸的地位,以知识的形式进入现代大学的教育体系,成了国家叙事的一部分。教育部还将它与现代文学合在一起,以"中国现当代文学"的称谓,规定为大学中文系名下的二级学科。有条件的学校还设有中国现当代文学的硕士点和博士点,面向全国招生。凡此种种,这不仅明显地改变当代文学在各学科中的弱势地位,使其一跃而成为近 20 年来别具影响和辐射力的一门显学,同时,当代文学研究也引起了国际汉学界的广泛关注。

但是,当代文学毕竟是发展中的新兴学科,历史、现实和诸多不确定因素的制约,使其整体的走向和过程也充满了艰难、曲折和不稳定性。今天,当历史已进入了新的 21 世纪,当我们有可能平静理智地审视当代文学这一学科的时候,更为重要的也许不是陶醉于以往所取得的成就;而是站在学科建设的高度给予合历史合逻辑的归纳和清理,总结有关发展规律及其经验教训,以推动它朝着更健康的方向发展。

一

　　中国当代文学是相对于中国古代文学、中国近代文学、中国现代文学的一种称谓。它就其性质来说,属于我国的断代文学史之一,还寓有类似"本朝"、"国朝"的含义在内。因而是一个开放性的体系,只有起点而没有终点,并不可避免地受到当代主流政治权力话语的规约和影响。按照一般的惯例,人们往往将 1917 年"文学革命"至 1949 年新中国成立的这 30 年左右时间的文学,称之为中国现代文学;将 1949 年新中国成立以降至今尚在延续的半个多世纪的文学,称之为中国当代文学。不过,随着 21 世纪的到来,这样的划分与命名,近年来开始受到质疑。有人主张要更换现当代文学名称,将现代文学称为"20世纪上半期文学",将当代文学称为"20 世纪后半期文学"等等,认为不能无限延伸地永远"当代"下去,没有一个底线。这一问题看来是绕不过去的,它的解决只是时间迟早的问题。但在目前尚无更好的命名出现之前,这里姑且沿用通行的当代文学的概念。

　　据有关文学史家研究,最早使用当代文学这一概念的,是 20 世纪 50 年代后期文学研究机构和大学编写的文学史著作。它的提出,不仅是单纯的时间划分,同时有着有关现阶段和未来文学性质的指认和预设的内涵。这也就是为什么在以往几乎所有的当代文学史著作中,都无不将当代文学定性为"社会主义性质"的文学,以强化和凸显文学发展的目的性的表达。① 而 50 年代中期,当时文艺界的领导人周扬等人干脆将它称为"社会主义文学"。② 显而易见,这种意识形态性的命名,实际上隐含了当代文学是一个更高的文学阶段的判断,它是对文学的社会政治属性而不是对文学所在的时间尤其文学自身的

① 洪子诚:《中国当代文学史》前言,北京大学出版社 1999 年版。
② 参见周扬:《文艺战线上的一场大辩论》,《人民日报》1958 年 2 月 28 日。

判断。当然,这是就总体而言,并非所有的文学史家都认同或完全认同这一判断的,有的论者使用"当代文学"的概念,主要强调的还是其中的时间的指向。尤其是 90 年代以来出版的史著,在这方面就表现得更为突出。而且从学理上讲,这一概念内涵虽可质疑,但剔除其厚积的意识形态因素,也并非没有其自身的一定的合理性。至少就语义学和词源学角度来看,"近代"一词来自日语,为英语的 modern 的意译,与"现代"一词所指完全相同;而"当代"一词除了与英语 contemporary 同义,还寓有"本朝"、"国朝"之类的时间含义在内。所以,用"当代"来概括 1949 年以来的文学仍有其部分的理由。这种意识形态性和知识性的复杂掺和,正是当今学界有之歧义,但却难以就当代文学的概念内涵达成共识的重要原因。

中国当代文学虽然是"当代"的精神创造活动,但从纵向角度考察,它无疑属于中国文学的组成部分,与传统文学文化具有内在的血脉联系,在诸如文学与政治、文学与社会、文学与民众,以及文学的本质、功能、作用,文学的民族化、大众化、通俗化等方面均受到来自传统的深刻的影响。一定意义上,当代文学是古代文学在当代的特殊延伸与富有意味的转换。至于当代文学与现代文学的关系,那就更直接更紧密了。这不仅表现在有许多现代作家,如郭沫若、巴金、老舍、曹禺、赵树理、孙犁、艾青、柳青等,通过他们的"跨代"创作活动,把现代文学的传统直接带入当代文学;同时,还体现为现代文学确立的现代性的原则和目标,在当代文学中继续得到继承和阐扬。特别是 20 年代中期以后开始和形成的无产阶级革命文学,40 年代延安革命根据地的工农兵文学以及有关的文艺主张与创作实践,更是被当代文学作为根本的"源泉"继承下来,并以压倒一切的绝对权威在全国范围内推广和扩大。这样的结果,就自然、必然地决定了当代文学与现代文学之间的难以切割的特殊关系。它们彼此的经纬交织,构成了一部整体的、连续性的文学家族的谱系,一部 20 世纪中国文学的历史。

说到当代文学的整体性或曰整体性的当代文学,我们还不能不提及中国大陆以外的台湾、香港、澳门地区的文学。这就涉及整体的中国当代文学的一个空间格局问题。由于社会制度和意识形态的不同,加上地理环境的差异以及与大陆文学文化发展的相对间隔,台、港、澳地区的文学在半个多世纪的时间内走过了一条与祖国大陆的文学完全不同的发展道路,表现出盛衰进退的不平衡状态。它们有自身的运动方式、存在形态和历史经验。但从总体来看，毕竟是中华大文学、大文化的组成部分，与大陆主体文学文化之间形成一种相得益彰的互补关系。按照有的文学史家的观点，中国 20 世纪文学在空间分布上可分三大区域：共产党控制的抗日民主根据地和解放区的文学、国民党统治区的文学以及沦陷区的殖民地文学。1949 年以后，文学的基本格局没有变化，只是地域的面积变化了，共产党控制的地域扩大到整个大陆，国民党控制的地域缩小到台湾列岛，而回归前的香港、澳门地区的文学仍然带有某种殖民地文化的特征。① 我们讲当代文学，是可以而且应该将上述三大区域的文学作为一个有机体，纳入宏观统一的视野之中进行整合研究的。历史的发展和观念的开放，已对当代文学学科提出了新的要求。它告诉我们必须面对文学事实，在学科的内涵和研究范畴上要随时应势地进行结构性的调整，而不宜将大陆的当代文学等同于"中国当代文学"的完整概念。

当代中国文学的发展是在复杂的社会和人文环境的交错遇合中曲折进行，呈现出不同区域的多元的形态和轨迹的。我们同样坚持一个文学文化中国的立场，在对文学因社会外力的分割而带来分流发展所作历史考察的同时，必须充分正视这种分流始终没有逸出"源于同一文化母体"这一基本事实，这是"一分为多"，而又"合多为一"的辩证过程，是一个问题的两面。可惜由于泛意识形态、经验美学和思维视野狭小等局限，我们这方面研究十分薄弱。除了陈辽、曹惠民主编的《百年中华文学史论》、孔范今主编的《二十世纪中国文学史》外，几乎所有的中国当代文学史著作都没有将台、港、澳地区的文学纳入自己的研究视野，予以有机地整合，或许只能称为"半部"、"大半部"的"中国当代文学史"。因此，如何通过对大陆及台、港、澳地区文学的分流考察，描述和概括中国当代文学发展的全貌，构建一个能够整合它们彼此文学创造和经验的当代中国文学的整体视野和框架，已经成为当代文学学科研究的题中应有之义和当务之急。

二

相对于整体的中国文学及中国新文学而言，当代文学只能是它的一个发

---

① 陈思和主编：《中国当代文学史教程》绪论，复旦大学出版社 1999 年版。

展阶段,属于其文学整体的有机组成部分,可以纳入"中国文学通史"或"中国新文学通史"的"断代史"范畴。但另一方面,作为一部"断代史",它同样也有其作为一个相对独立的发展阶段的特殊性。尽管当代文学同古代文学、现代文学有着割舍不断的联系,古代文学、现代文学中的诸多思想艺术传统,当代文学也有所继承和发展。然而,由于当代文学毕竟是适应文学变革的需要,在20世纪后半叶这样一个特定的历史条件下诞生的,因而便具备了以往文学未曾有过的阶段性的特征即时代新质。

那么,什么是当代文学的时代新质呢?最根本的就是在相当长的一段时期内文学被政治化了,"文艺是从属于政治的"、"是为政治服务的",成了当代文学中一种毋庸置疑的、带有根本性质的最高的原则信条。有的论者在概括百年中国文学总体特征时认为,它是"尊群体而斥个性,重功利而轻审美,扬理念而抑性情"。这一概括所指涉的,当然也包括当代文学。不同的是,当代文学在1949年至"文革"结束初期,它的群体性、功利性和理念性,则集中到了两个方面,这就是对现实的歌颂和对异端的批判。①

前者,主要表现在诗歌、散文、小说、戏剧等多种文体的创作上,它构成了一个时代新的文学风尚。具体到文本创作,往往被赋予这样的涵义:在内容上,以革命斗争和社会主义革命与建设为主要题材;在人物塑造上,以工农兵为作品的主人公;在形式上,以民族化、大众化为追求目标;在创作方法上,以苏联引进的社会主义现实主义或曰革命现实主义与革命浪漫主义相结合为范本;在艺术风格上,以豪迈激越、明朗乐观为主导风尚。这体现了新生的共和国为建设属于自己的文学的争取,体现了当代作家在探寻"新的主题,新的人物,新的语言形式"方面所作的努力。像郭小川、贺敬之的政治抒情诗《致青年公民》、《放声歌唱》,杨朔、刘白羽的散文《雪浪花》、《日出》,李准、王愿坚、杨沫、梁斌、罗广斌、杨益言、柳青、周立波的小说《李双双小传》、《党费》、《青春之歌》、《红旗谱》、《红岩》、《创业史》、《山乡巨变》等,老舍、曹禺、陈其通的戏剧《龙须沟》、《明朗的天》、《万水千山》等,都具有这样的特点。而后者,则突出体现在批判电影《武训传》、俞平伯的《红楼梦》研究、胡风"反革命集团"、"反右"

① 参阅杨匡汉、孟繁华主编:《共和国文学50年》,中国社会科学出版社1999年版,第512—513页。

等"大批判运动",以及诸如对萧也牧的《我们夫妇之间》、巴人的"人性论"、李何林的"写真实论"、邵荃麟的"中间人物论"、"现实主义深化论"等一系列的所谓"资产阶级文艺思想"或"修正主义文艺思想"的批判上。这给文学造成了极大的伤害。它助长了作家的创作向着愈来愈纯化、平面化的要求发展。于是,丰富多样的文学渐渐蜕变为单一的"颂歌"。当这种现象发展到极致时,它也为自身的危机预设了时机。"文革"中文学的悲剧性遭遇就充分证实了这一点。当然,物极必反,它也给新时期文学的调整提供了很好的契机。70 年代末、80 年代初有关的"文艺为人民服务,为社会主义服务"即所谓的"二为"方向,就是在这样的情况下提出来的。"二为"方向虽然仍带有很强的政治性,但是,因为人民和社会主义对文学的需要是多方面的,范围也是十分广阔的,因而实践这样新的文艺方针,它也就能够较好地发挥文学的多样化的功能。这对纠正当代文学长期以来比较狭隘的政治功利观,摆正文学与政治关系,无疑具有重大的历史和现实意义。90 年代以后,"经济中心"取代"政治中心",文学在走出政治樊篱、回归自我本体属性的同时,又面临市场化的严峻挑战,加上其他众多复杂因素的影响,出现了不少新问题。于是,传统封闭的"文学与政治"关系逐渐向现代开放的"文学与政治及经济"新命题转换,中国当代文学由此也迎来了前所未有的崭新的发展阶段。

与上述的政治化相对应,当代文学同时又是一种高度组织化的文学。1949 年 7 月成立的全国性文学组织——中国文联及中国作协,标志着这种高度组织化的文艺体制的初步确立。此后,主流意识形态就通过这样的全国性的文学组织及其下属的省市地方性文联、作协机构,对文学艺术活动实行统一的领导和管理。而作为一个组织化的机制,文联、作协一方面要垂直接受上一级的政治领导,履行相应的组织功能;另一方面又要对体制内作家的文学活动加以宏观的调控;在此基础上,建立有关的导向机制,并通过章程、条例、会议、评奖、批评等有关评价体系和各种形式将其合法化,转换成相应的操作程序予以落实。当代中国的这种高度统一有序的文学体制,是学苏联的。它实际上起到了将国家意识形态诉求与作家个体写作之间连接沟通的中介作用。有了这样的机制,它不但保证了作家作品在政治倾向上的步调一致,而且也有利于有计划地推行统一的文学主张和创作原则。我国当代文学发展的事实表明:文学政治化与文学组织化的体制是密切相关的。当代文学的有关时代特质,包括其成就和局限,都可从这种体制中找到客观依据。但是,也应当看到,当历史翻开了新的一页,全方位、深层次地进入改革开放之时,当代文学的这种政治化写作随之也出现了一些新变。作为实体性的组织,文联、作协的机构虽也仍然存在,但它在实际上却已逐渐地向服务、联络的功能倾斜。从第四次文代会开始,政府权力部门明确表明要将写什么、怎样写交还给作家,"创作自由"不仅成为作家的精神向往,而且也成了最高决策层对文学进行松绑的新的创作口号。尤其重要的是,政府部门不再把作家简单地等同于干部(虽然作家干部身份并没有改变),而是开始把他们看作是自由职业者、个体精神劳动者,有区别地予以对待。随着文化市场的出现,文学界还陆续冒出了一些卖文为生的"文学个体户"和"自由撰稿人"。这就使文学不能不在整体上呈现出十分活跃的态势,作家的创作自由度也因此得到了前所未有的扩大。

由此可见,当代文学的发展,不管是从文学与政治的角度观照,还是就文学与体制的关系审思,它在事实上是既有共同的时代新质、共同的创作风貌,又在不同发展阶段表现为一定的节律,显示出并不相同的阶段性特征。而后者,无疑也就为当代文学史的分期提供了依据。现在最常见的是采用以时代为经、文体为纬以及作家作品为主体的"三分法"即三个发展阶段,第一阶段是1949—1979 年间的文学。这是当代文学重要的奠基时期和开拓时期,也是历尽坎坷和艰难发展的时期。具体又包含"文革"前十七年、"文革"十年和新时期三年这样三个小的发展时段。但期间强势政治对文学的影响则贯串始终,文学政治化现象上升为压倒一切的时代主流。所不同的只是影响文学的这种政治,在性质上有正确与错误或正确与错误兼杂的不同之分罢了。第二阶段是 1979—1989 年间的文学。这是当代文学的过渡时期和转换时期,也是观念解放和艺术革新的时期。开始之初,它更多注重的是对前阶段文学的修复,试图回到"文革"前十七年、回到五四去;以后则侧重与西方现代主义的横向联系,文学日益从封闭走向开放,由政治性走向人文性。第三阶段是 90 年代迄今的文学。这是当代文学的多元时期和活跃时期,也是混沌无序和焦虑不适的时期。文学在摆脱了太多的政治意识形态的重负之后,开始获得了独立声音的同时,又身不由己地被商品经济所裹胁。于是,文学功能的边缘化、文学机制的市场化与文学形式的通俗化,也成为不争的事实。当代文学进入了一个机遇与挑战并存的新的发展阶段。

三

前面提到,当代文学不同于古代文学、现代文学,是一个只有起点而没有终点的发展中的学科,也是一个充满风险的学科。我们与研究对象之间近距离的对话,是制约学科发展的不可改变的因素,也是构成它与其他科学差异的最主要标志。尤其是它的下限(90年代以来),对象本身与我们完全重合,生活在同一时空领域,而没有经过任何哪怕些微的历时性意义上的时间筛选和考验,就更是如此;它也更适合于作文学批评式的研究或纳入文学批评的范畴。这样,也就自然而然地使这个学科具有特别充分强大的当代性特征,并含有明显的不定型或曰不确定性的因素。

当代文学学科的这一特点,从正向意义上讲,可使我们对它的研究,包括文学史的编写,有效地跳脱传统僵化的经院范式而真正成为富有生命活力的现实开放体系。在这里,无论是阐释还是接受,无论是学术层面还是教学层面,我们都可以而且有必要融进自我的生存体验。只有那样,才能最大限度地凸现和激活这个学科的生命内涵,感受、理解、体会其中的丰富文本和历史进程,达到作家与研究者、教与学之间的能动对话。正是这个缘故,不少学校的当代文学教学,往往腾出相当的课时,组织学生围绕当前某一代表性的作家作品或文学现象进行课堂讨论。这完全吻合当代文学学科的属性特点,确实也收到了良好的效果。

当然,有利也有弊。与时代社会和研究对象靠得太近,拉不开距离,也容易使论者被时势和对象所左右,从而自觉不自觉地给研究抹上了更多主观随意的东西,使之缺少应有的学科规范。而后者,恰恰是为文学史写作所要避免的,甚至是与文学史自身的规律和特点相抵触的。因此,如果对之不保持必要的警觉,将个人主观化的东西(尽管这是不可避免的)不适当地无限扩大,任其纵横驰骋,那么,就很可能使当代文学史的编撰重观点轻材料,强调主体理性认知和价值判断,忽视客观知识和客体的相对独立品格。结果就会产生严重的主观独断论,甚至颠倒了主客之间的第一性与第二性的关系,主观可以任意利用、改动客观事实。"文革"前出版的有的当代文学史,在当时"以论带史"口号及种种思潮和学风的影响下,对不少的作家作品或文学现象往往不是从具体的事实出发,而是根据当时现实的政治需要以偏概全,作武断的结论,在这方面就十分典型,有着深刻的教训可以记取。

正是从这个意义上,我认为有必要提出并强调当代文学史编写的客观性问题,而且赞同这样一种观点:"认识客体永远是最重要的,第一位的。认识主体的见识只有符合于客体,正确反映客体,才够得上是科学的,才最终经得起时间的检验。这也是考验我们'史德'的首要一条。"①也正是在这个意义上,我认为文学史与文学批评及一般的文学研究还是有区别的:前者既属于文艺科学,又属于历史科学,它兼有文艺学与历史学两方面的性质和特征;而后者则基本归属纯文艺科学的范畴,更具个人主观化的色彩。从研究方法和价值取向上来看,文学史要告诉我们的,主要是"我们曾经有过什么","这些东西有怎样的历时性意义";而一般的批评和研究除了上述之外,它还要回答的"我们何以有这些","我们为什么只有这些"。当然,这也只是相对的,并且文学史的写作是以文学批评和研究为基础的。而当代文学史的当下形态这部分写作,作为编者的我们,究其实还无法摆脱"当事者"的角色选择,故真正意义上的修史不仅不可能,也没提前作古之必要。但即或如此,无论从理论还是从实践来看,强调文学史与文学批评及文学研究的区别,强调文学史写作要遵循自身独特的学术规范,有明确而强烈的定位意识,都是有必要的,也是有意义的;包括它的当下形态的文学史著作的写作。事实上,站在修史的立场与站在一般的批评和研究的立场,其内在的差异应该还是有的,甚至是可以辨析的。

基于以上的认识和理解,我认为当代文学史编写完全可以而且应该允许有以"实"见长、而不是以"论"取胜的另一种思路,并在由笔者主编的、2002年出版的《中国当代文学史写真》②中作了尝试和探索。毫无疑问,文学史是多种多样的;而多种多样的文学史,它们彼此也有各自不同的功能价值,当然也有不可避免的局限性。就现有的当代文学史而言,它们基本上是阐释型的。这种类型的文学史,可最大限度地高扬主体的历史认知,而给我们以有益的智性启迪。这在思想观念大解放时代和激烈转型的历史条件下,往往能产生特

---

① 黄修己:《回归与拓展:对新文学史研究历史的思考》,《文学评论》1993年第1期。

② 吴秀明主编:《中国当代文学史写真》(三卷本),浙江大学出版社2002年版;《中国当代文学史写真》(两卷本),北京大学出版社2010年版。

殊的效应,而且确实也有其必要性。但因为着眼于阐释和论述,内中个人的主观色彩自然颇为强烈,如不加以节制,就很容易纵容主体的主观随意性,乃至出现编著者不应有的话语垄断和独断,而使文学史失去它应具备的客观和公允。同时,从授受关系角度看,它还易使学生在无形之中受到编著者"话语霸权"的牵引,先入为主、消极被动地接受书中的观点,步入编著者圈围的思维定域。这不利于培养和激发他们的创造性思维。应该说,上述这一弊端,是明显地存在于不少文学史著作之中的,它成为目前盛行的阐释型当代文学史的一大通病。

《中国当代文学史写真》的编写,就企冀在这方面有所突破。与通行的大多文学史著不同,我们致力淡化个人的主观色彩,强化突出编写的文献性、原创性和客观性,将大部分的篇幅留给原始文献史料的辑录介绍上,自己尽量少讲;即使讲,也是多描述、少判断。从体例上讲,这大概比较接近于描述型的文学史。总之,我们想通过尽可能全面翔实史料的展示,还原多元共生、丰富复杂的当代文学的本真状态,靠史实说话。中国古代文学和古代文学史的研究,在这方面有一套大家熟知的搜集、整理、鉴别文献材料的学问,向来就十分重视研究建立在可靠的史实基础上。"写真"的编撰,在方法和体例上借鉴吸纳这方面的传统。具体的内容,主要由以下五大板块所组成:(1)作家作品介绍;(2)评论文章选萃(精选不同时期或同一时期多位有代表性的评论家相异甚至截然对立的观点);(3)作家自述;(4)编者评点;(5)参考文献和思考题。

上述五大板块,其中第(2)、(3)两大板块约占全书的三分之二篇幅,而第(1)、(4)两大板块则少而精,尽量用中性语言描述,不作主观性太强的评判。这也就是说,我们撰写的当代文学史,它的主体部分是批评家的"原创评论"和"作家自述"这两个方面。从这个意义上讲,"写真"中的有关作家作品论,它与其说是我们个人撰写的作家作品论,不如说是我们对众多作家作品评论研究观点的荟萃。我们的观点,具体就隐含在对这众多观点和史料的选择和编撰上。除了客观写真之外,"写真"还努力打破过去比较单一、也比较封闭的雅文学、政治化文学大一统的格局,适时充进大众文学、闲适文学、自由主义文学等多种新的文学,充分展示50多年来尤其是近20多年来当代文学新旧杂陈、雅俗合流、中西并存的繁复现象。同时,还开放性地将那些虽有明显局限,但在文学史上具有相当影响的代表作家、代表作品也纳入视野给予客观评介。从而使文学史的对象和范围,具有更大的包容性和更宽阔的学术时空,也更符合当代文学史的特殊状况和复杂的构成。此外,在时间上,从 1949 年写到 2000 年为止,将 20 世纪后半叶全部涵盖进去。这样的文学史,相对显得较为完整和全面。而目前出版的各种当代文学史,由于编写的时间及观念、体例等方面原因,往往将 90 年代置于编写的视野之外。"写真"对此作如是处理,应该说,是有利于丰富和扩大当代文学史的内涵,使之具有更强的学科完整性,并直接延伸到当下,与 21 世纪文学接轨。

总之,我们致力于以实求新,实中见新,力求为学生提供一个立体开放的文本,让他们在阅读大量"原典创作"的同时接触较多的"原典评论";通过对多种多样甚至矛盾对峙的原典评论的解读和阐释,以平等的姿态,与作为编者的我们甚或与评论家展开积极对话,开阔视野,培养他们独立思考的能力。

(载《浙江大学学报》2003 年第 1 期)

当代文学独特的时间顺序与空间结构
——兼谈当代文学史的时空关系处理

中国当代文学作为中国文学的当代形态和激进的实践者，自 20 世纪 50 年代后期起就开启了它的充满热情的叙述。这种叙述在不同阶段有不同的表现，其各自的时间顺序与空间结构的编排组合也不尽相同。一般说来，在当代的"前三十年"（即 1949—1979 年），其叙述的时空比较单维、僵硬和紧箍，而当代的"后二十年"（即 1979—2000 年）则开始趋向多维、开放和开阔。这种情况，不但迥异于古代文学，就是与关系密切的现代文学也有很大的区别。这当然不能不给当代文学研究和文学历史书写增加了许多独特和复杂之处，也带来了可以想见的不少难度，并深深地影响和制约这个学科的发展，包括取得的成就，也包括存在的问题。本文就是按照这样的思路，拟从叙述时间和叙述空间两个层次角度切入，看当代文学在时代共同"合力"的影响下如何进行文学变革的，并用自己正反两方面的丰富经验，为当代中国文学的发展及其文学史的书写，贡献了宝贵的泪水、智慧和才情。

一

从某种意义上说，文学史就是对时间之流意义的文学文本及其相关的文学生态状况进行拦截编排的一种努力。传统的文学史对此的要求向来比较严格：它不仅要求有较稳定的叙述顺序，而且还要有经过时间沉淀的相对的物理距离。然而，"当代"没有这种时间上的优势，它的尚在不断延续和生成的实践活动，使得关于它的研究始终处于一种行走之中的追踪状态，难以获得相对稳定的历史感和相对严格的规范性。这对文学史书写无疑是一个挑战。早年周作人的《中国新文学的源流》("新文学"实际上也就是五四时期的"当代文学")的作法是把它推向时间的长河,于是,新文学成了中国几千年文学史风水轮转的一部分;而新中国成立后十七年乃至 20 世纪 80 年代初一些为共和国代言立德的当代文学史,为了论证"新生的事业"的需要,将"当代"的时间劣势转换成现行的政治优势,则更多强调的是它对历史和文化的所谓的"断裂"。90 年代以后,社会由以"政治中心"走向"经济中心",情况发生了变化,当代文学自然也顺理成章地大大削弱了上述的政治优势。但由于可以理解的历史和现实的原因,较之其他学科包括政治意识形态性相对较强的现代文学,在这方面仍具有相当的优势。这一点,我们只要看看不少当代作家作品研讨会以及历届中国当代文学研究会年会都有政府官员出席,并将讨论的话题广泛涉及当代的文学体制、文艺政策、文化环境等一类重大的现实问题,就不难可以得到验证。为此,当代文学也就不能不备受政府和主流意识形态的关注,自觉不自觉地被纳入社会主义文化建设的总体格局中去。这与西方或港台所谓的"自由"文学,是很不相同的。

虽然像浮士德那样对着以每秒 30 万公里速度消逝的时间大喊一声"停一停"已是不可能,但我们不能由此推导出无法从变动的时间和状态中获得历史感的悲观结论。这倒不仅是经过新时期若干年的学术清理,当代文学已被有些学者纳入"二十世纪中国文学"的大框架中初步实现了与现代文学的对接,因而也更加成熟并且具有了相当的历史纵深感;同时恐怕还与当代文学学科内部提出的,要求将"当代"与"当前"、"当代文学史"与"当代文学批评"加以区别的观念主张不无有关。道理很简单,这种时间分期、知识分类的要求,它的目的就在于通过对这种区别和差异性的强调把当代文学给固定下来,拒绝再度漂流;而把漂流的可能性让渡出去,抛向未来。①

这也从一个方面体现了当代文学研究者对自身学科在时间劣势方面的清醒认识。同时它也向我们显示,这种不断变动的时间和状态中仍蕴含着不少历史内涵;关键是我们对此能否洞悉,并予以审美的转换。

需要特别强调指出,尽管我们努力对当代文学作出历史化的处理,但并不因此表明当代文学作为历史存在就是封闭的,与我们当下现实和未来无关。

---

① 参阅尹昌龙:《重建自身的文学》,广东人民出版社 1999 年版,第 2—3 页。

相反,正因为它具备这种指向现实和未来的当代性、开放性,所以它的历史内涵中融入明显的未来学的因素,其时间叙述总是较多地看未来,显现出为其他一般学科所没有的"预设"性的特征。这里所谓的"预设",是指从一种文学理想出发展开创造这种文学的实践,它的含义,类乎有学者提出的中国现代文学的那种"逆向性"特征,它带有明显的人工构造的色彩。这也是当代文学之所以为当代文学的一个非常独特之处。其所以如此,首先当然是与主流政治意识形态按照"革命机器"对"齿轮和螺丝钉"的要求,将"全部的文学活动(作家的归属、权益,文学写作,出版,阅读和批评)都纳入统一的组织和控制"①中的文学生产机制密切相关,是主流政治意识形态为迫切地改变现状,而实行跨越式发展的有关新文化猜想在文学中的合乎逻辑的表现。同时,它恐怕也与作家良好的精神状态特别是与作家对彼时生活充满浪漫想象的美好认识是分不开的。生活在新中国诞生一片新绿之中,曾几何时,作家们不但普遍"感觉到解放了的中国是太美好了,世界是太美好了"②,而且真诚相信未来的中国将更加完美,那里蕴含着人们的全部希望并可以指望实现的一切;需要警觉和谨防的,倒是物质世俗的现代化追求目标以及安于现状的消极无为的思想。正因此,他们在执笔创作,将上述的理性认识付诸艺术实践时,才如此执着地表现对约定的理想范式的崇尚和向往。尤其是在新中国成立后十七年和新时期之初,在当时时代氛围的影响下,更是在文本的时序上尽情地作超越式的大胆"畅想",把这种人为"预设"的主观想象与承诺推向极点并自觉当作作者的一种职责。

最能体现当时文学这种"预设"性的,应首推诗歌和散文。它们充分发挥抒情文学主观性强的特点,以浪漫的想象憧憬未来,以铿锵的旋律抒发理想,字里行间体现了对勘测未知领域的强烈欲望。杨朔、刘白羽、秦牧的《雪浪花》、《长江之日》、《土地》等散文,用诗化的语言、象征的模式和虚拟的对立面,倾力表现生活的"可能性"而不是生活的"实存性",所以一切人事乃至山水、土地、草木的描写都被赋予强烈的寓意,弥漫着乐观的心绪。郭小川、贺敬之的《致青年公民》、《雷锋之歌》等政治抒情诗更以"放声歌唱"现实和未来为己任,

---

① 洪子诚:《1956:百花时代》,山东教育出版社1998年版,第54页。

② 王蒙:《倾听着生活的声息》,《王蒙选集》(一),百花文艺出版社1984年版。

诗人在文本中抒发的天上人间、地北天南的情思和发挥的纵横开阖、汪洋恣肆的想象力，不仅体现了他们对现实生活的强烈的主观认同，而且也显示着他们有足够的"自信能掌握这个世界的命运"。因此，他们的诗作与五四以来形成的哀婉孤独的语义系统不同，显得那样的高亢激昂就不奇怪了。有意思的是上述这种"预设"性的文学理想或理念，不仅在诗歌、散文等抒情文类，就是在"三红一创"（《红日》、《红岩》、《红旗谱》、《创业史》）、"青山保林"（《青春之歌》、《山乡巨变》、《保卫延安》、《林海雪原》）等史诗性长篇叙事文体中也有相当突出的表现。"史诗"一词是外来语，它原指西方传说或叙述历史上的英雄事迹的一类韵文。后来经亚里士多德等理论家的解释，它被赋予了建立在"可信"性想象基础之上的理想化内涵，而构成了小说叙事的追求真、善、美的永恒主题。我们说这些史诗性长篇小说的超现实的"预设"，主要指的就是它们对历史和现实描绘中所表达的抗拒现实平庸的精神向往，并用史诗所享有的浪漫的想象为我们塑造了美轮美奂的一系列革命英雄形象，包括有意识地融进指向现实和未来的大量的抒情及议论。

如《青春之歌》中的林道静，她从小资产阶级知识分子成长为无产阶级先锋战士的传奇经历，尤其是去农村接受贫下中农再教育（这是修订本新增的内容），就明显带有反世俗的、主观政治理想化的色彩。而《创业史》中的梁生宝的原型王家斌，在现实生活中有"买地"的可能和顾虑，他一时也"不能理解总路线和粮食统购统销政策的全部意义"①；可是作者按照"可能性"的思维逻辑，却极力淡化他作为一个农民和人的思想及人性弱点，将其创造成为一个目光远大、智慧超前的"党的忠实儿子"。于是，书中的梁生宝，不仅较之现实生活中的王家斌"更高、更强烈、更有集中性、更典型、更理想，因此就更带普遍性"，而且还具有一定深度的马克思主义理论水准，坚决拥护走社会主义的革命道路，表现了"当代英雄最基本、最有普遍性的性格特征"。② 其他如《红旗谱》中的朱老忠，《红岩》中的江姐、许云峰，《红日》中的沈振新，《保卫延安》中的周大勇，《林海雪原》中的杨子荣、少剑波，《山乡巨变》中的刘雨生乃至后来的"伤痕文学"、"反思文学"、"改革文学"中的张俊石（《班主任》）、罗群（《天云

---

① 柳青：《灯塔，照耀我们吧》，《文艺报》1954 年第 1 期。

② 柳青：《提出几个问题来讨论》，《延河》1963 年第 8 期。

山传奇》)、乔光朴(《乔厂长上任记》)等,都有类似的情况。他们无论面对怎样的生存环境,都被赋予不可战胜的精神品格。这与同时期西方的凯鲁亚克、金斯堡笔下的"垮掉的一代",形成了鲜明的对比。这里也许有迎合或随大流,甚至不排除有清醒着的矛盾、痛苦与无奈;但无论如何,这都是历史,是一个时代的风尚所使然。它从一个侧面向我们反映作为历史胜利者的这代人曾经有过的真挚热情却又不乏幼稚虚妄的精神自信,因而具有深刻的历史必然性和合理性。从艺术形态和手法上看,这种时间意义上的"预设",它还由此及彼给当代文学平添浪漫传奇的艺术特质。须知,"预设"作为一种精神理想和文化向往,它本身就带有很大的浪漫性、想象性;而浪漫性、想象性恰恰是那个喜庆和抒情时代的主能指,它对置身贫穷而充满自信的广大读者来说无疑是很有吸引力的。所以难怪它在当时风靡一时,被人们反复传诵。有人用"青春气韵、英雄理想、浪漫情怀"之类字眼来概括建国十七年的文学,我以为是颇为贴切的。

然而,站在今天的时代高度来看,当代文学的这种主观人为的"预设",在给文学平添浪漫乐观的同时,存在着明显的缺憾。从理论上讲,它将目光更多盯着未曾经验的理想,客观上容易导致与传统历史的疏离,并进而造成对现实人生的不应有的冷漠。就创作实践而言,它对主观假定性和艺术幻构性文学形态的趋崇,不但未必能赋予作品以真正的浪漫主义的艺术崇高感,相反,因无所不在的政治文化的浸渗,使其艺术崇高感被转化成对现实政治的极端神话;浪漫主义的"理想"与"叛逆"的同构关系,也由此变成了文学上的对立关系。另一方面,它的这种带有浓厚古典趣味的纯真的文学理念,还进而导致创作不能容忍日常生活的多样性和复杂化,不能容忍诸如人性、人情、人道主义及现代主义的滋长,而不可避免地将生活和艺术简单化、庸常化。赵树理的《"锻炼锻炼"》等作之所以几次挨批,就是因为他塑造的小腿疼、吃不饱等"中间人物"不符合当时流行的"纯洁高尚"的精神取向。萧也牧的《我们夫妇之间》、宗璞的《红豆》以及茹志鹃的不少短篇对"家务事,儿女情"的描写,也因这个缘故而被指认为"宣扬了小资产阶级思想感情"而遭到排拒,有的还失去了合法的生存权利。教训应当说是很深刻的。

当然,当代文学的这种"预设"性,如同其整体文学一样,在不同的阶段有不同的表现,不可一概而论。大体说来,在当代的"前三十年",它主要着眼于政治学社会学的内涵,追求精神上的一种绝对和纯粹,具有明显的乌托邦色彩;并且将其纳入一体化的机制,用激进的方式包括伴随着强烈的对"异己"的排斥和批判,加以推广和导向全局。"这样,'预设'就不仅仅是一种'新'的文学形态的构造,而且是这种文学形态在整个文学格局中支配地位的确立"①,而在当代的"后二十年",这种"预设"则更多关注的是人文或文本本身,努力按照言论平等、游戏规律和市场机制进行个性化写作。在经过若干年的反思、修复和调整以后,大约从80年代中期的"寻根文学"开始,当代文学逐渐冷淡了与政治热情相伴的形上的理想浪漫而走向形下的世俗时尚。特别是先锋实验文学,它们告别"崇高"和"革命",将创作视点普遍由宏观、本质、必然转向微观、现象、偶然,由人的终极精神信仰层次转向人的现实生存欲望层次。这就使其"预设"呈现明显的个人化、平面化、边缘化的特色,它标志着"后现代主义"在中国的软着陆。而"后现代主义",它恰恰是以对任何"预设"的理想目标的追求的攻击和对生命欲望的探索为其标志的,它取消了文学对历史与现实的任何的因果关系,取消了文学对任何确定性的追求。当然,文学的精神理想或精神理想的文学,也并没有因为后现代主义和商业主义的双重夹击而全然退出历史的舞台,它仍然在文坛上顽强地挣扎着、生存着;只不过它已不再是作为一种唯一的主流文学而存在,而是作为多元文学中的一种文学而存在。

二

文学史的编写,不仅涉及文学的时间叙述顺序,同时也关系到文学的空间结构形态,它是文学在特定时空语境中相遇碰撞与对话构造的产物。或者说,是对叙述时间之流的文本、社团、流派以及相关的人与事,通过分类和编排转化为空间化、主题化的一种实践活动。

以此来观照中国当代文学,我们便可清晰地分辨其基本格局和构成。具体地说,就是共产党控制的大陆文学,国民党控制的台湾文学,以及带有某种殖民地文化色彩的回归前的香港、澳门地区的文学。当然,由于众所周知的历

---

① 洪子诚:《"当代文学"的概念》,《文学评论》1998年第2期。

史原因,它们各自具有自身的运行轨迹。而就中国大陆文学来说,它的内部结构也相当复杂,在半个多世纪的时间流变中包含着大量丰富而又特定的本土民族的历史文化内容。已有论者从"题材与体裁的新开拓"、"主题与思想的新境界"、"人物形象的新典型"、"风格与形式的新发展"、"创作队伍的新面貌"、"受众广泛的新环境"、"民族文学的新生机"、"理论批评的新突破"①等八个方面对此作了归纳和总结。这比较全面,也合乎事实。当然,我们并不陶醉于成就。比起应当取得的进步,比起泱泱的文学大国,我们的叙述空间却不大,表现的层次也不够丰富。从作家的成分和文学观念来看,新中国成立伊始,情况似乎好些。"解放区"与"国统区"两支文艺大军的会师,加之不久后又冒出了一批有才华的年轻作家,一时形势喜人。然而经过多次的文化规范(如文代会、思想改造运动等),特别是经过几次猛烈的文化批判(如批判电影《武训传》、《红楼梦》研究、胡风"反革命"集团及文艺思想)之后,内在的格局就发生了很大的变化,原本十分薄弱的"自由"文学就成为水火难容的"异类"而遭到了压抑和清理。他们或被强行剥夺创作权力(如穆旦、唐祈、鲁藜、绿原等"九叶"、"七月派"诗人),或转行退出文坛(如沈从文、钱钟书),或不无惶惑地进行自我批判和检讨,甚至修改了自己已在读者中确立的独特地位的旧作(如郭沫若、曹禺、冯至等)。取而代之的是由30年左翼文学逐步演变而来的政治化或泛政治化文学的日益强大,成为"一花独放"的合法存在;文学在写什么、怎样写等问题上被赋予明确的政治意义,其生产、发表、传播、阅读、批评也均被纳入国家政治意识形态运作的轨道。这样,作家作品的数量虽多,但内在的精神情感的空间并不大,创造主体的能动性也往往被遏制,难以得到充分的发挥;久而久之,习惯成自然,进而还会造成恶性循环,对整体文学带来严重的"自我伤害"。为什么历时半个多世纪的当代文学从总体上看文学性不高,其精神内质较之现代文学出现了不应有的下滑,主要原因即此。

在讲当代文学的空间结构时,我们还不能忽略它所处的全球化的大环境。这也是招致当代文学发展走向和整体格局嬗变的一个重要的原因。20世纪是全球一体化的世纪,世界市场的形成,跨国资本主义的出现和信息技术的兴起,整个世界逐步进入一个网络化的权力结构中。如同任何一个国家民族一

---

① 杨匡汉、孟繁华主编:《共和国文学五十年》,中国社会科学出版社1999年版,第16—17页。

样,中国当代文学的发展包括文学在叙述空间方面取得的成就和不足,除了上述原因之外,往往还有一个国际化的背景。胡乔木在《中国为什么犯二十年的左倾错误》一文中,就曾分析过国际政治压力和变化对中国国内的总体性的政治实践的影响。特别是苏联作为和中国处于同一国际集团中的强大国家,它和中国关系的变化造成中国政治文化的某种转向,呈现更加复杂变异的特征。在当代文学的"前三十年",我们看到,当中苏两国关系正常化时,苏联高尔基、日丹诺夫以及其他相关的文学理论、文艺创作被当作"革命经典",源源不断地介绍过来,成为当代文学模仿的范本①;而当中苏两国关系恶化时,苏联作品如肖洛霍夫的《静静的顿河》等被当作"修正主义文艺黑标本"备受挞伐,随之当代文学也就大大强化了它的政治色彩,出现了由"颂歌"向"战歌"的转换,并且最终关上了唯一对外开放交流的大门。在这种情况下,中国当代文学的话语实践,实际上成了苏联当代文学话语实践的翻版。而进入到当代文学的"后二十年",随着中西关系的改善,西方文化思想和作品文本在一种政治文化势能的推动下又不断地被引介到中国来,占据着我们理论批评和创作实践的前沿位置。于是,当代文学转而以焦灼的心情表现出了对西方文学的强烈感情,先是小心翼翼地在"形式技巧"层面,继而在"本体内容"层面,将西方几个世纪历经的启蒙主义、现代主义、后现代主义等都匆匆地尝试了一遍。这就不仅使20世纪八九十年代的当代文学呈现出前所未有的多变性、多样性的特征,而且大大淡化了固有的政治意识形态色彩,文学中的个性得到了强有力的彰显。当然,它也由此在中西文学话语和类型之间,有意无意地制造了一种等级关系,在急切求新的节奏中将文学不断内化、细化,也不断狭隘化、私我化。可以这么说吧,中国当代文学自身历史的复杂构成,它的共时态的空间化的排列,都与其外部空间的国际环境息息相关。它的嬗变发展和总体化的实践,无论封闭、半封闭或开放、半开放,都不能不受到国际政治文化的深刻的制约和影响。

这样说也许太粗疏了,换个角度,从创作论或文学本体论的层次上考量,我们还可进一步发现当代文学在空间结构形态上具有明显的超文本或曰潜文学的特征:这就是一方面文学极力向政治、经济、社会、历史等领域扩张,将本

---

① 参阅尹昌龙:《重建自身的文学》,广东人民出版社 1999 年版,第 33—34 页。

属于自己的大片空间留给它们,使自己在扩大影响作用的同时,身不由己地被纳入一体化的机制之中,可以驰骋的思想艺术天地日见紧箍;另一方面,作为具有悠久传统和极具个性及艺术想象力的一种独特的话语方式,它既无法对文学以外的社会、政治、经济、道德的"纯洁性"作出承诺,也很难心甘情愿地在狭小的思想艺术天地中进行自我放逐,因而也就不可避免地给这一空间化的结构带来了任凭何种力量都不可能抹平的裂缝。这种看似颇为矛盾实则相反相成的超文本特征,不但在"政治抒情诗"、"颂世散文"、"革命历史小说"、"革命样板戏"等与社会政治意识形态同构并成为其形象代言人的文体那里有突出的体现,就是在一般的诗歌、散文、小说、戏剧中也是十分显见的。有人在谈及台湾当代文学历史时曾说:"战后 40 年间的台湾新文学运动,经历许多不同的变革,除了文学应和内在的律动,为求变求新而动外,台湾文学的发展无法和台湾时局加以区隔,也是台湾文学所以呈现奇谲多变面貌的主因。"正因为"文学以外的非文学因素,包括政治力、经济力的对文学的影响,一向都是直接而绝对的",所以他认为"文学和历史、现实的交融已经成为台湾文学的一种性格"。①

事实上,这位学者所说的台湾当代文学的这一性格,也是整个当代中国文学的性格;只是他没有将其空间结构形态的另一方面的矛盾性"裂缝"——即上文提到的像四次文化批判那样发生在当代文学自身内部的话语碰撞予以展示,可能有些偏颇。这也是我们比较注意并力求要避免的。正因为当代文学存在上述矛盾复杂的结构关系,所以它才有可能在整体上产生功能互补的作用,在"自我损害"的同时又能作到"自我修复"。就文学与一体化机制的交融关系而言,这样的空间化的结构,使它最终完成了一个统一的文学世界的建构,但也因此为自身日后走向消解和反拨重建隐含了很好的历史契机。而就文学与一体化机制的矛盾关系来看,此一共时结构的存在,它在抵制这个统一的文学世界的某些极端和企图保持自我个性品格的同时,事实上显示了一种合理性的萌芽和积极的发展趋势;当历史情境发生变化,它很快就会在当代文学内部产生功能性的效应。

正是从这个意义上,我不赞成对当代的"前三十年"尤其是对新中国成立

① 彭瑞金:《台湾新文学运动 40 年》,台北自立晚报出版社 1991 年版。

后十七年文学历史持简单否定的态度；或因为它与现实的政治有着极为密切的联系，就忽略其与政治化纠缠杂糅在一起的错综复杂的内涵，包括在时间流程上对五四新文学与新时期文学的上下连接（它是这两个历史阶段文学的一个无法跨越的一个"中间环节"），也包括在空间意义上所具有的强烈的本土特色，以及在今天看来过于纯正也过于狭隘的理想和热情。也正是从这个意义上，我不赞成在当代文学史书写和研究中采用简单的纯文学或超文本的批评方法，而是主张将它们彼此联系起来进行综合考察。一方面，要看到当代中国社会政治经济的深刻巨变的确对当代文学从生产、传播到接受都产生非同凡响的影响；也正是因为这种影响，所以对当代文学史的书写在某种意义上是超文本的叙述，即如福柯所说将文学放在一个更为广阔的"整体的实践领域"中进行关照把握，通过对文学与整个社会文化关系的认知，来确立当代文学的性格和历史面貌。另一方面，又要注意文学毕竟是形象性、情感性的，它可以放在整个文化语境中考察，但却不能以超文本的"整体"研究来取代对它作具体文本的分析。因为当代文学性格和历史面貌的确立，是建立在"整体的实践领域"的"转换"基础之上的。"转换"也是一种审美的内化或者说是文本化的过程。尽管我们知道，在当代文学的发展过程中特别是在其前期的发展过程中，确实存在着缺乏"转换"的问题，有某种明显的背离文学本体的大喊大叫的倾向；但这不能影响我们对当代文学严肃、细致、冷静、客观的研究态度，任何的极端和随意都可能是面对历史的另一种形式的轻慢和无知。站在 21 世纪的位置上，我们没有理由将时代所赋予的在文化上的"在场"优势，当作自鸣得意、傲视一切的资本。

说到这里，恐怕要涉及文学与政治关系这个老话题。这也是我们在进行文学史编写以及文本与超文本研究时所无法回避也不应回避的问题。众所周知，文学的政治化是当代文学的一个实践问题而非理论问题；并且这种政治化确实给当代文学的整个性格和历史面貌带来损伤。这一切都毋庸置疑，是谁也否定不了的。然而当我们在谈论当代文学因政治化而造成自身性格和历史面貌受到损伤的同时，我们也要顾及这样的事实：政治化也曾经大大强化了当代文学的性格和历史面貌，为文学的变革发展开辟了道路。当我们认识到"服务"于政治体现着一种狭隘的文学观，而使自我丧失了独立的审美品格，我们也不能不承认：参与政治和社会生活曾经有效地提高了当代文学的地位，使其表现领域得到了进一步拓展。当代文学的政策制定者、管理者,从毛泽东到周扬甚至到有关的文联、作协领导人,他们更多是以非文学者的身份来关照文学的;文学中的各种现象、方法、流派的存在及变迁,也都不是用所谓的"文学自律"能够解释的。当代中国的作家,作为生活在特殊民族历史情境中的第三世界知识分子,诚如詹姆逊所说:他们与生俱来就有国家民族的"现代化的焦虑"。这种"焦虑"不仅使他们在"现代化"的追求这一点上与自己国家政治意识形态保持某种同构关系,而且还极易催生并形成一种强烈的"政治无意识"。① 中国文化本来就有经世致用的传统,20世纪以降,又受到列宁有关将马克思主义意识形态批判理论补充修正为国家政治意识形态行动策略的"政党学说"的影响。这种历史的渊源和现实的语境,自然就驱使作家自觉不自觉地追踪时代和政治,抒写自己在这方面的思想情感。

有段时间,主要是20世纪80年代,人们在谈到新中国成立后十七年文学时,往往因为它受政治役使太重以及由此导致的叙述空间狭隘等方面的问题,就全然否定它的合理合法的存在,这恐怕有失公允。至于因此而否定文学与政治之间的固有关系,以为文学"回到自身"就要"非政治",那就未免有点情绪化了,它倒从一个反面向我们表明了论者所持的一种强烈的政治立场:这就是对过去和现实主流政治的一种抗衡,倡导自己崇尚的另一政治立场和政治意识。道理很简单,因为"非政治"本身就是一种政治,尤其是在中国这样的国情和文化的现实创作语境中更是如此。当他在"非政治"时,实际上恰恰正好说明文学与政治之间始终存在着过往甚密的关系,说明政治虽非文学必须具有的本质的属性,但却是文学可以具有的属性。

由此,我们认为当代文学及其历史的书写空间犹如一条宽阔浩荡的江河,它有主流,也有无数的支流、小溪甚至逆流。完整的当代文学图志,就是这些不同流向、具有不同功能价值的文学形态,在特定历史情境下彼此交错、碰撞和融会而成的。从撰史的角度讲,也就是在共时性的叙述空间上对这些交错、碰撞和融会进行全面的梳理;而不是抓住一点,不及其余,将其复杂的构成及其内在的矛盾与悖论,人为地予以简约。我们强调文学与政治之间的关系,追

---

① 〔美〕弗雷德里克·詹姆逊:《处于跨国资本主义时代的第三世界文学》,《当代电影》1989年第6期。

求和实践的就是这样一种开放的文学史观,目的是为了最大限度地还原文学在一体化机制中的自行演出及遭遇的生存状态,真切地感受文本的丰富繁复的形态,从而体会到历史的存在空间与文学的符号空间的"不对等性"。而恰恰在这一点上,有些以人性、现代性和知识分子精神为主线的文学史书写就不尽如人意。有了一条贯穿始终的线索,它固然有利于作者纲举目张地将文学事实凝聚整合在一起,而显得井然有序;但在概括和反映当代文学整体包容、多重指涉的原生态历史方面,则显得力不从心,具有明显的局限。这也许是文学史书写的一个悖论,它需要我们很好地加以审思。

(载《清华大学学报》2006 年第 3 期)

整体性文学史编写的两个纠结点
——关于打通中国现当代文学史的几点思考

　　20 世纪 80 年代中期,鲍昌的"系统论意义的整体性"、陈思和的"新文学整体观"以及钱理群等人的"二十世纪中国文学"等命题的提出,把中国现当代文学引入整体性研究的视野之中。然而反观这种整体性文学史写作现状,我们发现以"二十世纪"、"百年"等命名的中国现当代文学史虽具有宏阔的理论构架,但因缺乏"打通"整合的内在逻辑机制而给人一种拼盘之感。这里存在着两个阻碍彼此贯通的纠结点:"五四文学"和"体制文学"。迄今为止,无论是何种文学史范式,它们两者之间的关系总被描述成对立状态,或隐或显呈现着某种断裂性:前者高悬,有意无意地被神话化了;后者沉沦,备受压抑,这在很大程度上造成了现当代文学整合进程的悬置或暂停。本文试从"整体性"的视阈对此进行清理和定位,以便使文学史书写在"现当代文学是一体"的思维理念下更加统一有序。

　　五四新文学作为现当代文学的发展源头,它的文学史意义历来非同寻常。在 80 年代启蒙语境里,五四文学在"继承五四精神"、"回到五四"等口号的簇拥之下,被抬升到历史的制高点,进而与新时期文学对接,形成一个五四"神话"式的"凝视"。这个"五四凝视"是以理想乐观为动力,在寻找文学阶段对接的承续性的同时,又遮蔽了文学阶段间隔的合理性。"五四神话"包含两层含义:一是五四文学纯粹姿态的永恒化。在现当代文学发展中,五四文学因具有开端性意义而常被用以衡量中国新文学的评价标准。主流意识形态与知识精英尽管在文学观念上分歧颇多,但对"五四"的阐述逻辑具有"态度同一性",只是主流意识形态取其文学政治性,而知识精英取其文学审美性。正是这样的逻辑深深规约了中国现当代文学的发展,其他时段的文学都要生存在五四的标杆之下,因而其文学成就与缺陷都跟五四有关。"五四神话"还有另一层含义,它恰逢其时地处于"新/旧"、"现代/传统"等二元对立的临界点上,叙述者正是利用这一契机整合五四前后涌入中国的西方各种主义,营建成一个含混驳杂的文化空间,这正是"五四神话"得以形成的关键所在。所以,"五四神话"是叙述者依照某种意识形态的信念而作出的对"五四记忆"的辉煌塑造。在纷至沓来的各种主义中,"五四神话"最终落在五四阐释者对"独立民族国家"这一宏阔的想象以及对一种"主导性文化"存在的信仰之上。从而,五四顺理成章地为各家各派所接纳和利用。

其实,现当代文坛并非无人质疑被权力叙述者所操控的"五四神话"。鲁迅早就看到五四文化语境中"个性解放"、"人的解放"的脆弱性、先天不足性以及不可实现性。从某种意义上,他对"个性解放"和"人的解放"的质疑实际上也是对"五四文学"的质疑,它表明五四启蒙将面临一个新的转折。就此而论,1928 年文学革命转为革命文学,并非如人所说的是"救亡压倒启蒙",而是社会历史和文学文化发展的必然结果,只不过是将时间往上提前而已。40 年前周扬曾从"五四文学"与"延安文学"之间的差异来评价五四,指出五四文学运动的阙失在于没有解决"与工农群众结合"这一"根本关键问题",而《讲话》在此方面则更伟大且更深刻。① 周扬斯论隐含着将"五四神话"镶嵌在历时性文学评价的标准体系之中,但他在剥落"五四神话"色彩的同时,又装扮着以《讲话》为标志的延安文学。90 年代以来,学术界对"五四神话"质疑的焦点集中于五四的政治功利这一内在局限上。这样,五四文学无论是在文化格局还是在艺术观念方面,都与 1949 年以后的体制文学具有异质同构的关系。陈平原在《触摸历史与进入五四》中曾对"五四神话"进行了还原,他选择广场上的学生运动、《新青年》中的文体对话、蔡元培的大学理念、章太炎的白话试验、北大的文学史教学以及新诗的经典化过程等几个重要的关节点,从政治、思想和文学等维度来解读五四新文化运动。② 这有助于我们从文学史起源生成的角度来评价五四。

既然对五四源头的阐释关乎现当代文学整体观的性质,那么,基于正本清源的原则,文学史的编写者们就不能不格外关注现当代文学源头之源——天

① 周扬:《发扬"五四"文学革命的战斗传统》,《人民文学》1954 年第 5 期。

② 陈平原:《触摸历史与进入五四》,北京大学出版社 2005 年版,第 6 页。

安门广场内外这一"叙述场"。其一,如果叙述场被设定成广场内所举行的反帝反封建运动,那么文学史因强调"政治判断"必将呈现革命政治意识形态立场。因为五四孕育了新生的无产阶级和中国共产党,并为马列主义在中国的传播铺平了道路,并在新民主主义文化体系中最终完成了对五四新文化的整塑。最早一批五四阐释者李大钊、陈独秀、瞿秋白,包括毛泽东并未被僵化地判定为革命领袖,他们也是新文化运动的先驱者。在运动初始阶段,文化革命与政治革命就密不可分。马克思主义得以在中国迅速传播是因为它提示了一条具体的道路,即建立一个现代民族国家——新中国,毛泽东也因此由最初的启蒙主义者转变为一个马克思主义者。正如五四新文化选择了鲁迅、胡适等人作为其代言人一样,五四之后所形成的战时文化选择了毛泽东作为自己的代言人,他以文化正统继承者的身份,给予五四新文化运动以高度热烈的评价。① 据他解释,新文化运动从一开始就是马克思主义所领导的。这就是说,抗战以后所出现的新的文化规范,正是前一阶段文化逻辑发展的必然结果,现当代文学走向因之不失时机地得以改变。这也是主流意识形态一直给予五四以很高评价的最重要的原因:没有五四,就没有中国共产党,就没有马列主义在中国的传播。这一政治判断规约着不少现当代文学史编写者的书写脉络,许多没有为政治革命作出贡献或贡献甚微的作家及其作品不是匍匐在文学历史的地表就是被压抑于其下;即便是左翼作家,其作品也会因革命性强弱而被分级。

其二,如果五四叙述场被设定成天安门广场之外所进行的文化革新,那么文学史因强调"文化判断"自然呈现多元文化的价值取向。纵向上,倘若我们将时间前推到 1917 年,现当代文学史所具有的划时代意义就侧重于西方文化催迫下的突变性;如果更向前上溯至晚清,它会侧重于文化内部的量变即渐变性,而西方文化的涌入则是其外部的条件。前者强调现当代文学对近代文学的背离,逻辑思维上强调"断裂";后者则倡扬打通现代文学与近代文学的藩篱,逻辑思维上强调"延续"。横向上,倘或采用陈平原立足于广场且更大于广场的多维解读,文化合力的作用自然会成为五四文学的催生之源。由之,我们也就有打通整合现当代文学的另一种可能。可见五四文学并非如我们所想象

---

① 陈思和:《中国当代文学史关键词十讲》,复旦大学出版社 2002 年版,第 5 页。

般那样简单、绝对和纯粹，它本身是多元多维的，具有多种书写的可能；对它不同的阐释，都将影响到现当代文学整合的平滑程度、性质向度以及文学史叙述的丰满程度。

"五四神话"还体现在现当代文学族群"鲁郭茅巴老曹"的形象塑造之中。他们属于五四新文学的元老，也是新中国的文坛翘楚，在各种范式的文学史中具有很高的地位。曾几何时，这些文学大师总被我们赋予一种极强的"压抑性"，来遮蔽沈从文、钱钟书、张爱玲等文采非凡但政治立场颇为暧昧的作家。虽然在后来开放的语境中，沈从文等已陆续跻身于文学大家的行列，但实际的文学关照在某种程度上仍受政治因素的侵扰。到底是谁一再制造着这个精英族群的强势光芒呢？如果单从政治层面考虑，结论未免失之简单。事实上以"郭茅巴老曹"为代表的五四新文学作家，他们从现代文坛步入当代文坛之后，曾虔诚地接受着新社会的思想改造和无条件地遵循新文学的规范。尽管他们与文艺新方向所规定的创作观念和文学规范之间始终处于紧张的、难以融合协调的状态，并且整体上其艺术生命在进入 50 年代之后已告结束；然而作为一种文学"传统"的体现，他们的影响在五六十年代继续存在，并对文学发展进程产生着重要的制约作用。[①] 程光炜曾以一种追问历史的姿态，通过对中国现当代学术史的钩沉，再现这个精英族群面对复杂的历史和民族命运沉浮所经历的艰难而充满悲剧感的精神蜕变，揭示了这一时期中国文学充满是非曲直和痛苦悲怆的历史进程。随着政治光环的消退，"鲁郭茅巴老曹"这种文化现象日渐暴露出内在的缺失。鲁迅自 1937 年被"圣化"起，一直在主流意识形态的棋盘中充当着政治方向性的棋子。虽然时代的规范使得其他人所追求的"中国歌德之道路"、现实主义以及激情主义或折转或受阻，但他们在新社会的无怨选择意味着自己不仅要承受历史所给予各自精神和创作的双重伤害，还要认可政治强势下各自的现实态度和功利策略。[②] 可见，中国知识分子在追求个性独立时并非如西方知识精英那样视个性独立为目标，而是将其作为追求民族国家独立的手段，"立人"永远和"立国"联系在一起。这是第三世界长期受辱的历史所致。中国知识分子的现代独立人格是在发展自我与限制自

---

① 洪子诚：《中国当代文学史》，北京大学出版社 1999 年版，第 29 页。
② 黄晓娟：《转轨的回巡与文化的审视》，《学术论坛》2005 年第 2 期。

我、肯定人的价值与展现人的局限的相互制约和补充中呈现"先天不足",以至于他们宁愿牺牲自己的艺术个性,也要追求文学规范所建立的文学理想状态。故而,中国文学的总主题里交织着知识精英的怨羡、困惑和焦虑的复杂情绪。"五四神话"的问题在于有意无意地遮蔽了知识精英的这种"先天不足",并将文学评价标准普适化。这种普适化不仅有碍于它与五四后特别是与当代文学的整体对接,而且还排拒着始终参与文学整体构架的鸳鸯蝴蝶派文学。

"五四神话"这种坚执的规范和标准,"意味着对多种可能性中偏离或悖逆理想形态的部分的挤压、剥夺,最终达到对最具价值的文学形态的确立"。"正是在这一意义上,五十至七十年代的'当代文学'并不是五四新文学的背离和变异,而是它的发展的合乎逻辑的结果。"①因此,要整合现当代文学,应该祛除"五四神话"之魅,使五四文学尽可能回到"历史本真"的状态。

体制文学是在特定的社会主义历史语境中,对文学内容的选择、文学的组织生产方式以及文学的接受等诸种环节进行统一规范的一种文学。它往上可追溯到延安文学,其下限则可延伸至80年代中期。② 在文化属性上,体制文学因具有"高于"新民主主义的社会主义理想而被推置到崇高的位置。这种高度规范化的崇高位置在八九十年代"重写"、"重评"和"重排"时发生了重大的逆转,以至于在"二十世纪中国文学"概念的阐释中处于一种盲视状态,从而造成了文学史叙述不应有的"压抑"。

由于复杂的历史原因,相对于前后阶段的文学而言,体制文学的成就确实不高。所以对其作低的或较低的评价也属必然,但并不等于说这段文学史不重要或微不足道。有研究者说,它是中国文学从现代走向新时期的一个特殊阶段。③ 在"整体观"的现当代文学史中,这个阶段的文学并非"孤岛",它与周边的文学连成一片。从文学性质来看,它仍属于新文学的范畴,"是发生于20世纪初的推动中国文学'现代化'运动的产物,是以现代白话文取代文言文作为运载工具,来表达20世纪中国人在社会变革进程中的矛盾、焦虑和希冀的

---

① 洪子诚:《关于五十至七十年代的中国文学》,《文学评论》1996年第2期。

② 关于体制文学,学界有不同的界定,有的将迄今近70年的当代文学都称为是体制文学,也有的把它视作是对以"从属论"为取向的一体化文学的一种特指。本文为了方便叙述,倾向于后者。

③ 董之林:《旧梦新知:"十七年"小说论稿》,广西师范大学出版社2004年版,第1—5页。

文学"，"是'五四'诞生和孕育的充满浪漫情怀的知识者所作出的选择，它与五四新文学的精神，应该说具有一种深层的延续性"。① 可见，体制文学与五四文学的深层延续性体现在社会变革和文学形态的现代化，即对现代民族国家的共同体想象和文学形态的高度一体化上。建立前者的过程是对个人不断加强控制的过程，规范后者是"'冲破'一切有机的结构而走向一种文化的统一"。② 从文学源流来看，体制文学的形成与发展跟苏俄革命文学的影响有关，尤其在50年代更是如此，在当时的文学与政治的"一体化"机制之中，彼此之间的趋同与疏离呈现十分复杂的状态。1942年延安文艺座谈会上，毛泽东开宗明义强调要使文艺很好地成为整个革命机器的一个组成部分，此语源自列宁有关文艺事业是无产阶级国家"齿轮和螺丝钉"的著名论断。在以后的文学发展中，文学政治化成了作家们的自觉追求，同时也成为文学批评的主要标准。如前所述，当代文学的源头为延安文学。虽然延安文学在现代文学三十年中地位平平，而且还为"鲁郭茅巴老曹"等现代经典作家的作品所遮蔽，但在20世纪文学史上，它与五四文学、新时期文学一样，也是一个重要的历史时期：五四"新文化运动的启蒙者和新文学的倡导者们在关注和礼赞个性解放、个人主义的同时，更加关注和强调的是社会的变革和进步、大众的生存、觉醒和解放，以及文学在其中所担负的责任和功能"；③而毛泽东的《讲话》恰恰宣示了这种"主导性文化"的存在，这样，"五四所界定的文学的社会功能、文学家的社会角色、文学的写作方式等等，势必接受新的历史语境的重新编码"。④ 丁玲、冯雪峰、卞之琳、何其芳这些从五四进入延安的知识分子，在经历了一段五四自由独立精神的执守之后，在《讲话》的文艺精神实践过程及他人的批判与自我的反省中，就自然地融进了新民主主义文化体系中。于是，现代文学由此走向一种新的秩序与权威，走到政治、革命、阶级意识形态所织就的当代文学体制化语境之中。五四知识分子的民族国家诉求也在延安文学这里暂时找到依据，并进而在新国家文学中建立起一个关于国家巩固和发展的历史叙述。

---

① 洪子诚：《关于五十至七十年代的中国文学》，《文学评论》1996年第2期。
② 韩毓海：《新文学的本体与形式》。转引自王晓明主编：《二十世纪中国文学史论》，东方出版中心2003年版，第124页。
③ 黄书泉：《文学转型与小说嬗变》，安徽教育出版社2004年版，第162页。
④ 黄子平：《"灰阑"中的叙述》，上海文艺出版社2001年版，第154—155页。

　　造成体制文学备受压抑的关键因素在于其浓烈的政治色彩。渗透于文本内外的政治性掌控着批评家的价值评判,也影响着"重写文学史"的意义指向。因为这背后总是有意无意地横置着一个"纯文学"标准。治史家常以此为尺度来评价作家作品,可事实上,他们所谓的"纯文学"不仅概念含混而且带有明显的反政治或非政治的倾向,仿佛文学离政治愈远,其文学性就愈高,这就失之简单。这种文学史看似讲求文学的独立性,实际上,它履行的仍是"意识形态标准第一,文学标准第二"的评判职责。如夏志清的《中国现代小说史》、司马长风的《中国新文学史》对左翼作家作品的批评就明显受意识形态的牵掣。又如对巴金《随想录》的评价,几乎所有文学史都称其为"说真话的大书",但这种赞誉之词是否也遮盖着该书思想价值大于审美价值的事实呢?可见,"纯文学"观念的贯彻实在不易。当然不可否认,上述问题的出现还与现当代文学内部存在的等级制观念不无有关。就文学时态而言,现代文学已属完成时,文学成就的确非凡,它的"显学"地位在学院体制中已获得充分发展;而当代文学则是现在进行时,且前有政治掣肘,后有市场挟裹,其学科的合法性自80年代以来一直处于一种暧昧的状态之中,一度被视为"无史"可写。尽管当代文学被纳入社会主义政治、经济、文化"三元一体"的体系之中,然而,现代文学还是常以一种文学审美的眼光睥睨它。治史者也会在学科等级以及情感权重的理路之下对它进行评论。因而,在整体打通的现当代文学史书写中,治史者要秉持"不虚美不隐恶"的历史家观,必须承受自身历史意识的严格拷问。

　　要客观评价体制文学,就不能不谈文学的政治问题。这个问题之所以令所有治史者纠缠不已,是因为"政治"一词常被作简单乃至庸俗化的理解。毛泽东所说的政治是现代的"革命政治",是对现代官僚管理和某个阶级或利益集团统治的永恒的挑战。"无论在现实还是知识领域里,政治是一个策略,更是一个不断开放的、不确定的、没有固定本质的构成。作为人民革命家的毛泽东的政治是人民革命的政治,是面向民族解放和人类解放的政治。毫无疑问,艺术与这种政治的方向应该是一致的。"①正因毛泽东关于文学与政治关系被狭隘化了,所以,文学政治性的另一层重要含义,即政治性是文学多元属性之

---

① 　韩毓海主编:《20世纪的中国:学术与社会》(文学卷),山东人民出版社2001年版,第335页。

一便被遮蔽掉。治史者往往对"纯文学"含义不加辨析,采用"一刀切"的"审美/政治"二元对立观来拒斥体制文学。批评文学沦为政治工具无可厚非,但借"纯文学"标准以极力否定文学的政治属性实不足取。李杨说:"'纯文学'观念进入中国以来,从来就没有固定不变的意义。它是历史机缘的产物,其含义依据特定的历史—政治环境确定,表达出不同的现实—政治诉求。""作为一个本土的、国家性社会文化建设运动的一个环节,'文学'从来不是独立于政治的自主意识,而是一种对应并维护了中国现代性的历史经验的制度。它在现代中国的每一次显形,都以特定的社会政治诉求参与了某种'想象共同体'的建构。"①由此看来,我们所急切追问的不是文学是政治,而是文学表现的是"何种政治"与"谁的政治"。始于五四的现当代文学本来就颇政治化。在文学取向问题上,诚如詹姆逊所说,第三世界的文本"总是以民族寓言的形式来投射一种政治"。也就是说,作为生活在特殊民族历史情境中的第三世界知识分子,中国现当代作家与生俱来就有国家民族的"现代化焦虑",这种"焦虑"不仅使他们在"现代化"的追求这一点上与自己国家政治意识形态保持某种同构关系,而且还极易催生并形成一种强烈的"政治无意识"。② 如此,他们才会在建设现代化强国这点上彼此达成"精神意志同一性"。中国文化原本就有经世致用的传统,20 世纪以降,又受到列宁有关马克思主义意识形态批判理论补充修正为国家政治意识形态行动策略的"政党学说"的影响。这种历史的渊源和现实语境,自然就驱使作家自觉不自觉地追踪时代和政治,抒写自己在这方面的希冀、焦虑与困惑,将文学当作是政治意识形态的一种象征性的存在。

正是基于这样的事实和道理,我们认为在将体制文学纳入整体打通的现当代文学发展史的框架进行处理时,有必要跳出"审美/政治"二元对立的窠臼,倡导一种将它们彼此联系起来进行综合考察的、更加开放的文学史观。在这种开放的文学史中,治史者应当扬弃任何抵触和敌意,以一种同情的、理解的与审美的眼光来关照文学的政治性,在批判文学工具化的弊端时又能肯定文学良好的政治愿望。这样,才有可能使文学史获得相对完整的历史视野,最大限度地还原体制化文学的运演轨迹及其生存状态,真切体会到历史的存在

---

① 李杨:《"好的文学"与"何种文学"、"谁的文学"》,《南方文坛》2003 年第 1 期。

② ［美］弗雷德里克·詹姆逊:《处于跨国资本主义时代的第三世界文学》,《当代电影》1989 年第 6 期。

空间与文学的符号空间的"不对等性"。

　　一定的文学史观总是与相应的编写范式相联系的。就近些年所出版的有关现当代文学史而言,它的整体打通的文学观念主要是通过"启蒙主义"、"全人类性"、"人性"和"现代性"等几种范式进行书写的。这些范式都有其合理性,但从理论和实践来看,也都存在各自的缺陷。其中"启蒙主义"范式,作为对过去政治意识形态范式的反拨,曾给予长期遭受文学史"压抑"的民主主义或自由主义作家以很高评价,但同时又把曾红极一时的革命作家压抑在历史地表之下。它的逻辑基点是出于一种价值判断,而非分析重建,因此难逃"非此即彼"、"二元对立"的思维窠臼。"全人类性"范式目前仍处于构想阶段,故很难对它作出切实的评价。从预设的理论来看,虽可在"世界文学"的格局中找到坐标点,但其含糊的概念所衍生的种种疑问却不可小觑:如果说人类在自身更好的生存和发展中所普遍形成的信念为自由、平等、民主、法制、享乐、公正、环保的话,①那么,它有足够的力量来承担 20 世纪丰富复杂的文学现象吗? 文学中非普遍信念的成分将永远游荡在历史的边缘吗? 古今中外文学无所不包的普适性是否容易造成阐释参照物的缺席? 是否要遮没文学时态和地域色彩的独特性? 此外,"全人类性"范式倡言以"人性"论为理论基础,主张用"人"的观念的演变贯通 20 世纪中国文学,可"人性"和"人"的所指到底如何规定? 它与"阶级性"或"阶级"到底如何辨析? 这些落实在文学史写作时也颇难把握;弄得不好,这种先验的理论预设会影响本应活泼的文学史叙述。那么,"现代性"范式呢? 中国文学的现代性问题不只是文学叙事的技巧,而且还是整个现代社会和文化变迁的一个组成部分。"我们需要观察的恰恰是现代性作为一种历史叙事如何进入历史——包括文学的历史,成为文学的主题,规范文学的形式,等等——的过程",②它在现当代文学史整合中会如何呢? 这里拟有必要作些探讨。

　　众所周知,现代性源自西方,但在中国历史文化语境中已发生转化,并且是动态的,其内涵在不同的话语体系中是有差别的。五四文学属于知识精英话语体系,它的现代性主要体现于反封建、个性解放和民族国家想象等;而体

---

① 　黄修己:《价值的相对性和绝对性》,《文学评论》2001 年第 4 期。

② 　汪晖:《我们如何成为"现代的"?》,《中国现代文学研究丛刊》1996 年第 1 期。

制文学属于主流意识形态话语体系，它的现代性是受压抑的，也因被政治迷雾所笼罩而极易遭到治史者忽视。王瑶当年在与钱理群谈话时，为此就对他们所提出的"二十世纪中国文学"的概念进行质疑："你们讲二十世纪为什么不讲殖民帝国的瓦解，第三世界的兴起，不讲（或少讲，或只从消极方面讲）马克思主义，共产主义运动，俄国与俄国文学的影响？"①这从一个侧面为主流意识话语体系中的现代性作了注释和辩解。如果说在其他范式的文学史框架中，体制文学的现代性总是被压抑在政治性之下，那么在现代性范式中，其政治性则被包孕在现代性之内，呈现出时而高涨、时而激进、时而极端化的阶段性特征。我们不能因为曾经有过政治性对现代性的高压或遮蔽，就断言体制文学是反现代性的，无视它们之间难以切割的姻缘关系。事实上，自延安文学以降，特别是 1949—1979 年的当代文学"前三十年"，广大作家的确也曾真诚地描绘着具有社会主义性质的文学理想图景，他们以一种欢乐美学营造着现代国家的发展进程。就思想层面而言，马克思学说对现代性的批判，在中国化的语境中被阐释为对现代性的跃进式饥渴，至此，现代性被窄化为政治性。就艺术层面而言，这种对现代性的虚夸美饰则在很大程度上放逐了"文学性"标准。但这并不意味着体制文学不要现代性，更不应据此就否定体制文学对现代性的纯粹化理想追求。

除了精英话语和主流意识形态话语之外，对中国现代性的解读还应重视普通民众的生存体验。诚如王一川所说，因为"中国现代性的发生，是与人们（无论是精英人物还是普通民众）的现实生存体验密切相关的。这是比任何思想活动远为根本而重要的层次。""人们不仅以自己的政治活动去推动或阻挡现代性进程，也不仅以自己的思想活动去认识现代性的转型，而且从根本上说，以自己的全部的生命去体验现代性的痛感、忧郁或希望、灾祸或幸福。"②如此，现当代文学史编写才能跳出知识精英与主流意识话语体系所制造出的强势光环，在形而上思想体验与形而下世俗体验两个层面找到一个平衡点，为百年乃至未来大众文学、民间文学的进入留下足够的空间。此外，现代化社会的发展给世界人类与环境带来了程度不同的异化，现代化自身一分为二成"现

---

① 参见钱理群：《矛盾与困惑中的写作》，《文学评论》1999 年第 1 期。
② 参见王一川：《中国现代性体验的发生》导论，北京师范大学出版社 2001 年版。

代化——反现代化"的一个有机体。现代性作为推进社会现代化进程的一种精神,其分裂自然也不例外。所以,现代性不仅包含对其正价值的肯定向度,还包含对其负价值程度不同的批判向度,即反现代性的现代性。在这样的现代性视阈中,鲁迅、"京派"、张爱玲以及 90 年代张炜、张承志等作家作品又获取了某种新质;同时,关注"自然生灵"的生态文学也借此找到了自己在中国现当代文学史中的一席之地。如沈石溪的动物小说、刘先平的大自然小说、姜戎的《狼图腾》、贾平凹的《怀念狼》等,就会突破"文学是人学"的思维观念局限而为我们引进文学史。这样,文学的现代性意涵就由原来狭隘单一的"以人为中心"变为包括人在内的"以自然万物为中心"。

尽管现代性范式具有无可置疑的可行性与合理性,但在文学史编撰过程中情况并不乐观。或许是受"二十世纪中国文学"观的影响,不少现当代文学史在如何看待"传统/现代"、"新/旧"方面表现出一种斩钉截铁的"态度同一性",现代性因此被赋予截然分明的断裂式的单面质;然而一俟进入具体实际的写作,治史者往往就对此进行质疑。于是,最初的"打通"或"重写"文学史冲动就衍变为一种"犹豫不决"的治史态度,从而使现当代文学史有拼盘之感。

首先,在文学时段划分上,"古典文学"之后是"二十世纪中国文学",这种突兀的文学分段背后往往是思想体系的尖锐对立。"世纪"这一时间性概念源自西方,它建立在"历史进化论"的逻辑基点之上;文学发展也相应呈现从古典主义、浪漫主义、批判现实主义到现代主义、后现代主义的链条式运演轨迹。而"世纪"的简单移植并未在中国历史文化语境中得到转化与融通,它很难与中国现当代文学在深层意蕴上进行对话。中国文学的现代性实质上并未进入西方工业文明的叙事进程,中国作家的集体无意识里也残留着相当浓厚的"历史循环论"和"存在静态化"的逻辑印痕。例如在中国新文学的主流上,20 年代乡土文学朝新中国农村题材小说的发展,很大程度上是新的农耕文化模式的置换,它无法与西方话语体系中的时间性概念相吻合。

其次,在治史意识上,这一时间性概念尽管赋予"二十世纪中国文学"以整体性的观照视角,但此种信手拈来的偶然性的时间修饰语只能说明文学史书写的瞬间性,使得本应在治史中所秉持的客观、冷静的历史意识呈现出一种机缘巧合性。因此,现当代文学史"打通"的内在逻辑的缺席,导致了这一时间性概念成为"空洞的能指"。治史者"犹豫不决"的态度不仅意味着现代性与中国丰富的文学现象相勾连的复杂情状，而且也体现他们对自己所秉持的态度与方法的矛盾和不充足的自信：他们一面在不断地追求与实验，一面又在不断地怀疑与否定。这是一种深刻的悖论。它当然不无暧昧，但绝非没有自己的态度。我们也不能据此就判定治史者价值观上的左右摇摆；恰恰相反，有时还标示着他们对文学历史的尊重。它既是一种无奈，但何尝不是严谨求实治学态度的一种折射呢？从这个意义上来说，现当代文学史中所出现的"犹豫不决"并非坏事，它较那些"斩钉截铁"的叙述，也许更具有时代的意味，反映了治史者思维的成熟。当然，现代性范式的"犹豫不决"也是有底线的，它应接受基本价值的规范，并要服从整体统一的文学史框架。这样，它在充分凸显治史者个性魅力和主观能动性的同时，方能求得历史意识，保持文学史应有的逻辑稳定和系统统一。

（本文与马西超合撰，载《浙江社会科学》2007 年第 3 期）

当代文学史编写三个问题及相关选本的编选

一

自 1962 年华中师范学院编写的《中国当代文学史初稿》和同时期山东大学编写的《中国当代文学史》出版以来，作为一门具有独立性质的学科，当代文学史编写已有半个世纪的历史了。在此期间，尽管充满歧义，甚至连可否"写史"这样一个基本前提都存在歧义，但它却抑制不住人们的编写热情和冲动，迄今为止推出了至少 80 多部文学史教材。① 尤其是 20 世纪 90 年代，更是蔚然成风，各路行家，大显身手，以密集的方式不断涌现，取得了丰硕的成果，其中还产生了洪子诚的《中国当代文学史》、陈思和主编的《中国当代文学史教程》等一批各具千秋和广具影响的史著。

如今，当代文学领域的这股"文学史热"随着学界和教育界整体环境的转型已明显降温，在文学观念日趋多样复杂的情况下，人们也开始对那种千篇一

---

① 据许子东统计，截至 2008 年 10 月，中国已经出版当代文学史至少有 72 种。参见王德威、许子东、陈思和：《一九四九以后——当代文学六十年》，上海文艺出版社 2011 年版，第 84 页。此后陆续出版的当代文学史还有不少，如孟繁华的《中国当代文学通论》，张志忠主编的《中国当代文学 60 年》，韩晗的《中国当代文学发展三十年(1979—2008)》，陈思和总主编的《中国当代文学 60 年》，张炯总主编的《共和国文学 60 年》，杨义、江腊生的《中国当代文学研究（1949—2009）》，樊星的《中国当代文学》，王万森等主编的《中国当代文学新编》，赵树勤主编的《中国当代文学史（1949—2012）》等等，出版总数至少有 80 多部。这还不包括诗歌史、散文史、小说和戏剧史这样的文体史。

律的文学史感到生厌,他们希望看到更多的具有个性化的文学史的出现。更为可喜的是,不少人在总结经验教训的基础上从各个方面进行反思:他们有的立足于宏观的文化生态与教育体制,有的侧重于中观的文学理念与研究范式,有的着眼于微观的作家作品与文学史料。这些反思与当下纷繁复杂的精神文化纠缠在一起,不仅在相当程度上规约着当代文学评论与研究的走向,而且对近年或嗣后的当代文学史编写产生潜在而又深刻的影响。如张炯总主编,张柠、张闳、贺仲明、洪治纲合著的4卷本《共和国文学60年》,从整体框架到具体阐述都融入了文化研究的理念,与八九十年代文学史不同,带有明显的反思成分。甚至在黄修己主编的《20世纪中国文学史》、孟繁华和程光炜合著的《中国当代文学发展史》等新出的修订版中,我们也不难可见这种反思的具体切实的投影。一定意义上,当代文学研究领域的确已形成了与"文学史热"相反相成的一股"反思文学史热"的潮流。这也从一个侧面反映了当代文学学科正由无序走向有序,它在不断加快推进着"历史化"的进程。

当代文学史编写很复杂,涉及的方面与问题也很多。本文为避免空泛,也为了强化问题的现实针对性,主要想结合自己文学史以及与文学史相关的编写实践,就以下两个问题谈点粗浅的看法:一是文学史的时段、内容与主体问题,一是文学选本的"选什么"与"怎样选"问题,希望得到业内同行的批评指正。

(一)关于文学时段的长短问题

当代文学毕竟只有六十多年的历史,它放在几千年的历史长河中只是短暂的瞬间。从六十年看六十年,我们可以对当代文学的成败得失及其发展情况进行总结;从几千年看六十年,我们也可以对当代文学及其发展情况作出归纳。不同的视角,认识和理解可能是不一样的。就前者而言,它在大容量地融进自己的现实生存体验,最大限度地凸现和激活当代文学固有的生命内涵的同时,也可能因为与时代社会之间靠得太近,反倒对其总体性格及其阶段性特征缺乏富有理性的把握。相反,后者将当代文学纳入几千年的中国大文学格局中进行考察,也许显得有点粗疏和隔膜,容易忽略其间存在的只有我们今人才能体验的丰富复杂的特质;但由于主要强调的不是它们之间的所谓的"断裂"而是彼此的整体血脉关系,因此就不仅赋予当代文学史不同于前的更加深长的写作背景,而且也为其时段的划分提供了新的参照和评价标准:一些放在当代文学格局中看似重要甚至值得大书特书的文学现象和文学事件,随着历史距离的拉长,可能显得不那么重要;一些当时被视为"支流"或"逆流"的文学现象和文学事件,经过时间的检验,则有新的认识和评价,这就导致了文学史的重组以及由此而来的内部组成与结构的大变动。

最明显的是 20 世纪 80 年代初推出的几部当代文学史,如人民文学出版社的《中国当代文学史稿》,福建人民出版社的《中国当代文学史》等,大多都采用"三分法"或"四分法",即将 1949 年以降的当代文学具体分为:1949—1966(新中国十七年;"四分法"的不同之处在于将它一分为二为 1949—1956、1956—1966)、1966—1976("文革"十年)、1976 以降(新时期)这样几个阶段。它们更多看到的是当代文学自身内部的具体阶段性差异,而忽视彼此之间的共同基质,尤其是与古代文学、现代文学的血脉联系,故视野不免显得有些狭隘,时段划分比较琐细,且社会学、政治学的色彩十分明显。90 年代以来出版的当代文学史,上述的"三分法"或"四分法"就日见减少,人们不约而同地普遍采用相对较为长远也更符合文学本义的长时段的构架,如洪子诚的《中国当代文学史》、於可训的《中国当代文学史概论》。更为值得注意的是不少文学史家将它与现代文学打通,整合到"二十世纪中国文学史"的大框架中,如黄修己、孔范今分别主编的两本同名的《二十世纪中国文学史》。有的还进而把它与绵延三千余年的古代文学体系融会贯通,实践真正古今一体的大文学史的编写理念,如张炯、邓绍基、樊骏主编的《中华文学通史》。这应该看作是人们对文学史认识不断深化并逐步走向开放的一个具体表现。

笔者前些年主编的《当代中国文学六十年》①就是基于这样的事实和道理,将当代文学分成"统一"(1949—1979)、"开放"(1980—2000)这样两个阶段。前者可称为当代"前三十年",它以文学和社会政治关系为逻辑基点,将通常文学史所说的新中国十七年、"文革"十年和新时期早期这样三个时段的文学整合在一起,主要描述在"政治中心"时期当代文学如何逐步被政治化、计划化、纯洁化,并最终在多种复杂因素的合力之下走向封闭统一,尽管在这历史生成及其演变的过程中也产生了许多矛盾和悖论。后者不妨称之当代

---

① 吴秀明主编:《当代中国文学六十年》,浙江文艺出版社 2009 年版。

"后三十年",它则以文学和文化及经济关系为内在结构,将通常所谓的"新时期实验阶段"和"后新时期"视为一个相对独立的单元,着重展现由"政治中心"向"经济中心"转型的过程中,当代文学是怎样从封闭统一逐渐走向开放多元,自然也不免显得有些混沌无序、杂乱无章。显然,这样的划分和重组较之以前的"三分法"、"四分法",可能更易把握当代文学质的定性的东西;而且由于历史距离的拉长,它还可将当代文学及其作家作品纳入深长的坐标中进行比较严格的"历史的重新筛选"。这对加强当代文学史的历史感,提高价值评估的准确性和学术内涵无疑是很有裨益的。

可以预料,随着时间的推移,未来当代文学史的时段将会进一步拉长,内在的研究格局也会有所调整;原来称为阶段或时期的文学内容迟早将并入更大的阶段或时期之中,文学史经过严格的历史筛选后反而删繁就简,会越写越薄,显得更加简洁。有人在谈及文学史写作的发展趋向时认为,未来文学史编写的繁简厚薄的过程就是"一个螺旋上升的过程":"当定论形成之时,便越写越薄;当定论发生问题时,便越写越厚。厚则有缝隙,可以颠覆定论,然后再渐次薄下去。"①这是很有见地的。在经过不断的整合之后,我们相信在不久的将来,当代文学史是可以而且应该写得薄一点了。

(二)关于文学史内容的繁简问题

作为一部文学史著,当代文学史编写当然有其基本的价值基准:如基本切合当代文学发展的实际,大致能够反映当代文学的主要特点,大体可以对当代文学丰富复杂的实践进行学术整合。为此,它就不能不大量地引进有关的当代作家作品、文学思潮及现象,并将其置于时间序列中作空间化的分类处理。文学史的编写是建立在作家作品和文学思潮及现象研究的基础之上的。它的内容的繁简实际上也就是作家作品和文学思潮及现象的繁简。如果为了内容的求简,将作家作品和文学思潮及现象不适当地加以砍删压缩,那么就很有可能使写成的文学史显得单薄;反之,如果为了内容的丰富,不加选择地把所有的作家作品和文学思潮及现象都囊括笔端,那么则使文学史变得臃肿不堪,犹如史料长编。这两种情况都存在,但后者的问题无疑更突出。因为"当代"不

---

① 　孔庆东:《1921:谁主沉浮》后记,山东教育出版社 1998 年版。

同于属于"历史记忆"的古代及现代,诚如法国文学社会学家埃斯卡皮在《文学社会学》中所说:根据心理学家的调查,"历史记忆"所记住的作家,大概只占发表作品的人的百分之一;而当代与过去的作家被"记住"的比例,则大概是一比一。因此,当代文学史的编写稍有不慎,是很容易成为一大批作家作品的目录清单。

这种情况自 50 年代后期以来,一直成为当代文学史写作一个难以摆脱的通病,最典型的恐怕要数《中华文学通史》的"当代编"。它不仅在总体设置上与全书存在着严重的比例失调(《通史》全书共 10 卷,"当代编"竟占 3 卷,这无论如何都是不合适的),同时在具体的作家作品的筛选上也欠严格,进入史的叙述的还是太多。当然,它也增添了以往文学史很少写到并真正具有现代"扩容"价值和意义的通俗文学、影视文学、儿童文学、民间文学、少数民族文学、港台文学等。文学史不同于文学批评,它所面对的是藤萝交葛、浩繁无比的文学世界,要将其整合成为规范有序的史的叙述,就不能不对研究对象有所损删淘汰,即所谓的"简化"选择与处理。而选择什么,不选择什么,哪些详写,哪些略写,这不能不涉及文学史编写的价值基准,也与编写者的文学史观和史家眼光有关。当然,不同的文学史,它们彼此的选择和处理是有差异的。

在这方面,我们迄今实践最多的是条块式的编排组合。它以时代为经、文体为纬、作家作品为中心,对原生态文学历史进行选择和处理。这也是古代文学和现代文学最常见并且相当成熟的一种述史模式。因此,当代文学借而用之虽不免有些刻板、生硬和模仿之嫌,但它对应于原生固有的丰富复杂的文学历史,仍不失为一种稳健有效的选择。像洪子诚的《中国当代文学史》等大部分史著都属于这种范型。除此之外,就是线型式、专题式的。这也是 90 年代比较引人注目的两种述史模式。前者最具代表性的是陈思和主编的这部《中国当代文学史教程》,它是以民间知识分子精神史为线索和切入点的新颖叙述,在简化整合错杂纠缠的当代文学史内容,疏导出被主流文学压抑的"边缘作品"、"潜在写作"上,的确取到了很好的效果;但因为线型的局限,也使它在走向个性化和高度紧凑集中的历史叙述的同时,有意无意地简化了多元立体的文学内容。后者比较典型的要数杨匡汉、孟繁华主编的《共和国文学五十年》,它所采用的以具体的文体或主题模式依次编排的叙述,在敞开历史的丰富性、复杂性方面则充裕自如,具有自己独到的优势;但由于整体框架比较松散,专题与专题之间随机拼盘的色彩太浓,因而其所展示的文学内容不免显得冗繁庞杂,缺少作为一部文学史所应有的历史质感及其阶段性特征。可以这样说,内容的繁简是所有的当代文学史无法回避的一个实践话题。对它的探讨,从一个侧面反映了人们对业已定型的当代文学史的不满。

上述种种,构成了我们当时述史的一个具体背景。显而易见,这里存在着不少彼此相互借鉴的东西,即被学术界和所有的教材普遍认同的属于知识谱系的通识。凡是这些,无论是传统的条块式叙述模式,还是线型式、专题式的叙述模式,它们在叙述层面上都可找到文学与历史的诸多的"共同性"。笔者主编的《当代中国文学六十年》显然也借鉴了它们的成果,在一定意义上,我们甚至可以说是对众家述史模式的一种整合。但另一方面,基于自己对当代文学及其演变的理解和认识,也是立足于对文学史编写的个性化的追求,我们致力于从历史与现实的双重视角观照把握当代文学,简化和处理了蕴含在其中的芜杂多变的历史内容。具体说来,主要有以下几点:

首先,是借鉴传统的条块述史方式,设置能充分体现历史阶段性特点的整体框架,即上文所说的由"统一"逐渐走向"开放"的这样两个历史阶段,使当代文学内容的叙述不仅因此有切实的历史感,而且其增删取舍也有相应的客观标准。其次,是具体叙述打破过去按作家作品尤其是按主要作家作品编排的模式,统一采用按文体或主题为章,将几个或一组作家合在一起的体例。显然,这种写法与上述的专题式的当代文学史有某种相似之处,它也较好地体现了我们对当代文学所作的"虽群星璀璨但却鲜有重量级作家作品出现"的基本判断。最后,是强化突出文学事件包括文学期刊对文学的影响制约,将它看作是驱动和规范当代文学发展走向,连接文学与政治、创作与批评、生产与传播、组织体制宏观调控与作家个体写作之间的特殊的中介。文学事件,如当代"前三十年"的批判电影《武训传》等有关的文化批判等,它们的确曾发挥了这样的中介关联作用,是中国特色的文学体制的重要组成部分和具体表现。从某种意义上,当代文学就是通过这样一系列文学事件的运作,不断地由开放走向统一,又由统一走向开放,逐步确立自己的一套精神原则;尽管这些文学事件本身并不是"文本",而是"文本"之外的一种现实存在。但正是这一系列的"非文本",不仅深刻地影响着当代作家的写作,甚至在很大程度上改写和扭转了整个当代文学的命运。

（三）关于文学史主体的强弱问题

文学史是由人编撰的，故它不可能不蕴含编写者的主体意识。当代文学史也不例外。所不同的是"当代人"叙述"当代史"，意味着是在讲述刚刚消逝的往事或正在进行中的今事，这给述史带来不利的同时也获得了后来人依靠间接资料所不能取代的长处。所以，当代文学史的叙述，用不着遮遮掩掩，隐匿自己的研究主体。问题是能不能把研究主体的这些鲜活的、极具个体生命体验的认知转化成为一种洞见的优势，而不是成为固执编狭的屏障，并且将它与具体的文学史模式体例和追求目标结合起来。主体的隐显强弱只有立足于此，放在这样的整体框架格局中才有切实的意义。实践表明，现如今的当代文学史编写，大多不避主体自我的介入，即包括了主体自我的见闻感受和其他个体及同时代的情感心理反应，也包括主体自我的独到发现和研究视角等等。这在 90 年代的一批文学史中表现得尤为明显。为此，也就是从那时开始，当代文学史才有了为过去所鲜见的个性化的色彩，尽管这是非常初步的。当然，这样说并不意味着研究主体可以天马行空，随意而为，而是建立在对文学史研究客体的两大限制——历史事实限制和文本事实限制的认同接受的基础之上的。

所谓历史事实，是指与作家作品相关的文学事件、文学思潮和社会文化环境等。过去，人们往往将它看成是凝固不变的。但按美国学者特雷西在《诠释学、宗教、希望—多元性与含混性》中提出的现实关系"相互作用"说的观点来看，它与文学史的研究主体存在着相互制约的复杂关系："任何解释活动，至少涉及三种现实：某种有待解释的现象，某个对那一现象进行解释的人，以及上述两者之间的某种相互作用。"因此，历史事实本身并不凝固，"事实"与"主体"之间在实际的研究过程中会产生微妙的变化，处于一种不稳定的状态。不仅是不同的文学史家，就是同一文学史家在不同时期，什么"事实"能纳入他的视野，成为他的文学史事实，也在不断发生变化。① 一个大家都很熟悉的例子，在十七年出版的文学史中，有关的文化大批判运动总受到高度的肯定；与之相

---

① 〔美〕特雷西：《诠释学、宗教、希望——多元性与含混性》，香港汉语基督教文化研究所出版社 1995 年版，第 21 页。

对应的,被批判对象都一概给予笔裹霜毫的无情抨击。而到了八九十年代,所有这些,在多种不同版本的文学史中则作了根本的颠覆性处理。另外像文学组织、报纸杂志、大众传媒与民间写作等过去很少关注或被遮蔽的"事实",从90年代开始,因观念的开放开阔也不断被彰显与敞开,成为当代文学史编写的一个新的热点与亮点。

所谓文本事实,是指作品存在本身和它所体现出来的相对自足的价值。这也是近年来文学史教学与写作中谈论较多的一个话题。"文本事实"不同于"历史事实",它是作家知、情、意在特定语境中氤氲的产物。因此,作为文学事实,它较之后者具有更大的不稳定性,其隐显变易与研究主体更有一种同步对应的密切关系。就拿《红旗谱》来说吧,同样一个"文学事实",它在十七年、"文革"十年和新时期竟有三个完全不同的评价。即使是肯定的,不同的文学史也大相径庭,有的从阶级斗争角度阅读,将其誉为"一部描绘农民革命斗争的壮丽史诗"①,有的从民间角度解读,发现它"对自己所要描写的农村生活和农民文化心理有了真正透彻的理解和美学上的把握"。② 这里,"文本事实"在"主体"的影响作用下,总会发生一部分被不断发掘,而另一部分被不断掩埋的情形。

尽管如此,我们还是不能否认文学史中的"事实"具有相对的客观性,不能将它与研究"主体"之间的不稳定性推向极端。虽然在文学史写作中,主体的介入是不可避免的,但这种介入应该要顾及基本的"历史事实"和"文本事实",而不可无限膨胀。否则,就会像十七年的有些文学史那样,"以论带史",出现有悖事实的严重失真。指出这一点非常重要,它可使我们的文学史在重视发挥主体作用的同时,不至于重犯以前的主观化的错误,而是在"事实"与"主体"之间寻求一种互动生成的平衡。本书也就是基于这样的认识和理解来处理主客关系的。作为文学史,我们一方面当然要大量引进"历史事实"和"文本事实",关注它们彼此的属性及其真实性内涵,尤其是关注作为文学事实存在的"文本"的创造性价值,借以为学生提供一个较为全面立体的、具有独特个性魅力的知识谱系。另一方面,在引进和展示"事实"的同时,也不忘站在现代的文

---

① 王庆生主编:《中国当代文学》(二),上海文艺出版社 1994 年版,第 80 页。
② 陈思和主编:《中国当代文学史教程》,复旦大学出版社 1999 版,第 79 页。

化立场进行必要的评价和阐释,尽一个文学史家应尽的责任。这样的历史叙述,事实上也为现今不少的阐释性文学史所采用。它当然不是唯一的,但在如何协调和处理文学史写作中的主客关系,使之实现向主体客体化与客体主体化转换方面仍不失为一种颇理想的模式。现在的问题是,大多的当代文学史似乎太相似或一致,而且主观色彩过于强烈,有明显的话语霸权的嫌疑。所以,我们在具体的编写过程中,有意识地对此进行淡化处理。全书除了每章设置一节能较好体现我们编写理念并带有总结性意向的文字外,其余的尽可能用较为平和或中性的语言予以道出,而不作褒贬强烈的价值判断。此外,我们还在另外编写的一部《中国当代文学史写真》,作了更偏向于"事实"的探讨。有关这方面,笔者在本书中编《当代文学学科特点与时代新质的嬗变——兼谈当代文学史编写的另一种思路》一文中曾作过阐释,此处不赘。

　　当代文学如今已逾一个甲子了,它本身就是一部内涵丰富、杂糅着无数知识和价值的精神启示录,是现代文学特别是延安文学的继续发展和更加完备系统的表述,是 20 世纪现代化进程中的一个不可忽视的单位。面对这样一种新的文学形态,我们的文学史家将如何言说,这是的一个新的课题。现有的当代文学史在这方面积累了不少经验。当代文学之所以由原来的边缘,跻身于现代大学的中心位置,成为中文学科八门主干课程之一,就与文学史的这种"历史化"、"经典化"的努力直接有关。当然,当代文学毕竟只有六十多年的历史,它与我们处于"同构"以及只有起点而没有终点的特点,加之学风方面问题,使它在言说历史时不仅缺少严格的规范,而且往往显得比较随意乃至出现较多失判。当代文学史这些历史局限和先天不足,随着近些年来学术回归(由"广场"向"学院"回归),其弊端显得愈加突出。笔者前面所说的篇幅长短、内容繁简与主体强弱等问题,就可窥见这一点。当代文学史编写实践出现的这种状况,从一定意义上讲,是所有新兴学科尤其是与当代社会密切关联的新兴学科的共同通病。对此,我们一方面需要批评和继续反思,另一方面更希望通过批评来进一步推动文学史编写,使之在更高层面上达到对当代文学历史的合目的合规律的书写。现实与未来的当代文学史,也许就在文学史研究对象的历史稳定性与研究的"当代性"之间,不断的平衡与协调之中。

二

在当下琳琅满目的书海里，"文学选本"是一个值得关注的现象。特别是中国现当代文学选本，不仅不同的文体、流派、主题、时期、年度的作品选源源不断地大量涌现，而且因为作家、题材、选文的现实性以及市场机制的驱动（如排行榜）也显现出了不可小觑的影响力，在一定程度上，它反映和标示着文学及其市场化的发展脉络和基本走向。这里，我不想就文学选本现象进行具体的分析和评价，而是试从教科书的选本角度切入，联系自己的编选实践对之作延展性的思考，以期将问题的探讨拓宽并进一步推向深入。

我之所以这样提出问题，主要基于如下两点：（1）现有的现当代文学"选本"与"文学史"一样，尽管数量很多，但相比于文学史，并没有引起人们足够的重视，有关的研究成果也非常薄弱。其实，选本作为对某一历史时段文本成果的反映，它的如何遴选以及遴选的水平和程度如何，不仅直接反映了选家的眼光和取向，而且对经典建构和传播影响也都发挥了重要的作用。尤其是像现当代文学这样只有起点而没有终端、价值处于不那么稳定的新兴学科，就更是如此。在这里，面对现当代巨量生产的作品，它既有一个如何沙里淘金的艰难选择的问题，更有一个如何与文学史既配套又独立的问题。如果对之忽略，不但造成选本研究的滞后和失衡，同时也会反过来影响文学史的编写，因此有必要纳入教科书视域给予关注。现当代文学选本，当然有它的选学的渊源，如作刨根究底的追溯，我们也许可以从《昭明文选》、《古文观止》、《古文辞类纂》、《唐诗三百首》和《中国新文学大系》那里找到它的投影。是的，在面对洋洋大观当然也是鱼龙混杂的原生态作品如何进行筛选这一问题上，现当代文学选本与上述这些经典选本的确具有相似或一致之处。但它作为课堂教学之用的教科书，毕竟又不同于《昭明文选》和《中国新文学大系》等一般选本，除了遵循上述一般选本的规律外，还有一个按照教学规律和人才成长规律编选的问题。从某种意义上，作为教科书的现当代文学选本与其文学史一样，它源于现代大学教育制度又服膺于现代大学教育制度。其优长与局限、个性与特色，都与现代大学教育制度和教科书体制息息相关，只有从现代大学教育制度和教科书体制那里才能找到合理的解释，作出比较实事求是的评价；它较之一般的选本也似乎多了一种功能价值，而显得更为复杂。职是之故，所以泛泛地用一般的选本去取代之，或按此标准去对它进行衡估，都不甚合适，甚至会产生意想不到的负面作用。应该说，这样一种"错位"在当下是客观存在的。这也是笔者为什么提出选本问题的一个原因。

（2）还有一些现当代文学选本，虽然遵循或基本遵循教学和人才培养规律，按照教科书的目的和要求进行遴选，但由于思维观念的拘囿，在选择文本对象上又表现了另一种偏至。其中一个突出的现象，就是将选文的对象严格限定在具有"诗学"价值的现当代"文学作品"范围，"非文学"的文本如理论或理性文字，特别是具有"史学"价值的文学史料等，一概被排斥于选本的视域之外。现当代文学作品作为20世纪以降文学创作的表征和载体，它凝聚了百年来时代思想与艺术的精华，对中文专业的学生来说其重要性自不待言。尤其是近些年因诸多原因导致的审美贫乏症，在往往只看文学史而不读作家作品、只背概念术语而对原著内在美不知何物的情况下，更是具有非同寻常的特殊意义。但从文学教育和教科书的多样化，从宽口径、厚基础和创新型人才培养的角度考量，如果只要求学生读"文学作品"，只关心审美的传达而不同时兼及其他，特别是兼及史学素养的训练和提高，那也会带来另外的问题。这一点，对办学历史比较悠久和师资力量比较雄厚的研究型大学，或进行研究型教学来说，其问题和局限可能表现得更加明显。实践表明，研究型教学为强调和突出研究性的教学理念，一般都注意学生根源性学养的培养和健全而又合理的专业知识结构的建构。其所编写的教材，为学生提供知识的同时也提供对知识的史料来源和追问探究，引导他们去思考和钻研一些问题，使之具有初步的研究意识和研究能力。像南京大学文学院2006年编撰出版的《大学研究型课程专业系列教材》之一的《中国现当代文学研究导引》，为了强调教材的研究性，激发和培养学生的学术兴趣，就以"问题"为核心，精心汇集了48篇富有代表性的有关作家作品、思潮流派、艺术形态的论文作为主干。这样，不仅"有利于将启发式、自学式、对话讨论式的教学方式引入课堂，从而有益于培养学生独立思考、发现问题和解决问题的能力，而（且）教材本身由具有较高学术水准的论文组成,也可使学生较早地受到学术熏陶和训练"。① 总之,在"选什么"与"怎样选"问题上,现如今的现当代文学选本是存在着结构性的局限,它的只向"文学作品"开放的编选理念,在呼应文学教育精英化、经典化和审美体验化的同时,从一个侧面反映了其所存在的简单狭隘之弊。而这,则是笔者之所以提出选本问题的另一个重要缘由。

基于上述原因,我与同事陈建新老师一起,在浙江大学中文系集体性协作的"中国语言文学作品与史料选"系列教材的大框架下,于 2012 年编选出版了《中国现当代文学作品与史料选》②。我们编选这个选本,看似在"作品"之外增加了一些"史料",但它却反映和体现了我们对现当代文学教学、研究和人才培养理念上的一些新的思考。这里所谓的新的思考,就大而言,主要是指现当代文学教学和研究在推进到今天的情况下,要注意吸收过去重阐释轻实证的经验教训,有必要在教学和研究思路、格局、向度和方法上向古代文学等传统学科借鉴,进行一次带有战略转移性质的重要调整,即从原来比较单一的"阐释"走向现在的"阐释"与"实证"兼具。而在这其中,重点在于史料的收集和积累,并将此作为文学史叙述和学术创新的原动力。也就是说,需要强调和突出史料在文学史叙述和学术研究中的奠基性的作用,一切所谓的创新都应该建立在扎实的史料基础之上,经得起历史的检验,是一种"及物"(基于文献史料)的叙述和研究。而从教学的角度着眼,主要就是"借助于史料'设身处地'地'回到作品产生和传播的历史现场'。在这里,史料一方面可以很好地起到营造历史氛围的作用,这对因'历史隔膜'造成的各种主观随意或过度阐释无形之中形成一种防范和反弹;另一方面它也引导我们情不自禁地进入特定的历史规定情境之中,以'了解之同情,……必神游冥想,与立说之古人,处同一境界,……始能批评其学说之是非得失,而无隔阂肤廓之论'(陈寅恪语),从而对作品作出更加精准到位、也更合乎情理的解读"。③ 如今学界在现当代文学价值评衡问题上意见分歧很大,特别是对当代文学成就高低评衡方面更是打得不可开交(这与顾彬所谓的当代文学"垃圾说"的刺激,也许不无有关)。我认为过多将时间耗费于此,实无必要,还不如转变意识,从热闹的争评状态那里

---

① 刘俊等编著:《中国现当代文学研究导引》前言,南京大学出版社 2006 年版。

② 吴秀明、陈建新主编:《中国现当代文学作品与史料选》,浙江大学出版社 2012 年版。

③ 吴秀明:《中国现当代文学作品与史料选》序,浙江大学出版社 2012 年版。

抽身退却,静下心来作一些具体切实的基础性的案头工作更有意义,至少部分学者可以而且应该这样。

以上主要是从选本价值及其与文学史相互参证互联的角度而言,它更多是属于比较宏观当然也是相对比较泛化的背景和观念。至于具体编选,因理论与实践之间的微妙关系,也因教科书体制的规约和编选者个性、趣味、取向的差异所使然,实际情况可能更为复杂。我们有关《中国现当代文学作品与史料选》编选,作为一种尝试,其核心思想,主要体现在以下三点,这也是我们为选本确立的三条基本编选原则:

第一,秉持以文学性为主,兼顾其文学地位及社会影响的标准。"文学性为主",这是前提,它实际上是给作品的筛选设定了一张"入场券";但"为主"不等于"唯一",它同时还要"兼顾"该作品对当时及后来文学创作的影响。这就表明其所遵循的标准是有弹性的,它将现当代文学的复杂性与复杂的现当代文学问题充分考虑进来了。这样,不仅像鲁迅的《阿Q正传》、曹禺的《雷雨》、沈从文的《边城》、徐志摩的《再别康桥》、老舍的《茶馆》等经受住历史考验,堪称百年文学乃至三千年中国文学史的"文学经典"入选,而且像郭沫若的《凤凰涅槃》、丁玲的《莎菲女士的日记》、田汉的《关汉卿》等作,包括像杨朔的《雪浪花》、样板戏《沙家浜》、刘心武的《班主任》等当年曾在文学史上产生重要影响,而以今天的观念来看其思想艺术方面有明显欠缺或不足的作品,也被纳入视野。史料编选也是如此,主要立足与文学互动互补的关系,看它对当时和以后文学创作的影响以及文学史上的代表性,来进行筛选。如周扬的《新的人民的文艺》、胡风的《关于解放以来的文艺实践情况报告》、国家广电总局颁发的《关于认真对待"红色经典"改编电视剧有关问题的通知》等。它们从"原态事实"层面向我们印证和说明了文学在诸种因素下特别是在政治因素的合力影响下如何艰难生存和发展。现当代文学与古代文学等其他学科不同,从诞生那天起就与政治意识形态形成了难以切割的血缘联系,如果过于拘囿于作品的文学性,用所谓纯粹的审美标尺去"包打天下",恐怕不那么合榫,也有悖于我们力求客观全面反映现当代文学的编选初衷。

第二,注重文学演变,体现文学史家既严谨又恢宏的眼光。本选本对"作品"与"史料"的遴选,立足于现当代文学发展演变的总体规律,反过来也服膺并客观地表现了现当代文学本身的发展流程。如"现代文学"作品的安排,从鲁迅的《狂人日记》到穆旦的《诗八首》等，总共有50篇（含中长篇小说和戏剧存目），其中第一个十年为14篇，第二个十年为16篇，第三个十年为20篇。之所以这样安排，这里有时段、地域等因素的考量，也有作家、主题、风格等因素的权衡，它主要突出文学历时演变尤其是文体由简单向复杂演变的本源性意义（在"三个十年"中，愈到后来，文体复杂的中长篇小说和多幕剧愈多），也更符合文学史家的趣味。同样的道理是"当代文学"史料的编排，从开篇的日丹诺夫的《关于〈星〉及〈列宁格勒〉杂志所犯错误的报告几点说明》，到结尾的顾彬的《中国当代文学存在的问题》，中间还收集毛泽东的《应当重视电影〈武训传〉的讨论》（以《人民日报》社论的名义发表）、邓小平的《在中国文学艺术工作者第四次代表大会上的祝辞》、黄子平等的《论"二十世纪中国文学"》、王晓明等的《旷野上的废墟——文学和人文精神的危机》、欧阳友权的《互联网上的文学风景——我国网络文学现状调查与走势分析》等。在这六十余年所选的26篇史料中，它由高度的政治化逐渐向泛政治化、多样化嬗变，这不仅为我们解读"异质同构"的当代文学作品提供了很好的客观事实，而且让我们具体切实地感受到文学史发展演变的内在脉动。这与当下盛行的单纯以"诗学价值"为指归的选本是很不一样的。它可以让我们超越狭隘的"审美城"，从更深邃开阔的思维视野评价和把握现当代文学。而这，我以为是比较适合普通高校中文专业尤其是一些研究型高校中文专业的教学之用的。

第三，吸纳现有的研究成果，还原现当代文学丰富复杂的存在。在这里，既编选了茅盾的《子夜》、夏衍的《包身工》、柔石的《为奴隶的母亲》、赵树理的《小二黑结婚》、杨沫的《青春之歌》、柳青的《创业史》、郭小川的《团泊洼的秋天》等具有较浓政治意识形态色彩的左翼文学、革命文学，并不为迎合社会上这些年来非政治化、去政治化时尚而故意冷淡或忽视它们；同时也含纳周作人、张爱玲、沈从文、王小波以前曾被遮蔽而在前些年"重写文学史"、"重排文学大师"时重新解蔽、今天广有影响的自由主义文学；而且还注意引进像穆时英、刘索拉、孟京辉的实验文学，张恨水、金庸、今何在的通俗文学和网络文学等顺应今天时代社会文化潮流和载体之变和读者阅读需要的新的文学形态，构成新的文学共同体（中长篇小说以"存目"的形式出现）。反映在"史料"的选择上，不仅注意大量的固有的政治化方面史料，包括社团流派、理论论争、报纸杂志、文件报告、讲话批示，而且也注意新月社、《文学周刊》和梁实秋、朱光潜等撰写的政治化色彩较淡的史料;不仅注意胡适、陈独秀撰写的带有公共性性质显在的有关文学革命的史料,也注意挖掘如沈从文日记等带有私人化性质的潜在的史料,不仅关注国内的丰富复杂而又充满矛盾的存在,也注意引进如日丹诺夫、顾彬等域外的史料。现当代文学尽管存在难以掩饰的一体化倾向(特别是当代文学的"前三十年"),但这并不等于铁板一块,没有异质的存在。在这里,任何的夸大或缩小都不合乎事实,也有失偏颇。如同其他所有文学一样,现当代文学史毕竟也是一条包纳百川的大河,它有主潮就有次流、小溪,有明流就有潜流、伏流。我们需要的是立足高远,以开放开阔的视野和胸襟予以包容,理性地给予评价。

现当代文学是中国文学的重要组成部分,它上承具有几千年悠久历史的古代文学,下接无比丰富又无限开放的当下和未来的文学,是中国文学中最新也是离我们最近的一种文学形态。同时,就学科史而言,现当代文学虽滥觞于五四新文学不久的20世纪二三十年代,但它真正确立并开始作强作大,乃至成为大学中文专业的主流学科,还是1949年中华人民共和国成立以后的事:先是在"前三十年"(1949—1979),"现代文学"因自身超强的政治性以及新政权修史的需要,而一改以前"没有地位"、备受"压力"的窘迫处境,受到了前所未有的高度重视;继之是在"后三十年"(1979—现在),"当代文学"凭借日益丰富的文学实践以及与当代社会政治的密切关联,也迅速发展壮大,逐渐形成了与现当代历史和政治意识形态密切相关而又可分可合的现当代文学学科,昂然出现在等级有序的大学校园里。

现当代文学这种状况,决定了它与古代文学等其他学科有所不同,在整个百年的发展过程中,往往随着中国政局的急遽变化而大起大落,历尽艰难曲折。这就不仅造成了该学科内在的紧张以及与学科外部关系的紧张,而且对作家的创作心态和思想艺术取向也产生了深刻的制约和影响。我们在按照上述三条原则进行编选时,是注意将其纳入这样的整体大背景下进行把握,或者说是基于这样的整体大背景来实施上述的三条编选原则。这样可使选本所选的"作品与史料",不仅蕴含着具体切实的真实指向,而且在总体走向和趋势上也符合现当代文学运演的客观事实。它不仅让我们看到文学之所然,它的富有意味的感性存在,而且也进而认识它何以之所然,它的生成的历史合理性和深刻的必然性,从而获得为单纯文学作品选本所没有的诗、史互证互融的艺术效果。

选本是教科书的重要组成部分,它看似只"选"不"述",不像与之配套并存的文学史那样可以充分表达选家的主体思想,但在"选什么"与"怎样选"问题上同样也有一个主体性的问题。正因此,不同的选本体现了选家不同的文学观和价值取向,打上了不同的时代印记,以至成为一门学问——"选学"。作为教科书,我们一方面需要放开眼光,借鉴《昭明文选》、《古文观止》、《古文辞类纂》、《唐诗三百首》和《中国新文学大系》等经典选本以及现当代文学一般选本的经验作法;另一方面又要遵循教学和人才培养的规律,不能为了构建所谓的规范有序的体系,从中塞进太多的东西,使之臃肿不堪。教科书是连接"教"与"学"的平台与中介,无论怎样,它要考虑"学"的接受能力和实际情况,有一个"学生本位"的问题。这也是我们编选现当代文学"史料与作品选"的一点体会,是笔者由此及彼引发对教学和科研的一点思考。

(本文第一节,载《浙江社会科学》2014 年第 7 期;第二节,载《海南师范大学学报》2014 年第 6 期)

主流意识形态文学的历史位置与现实境遇
——兼谈主流体制下中介系统及其角色功能的嬗变

一、主流意识形态文学的功能特征与文化资源

如果把中国当代文学看作由精英文学、大众文学和主流意识形态文学"三元文学"构成的一个文学松散体的话,那么主流意识形态文学便是这松散体文学的主文化,又称主体文化。主体文化的概念是法国哲学家德里达最早提出来的,即指一个民族、时代或地域顺应历史的发展和社会心理而形成的文化精神主流。主流意识形态文学和主体文化在同一国家、民族和时代中,往往处于支配和主导地位,但并不囊括其他的文学和文化,更不把它们纳入自身而使其消亡。因为一旦把其他文学和文化纳入自身而使其消亡,它自己的主体地位也就不存在了(即使取得地位,那也是伪主体的地位)。但是,它却给其他的非主流文学和文化以非常大的影响,而不管对方是顺应这种影响还是反感这种影响。①

主流意识形态文学(为叙述方便,以下简称主流文学)的最大特征是它带有强烈的中心意识形态色彩,它是国家权威意志和利益、国家正统意识形态在文学上的表征。阿尔都塞在论主流意识形态时曾指出:意识形态之所以能对社会成员产生作用以至成为占统治地位的思想信仰体系,是因为"意识形态是个人同它的存在的现实环境的想象性关系的表现"。② 这个过程是这样的:

---

① 参阅向翔:《哲学文化学》,上海科学普及出版社 1997 年版,第 288 页。

② 转引自徐贲:《意识形态和症状阅读》,《文学评论》1995 年第 1 期。

"一、社会把个人当主体来召唤。二、个人接受召唤,把社会当作承认欲望的对象,即另一主体,并向它屈服,并经过投射反射成为主体。三、主体同社会主体相互识别,主体对自己识别。四、把想象的状况当作实际状况,主体承认自己是什么,并照此去作。"①主流文学在我们的文学中就承担着这种中心意识形态的功能,它要求个人向社会主体认同,力图使社会成员纳入稳定的社会模式中。所以一般而言,主流文学的文化态度是趋于守成的,在大众的心目中,它总是一副非常严肃、不苟言笑的面孔。②

我们所说的主流文学,指的是代表我国现阶段社会主义正统价值取向,并在意识形态上具有绝对话语权的这种"合法化"的权力话语的文学。它的目的功能是为了确立和捍卫社会主义意识形态的权威性、严肃性和纯洁性,使之在整个社会文化体系中居于"中心"地位。而赖以生存和发展的文化资源则主要有以下几个方面:一是从苏联引进的革命文学,如高尔基、法捷耶夫、马雅可夫斯基的作品;二是三四十年代的左翼文学和延安文学,如丁玲、赵树理、周立波的作品;三是对历史和现实生活中代表主流取向的新人新事的及时捕捉和形象化转换,如影片《周恩来》、《孔繁森》、《张鸣岐》。显然,这样的目的功能和文化资源对于充满感性的、多重指涉的文学来说,是有局限的。

周宪在《当前文化趣味的社会学分析》一文中,曾把旧体制(主要是"文革"前十七年)中的主流文学概括为:"一是政治的—伦理的考虑高于一切的工具主义,即总是依据政治领袖的学说和一定时期内的政治—经济目标以及相应的形势来提出文化上的要求,并以与计划经济相适应的指令性计划来强求审美文化的生产。二是它理论上倡导把雅文化的思想内容和深度与民间文化的喜闻乐见形式糅合起来,使艺术为工农兵大众服务。"③正因如此,所以才造成了在过去相当长的一段时间内主流文学的单一化、畸形化。而这恰恰也就成了新时期主流文学自我反思、重新进行理想文化设计的逻辑起点。主流文学之所以在政治中心向经济中心转换的过程中,弊病和不适表现得更明显,处境也较之精英文学、大众文学更严峻,都可从这里找到解释。

---

① 转引自徐贲:《意识形态和症状阅读》,《文学评论》1995 年第 1 期。

② 参阅陈刚:《大众文化与当代乌托邦》,作家出版社 1996 版,第 44—45 页。

③ 周宪:《当前文化趣味的社会学分析》,《文艺理论研究》1995 年第 5 期。

二、主流意识形态文学的历史位置与现实境遇

反观中国半个多世纪的当代文学发展史,我们可以强烈感受到其间曾经存在的以至成为左右整个文坛局势的显在的政治化思潮。这股文学政治化思潮与政治权力中心关系密切,那时主流文学一统天下,文学不仅被高度政治化了,而且被内化为一种艺术思维。政治化的结果就是文学本体被政治本体所置换,它所固有的原本丰富复杂的审美内涵,经政治"漏斗"的过滤,只剩下干巴巴的理念或所谓的本质。当然,这是就总体而论,并且主要是指当代"前三十年"在"文学从属于政治"的方针政策指导下的文坛现状;至于"后三十年",情况就不尽其然了,文坛状况和主流文学的创作均发生了根本的改观。

严格地讲,这种"文学从属于政治"的文学观念和艺术规范,早在二三十年代的无产阶级文学、左翼文学中就初露端倪,初步奠定了基础;至 40 年代的延安文学已成雏形,只是因环境的限制,一时还不能主宰整个文坛。1949 年后,共产党成为执政党,加上当时又是高度集中的政治体制以及与之相适应的计划经济体制,这就为它的繁衍和发展提供了适宜的生活土壤。这股政治化思潮有它的必然性、合理性。因为我们是政治先行,靠革命手段先夺取政权再搞建设,那就很容易触发和产生极大的政治热情,对政治有一种先天的亲和性。再说,政治本来就是社会的一个重要组成部分,在现代社会中,它几乎渗透到生活的各个领域各个方面,甚至一度还上升到绝对的主导和支配位置。而"在意识形态领域内,政治是能够对其他各种意识形态起巨大影响作用的超越的形态,从政治方面去解决许多具体问题往往比别的方面去解决更为彻底"。①关键是作家在书写政治时能否保有自身的主体独立性和现代意识,一味地恐政治、厌政治与盲目排斥政治是不可取的,恐怕也作不到。

事实上,这股政治化思潮不仅大大强化了主流文学的性格和面貌,而且从创作论角度讲,由于有政治意识的介入,它在客观上也有助于提高作家理性审视、概括生活的思维和能力。雷达在分析浩然的长篇小说《艳阳天》时,对此曾

---

① 　包忠文主编:《现代文学观念发展史》,江苏教育出版社 1992 年版,第 295 页。

有颇精辟的论述。他认为作家把毛泽东思想中有关阶级斗争和斗争哲学的理论"引入"作品中来,这固然有人为夸大的痕迹;但另一方面,它又由此使浩然的创作比原先"来得深刻",表明他"开始由平面进入纵深,由相对静态变为冲突激烈,由舒徐转为峻急,由和风细雨一变而为波涛涌起的莽苍"。① 中国文化本来就有"经世致用"的传统,20世纪以降,又受到列宁有关将马克思主义意识形态批评理论补充修正为国家政治意识形态行为策略的"政党学说"的影响。这种历史的渊源和现实的语境,自然就驱使作家自觉不自觉地追踪现实的社会政治,积极从事主流文学的创作。现在有种观点,因为"文革"前十七年的文学曾紧密服务于政治,似乎那时的一切作品都是公式化、概念化的,无艺术性可言。其实,即使在那个年代,一个简单地图解政治的作品,也很难获得社会和读者的应有认同。应该说,那时较好的或相对较好的作品是既注意政治性又注意艺术性的,并尽可能作到政治性与艺术性的结合。

虽然"文学从属于政治"具有自身的现实合理性和历史功绩,但它的弊端却是十分明显的。首先,因为强调"从属于政治",它就有意无意地把政治确定为文学的本质,将政治观念视为文学的最高指导思想。这样,它使文学在向既定的政治原则靠拢而走向高度集中统一的同时,也就丧失了自身本体的独立品格及其丰富性、多样性。其次,这种将"为政治服务"视为文艺"天职"的文学观念不利于作家个体精神创造性的发挥,它使作家个人的鲜明独特的个性处于排斥和压抑状态。再次,此一政治化思潮还容易滋生官本位意识和行政命令的粗暴干预,一些题材和主题因为于现实政治功利有用,从而得到不尽适当的夸大乃至虚构;相反,其文化审美、娱乐消遣、情感宣泄等方面的功能则受到不应有的忽视否定,使文学长期趋于单一滞重的状态。作为一个特定的历史阶段,为什么"前三十年"特别是"文革"前十七年尽管也产生过一些较好的或相对较好的主流文学,但总体上说创作水准并不高:大多数作品谨慎有余,大胆想象、创造不足,文学的风格类型单一,教化宣传的色彩太重,作家主体意识薄弱,艺术个性不发达,审美意蕴缺乏,不少主流文学甚至堕为政策的注解和政治观念的传声筒,原因就在于此。

---

① 雷达:《旧轨与新机的缠结——从〈苍生〉返观浩然的创作道路》,《文学评论》1988年第1期。

比如前面提到的描写合作化运动的《艳阳天》,浩然把阶级斗争和斗争哲学的理论"引入"作品固然有利于其创作从狭局走向浩阔;但反过来,"由于作家过分突出阶级斗争和路线斗争的主动脉,又把创造英雄人物作为中心创作任务,这就相对地削弱生活真实的深广度,不可能从历史文化的高度审视中国农民的命运,不可能具备深沉的历史意识,只能把人物搁置在政治斗争的功利目的上,而这是较浅层次的。"①同题材的《创业史》、《山乡巨变》、《风雷》以及《青春之歌》、《红旗谱》大体也是如此。有人认为当代文学如果没有 1957 年的"反右"、1958 年的"大跃进"特别是"文革"十年的干扰破坏,早就进入了辉煌赫赫的理想之境。对此观点我不敢苟同,它与其说是历史的逻辑的推理,不如说是脱离客观现实驾驭的浪漫蒂克的幻想,小看了体制对文学的制衡作用。我们固然不赞同文学体制决定论,将文学中的所有问题都归咎于体制,但也必须看到它对当代文学所产生的潜在的、深刻的影响。只有理解了这一点,才能抓住了政治化思潮的症结所在,对它的功过是非和历史嬗变,尤其是逐渐形成而后又由于走向极端而在新时期又作重大调整,作出客观的评价。也只有理解了这一点,我们才能深刻认识到 1979 年政府决策部门实施的扬弃"从属论"、采用"二为"方向(即"文学为人民服务,为社会主义服务")这一举措的深远意义。显然,这是主流意识形态的理性抉择,也是历史发展的必然结果。

从"文学从属于政治"到"文学为人民服务,为社会主义服务",当代文学这一历史性转换意义何在?我认为最根本最关键的"就是使文学从'政治决定论'的模式体制中真正解放出来,回归到自身的本体位置上来。这表现在文学功能上,从原先较为单一的社会政治宣谕转向到现在的政治宣谕、艺术审美和娱乐消遣的多元并存;在文学形态上,从原先主要侧重于社会主义主流文学(主旋律)转向到现在的包容兼顾民间大众文学和知识分子精英文学;在创作内容上,从原先更多注重于政治性很强的重大题材和主题转向到现在的事无巨细大小都一概涵纳,甚至连生命本能也不回避;在艺术取向上,从原先更多着眼于一般性转向到现在充分重视特殊性,从原先注意文学外部客体关系转向到现在注意文学自身的内在机制,从原先写实纪实转向现在荒诞、变形、寓

---

① 雷达:《旧轨与新机的缠结——从〈苍生〉返观浩然的创作道路》,《文学评论》1988 年第 1 期。

言、象征。"①这当然就不能不使新时期以后的文学在演进过程中呈现前所未有的跃动多姿的景观。主流文学也不例外。尽管囿于自身的历史位置和现实功能,文本的政治色彩仍十分显见,但它与以前相比无疑更文学化了,其政治宣谕也尽量通过艺术手法诗性地予以表达。这反映了主流意识形态在总结过去经验教训基础上的一种积极的调整态度。

三、主流体制下的中介系统及其角色功能嬗变

这里想从中介系统角度对主流文学的历史位置和现实境遇进行阐释,以将前述问题的探讨推向深入。所谓中介系统,是指主流文学在传播过程中,逐步演变并建立相对独立的中间调节机制和保障系统。它具体由文化宣传部门、文联、作协等由上到下、层层管理的机构所组成;主要的协调、执行、解释者是文学批评,包括主管部门领导人的非个人化、非纯文学的讲话等。"文革"前的郭沫若、茅盾特别是周扬,就是这一中介系统最负盛名的典型和代表。他们既是中宣部、文化部、文联和作协的领导,又是著名的评论家、文化名人。所以,他们的发言、讲话和文章是带有权威性的,往往在某种程度上代表、象征和传达了行政力量,成为王蒙所称的"领导型的文学评论"。他们与其说是艺术消费方面的代言人,还不如说是整个政治与意识形态在文学领域的"常驻代表"。中国的文联、作协不是一般的民间机构,而是国家行政机关的组成部分(中国作协和省作协的行政级别为省部级、厅局级),作家和文学机构工作人员全部都是国家干部。这本质上是政府官办的机构,它代表政府行使对文学的管理和协调。文联、作协内部又设党组,"党组发挥领导核心作用。党组的任务,主要是负责贯彻党的路线、方针、政策"。② 如此,文联、作协工作又被纳入党的领导之下,成为党的事业的一部分。这个体制是学苏联的。它的功能特征,对下主要是把松散的作家团结在一起,使他们因此有了栖身之所和可以下情上传的渠道;对上则更好地贯彻国家制定的文艺方针政策,使主流意识形态

① 吴秀明:《从文的政治化到人的现代性》,《浙江社会科学》1997 年第 3 期。
② 《中国共产党章程》,《求是》2002 年第 22 期。

能畅通无阻地付诸实现。

中国的文学批评也不同于西方,是纯个人化的、自由化的批评,而是由于历史("文以载道"的传统)和现实(文学政治化或政治文学化的语境)的原因,往往十分严肃,掺杂着很多群体甚至阶级、党派的色彩,实际上被赋予了政治与意识形态导向的职能。在过去"文学—政治"一体化的体制中,批评家尤其是"领导型的批评家",更负有宣传和阐释国家政府文艺方针政策,指导作家进行创作的重大使命。特别是每当"上下错位"即主流意识形态与知识分子作家之间出现矛盾冲突之际,文学批评的功能作用就显得尤为突出和重要。像"文革"前几次文艺大批判时的周扬,以及粉碎"四人帮"初的张光年、陈荒煤、冯牧的文章和发言,都属于这种情况。这就是为什么在以往文学批评的声音通常是不证自明、无可辩驳的,甚至带有某种严厉的判官意味。作家一般对此只能顺从,而很难或不能申辩与反驳。曾几何时,当代大凡有影响的批评家,同时也是各级文艺部门的负责人或意识形态领域的重要活动家。

由于中介系统处在主流文学传播的特殊位置,其自身往往又要扮演政治文化和意识形态代言人的特殊角色,因此,这就决定了它的宠辱毁誉与主流意识形态具有直接必然的深刻联系。一方面是自上而下的政府指令,正统的官方意志;另一方面是自下而上的作家要求,文化圈内的审美雅趣,这是两种截然不同的话语。要将它们调节成有序的矛盾复合体以保持系统的稳定,中介内在的协调作用实际是有限的,它主要还是依靠主流意识形态与知识分子作家之间最大限度的彼此沟通、相互尊重。返观半个世纪的中国当代文学史,我们发现有两次主流意识形态与作家之间上下和谐、颇成默契。因此,作为中介系统的文联、作协特别是领导型的批评家,其上下沟通协调就比较顺畅,富有成效。一次是 50 年代初,那时新中国刚从黑暗跨入光明,新旧社会的强烈反差,使作家饱蘸感情地对现实的社会政治"唱颂歌";而新生的红色政权出于自身的政治和文化建设的需要,也曾给予作家相当不薄的待遇,在此情况下,中介的上情下达与下情上传工作就开展得比较好。周扬此时颇得毛泽东的赏识,在一般作家中也具有良好的口碑,就证实了这一点。第二次是 70 年代末、80 年代初,我们的国家在历经十年灾难之后痛定思痛,更加大了对人才和知识的重视,为了推进以"思想解放"运动为标志的意识形态的变革,有意鼓励和提倡作家、批评家标新立异,不屈从既定的思想权威;而作家出于情感和理智,他们在当时的确也情不自禁地催生了胸臆中强烈的政治激情,自觉不自觉地与主流意识形态结成了反"文革"、批"凡是"的统一战线。如此这般,这才有了类似新中国成立初那样的上下协调、政治与文学颇为和谐的良好环境。只不过美学风范由原来的单纯、清新、明朗变为现在的悲怆、深沉、凝重,而且上下其间的中介扮演者被比周扬稍年轻的陈荒煤、冯牧等人所担任罢了。

总结上述两次主流意识形态与人文知识分子和谐关系及相应的中介系统的顺畅协调,一个共同之处就是它们都发生在动荡灾难刚结束的政治修复期,主流意识形态对文化思想的领导有些开禁。或者说,出于政治修复和意识形态内部结构调整的需要,有意借助吸纳文学创作和批评的情感思想方式、艺术力量。置身这样的语境,作为中介系统的领导型批评家心情较为畅快。翻翻当年周扬、林默涵、夏衍、邵荃麟、何其芳以及粉碎"四人帮"初张光年、陈荒煤、冯牧等人的文章,就可窥见一斑。他们锋芒所指,是昔日旧的意识形态体系。这可能跟旧意识形态体系还较为强大有关。但是,随着旧体系的解体以及主流意识形态与人文知识分子内在关系的紧张,批评家的处境日趋维艰,其平衡调节的难度也明显增大。更为棘手的是,自1957年以后,主流意识形态中渗入了错误的政治,并被纳入封闭的、单渠道的文化体制中。这样,中介原有的上情下达与下情上达功能就被狭隘为自上而下的单向阐释,它成了政府行为指令性的代言人。而当中介人物上下调节一旦受阻,变成政府的单纯代言人,那么他的主体独立性格必将产生结构性、功能性的严重畸变:批评家一方面高高凌驾于作家和读者之上,颐指气使,盛气凌人;另一方面又在自上而下的封闭政治文化体制中扮演一个微不足道的次要配角,毫无自己的主体性。于是,中介变成了主流意识形态的简单附庸,纯粹为政府政治意识形态信息的一次性转译,而不是既接受整体系统功能的统摄,同时又保持自己本身相对独立性的特殊"中间物"。政治大一统的封闭的文化体制只能产生附庸式的中介,而附庸式的中介往往是悲剧性的。周扬在60年代一直步履维艰地充当主流意识形态的忠实代言人,但最终还是因贯彻不力被主流意识形态所弃置,就是一个很好的明证。

进入新时期后,由于种种原因,特别是"二为"方向的提出和文化市场的形成,中介系统获得了相对的独立性。"二为"取代"从属论",必然导致原有的政治意识形态文化体制的松动。市场经济的确立,更使文化领导人明白文学生产不能单靠政府导向(哪怕是正确的),还要根据供需关系、通过市场这只"看不见的手"暗中进行调节。正因这样,原有的中介地位相对就显得不那么重要突出,它更多似乎以隐性方式存在并发挥着作用。这是一方面,另一方面,中介是主流意识形态的中介,要让中介"合法化",被主流意识形态认同,就必须在新的政治参数下重塑自我。显然这种重塑不能靠简单重复"文革"前十七年的权威政治话语。随着国家对内政策的一系列调整,如地富摘帽、右派平反、农村实行包产到户、城市实行工厂兼并、股票上市、租赁经营等,主流意识形态的实际内涵也发生了较大变化。作为中介系统的文化领导人或领导型批评家,他们在谋求上下沟通协调之时,就必须面对现实,顺时应势地进行调整,而调整却注定使他们陷于表达与语言的真空中。这里不仅有如何"定量"的问题,而且还有怎样"定性"的问题。于是,内部分歧就开始出现,并逐渐深化成"还原"与"修正"两大基本派别。

"还原派"以林默涵、丁玲、刘白羽、贺敬之为代表。他们在扮演中介角色时,对现实文化体系中潜藏的资本主义、殖民主义因素给予足够的警惕和重视,并深挖其反理性、个人至上的思想根源。同时,他们也不同程度地触及文学"多元"理论自身的某些含混偏至。"还原派"所依靠的思想利器是传统经典的马克思主义,包括政治与国家学说、阶级意识以及列宁的党性原则。他们认为,马克思主义本身是无可置疑的,只不过被强加上了许多非马克思主义、伪马克思主义的东西,需要剔抉、正本清源。不能因为它有异己的成分以及时代的新变化,就对这些基本理论轻加怀疑或排斥。他们力图通过自己的阐释,包括对各种源于西方现代"新理论"的批判,使马克思主义恢复原貌,返回到"正"的文化位置上。

"修正派"以周扬、夏衍、张光年、陈荒煤、冯牧为代表。在初始阶段,价值取向与"还原派"大致相同。那时大家对"拨乱反正"口号普遍认同,便是对这一取向的最好注释。至后来,由于诸方面原因,才与"还原派"产生歧义。这不仅是因为在他们看来,马克思主义活的灵魂就在于它的思想体系的开放性,其文本蕴含着新的阐释的可能性,它不过是一定历史时期内对马克思主义的一种理解和对一定问题的一种回答;同时还在于他们所运用的理论是马克思主义的人道主义,尤其是异化学说,以及某种程度上的西方19世纪的人道主义、人本主义。由于强调"人",突出"人",他们在履行中介职责和对作家进行导向的过程中,对扼杀人性的封建主义进行了猛烈的批判,将人的异化问题摆到一个重要高度加以认识。周扬于1983年发表的《关于马克思主义的几个理论问题的探讨》①一文,就代表了他们的这种观点。他们也正是以此为出发,致力于修正原有的主流意识形态理论,使其得到充实、完善,萌发新的生机。

"还原派"和"修正派"都有盲视,当然也各有其不可取代的功能价值。对于"还原派"来说,主要强调对传统经典理论的继承和捍卫,但也由此容易忽视其理论自身存在的某些缺陷,从而招致经典理论与现实的脱节。因为我们今天从事的毕竟是前人所从未有过的事业,马克思主义没有也不可能为我们提供现成的答案。所以,我们不仅要继承更要发展。对于"修正派"来说,马克思主义的人道主义尤其是异化学说,是建立在对资本主义经济基础和意识形态的批判基础上的,其中特别是对劳动、商品以及生产方式的批判分析。而"修正派"在这方面则采取了某种回避的态度,更多的是择取在社会与文化意义上的马克思主义的人道主义和异化学说。这容易导致对传统政治意识形态纠偏时,将其缺陷过多归咎于以往的革命政治文化和意识形态,同时还使其人道主义和异化理论显得不免抽象空洞,有点"隔"。② 不过,就现实的境遇而论,"还原派"似乎比"修正派"具有更大的政治安全系数,更能得到主流意识形态的认同。"修正派"比较超前,他往往赶在主流意识形态之前"修正"其内容,在思想观念上与先锋派较为接近。故易于被一般先锋作家所认同,但却常常招致主流政治的批评,有一定的冒险成分。周扬等人在"反资产阶级自由化"和"清污"中的境遇就清楚地表明了这一点。而"还原派"对经典理论的执着坚持和捍卫态度,以及对种种非理性、个人至上"新观念"的不遗余力的揭露批判,与主流意识形态所追求的有序、稳定、规范的价值取向不谋而合,也跟"文以载道"、"群体至上"的传统文化契节相符,因此具有相当的市场。尤其是在反理性、反理想、反英雄观念演化成一种规模性的思维,对主流意识形态及其文学造成一定遮蔽时,"还原派"往往就颇得主流意识形态的青睐与支持。80年代以来,文艺界几次大的论争中,中介系统的"还原派"实际上占据主导地位,成为主流意识形态的权威发言人,其中重要原因就在这里。

---

① 周扬:《关于马克思主义的几个理论问题的探讨》,《人民日报》1983年3月16日。
② 参阅李以建:《文化选择与选择文化——中国现代知识分子的位置》,《文学评论》1989年第4期。

　　当然,"还原派"和"修正派"都忠信马克思主义,并在理论和实践上坚定不移地贯彻列宁提出的党性原则。因此,他们之间的歧义是非本质的,属于社会主义文化内部的矛盾。中国当代强大的一体化体制,使他们在代替主流意识形态行使导向和中介职能时,往往更多强调文学的政治伦理的严肃性、正统性和规范性。这样久而久之,就容易造成思维观念的僵硬和闭锁。从这个意义上,"还原派"和"修正派"都是有缺陷的。转型时期的文化领导是十分艰难复杂的,它促使我们中介系统的角色功能由原来单纯的计划调节逐步变成现在的计划调节与自发调节相结合,由原来单纯的政治转译性调节逐步变成现在的政治转译性调节与艺术审美调节及市场供需调节相结合。随着主流意识形态职能的转变——它更多是通过文化政策法则的制定实施,以及立法的程序包括文化市场机制来进行宏观调控,中介的实际地位将不能不受到影响,面临的压力将更大,任务也将更艰巨。在这方面,80年代中期以来的几位文化领导人或领导型批评家,特别是前文化部长兼作协副主席王蒙的情况,便可资证。他的不同于以往中介的实践,包括思想观念上的睿智通达、有弹性,对上保持一种适度的张力,也包括具体管理上的少干预、多放手,兼容并包,值得我们重视。

（载《浙江大学学报》2006 年第 5 期）

十七年文学的矛盾性特征
——兼谈整体研究的几点思考

近些年来，随着认知的深化，新中国成立后十七年文学研究在经历了 20 世纪八九十年代的落寞之后又呈现出了明显的升温态势，并相继推出了一批引人注目的研究成果，如董之林的《旧梦新知："十七年"小说论稿》、程光炜的《文学想像与文学国家——中国当代文学研究（1949—1976）》、唐小兵的《英雄与凡人的时代：解读 20 世纪》、丁帆等的《十七年文学：人与自我的失落》、李扬的《抗争宿命之路》、贺桂梅的《转折的时代——40—50 年代作家研究》、蓝爱国的《解构十七年》等；也包括一些新编的教材，如洪子诚的《中国当代文学史》、《问题与方法——中国当代文学史研究讲稿》，孟繁华、程光炜的《中国当代文学发展史》等。但这毕竟是初步的，它与此前的现代文学研究和此后的新时期文学研究相比，都有相当的距离。在十七年文学"是什么"、"怎么样"等基本问题上，存在着显见的歧义。也有的文学史著作和作家作品选（特别是现当代文学"打通"的文学史著作和作家作品选），出于各种考虑，索性压缩乃至抽去这一时段的文学，使之在现当代文学史上变成一种"空白"或"准空白"。这种情况，从一个侧面反映了十七年文学研究的滞后，同时也对十七年文学的总体评价提出了新的挑战。显然，在整体文学、文化研究不断走向理性与成熟的情况下，任何的仅从一个角度肯定或否定都是不合适的。事实上，十七年文学无论是作为一个独立的"短时段"文学，还是与"长时段"20 世纪文学之间的关系来看，它都蕴含着非常丰富、复杂的内涵。如果我们的评论仍停留在原有的非此即彼的思维层次不予拓展，那它不但会降低十七年文学的研究水平，而且还由此及彼对 20 世纪文学整体研究带来不容忽视的影响制约作用。

以上种种，就构成了本文写作的主要动机和出发点。这里，我无意对十七年文学历史进行全面的分析和评价，而主要想探讨它内中凝聚集积的自我矛盾的特征。作为从现代向"文革"及新时期过渡的一个特定阶段的文学,我认为十七年文学尽管自有其基本的属性和本质的规定性,但它并非如我们所想象般那样简单、绝对和纯粹,而是呈现出极为矛盾复杂的状态:它既是高度"一体化"的,又是充满"异质性"的,是一体与异质的复杂缠结。只不过这种矛盾被当时的主流权威话语所遮蔽,而更多以历史的"另一副面孔"或"异端的声音"呈现出来罢了。完整的十七年文学或文学史,就是由这一体化与矛盾性所组成。只讲其中一面而不讲另一面,都有失偏颇。

一、矛盾性表现的三个层面:思潮、精神与文本

谈到十七年文学的矛盾性特征,不能不涉及与之相对应的一个概念:"一体化"。此所谓的"一体化",即指延安以来逐步形成的"居绝对支配地位"的文学组织方式、生产方式,和因此建立的"高度组织化的文学世界"。① 这种一体化在十七年这样一个特定的历史阶段,它是"以国家的权力作为保证"的对文学的"一种强制性的规范要求",目的是为了"保证文学的题材、风格、主题,甚至人物、语言,达到一种统一化的要求"。② 这也是近些年来当代文学研究领域影响很大的一个观点。故而,概念的提出者洪子诚一时声名鹊起。然而正如有批评家指出的,由于洪子诚主要"从历史生成的演变的'大处'着眼",也由于他"比较倚重历史的观察而相对忽略文学的反观",因此,相应忽略了一体化背后的异质因素,及其不可思议的能量,并使其文学史叙述"凸显了当代文学比较阴沉的、'悲剧性'的一面,而对其中'喜剧性'的因而也是'明亮'的一面,可能昭彰不足……也许,这就是为什么,叙述'一体化'的生成和演变,他是那样环环相扣,严丝密缝;而讲述它的'解体',却相对涣散,多少给人以平铺直叙的感觉"。③ 或许是悟出这层道理,洪子诚在后来的有关著述中对此作了调整和修正,强调指出"一体化"这个概念,"在某些地方很适用,但不是万能的,不

---

① 洪子诚:《问题与方法——中国当代文学史研究讲稿》,生活・读书・新知三联书店 2002 年版,第 188 页。
② 同上。
③ 王光明:《文学批评的两地视野》,北京大学出版社 2002 年版,第 91—92、45 页。

能代替对一个时期的文学状况的具体研究",更不可将它凝固化、纯粹化,事实上在一体化的总体格局下面,"文化'分层'的现象,不同力量的矛盾冲突并没有消失"。①

　　不仅如此,由于观念与实践不可避免地存在着"错位",所以十七年尽管对文学有统一的规范和要求,有时甚至不惜借用国家政治权力强令推行,如批判萧也牧的《我们夫妇之间》,批判胡风文艺思想等,但它也不可能达到真正的"绝对"和"纯粹"。文学有其"规训"所不能规训的创作规律。从生活到艺术是十分复杂的,这之间不可避免地融入了作者个人的主观情感和非意识形态的因素。因此,这就常常导致了实践对理论的僭越。更何况,文学不同于政治,"文学家,似乎比政治家更多地看到这社会前进过程中的'反面',因为文学家有自己独特的感受世界的方式,他们总是把精神、感情看得重于物质生活",而且"在文学的历史性与非历史性,在文学的时代精神与它的超越时代的品格之间,存在着矛盾"。② 正是从这里出发,我们便不难理解那时的作家在热情讴歌现实政治的同时,又有自己的切入点,在对社会阶级偏执理解之中,又有一定的超越;从而无形之中拓宽了文本的内涵,使之程度不等地获取了与五四和新时期相似的超历史的一面。也正是从这里出发,我们便不难理解十七年文学乃至后来的"文革"文学中出现的这样一种相反相成的有趣现象:一方面,它往往有意识地表现出对现实政治的迎合姿态,另一方面,现实政治却对之仍表现出相当的不满;一方面,它竭力按照当时流行的政治标准批判所谓的资产阶级人性论和审美趣味,另一方面,在潜在深处常常又自觉不自觉地流露了对这些人性和趣味的认同。这就出现了文学应有的"自我身份"与政治规定的"他者身份"相抵触、相混淆的现象,一个因政治权力无法化解的矛盾和悖论。有人在重读十七年革命历史小说时曾指出:"现实权力对小说和小说家的征服和改造的过程,但这个过程同时也是一个反抗化约、整编的过程,后者不仅以文学的'本能'和微小而不屈地坚持,限制了'历史大叙述'的虚妄,而且最终宣告

---

① 洪子诚:《问题与方法——中国当代文学史研究讲稿》,生活・读书・新知三联书店2002年版,第88页。

② 刘纳:《嬗变——辛亥革命时期至五四时期的中国文学》,中国社会科学出版社1998年版,第47—53页。

了它的不可能性。"①这个评价同样适合当时所有的各种文学样式。我们所说的十七年文学的"矛盾性"特征,就是这个"过程"的后者表现。它是为文学"独特的感受世界的方式"所决定的,也是文学"独特的感受世界方式"的必然结果。而揭示这一点,从某种意义上讲,它反映了我们的当代文学研究开始超越了社会学、文化学研究的套式而真正返回到自身的"文学现场",它并没有因一体化就无视忽略其中存在的矛盾异质的成分,一概否定和抹杀其所作的努力和取得的成就。

那么,十七年文学的矛盾性特征到底是怎样表现的呢?从系统的角度考察,主要体现在以下三个层面:

首先,从文学思潮层面看,其内在矛盾性,既表现在以周扬为代表的革命现实主义与以胡风为代表的批判现实主义之间的冲突,也表现在以周扬为代表的革命现实主义与以江青为代表的实用现实主义之间的冲突。周、胡矛盾在50年代初一度占据主导地位,他们与现代文学史上左翼内部的宗派矛盾包括个人恩怨纠葛在一起,曾围绕文学与政治、理想与现实、主观与客观等问题产生过激烈的碰撞。最后,是体现当时政治文化规范并深受苏联日丹诺夫影响的周扬在毛泽东的支持下取得胜利,而胡风等则遭到了无情的打压和清洗,遂使革命现实主义成了"至尊"话语。然而,"螳螂捕蝉,黄雀在后",正当周扬按照自己的革命现实主义理念来整治文坛时,极左政治文化规范的新的代表人物又应运而生。江青等人以政治实用和庸俗社会学为武器,对周扬推行的革命现实主义发起了猛烈的批判,周、江之间的矛盾便突出了起来。50年代后期至"文革"日趋升级的"阶级斗争"、"路线斗争"和"反修防修"的理论,为江青推行实用现实主义创造了条件。而周扬及其革命现实主义在经过一番博弈后,因"政治迷失"最终被江青等所取代。至此,当代文学的一体化也进入了一个封闭、单一、贫乏的年代,并慢慢地向"文革"发生全面的倾斜。

其次,从作家精神层面看,它的矛盾性特征,不仅表现在"非中心作家"在特殊环境中的"潜在写作"和"异端"式的探索,如《傅雷家书》、《从文家书》、张中晓的《无梦楼随笔》、"火凤凰丛书"中的一些作品、萧也牧的《我们夫妇之间》、路翎的《洼地上的"战役"》等;同时也表现在"中心作家"在时代精神感召

---

① 王光明:《文学批评的两地视野》,北京大学出版社2002年版,第91—92、45页。

下所作的疏离式的"干预"和讽喻式的批评,如王蒙的《组织部新来的年轻人》、刘宾雁的《在桥梁工地上》等。前者,尽管有悖于当时主流文学规范而被批判或不准面世,更多是以隐性方式存在"地下"或"民间",直到 80 年代开放以后才有机会公开发表;但作为一种异质的精神文化,它不仅一直存在,而且对当时一体化的文坛产生了影响。它向我们显示,哪怕是在政治意识形态控制严格的十七年,文学内部也会出现游离于主流规范之外、为政治权力算式无法除尽的"小数"。后者,它也许与苏联"解冻文学"的影响不无有关,但更重要的,还是作家精神世界中被高度激发的政治热情和理想主义所使然。所以,遇到合适的政治气候,他们就用年轻人特有的勇敢大胆对现实生活中出现的矛盾进行"干预"。"中心作家"笔下"革命"与"青春"的矛盾以及矛盾双方之间的颇难协调,说明他们思想上的"不成熟",也反映了彼时精神现象的丰富性、复杂性。

最后,从文学文本层面看,其矛盾性的表现就更明显,那时几乎所有作品特别是有艺术成就和特色的作品,都有类似情形。它们在权力无法统辖的文本的"缝隙"处,矛盾地融进了与主流观念相抵的有关的生存生命的省思,如郭小川的《深深的山谷》、《白雪的赞歌》、《一个和八个》,特别是《望星空》等作。虽然诗人在理智上并不怀疑个体对于历史潮流的服从,并且往往在表达的同时将它当作虚无消极的东西加以批判;但"由于在情感上对个体价值的依恋,对人的生活和情感的复杂性的尊重,诗中并不完全回避,且理解地表现了矛盾的具体情景,而具有了某种的丰富性,使人的心理矛盾、困惑,他经受的磨难、焦虑、欢欣、不安,获得了审美上的价值"①。作家思想情感上的这种矛盾,也必然导致作品内在结构的矛盾。于是,一方面,他努力保持与当时文学规范的同步一致,对大刘、"我"等知识分子软弱动摇进行谴责批判;另一方面,对个体意识、个体生命的独特感受和体验又使他情不自禁地逸出这种文学规范,用细致入微而又不无暧昧的笔触去展示其充满冲突和痛苦的内心世界,从而使作品成了"小资产阶级思想的顽强表现"。像郭小川这样的"自我矛盾",在"三红一创"、"青山保林"等一批"红色经典"作品中都可找到。

虽然十七年文学存在如上种种的矛盾,有时候这种矛盾甚至不乏尖锐激

---

① 洪子诚:《中国当代文学史》,北京大学出版社 1999 年版,第 76 页。

烈,但它毕竟不是对抗性的矛盾而是对话性的关系;彼此也不是一个矛盾的等级,而且不构成真正对等的矛盾关系。即使矛盾,也是为了在维护现有主流思想观念的前提下进行修修补补,使之保持适度的平衡,不致在文学政治化道路上走得太远。这一点,即使最为"叛逆"的胡风也不例外。因为"在总体上,胡风并未也不会否定文艺是政治工具这一前提。他的发难,就理论意义而言,不过是想让文艺从属于政治的同时能保持其审美性。……显然,胡风用来测定建国初文艺困境的那把尺子,并不是以鲁迅创作为范本的五四'文学革命'为参照,而分明是以拉普派思潮流行的左联'革命文学'为参照的"。① 正因这样,我们在讲十七年文学矛盾性时不能将其不适当地过分夸大,也不应将把过去的不幸或受难者过分拔高美化,当作"文化英雄"大加褒扬。在文学"从属于"政治的年代,与一体化相对立的异质的声音向来是受贬抑的,哪怕是在"规训"尚未健全的新中国成立初期,以及在调整时期即环境相对比较松动的1956、1961 年,都莫不如此。说实在的,在政治覆盖的高度整一的"一元化体制"之下,并不存在一种文学的"对抗体制"——相反,如彼得·伯格所说,对于后者的有效清除,正是社会主义国家文化体制的基本功能。②

十七年文学的这种情形,与现代文学特别是五四文学是不一样的。五四文学的矛盾性,不仅是在多元的、较为自然自由状态下的呈现,而且也是在相对疏离于政治意识形态、政治权力监控下进行的。无论是鲁迅与梁实秋之间的论战,还是文学革命内部的争论,他们基本都局限于文艺思想领域。因此,五四文学如张灏所说,虽也存在着一个思想"两歧性"的问题,但因建立在平等对话的基础之上,故彼此的矛盾和不同反倒促成了中国文化思想的"诡谲歧异的发展","也正反映了五四思想的开阔性和丰富性"。③ 而十七年文学不仅被置于严峻的一体化的生态环境,而且辅之以严厉的批判、压抑、改造机制。所以,这就决定了它不可能产生真正的"对抗"性矛盾,而更多是以潜在的、弱势的方式存在。这也就是十七年文学与五四文学的一个重要区别,是笔者为什么不用"两歧性"甚至"双重性格"而用"矛盾性特征"作标题的主要原因之所在。

---

① 夏中义:《历史无可避讳》,《文学评论》1989 年第 4 期。

② 参见彼得·伯格:《文学体制与现代化》,《国外社会科学》1998 年第 4 期。

③ 张灏:《幽暗意识与民主传统》,新星出版社 2006 年版,第 224 页。

二、矛盾性存在的两个原因:文化本源与文化属性

十七年文学的内在矛盾,它的一体与异质的复杂缠结,是偶然的还是具有某种深刻的必然? 对此,也有必要作深入的探讨。

这个问题,情况当然比较复杂,非三言两语能讲得清楚。但从文化本源上考察,我以为无疑与中国文学现代性为西方所没有的特殊矛盾复杂这一特点密切有关。这里之所以特殊、矛盾、复杂,其中重要原因之一就在于中国文学由传统向现代转换的现代性,它不是从自身内部产生,而是从西方那里引进的(中国传统文化自身缺少这方面的思想资源)。在西方,到 19 世纪上半叶,现代性发生了分裂,导致了两种现代性及它们之间的紧张关系,就是社会现代性之外又出现了审美现代性。前者是一种中性或者褒义的概念,它指示着人类社会不重复地线性进步发展的轨迹,注重的是社会效益;后者则带有否定和批判的色彩,它看重的是人文精神和审美内涵。而在中国,由于历史文化和现实国情等原因,它在将西方现代性文化资源进行空间转换时,则有意无意地把这两种矛盾对立的现代性整合为一体。这样,社会化、世俗化的"实利效益"与艺术审美的"价值判断",一同被摆上现代性的平台;康德、黑格尔的人本主义与海德格尔、福科的解构理论的差异被忽略。但在实际上,它们是不能忽略的,也不应忽略;忽略了,只会造成现代性的内在矛盾和紧张。弄得不好,甚至连"现代性本身也成了'病源体',它的西方强势话语和民族国家诉求之间的矛盾、它的个人和集体话语之间的差异认知、它的批判和建设之间问题处理,无一不使这个世纪元话语处于尴尬的境地,现代性为解决问题而生却因制造问题而死"。① 而恰恰在这点上,我们看到有的研究文章在相当程度上是忽略了的。因此,当它们拿西方现代性标准衡量十七年文学时,不是简单得出十七年文学就是现代性或反现代性的结论,就是对它的矛盾性特征感到困惑不解。事实上,正是现代性的这种矛盾和含混,它不仅赋予十七年文学以鲜明的"中国特色",而且也使它比任何一个时期的中国文学都更深入地介入社会激烈紧

---

① 蓝爱国:《解构十七年》,华东师范大学出版社 2003 年版,第 9 页。

张的矛盾冲突当中。

另外,从时间上看,中国的现代性要晚于西方几个世纪(西方的现代性起源于 17 世纪的欧洲,中国的现代性则延至晚清才启动)。当中国社会的现代性运动正沿着共和、民主、平等、自由的欧洲模式在缓慢推进之时,西方的现代性正在受到各方面的深刻质疑(审美现代性对社会现代性的质疑)。由于存在这样的一个"时间差",也由于中国近现代曾有过饱受西方列强欺辱的惨痛历史,决定了中国在引进西方现代性之时,特别易于接受其中质疑西方文化的精神元素,并与马克思主义汇合,转换以"反西方性"为出发点的具有强烈批判倾向的现代性理论。这里在西方历时性意义上呈现的两种完全不同和对立的现代性,到了我们这里却被抹平和整合在一起。然而恰恰是这种抹平和整合,才使中国现代性显得如此矛盾复杂;它也许不符合科学的定义,但正因此,才最能反映中国现代性的综合性、理想性特征。① 诚如阿瑞夫·德里克所说,此时的中国人一方面"跨入了一个广阔的文化和知识空间,这个空间是由欧洲两个世纪的现代性开拓的",另一方面又被"抛入了动荡的旋涡中……陷入在两种不同的现代性之间的夹缝之中,其中,一种现代性是霸权主义的现实,另一种现代性则是一种解放事业"。② 十七年文学的矛盾性特征,正是这种现代性的矛盾与矛盾的现代性在文学中的折光投影。这看似不可思议,实则合情合理合逻辑,它反映了"后发展国家"对现代性的热切诉求以及所置身的尴尬境地。同时,也从一个侧面向我们解释为什么这一阶段文学不仅普遍具有反西方的倾向,而且在具体实践过程中往往政治批判大于艺术建构。

自然,以上还不是问题的全部。如果我们把思考的目光从一般的文化本源推进到对具体的社会主义文化属性考察,那么就会对十七年文学存在的矛盾理由有更深的认识。这里特别需要指出:社会主义文化理论本身的复杂性及其对彼时文学矛盾性格的潜在制约影响。在一定意义上,我认为正是这种复杂性,它构成了十七年文学矛盾性特征的文化之源。众所周知,按照毛泽东的文化理论,社会主义文化源于"民族的、科学的、大众的"新民主主义文化,是

---

① 杨联芬:《晚清至五四:中国文学现代性的发生》,北京大学出版社 2003 年版,第 6—9 页。

② [美]阿瑞夫·德里克:《现代主义和反现代主义》,见萧延中等编《在历史的天平上》,工人出版社 1997 年版,第 219—220 页。

人类有史以来最先进的文化体系。这种文化追求崇高和纯洁,有充沛的政治激情和丰富的革命想象力,并在批判与重构的思维导向下,逐步建立了一套适应社会整体发展的精神原则和文学规范。然而,一方面,可能是由于这些文艺思想、文学主张"内部本身也包括着许多矛盾性。内部的空隙,有可能使不同的人'钻自己的空子',发展各自的阐释空间"。比如精神与物质之间的关系,政治倾向性和真实性的关系,文学创作的艺术形式、语言运用与作家的政治立场的关系,还有典型问题,题材问题等等。须知,"马克思、恩格斯、毛泽东等对这些问题的解释,并非都很明晰,有时候甚至是会含糊其辞的"。① "他们在理论上对文学社会效用的表达,与他们出于兴趣对具体文艺现象和作品的评价,是存在矛盾的。他们对人类文化遗产的热爱,和对无产阶级新文化期待之间的复杂关系,似乎是处于两难的境地中,这也是马列文论给我们留下的一道难题"。② 另一方面,在具体的实施过程中,由于理论与实践的错位,特别是由于十七年文学的实际领导者,尽管也承认社会主义社会和文化有矛盾,并且还写过《矛盾论》这样具有强烈现实指导意义的洋洋论著;但作为一个政治家,他并不希望文学与现实政治有抵牾,或游离于政治之外,他也无感于西方式的社会现代性与审美现代性。而是基于他的社会主义文化想象和"反西方现代性的现代性"的需要,将其纳入严格的规训。这就必然给十七年文学带来严重的"文学政治化"的消极影响,从而不仅导致文学内在的紧张和周期性震荡(在运动发动阶段往往比较"紧张",而在运动结束之时则往往采取比较温和的措施,相对显得比较"松弛"),而且还造成了现代性的诸多压抑和遮蔽,教训应该说是深刻的。

社会主义文化重要特点之一就是强调意识形态性。在新的时代,执政党及其领袖将文学作为意识形态范畴来了解和把握,从方针政策的角度对它提出统一的要求也是可以理解的。但却不能也不应由此混淆文学与政治之间的界限,取消文学作为作者主体感受的艺术表现特征和应有的社会文化批判的功能。鲁迅在 20 年代就曾说过:"我每每觉到文艺和政治时时在冲突之中:文艺和革命原不是相反的,两者之间,倒有不安于现状的同一。惟政治是要维持

---

① 洪子诚:《问题与方法——中国当代文学史研究讲稿》,生活·读书·新知三联书店 2002 年版,第 189 页。

② 孟繁华、程光炜:《中国当代文学发展史》,人民文学出版社 2004 年版,第 16 页。

现状,自然和不安于现状的文艺处在不同的方向。"①文学与政治的这种差异及其所"处在的不同的方向",在没有夺取全国政权的现代文学史上,似乎表现得并不明显;而在新中国成立之后,这种差异反倒突现出来,它们彼此的矛盾也日趋激化。显而易见,这种矛盾虽带有不少人为悖谬的成分,但不可否认,这之中的确也隐含着"不安于现状"的文学与"安于现状"的政治的冲突问题,具有某种深刻的历史必然性。

当然,换一个角度看,恰恰是这样两个方面构成了十七年文学的整体性格和面貌。这是社会主义文化在充满悖论的情况下所作的一次大胆而又艰难的探索。如果剥离了它的过分的政治功利性和较为封闭狭窄的思维而加以转换,那里显现的理想精神仍可视为值得重视乃至珍惜的历史遗产。

三、矛盾性特征与十七年文学整体研究的几点思考

归纳和分析十七年文学矛盾性表现及其存在的原因,最终是为了寻找一种解决问题的方法和途径,更好地评价这段历史,以启迪现实和未来。这不仅是因为十七年文学曾经存在,而且也由于它现实还存在。而要实现这一点,根据现有研究的实际情况,我认为有必要注意以下几个问题:

1. 在评价标准上,不仅要注意十七年文学与 20 世纪文学特别是五四文学的内在关联,而且还要区别它与五四文学不同的阶段性的特点,不能用自己想象的所谓的五四文学的大一统的一个标尺(如五四文学就是"人的文学")包打天下。这样不仅有意无意地制造了一个五四神话,而且容易无视或忽略了十七年文学的特殊性和复杂性而对它不加辨识地进行否定。十七年不同于五四甚至延安解放区,此时共产党成为执政党,它对文学文化的领导已由纯科学的理论进入了具体的"政党实践"阶段,带有明显的实践操作色彩,它较之纯理论思辨更复杂也更具探索性。这亦是落后不发达的社会主义国家选择的不同于常规的西方资本主义的跨越式文化发展的新模式,是毛泽东不同马克思、恩格

---

① 鲁迅:《集外集·文艺与政治的歧途》,《鲁迅全集》第 7 卷,人民文学出版社 1981 年版,第 113 页。

斯而与列宁更为接近的原因之所在。在这样的情况下,像有的研究那样用"人与文学的全面失落"来评价十七年文学,尽管这自有其合理性且提出的问题相当尖锐有力,在一定程度上的确也击中了问题的要害;但从十七年文学存在的实际情况看,这样以单纯的人的标准的考察,我以为是存在批判性有余而同情性理解不够的问题,它回避、忽略了"政党实践"阶段不可避免的文学与政治的复杂缠结。也就是说,是存在着将文学与政治视为完全相斥、不可通约的两极对立的思想情绪。实际上,"人的文学"只是审视文学的一种标准或一个角度,它不足以涵盖包括五四文学在内的整个 20 世纪文学的全部,五四文学除了"人的文学"之外,还有"革命的文学"、"政治的文学"。不少学者也注意到了五四一代学人思想中的这种让人困惑的"内在矛盾",①甚至认为在他们那里不仅构不成对立,相反倒是实践了真正的"辩证统一"。② 在此情况下,如果简单地拿它作为唯一的标准去衡量实则完全否定十七年文学,是否对榫就很难说了。正是从这个意义,我觉得於可训提出的旨在解决文学内部两种不同功能文学潮流之间关系的"二项互补"、"两极互动"原则值得受到重视,③它至少为我们对十七年文学研究特别是如何寻求开放兼容、富有弹性的逻辑框架和评价标准,提供了一种思路。

2. 在研究思路上,不仅要发挥各自知识谱系的优势及其在此基础上的创新,而且要注意知识谱系之间的对话、交流、沟通和整合。众所周知,最近几年有关十七年文学的研究在文学和文化两方面都出了不少成果,其中有的还颇具原创性的意义,对较为滞后的十七年文学起到了很大的推动作用。但或许是知识谱系限制吧,有关这方面的研究往往局限于具体问题而在总体格局上尚无大的改观。为此,我们有必要在知识谱系方面向异质的"他者"寻求借鉴。这里所说的异质的"他者"到底包括哪些方面,当然不是这篇短文所能回答的了。但我想在当下,是可以而且有必要对布尔迪厄、利奥塔、福柯等西方后现代有关知识分子应该参与现实政治同时又要保持自己作为专门知识分子的独立性、自主性;有关知识分子如何进行重新启蒙,实行后现代语境下的话语重

---

① 参见余虹:《五四新文学理论的双重现代性追求》,《文艺研究》2000 年第 1 期。

② 李杨:《文学分期中的知识谱系问题——从"当代文学"的"说法"谈起》,《文学评论》2003 年第 5 期。

③ 於可训:《当代文学建构与阐释》,武汉大学出版社 2005 年版,第 56—59 页。

构等观点给予应有的重视。尽管他们的知识谱系颇多极端之处,并夹杂不少虚无和迷茫的成分,但它因源于欧洲经验和苏联经验这样两个历史背景而又融入了当下西方生存现实的体验,因而对于我们重新审视被锁定在高度专业化知识场域的十七年文学研究,无疑是一个难得的补充,至少在认识论和方法论上为我们提供启迪。经验告诉我们,任何的知识谱系都是有局限的,知识的单一只会导致思维的单一。为之,我们有必要打破现有壁垒森严的知识边界,寻求彼此之间的沟通。

　　3. 在研究内容上,不仅要关注矛盾对立的双方及其一般的表现形式,而且还要重视它们彼此之间的中介系统及其特殊的存在方式。这里所说的中介系统,就本文的论题而言,主要不是指近年来已有人在研究的报刊、稿酬等制度研究(大多是具体个案的研究);而是指一体与异质冲突过程中连接双方并对它们进行上下沟通协调、起到缓冲和化解矛盾功能作用的特殊的"中介物",它具体由作协文、联等准官方的机构和以周扬为代表的领导型的批评家组成。而这个"中间物",往往却被人们疏忽了。实际上,它的存在及其特殊角色功能的运用,曾对当时整体文学包括内在矛盾关系的调节都发挥了重要作用。当然,它在协调矛盾关系的过程中,自身也经常陷入难以自拔的怪圈,其宠辱毁誉与十七年文学息息相关,并成为整体矛盾的有机组成部分。在这方面,作为作协、文联领导和著名批评家的周扬、冯雪峰、邵荃麟、林默涵、何其芳甚至郭沫若、茅盾是很具代表性的。由于特殊的中介角色身份,他们负有宣传和阐释国家政府文艺方针政策的任务,必须垂直服从最高决策层的领导;但同时各自厚重的文化素养,又使他们深谙艺术创作的基本规律,反对政治对艺术的粗暴干涉。这就决定了他们的领导者的"中介角色"与知识者的"中介角色"的抵触,一种因自我身份"认同"而产生的危机。为什么周扬在 50 年代初文坛能较顺畅进行平衡调节,而在 60 年代后则日趋明显地扮演一个上下不讨好的悲剧角色,将中介系统原有的上下沟通协调狭隘为主流政治意识形态信息的一次性转译,以至最终被江青等人所取代,原因即此。有人说,"每次运动之后",周扬"都要开许多会议,作一些内部讲话,调子与公开发表的文章不同,重在强调文艺发展的规律"。① 这种自相矛盾的现象,在中介系统的其他人物身上也普

---

① 　周健明:《我所见到的周扬》,《忆周扬》,内蒙古人民出版社 1998 年版,第 385 页。

遍存在,曾对十七年文学产生潜在而深刻的影响。它从一个侧面反映社会主义文学计划化、组织化的属性特点及其内在矛盾,应该成为我们研究的一个重要方面内容和很好的切入点。

4.在研究方法上,不仅关注具体的文本解读,展示它的"无法消泯的异质性",而且还要重视超文本研究以及它们彼此的纠缠迎拒的互动关系。文本解读是这几年学术研究的亮点,不少学者根据解构主义有关文本"矛盾事物的同时并存"的理论和中国传统的感知体悟的批评原则,在呈现十七年文学遭受创伤的同时发现了不少被遗忘、遮掩和涂饰的多元复杂的内涵。这较之前些年"重评"时曾有过的用政治定性取代具体艺术分析,因而对十七年文学采取一概否定的简单化作法,无疑是一大进步,它表征了学界一次重要的理性回归。但是回到文本,并无意于将文学文本当作与外在社会文本毫不相干的纯粹语码。毕竟十七年的文学文本是受压抑的,它的显性乃至隐性层面都明显地烙上那个时代共有的印记。作家不可能真正排拒外部政治权力对它的控制和渗透,它的文本写作也不可能不具有现实的指向性。正是立足这样的事实和道理,我认为十七年文学的文本解读有必要强调语言与现实的"互文性",即:一方面深入文本纷繁复杂的内部世界,注意它的形象性、情感性和审美性;另一方面又要跳出文本,开放式地将它放回到特定的"历史情景"中去审察,包括作文献史料学意义上的辨析。这样,文本与超文本的融通,可使我们的研究少一点主观随意性,多一点历史质感和实感。十七年外部社会政治对文学文本的蛮横干扰,导致了人们对政治的不无情绪的逆反和对文学文本的珍惜,但这恰恰又使自己陷于另一种思想极端。开放式文本的解读,也许为十七年文学研究摆脱文学与政治的这种二元对立,在具体文本的敞开阅读特别是与外部社会文本关系上找到了一条道路,为文学研究反思政治文学,提供了方法上的支持。

5.在研究态度上,不仅要注意理性的批判和审视,而且还要对历史抱有应有的同情和理解。历史是以螺旋式阶梯的形式发展的,在今天,当社会由"政治中心"进入了"经济中心",我们能否超越情感羁绊而理性地面对属于自己的这段历史。要知道十七年之离我们毕竟只有 40 多年的时间,它的许多思想艺术原则以及体制化的一套至今仍延续下来,与当下现实具有某种深刻的同构性。而且从第三世界的语境,特别是从处于现代化矛盾与选择中的中国现当代历史发展来看,无论是把文学文本当作"民族寓言"(詹姆逊)来阅读,还是把它视为"工具合理性"(韦伯)来审视,我们在历史评价时没有理由对它采用一种轻慢俯视或崇拜仰视的态度,而是将它"调整到'互动'的、'同情'的和稍有'距离'的状态"。① 站在 21 世纪,我们没有理由将时代所赋予的在文化上的"在场"优势,当作自己高人一等、傲视一切的资本。无论如何,对历史的冷漠和无动于衷都是不可取的,它只会使我们的研究带来粗浅和鄙俗。从这个意义上讲,对十七年文学作怎样评价也许不是最重要的,重要的是要有与研究对象之间形成互动对话的开阔视野和豁达胸襟。如此,我们才有可能超越后结构主义式的非人文态度,以温婉、理性、从容的心境开展对十七年文学的研究,使之具有更加深广的历史包容度。

（载《文艺研究》2008 年第 8 期）

---

① 程光炜:《文学想像与文学国家——中国当代文学研究(1949—1976)》,河南大学出版社 2005 年版,第 177 页。

文化转型与当代中国文学的"三元"构成

一、文化转型的历史语境

本文所说的当代中国文学，是指 1949 年中华人民共和国成立至今中国作家创作的各种文学的总称；而所谓的转型，则是指 20 世纪 90 年代以来中国文学在历史和现实诸多因素作用下所呈现出来的带有质变性特点的一种转换，包括价值取向、思维理念和艺术审美等方方面面，且变化快，幅度大，现已愈来愈引起了广泛的关注。

何为转型？转型从词源角度讲，即指历史过程的转化和质变。它源自西方发展社会学和现代化理论，是社会学家对生物学中的"生物演化论"的借鉴转用；而"生物演化论"在生物学中是特指一物种变为另一物种。我们这里使用转型，显然也包括了如上的语义，一般是指从政治中心向经济中心、从农业文明向工业文明、从传统文化向现代文化的转化和质变。借用不少西方学者的话来讲，主要指的是"Post——"，即历史发展过程中的一个"伟大过渡"。而按哲学语言讲，则可叫作历史发展过程的"渐进性中断"，它是实践本体（即人）自觉推进历史的一种创造性活动和按照发展逻辑对原有平衡进行质向突破的一种理性转换，所以"转型"与"转折"有所不同。当然，这样界说主要着眼于转型的社会学内涵，具有它特定的语境。事实上，不同语境有不同的转型观。比如后现代的转型，是指局部、断裂、偶然及其非连续性的历史，也即是被主流历史遗弃的大量历史信息。因为在他们看来，那种从过去通向未来的连续性的感觉已经崩溃，历史只剩下了碎化，我们只能进行拼贴，这种拼贴是偶然的、随机的。后现代这种将历史之间完全割断的观点，自然为我们所不能赞同，但它对全面客观地考察目前所处的这场伟大变革至少在认识论上是有启迪的。它提醒我们要高度重视非主流的、偶然性的历史。

文学是人学，它的中心是写人，因此我们谈转型不能离开人。那么从人学层面上讲，新时期以来当代中国文学的转型到底有什么样的表现呢？笔者认为无论从思想观念还是就具体创作来看，催产转型最根本标志就是"人的解放及其现代性"。显然，这不是从政治的角度看待"后三十年"文学，而是着重从中国文学的现代性进程来考察，将它看成是中国文学现代性进程中的一个特定时段。从政治的角度研究"后三十年"文学当然也可以，如反封建、反官僚、反现代迷信、反西方文化殖民等等，这无疑都属于文学现代性的重要内容。但文学现代性本身比这要宽广得多，丰富得多，它实际上包括了从文学语言、艺术形式、表现手法到作品思想内容、审美情趣等不同于传统文学的全面深刻的变化，涉及的范围是很广的。这样的理解不仅有助于对转型时期文学进行多视角、全方位的考察，更重要的是，它突出了新时期以来这一时段文学在现代性进程中的特殊意义。

然而同样是转型，"后三十年"中国文学也因时因境不同，可分为两个不同的阶段：90年代以前的属于"转型的发轫期"，90年代以后的则可称之为"转型的加速期"。在转型期的发轫阶段，中国文学主要是继承五四传统，高度重视人的解放，为人与文的现代性作好艰难的观念转换和舆论准备。如刘心武的《班主任》、鲁彦周的《天云山传奇》、王蒙的《蝴蝶》、戴厚英的《人啊，人》、蒋子龙的《乔厂长上任记》、张洁的《沉重的翅膀》等"伤痕文学"、"反思文学"、"改革文学"，它们呼应着时代潮流在这方面作了探索，并由此及彼，开始接触到了人性、人道以及异化问题。而90年代以降，情况发生了变化。市场经济的确立，商品因素的介入，它在给文学带来新内涵的同时也驱动着其转型步履的加快。尽管这里有难以掩饰的"物化"倾向，但从历史和发展的观点来看，它毕竟是一个了不起的进步，是文学走向现代性的一个必然环节。因为文学一俟置身于市场经济，就不能不受到市场经济价值观念的影响，而市场经济价值观念最根本的就是优胜劣汰，这有利于文学竞争和艺术民主化。同时，正是由于优胜劣汰，它也为读者提供了丰富多样的选择机会和可能，使之不再成为过去"计划经济"生产模式中耳提面命的消极被动接受者。而这，在总体上则无疑是与

"人的解放及其现代性"命题相契合的。

不过尽管如此,笔者认为,谈论市场经济语境下文学辉煌仍言过其实,即使仅仅是谈论严肃文学或纯文学的辉煌也同样为时尚早。文学不同于经济,精神迥异于物质,更何况中国当前文学在市场经济的实利原则驱使诱导下出现了明显的"精神式微"。所以这就给"人的解放及其现代性"提出了新的挑战,它提醒文学有必要保持独立不倚的人文品格,不能放弃自己的理性阵地和对未来的终极关怀。是的,对于当代中国作家来说,生逢改革开放时代是一种际遇,我们理应主动地承担文学的历史使命。但是无论如何,当代中国在建设市场经济的同时,也要进行一种超越物质和实利的追求之上的精神构建,这是一个包括普通人在内的全民族成员所达成的共识。正是基于这样的原因,我们一方面对当前文学中存在的重物质轻精神的现象心存忧虑;另一方面又为近年来文坛上出现的人文精神重塑感到由衷的慰藉。未来中国文学的发展及其转型,也许就在这不断调整和重塑的动态的过程之中。

二、主流意识形态文学运演及特点

尽管转型时期中国文坛纷纭复杂,充满了许多悖论性的东西,但就总体而言,笔者认为它其实存在着主流意识形态文学、精英文学与大众文学这样三种文学或曰"三元"文学。正是这三种不同形态文学的彼此既分化又共存、既对立又互渗,才使当代中国文坛在总体上呈现出了前所未有的丰富复杂的态势,形成了"三分天下"的格局。这也是文学由"政治中心"走向"经济中心",进入带有质变性质转型之后所出现的必然现象。下面,就按这样的思路对当代中国文学进行一番粗略的梳理和分析,以概其余。

首先,是主流意识形态文学(以下简称主流文学),即指代表中国现阶段社会主义正统价值取向,并在意识形态上占据主导和引领地位的这种类型的文学。从文化资源来看,它主要来自苏联革命文学、延安红色经典文学和代表现实正能量崇高美文学这三个方面。① 显然,这样的文化资源虽不能说单薄,但因带有较浓的政治色彩,在"政治中心"向"经济中心"转换的过程中,它的弊病和不适就突现出来了。因此,如何按照艺术规律和市场规律处理好文学与政治关系,就成了主流文学不可回避的难点之所在。主流文学目前之所处于不尽如人意的境地,较之精英文学、大众文学等其他形态文学要来得更加艰难严峻,都可从这里找到解释。

转型时期主流文学的发展,大致经历这样三个阶段:(一)"文革"结束初,即70年代后期至80年代初,主流文学与精英文学基本同步合一,和平共处。那时极"左"思想仍有很大的市场,为了改变这一现状,团结更多的人组成广泛的统一战线,主流意识形态与知识精英尽管对"思想解放"有不同的理解,但彼此却携手合作,在当代中国文学史上演奏了继新中国成立初以来的又一次此唱彼和的动人交响曲。(二)80年代为第二阶段,随着大规模的"拨乱反正"运动告一段落,在共同的危险消除或减弱之后,统一战线中的潜在矛盾开始凸现。于是,主流文学对于精英文学,也就戏剧性地与之产生了既批评又对话的复杂关联。(三)90年代以后为第三阶段,市场经济作为基本"国策"的确立,必然引起价值裂变。主流文学作为国家的政治权力话语,自然不能偏离于这个"国策"。但另一方面,承认这个"国策"就得承认文学与市场的接轨,承认市场经济的实利原则,这就将以政治宣谕为职能的主流文学置于不利的地位。主流文学处境维艰,为了恪守其职,也是为了自身的生存发展的需要,主流意识形态明确提出了"弘扬主旋律,提倡多样化"的文化对策。这在一定程度上,改善了自身所处的文化劣势的窘境。

所谓"主旋律",原是指多声部音乐中起主导作用的曲调,其他声部只是起润色、丰富、烘托、补充的作用。它的目的是为了体现在转型时期主流意识形态对文学的宏观调控和导向示范作用。一般而言,反映主旋律的作品,都有较强的政治思想性。但这并不意味着要将艺术性排除在外,相反,愈是具有政治思想潜力的作品,愈需要用较完美的艺术形式去表现。否则,就很容易概念化,难以在文化市场竞争中赢得优势。立足于这样的基点看问题,首先我

---

① 有关主流文学的文化资源分析,参见本书中编《主流意识形态文学的历史位置与现实境遇——兼谈主流体制下中介系统及其角色功能的嬗变》一文。

们应该承认,在思想性与艺术性的关系处理上,90年代以来不少主旋律作品是作得很不够的,创作中思想大于艺术,以至重思想而轻艺术、影响思想的表达的现象是相当程度地存在的。但与此同时我们也必须看到,经过多年的探索,中国当代文学在这方面毕竟也积累了不少宝贵的经验可资借鉴。这突出体现在以下三方面的关系处理上:

(一)真实与鼓劲。主流文学由于立意政治指向,旨在教育激励人思想上奋发进取,故往往比较多地强调理想、理性的一面。特别是有关重大题材的创作,为了求稳求社会效果,在严谨创作态度的同时,却在一定程度上偏离了真实,从而使思想和艺术大打折扣。这正是主流文学面临挑战的地方,也恰是它寻找突破的一个绝佳的起点。最早一批革命历史题材影片如《周恩来》、《大决战》、《开国大典》等,它们的成功首先就归因于在真实与鼓劲的关系问题上,既讲题材本身的政治内涵和教化效果,又非常注意在求真上下功夫,甚至连林彪这样的人物也不回避,如实地纳入纪实化、史诗化的模式中正面加以表现。

(二)政治与伦理。众所周知,主流文学往往具有较强的政治性。这就无形之中给其艺术创造提出了很高的要求,稍有不慎,极易招致艺术上的简单和粗糙。这样的例子,在以前的创作中为数不少。有鉴于此,也是为了使政治性主题在文化心理层面与读者实现沟通,当代中国不少作品往往借助一个"伦理中介"即通过"政治伦理化"途径来进行协调处理。这就无意为处理主流文学政治性与艺术性的关系难题找到了一条新的通道。如《焦裕禄》、《蒋筑英》就很少展示焦裕禄、蒋筑英的政治观念和立场,而是采用"泛情化"的叙事策略,着重渲染他们无私奉献、死而后已的伦理道德境界。这样,政治虽未直接"出场",但它因有读者和观众自身道德律令的参与作用,加之伦理亲情的连接过渡,不仅可以与他们的道德感情与价值判断相契合,而且还可起到特别煽情的艺术效果。

(三)雅与俗。文学的雅俗本是一个老话题,但对主流文学来讲却另有其特殊意义。这主要是因为主流文学独特的内涵必然使作家在审美趣味上弃俗从雅,因而容易造成创作的曲高和寡,不被一般读者和观众看好。所以,如何让主流文学达到雅俗共赏为广大群众所喜闻乐见,就急迫地摆到了中国作家的面前。90年代以来,为了使主流文学"寓教于乐",获取广泛的社会效果,很多作家在雅俗共赏上作了可贵的尝试。像电视剧《上海大风暴》本是反映上海工人武装起义这样惊心动魄的重大历史事件,但编导者具体描写时却引进了有关主人公的大量感情戏,对此进行了既艺术又通俗的处理。此外如《激情燃烧的岁月》、《亮剑》、《潜伏》、《风声》等影视文学,也都具有这样的特点。

三、精英文学的蜕变与分化

如果说主流文学是政治主导性和伦理规范性的文学,那么精英文学就是思想异质性和艺术前卫性的文学。在 20 世纪 80 年代以前,由于文化政策和意识形态的制约,当代中国精英文学事实上是被悬置的。真正开始获得自身话语权,并且逐渐形成相对独立的话语系统是在八九十年代。寻根文学在这方面就比较典型。大家知道,寻根文学是一种复杂的运动,它既有寻"优根",也有寻"劣根"。但无论是寻哪种"根",它都是精英作家在文化学的影响下,企图超越原有单一的主流文学,也包括从西方那里横移过来的现代派文学,目的是为了从传统文化中寻找可资继承的精神源头。几乎与"寻根文学"同时并至的"先锋文学"——先是刘索拉、陈村,后是马原、格非、余华、苏童、孙甘露、北村,他们极度张扬个性自我,调侃意义世界及其寻找的努力,其实内中也包含了对主流意识形态推崇的理性和规范的怀疑乃至消解的成分。无可否认,这种怀疑和消解当然不乏批判陈腐僵化或"左倾"思想观念的积极作用,但同时也对人类应有的理性和规范形成了某种颠覆。当意义、崇高、理想一类精神性的东西从我们存在的生活中消失之后,人类社会的理性和规范本身不也就变成了一种空洞的能指吗?精英文学一旦打出先锋性的旗号,便意味着它与主流意识形态话语、大众话语的脱离,变成了少数知识精英进行"化大众"的、自言自说的话语。自然,与"寻根文学"不同,"先锋文学"是以西方的现代文化思想作为源头和价值参照的。正因这种文化相对我们来说是一种现代的异质文化,所以较之于"寻根文学",其对主流文学的超越不仅力度更强,而且更具现代性。于是,"先锋"的结果,是有效地推动了整个文学向西方现代性的转型。也正因此,"先锋文学"从它诞生的那天起,就较多地受到主流意识形态的批判。尤其是在改革开放初期,更是如此,几次批判都与先锋文学密切有关。

90 年代以降,精英文学在经历了此前的辉煌与荣光之后,开始在精神思想

上出现了蜕变与分化。这种蜕变与分化,主要表现在以下几大走向上:

首先,一部分精英作家为迎合大众社会的需要,从原先精英文学的格局中分离出来,开始与大众文学相融合,并在新的"经济—市场"导向下,逐步演变成相对独立的文化集团或曰新的知识阶层。在当今社会,这批人主要是由那些以满足市民文化消费的各种大众传媒的掌握者和运作者来扮演的,包括书商、编辑、出版家、制片人、大众文学作家、表演艺术团体的负责人、穴头、影院音像公司的管理人员以及各种文化掮客。他们接受商品意识,谙熟市场规律,游弋于知识精英与大众文化之间。他们既是文化人,又是传播者,同时还是经营者。由于身份特殊,尤其是处于特殊的中介角色位置,这批人"可以直接干预、诱导甚至垄断审美文化的产生,如出什么书,上演什么节目,如何对演员进行形象设计或'包装'等;同时,他们又可以诱导大众的消费潮流,塑造消费者的趣味,甚至是人为地制造出流行的时尚和偶像"。①

其次,另一部分知识精英退入象牙之塔,"告别革命",埋首于比较规范、精致的文学创作或学术研究,从原先的政治文化激进主义变成了文化守成主义。这种情况在大学中颇有市场。80年代,中青年学者和批评家"溢出学院",以充沛的政治热情和强烈的使命感,积极从事文化启蒙,使大学成为思想文化战线的一个重要堡垒。如三次朦胧诗"崛起"的声音,都是由大学首发的。而90年代,当这一代学院派精英所预言的一切未如期而至,相反,历史却以他们不曾想到的另外一种方式前行时,就表现出了对社会现实的某种疏离和隔膜。如北京大学陈平原在其主编的《学人》和《文学》刊物的编后记中,就不止一次地表白:"几年来,孜孜以求,不想惊世骇俗,但愿能'理得'而'心安'。……与其临渊慕鱼或痛骂鱼不上钩,不如退而结网。"②这种"退而结网"的作法是很带有点无奈甚至不无悲凉的心情的,它既有某种消极的因素,也有积极的学科建设的价值。反映在创作上,其突出的表现恐怕就是对政治文化和社会问题的冷淡。于是,有相当一批激进的精英作家,相对缓和了其既往的激进性,进入一种相对平和守成的状态。

最后,还有一部分知识精英仍然坚守精英文学的立场,抵抗世俗文化的侵

---

① 周宪:《当前文化趣味的社会学分析》,《文艺理论研究》1995年第5期。

② 陈平原:《关于〈学人〉、〈文学〉集刊编后三则》,载陈平原《学者的人间情怀》,珠海出版社1995年版。

蚀,执着于独异个性的叙事激情。张承志、张炜就堪称这方面的代表。他们面对 90 年代商品经济带来的负面现象,大声疾呼,希望人们保持精神的纯洁,重新回到信仰的怀抱,并在陕甘青贫瘠的高原上,在齐鲁大地上,重温着"人民神话"的余晖,身体力行地实践着具有思考和独立人格的"精神自由"之旅。在创作上,他们强调匡时救世、重铸民族精神的灵魂,强调对历史、存在和人性的勘探与寓言讲述,强调启蒙主题的宏伟叙事和诗性言说,反对叙事的碎片化、意义的空心化和对深度模式的拆解。他们在剥离 80 年代理想主义精神的政治含义的同时,试图寻求反抗商业社会的实用主义和功利主义的精神资源。这种创作倾向与以大学尤其是与以上海为中心的大学中一批中青年教授、学者、评论家所发起的"人文精神讨论"不谋而合,旨在高扬文化理想主义的旗帜,挽救精英文学整体式微的颓势。当然,由于对社会文化转型缺乏足够的心理准备以及其他主客观方面的原因,"二张"在坚守精英立场的同时,也明显表现了皈依宗教、膜拜大地的倾向。这种宗教或准宗教、拟宗教的情结,不仅在"二张",同时还在何士光、北村等作家身上也有表现,它的存在,其实从深层次上反映了精英文学的内在孱弱和文化资源的不足。

四、大众文学的演进与发展

这里所说的"大众",并非通常的"群众"即传统社会"俗民"的同义语,而是属于现代社会的文化范畴,它具有明显的标准化、类型化和复制性的特点。在当代中国文坛,大众文学大体经历了"从支流到合流再到主流"这样一波三折的发展过程。

(一)所谓支流,主要指的是从 70 年代末到 80 年代中期这一时段。它以港台的言情小说、武侠小说、功夫片、流行歌曲为先导,拉开了其咄咄逼人的进攻序曲。然后逐步办刊物,出作家,出作品,购销两旺,才形成气候,引起讨论。在这一阶段,当时政治意识形态还占据中心地位,经济改革尚未正式启动。由于没有与之对应的坚实的物质条件,所以,"人的欲望的解放"不仅是模糊的,而且往往以抽象的形式进行演绎。这就使得此时的大众文学鱼龙混杂,难以决然与主流文学、精英文学割断联系。另一方面,也正是因为当时社会还处于政治意识形态中心,经济改革尚未付诸具体实施,才决定了以经济利润为归旨的大众文学"知趣"地退居边缘,听凭主流文学与精英文学为争夺权力话语不时地发生冲突。其实,就主流文学与精英文学而论,它们当时的确也程度不同地处在颇为激烈的酣战之中(如三次有关"朦胧诗"的大讨论),对大众文学无暇顾及。大众文学处于自生自灭的境地。但也许是"祸兮福之所倚",这种特殊的境遇正好为当时的大众文学的发展提供了难得的契机,它使大众文学比较容易地通过了"政治审查",取得了一张绿色的"通行证",并逐步形成自己相对独立的话语系统。

需要指出的是,面对大众文学这样凌厉逼人的进攻姿态,主流文学、精英文学并非"不为所动",其中的有些人开始思考(尽管排拒多于认同)。这就形成了大众文学与它们之间极为复杂而又微妙的"三角关系"。不过,相比之下,还是主流意识形态对大众文学比较宽容忍让。因为按照文化学的理论,主流文学、精英文学、大众文学分别属于主文化、反文化、亚文化。主文化代表国家意志和官方正统趣味,强调政治思想上和伦理道德上的规范,偏于稳定保守;反文化是一种激进文化,它主要强调对传统被视为合法性话语的批判与突破,是知识分子雅趣的和内在的反制约性在文化上的具体表现;亚文化是一种从属文化或曰副文化,它代表社会时尚和大众,虽然它也有自己特有的观念、行为规范和利益,但从总体上看仍属于主文化所代表的大群体,受到主文化程度不同的支配,因而从文化价值取向上接近保守,是一种保守性的文化。正因为这样,所以主文化与亚文化天生就具有合谋结盟的可能。这种结盟对稳定社会文化是有利的,但对创造构建一种新的文化却是不利的。出于前者的考虑,政府文化管理部门一般都给予支持。

可能是缘由于此吧,新时期以来中国主流文学对大众文学尚比较宽容,大体能与之和平共处,因为大众文学不会也不可能对它构成大的威胁。当然,根据自己的利益和标准,主流文学也给大众文学一个限度:不准逾矩写色情与暴力;而且基于精英文学因思想艺术上的前卫性、探索性带来的种种问题和不足,为了加强自身的领导权,密切文学与读者的联系,主流文学事实上对大众文学是呵护和偏爱的,有时甚至无意地走到一起,结成暂时的同盟军。《渴望》电视连续剧的播出就很能说明这个问题。这个片子艺术质量并不高,它所表现的"好人一生平安"的主题也缺乏时代感。但老百姓和政府都满意,给予了很高的评价,"刘慧芳"一时不胫而走,演员凯丽成了万众瞩目的人物。

(二)所谓合流,主要指 80 年代中后期。中国境内的大众文学实力已相当雄厚,它不仅形成了独立的"话语圈",而且随着政治理性与单纯启蒙语境的转换,在世俗化所设定的框架内与主流文学、精英文学对话互渗而"合流"了。这段时期政治淡出和更加自由开放的文化政策,大大降低和削弱了主流文学的主导地位,而精英文学则凭借西方现代主义的滋补,全面开花,不时地抛出以"解构"为主要特征和话语策略的先锋性新作。然而,一旦打出先锋性的旗号,便意味着它与大众话语的脱离,成为孤独的精神贵族。而且,先锋文学的"解构"策略,也必然导致它在解构所有文学规范的同时不可避免地要解构精英文学与大众文学的授受关系,这对大众文学的发展是十分有利的。而就大众文学自身而论,此时物质取代政治,时代和社会使更多的人有表达个人欲望并期待对象化的要求和冲动。于是,在这样一种"历史合力"的作用下,以表现娱乐功能为主旨的大众文学自然就成了重要的文化生产方式,并迅速流行、进而占领大众文化市场。当然,大众文学的"合流"也并非一帆风顺,整个过程始终都受到主流文学、精英文学品头论足的批判。这里有正常合理的,也有不正常不合理的。但无论正常合理与否,它都是那个时代的产物,对当时的大众文学作家是有影响的。不过,与前一时期不同,此时有些主流文学或精英文学批评家围绕大众文学展开争论的话题,它的核心已由"要不要大众文学"变为"如何有效地调控大众文学",以便使之与受到"威胁"的主流文学、精英文学之间达到平衡。

(三)所谓主流,则是指进入 90 年代后,中国大众文学以颇具规模的文化市场为依托,进而走向"中心"。面对大众文学强有力的进攻,主流文学、精英文学虽奋力抵抗并拿出了相应的文学实绩,但却未能改变其自身不济的命运。相反,大众文学则乘虚而入,摇身一变而成为文坛的"一代新宠"。随着文学的这一裂变,这时论争的焦点也不再是"要不要大众文学",或"如何使大众文学与精英文学、主流文学平衡",而是发展到"怎样拯救处于极度生存困境的精英文学、主流文学"了。从这个意义上讲,我们是完全可以将 90 年代以迄于今称为"大众文学年代"的。

那么,身居"新宠"位置的大众文学,它在 90 年代以后到底有哪些新的表现呢?第一,大众文学观念已为越来越多的人认同,并对整体文坛产生了很大的辐射和影响。不少作家弃雅从俗,从雅文学队伍中分离出来,加盟于大众文学创作阵营,就很能说明这个问题。第二,大众文学从选材到传播已越来越注意按照大众娱乐消费需求进行制作,呈现短、平、快的特点。于是,快餐文学、流行文学遂成时髦;名著的压缩、经典的改写与白话充斥各书肆;各种各样的文学热滚滚而来,风靡全国。更为突出的是为了制造快餐和流行,人们广采畅销书的写作方式。第三,顺应时代的变化,理论界和学术界也开始调整、改变原有的观念,加强了对大众文学的研究。这不仅有助于人们对大众文学的理解,也对大众文学在 90 年代以后的迅猛发展起到积极的推动和促进作用。比较典型的如 90 年代初王一川等人"重排文学大师",把金庸排在小说家系列的第四把交椅;严家炎教授在北京大学中文系开设"金庸小说研究"选修课。凡此这些,标志着中国学界对大众文学的接受与首肯,其影响无疑是深远的。

五、"三元"文学及其彼此矛盾关系的处理

以上,我们分别探讨了转型时期当代中国三种或"三元"文学的生存状况及其发展历程。在此需要强调指出,不管是主流文学,还是精英文学、大众文学,它们都身不由己地被置于市场经济的大潮之中,受到文化市场的调控。也就是说,三种或"三元"文学都有一个面对文化市场、接受市场本身构成规则和运行法则制衡的问题。在这里,文学是卖方,读者是买方,买卖双方拍板成交即"生产—传播"均在市场里进行的。所不同的是,主流文学与文化市场之间还存在着由文联、作协等官方或准官方的组织机构这样一个带有导向性和协调功能的"中介"。当然,严格地讲,这个"中介"不仅对主流文学而且对精英文学、大众文学也产生深刻的影响。它们彼此的结构关系,可用如下图式表示:

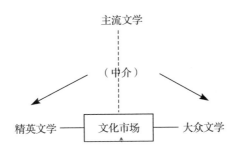

首先,从这个图式中,我们可知"文化市场"处于极其重要的中心位置,它取代了原来的政治中心,其实是以相当程度上存在的"格雷欣法则"①,无形地操纵着整体文学的走向。其次,从这个图式中,我们还可知主流文学作为国家主流意识形态的权威话语,在我们文学的总体格局中具有至高无上的特殊地位——这种特殊地位往往通过文联、作协等组织机构这一"中介"环节来具体付诸实施:它不仅调整着主流文学与文化市场的矛盾冲突,同时还对精英文学、大众文学在文化市场条件下可能出现的种种复杂问题进行导向性的把握。最后,从这个图式中,我们还可知精英文学虽在思想艺术上具有异质性和前卫性,代表一个国家、一个时代的最高成就,但囿于自身形态和超前于社会的精神倾向,它往往不那么容易被人们所充分认识和欣赏,在传播流通方面因市场化文化法则的作用,也难以与大众文学相抗衡而占据文化市场的主流。总之,在"文化市场"的制导下,转型时期这"三元一体"的文学,它们彼此既分化又互渗地融会在一起,构成了一个多极角逐又多元共存的互动矛盾关系,并贯穿于近二十多年文学发展的全过程。这种互动矛盾关系,具体地说,主要在以下四个层面上展开:

第一个层面是主流文学与精英文学、大众文学之间的冲突。表现为两种"亚元"文学与主流意识形态"主元"文学的疏离和对抗,以求得其自身的独立性。

第二个层面是两种"亚元"文学之间的矛盾冲突。它表现为精英文学对大众文学的批判,大众文学对精英文学的抗拒。

第三个层面是两种"亚元"文学自身内部的矛盾冲突。主要表现为精英文学内部的分化和演进,大众文学的多重取向和受文化市场及转型心态影响带来的不稳定性。

第四个层面是主流文学与两个"亚元"文学中的其中一"元"在某些问题上无意中取得了共识,达成了一致,而在客观上以结盟的形式与另外一个"亚元"产生了矛盾。如在精英文学失控而导致贵族化、唯美主义倾向抬头时,主流文

---

① 格雷欣法则:指创建伦敦皇家证券交易所(1568 年)的英国金融学家格雷欣(1519—1579 年)提出的"劣币驱逐良币"的法则。因为在金融货币流通中,币值相同但金属价值不同(如铜与黄金)的两种货币,其中金属价值高的货币(良币)会被价值较低的货币(劣币)挤出流通领域。

学与大众文学之间的矛盾关系不仅会松缓,而且常常不期而然地联合起来对精英文学进行批判抵制;同样,当大众文学的通俗化误入庸俗化歧途时,主流文学与精英文学也会一拍即合,有意无意地缓解彼此的矛盾关系,而共同把批判的矛头指向大众文学。

在过去文学政治化的时代,自然不会有这样多层次的矛盾关系。那时文学是单元的也是单纯的,它稍微游离于主流意识形态,就都被视为"异端"而加以严厉的批判。这实际上是以一概多,以一代多。只有从单一封闭的政治樊篱中解放出来,在既歧异又互补的各种不同文学主张和观念的支撑下,文学才能从多方面展示自己,实现多种可能性,从而创造出丰富多样的文学景观。正是从这个意义上,笔者认为,无论怎样高度评价"三元"文学都不过分,这是文学由传统向现代性转型的一个重要的前提和条件。从实际的效果来看,"三元"文学和多层矛盾关系的存在,它不仅能有效激发文学创作的活跃和不同文学派别的竞争,而且还可由此及彼带来文学的广度和深度的开掘。这一点,已被当代中国文坛大量事实所证,限于篇幅,笔者就不在这里一一列举了。

（载〔韩国〕《中国知识网络》2015 年第 3 期）

海外汉学对大陆现当代文学研究的影响
——以夏志清、李欧梵和王德威为例

中国现当代文学与西学的关系甚为密切。这不仅仅表现在近代以降中国文学以西方为参照实现了从古典到现代的转换，而且也表现在学界长期以来运用西方理论对现当代文学进行的一系列评判与阐释。甚至可以说，现当代文学自诞生以来，就一直在追随西方的脚步，把国人对现代化的梦想以及西方从古至今的各种理论主张和艺术实践都统统演绎了一遍。曾几何时，乃至今日，学界对西学的热衷，几乎到了不汲取便"失语"的地步。尽管在此期间也存在批评和反弹，但是无论就知识体系、价值观念还是就研究能力来看，西方都以强势一方对中国现当代文学发挥着巨大的影响作用。

新时期以来，海外中国现当代文学研究作为海外汉学（或海外中国学）的一个分支，就是在这样的总体氛围下挟西学之威传入大陆并引起了大陆学界的热烈反响。特别是一些海外中国现当代文学华人学者如夏志清、李欧梵、王德威、刘禾、张旭东、黄子平、许子东、刘康、孟悦、张错、张英进、陈建华、唐小兵等，他们大多在大陆或台湾完成学业，后出国继续攻读学位并在境外高校或学术机构从事中国现当代文学研究，与内地学界往来频繁而又更加贴近中国现当代文学的历史和现状，因此其研究成果较之一般的非华人学者更能为大陆学人所认同，对新时期以来大陆的中国现当代文学研究的转型起到了很大的刺激、推动与催化作用。在某种意义上，新时期以来海外中国现当代文学研究的传入，丰富了此前大陆学界惯常的价值评判体系，它激发并促进了多个"话语场"的建构。像"二十世纪中国文学"概念的提出，"重写文学史"、"重排文学大师"等批评实践，都与此密切有关。

本文以现代性为视点，选择夏志清、李欧梵、王德威三位老中青海外华人学者，通过对他们代表性学术观点和著作的考察，一方面对新时期以来大陆中

国现当代文学研究的理论资源及其嬗变过程进行梳理与反思;另一方面展示与探讨海外中国现当代文学研究对新时期以来大陆学界的刺激与挑战以及大陆学界所作的回应,以便从中找到某种镜鉴和启迪。

一、夏志清:边缘作家的发掘与审美现代性标准的确立

夏志清的《中国现代小说史》自新时期传入以来,大陆学界对它的认识经历了一个非常复杂的过程。从新时期之初的一片骂声,再到后来几乎成为学界研究的行路指南,围绕着这本书引发的争论,最核心的就是如何确立文学价值的评判准则:是继续强调政治至上,还是像夏志清那样"所用的批评标准,全以作品的文学价值为准则",①把文学看成是人类实现"诗意地栖居"的一种独特的审美存在方式。众所周知,"文革"结束以后,现当代文学研究的重要任务之一就是正本清源,实现从政治本位向文学本体的转换。当时提出并实践的种种文学新主张、新口号,其实质就是倡导一种审美评判标准。陈思和曾指出:"'重写文学史'首先要解决的,不是要在现有的现代文学史基础上再加上几个作家的专论,而是要改变这门学科的性质,使之从从属整个革命史传统教育的状态下摆脱出来,成为一门独立的、审美的文学史学科。"②同样,黄子平等人也认为:"'20世纪中国文学'这一概念首先意味着文学史从社会政治史的简单比附中独立出来,意味着把文学自身发生发展的阶段完整性作为研究的主要对象。"③用文学的审美性来对抗政治意识形态性虽是一种二元对立的思维方式,但在80年代特定的历史条件下却是文学摆脱政治意识形态侵扰的一种自觉努力。正是在这样的时代语境下,夏著所高扬的文学审美性的批评立场才彰显出独特的意义和价值,他对张爱玲、沈从文、钱钟书等一批原本处于边缘的作家作品重新发掘和观照极具慧眼,也受到大陆学者的认同。

当然,《中国现代小说史》也存在着明显的偏颇。由于脱胎于冷战的国际大背景中,加上夏本人的反共倾向,这种政治立场的局限也给夏志清的学术研

---

① 夏志清:《中国现代小说史》,复旦大学出版社2005年版,第319页。

② 陈思和:《关于"重写文学史"》,《文学评论家》1989年第2期。

③ 转引自李杨:《文学史写作中的现代性问题》,山西教育出版社2006年版,第95页。

究造成了某些遮蔽与盲视。如对鲁迅的态度,为了突出张爱玲的文学地位而将其贬为"为时代所摆布,而不能算是他那个时代的导师和讽刺家"。① 在1961年版的《中国现代小说史》中,他让鲁迅只占全书507页中的27页,而张爱玲却占了40多页的篇幅。夏后来也承认自己"对《狂人日记》确实评价过低,《狂人日记》是鲁迅最成功的作品之一,其中的讽刺和艺术技巧,是和作者对主题的精心阐明紧密结合的,大半是运用意象派和象征派的手法"②。我们不妨可把这段文字视为《中国现代小说史》尚待完善的一个佐证。审美立场与政治立场如何统一,这令夏志清困惑不已,他也一直在这两者之间犹豫、矛盾和徘徊。尽管他深谙审美标准之于文学评判的重要性,但是他又无法完全舍弃自己坚硬的政治立场。正因如此,《中国现代小说史》出版以后,引发的争议一刻未曾间断,也遭到了丁尔纲、秦川等部分学者的严厉批评。公平地说,政治意识形态的有色眼镜的确降低了《中国现代小说史》理应可达到的学术成就。另外,在对中国现代文学整体评价及其原因寻找上,夏志清也有一些片面,如认为"现代中国文学之肤浅,归根究底说来,实由于对原罪之说或者阐释罪恶的其他宗教论说,不感兴趣,无意认识"。③ 夏志清具有深厚的西学功底,但中国现当代文学不同西方文学,它诞生在一个特定的时代环境之中。一方面,它与西方文学具有深刻的联系,另一方面又与古典文学血脉相连,同时还与西方的冲击、民族的屈辱、国人的挣扎与呐喊等一系列因素密切相关,情况十分复杂。将中国现当代文学的肤浅及其存在的问题归之于缺乏"原罪"等宗教意识,无论如何,有失简单粗疏。它也从一个侧面说明夏志清的《中国现代小说史》虽已具有某种开创性的意义,但它还不能完全跳脱西方中心主义的价值取向。

　　夏志清的《中国现代小说史》之所以在80年代成为学术焦点和颇为抢手的"金苹果",其中的原因大概如评论家所说:"50年代以来,中国大陆的现代文学史写作留下了大量的空白,与夏志清的《中国现代小说史》构成了有趣的对照和潜在的对话关系。这种张力为'重写文学史'留下了大量空间和充分的合

---

① 夏志清:《中国现代小说史》,复旦大学出版社2005年版,第40页。
② 夏志清、王寅:《"中国文学只有中国人自己讲"——赫逊河畔访夏志清》,《南方周末》2007年1月11日。
③ 夏志清:《中国现代小说史》,复旦大学出版社2005年版,第322页。

理性。"①因此,尽管夏著几乎从未公开提及现代性,更没有直接使用现代性这一概念来论及相关问题,但现代性的一些核心思想却贯穿于这本书的始终。这主要表现在以下几个方面,它也可以说是夏著对中国现当代文学研究的一个潜在贡献吧。

首先,《中国现代小说史》昭示了对现代性来说意义非常重大的主体性的重要存在。它具体又体现在研究对象的主体性(即文学作品中所书写的"人"的主体性)与研究者自身的主体性两个层面。从前者出发,夏志清"反对文学抽象地、理想化地、模式化地表现人,而赞成文学具体地、现实地表现人"。②并以此为标准,高度地评价了沈从文《夜》中的老人和老舍《二马》中的马则仁"代表了人类真理高贵的一面",③"是个可怜而带点滑稽的角色"。④ 从后者出发,他在自己的论著中掺进了不少的主观认识和审美判断。在夏志清看来,研究者个人的阅读经验是文学批评的重要标尺:"我坚信文学史家应凭自己的阅读经验去作研究,不容许事先形成的历史观决定自己对作品优劣的审查。文学史家必须独立审查、研究文学史料,在这基础上形成完全是自己的对某一时期的文学的看法。对文学史家来说,一位向时代风尚挑战的、独行其是的天才,比起大批亦步亦趋跟着时代风尚跑的次要作家,对概括整个时代有更重要的意义。"⑤正是凭借着自己独到的审美经验,夏志清从浩渺的现当代作家中发掘出了张爱玲、沈从文、钱钟书等人,并对中国现当代文学作了新的诠释。而大陆出版的文学史,特别是集体编写的文学史,它们更看重的是文学与主流政治而不是文学与研究主体之间的纠缠迎拒的关系。因此往往千篇一律,颇多重复,从中也很难见到研究者个人独特的审美经验和艺术鉴赏力。相比之下,夏著的努力就十分难能可贵,应该值得敬重。正如刘再复所说:"我们对夏志清先生的敬意,不仅是他充分地开掘张爱玲、沈从文等作家,而且因为他为

---

① 旷新年:《"重写文学史"的终结与中国现代文学研究转型》,《南方文坛》2003年第1期。

② 夏志清:《中国现代小说史》,复旦大学出版社2005年版,第329页。

③ 同上,第145页。

④ 同上,第121页。

⑤ 夏志清:《中国现代小说史》,复旦大学出版社2005年版,第332页。

现代小说史写作提供了一种充分个人化的批评方式。"①

其次,夏志清对世俗现代性给予了足够的关心与重视。大家知道,现代社会是由市民阶级发动的社会革命而诞生的。"因此,现代社会是平民社会,现代文化是以平民为主体的平民文化(世俗的),现代性是一种平民精神。平民的辛劳、贫困、实际的生活方式产生了平民精神,平民精神具有世俗性、功利性和平凡性。"②但在大陆出版的诸多现代文学史中,世俗性往往被忽略了,能够进入文学史的,基本都是"启蒙"、"救亡"、"革命"等宏大内容。夏志清将张爱玲等写入《中国现代小说史》并给予高度评价,这对传统的文学史是一个挑战。它告诉我们,中国现当代文学并非铁板一块,而是呈现各种丰富驳杂的艺术样态,以张爱玲为代表的世俗文学即是这诸多的艺术样态之一。世俗化的市井社会中的平民日常生活和精神状态是张爱玲关注的对象和描写的重点。她的小说,几乎全部取自身边的琐事和世俗生活经验。她所喜欢的,是人生安稳的日常生活,并用生活之内的意义和价值去评判生活和人生,对幽微复杂的人性给予了关注。"人生的愚妄是她的题材,可是她对于一般人正当的要求——适当限度内的追求名利和幸福,她是宽容的,或者甚至可以说是赞同的。这种态度使得她的小说的内容更为丰富——表面上是写实的幽默的描写,骨子里却带一点契诃夫的苦味。"③无疑,夏志清在此发掘的是迥异于启蒙性的另一种世俗性。他对张爱玲的喜欢与认同表明,他的文学史观是平视的、向下的,与现代的平民文化是对接的。

最后,夏志清对现代性也进行了一定程度的批判与反思。这集中体现在他对沈从文的评价上。沈从文的湘西小说满怀对乡野的缅怀和赞美,书写了下层民众纯朴自然的天性。无论是《萧萧》中差点被沉潭的萧萧还是《丈夫》中遭遇窘迫与羞辱的丈夫,在遥远、奇特而神秘的乡土田园世界里,作者向我们展示了未被都市商业文明污染的"一种优美、健康、自然,而又不悖乎人生的人性形式"。④ 而《八骏图》则不同,在它那里,八位教授人人都道貌岸然而心灵

---

① 刘再复:《张爱玲的小说与夏志清的〈中国现代小说史〉》,收入《再读张爱玲》,刘绍铭、梁秉钧、许子东编,山东画报出版社 2004 年版,第 32—33 页。

② 杨春时:《贵族精神与现代性批判》,《厦门大学学报》2005 年第 3 期。

③ 夏志清:《中国现代小说史》,复旦大学出版社 2005 年版,第 271 页。

④ 沈从文语,转引自赵园主编:《名作欣赏:沈从文》,中国和平出版社 2001 年版,第 587 页。

却充满了各种肮脏的欲望。通过这样一种传统与现代人生（人性）形式的对比，夏志清发掘了沈从文书写乡土田园的重要价值与意义，即借此"找出赋予我们生命力量的人类淳朴纯真的感情来"，而且也内在地体现了对城市商业文明的批判和反思。用他自己的话来说就是："沈从文对人类纯真的情感与完整人格的肯定，无疑是对自满自大、轻率浮躁的中国社会的一种极有价值的批评。这种冷静明智的看法（vision），不但用于浑朴的农村社会适当，而且用于懒散的、懦弱的、追求着虚假价值的、与土地人情断绝了关系的现代人，也很适宜。"①可以说，沈从文的作品在某种程度上已成为夏志清批判现代性、反思现代性的一个富有意味的载体。

二、李欧梵：上海摩登的历史重构与都市现代性的重新定位

在李欧梵众多著作中，《上海摩登》堪称最具影响力的代表作。它对1930—1945年之间的上海进行了一次想象性的历史重构。从认识论角度看，它的主要价值在于对现代文学研究领域中"重乡轻城"评判体系进行了颠覆与反拨。所以传入境内之后产生了颇热烈的反响。

众所周知，中国具有悠久的乡村传统。自古以来，中国文学史都不乏对农民的书写。相比之下，商人在中国古代社会备受冷落，"士农工商"，商人排在四种行业的最末位，常与"奸诈"、"狡猾"等联系在一起。到了明清之际，重农抑商思想虽已开始被黄宗羲的"工商皆本"论和郑观应的"以商立国"思想所扬弃，但是农本思想依然根深蒂固。五四以后，情况虽然出现了一些变化，但由于启蒙和反封建的驱动，大多作家都将目光投向占中国绝大多数的贫苦农民身上，农村题材成了现代文学的叙事中心和作家"感时忧国"的精神家园。而城市和城市文学却被置于文学史的边缘地带，"是不能算作主流的。这个现象，与20世纪西方文学形成一个明显的对比"。② 创作如此，研究也不例外。长期以来，"研究中国现代文学的学者（特别是在大陆）往往不重视城市文学，

---

① 夏志清：《中国现代小说史》，复旦大学出版社2005年版，第145页。
② 李欧梵：《现代性的追求》，生活·读书·新知三联书店2000年版，第111—112页。

或径自将它视作颓废、腐败——半殖民地的产品,因之一笔勾销,这是一种意识形态主宰下的褊狭观点"。它所带来的直接后果,就是导致文学研究及其研究主体的封闭、狭隘和滞后。须知,城市和城市文学的发展是中国现代性的重要组成部分,而且城市文学、文化中很多物化符号本身就是现代性的重要标志。而事实上,正如李欧梵所说,现代大多数作家都生活在城市,特别是"30 年代不少'乡土'作家都住在上海,文学杂志和出版业的中心也是上海,一连串的文艺论战和左翼文学活动也在上海展开,所以我们也可以说:中国现代作家的想象世界虽以乡村为主,他们的生活世界却不免受到城市的影响;作家心目中的矛盾也就奠基在这个无法调解的城乡对比上"。① 实践表明,不管创作和研究如何贬抑和摒除城市特别是像被称之为"东方的巴黎"的上海这样的国际性大都市,但它却无法抹灭城市对文学的深刻影响,化解作家内心的城乡矛盾和对比情结。正因此故,李欧梵不仅选择了上海(而不是北京、南京等)这样的城市进行文学现代性的探讨,而且还对施蛰存、刘呐鸥、穆时英、邵洵美、叶灵凤、张爱玲等海派作家(而不是左翼作家、启蒙作家)进行重点解读。在他看来,这些与上海渊源极深的海派作家作品中包蕴了大量的现代性因素。譬如施蛰存"想象性地征用西方的文学素材","用弗洛伊德的理论去深入挖掘人物的变态心理","可以被视为是中国第一个弗洛伊德论作家";②"在一个女性身体不受优待的文化传统里,穆时英的努力比起西方现代社会的作家来,应该说是更具'先锋'意味的";③而邵洵美和叶灵凤则可用"颓废和浮纨"来形容。"颓废"这个词语是"一种不满 19 世纪晚期发展结果的意识;它是'美学现代性'的标记","文学上的颓废主义和文学上的先锋主义紧密相关"。④

卡利内斯库认为现代性本身是非常复杂的,从起源和发展来看,现代性具体体现为两种形态:"一种是文明史的现代性,它体现为理性的崇拜;另一种是审美的现代性,它表现为对中产阶级价值观的摒弃。两者之间的对立关系一方面构成了现代西方社会基本文化冲突,另一方面又是理解现代性自身矛盾

① 李欧梵:《现代性的追求》,生活·读书·新知三联书店 2000 年版,第 112 页。
② 李欧梵:《上海摩登》,北京大学出版社 2001 年版,第 168—185 页。
③ 李欧梵:《上海摩登》,北京大学出版社 2001 年版,第 231 页。
④ 同上,第 246 页。

的一把钥匙。"①严格地讲,海派作家的现代性近似于卡利内斯库所言的第二种"现代性",即"审美的现代性"。施蛰存的很多作品都向我们展示了上海都市生活的急迫节奏给人们带来的冲击,其《魔道》中的"我"被畸形的都市文明扰乱了神经,近乎疯狂,濒临精神分裂的边缘,白日见鬼。刘呐鸥也描写了都市生活的病态,他的《都市风景线》写作表明他"是一位敏感的都市人……在他的作品中,我们显然地看出了这不健全的、糜烂的、罪恶的资产阶级的生活的剪影和那即刻要抬起头来的新的力量的暗示",②他的不少色情性的描写,"都是为了引向男主人公最终的'思考',思考人是如何被'机械文明'束缚住了"。③ 而穆时英则"把男女之间的邂逅套路","推到了一种喜剧化的,甚而滑稽的地步——由此变成了一种对商品化现代性的毁灭性讽刺"。④ 李欧梵对海派的钩沉和对"重乡轻城"价值观念的批判,为中国文学研究开拓了另外一种空间。它告知我们,文学的现代性是与城市化紧密联系在一起的:"现代性必须在都市中展开,而都市一定是现代性的产物和标志,二者水乳交融"。⑤而这恰恰是为现代文学研究所忽略了的,所以我们有必要给予足够的重视。

其实,对海派文学的重视与发掘并非自李欧梵始,20 世纪 80 年代起严家炎等人即对新感觉派进行了开创性的研究。此后,赵凌河、吴福辉、李今等,他(她)们的《中国现代派文学引论》特别是《都市漩流中的海派小说》、《海派小说与现代都市文化》,都对海派小说与现代都市文化之间关系进行了深入细致的分析。但这些论述大都没有超越作家作品论或思潮流派论的范畴,即便涉及了彼时上海的都市文化环境,主要也是作为海派文学产生的时空背景来分析,都市本身的价值似乎并未被充分发掘。无论是四马路、一品香饭馆、青莲阁茶楼,还是商店橱窗、影院舞厅,它们都被视为孕生海派小说的具体特定的现代文化消费环境。如果抛开创作,这些便失去了研究的实在意义。正是在这个问题上,李欧梵的《上海摩登》彰显出了其独特的价值。在《上海摩登》中,除了海派小说之外,电影、报刊、广告等等都是作者探寻现代性、实现对摩登上海想

---

① 〔美〕梅泰·卡利内斯库:《两种现代性》,《南京大学学报》1999 年第 3 期。

② 转引自杨义:《中国现代小说史》,人民文学出版社 2001 年版,第 683 页。

③ 李欧梵:《上海摩登》,北京大学出版社 2001 年版,第 220 页。

④ 李欧梵:《上海摩登》,北京大学出版社 2001 年版,第 224 页。

⑤ 汪民安:《现代性》,广西师范大学出版社 2005 年版,第 11—12 页。

象性重构的重要来源,"它们象征着中国的现代性进程"。① 在此,作者打破了文本的自足性,淡化了文学研究的经典观念,他挥洒自如地将笔触游弋于 20 世纪 30 年代上海的摩登世界。李欧梵的有关研究突破了固有的比较封闭狭窄的现当代文学学科,为我们进行文化和大众文化研究提供了一个很好的范本。如叶中强的《从想像到现场:都市文化的社会生态研究》一书就多处借鉴了他的有关观点和方法。王宏图也明确表示他从李著中"受益匪浅"。② 近些年来内地关于期刊、稿酬、怀旧电影、老照片、广场等都市文化研究之所以成为热点,这与《上海摩登》不无关联。或许可以这样评论:"李欧梵开创性的工作的确为将来研究上海(以及其他地方)的文化史指明了一个或许会收获颇丰的方向。他较多地采用共时性的而非历时性的思路,解析了上海现代性的多重结构,而没有简单地将其置于一种目的论之下,——这种目的论认为,中国将会不可避免地走向一个方程式的现代世界。"③ 无怪乎有学人发出这样慨叹:"在 21 世纪初,中国现当代文学的文化研究与李欧梵的工作之间,更好像是一个'双城记'。现当代文学的文化研究,在历史的某一恰当时刻推出了李欧梵这位'明星'学者;而现当代文学的文化研究,也因为他的加入,突然间变得更加繁盛起来。"④

　　当然,《上海摩登》也有其自身的问题。在李欧梵的笔下,日常性的消费文化被放置到重要地位,它几乎成为 30 年代上海现代性的全部承载者。但是,30 年代的上海,不仅有能够消费得起的富人与中产阶级,还有很多挣扎于水深火热之中的穷苦老百姓;不仅有日常的现代性,还有国家、革命的现代性。而对于后者,李欧梵则重视不够,这就不可避免地造成一种新的意识形态的压抑与遮蔽,致使"在研究对象上,30 年代左翼上海与 50—70 年代上海及其文学基本上仍不被纳入视野"。⑤ 而之所以如此,根本原因在于理论资源与现实问题之间的错位。李欧梵用来解读上海现代性的理论是西方现代性的理论,但是

---

① 李欧梵:《上海摩登》,北京大学出版社 2001 年版,第 5 页。

② 王宏图:《都市叙事与欲望书写》,广西师范大学出版社 2005 年版,第 7 页。

③ 钱曾瑗:《上海的历史与历史中的上海》,http://www. zisi. net/htmxhjy2005-03-29-10030. htm。

④ 程光炜:《中国现当代文学史的多样观察》,《文艺争鸣》2005 年第 3 期。

⑤ 张鸿声:《"文学中的城市"与"城市想象"研究》,《文学评论》2007 年第 1 期。

包括现代性理论在内的各种西方理论是诞生在西方语境之下的,用它来阐释"中国问题"是否完全对榫? 其实李欧梵多少也看到了这个问题。《上海摩登》中便常可见他的这种反思性的文字。如在第九章探讨上海世界主义时就曾对后殖民语境下"中国现代性"与"西方现代性"之间的复杂关系作了辨析。不过,尽管如此,我们还是要说,30 年代的上海毕竟不同于巴黎或纽约,它具有自己的特质。简单地用源于西方语境下的现代性理论去解读上海,难免左右掣肘。李欧梵所说的"焦虑",①"显然还是属于主要存在于'西方现代性经验'中的问题意识,如时间感的消失、历史的断裂等问题,而无涉于国内批评者所更关注的'贫苦生活'。但正是在观看坐标的错位而导致的差异中,我们隐约感觉到某种不可忽视的危险:当作者站在现代性的问题框架内言说'上海'或者说中国问题时,是否只注意到诸如时间感的丧失或历史意识的断裂等具有全球特征的现代性问题,而中国内部的经验差异及其独特的地方问题性则被遮蔽甚至被取消"。② 也就是说,如果把现代性当作"放诸四海而皆准"的真理,而不顾及中国本土现实或中国文学自身的独特性,那么这种阐释是否科学合理就很难说了。

海外汉学是西方学术的产物,它虽然在西学中处于边缘位置,但在学术思想上却一直追随西方,与之处于同构。即使某些汉学家本身并不怀有偏见,但它仍然难以从根本上摆脱西方的学术体系,因此,很容易产生以西方为取舍的思维观念,将非西方社会的变化简单视作所谓的西方经验所体现的"普适"模式重复的证明。这种把西方经验普遍化,将源于西方的理论、方法视为放之四海而皆准的真理的作法,在夏志清那里就存在,在李欧梵那里也不能免俗。海外中国现当代文学研究者长期浸润于西方文学理论和文化传统中,他们以西方文学标准来衡量中国现当代文学的批评作法也许很难避免。但因不符合在

---

① 李欧梵也曾检讨过《上海摩登》一书的某些不足,如"我似乎把当时的上海讲得太好了,把当时英租界、法租界那种生活讲得太好了,我觉得对困境和焦虑写得不够,所以今天就稍微写一些困境,写一点焦虑"。(李欧梵:《重绘上海的心理地图——李欧梵教授2002 年 5 月 21 日在华东师大的讲演》,http://www.opentimes.cn/to/200205/115.html。)

② 练暑生:《如何想象"上海"? ——三部文本和一九九〇年代以来的"上海怀旧叙事"》,《当代作家评论》2006 年第 4 期。

中国独特的境遇中诞生与发展起来的中国现当代文学的实际,是需要鉴别和清理的。任何的完全排拒或全盘接受都是不可取的。

三、王德威:晚清地位的彰显与现代性源头的重溯

用现代性理论解读中国现当代文学,也许是与其理论本身有关,现有的不少文章往往有意无意地将现代性等同于西方性。他们认为中国现当代文学的现代性源于西方,深受西方的催化与影响,那么现代性与西方性在这里自然就成了同义语。这种观点隐含着这样一种价值判断,即认为西方文化是先进的,中国文化是落后的,中国只有依靠西方才能实现文化的现代性。王德威的《被压抑的现代性——没有晚清,何来"五四"?》、《被压抑的现代性——晚清小说新论》等一系列论著,对此作了富有力度的颠覆。尽管晚清现代性问题的提出并非自王德威始,但不可否认,晚清现代性问题因为王德威的提倡而一度成了人们关注的焦点。无疑,王德威此举是对被学界冷落的学术边缘的又一次重审与认知,是对晚清文学的又一次重读与评判。他不但重画了中文小说的坐标与版图,同时还使学界对现代性问题的探讨又向前迈进了一步。

(一)王德威有关晚清现代性的论述有助于对五四问题的反思。众所周知,50年代以后大陆出版的各种现代文学史,大都是从五四谈起。毛泽东的《新民主主义论》更是强化了"五四运动"的重要意义,将它定位为中国"旧民主主义"与"新民主主义"的重要分水岭。于是,五四在很长一段历史时期内被理想化乃至神话化了。大概自80年代中后期开始,情况发生了变化。在海外,余英时的《中国近代思想史上的激进与保守》、林毓生的《中国意识的危机》都对五四以来的激进思潮进行了反思。在大陆,郑敏等学者也对此进行了批判。王德威上述有关论述也加入了这种"激进"与"保守"大讨论的行列。只不过他对五四的批判显得更为独到和激烈:"'五四'精英的文学口味其实远较晚清前辈为窄。他们延续了'新小说'的感时忧国叙述,却摒除——或压抑——其他

已然成形的实验。"①"抚摸那几十年间突然涌起,却又突然被遗忘、埋藏的创新痕迹,我们要感叹以五四为主轴的现代性视野,是怎样错过了晚清一代更为混沌喧哗的求新声音。"可见在王德威的背后实则暗含着这样一种价值判断:即五四"优于"晚清还是晚清"优于"五四,由此而来的传统的现代文学的分期或起源问题是否也需要变更,重新提出来进行讨论? 日本学者柄谷行人曾指出:"分期对于历史不可或缺。标出一个时期,意味着提供一个开始和一个结尾,并以此来认识事件的意义。从宏观的角度,可以说历史的规则就是通过对分期的论争而得出的结果,因为分期本身改变了事件的性质。"②可以说,不同的分期决定了对事物性质的不同认识,它并不是一个简单的时段划分的问题。王德威等人发掘晚清现代性,认为现当代文学的现代性应"从晚清说起",这就从根本上触及对现当代文学性质的体认:他不是简单地将其看成是启蒙和反帝反封建的文学,而是注重发掘它的面向日常生活的属性与内涵。在这样的思维理念之下,一向为左翼文学和启蒙文学所鄙弃的鸳鸯蝴蝶派小说、海派文学等不仅找到了自身合法性存在的理由,而且还以其丰富的现代性蕴涵而"幽幽述说着主流文学不能企及的欲望,回旋不已的冲动。这构成了中国现代文学另一种迷人的面向"。③

(二)王德威有关现代性的论述也是对现当代文学线性进化观的一个富有意味的突破。在王德威看来,五四文学对丰富多样的晚清现代性的压抑无论如何也说不上进化,而是使"中国文学现代性的发展反愈趋僵化"。④ 在这里,我们原先深信的文学从低级到高级、由落后到先进的逐渐进化的观点以及晚清与五四的价值评判体系遭到了无情的挑战与解构,五四不再"优于"晚清或"高于"晚清,甚至是对晚清的一大倒退,它们的等级秩序似乎完全调转了。为什么这样说呢? 王德威认为,虽然现代性概念内在地包含了一种进化的时间

① 王德威:《被压抑的现代性——晚清小说新论》,宋伟杰译,北京大学出版社 2005 年版,第 10 页。

② 〔日〕柄谷行人:《现代日本的话语空间》,董之林译,收入《后殖民理论与文化批评》,张京媛主编,北京大学出版社 1999 年版,第 416 页。

③ 王德威:《被压抑的现代性——晚清小说新论》,宋伟杰译,北京大学出版社 2005 年版,第 11 页。

④ 王德威:《想像中国的方法》,生活·读书·新知三联书店 1998 年版,第 11 页。

观念,但它的产生同时也是一个颇为复杂的过程,不能单纯地运用线性进化观来解说和简化,传统与现代、新与旧之间并没有非此即彼、黑白二分的清晰界限。更何况中国现当代文学有自身不同的文化条件,虽然"现代性的显现都是许多求新求变的可能相互激烈竞争的结果。然而这一竞争不必反映优胜劣败的达尔文铁律;其结果甚至未必是任何一种可能的实践"。① "一味按照时间进行表来探勘中国文学的进展,或追问我们何时才能'现代'起来,其实是画地自限的(文学)历史观"。② 也正是因为摒弃了线性进化文学观,他才在《被压抑的现代性》等专著中发掘出许多长久以来被遮蔽的所在,如对于晚清小说闹剧意义的重新评判等等。

(三)王德威有关现代性的论述还对流行已久的"冲击—回应"说作了切实的回应。20世纪70年代前,美国的汉学中占主导地位的是费正清等人所提出的"冲击—回应"模式。这一研究模式把中国视为缺乏自身发展动力、基本上处于停滞状态的静态传统社会,认为中国只有经过西方的冲击后,才可能发生巨变、摆脱困境。柯文针对这种带有明显偏见的理论,则提出了"中国中心观"的研究模式,认为现代历史"有一种从18世纪和更早时期发展过来的内在的结构和趋向。……尽管中国的情境日益受到西方影响,这个社会的内在历史自始至终依然是中国的"。③ 王德威的"被压抑的现代性",它的第一层指向就是"中国文学传统之内一种生生不息的创造力"。④ 这与"冲击—回应"说表现出了明显的差异,而与柯文的"中国中心观"理论颇为相似。当然,他在探讨晚清文学和文化的现代性时并没有将中国自绝于世界之外,在选择研究对象的时候,也没有将西方的影响因素剔除出去。相反,之所以选择晚清,正是将外来因素加以充分考虑后的结果:"清末文人的文学观,已渐脱离前此的中土本位架构。面对外来冲击,是舍是得,均使文学生产进入一个'现代的'、国际的

---

① 王德威:《想象中国的方法》,生活・读书・新知三联书店1998年版,第7页。
② 同上,第8页。
③ 柯文:《在中国发现历史——中国中心观在美国的兴起》,林同奇译,中华书局2002年版,第210页。
④ 王德威:《被压抑的现代性——晚清小说新论》,宋伟杰译,北京大学出版社2005年版,第25页。

（却未必是对等的）对话情境。"①这与柯文的主张是不矛盾的。柯文提出"中国中心观"时"绝对无意用它来标志一种无视外界因素，把中国孤立于世界之外"来探讨中国历史的方法，而且柯文也非常反对那种"由于低估西方在19、20世纪对中国的作用，只是把夸大西方作用的老狭隘主义颠倒过来"的"新狭隘主义"。② 正因为将西方对中国的影响考虑在内，王德威才选择了晚清而非晚明、六朝或唐代等其他时期去发掘现代性因素。晚清现代性的生成既不能抛开中国传统因素也不能脱离西方的影响。但是，西方外来因素的作用更多体现在作者对晚清小说产生的时代背景所作的阐释，它并非构成晚清小说现代性的根本性要素。"西方的冲击并未'开启'了中国文学的现代化，而是使其间转折更为复杂，并因此展开了跨文化、跨语系的对话过程。这一过程才是我们定义'现代性'的重心。"③由此可见这里所说的现代性寻找，它主要是以中国自身为基点，更多着眼于民族历史的内部和自我国情的实际。这样的观点对此前乃至今日颇有市场的所谓中国现代性源于西方冲击或是对西方现代性的横移的论断，无疑是一个有力的颠覆。它再次证明"中国本土社会并不是一个惰性十足的物体，只接受转变乾坤的西方的冲击，而是自身不断变化的实体，具有自己的运动能力和强有力的内在方向感"。④

　　王德威的《被压抑的现代性》对现代文学现代性特别是现代性起源（"从晚清说起"）所作的极具个性化的考察，为我们提供了一个崭新的批评角度。然而他在充分发掘和凸显晚清现代性的同时也表现了竭力贬低五四现代性的倾向。这也造成了一种新的片面与偏激。例如王德威认为："所谓的'感时忧国'，不脱文以载道之志；而当国家叙述与文学叙述渐行渐近，文学革命变为革命文学，主体创造意识也成为群体机器的附庸。文学与政治的紧密结合，是现

---

① 王德威：《被压抑的现代性——晚清小说新论》，宋伟杰译，北京大学出版社2005年版，第6页。

② 柯文：《在中国发现历史——中国中心观在美国的兴起》，林同奇译，中华书局2002年版，第210页。

③ 王德威：《被压抑的现代性——晚清小说新论》，宋伟杰译，北京大学出版社2005年版，第4页。

④ 柯文：《在中国发现历史——中国中心观在美国的兴起》，林同奇译，中华书局2002年版，第78页。

代中国文学的主要表征,但中国文学的'现代性'却不必化约成如此狭隘的路径。"①显然,王德威将"感时忧国"置换成了"文以载道"和"革命文学"的同义语,这不仅是对中国现当代文学而且也是对夏志清的"感时忧国"说的严重误解。我们认为,"感时忧国"虽然和"文以载道"具有密切的联系,它们深层的思想内核都是忧患意识;但前者主要是指 19 世纪中叶以来由于内忧外患、丧权辱国、政治腐败等带来的广大作家对于国家和民族前途的深层忧虑。鸦片战争极大地损害了国人的自尊心,中华民族处在亡国灭种的边缘。为了解救民众于水火,无数仁人志士宁愿抛头颅、洒热血,进行英勇不屈的抗争。所以,"感时忧国"便呈现为一种对民众的启蒙行动与民族救亡行为,一种对现实的强烈关注精神。这也是近现代以来很多作家和知识分子所作的一项系统工程。现当代文学与鸦片战争以来中国百年的屈辱和苦难结下了不解之缘,其起源、生长以及发展,均得到了世纪苦难的恩泽,它更从数千年中国文化的无限悠远中获得了丰富的内涵。因此,"感时忧国"是中国现当代文学一种深层的精神底蕴。正是这种"感时忧国"精神,现当代文学才充盈着一种沉甸甸的厚重感与使命感。而王德威所讲的"革命文学"主要是指 20 世纪三四十年代的左翼文学,它只是现当代文学的一部分而并非整体,绝不能涵容全部的现当代文学史。当王德威说"文学与政治的紧密结合,是现代中国文学的主要表征"时,他有意无意地将中国现当代文学作了一种以偏概全的概括。王德威说"五四压抑了晚清",其实他对于晚清现代性的彰显又何尝不是"晚清压抑了五四"? 二元对立、非此即彼,这似乎成了很多学者无法跨越的障碍。有鉴于此,大陆学人杨联芬继王德威之后对晚清现代性问题作了进一步探讨。杨联芬不赞同五四文学是对晚清文学的压抑与遮蔽,而是认为:"五四以后文学的国民性批判,是晚清普遍的'知识层面'(更多依恃于概念),逐渐深入作家的心理和情感层面,并与作家对现实主义的艺术追求达成一种和谐。因此五四文学的国民性批判,与作品表现现实生活的真实性追求基本上同步。换言之,国民性批判的母题,促进了五四文学批判现实主义的形成,并规约了现代文学批判现实主义的主要内容。"②这样的论述足可三思。

---

① 王德威:《想象中国的方法》,生活·读书·新知三联书店 1998 年版,第 6 页。

② 杨联芬:《晚清至五四:中国文学现代性的发生》,北京大学出版社 2003 年版,第 191—192 页。

综上所述,我们可以看到,从夏志清开始到李欧梵再到王德威,现代性是一条贯穿始终的线索。由于这一研究视点的引进,我们的许多认知也发生了很大的变化。如果要概括,不妨可将此称之为中国现当代文学研究领域的又一次"发掘边缘,挑战中心"。夏志清将张爱玲、沈从文等人从尘封的历史中唤醒,李欧梵对于城市想象研究的拓展以及对于城市文学的倡扬与重新评判,王德威等人对于现代性源头的重溯,这一系列学术研究都将我们的目光引向了长久以来被遮蔽的边缘区域,也不断地开放拓宽我们研究思路和评价体系。但同时我们也应该指出,海外中国现当代文学研究本身也不可避免地存在着这样或那样的缺陷。因此,对于他们的有关研究,我们不必过于仰视,奉若神明;也不能一概贬斥,不屑一顾。大陆与海外学界的交流对于双方都是重要的。任何一种学术的发展不是一个声音、一种模式可以决定的。全球化进程中的思想和学术也不应只是一种形态、一种思维,而应具有自身的文化身份与指纹。如此,我们才有可能创造出一套契合中国现当代文学实际的现代性的批评理论。当然,这是一个相当漫长的过程,它的实现还要靠包括海外学人在内的广大现当代文学研究者的持之以恒的共同努力。

(与张锦合撰,载《社会科学战线》2007 年第 6 期)

当代文学“历史化”的历史观问题探讨

——基于政治和革命的视角

中国当代文学在经历了近七十年发展的今天，愈来愈多的人已逐渐认识到“历史化”问题的重要和必要。尤其是从 21 世纪初开始，受美国学者詹姆逊关于“永远历史化”观念的影响，加之诸多因素的催化作用，在这方面更是成为人们普遍的共识。不少有识之士，如程光炜、李杨、陈晓明、李洁非等学者纷纷聚焦或涉笔于此，以至在当代文学研究领域引发了一个带有知识重构和学术转向性质的“历史化思潮”。然而，由于这一历史化是在全球化和后现代主义语境中进行的，而后现代主义是反理性反本质反崇高的，所以，它在给当代文学历史化带来前所未有“解放”的同时，也对其中有关政治和革命叙述形成了排拒。大量事实表明，政治和革命虽非历史化的全部，但却是其中的重要的组成部分，尤其是在十七年更是如此；即使是 20 世纪八九十年代与之相异甚大的先锋文学及其研究，也都建立在对它们的参照的基础之上。而要对这样两个事关当代文学的整体和全局问题进行历史化，就不可避免地涉及历史观问题。只有抓住了这个根本性、关捩性的问题，才有可能对繁复的历史保持理性的清醒，对当代文学作出唯物的和辩证的评价。从这个意义上，李杨在《50—70 年代中国文学经典再解读》一书所作的这一断言当称不谬：所谓的“‘历史化’还不仅仅意味着将对象‘历史化’，更重要的还应当同时将自我‘历史化’”。①

上述种种，构成了本文写作的动机和基础。接下来我要作的，主要试从以下两个方面展开阐述：首先，从历史观与历史化关系入手，分析指出前者对后者的特殊导向和规约作用，也借此对 90 年代以来历史化思潮进行梳理，为全

---

① 李杨：《50—70 年代中国文学经典再解读》后记，山东教育出版社 2002 年版。

文论述提供一个较为开阔的学术背景。在此基础上,再分别就当代文学政治与革命如何历史化以及历史化的有关难点问题进行探讨,通过这样两个具体视角,将历史化中的历史观问题引向深入,并提出自己的一些粗浅的想法。

一、"历史化思潮"流脉及与历史观关系辨析

文学历史化本质上就是基于逆向因果关系的一种"事后"考察,用马克思主义经典话语来表述,意思就是历史研究"总是采取同实际发展相反的道路。这种思索是从事后开始的,就是说,是从发展过程的完成的结果开始的"。① 正基于此,使得对历史事实的叙述由简单地按时间序列进行描述转变为一种按逻辑论证进行推理的过程。这也意味着我们这里所说的历史观——即根据什么样的观点来看待和评价当代文学及其历史化,是可以被纳入逆向的"事后"考察范畴。所不同的,只是研究对象离我们太近,其中一部分(特别是新世纪以降的这部分),几乎完全与我们处于"同构",它还没有经过时间的积淀,同时也属于文学批评的范畴。另外,当代文学生成并受制于"一体化"体制,这里既打上制度、文化、民族方面的深刻印记,同时也存在着人类文明和文化的普适性、共同性的潜质。对此如何将其黏合融通,给予历史重构,防止神化拔高或虚无主义,也是需要注意的一个问题。当然,也许更为重要的是,当今天提出历史化及历史观问题的时候,我们已处在全球化和后现代语境中,"文学终结论"在中国甚嚣尘上,文学及文学研究面临前所未有的严峻挑战,人们在并没有充分"正本清源",理解本质主义和普遍主义完整含义的情况下,又匆匆迎来反本质主义和反普遍主义,将本质主义和普遍主义等同于一种反历史反人性反文学的绝对主义。所以,就更给逆向的"事后"考察平添了难度,使当代文学在向学术化、知识化的转向上,徒生了许多无法克服的自我矛盾和悖论。当代文学历史化之所以出现"理论的模糊性与理解的同一性的矛盾","理论的有限性与历史的客观化的矛盾","科学性与人文性的矛盾"②,我以为都可从中

① 《马克思恩格斯全集》第44卷,人民出版社2001年版,第93页。
② 颜水生:《论当代"历史化"思潮及其反思》,《南方文坛》2011年第2期

找到原因。

众所周知,20世纪八九十年代,现当代文学研究领域曾引发过一场带有连续性性质的"重新历史化"活动,一批中青年学者借助思想解放的话语空间,利用新启蒙的思想资源,通过对柳青《创业史》、赵树理方向和金庸文学大师等的"重评"、"重写"、"重排","一方面迅速确立了学科的合法地位,另一方面,也在此基础上企图进一步清理文学与国家、文学与党的意识形态等更广大范围内的历史问题"。① 当然,它在消解和颠覆既定文学史观和历史观的同时,也将文学与政治、历史、社会之间的复杂关联有意无意地简单化了,仍然表现了相当浓厚的二元对立的思维理路。诚如后来的一篇"再反思"的著述中所批评的那样:它"在对文学史'教科书'性质的检讨中,一种历史化的眼光使得文学史的内在机制得以显露,但对于新的文学史框架,这样一种历史观的眼光恰恰失落了。在'学术'、'独立'、'科学'等字眼中,不难看出一种本质化的理解倾向,对自身前提、限度以及新的意识形态话语的关联的反省,也随之缺失"。② 有的则提得更为尖锐和激烈,认为这种"'破坏'、'怀疑'、'否定'还(也)滋生了不好的文学生态,它会把文学创作看作是很容易的事情。对经典的轻视,成为'超越'、'创新'、'多元'的话语前提,甚至成为某种障碍,我们很难想象,这是一种成熟、自律和健全的文学年代的姿态"。③ 我们今天的历史化,事实上就是对八九十年代那场"重新历史化"的"接着说",在历史观问题上,形成了既承续又超越的逻辑关联。也就是说,对这场"重新历史化",一方面,我们既要充分肯定它在当时背景下的革故鼎新,对相当长的一段时间里形成的封闭僵硬的阶级论、本质论的思维观念的大胆超越,为今天历史化打下基础,作了有力的铺垫;另一方面,又要看到其自身的历史局限,它还没有从根本上摆脱二元对立思维,将文学对政治的态度从一个极端走向另一个极端。不妨这样说吧,如果说八九十年代"重新历史化"是一场以显性的、启蒙史观为主体的文学活动,那么现在这股"历史化思潮"则是一场以隐性的、多元史观为标志的文学活动。它们之间有连续性和一致性,更有因学术语境变化而带来的转型和变化。

---

① 杨庆祥:《"重写"的限度——"重写文学史"的想象和实践》,北京大学出版社2011年版,第151页。

② 温儒敏等:《中国现当代文学学科概要》,北京大学出版社2005年版,第126页。

③ 程光炜:《文学讲稿:"八十年代"作为方法》,北京大学出版社2009年版,第220页。

已有一些学者从跨学科研究到历史化转向,从本质主义到非本质主义角度,对历史重构的"历史化思潮"及其历史观变化作了归纳、梳理和分析。① 有的还立足于创作实践,将这种变化归纳为"改写经典的历史叙事而发掘出不同的反思性体系","有意逃离宏大的历史叙事","回避统一观念的文学叙事","感性经验、游戏式的和反讽性的风格","历史元叙事的解体"等等,认为它已进入了"平面化狂欢"的时代。② 这对我们研究是有启发的。作为"事后"考察,当代文学历史化要顾及历史与现实两端,它牵涉到政治、革命、社会、历史等许多敏感问题,原本就很复杂,而且八九十年代那场"重新历史化思潮"许多问题刚刚打开,还来不及很好地讨论和仔细地辨析,这就使其在颠覆传统历史观念,给我们以深刻启示的同时,却也陷入了历史与存在的迷津,而显得更为复杂。

那么到底如何建立"永远历史化"的"有效的历史表述",实现历史文本化与文本历史化、科学性与人文性、本质主义与非本质主义的统一? 这当然很复杂,非三言两语能讲清;但我以为,在对绝对论、本质论抱持足够警惕的前提下,在当下是有必要而且应该向詹姆逊的"政治无意识"寻求借鉴,通过对政治意识形态之对文学及其历史无所不在潜入的叙述,来进入当代文学"历史现场",实现对"中国特色"整体性历史的还原和解密,这至少是一条路径。90 年代以后当代文学历史化及历史观涉及面广,存在问题也很多,但无论从宏观的历史背景还是从内在的历史逻辑来看,政治意识形态都是其中最重要也是最基本的因素。这里,对我们研究者来说,也许有这样两个问题是不能回避的:一是在扬弃了"从属论"、"政治决定论"之后,历史化到底如何评价文学对政治的态度;二是在扬弃了阶级斗争理论之后,历史化到底怎样看待文学对暴力革命的书写。我知道,在如今的历史语境中讲"政治"和"革命",也许不合时宜。但如果从历史和现实的客观存在出发,我认为它是触摸和解读文学历史的两个重要关键词,从这里切入,我们或许能触摸和把握当代文学历史化中的一些关乎整体全局的根源性或根本性的问题,并为诸多矛盾和困惑找到相对合理的解释。

当然,这里所说的历史化,它不像时下有些研究那样,先有一个先在的价

---

① 参见颜水生:《论当代"历史化"思潮及其反思》,《南方文坛》2011 年第 2 期。
② 陈晓明主编:《现代性与中国当代文学转型》,云南人民出版社 2003 年版,第 251 页。

值判断,然后再去找史料佐证,作颠覆性或认同性的评价,而是在尊重历史的前提下,揭示历史进程及其内含的历史逻辑,它是历史的、具体的、动态的。也就是说,在传统向现代转换过程中,对政治和革命的态度,不管研究者观念如何,对此作怎样的解读及其历史化,它都与这个历史进程有关,是可以而且应该放在这个历史进程中进行评价,而不是将研究对象塞进由"判断"制造的容器中作粗暴生硬的肢解,将政治和革命看成是一种静态乃至抽象的存在,流于某种立场的争辩。洪子诚在谈及"历史"与"叙述"关系时指出:了解并是否将其放置于具体的条件和特定的情境中进行历史考察,"比作出简单肯定或否定要重要得多","这和在某种理论框架、信念下进行评断的工作方式不同";他甚至认为,"如果一开始就为好坏优劣的判断左右,为急切的好恶情感支配,那么,了解对象的'真相',它的具体情境,就很困难"。① 对此,我深表赞同,但觉得还有必要加上这么一句,那就是:这种放置具体历语境的考察,不是简单地重返历史(在事实上也不可能、作不到),"入乎其内",对研究对象进行设身处地的考量,而是努力寻找一个具有古今双重视角的理性评判支点,"出乎其外",对之形成认同与认异并置的平等的对话关系。即是说,不是再用原有的历史观进行阐释,被研究对象同质化了,而是形成一种"异质同构"的关系,用福柯的话来说,就是"采取与自己思维不同的思维方法去思考",而不仅仅是"为早已知道的东西寻找理由"。② 从研究方法上讲,并非据此对研究对象进行简单的、裁决性的是非真伪的判断,而是要强化并走向一种过程性辨析的学术思路。这也昭示我们,历史化的研究必须超越后现代主义历史观,在抑制自己强烈的评价欲望的同时,不能不将当代文学中的政治和革命纳入由现代文学而来、与之具有赓续关系而又呈现明显差异的复杂的历史脉络和框架中,在厚重而翔实的历史文化语境中,在传承与突破的种种追问之中,对之作出一种评判与考察。

大家知道,在当代文学尤其是十七年文学历史化及其评价问题上,目前学界是有分歧的,而且的确也存在着如有学者概括的"以今例古、以今天的特征去框范前代,这种对历史语境体贴不周的现象",包括新时期文学在创建自身

---

① 洪子诚、季亚妮:《文学史写作:方法、立场、前景——洪子诚先生访谈录》,《新文学评论》2012 年第 3 期。

② 〔法〕米歇尔·福柯:《性史》,上海科学技术文献出版社 1989 年版,第 163—168 页。

合法性时曾对左翼文学、社会主义文学丰富性作过压缩处理,也包括今天也不乏研究者同样在以压缩丰富性的方式处理新时期的文学。① 某种程度上,延至今天,这种对以前曾经经历文学的"压缩处理"倾向可能更加突出。如果在思维观念和方式上,少一点后来研究者容易犯的历史傲慢或所谓的"后见之明",也许彼此的分歧会少些,在对过往文学周彻的理解和历史的把握的同时,形成更有效更丰富的资源累积。在环环相扣而又前后赓续的文学文化史上,任何一段精神历程都有其价值,即使从批判的意义上也是这样。"用后三十年否定前三十年固然是目光短浅的,但简单地用前三十年否定后三十年也不是一个在知识上和道德上诚实的态度。"②这一点,在弥漫着后现代主义的今天,有必要警惕。否则,我们就很难辩证地把握当代文学发展的一体与异质、偶然与必然、多样与统一,在还原和贴近的同时实现超越和拓展。正如陈寅恪所指明的,"对于其持论所以不得不如是之苦心孤诣,表一种之同情,始能批评其学说之是非得失,而无隔阂肤廓之论"。③

二、历史观问题之一:怎样看待政治

对当代文学而言,文学与政治的关系问题是一个在理论与实践上都纠缠不清而无法绕过的话题。能否冷静和客观地认识这一问题,不仅关系到如何看待文学历史化,而且关系到如何看待中国现代化选择的问题。毋庸讳言,在相当长的一段时间内,当代文学领域存在着严重的历史政治化倾向,以政治(有时甚至是以错误的政治)是非来进行评判,已成为文学研究的不二标准,这就致使当代文学历史化狭隘为简单的政治附庸,变成了与"文学"无关的政治或泛政治的产物。针对这种状况,学界借助于"思想解放话语空间",从 70 年代后期批"纪要"和"黑线专政论"开始,到八九十年代的"重评"、"重写"、"重排"等等,对之作了有力的批判和清算。然而,将文学与政治互渗互融只是一

① 金理:《写在文学批评的边上》,《创作与评论》2015 年第 9 期。

② 张旭东、朱羽:《从"现代主义"到"文化政治"》,《现代中文学刊》2010 年第 3 期。

③ 陈寅恪:《冯友兰〈中国哲学史〉审查报告》,《金明馆丛稿二编》,上海古籍出版社 1980 年版,第 247 页。

个宏大的出发点。文学与政治之间充满了矛盾、纠葛和碰撞,这些都可能成为文学处理与政治关系的危险因素。随着"拨乱反正"的结束,这个问题就凸现出来了,并且常常不由自主地陷入如下的奇怪悖论:"一方面,'新时期文学'与'50—70年代文学'的关系被理解为'文学'与'政治'这一更高层次的二元对立的演化,'新时期文学'被描述为文学回归自身的过程;另一方面,文学史叙述又都反复强调'新时期文学'参与新政治'拨乱反正'的功能。"①像"伤痕文学"、"反思文学"、"改革文学"、"知青文学"乃至三次"朦胧诗"的大讨论,都不可避免地涉及对彼时的政治评价问题。

　　90年代以降,社会文化的转型与西方后现代主义的影响,加之与知识界所谓的保守派、自由派、新左派论争纠缠在一起,就使文学与政治关系在实际运行中显得更为复杂,似乎也更为吊诡。在这一二十年时间里,虽然从制度层面展开讨论成为当代文学研究及其历史化的重要课题,以前被冷落或不屑的政治之维再度成研究者关注的焦点,不少学者在反思现代性时对此作了富有意味的还原和调整;但与此同时,"非政治化"或"去政治化"的声音也一直没有停过,有时候,这种声音甚至相当强大。在这其中,比较突出也是颇具代表性的,就是采用政治与文学"对抗"模式来解读作家作品,叙述知识分子与现实政治关系,通过这样的方式方法来表达文学对政治的排拒。如有学者就提出,当代作家尤其是进入"当代"的现代著名作家,如沈从文、曹禺、老舍、丁玲等,他们的创作之所以出现衰退或下滑,主要就在于放弃了作为知识分子的"对抗"的立场,或者是没有将"对抗"进行到底,等等。因此,他们就对之持严厉批评的态度,甚至发出了中国没有知识分子的感叹。

　　出于对过去"从属论"的警惕,对外在政治保持距离,我非常理解;而且中国当代知识分子,由于历史与现实等原因,的确存在着难以掩饰的集体性的对政治依附的缺憾,包括思想的依附,也包括人格的依附。所有这些都需要反思,且直至如今反思太少,将来还有进一步强化之必要。但这一切都应该将其返还"历史现场",放在历史的进程中加以考察,需要有一份作为史家应有的客观公正与理性冷静,不能因为自己个人的喜好,而疏忘了历史人事身上蕴含的看似简单明了其实相当复杂甚至疑窦丛生的元素。就拿丁玲来说吧,"人们老觉得丁玲是一个

---

① 　程光炜:《重返八十年代》,北京大学出版社2009年版,第8页。

反对者,但忽略了一个基本的事实,那就是丁玲自身就是这个文学体制的最早建构者和创制者"。对于政治或体制,"她固然有反对和批判的意见,但她是从内部而不是外部的位置来展开的。……其实丁玲复杂的地方就在这里,她是革命体制的构造者之一,但她的意义不能完全被这个体制所回收,而是同时保有她自身的丰富性、甚至传奇性"。① 而另一个带有自由主义倾向的沈从文呢,因新中国成立初郭沫若的点名批判、文代会的冷落,以及沈从文本人所经历的极端状态,很容易让我们按照政治"对抗"的方式来进行解读。但张新颖的《沈从文的后半生》(包括解志熙近年来的史料考证)却告诉我们:他在 1949 年后的创作"严重歉收"而转向服饰研究,除了外在的政治以外,还有个人生活方面的因素;钱理群甚至认为还可上溯到他走出《边城》之后的 40 年代,那时沈从文的文艺试验即已宣告文学失败和创造力委顿。②

有学者针对上述现象指出:"当前,对上世纪四五十年代转折时期的研究在文史两界都是热点,对于此易代之际知识分子命运的考察,不应蜕化为古代文学中的'遗民文学'研究。诸多现代知识分子在民国期间取得了不菲的成就,但民国具有它的特殊性。前期的军阀割据,使得中央政府处于一种较弱的状态;而此后所从事的抗战,更让国家在意识形态的控制上相对松散。新中国建立后,大多数知识分子选择留在大陆,这时候他们面对的是一个统一的政权,调试与此政权的关系,在其领导下进行文化工作,是他们必须要经历的阶段。因为,任何一个统一的政权,都会和现代知识分子有此磨合过程。学术和国家密切联系,受后者的制约和引导,实际是现代社会的常态。"③用"常态"来概括这段历史,也许有所不妥,但它强调超越文学与政治单一线性的因果逻辑,重视共时结构中的多种文化因素的作用,还是有道理的。再超越一点来说,如果我们不是孤立地讲沈从文"后半生"创作的"严重歉收",而是将其与"前半生"融会贯通,视为一个连续和不可分割的整体,并且把以古代服饰为主的中国历史文物研究也看成是与小说一样重要的"创作"的话,也许我们可能不会那么在意他的"严重歉收",相反会对他的这种"新的文化执守方式"(王春

---

① 贺桂梅:《丁玲非常重要》,《光明日报》2015 年 7 月 28 日。

② 钱理群:《1949 年以后的沈从文》,《热风学术》第 3 辑,上海人民出版社 2009 年版,第 83—123 页。持此观点的,还有贺桂梅、王晓明、叶兆言等。

③ 冷川:《重新发现沈从文的精神轨迹》,《光明日报》2015 年 3 月 24 日。

林语)发出由衷的惊叹。文学史告诉我们,有多少作家写了一辈子,往往只留下一两篇东西。有许多作家在写了一两篇名作之后,往往就才力不济,再无佳作了。我们在对沈从文及其他"跨代"进入"当代"的现代作家作历史化时,是不是也"先验"地预设了这样一种思想:这就是一个作家可以永恒地保有不衰的创造力? 再进一步,是否在一定程度上也反映了我们自己的一种潜在的"文学中心论"思想心理?

与"对抗"模式貌异而神似,还有一种"非政治化"、"去政治化"的表现,就是为维护文学本体或主体所谓的纯粹性、纯洁性,将当代文学领域中存在的理想、崇高等"历史的浪漫",一概视为"假大空"或"伪文学"。"假大空"的确是当代文学的一个重要症候,也是历史化无法回避的一个客观事实。但在具体实践过程中仍有必要谨慎,因为我们面对的研究对象往往真假掺杂,显得十分复杂。一方面,受当时时代风尚影响,存在着难以掩饰的人为夸大政治理想作用的主观化、教条化等弊端;另一方面,表现了在今天看来非常难能可贵、甚至可以说是十分稀缺对自己信奉的政治理想和精神信仰的不懈追求。无论在理论还是从实践,它都堪可称得上是当代文学中的一个充满"矛盾"的历史命题。就像《红岩》中的许云峰面对死亡,"放声大笑"地说出了令敌人胆战心惊的"宣判式的言论",《创业史》中的梁生宝面对党内外和草棚院内外的各种压力,而毫不动摇地作"党的忠实儿子"一样。在这里,用现代主义形成的审美标准来看,我们可能会对这些"历史的浪漫"的描写感到不满,提出种种批评;但如果把它们放回中国曾经经历过的特定的历史语境中,可能对之有一种更具客观性的解释和评价,至少是多一分理解。虽然古今中外的文学都是相通的,我们不应另立所谓的审美标准,但既然当代文学不是在超历史的语境中产生,那么我们就可以而且应该回到历史给定的语境中对之加以解释,至少这是一个重要的参照。

行文及此,有必要引用程光炜在谈"70 年代小说研究"时,曾结合"自己的历史",对浩然的《金光大道》中高大泉等农民去北京支援建筑工地、充满自我牺牲精神的叙述,所写下这样一段颇具意味的话:

> 刚开始并不是非常地舒服,我清楚地知道,这种不舒服是因为接
> 受了新时期文学观念培训后才产生的,认为它很假,违反了人道主义

的创作原则。但穿越历史时空,恍然想起了1974年我在插队的农场,也经常会在冬天的水利工地上穿着单裤这么拼命地任劳任怨地干活,不计较任何回报的情形,又觉得它虽然有些夸张,但却非常的真实。……我认为研究70年代小说,非常重要的一点就是要从70年代再出发,以体贴、肃穆和庄严的心态去看待创作了那个年代文学作品的作者和主人公。……如果使用新时期审视70年代"共同经验"的那种思想视角,高大泉等一帮农民的行为就被理解为是充满了乌托邦的极其可笑的意味,而如果结合着"个体经验"和实际处境,难道不可以说这些朴素农民也是非常令人感动的吗?他们与2008年从唐山跑到四川汶川从地震废墟中救人而不要求任何回报的13个农民兄弟,在为人的朴实和悲壮意义上不是同样感人吗?难题就因为高大泉一帮农民生活在70年代,唐山一帮农民生活在2008年就截然不同了吗?在我看来,这种穿越性的历史双向思考正是对轻看、蔑视作70年代小说的人们的轻浮历史观的严重的质疑、最严厉的否定。①

程光炜在此强调,对70年代小说及其"假大空"的评价应还原当时历史,与研究者个人经验直接相关。为此,他提出了一个关于历史化的"双向思考",还用不无严厉的措辞,批评了单纯站在今天视角轻看蔑视70年代小说的作法,将其斥之为是"轻浮历史观"。程光炜此说也许可以讨论,我这里只想强调指出:像他所说的这样的情形在十七年乃至整个当代文学还有很多,并且那些"很假"或"夸张"即所谓的"假大空",往往与文学应有的"乌托邦想象"以及理想、崇高、英雄、浪漫、主义、良心、道德等掺杂在一起,呈现出异常复杂的状态。所以,我们在对这些作品进行辨析和纠偏的同时,也应在"了解之同情"的基础上给予客观的评价。文学的历史化原本含有乌托邦的成分。如果因出于对政治的某种"逆反",而将所有有关理想崇高一类描写不加辨析地都视为"假大空",那就不仅极易导致研究的片面和粗暴,而且反过来会误伤历史化,使之滑向庸常和虚无。在受到后现代主义洗礼的今天,我们都很敏感于理想或真理

---

① 程光炜编:《七十年代小说研究》,中国社会科学出版社2014年版,第13—16页。

与现实或知识之间的非对等关系,但是,正如美国历史学家柯文所言:"限定真理并不等于取消真理。归根结底,一切历史真理无不受到限定,因为历史真理并非体现过去的全部真相,而只体现对事实有足够根据的一组有限的陈述……"①这才是唯物和辩证的态度,也符合文学的本义。

中国当代是文学政治学盛行的时代,文学政治化是无法回避的客观存在。其实,不管文学对政治是否迎拒,政治一直参与并深刻规约和影响着文学,"在场性"构成了当代文学研究及其历史化的一个重要特点,就是在强调多元开放的今天也不例外,政治仍然是一种强势的存在。"虽然自改革开放以来,以四次文代会邓小平讲话为标志,对文学与政治的关系作了正名,但是,作为国家形象与主流价值观的宣示方式,不仅是中国,即使西方民主国家也以各自不同的方式来生产自己的文化产品。"更何况"自中共十六届六中全会特别是十七大以来,文化建设已经作为四大建设之一提到了相当的地位,而国民的文化利益诉求也作为与物质利益诉求同等的权益被纳入民生问题之中。……对此,我们依然以去体制化的方式,坚持所谓纯文学的姿态特别是评论界对之视而不见的鸵鸟应对是幼稚的。在现代社会,只有各种力量的协调与共存,才能保障共处于一个文化利益的共同体,也才能真正保障多元的不同群体的文化消费需求"。② 另一方面,对于从事研究和批评工作的大多学人来讲,出于现实的各种考虑,也是为了与现行学术制度的对接(如名目繁多的各种"工程"遴选机制、人才选拔机制,以及评奖、项目化、量化、述史等考评机制等),以谋求自身有更好的发展,获取更多的资源和实利,也是因为语境转换、视野开阔、心态平和带来的对政治更加宽广也更为科学的理解,他们也在相当程度上调整了原有对政治比较偏狭的理解,与之采取务实的也是对话的立场。在此情形下,再用所谓的"对抗"模式,就显得不免空洞甚至有几分矫情的味道,缺乏现实的有效性。而这,恰恰从一个侧面印证了意大利马克思主义理论家葛兰西有关政治意识形态对文学的规约和控制,不一定凭借外在的国家权力机器的"规训与惩罚"(如像以往那样发动大批判运动,把作家批评家打成"右派",送进监狱

① 〔美〕柯文:《在中国发现历史—中国中心观在美国的兴起》,林同奇译,中华书局 2002 年版,第 212 页。

② 汪政:《我们如何能抵达现场——何言宏文学批评的一个侧面》,《南方文坛》2008 年第 1 期。

或牛棚),而是通过内在的"认同"方式来实现它的"建构"(如通过潜在的文学制度、文艺政策、文学批评、文学教学)的观点。

文学与政治关系实在太复杂,有研究者认为,文学可以从"文学主体"和"政治阐释"两条路线获得自己的空间。如捷克的哈维尔,他把"政治作为对人类同胞真正富有人性的关怀",以及以人权为基础的对至善原则的捍卫,强调的是超越身份、种族、性别的普遍利益,属于政治阐释一路①;福柯和特里·伊格尔顿就更不用说了,在他们"元政治"的语境下,政治是一个中性、生产性的概念(不是一个否定性的概念),一个渗透在社会所有层面的巨大、复杂而纷繁的结构关系和表现形式,我们不必也无须把它拉进文学,因为"政治从一开始就在那里"。而在中国,由于诸多原因,从鲁迅开始到现在,往往习惯于将政治看成是政党或政权的代名词,将文学与政治当作是水火不相容的对立物。如果我们调整一下观念,认识到所谓的"非政治"或"反政治"文学的看法,如同"纯文学"一样,只不过是一种神话,我们可能不会对政治产生如此反感和抵触,将历史化的所有问题都归咎于它。

总之,在对这一长期困扰中国文学甚至可以说是"世纪性难题"的问题上,我们应该跳出二元对立的思维模式,用更加健全的历史理解力来看待文学与政治之间的关系。当然,这样说并不表明当代文学历史化一定要在文学与政治关联轨道上不加怀疑地继续运行,对八九十年代"重新历史化"活动的成果,如纯文学趣味、主体独立性、观念创新等进行排拒,而只是说站在更加高远立场,将其看作是构成人类生活的最重要因素之一,并纳入"社会关系总和"中进行考察,即使是对不断"激进的历史化",也作如是观。自然,它也决不意味可以排斥和剥夺研究者对政治(包括下文所说的革命)的多维阐释和独特理解的权力,尤其是不能排斥和剥夺如瞿秋白在"多余的话"中所表露出来的,更多站在"文人"(至少是一部分"文人")而不是"战士"立场介入政治的权力:这就是不那么喜欢对于某些文人来讲过于直露和严酷的政治——瞿秋白将这种介入政治的方式称之为"犬耕",即没有牛时迫使狗去耕田。在当代文学历史化问题上,笔者自然不赞成对当代文学尤其是对十七年文学作过高的评价,但也不认同用坚硬的对抗模式将它简单纳入否定性的批评体系中,或用一个笼统或

---

① 参见杨义:《20世纪文学全史论纲(中)》,《海南师范大学学报》2015年第7期。

所谓的形象化的比喻轻率地、不加辨析地加以排贬的作法。

三、历史观问题之二：如何评价革命

　　这个问题与上述"政治"问题密切关联，相互缠绕，它成为当代文学历史化的另一重要向度，也是中国自进入现代以来出现频率最高的一个词语。这里所说的革命，内容当然是很广泛的，它包括以武装暴力的形式夺取国家政权，也包括夺取政权以后的社会主义革命即丹尼尔·贝尔在《资本主义文化矛盾》中所说的"革命的第二天"。[1] 但本文限于篇幅，也为了集中笔墨起见，姑且把论题的范围限定在暴力革命这样一个社会政治实践层面。

　　如同谈"政治"一样，一听到"革命"这个字眼，有些人可能会流露出无法掩抑的排拒姿态，它与当下倡扬和谐，追求个性化、私人化的时代风尚，彼此的反差实在太大了。然而，如果用历史的眼光加以审视，可能就会得出截然不同的结论。这倒不仅仅因为"穷人与富人之间的关系是世界上唯一的革命因素，单是饥饿就可以成为自由女神"[2]，作家作为社会最为敏感、最有人文情怀和怜悯之心的特殊一群，理当对"弱者的反抗"给予深切的同情和支持；更为主要的，还在于新中国成立后，"新生的政权理所当然地要求文学为政治服务，要求作家们用中国共产党的历史观点来反映中国现代战争史，并通过艺术形象向读者宣传有关新政权从形成到建立的历史知识"[3]。按照葛兰西的观点，东方国家的强权专制性质，决定了无产阶级不必像西方那样进行缓慢的文化渗透，而是可以直接用革命形式迅速夺取政权。而革命自然则不可避免地伴随着血腥和暴力，它虽然打乱了社会正常的秩序，但有时候，它恰恰是社会前进发展的一个重要推动力量，是东方国家和民族走向现代性的前提和基础。这与马克思主义对革命的经典解释不谋而合。当中国选择了先武装斗争夺取政权，

① 〔美〕丹尼尔·贝尔《资本主义文化矛盾》，蒲隆等译，生活·读书·新知三联书店 1989年版，第 75 页。

② 转引刘小枫：《沉重的肉身——现代性伦理的叙事纬语》，上海人民出版社 1999 年版，第 20 页。

③ 陈思和主编：《中国当代文学史教程》，复旦大学出版社 1999 年版，第 55 页。

然后再回过头搞建设这样一条不同于西方的跨越式发展的现代化道路，这就决定了革命在我们这里享受与西方完全不同的待遇，而成为一种"国家历史观"。反映在文学领域，循此思路，于是也就有了与这种"国家历史观"相适的革命暴力的创作和研究。"三红一创"、"青山保林"等一大批红色经典之所以在80年代以前的文学史上享有"崇高"地位，并且延至当下还在相当的层面上受到褒扬，很重要的原因就在于它们用"革命正义"或"国家正义"的名义，不仅不避讳，而是浓墨重彩地书写了这种今天看来太过酷烈的暴力革命场面。这种情形，与西方战争文学呈现的向内在人性、审美性挺进的写作具有较大的差异。

显然，这不是中国作家和学者的艺术偏好，而是与中国现代历史密切相关。它向我们传递了这样一个信息，即当代文学历史与中国革命历史具有惊人的同构性，只有历史地把握中国革命的历史化，才有可能实现当代文学的历史化。"如果理解了一个现代政党对另一个现代政党28年的残酷镇压，理解了在付出巨大的流血牺牲之后才迎来一个现代民族国家的诞生，就比较容易理解上述的政治结论。也比较能够抱着'历史的同情'的态度，去看待当代中国文学要对'革命遗产'而非是对'五四遗产'，对集体主义而非是对个人主义所作出的历史选择。"①应该说，这样的"辩护"还是有道理的。不管怎么说，简单用西方现代性理论标准来评价并进而否定革命叙事的正当性，将革命一概视为癌子或恐怖行为，不仅不符合事实，而且带有某种政治偏见。

从文学实践来看，也并不是所有的有关革命的叙述，像我们所想象般那样都是概念化的产物。如梁斌的《红旗谱》，它按照那时流行的带有"时代共名"症候的历史观，揭示了阶级斗争和暴力革命的残酷性，但其"所描写的具体生活场景和历史场面仍然具有独立价值和审美意义"，不少冲突事件的笔墨"还是很精彩，很真实，有很多值得称道的地方"；如果从民间的角度来解读，"就会发现这部小说在描写北方民间生活场景和农民形象方面还是相当精彩的"，包括脯红鸟事件中的地主冯老兰，也包括农民好汉朱老忠等。② 即是说，他所描写的这一切尽管受到那个"共名时代"历史观的过滤，但乡土中国的家族伦理

① 程光炜：《文学想像与文学国家》，河南大学出版社2005年版，第175页。
② 陈思和主编：《中国当代文学史教程》，复旦大学出版社1999年版，第75—79页。

和传统文化及其相关的创作技巧和美学风格,仍构成它进行革命历史叙事"不能压抑的一种文学质地",即"革命文学一方面促进了历史的断裂,它为剧烈的历史变迁提供了形象认知和情感共鸣的基础。另一方面,它依然有一种不可磨灭的文学性,使文学的历史得以延续。正是在沟通文学的历史过程中,革命文学在极端断裂的年代,依赖其源自个人经验和个人记忆的东西,弥合历史的裂痕。它使那些变动和分裂的历史时期,人们的形象认知和情感记忆能有一种延续的韧性"。①

当然,这样说可能隐含着一种学术或思想的危险性,即将革命作凝固化的理解,容易忽略了革命毕竟是在非常态的战争环境下进行的,不能简单地照搬到常态的和平环境当中,在 1949 年夺取领导权以后,应该有所调整。也就是说,暴力革命应该有一个适应域,有一个限定,不能将这限于"社会发展史"阶级斗争和革命暴力,永恒、上升为和平发展时期的"哲学命题",这是其一。其二,对革命作过于浪漫化的理解,也容易忽略了它被黄炎培先生称为具有某种执拗而难摆脱的"历史循环"逻辑以及"异化"问题,就会出现如人们担忧的:"如果革命实践的负面因素大幅度膨胀,革命的魅力会不会急剧缩减? 如果革命理想不断地被延宕,如果残酷的操作手段逐渐形成司空见惯的日常,那么,持续的异化和颠倒终将危及革命的信念——人们根据什么相信,污浊的沼泽背后一定存在一片祥和的高地?"②这一对于革命历史性的拷问,也有助于历史化对革命本质的深度反思。不仅如此,由于中国革命不是通过葛兰西所说的"市民社会",而是通过最广泛的民众尤其是农民群众实现的,而民众本身内含强烈的破坏欲望;相反,知识分子在与民众的对照中,逐步成为难以容忍的异己。因此,为抢夺文化领导权,就极易引发自下而上的对"知识"和"知识分子"的暴力倾向。所以,这也告知我们:当代文学历史化不应只是停留在对中国革命正当性的强调上,相反,在尊重和把握正当性的前提下,理性地揭示其背后隐含的无理性。这样,也就要求我们的研究不仅在方法和观念上,必须超越一般的"了解之同情"的立场,而是应该将其返回到更复杂也更为本真的历史脉络之中,它贯穿着强烈的自我反思的精神。显然,这对习惯于按照统一的

---

① 陈晓明主编:《现代性与中国当代文学转型》,云南人民出版社 2003 年版,第 14 页。

② 南帆:《文学、家族和革命》,《文学评论》2013 年第 1 期。

教科书"结论"而行的中国当代学者来说,的确带有某种刺激和冒险的成分。当然,它也由此给业已定型的革命研究提供了新的范式的可能,使其在深层的历史观问题上获得了前所未有的超越和拓展。

上述这种情况,突出表现在 80 年代中后期以来,随着西方各种主义和观念——如萨特和海德格尔的存在主义历史观,阿尔都塞和詹姆逊的西方马克思主义历史观,福柯和海登·怀特的新历史主义历史观的潮水般地涌入,并且与中国社会上出现的诸多思潮互为呼应又相互激荡,它不仅深刻影响着当下人们对革命的看法,而且为如何进行历史重构提供了重要的理论支撑。借助于这些建立在个性至上或个体生存优先基础上的历史观,它为我们敞开了被革命遮蔽了的隐秘的、富有魅力和价值的部分,以及与正当性、正义性、崇高性结伴而来的无理性、狂热性、荒诞性的另一面向。这就较好地弥补了以往革命研究的简单化、浅显化、粗糙化之弊,包括传播的马克思主义历史观中需要丰富充实和形而上学的部分,表达了对丹尼尔所说的"革命的第二天"的认同性的忧思。为什么上述这些研究,普遍强化乃至不惜放大了革命中的负面因素,读来别有深度而又不免令人感到窒息,都可从中找到解释。如李洱那部被批评家视为"先锋文学的集大成之作"的新历史小说《花腔》,因为它融入了作者"午后的诗学"即"后革命"的历史观:"我所理解的'午后'实际上是一种后革命的意思,或者是后极权的意思"①,包括个人与革命在同一文本中的相互龃龉又互相型构,包括大容量地化入了"后革命"时代真实处境和生存体验,尤其是带有悖论滑稽性质的生存体验。所以,尽管存在着难以掩饰的某种历史虚无感,但我们不得不承认,它的基于"后革命"的这种先锋写作,的确也"由此在《花腔》中极成了巨大的张力"。② 其他如莫言的"红高粱系列"、苏童的"枫杨树系列"、叶兆言的"夜泊秦淮系列"以及陈忠实的《白鹿原》、李锐的《旧址》等评论和研究,也都有类似的情形。

值得一提的是有关抗战文学研究,作为中国革命特殊而又重要的组成部分,虽然相对比较滞后,但在这样一种总体氛围的影响下,近些年来也出现了超越单一党派、超越主观先验的政治意识形态的"全民族抗战",因而也更近历

① 李洱:《"贾宝玉们长大之后怎么办"——与魏天真的对话之一》,见《问答录》,上海文艺出版社 2013 年版,第 102 页。

② 黄平:《先锋文学的终结与最后的人——重读〈花腔〉》,《南方文坛》2015 年第 6 期。

史真实、更具学术价值的大历史观。如秦弓(张中良)的《抗日正面战场文学研究》和《抗战文学与正面战场》、房福贤的《中国抗战文学新论》、陈颖等的《海峡两岸抗日小说比较研究》、陈平原的《抗战烽火中的中国大学》等。长期以来，国际社会颇流行的观点，就是把中国抗战胜利归之于美国的原子弹和苏联出兵歼灭日本关东军，他们不了解或回避了中日两国在综合国力悬殊极大的情况下(中国落后贫瘠，当时还在使用"类似中世纪国家"的传统的长矛大刀，而日本则武装到了牙齿，已进入到了航母时代)，开辟了世界反法西斯战争的东方主战场，为打败日本法西斯奠定了胜利的基础；当然，这也注定了中国的抗战反法西斯必将格外艰苦卓绝，付出了长达 14 年、伤亡 3500 余万人的惨重的历史代价。抗战研究不仅关乎中国革命而且关系世界反法西斯以及战后国际秩序的大事，在如何研究问题上，的确存在着"准确把握中国人民抗日战争的历史进程、主流、本质，正确评价重大事件、重要党派、重要人物"①等诸多严肃问题，我们只有用世界性的眼光，充分借鉴和吸纳一切新的思维观念和方法，才能在历史化问题上有所超越和突破。

不过，我们也要清醒地看到，西方的存在主义、新历史主义等历史观是建立在以我为中心的个体存在论和"文本之外无历史"的历史相对论基础之上。这样的历史观有存在论的依据，也有社会语境的支撑，其所秉持的瓦解并悬置人与历史的联系及其后现代知识谱系的立场，在一定程度上，的确也迎合了当下人对人生、社会、历史所体会的荒诞和孤独感受。然而，正如蒂里希所指出的，海德格尔"把人从一切真实的历史中抽象出来，让人自己独立，把人置于人的孤立状态之中，从这全部的故事之中他创造出一个抽象概念，即历史性概念，或者说，'具有历史的能力'的概念。这一概念使人成为人。但是这一观念恰好否定了与历史的一切具体联系"。② 而马克思主义恰恰强调个人与整体历史的关联，在这方面较之存在主义更具优越性。海德格尔后来对此也有相当清晰的反思，他说："马克思在经验异化之际深入历史的一个本质性维度中，所以，马克思主义的历史观就比其他历史学优越。但由于无论胡塞尔还是萨特尔——至少就我目前看来——都没有认识到在存在中的历史性因素的本质

---

① 习近平：《让历史说话用史实发言，深入开展中国人民抗日战争研究》，《人民日报》2015 年 8 月 1 日。

② 〔美〕保罗·蒂里希：《蒂里希选集》，上海三联书店 1999 年版，第 111 页。

性,故无论是现象学还是实存主义,都没有达到有可能与马克思主义进行创造性对话的那个维度。"①这种情形,在新世纪历史化中已有所表现。如李德南在探讨新世纪小说叙事时,在充分举例分析的基础上,就据此指出,这种仅仅从一个维度来把握人之存在"是有局限性的",而它"在新时期以来的小说创作中,更不幸成为一种现实"。② 他的研究,可资我们借鉴。至于詹姆逊的西方马克思主义历史观,即被诸多中外学者称为"总体性历史观",尤其是在 1979 年发表的《马克思主义与历史主义》一文中,秉承阿尔都塞观点,所提出的马克思主义阐释学的"主导符码"不是"经济基础"而是"生产方式"等。在这里,他的与深刻洞见并存的神秘化倾向及其在当下面临的两难困境,也有必要放在后现代主义语境中作历史的评价和把握。

与此相关而又不尽相同,还有一个问题也可以提出来讨论,就是在引入"革命第二天"的概念之后所带来的对革命的新的认知和重新定位。过去,我们往往站在阶级论立场强调暴力革命的意义,没有考虑"革命第二天"所产生的蜕变,或对之进行回避。现在将"革命第二天"纳入研究视阈,以此来反观和评价革命。这样"瞻前顾后",可避免对革命作简单化、本质化的处理,但由之也出现了另一种倾向,这就是把"革命第二天"出现的问题与革命本身完全混为一谈,从而有意无意地将革命"原罪化"了。这种情形在新历史小说评论和研究中程度不同是存在的,它与创作中出现的大写特写革命的破坏性和残酷性具有惊人的相似或一致之处。李运抟在十年前曾就历史小说领域过分贬抑革命的现象说过这样一番话:"中国农民革命确实存在种种问题,……(但)我们决不能因为中国农民的历史局限而忽视他们的反抗封建压迫的动力。如果连这种'官逼民反'的反抗也没有,如果受尽屈辱的老百姓只是逆来顺受,中国历史不是会更加沉重和悲哀?"③他的质疑,同样适合于现代革命,应该说是打中革命叙事及研究的软肋。这也告诉我们:革命作为文化或社会发展的一种重要力量,事实上是无法"告别",而且也"告别"不了的。只要有民不聊生的暴政,它迟早会爆发,自有合理存在的价

① 〔德〕马丁·海德格尔:《路标》,孙周兴译,商务印书馆 2000 年版,第 401 页。
② 李德南:《从去历史化、非历史化到重新历史化——新世纪小说叙事的实践与想象》,《新文学评论》2012 年第 4 期。
③ 李运抟:《从"农民革命戏"到"帝王将相戏"——对新时期古史题材小说历史意识的反思》,《文艺报》2002 年 8 月 20 日。

值。问题的关键是不能将革命价值加以无限夸大和绝对化,尤其是将其异化为非人道或反人道的暴力恐怖。从研究的角度讲,就是将其返还当时的历史现场,纳入"合力论"中作更多的历史性的解释。

总之,如同对待"政治"一样,在如何认识和评价"革命"问题上,当代文学历史化不仅较之其他题材或主题显得更为艰难凝重,而且因其话题的敏感性与时代社会的深度关联,它正面临来自研究者自我和时代社会诸多观念的挑战。然而,正因这样,我们更要给予高度关注,并且呼吁更多的学者参与进来,共同来完成这项"世纪性的历史难题"。当代文学历史化能否在现有的基础上有所突破和超越,很大程度根植于此。

(载《浙江大学学报》2017 年第 6 期)

后现代语境中的知识重构与学术转向

——当代文学"历史化"的谱系考察与视阈拓展

中国当代文学研究在近七十年时间里,经过几代学者和批评家的共同努力,整体水平和成就与日俱增,它已成为中国学术重要而又极具活力的组成部分。尤其是"文革"结束的这三十多年时间里,更是取得了前所未有的发展。然而,也许与"贵古贱今"观念的潜在影响和当代文学学科的属性特点以及自身存在的问题有关,使得当代文学研究相当程度地处于被忽视的状态,其学术价值没有得到应有的评价和尊重,甚至有意无意地被视为是"次级"的或没有"学问"的一种研究。实际上,这不仅仅是当代文学,其他有关的新兴学科(在中文一级学科范畴下,还有文艺学、比较文学与世界文学等),也都有类似的情况。就拿与当代文学具有血缘关联的"现代文学"来说吧,它在学科创建伊始,不也备受贬抑,以至从事这方面创作、研究和教学的胡适、朱自清、闻一多等学者教授,当年在大学里承受了很大的"压力"!

按照中国传统观念来讲,"当代"与"历史"是矛盾的,当代人不修当代史也是一个约定俗成的习惯。这里有文化制度方面的障碍,也有当代人自身的限制。但从1840年后,由魏源等首开先河,这个传统被打破了。正如有智者所说,当代人修当代史固然有局限,但却也有后人无法享有的便利条件,在凯旋门拍一百张照片,不如到实地站5分钟更能使人了解它。也许与此有关吧,所以,当唐弢、施蛰存等在20世纪80年代提出"当代不能写文学史"①时,不但没有获得业内多数学人的认同,反倒在观念上给人"倒退"之感;富有意味的是,延至今天,先后竟有近百部当代文学史的出版。这也说明,当代文学不仅可以

---

① 唐弢:《当代文学不宜写史》,《文汇报》1985年10月29日;施蛰存:《当代事,不成"史"》,《文汇报》1989年12月2日。

写史,而且一直在实践并推进着"历史化"工作。学科建设是一项系统工程,它需要诸多因素的"合力"而成,历史化就是其中的一个环节,它是实现学科自足性和自主性的必由通道。另一方面,从 90 年代开始,随着社会文化思想的转型,文学研究领域出现了由思想阐释走向知识重构的重要转向,它在推进学科建设的同时,也为当代文学研究的"历史化"提供了潜在背景和理论支撑。当然,由于 90 年代以后我们实际已置身于日益明显的后现代主义语境,所以同样是"历史化",它与我们此前曾经历的"重评文学史"、"重写文学史"、"重排文学大师"就很不一样。某种意义上,它是对此前"历史化"的"再历史化",它有自己的意义和价值,也有自己的问题和不足。

当代文学研究领域出现的这一重要转向还在进行当中,它是"未完成的历史化"。加之"历史化"概念本身充满歧义,所以,这就使原本复杂的问题显得更为复杂。有感于此,也是为了使学界在一些基本的、重要的问题上形成共识,本文拟从"历史化"概念和研究现状梳理入手,然后就其学术源流(主要是与西方外源性理论及中国内源性思想关系)以及与"文学中国"关联等问题进行探讨,力求给出一条清晰的发展线索及知识谱系,为"历史化"研究提供理论和实践的参照。在当代文学"历史化"处于刚刚敞开的初级阶段,这样的研究是有必要的。

一、"历史化"概念辨析及与外源性理论的关系

泛泛地讲,所有的文学研究尤其是文学史研究都可称之为"历史化",因为不管研究者有无意识到,他在事实上是按照一定的历史观,对研究对象展开较为客观和具有历史感的研究。本文所谓的"历史化",当然并不排拒这样一种思维理路,但为了给全书论述找到一个较为切实的楔入点,也为了避免行文的泛化和歧义,倾向于将历史化看成是在全球化和后现代主义历史语境中,有别于文学批评的一种学术化、学科化、规范化的活动,从这样一个相对狭义的角度探讨当代文学。显然,这也是近年来当代文学研究领域兴起的一个新的话题,一个惹人关注的新的学术生长点,甚至可以说是一种新的学术思潮——"历史化的思潮"。像程光炜、李杨、陈晓明、张清华、贺桂梅、王本朝、孟繁华、

罗岗、阎浩岗、杨庆祥等当代文学学者乃至王岳川、陶东风、张荣翼、南帆等从事文学理论研究的学者,都曾旁涉于此,留下深浅有别、详略不同的一些研究成果。孟繁华、程光炜在其合著的《中国当代文学发展史》绪论第一节,还以"当代文学的'历史化'"这样的标题命名,该文学史开篇第一句就是:"中国当代文学作为一个学科,它的建立有一个历史化的过程"。① 这里需要特别提及的是洪子诚,迄今为止,虽然没有正式发表有关历史化的主张或宣言,甚至连历史化这个概念平时也很少使用;但由于事实和影响等多方面原因,他在《中国当代文学史》前言中提出的"将问题'放回'到'历史情境'中去审察"②的思维理念,及其有关的研究实践——从 1999 年的《中国当代文学史》,到 2002 年的《问题与方法——中国当代文学史研究讲稿》,再到近些年发表的系列体文章"材料与注释",却可以视作是"历史化思潮"的基本指导思想和最具影响力的标志性成果。2009 年 10 月,中国人民大学文学院还专门召开过一次"当代文学研究的'历史化'研讨会",围绕"重返 80 年代"的问题与方法、左翼化与十七年文学研究、文学史研究的历史化等问题,曾展开较深入的探讨。从某种意义上,这也可以说是具有历史化学术趣味和取向的学者的一次集体亮相吧。

不过,同样是讲当代文学研究历史化,稍加辨析,我们可以发现,他们彼此的概念内涵是不同的,更不要说概念背后的观念差异了。这里所说的差异,如果作粗线条的区辨,它起码存在着如有研究者所说的"偏重于客体"、"偏重于主体"和"重视主客体结合"这样三条路线。③ 当然,这是相对的。尽管在具体研究中,人们对主客体路线各有侧重,但是无论在认识或实践上,人们往往都能看到单纯的主体或客体路线并不能如愿地实现历史化,因此都十分重视主客体结合的路线,主客体结合可以说是当代文学历史化的一条主要路线。这种状况在陶东风和李杨身上就有体现,如陶东风在客体路线上强调了福柯的理论,主体路线则重视布尔迪厄的观点;李杨刚开始十分重视福柯的"知识考古学与谱系学",不久又特别强调詹姆逊的"永远历史化"的观点。④ 这就更招致了历史化问题的多义和复杂。甚至对"历史化是什么",它到底是一个负面

---

① 孟繁华、程光炜:《中国当代文学发展史》(修订本),北京大学出版社 2011 年版,第 1 页。
② 洪子诚:《中国当代文学史》前言,北京大学出版社 1999 年版。
③ 参见颜水生:《论当代"历史化"思潮及其反思》,《南方文坛》2011 年第 2 期。
④ 参见颜水生:《论当代"历史化"思潮及其反思》,《南方文坛》2011 年第 2 期。

的还是正向的概念,迄今还有不同的解释。如有人就"把历史化理解为一个具有总体性的观念,为它设定一个既定的本质、目的、规律,并试图把那些具有偶然性的日常生活事件,以及复杂的人性,都纳入以社会进步、民族解放、阶级斗争、现代化建设为依托的'大叙事'之中"①——实际上是将历史化视作是一个"封闭僵化"的代名词。也因此故,所以在研究中,往往就不得不嵌入"去历史化"、"非历史化"等带有"拨乱反正"意思的特有概念术语。当然,这是少数的,绝大多数的学者还是将历史化当作当代文学进行知识重构的一种积极正面的学术活动。

人们之所以对历史化产生歧义,自然与他们所持的立场观点和观照角度不同有关,但同时也与来自西方的历史化理论本身的含混性有一定的联系。关于当代文学的历史化问题,目前学界都倾向于认为,它的最早的外源性源头可追溯到黑格尔的历史哲学,但将其理论化并使之成为一种社会文化分析的一个核心范畴,主要是由卢卡奇、阿尔都塞、詹姆逊等西方马克思主义学者完成的。作为与后现代主义有关的精神文化思想,历史化在实践中的价值和存在的问题,都与卢卡奇、阿尔都塞"历史总体性"尤其是与詹姆逊的"永远历史化"的理论密切有关。

所谓的"永远历史化",简单地说,就是用"辩证的或总体化的"②思维方法将历史化与政治无意识及文本阐释联系在一起,以此来还原意识形态话语及其运作过程的原貌。为之,詹姆逊提出了意识形态素的概念,即要求确定"对象"在被命名前的"自主"状态,以及剥离意识形态话语的外在影响和可能造成的扭曲。而为了正确指认这种意识形态素,出于马克思主义基本原理的要求,则有必要回到文本和文本创作者的历史环境,寻找其"生产形式"。值得注意的是,詹姆逊部分超越了马克思主义的理论视域,将生产从经济行为扩展到文化行为,并提出生产模式的动态性和历史性特征。具体来说,每一种生产形式决定了文本所呈现的意识形态性,而每一种生产形式本身又是由不同意识形

---

① 参见泓峻:《"去历史化"写作的负面影响》,《文艺报》2015 年 2 月 4 日;李德南:《从去历史化、非历史化到重新历史化——新世纪小说叙事的实践与想象》,《新文学评论》2012 年第 4 期。

② 〔美〕弗雷德里克·詹姆逊:《政治无意识》,王逢振等译,中国社会科学出版社 1999 年版,第 1—3 页。

态话语矛盾、斗争和妥协的产物。因此，每一种生产形式既包含着历史的因素，也暗示了未来的可能性。可以说，生产形式是詹姆逊的历史化理论所关注的核心，而通过这种话语体系的建构，詹姆逊的历史化理论以及还原意识形态运作过程的努力也就获得了双向的超越性——不但关注于历史的确然，也关注于未来的或然；不但研究客观的静态存在，同时也面向主体的动态变化开放。这是其一。其二，更进一步来说，詹姆逊的历史化策略反对的正是将历史本身"绝对化"，最终的落脚点仍在"现实"。因此，不是"我们"注视并审判"历史"，而是"历史"反过来言说"我们"是如何被"叙述"出来的，历史化是"历史"与"我们"对话的产物。其三，在历史叙述问题上，詹姆逊强调历史化虽有自己的运行路线和阐释方式，尤其是在"建构研究客体和'遏制策略'的'局部'办法"方面有自己独到的追求，但从根本上讲，它是"历史文本化"与"文本历史化"的统一。因此，他一方面主张"从政治社会、历史的角度阅读艺术作品"，另一方面又倡导"从审美开始，关注纯粹的美学的、形式的问题，然后在这些分析的终点与政治相遇"。[①] 这种既关注文本的历史性，又重视文本的审美性，对于纠正纯粹的"知识考古学"、"知识社会学"的偏差，无疑是有意义的，这也是詹姆逊不同于福柯、布尔迪厄的独特之处，是他历史化的终极目标。当然，詹氏的"永远历史化"理论也是有局限的，在强调辩证的、整体性的同时，如何关注"断裂"、"碎片"、"另类"等其他异质文学现象和历史参与，以构成既相互抵牾又相辅相成的多维立体的阐释和评判机制，它也显得身支力绌。而这，恰恰也是福柯的"知识考古学"、布尔迪厄的"知识社会学"理论的意义所在。

由上可知，詹姆逊的历史化是与政治、经济、社会、历史、叙事诸多内容交融的一个相当复杂的概念。它不同于我们习见的各种"主义"，具有反抗本质主义、形式主义和非历史化研究，要求回归整体综合和跨学科研究的趋向，只有通过相互定义或纳入一定的体系之中，才能充分显示其反思功能和积极价值。黑格尔说："概念无疑地是形式，但必须认为是无限的有创造性的形式，它包含一切充实的内容在自身内，并同时又不为内容所限制或束缚。"[②]也正因此，我们没有必要对上述历史化概念及其阐释进行简单的评判。关键还是要

---

① 〔美〕弗雷德里克·詹明信：《晚期资本主义的文化逻辑》，陈清侨等译，生活·读书·新知三联书店、牛津大学出版社 1997 年版，第 7 页。

② 〔德〕黑格尔：《小逻辑》，贺麟译，商务印书馆 1980 年版，第 328 页。

从整体性和关联性上去把握,尽量避免误读和不应有的简化,以辩证唯物主义态度正视 90 年代当代文学研究转向以后出现的新情况和新问题。在研究中,不是对研究对象作非此即彼的单维单向的评价,而是将包括卢卡奇、阿尔都塞、詹姆逊、福柯、布尔迪厄、海登·怀特、科林伍德、韦勒克、沃伦、卡勒以及对之持批评的伊格尔顿等各种理论主张融通。如此,才能丰富和充实历史化理论的内涵,促使其在主客体路线结合上向新的高度跨越。

二、当代文学研究"历史化"之现状及其体系性构想

在历史化问题上,陈晓明是当代文学研究领域讲得较多也是最具理论性的一位学者。在《表意的焦虑》、《现代性与中国当代文学转型》(主编)特别是在《中国当代文学主潮》等著作中,他将历史化作为文学史的一个核心概念,认为历史化与现代性就像一枚硬币的两面,共同实践着文学史的建构,它不仅"给人类已经完成的和正在进行的实践活动建立总体性的认识,是在明确的现实意图和未来期待的指导下,对人类生活状况进行合目的性的总体评价",而且"在不同的阶段总是以特定的结构和形式来展开和完成的,并且有着内在的分裂、自相矛盾和重复变异",包括在十七年写的今天看来有很多夸张和不真实的那些作品,都自有其合法性和合理性。沿着这一思路脉络,他强调对当代文学要有一份"更客观的同情式理解和反思性评价",并对历史化作了这样的判断:"'历史化'的文学史表明:现代性在中国始终按照中国的方式来展开历史实践——现代性既已走到了尽头,又是一项未竟的事业。这使当代中国的文化建构呈现为极为复杂的形势。在文学的'历史化'与'去历史化'的纠缠结构中,写作主体也不断表现出解脱与反思的双重姿态,并努力在现代性 / 后现代性的二难语境中寻找出路。"尽管陈晓明所说的历史化,更多借用的是詹姆逊的"理论结构",不免显得有些空疏,而且主要还是从创作实践的角度提出问题;但通过他的充满激情和富有思辨的阐释,在分析和把握当代文学繁杂关系的同时,提出了历史化的"根本方法还是回到对文学作品文本的解释,'历史

化'还是要还原到文学文本可理解的具体的美学层面"①;"在历史的客观化过程中,作家的立场观点和方法都受制于历史化,但文学术作品,文学写作总有一种内在特质无法被完全历史化。……即使处于那种特别的历史时期,依然有某种属于文学性的东西。"②这是比较难能可贵的。这也许是陈晓明作为理论家与批评家双重身份在历史化问题上的一个富有意味的投影。

与陈晓明不同,程光炜有关历史化的研究是非常务实,当然也是致力最多、收获最丰硕的当代学者之一。这与他来自现当代文学专业的学术背景有关(陈晓明则来自于文艺学的学术背景),与导师陆耀东先生对他的影响有关,但更主要的恐怕还是来自他自己对历史化的理解及其治学观念和致思路径:这就是反对感性化和宏观化,强调历史意识和学科意识,主张将当代文学返回到它所在的"历史语境"中,用学术研究的方式对它作出较为客观和历史感的处理,并努力构建一套相对的知识谱系,包括文学史、现象流派、作家作品等,使当代文学研究从"批评化"状态逐步转移到"历史研究"的平台上,逐步实践与现代文学、古代文学研究对接。程光炜在接受采访时曾说过:"'历史化'观点的提出,针对的是始终把'当代文学'当作'当下文学'这种比较简单化的历史理解。具体地说,我试图用知识观念和知识范畴把总在变动无常的'当代文学史'暂时固定住,就在暂时固定的当代文学史范围内开展对它较为客观和具有历史感的研究。"他还形象地将自己这种研究,称之为"历史分析加后现代",或叫"中国传统的史学研究加福柯、埃斯卡皮、佛克马和韦勒克的方法"。③ 正因此,程光炜总是赋予历史化以强烈的"历史现场感",并从切实的史料出发,将其与具体的对象、问题结合起来,从不流于空谈,或拿某种既定的理论去套。他说:"我也读理论,但我不会把它当作我讨论问题的唯一方式,而是在我困惑的地方去回味它,在二者之间找一个平衡点,再从我困惑的地方找问题。"④有时候,甚至有意对理论采取规避的姿态。他提出的"先划出一定历史研究范

---

① 陈晓明:《中国当代文学主潮》,北京大学出版社 2009 年版,第 19—22 页。

② 陈晓明:《个人记忆与历史的客观化》,《当代作家评论》2002 年第 3 期。

③ 杨庆祥:《文学、历史和方法——程光炜访谈录》,见程光炜:《当代文学的"历史化"》,北京大学出版社 2011 年版,第 231、226 页。

④ 引自杨晓帆、虞金星:《当代文学研究的"历史化"研讨会纪要》,《文艺争鸣》2010 年第 1 期。

围"(如十七年文学、80 年代文学),进行"分层、凝聚和逐步的展开"①的倡议,尤其是提出并实践的"重返 80 年代"的倡议及其在当代文学目录和选编方面取得的成绩,表明他的踏实践行。在历史化问题上,如果说陈晓明表现了强烈的理论化倾向,那么程光炜就体现了鲜明的实践色彩。

本文比较接近于程光炜的研究思路,笔者指向,主要是针对"研究"(而不是"创作"),某种意义上,是"对研究的一种研究",或者说,倾向于把当代文学"当作一门学问来研究"。当然,研究思路的"接近",并不表明我们在对历史化认识、判断和方法运用上没有差异。比如,如何打破具体的"时段"界限,将"六十多年"当代文学视作历史化的一个整体;如何在外源性上厘清历史化与西方理论之间的授受关系,同时也在内源性上揭示它与中国传统学术之间的血脉关联;如何关注和重视历史化中历史观的统摄作用、文献史料的支撑作用以及研究主体自身的知识谱系和精神建构等诸多问题,由于出发点和角度不同,笔者认为都有继续深化和拓展的需要及可能。落实到具体的框架内容,就大而言,主要包括"史观历史化"与"史料历史化"两种形态和以下这样三个方面:一是宏观层面的历史观念问题,包括对当代文学研究意义价值的衡估,学术经验的总结,内在规律的梳理,未来前景的判断等,希望站在长时段和今天时代的高度给予历史的评价;二是中观层面的有关问题,如文学史、文学思潮、文学现象的书写,文学评判制度的梳理,文学经典的筛选,历史化与当代性、批评及学人关系的辨析等,拟就这些重要的难点和节点问题作出有针对性而又富有学理深度的阐释;三是致力于文学史料的收集整理、甄别辨析与分类编纂,包括传统形态的文献史料,也包括新型的文学史料,涉及的内容繁杂,且长期以来被我们忽略了,所以带有明显的"补缺"性质,它虽然属于基础的层面,但却成为历史化中的不可或缺的重要组成部分。从时间上讲,涵盖了 1949 年以迄于今的各个阶段,尤其是十七年和 80 年代,它是对当代文学整体生成发展及其知识立场,在全面反思清理基础上的历史重构和学术重建。自然,从研究的实际情况来看,讨论最多、也是最为集中的则是 80 年代尤其是十七年。这也表明历史化是与时间有关系的,它其实已涉及了历史化的内在矛盾,即当代文学研究对象,到底在什么情况下和程度上可以或容易被历史化,而在什么情况下

---

① 程光炜:《当代文学的"历史化"》总序,北京大学出版社 2011 年版。

和程度上则不易甚至很难被历史化？所有这些，都需要根据历史化的原则作出解释，它无疑是有相当难度的。程光炜几次谈道，中国当代文学研究会与中国现代文学研究会都成立于 1979 年，它们起步时间和历史差不多，"但现代文学研究取得了辉煌的成就，而当代文学除了十七年研究外，一直在那里原地踏步，起点和水平都不算高"。① 他的忧思，在当代文学研究领域是很有代表性的，它从一个侧面反映了"圈子"里学人对历史化的诉求。

当代文学如今走过了近七十年的历史，已经是现代文学存在时间的两倍还多，不能永远停留在"我评论的就是我"的"批评"状态，是可以而且应该历史化了；而历史化，正如米兰·昆德拉所说："只有在历史之内，一部作品才可以作为价值而存在，而被发现，而被评价"，"伟大的作品只能诞生于它们的艺术历史之中，并通过参与这一历史而实现"，②因而它是当代文学走向学科化的必由之路。另一方面，经过这么些年的运演，当代文学中有不少东西已"沉淀"为"历史"，成为一种相对稳定态的知识谱系，尤其是十七年；而这些东西往往是批评难以面对和解决的，需要好好地坐下来作一番扎扎实实的研究。当代文学面临的情况很复杂，需要研究和拓展的东西也很多，每年海量般的新人新作就足以让我们应接不暇，但实际上，更关键的可能是这些重新解释的最基本亦是最基础的东西。此外，它还与我们曾经经历的新时期特定历史语境有关，"由于刚打倒'四人帮'，为文学正名的批评任务非常繁重，所以需要大批批评家承担这一历史任务，所以不光第一代，连第二代'当家人'，都卷入了当时无休止的论争、批评之中，这就奠定了当代文学研究过于'当下化'的传统和历史积习"。③ 正是基于这样的事实和道理，我们认为在当下日趋多元的情况下，有必要提倡和鼓励部分学者从充满争讦的"前沿"状态分层出来，专心作历史化方面工作，这至少是构成文学研究的一个方面和维度。显然，在这里，历史化问题的提出，它包括了我们对以往过于主观的"批评化"的反思，以及要求学科重构和摆脱"现代文学"附庸角色的强烈冲动。从某种意义上，可以说是当

---

① 程光炜、魏华莹：《在"当代"与"历史"之间——程光炜教授访谈》，《学术月刊》2013 年第 7 期。

② ［捷］米兰·昆德拉：《被背叛的遗嘱》，余中先译，上海人民出版社 1995 年版，第 16 页。

③ 杨庆祥：《文学、历史和方法——程光炜访谈录》，见程光炜：《当代文学的"历史化"》，北京大学出版社 2011 年版，第 230 页。

代文学"学科化"、"知识化"、"规范化"意志的一种体现,它反映了当代文学日益明显的学术自觉意识。

解志熙在 90 年代末写的一篇带有随感性质的《"古典化"与"平常心"》文章中,提出了一个很有意思的命题,叫现代文学研究的"古典化"与"平常心"。他说:"现代文学研究的古典化,不但不会降低现代文学研究的水平,反而意味着更高、更严格的学术要求……既然现代文学研究越来越具有历史研究的特点,那么遵循比现在性及当下性远为严格的古典化学术标准和规范,也就是势所必至,理有固然的事。不难想象,按照这样的标准,现代文学研究还有多么艰巨、细致和大量的工作要作(而且操作起来也要比古典文学更难,因为现代文学的文化—知识背景要比古典文学复杂得多)——还有多少问题我们根本没有触及,还有多少问题我们根本没有说清楚,还有多少我们以为说清楚的问题还要有待于澄清……要之,真正古典化的,也即真正具有历史感和学术性的现代文学研究,才刚刚开始。然而只有当我们有了一种平常心,我们才可望把这一刚刚起步的学术进程推动起来,并持续下去。"①他所说的,同样适合当代文学。如果我们过分强调当代文学研究的主体性和学科的特殊性,而忽视了历史感和学术性这一作为研究应该具有的共同的、也是最基本的品格,那么,反而可能会给整体研究带来意想不到的后果。像所有的其他新兴学科一样,当代文学也存在着"稳定态"和"漂浮态"两种知识谱系,历史化工作,就是尽可能将这两种知识谱系有序加以整合、固定住,使之渐渐发酵成熟。而要实现这一点,的确是需要那么一点"古典化"与"平常心"。看来,要真正进行研究的历史化,我们不仅在观念和方法,而且还要在心态上有所调整。

当然,在谈及历史化重要性时,我们也要清醒地认识到它在具体实践过程中面临的困难和问题。毕竟,当代文学历史化是在当代中国的语境下进行的。且不说当代文学离我们太近而给我们思维视野带来的负面影响(所谓的"不识庐山真面目,只缘身在此山中"),它的不少文献史料因带有较强的政治性还封存在"档案"里,至今没有"解密";也不说当代文学领域原本就缺少经典作品——也就是人们通常所说的当代文学只有"文学史经典"而没有"文学经

---

① 解志熙:《"古典化"与"平常心"——关于中国现代文学研究的若干断想》,《中国现代文学研究丛刊》1997 年第 1 期。

典"，这些重要的文献史料和文学经典的缺乏，当然不可能不给历史化带来影响，因为没有文献史料和文学作品的经典化，当代文学学科的自足性就不可能真正地建立起来。而且，当代七十年本身也并非"铁板一块"，其中有的已成为"历史"（"历史的形态"），与我们渐行渐远，如十七年文学和"文革"文学；有的仍是"现实"（"当下的形态"），与我们完全处于同构状态。但"无论对'历史'还是'现实'，我们都有许多困惑，而关于文学的困惑常常不是来自于文学本身，而是源于文学的处境。即便讨论文学的话题，我们也是在与时代的关系之中展开的"。① 就拿周扬与丁玲来说吧，不少人之所对这两位现当代文坛"班主"的晚年作出褒贬分明的不同评价，除了他们自身的表现外，与新时期以降"去政治化"思潮密切有关，用青年学者李美皆的话来说，就是受其"晚年共时的'青年'即今天的话语主导者的左右"。她认为，对于丁玲来说，毕竟"晚年离当下人最近，见证过她晚年的人还在世，而被叙述的近期历史总不免带有叙述者的主观性和功利性，近因效应难以逾越。也许，只有当历史拉开了足够的距离，后世人才能客观全面地审视丁玲"。② 应该说，这样的分析和评价是比较客观的。其他如"三重"事件（重评文学史、重写文学史、重排文学大师）、断裂事件、"沙家浜"事件、顾彬的"垃圾论"事件，以及因诸多因素引发的对十七年和"文革"文学的"新解读"等等，也都有类似的情况；并且由于文化传统和外来资本的参与，加之学术制度和李美皆所说的研究者主观性、功利性和"近因效应"驱使，似乎显得更加突出，也更为复杂。

从这个意义上，我很赞赏张清华对历史化所作的如下判断："当代文学的历史化并非'现实'，而是一个长久以来一直持续不断地发生着运动"，当它开启了当代文学研究科学化和学科化的进程，将众多历史现象再度陌生化的时候，实际上"也不可避免地在'科学'的名义下，更多地带上了'学科'的属性和'非人文化'的倾向"③，这是需要警惕的。也正是在这个意义上，我认为唐弢、施蛰存提出的"当代不能写文学史"虽不免偏执，但也有一定的道理。它告知我们在重视历史化的同时，不要忽略这一学术活动本身在"本体"和"价值"两

---

① 王尧：《"关联研究"与当代文学史论述》，《当代作家评论》2009 年第 5 期。

② 李美皆：《"晚年丁玲"与青年作家》，《文学报》2015 年 9 月 10 日。

③ 张清华：《在历史化与当代性之间——关于当代文学研究与批评状况的思考》，《文艺研究》2009 年第 12 期。

方面存在的局限:"也许是历史本身无法复原的本质所决定的,因此,历史化的应有之义,也许还应该包括对当代文学'历史叙述史'与当代知识分子的精神史、心灵史、知识谱系的建立史的考察,惟有如此,才能对其人文属性的获得有一个比较客观的认识,而这正是重返历史的必要前提之一。"①明白这一点很重要,它使我们对历史化的意义及其限度有一个清醒的认识,避免将其功能价值进行过分夸大。它也说明历史化是非常"残酷"的,它需要经过不断筛选和反复过滤。我们这里所说的历史化,仅仅是其第一个当然也是很重要的环节,它还要反复不断地经受类似的筛选和过滤——所以难怪詹姆逊才会说"永远的历史化",并将其当作"一句绝对的口号",当作"政治无意识"的"真谛"。

三、关于"历史化"内源性思想与"文学中国"问题的思考

以上,我们主要从外源性和研究现状等方面对当代文学历史化作了探讨,还没有涉及在我看来很重要的另外两个问题,这就是历史化的内源性思想与"文学中国"问题。道理很简单,作为发生在华夏大地上的一场带有学术转向性质的历史重构活动,当代文学的历史化与如何历史化,它的存在及其种种表现,固然与西方理论引进密切有关,但同时也必有其自身的深刻内因,尤其是与内源性的中国传统学术和"文学中国"的现实具有难以切割的血脉关联。只有将这一切纳入"中国化"的语境中作历史的、现实的考察,才能对其历史化作出真实准确的评价,我们的研究也更有新意和富有现实价值。

首先,是关于历史化的内源性思想。

当代文学历史化尽管受到西方理论的深刻影响,但从内源性角度考察,仍可从传统本土那里找到自身的发展线索和学术传承,它是中西两大源流在当代相互碰撞、对话与融会的产物。熟悉历史的也许都知道,从孔子著《春秋》开始,到司马迁的《史记》、班固的《汉书》、司马光的《资治通鉴》,再到刘知几的《史通》、章学诚的《文史通义》、清代乾嘉之学,直到梁启超、章炳麟的新史学、

---

① 张清华:《在历史化与当代性之间——关于当代文学研究与批评状况的思考》,《文艺研究》2009 年第 12 期。

顾颉刚的古史辨,经过几千年的不断层积,中国文学已逐渐形成贯通古今的两大历史化诠释系统:一个是重疏证的汉学,又称朴学,它强调用训诂方法治学,注意发掘历史对象的本义;一个是重达意的宋学,则更倾力于发明本心,讲求于引申义的阐释。它们彼此尽管有古文与今文之别,也有程朱与陆王之分,但都自觉以"义理、考据、辞章"为鹄的,打破狭隘的文史哲的界限,将载籍和考据之法作为历史化的基本的研究方法。这与建立在形而上学、知识论、纯文学基础上的西方的历史化是很不一样的。西方 20 世纪开始探讨的很多问题,包括历史化问题,中国很早以前就在探讨——某种意义上,他们探讨的其实就是中国传统汉、宋二学的"本义"与"引申义"及其选择,或者说是"本义"与"引申义"之间平衡点的协调与把握问题,只不过探讨的方式有所不同。中国作为世界的文明古国,也是作为史籍收藏最为宏富的国度,在历史化问题上自有其广博而又独特的资源、思路和方法。它不仅具有纪传、编年、纪事本末、政书、史评、史论等诸种体例,而且在整理和研究方面形成了目录、版本、辨伪、考据、辑佚等一套异常丰富自洽的体系。尤其是在审源流、阐幽微、辨真伪即"辨章学术,考镜源流"方面,更是达到了至今无法企及的精深境地。这对我们置身十分浮躁而又崇尚"文本之外无历史"后现代语境的当下,如何正本清源,建立具有学术自信的中国学术话语,无疑是有启迪的。回到上述历史化的话题上,多少可以弥补詹姆逊等西方学者理论的凌空蹈虚,至少为其历史阐释提供一种参照,一种融本体论、价值论、方法论于一体的参照。

当然,不必讳言,中国传统历史化存在着局限,像清代乾嘉学派在将朴学研究推进很高水平的同时,延至末流,把学问引向偏离人文和整体的烦琐考证,所有这些都有必要清理;而且随着研究对象和环境、观念的变化,要充进新的内涵(比如仅仅讲"二重证据法"已不够了,还要引进历史化研究的新的路径与方法)。但无论如何,不能轻率地排贬中国本土传统的思想和学术,不能认为只有像西方那样的理论才叫理论。相反,应该像任何理论一样,将其摆在与西方平等的地位给予重视。大量的事实表明,真正的学问是不分中西古今的。作为历史对象化的一种产物,中国文学的历史化,由于历史文化和现实国情等多方面原因,它的确形成了一套有别于西方而又带有通古鉴今价值的完整自洽的体系。20 世纪初,在中国刚刚打开国门开始引进西方学科建制时,王国维、梁启超、陈寅恪、胡适等就郑重地提出横移不忘直承的主张,认为有些西方的学科其实中国也有相应的学问,这体现了先辈学者开阔的学术胸襟。因此,他们古今中外兼收并蓄,在历史化方面取得了突出的成就。但由于当代文学研究从 80 年代起步开始赶上改革开放的大环境,学者们的眼睛都是盯着西方的,某种意义上,盛行的是"以西律中"的"强制阐释";加之知识结构方面的局限,所以在用西方理论来研究当代文学历史化的时候,往往自觉不自觉地贵远贱近,疏忘或忽略了本土传统的固有价值。为什么迄今以来的历史化研究,大多只讲西方外源性理论的影响,而不讲中国内源性思想的作用,在对历史化源流的认识和评价上存在着明显的偏执,我以为都可以从中找到原因。有人说,"学术发展中,既有大突破时期,也有集大成时期,往往交替着出现"。① 当代文学历史化亦然,它既有大突破时期,也有集大成时期。而现在,可以说是历史化的集大成时期,尤其是中西两大源流的集大成时期。这时候,在经过"重西轻中"的大突破之后,我们应该沉下心来,很好地总结经验。如此,方能有效地整合中西历史化所固有的丰富深厚的资源,创建集大成的新成果,在研究上充分显现作为"中国文学"历史化应有的深度、厚度和质感。

其次,是关于历史化的"文学中国"问题。

如果说"内源性"思想属于当代文学历史化的时间问题,那么"文学中国"问题则属于历史化的空间问题。从研究实践着眼,因众所周知原因,落实到历史化的具体运作,这里就有一个如何处理大陆与台湾、香港、澳门地区文学关系的问题。它不仅在研究的范围,而且在研究的内容和方法上,应该所具有的特殊的、当然也是更大的延展性和包容度,而不能将当代文学历史化,等同于大陆文学或共和国文学历史化。在过去,可能与"大陆中心"、"政治中国"的思维观念有关,我们往往对台港澳地区文学抱持较多的批评态度,将其视为大陆文学的边缘。其实,从"海洋中心"、"文学中国"的角度来看,台港澳地区文学可能是另一种状态,甚至是文化前沿状态,它们与大陆文学都属于同根同源的命运共同体,在血脉的深层是可以打通的。从更大的范围考察,"20 世纪中国文学史的建构,既要打通近、现、当代中国文学,又必不可少地要联通台湾文学和香港澳门文学。唯其如此,才能以文化地缘性,透视本是同根生的文学同源性,透视它们在不同的政治社会环境中从不同的方向生成各自的文学果实和

---

① 黄修己:《中国新文学史编纂史》,北京大学出版社 1995 年版,第 462 页。

文学生态,在某种时期互相对峙、封锁,在变化了的另外时期又相互接纳、启发,存在着一定程度上的共同性,既自足,又相互影响"。① 所以,不仅需要纳入,而且还为大陆文学提供相互建构的可能和可行。而香港文学呢,由于1949年前后大批旅居于此、然后北返内地文坛的左翼文化人士,曾在这里提倡革命现实主义和批判各种异己思潮,更是为内地文学体制作了预演,甚至可以视为与延安文学相提并论的两个"源头"之一。②

当然,话又说回来,如果真的将大陆文学与台港澳地区文学打通,把它们融合在一起,就要探寻一种与之相适的新的历史化的"分流与整合"方式,对大陆固有的当代文学学科体制、秩序与理念进行调整,而不像我们现在见到的大多数文学史那样,在大陆文学之后,再"附录"一个台港澳地区文学。尽管在目前条件还不具备的情况下,采用"大陆文学(主体)"+"附录"(台港澳地区文学)的形式,也不失为一种选择(当然这种选择,带有很大的无奈和不得已的成分);并且在我看来,这种形式有其合理性,如果将其作好,这也是对历史化的贡献,至少为"单一"的大陆历史化打开了一个新的阐释空间和结构性的框架,为将来大陆文学与台港澳地区文学的"分流与整合"提供了重要的参照。但它毕竟不是"文学中国"意义上的当代文学历史化的理想的和终极的目标,也不能对"文学中国"视域下"存在着一定程度上的共同性,既自足,又相互影响"的整体系统的当代文学,进行有效的整合和概括。因此,在对此进行历史评价同时,有必要站在更高的角度给予历史的审视。在当下,重点需要思考的是:

第一,是如何进一步作好文本和文献搜集、汇编和整理等工作。这也是整合大陆文学与台港澳地区文学这"四度空间",对之进行历史化的前提和基础。而在这方面,由于长期隔绝,成为我们最大的一个"软肋",一个想摆脱而一时又无从摆脱的"苦恼之源",所以,这有必要通过跨区域跨文化协作、现代传媒等多种方式和途径,逐步予以缓冲和解决。第二,与之相应,是如何对中国大陆文学与台港澳地区文学历史化及其"分流与整合"等重要问题,根据异同并存"精神共同体"的实际,在理论上作出合历史合逻辑的阐释。近年来,如史书美提出的"华语语系文学"概念,将大陆的华文文学(即当代文学)与大陆以外

---

① 杨义:《20世纪文学全史论纲(中)》,《海南师范大学学报》2015年第7期。
② 杨义:《20世纪文学全史论纲(中)》,《海南师范大学学报》2015年第7期。

的"华语语系文学"看成是对立的,并将前者排除于"华语语系文学"之外。①
凡此种种,都有必要在理论上作出回应。②

　　当代文学是"当代史",也是"朝代史"或"国史",它的历史化不仅有一个
"国史断限"的问题——因为"文学不像政治,黄袍加身、改旗易帜,政权便可以
迅速转移。文学风气的转移与改变是很慢的。此外,我们还应该注意一个文
学与政权相抵触的问题"。③ 对"当代"中国来说,特殊的历史和国情及当下所
处的全球化的语境,所有这一切,它都驱使和决定了当代文学历史化是需要而
且应该超越狭隘的大陆本土地域的界限,将思维视野投向台港澳地区乃至与
大陆本土地域有血脉关联的域外。这当然很难,并且在我看来,在短期内恐怕
难以实践,至少直到今天还没有看到这样理想的"分流与整合"之作的出现,包
括台港澳及海外学界,因为它涉及史料与史观等一系列问题。但唯其如此,更
有必要引起我们重视,并将其提到"战略"高度加以对待,这也是我们这代人的
一种历史责任。陈寅恪当年在解读王国维"二重证据法"时,曾提出这样三个
二重"互证"的观点:"取地下之遗物与纸上之遗文互相释证","取异族之故书
与吾国之旧籍互相补正","取外来之观念与固有之材料互相参证"。④ 在这
里,他补充的"异族之故书"和"外来之观念"两个层面的证据,就包含了跨地域
跨文化的观念,很值得我们历史化借鉴和思考。

(载《文艺理论研究》2016 年第 4 期)

---

① 史书美:《反离散:华语语系作为文化生产的场域》,《华文文学》2011 年第 6 期。
② 笔者在《"文化中国"视域下的世界华文文学史料》一文中,曾对此作过粗浅的评价和分
　　析,拙文载《文艺研究》2015 年第 7 期。
③ 龚鹏程:《有文化的文学课》,中华书局 2015 年版,第 173—175 页。
④ 陈寅恪:《金明馆丛稿二编》,上海古籍出版社 1980 年版,第 219 页。

漫谈大学中文学科对当代文学的影响

　　自从 1919 年蔡元培执掌北京大学并废门(中国文学门)改系,成立国文系以来,现代大学与现当代文学之间的互动关系就一直构成了中国现当代文学史上一道亮丽的风景。尤其是大学中的中文学科,更以其密切的相关性与现代文学形成了互为依托、相互促进的血脉关系。在这里,新文化运动的先驱者不仅在新组建的北大、清华中文系的授课内容上安排"高级作文"或"新文学习作"这样属于文艺创作训练的课程,以贯彻实施"创造我们这个时代的中国新文学"(清华大学中文系主任杨振声语)的办学宗旨;而且还以科学、民主为本位,创造一种兼容并包的、全新的"校园文化",通过现代传媒将其迅速转化为"社会文化",从而为新文学提供强有力的精神支撑。所以难怪那时的北大、清华中文系在文学界享有很高的声誉和地位;其所培养的学生,既有傅斯年、顾颉刚、范文澜、王力等一批学术造诣精深的一流学者,又有洪深、闻一多、梁实秋、朱湘、吴组缃、钱钟书、曹禺、穆旦、李健吾等一批创作成果杰出的一流作家。这不能不说是中国文学发展史上的一个奇迹。

　　新中国成立后的大学中文学科,也继承了上述这样一种传统。作为具有几千年悠久历史和丰厚积累的老学科,中文学科与文科其他学科一样,被纳入国家教育体制之中日益显示出意识形态的倾向。它一方面自然要承担将传统文化和民族经典积淀下来、传承下去的历史使命;另一方面又不能不肩负创造和推广新文化、新传统,包括鉴定、删存并将当代优秀的流行作品写进文学史的时代责任,以期为现当代政治革命和文化革命的合理性、合法性提供重要依据。这是"当代"中文不同于"现代"中文的独特之处。于是我们看到,不仅古代文学经典名著成为中文学科的重头课程,而且现当代文学等新文学也更为系统地进入了大学课堂。1950 年教育部制定的《高等学校文法两学院各系课程草案》,明确规定"中国新文学史"为各大学中文专业的主要基础课程,强调要"运用新观点,新方法,讲述自五四时代到现在的中国新文学的发展史"。这是继 1938 年朱自清为当时教育部撰拟的《中国文学系科目草案》之后,中国现当代教育史、文学史上一次影响深远、带有根本性的改革。延续至今的中文学科所设置的八门主干基础课程,文学类的有中国古代文学、中国现代文学、中国当代文学、外国文学(以后改称为比较文学与世界文学)、文艺学五门,就是在这样的背景下被确定下来的。这也从一个侧面反映主流权力话语对现代文学特别是对当代文学的高度重视,其中或多或少地隐含着对中文学科与横向的当代文学之间互动关系的一种微妙认识。

需要指出,中文学科的体制化有一个过程。在 20 世纪 50 年代初,大学还有较大的自主性,所以体制内的中文学科及其教授、学者上有一定的精神活动空间;其对文学界还有一定的影响和发言权,特别是在理论批评方面;"文联"、"作协"等权力机构也还借重他们的作用,如北大的王瑶、吴组缃、朱光潜,北师大的黄药眠、穆木天、李长之等。此外,这些教授或学者原来有不少就是深谙艺术之道的作家,如吴组缃、施蛰存、林庚等,他们的思维、言说与审美方式也不可能不对学生的创作产生直接的熏陶和影响。如此这般,这就使得置身体制的中文学科在一段时间内能继续保持那么一点学院派的品格,以自己特有的方式为当代文学的创作和研究作出贡献。

当然不必讳言,问题是存在的,而且在我看来还相当突出。首先就是改变 20 世纪二三十年代中文学科奉行的"直接参与文学创造"的办学宗旨:取消"高级作文"一类课程,将原来"精神创造"意义上的创作实践置换成现在的"具体实用"层面上的应用写作。一个是"创造",一个是"写作",别小看这一改变,它不仅导致将大学中文教育与当代文学写作隔离的倾向,更为严重的是因此而窒抑他们的原创性的想象性、创造力的开发,久而久之,造成思维和审美的麻痹僵硬,并降低削弱中文学科在文学中的地位和影响力。为什么在半个多世纪的中文学科的学生中,本学科直接培养的作家不多,优秀或杰出的作家更是少之又少,恐与此不无有关。正是从这个意义上,我认为将中文学科简单定位为"培养学者的摇篮",似乎不那么妥当与全面;至于将创作(创造)和研究等级化、隔离化,以至迄今还被许多人所"共识"的所谓的"中文系不是也不能培养作家"的观点,也是可以商榷的。

是的,作家当然不是靠大学培养出来的,从某种意义上,他是个人才情天赋自然氤氲的产物。但是另一方面,从创作作为才、气、学、识的一种精神活动来看,我们也应该承认,它的整个过程始终离不开作家理性认知的参与;在大多数情况下,作家的观察体验的深度、表达的强度和创造力,的确又是和他的学识素养(即"学")的状况相关的。现代文学史上,鲁迅、郭沫若、茅盾、钱钟书、闻一多等学养深厚的学者兼作家的成功创作,在这方面就为我们提供了很好的范例。可惜这样的作家以后愈来愈少。在 50—70 年代,活跃在我们的文坛大多是工农兵作家,他们没有经过正规的大学教育,文化修养相对不高,似乎更多靠直觉经验的单向度感知而不是靠情知意融会贯通的整体性把握,因此,大大影响了作品思想艺术内涵的开发。这也从反面启示我们进行大学教育的重要和必要。

如果说办学宗旨的改变直接招致中文学科文学影响力的下降,那么日趋严重的狭隘的政治意识形态的限制,更是把它这种有限的文学影响力进一步消弭,对它造成极大的压抑。由于强调"教育为无产阶级政治服务,与生产劳动相结合",大学失去了原有的独立性,"教什么、怎样教"与"写什么、怎样写"一样,都被纳入国家计划的轨道。学校的教育者——那些所谓的高级知识分子必须向工农兵学习,教育的最终目的是要"培养普通劳动者",也即从根本上取消知识分子与工农兵之间的差别。大学被看作是"脱离实际"的地方,经院式的知识传播场所。先是跟大学关系密切的京派作家逐渐失势,紧接着 1957 年"反右"、1958 年"拔白旗",将一批文科教授送上祭坛。于是创作成为"走资产阶级白专道路"的代名词,中文学科所提供的文学资源也被当作封、资、修黑货而拒绝接受。随着政治意识形态的内在紧张,当代的创作理念和题材选择也日益明显的出现由体验向经验、由日常向重大的转移,培养工农兵作家和描写工农兵题材成了当时压倒一切的"中心工作"。在这样的情形之下,事实上已不可能有什么校园文化——走出校园、开门办学早已成为教育的目的与手段;取而代之的,是弥漫一切的被高度一体化了的社会政治文化。而没有校园文化的依托,中文学科又怎么能开发自身的文学功能,继续保持它与当代文学之间的血肉联系呢?

80 年代以后,上述这种情况有了显著改变,中文学科在重塑自我的同时,才逐渐浮出水面,恢复它在文学领域的地位并在某些方面有新的发展。当然在走向恢复的过程中却出现了差异。大体说来,80 年代通行的观念是"回到五四",无论是教育还是文学,都崇尚个性解放和启蒙主义;大学仍然起着提供新思想、新思维、新的资源、新的想象力和创造力的作用。中文学科更是成为思想观念最活跃的学科,这里既是学术活动频繁的地方,也是文学创作跃动的场所。80 年代新开设的"比较文学"课程,有力地拓宽了封闭已久的中国文学的思维视野,为该学科的重建及与世界文学的联系打开了通道;同时也使它承当改革开放的启蒙者和代言人的角色,富有魅力地吸引并聚集一大批社会最优秀的文化精英,一时人才济济,名声大振。于是,中文学科的创造精神及对文学的精神影响也很快得到恢复,出现了一批由校园走向全国的作家、诗人。尤其是"文革"结束初入学的这几届学生,他们参与了新时期文学自伤痕文学、反思文学、朦胧诗至寻根文学、新写实的全过程,如陈建功(北大)、韩少功(湖南师大)、李杭育(杭大)等;有的还领时代之风于先,对整体文坛的创作起到某种导引作用,如卢新华的《伤痕》。他们丰富的生活阅历(大多有"上山下乡"的经历),对现实充满激情的关注,使之不仅成为校园文化而且成为 80 年代中国文坛的一支不可忽视的重要生力军。当然,他们在用大学校园文化改造提升社会文化的过程中,也表现了某种观念的虚妄与偏颇。这是继五四以后大学与文坛联系最密切、创作成果最为丰硕的时期,它带给当代文学的影响是深刻的,包括一大批灿若星辰的作家作品,也包括他们与大学中文教育相适的精英式的创作理念。

90 年代,当代中国教育与文学都进入了一个"转型期",它们之间的关系也发生了相应的变化。特别是科教兴国发展战略的实施,大大提高了大学的地位。中文学科作为大学中不可或缺的重要学科,自然也跟着"水涨船高",环境和条件有所改善。但是由于现代化的过程同时也是世俗化的过程,它往往导致社会和人们重物质而轻精神,重科技而轻人文。所以,反倒使中文学科在"水涨船高"的过程中出现了前所未有的尴尬:一方面办学规模得到了空前扩大,硕士点、博士点遍地开花(中文学科所属的博士点全国有 30 多个,为各个学科之冠);另一方面学科先前固有的地位下滑,并日益被边缘化了。这与同时期文学的遭遇基本处于同构状态。这样的状况,自然要影响中文学科的精神内质。它客观上促使(恐怕也是迫使)圈内的人文知识分子将自我从"广场"撤回到"岗位"上来,从事对学科建设很具意义的学术研究工作上来;而很难像

80 年代那样自信而又饱含激情地指点江山、激扬文字,对校园外的广大民众进行"启蒙"。于是这就导致了整个中文学科内部的学术上升而创作下滑的现象,师生中从事创作的明显减少,整体质量也大不如前。值得一提的是季羡林等一批老教授写的学者散文,他们用充满知性和理趣的学术随笔,为 90 年代沉寂的校园带了些许葱茏。这反映了教育在转型过程中产生的新的精神困惑,也愈来愈明晰地显示了大学在多元化时代的"自足性"特点。

自然,这样说并不意味中文学科的精神思想对当代文学发展已经无能为力,沟通两者的血脉并未中断。如谢冕在北大主持举办的"批评家周末"讨论会,就中文学科与当代文学发展的一些热点难点问题定期进行专题探讨。又如 1993—1995 年的"人文精神讨论"。尤其是后者,它由大学中文学科的中青年教师提出,这本身就极具意味,从另一个方面向我们昭示了在中国文学文化重建过程中,中文学科的精神魅力所在;这里酝酿和产生的思想虽然往往被不适当地"边缘化"了,但它却能成为一种积极的力量,对整个社会和文学产生广泛而深刻的影响,只是在程度和方式方法上显示出与以前不同的新的特点罢了。正是基于这样的事实和道理,当代一些作家如金庸、王蒙、贾平凹、莫言等都颇乐于到大学担任兼职教授或文学院院长,对置身"边缘"状态的大学中文学科表示了难得的谦慕和尊重;王安忆等作家还经常到大学授课,以自己独特的思维方式和文化名人的身份,支持校园文化和中文学科建设。现代大学是一种大众化的教育,借用文化名人效应来扩大学校和专业在大众中的影响当属正常,不应受到过多的指责。在这一点上,现代的大学应该有雅量。那种对自身专业体制外的文学及其异己的对象排贬的观点是不可取的,它只能说是大学校园文化的另一种保守性品格的一个具体表现。

以上算是对半个多世纪中国大学中文学科对当代文学发展的积极作用,所作的一个简要的历史回顾。从叙述中我们可以看出:现代大学中的中文学科事实上承担着继承传统和创造传统的双重使命。也就是说,它具有"建立规范"与"超越规范"的两种内在的动力;中文学科及其对当代文学的能动影响正是在这两者的相互矛盾冲突与互补转换中得到发展,找到自己的精神空间。大量事实表明,中国当代的中文学科与文学创作是同步发展的,从 1949 年至 20 世纪下半叶以迄于今,它们清晰地呈现出一个马鞍形演进的轨迹。正因此,它们彼此才有了更多的同一性、对话性,甚至成就与不足也有某种惊人的相似或一致之处。当然,学科不同于文学,大学也有异于文坛。它们彼此都具有自己的属性特点和规范要求。也正是从这个意义上,我们在讲中文学科对当代文学的精神影响时,没有简单地将审思的目光停留在文学创作论层面,而是着重从精神本体论的维度切入。这一点读者不能不察。

（载《华侨大学学报》2003 年第 2 期）

面对"丘陵"的忧思
——关于当代文学学科的几点思考

一

所谓学科,就字源上解,就是知识的生产和组织的"操控体系"(福柯语)。按西方古拉丁文的本义,学科兼有知识和权力的双重内涵,它是知识专门化的表现,也是知识专门化的结果。学科与现代大学体制关系密切,特别是研究型大学,更为学科的产生和发展奠定了基础。它一方面使知识生产专业化,另一方面又依赖专业化的组织来联络分散的学者,使之成为连接大学与社会的中介。我国的学科主要源于西方和苏联,像中国现当代文学这样的二级学科,都建立在院系下属的教研室(或研究所)基础之上。它与中国社科院系统的中国当代文学研究室,以及中国作协、中国文联系统的创作研究室等,互为相通,联在一起,形成一个大体对应的知识专门化的体系。

粗略地说,文学研究拟可分"作家作品—文学思潮—文学史—学科"四个序列。在这里,每个序列都是独立的本体,但同时又含有一定的递进式的关系。正因这样,所以学科总是与文学史、文学思潮和作家作品联系在一起。尤其是文学史和作家作品,更是其中的核心和关键。如果说作家作品(特别是经典或准经典的作家作品)可称之是支撑一个学科的阿基米德点的话;那么文学史则成为规范和确立一个学科地位的基础工程。正因这样,所以新时期以来,随着当代作家作品研究的深入推进和多相发展,当代文学史的写作蔚然成风,其中有的还颇具个性和特点。如洪子诚的《中国当代文学史》,陈思和主编的《中国当代文学史教程》,孟繁华、程光炜的《中国当代文学发展史》,董健、丁帆、王彬彬主编的《中国当代文学史新稿》等。他们或以还原历史情境的方法，或用知识分子和民间立场的理念，或以多元现代性的立场，或用五四元启蒙的精神，向我们展示了当代文学学科特殊的生成机制，体现了作者的学科建设的有关思想，以及对这个学科的忧思和批评等。尽管这之中，存在着这样那样的问题和不足，如少数民族文学、台港澳文学"入史"颇为生硬，与中国当代文学的整体进程有些游离；又如有些新发掘的作家作品有过分夸大和拔高的倾向，与原有大家熟知的作家作品之间缺乏统一的标准等等。但他们毕竟用自己的认识、理解、角度和方式，为这门年轻学科的建设奉献出了一份属于自己的劳绩。如果再推演开来，将它们与20世纪80年代出版的《中国当代文学史初稿》（十院校编写组）、《中国当代文学史》（二十二院校编写组），甚至五六十年代出版的《中国当代文学史稿》（华中师院中文系编著）、《中国当代文学史》（山东师院中文系编著）、《十年来的新中国文学》（中国社科院文学研究所编著）等作对比，那么其对学科的意义就更不言而喻了。

在此，我们要感谢这些当代文学史编写者。正是在他们的执着努力之下，加上时代社会的促成以及广大作家和批评家的携手合作、共同努力，一向比较羸弱的当代文学学科在历经半个多世纪的艰难坎坷以后才迅速发展起来，并开始摆脱了附庸（开始附庸于古代文学，以后附庸于现代文学）的地位，进入了现代大学的教育体系。学科建设方面大体也具有如下四方面的成绩和积累：一是初步形成了以高校、研究所以及作协、文联为主体的，并以相关学术团体和报纸杂志乃至网络载体为依托的一支研究队伍；二是先后建立了为数众多的现当代文学硕博点，并以此为平台为学科源源不断地培养了一批又一批训练有素的接班人；三是陆续推出了一批数量庞大的、当然也是质量参差不齐的，涵盖文学史料、专论、文学史等各个方面各个领域的标志性研究成果；四是在学科建设方面初步实现或正在实现的由政治性向现代性、由大陆性向中华性、由苏式向欧式、由批评向研究的转换。尤其是在新时期以降的"后三十年"，有关这方面的成绩更为突出和明显。学科发展的步履也大大加快了，并一跃而成了高校新开设的一门独立的主干课程，以知识的形式在大学中产生较大的影响。国家教育部还将它与现代文学合在一起，以"中国现当代文学"的称谓，规定为大学中文系名下的二级学科。有条件的学校还设有中国现当代文学的硕士点和博士点，面向全国招生。所有这一切，当然极大地改变和提升了当代文学在各学科中的地位和影响,使之不期而然地成为文学研究中的一门不可或缺的显学之一。

二

不过尽管如此,我还是要说,当代文学现有的学科地位与实际成就是有差距甚至是有颇大差距的。这从其研究成果(论文、论著)、研究对象(作家、作品)中多少可窥见一二。翻看"文革"前十七年的众多的评论和研究文章,能经得起历史检验又有多少? 就是新时期以来的这些年,留下来的也不是很多。社会政治的因素和近距离的观照,往往使当代文学的评论和研究工作在浅显层面上滑行。而研究对象本身的相对庸常,又反过来进而制约了这种研究的价值,降低了研究的质量。这是历史和时代造成的遗憾,也与当代文学的学科属性特点有关。正是从这个意义上,我赞成对当代文学作这样的评价:"现代文学有高山,当代文学却只有小有起伏的丘陵与广阔的平原";①并认为有必要站在今天时代的高度,对它的学科历史和现状在归纳清理的基础上作深刻的反思。

众所周知,"文革"前十七年,当代文学研究附庸于政治的、时评式的研究居多。由于刚跨入新中国的门槛,时间短,缺乏丰富的文学实践和积累,作为一门新兴的学科,当代文学一时还没有独立出来,而是依附在当时并不那么发达的现代文学的范畴。但正如有的文学史家所说的那样:"'当代文学'概念的提出,不仅是单纯的时间划分,同时有着有关现阶段和未来文学的性质的指认和预设的内涵。"②因此从诞生那天起,它就一直倍受主流政治意识形态的特殊青睐。不仅在短短的十年之间,就提前进入了"修史"③,而且还被定性为"社会主义文学",给予比古代文学、外国文学和现代文学(因为它们往往被视为封建文学、资产阶级文学和新民主主义文学)高得多的学科地位。事实上,

---

① 曹文轩:《20世纪末中国文学现象研究》绪论,北京大学出版社 2002 年版。

② 洪子诚:《中国当代文学史》前言,北京大学出版社 1999 年版。

③ 华中师院、山东师大、中国社科院文学研究所的修史成果《中国当代文学史稿》、《中国当代学史》、《十年来的新中国文学》,先后于 1959 年、1960 年、1963 年出版。

无论是就成果还是就积累来看,它都相当薄弱,无法与上述三个学科相比。这是根据政治需要的一种人为拔高,拔高的结果就是使它们离文学实践愈来愈远,而与现实政治愈来愈近,以至被高度政治化了。于是在享受政治给它带来礼遇的同时,也受到了政治对它产生的震荡。政治上稍有风吹草动,就要祸及学科自身。这也可以解释,为什么"文革"前十七年当代文学倍受主流政治意识形态特殊关爱,但在接连不断的文化批判运动中却有那么多的作家和评论家纷纷中箭落马。可见在"政治决定论"或"从属论"的文化语境中,当代文学学科所谓的高位是带有很大预设性和想象性的。它看似"高",其实并没有取得主体的独立性。

这种情况一直延续到 80 年代初。在走出了政治激情喷涌的伤痕文学、反思文学、改革文学,尝试了各种各样的"新"主义或"后"思潮,遭遇了文化市场的无情挑战而日益被"边缘化"之后,也就从这时开始,当代文学研究才真正有了自己的学科意识和学科危机感。特别是进入 21 世纪,随着时间的推移,使人们在盘点半个多世纪文学历史时更感到问题的严峻性,从而也促成了他们从更广大的时空范围对当代文学学科进行反思。所以一时之间,对该学科批评乃至质疑的声音不绝于耳。像前面提到的"现代文学有高山,当代文学却只有小有起伏的丘陵与广阔的平原"的批评,就是其中颇具代表性的一个例子。而没有"高山"的学科,试想它又怎么可能具有很高的地位呢?中国当代原本就没有多少重量级的作家作品,而八九十年代的"重写文学史"、"重排文学大师",却把赵树理、柳青、郭小川、杨朔等一批名家从原先文学高位上拉下来进行"降格"处理,这样就使"只有小有起伏的丘陵与广阔的平原"的当代文学愈发显得空寂。消解"经典"作家作品的结果,在一定程度上也消解了当代文学,对学科自身造成了颇大的"杀伤力",这大概是当时所有的"重写"和"重排"者没有想到、也不可能想到的。

有人从"代际"角度,曾对当代老、中、青作家有过这样的比较分析,认为:"跨时代的老作家,在 1949 年之后,因认识价值与艺术价值体系的根本改变,使他们实无超越往日的建树。他们充其量守住了昔日的荣耀。而 50 年代、60年代成长起来的作家,无论在主观的知识方面还是在客观的环境方面,都先天不足。他们根本无力承担文学的重任。80 年代末,当文学的真正含义得到逐步的阐释时,我们所发现的不过是:从前他们所从事的并非是文学。当时,他们只不过是与一个文学的门外汉站在同一水平线上。这是一个使人感到颇为残酷的事实。不以文学价值为依据的中国当代文学史,给了他们受之有愧的位置与评语。……80 年代成长起来的作家,才使我们看到中国当代文学的真正希望。他们是国际文学背景下成长起来的,并受到高等教育或相当于高等教育的教育。苏童、余华等人所表现出来的才气与力量,使我们对当代文学的明天产生了幻想。但,毕竟是明天,而不是对现在。他们只是才开始。"①这也从一个侧面向我们揭示了过去的当代文学,出现文学实践与学科地位错位的原因之所在。这一点,连倾力支持并为之提供体制保障的毛泽东、周扬也不否认,他们在不少场合对此就多有批评和不满。可见问题之严重。

当然,严格地讲,其他学科如古代文学、现代文学、外国文学(现在改称为比较文学与世界文学)、文艺学等也都有类似的这样那样的问题,有的甚至不无危机。但因有经典的作家作品的依托,毕竟不易动摇。相比之下,当代文学面临的问题似乎更突出,也更严峻。另外,当代文学不同于古代文学和现代文学,它与研究对象之间近距离的对话,是制约该学科发展的不可改变的因素,也是构成它与其他学科差异的最主要标志。尤其是它的下限(近十年来),对象本身与我们完全重合,生活在同一时空领域,而没有经过哪怕些微的历时性意义上的时间筛选和考验,就更是如此;它也更适合于作文学批评式的研究或纳入文学批评的范畴。这样,也就自然而然地使这个学科具有特别强的当代性、开放性特征,并含有一定的风险性、实验性的因素。

当代文学学科的这一特点,从正向意义上讲,它可使我们对它的研究,能有效地跳脱传统僵化的经院范式而真正成为富有生命活力的现实开放体系。在这里,无论是阐释还是接受,无论是学术层面还是教学层面,我们都可以而且有必要融进自我的生存体验。只有这样,才能最大限度地凸现和激活这个学科的生命内涵,感受、理解和体会其中的丰富文本和历史过程,达到作家和研究者、教与学之间的能动对话。正是因为这个缘故吧,不少学校的有关当代文学教学,往往腾出相当的课时,组织学生围绕当代或当前某一代表性的作家作品、文学现象进行课堂讨论。这完全符合当代文学学科的属性特点。当然,有利也有弊。与时代社会和研究对象靠得太近,拉不开距离,也容易使作者被

---

① 曹文轩:《20 世纪末中国文学现象研究》绪论,北京大学出版社 2002 年版。

时势所左右,从而自觉不自觉地给研究抹上了更多主观随意的东西,使之缺少应有的学科规范。而后者,恰恰是当代文学研究的一大陷阱。如果对之不保持必要的警觉,将个人主观化的因素(尽管这是不可避免的)不适当地无限扩大,任其纵横驰骋,那就很可能使当代文学产生严重的主观独断论。而这,我们是有不少教训可记取的。

三

一个学科的存在,一般都有自己的精神原理和逻辑基点,有相对稳定的学科范畴和学科观念。以这样的标准来看当代文学学科的现状,我们感到它不仅"很年轻",而且也没有建立起一套带有奠基性的学科理论。当代文学面临的挑战和问题很多,如媒体上炒作的所谓国学热、流行文化等,但这并不是最主要的。真正的挑战和危机,我以为主要的还是来自以下两方面:一是当代文学的内部自身,包括我们还没有找到适当的理论对当代文学及其相关的学科概念、范畴、结构、方法、体系作出有说服力的解说;二是当代文学的外部关系,它在历经半个多世纪的变化之后,未能相应很好地作出调整。大量的事实表明,当代文学现正处在又一轮转型的十字路口。因此,如何从今天时代的高度出发对它进行反思,就显得不无重要和必要。下面,我想围绕当代文学如何协调学科内外关系这样的题旨,就如下四个方面展开探讨,提出自己的几点思考。当代文学的最大特点是它的当代性,我希望自己的探讨具有前沿性和现实针对性。

(一)当代文学与现代文学的关系问题。这也是近些年来现当代文学领域议论较多的话题之一。主导的声音似乎是主张现当代文学"打通",并且也出现了不少"打通"的实践,诸如《20世纪中国文学史》、《中国现当代文学史》等有关文学史。但如何"打通","打通"的标准是什么,是五四单纯的"人的文学",还是同时兼及其他特别是"人民的文学"? 如果是单纯的"人的文学",那么延安及延安以后文学怎么评价? 如果是大于"人的文学"而又同时涵盖"人民的文学",那么它又是什么性质的文学,怎样体现学科的本质规定性? 对此,我们似乎还没在理论上作出应有的回答,实践上也存在不少问题。不少文学史在

"打通"当代文学与现代文学的关系时,不是将它们彼此简单拼凑,就是将延安文学和当代文学有意无意地压缩或虚化。这样编写的现当代文学史看似"打通"了,内在却存在着明显的"肠阻"。它只不过是现当代文学之间的随机"嫁接",或是现代文学对当代文学的不经意"收编"。这是一种新的简单化和学术粗糙化。

现在,越来越多的人主张将 1949—1979 年甚至将 20 世纪末的这三十年乃至半个世纪之长的当代文学,都并入现代文学;而当代文学呢,它就相当于我们通常所说的"当前文学"或"当下文学",或是成为"当前文学"或"当下文学"的一种别称。这当然都是可以讨论的,不宜也没有必要马上给予结论。但从积极的角度上讲,它也有可为我们对原有的当代文学提供某种"长时段"审视的意义和价值。当代文学是一个只有起点而没有终点的文学,同时也是一个不断往后撤的文学。后撤的结果,就有可能使我们将原有的"起点"往后延伸、拼纳到现代文学范畴,而再去确立一个新的"起点"。当代文学的当代性,似乎注定了它很难像古代文学甚至现代文学那样有稳定的研究对象。这与现代文学是不一样的。现代文学按照"用现代人的语言来表现现代人的思想感情"(王瑶语)的标准,是一个可作延伸的概念。只要在未来的文学发展过程中没有出现像1917年那样与以前文学全面而深刻质变的"界碑",就不妨一直延伸下去。现当代文学学科出现的如上变化,应该被视作是文学研究走向深化和成熟的一个标志。这也是文学在走出百年、历经一个"长时段"之后的一个必然调节。它体现一种大文学、大学科的理念。对此,我们应站在学科和学术研究整体全局的高度进行审思。也只有站在学科和学术研究整体全局的高度,才能超越跑马圈地或所谓"捍卫学科"的狭隘功利的层面,给予真正的理性审思和认同。当然就该学科的具体研究来说,我以为还是要注意其独特历史语境及其个性特质的把握,不能为了一般而忘了特殊。我们可以立足一百年或三千年的文学大视野观照当代文学,但我们却不可以也不应该"大而化之"地用一百年或三千年的文学来替代当代文学,这同样是一种简单化,甚至简单化的问题更突出。

(二)当代文学自身内部的关系问题。众所周知,当代文学是涵盖十七年文学、"文革"文学、新时期文学、后新时期文学、新世纪文学的一个相对独立的系统。在这系统内部,从这种文学到那种文学,它们往往是以大幅度摇摆乃至相当强烈否定、断裂的形式推进的。当代文学学科的很多问题,都由此而来。但这仅仅是一方面。与此同时我们也要看到,这些文学之间尽管复杂多变,差异很大;但彼此又藕断丝连,不可分割,并且常常是以隐性或变体的方式将其精神、思想、情感、文体、结构、语言等潜存下来,以至延续于今。有的看似颠覆或截然对立,在深层次上看彼此则有内在的一致和贯通,如十七年文学与"文革"文学,"文革"文学与新时期文学。更为重要的是,由于文学的复杂性,特别是由于"在文学的历史性与非历史性,在文学的时代精神与它的超越时代的品格之间,存在着矛盾"。① 这使当代文学即使在政治化的时代,往往也会与社会的主流观念形成一种矛盾碰撞的张力,而对原有的僵硬的思维理念有所僭越。十七年文学在这方面就很典型,李扬、董之林、程光炜、贺桂梅等近年来于此所作的有关研究,也充分证实了这一点。因此,倘若我们以意识形态为由,对以往政治化时代的文学采取一概贬斥的态度,就有失简单,也不利于当代文学学科建设及其有关历史经验的总结。

　　文学与政治虽有不同的性质和功能,但它们毕竟都同属于意识形态,彼此是很难截然分离的。往远说,如傅斯年写《中国古代文学史讲义》,往近说,如董健等写《中国当代文学史新编》一样,他们虽想离析文学与政治关系,但具体论述时,仍未能很好地贯彻自己的意图,事实上也无法贯彻自己的意图。所幸的是这些年学术界开始有所调整,这也可以说是当代文学理性化回归的一个表现吧。需要指出,在当代文学学科自身内部,由于十七年文学正值该学科的草创和发端期,迄今影响甚大的文学体制和红色经典大都源于此,加之它又处于上承现代文学、下接"文革"及新时期文学的特殊历史阶段,因而尤有必要引起我们的重视。说实在的,谈当代文学自身内部关系处理及其学科建设,十七年文学无论如何都是无法绕过也不应绕过的一个环节,它的意义之大不管怎样评价也不为过。

　　(三)经典与通俗的关系问题。一个学科的建设和发展有很多因素,有无经典就是其中的重要原因。当代文学因直承延安文学的创作经验(如赵树理的《小二黑结婚》、丁玲的《太阳照在桑干河上》、周立波的《暴风骤雨》等),又以

---

① 刘纳:《嬗变——辛亥革命时期至五四时期的中国文学》,中国社会科学出版社 1998 年版,第 53 页。

苏联的革命文学作借鉴,从 50 年代后期开始就连续不断地推出了"三红一创"、"青山保林"等一批红色经典。红色经典曾成为这个学科的最闪耀的精神亮点。至于西方现代主义、干预生活和"潜在写作"等作品,在那时是受批判排斥的。八九十年代以后,情况相反,红色经典在相当程度是被解构的,代替它的则是《红高粱》、《古船》、《白鹿原》、《长恨歌》、《许三观卖血记》以及金庸武侠小说等新经典。即使是红色经典的原创或改编,也稀释了原有的政治意识形态,加进了通俗娱乐的元素。社会文化的转型,使政治色彩甚浓的当代文学在整体上明显地向日常消费靠拢,并日趋短平快和高产量,经典写作让位于大众制作。像柳青、姚雪垠那样毕其功于一役从事一部作品写作,在今天似乎不太有了。

经典是要经受历史的严格筛选,经典也需要花费时间精雕细琢、用心打造的,它需要有一种良好的氛围、心态甚至人格操守。也许当下的后现代和商业主义双重夹击的语境,是不利于经典写作的。但不利于不等于不能,关键在于是否具有独立的精神坚守和艺术担当。从这个意义上,我以为有必要对红色经典那种严谨认真的创作态度,那种忘情的投入表示钦佩和敬意。事实上,以往的红色经典中也存在着不少的堪称经典性的元素或潜质。如果拂去其意识形态浮尘,我们是可从中挖掘一些可资新经典创作的宝贵资源。经典都是带有时代性的。我们应该充分利用目前自己所处的"在场"优势,放出眼光,吸纳包括红色经典也包括大众文学在内的各种精神艺术资源。只有这样,才能创造富有时代特色的新经典,从根本上改变当代文学学科只见"丘陵"不见"高山"的积弱状态。

(四)意识与事实的关系问题。可能与思想革命、政治革命有关吧,当代文学向来是很崇尚意识的;意识性,可以说是它有别于其他学科的一个显著特点。特别是在进入新时期以后,学科面临的问题纷繁复杂,在此情况下,意识或观念的创新就显得更为重要。而曾几何时,在某一特定的历史阶段,这样的新意识或新观念的确也对当代文学乃至其他众多学科起到了很大的推动和促进作用。但这毕竟不是常态,一味地崇尚意识(哪怕是新的意识),那也会使它因失去固有客观事实的倚托而容易走向主观随意。这种主观随意与往昔的"政治决定论"以及现阶段的"学术浮躁风"随影相伴,曾经并继续对当代文学学科造成了不轻的伤害;以至迄今弥漫甚烈的名曰"观念创新"实则"观念过剩"的遗风,不看作品,就凭几个新概念、新术语而侃侃而谈者,也绝非个别。

当代文学虽然年轻,它也有个文献史料的问题,而且受当代中国政治和文化国情的规约,往往显得特别复杂。其具体内容和特点,笔者在与人合写的一篇文章中,曾将它归纳为八个方面、六种表现,并认为在搜集、发掘和整理上存在六大困难。① 在这里,它的每项史料(事实)的发现,都有可能改写或修正原有的意识,对整体的当代文学学科包括教学和研究带来影响。当然,有些史料由于种种原因特别是政治原因,可能迄今还被封存,有的将是一个永远无法破译的"历史悬案"。这也给现实和未来的当代文学在别增扑朔迷离的同时,留下了相当的不确定性和可供阐释的空间。

文学研究就大而言,可分实证研究、文化研究、审美研究三种类型。古代文学是以实证研究见长,长期的积累,使它在意识与事实互动关系方面形成了一套相当完备系统的学问。这很值得当代文学学科借鉴。当代文学为了改变原有的"以论带史"、"以论代史"的局限,提升自己的学术内涵,也有必要在保持自己学术个性的基础上从古代文学那里寻找重文献史料、崇尚实证的思维、理念和方法,不能过于放纵自己的意识和才情。

（载《渤海大学学报》2010 年第 1 期）

---

① 参见吴秀明、赵卫东:《应当重视当代文学的史料建设——兼谈当代文学史写作中的史料运用问题》,《中国现代文学研究丛刊》2005 年第 5 期。

下编　历史文学的理论与实践

评近年来的历史小说创作

一

近年来，历史小说的创作成就是相当可观的。据笔者不完全统计，自粉碎"四人帮"以来，发表和出版的中长篇历史小说达四十多部，短篇历史小说也足有一百篇以上。题材广阔，内容丰富，阵容壮大，都是前所未有的。数量上也远远超越新文学以来六十年的总和，并且还产生了不少在思想艺术上有较高水平、颇有影响的好作品。

然而，前进道路上不平坦。回顾近年来历史小说的创作历程，大体可划分两个阶段。

第一个阶段是粉碎"四人帮"后的头两年。同其他艺术品种相仿，这期间历史小说创作步履艰难，进展缓慢。继《李自成》后，出现的作品仅仅是三、四部历史长篇，中短篇作品几乎是一片空白。就说这几部历史长篇吧，也大都写于"文革"期间，在选材上，局限于农民起义和抵抗外来侵略，反映的生活面不深、不广，有的还明显残留着有违于历史真实、有碍于人之情理的公式化、简单化、现代化的痕迹，思想上、艺术上都比较简浅粗糙。尽管《李自成》这时已成为誉冠文坛的佼佼者，但就整个历史小说领域来说，由于"左倾"思想禁锢的严重束缚，还处于冷落不景气的徘徊状态。

从1979年开始，历史小说创作进入了第二个阶段。这是一个迅速发展、成绩显著的阶段。党的三中全会所倡导的思想解放运动，犹如一夜春风，催发了历史小说园地里千树万树梨花开。在许多文学期刊和出版部门的支持下，从年初开始,面貌就大为改观:短篇新作一时间冒出了不少,长篇小说更加广泛地与读者见面,中篇小说也开始出现了。此后便日趋活跃,勃兴之势不衰。与前两年相比,产量上翻了几番,艺术质量也在不断提高,更可喜的是一批名不见经传的青年作者的崛起,给历史小说领域带来了无限生意。凌力《星星草》问世,引起了文坛广泛重视,成为新时期历史小说中不可多得的作品。刘亚洲、冯骥才继《陈胜》、《义和拳》后,又接连写出了《秦时月》、《秦宫月》、《神灯》等作。与笔墨拘谨的前作相比,它们在思想性、真实性、艺术性等方面都有长足的进展。这是新时期历史小说日益兴盛的象征,也是我国历史小说创作队伍后继有人的标志。于是,历史小说就顺理成章地开拓出一个五彩缤纷、绚丽多姿的艺术新天地。

短篇历史小说是近几年历史小说活跃兴盛的不可或缺的组成部分。虽然出现的时间较晚,并且也没有产生具有影响力的名篇佳作,但它一经露面,便扬鞭催马,奋起直追,不愧为快速的"轻骑兵"。我作了一点调查,1979年上半年发表的短篇不上十篇,过了一年,1980年上半年,数量上竟猛增到五倍之多。从生活内容上看,这些作品大体可分为两类:一类是反映封建时代文学家、科学家不幸遭遇,如《司马迁下狱》、《华佗恨》、《南陵秋晓》、《泰娘歌》、《辛弃疾挂冠》、《热泪洒青词》、《磨难曲》、《雨落京师》、《潇水行》等等,它们通过司马迁、华佗、李白、柳宗元、辛弃疾、龚自珍、蒲松龄、沈括、徐霞客等善良耿直知识分子无故遭厄,怀才不遇的描写,在爱与恨的明镜中,为我们展现了一幅幅用血和泪凝结而成的艺术画面。另一类是反映封建时代劝谏、执法、举贤斗争的作品,如《三个独生子》、《秦宫月》、《强项令》、《张衡相河间》、《长安五月天》、《佛骨疏》、《朱洪武执法》、《海瑞巧办胡公子》、《左光斗与史可法》等等,它们在愤怒鞭打封建恶势力的同时,热情地赞扬了腹黄享、秦始皇、董宣、张衡、李世民、魏征、韩愈、朱元璋、海瑞、左光斗等明君清官唯才是举、执法如山、敢讲真话的高风亮节。上述两类作品,自然有高低、深浅、粗细之分,但大多都比较好地发挥了短篇历史小说的艺术功能,具有较强的思想性和时代感,其中如《佛骨疏》、《秦宫月》等还有较高的思想深度和艺术感染力,开始引起了人们的注意。此外,还有写韩信、肃顺、李固冤案的《冤斩韩信》、《秋去冬来》、《李固之死》等,也都具有一定的深度,又引人思索,很值得一读。

中篇历史小说创作与近年来现代题材领域内迅速崛起的中篇小说相比,

显然比较薄弱。不过,如果我们从百年的现当代文学进程来看,它第一次结束了五四以来我国中篇历史小说的荒芜局面,预告了它的新的前景的到来,所以,同样也感到欣喜。马昭的《醉卧长安》为近年来中篇历史小说的发展立了头功。作品以清新畅达的文字,历历如数地展示了封建时代知识分子的失意痛楚和宫廷的腐朽丑恶。到了1981年,中篇小说逐渐增多,先后发表的有杨书案的《斯文劫》、《丹青误》,李晴的《天京之变》,宋词的《京华梦》,郁雯的《李清照》,马昭的《风雨草堂》等。在这十多部的中篇中,《天京之变》尤令人注目。作品在相当宏大广阔的环境中,展示了太平天国英雄们在定都天京以后所发生的内讧和蜕变。这是个大悲剧。昔日患难与共的亲密战友,竟然在功成之日,剑拔弩张,你死我活。作品的可贵之处在敢于把农民革命运动的局限性如实揭示出来,并努力发掘其内在的历史规律。读来新颖,深刻,不同凡响。

长篇历史小说成就令人欣喜。近年来,先后发表和出版了二十多部。从总体上看,它们有思想,有生活,艺术修养也较好。无论就其概括社会生活的广度和深度,总结和发掘的历史经验教训来说,抑或就其风格的鲜明多样、人物的繁复生动、创作队伍的坚实壮大来说,都值得赞叹,并且还创作了一批好的或比较好的作品,如《李自成》、《曹雪芹》、《戊戌喋血记》、《星星草》、《风萧萧》、《金瓯缺》等。

首先给历史小说赢得很高声誉的是姚雪垠的《李自成》。从已经出版的前三卷看,笔力雄健,结构宏伟,画面壮阔,几乎囊括了三百多年前农民战争和明、清两民族的整个"现实关系",而且"一下子是鼓角雷动,气吞河岳,一下子是箫笛轻吹,柔情如水。使人获得一种既惊心动魄,又能低回吟味的感受"(秦牧语)。《李自成》前两卷问世于刚刚粉碎"四人帮"的1977年年底,这对于当时沉闷冷落的文艺界以及无书可读的广大读者来说,无疑是一件大好事。

在《李自成》之后,接着便有一批表现农民起义的长篇跟着出现。如刘亚洲的《陈胜》、《秦时月》,凌力的《星星草》,蒋和森的《风萧萧》,杨书案的《九月菊》,顾汶光、顾朴光的《天国恨》等。它们以各自的旋律和音调,伴随着《李自成》,谱奏了一组农民起义的交响曲;而《星星草》和《风萧萧》尤其蜚声夺人。《星星草》以富于传奇色彩的动人情节,豪放而细腻的笔墨,反映了太平天国失败、革命低潮时期捻军英雄们的抗清斗争。大多数人物性格写得鲜明生动,很多地方富于艺术感染力。专事文学研究的蒋和森所著《风萧萧》,是描写王仙芝、黄巢起义的《冲天记》的第一部。作品熔历史真实与艺术想象于一炉,力求根据史料来再现唐末社会生活。文笔清丽雅淡,饶有民族韵味。

端木蕻良的《曹雪芹》是继《李自成》之后的又一部"工程浩大"、颇负声誉的力作。不仅线索交错迷离,事物千头万绪,而且囊括了江南织造府,北京平郡王府,乃至宫廷和乡野市井等各阶层的形形色色的社会生活;其中的环境、世态人情,风物习俗,又写得那么逼真、细腻、有气派,颇能引起读者的兴味。历经坎坷的老作家萧军的《吴越春秋史话》用遒劲、隽永的艺术风,对吴越春秋的许多史事分回作了描述,栩栩如生的人物,跌宕多姿的情节,鲜明传神的语言,说明了作者的功力不减当年。任光椿的《戊戌喋血记》第一次艺术地展示了戊戌变法运动的风云际会和基本的历史教训,全书对科学和民主的歌颂,对封建主义、官僚主义的剖析和抨击,闪耀着灼人的思想光辉。同题材的还有周熙的《一百零三天》,作品写得严谨凝练,脉络清晰,但人物塑造略显单薄。徐兴业的《金瓯缺》准备分四册写完。在前两卷中,作者以一管细腻而富于哲理的笔触,深入到宋、辽、金各民族内部的政治、军事、宫闱和社会各个角落,行文走笔,幽默洒脱,其间不时穿插如丝如缕的心理剖析,读来新颖别致,独具艺术魅力。此外,还有表现义和团运动的《义和拳》(冯骥才、李定兴)、《神灯》(冯骥才)、《庚子风云》(鲍昌),反映祖国北疆各族人民反抗沙俄、保家卫国的《永宁碑》(张笑天)、《历史的回声》(李克昇)、《雅克萨》(谢鲲、王飞沙)、《猛士》(王盛农),以及表现西汉初期潜伏在升平乐章下的宫廷内部斗争的《未央宫》(海风)等等。仅从上面所举的这些作品,就可以看出,我们的作者在历史长篇中所付出的辛勤劳动了。

历史小说所以在近年间兴盛起来,并不是偶然的,而是与时代的政治、哲学等有着密切相关的缘由。马克思指出:"任何真正的哲学都是自己时代精神的精华。"[①]我们这个"时代精神"的精华何在? 就是粉碎"四人帮"以来,特别是三中全会所倡导的思想解放运动以及在文艺事业中坚决贯彻"百花齐放"、"古为今用"的方针。中央领导同志在第四次文代会、剧本创作座谈会等一系列会上所强调的历史题材创作的重要性和必要性,为历史小说的繁荣发展扫除了历史烟尘,开辟了灿烂的前景。"文革"前十七年,我们也出了一些历史小

---

① 马克思:《第179号"科伦日报"社论》,《马克思恩格斯全集》第1卷第121页。

说,如姚雪垠的《李自成》第一卷,陈翔鹤的《陶渊明写〈挽歌〉》、《广陵散》,黄秋
耘的《杜子美还家》等,但不幸的是作者连同作品累受折腾。社会思潮和文艺
方针对于历史小说的兴衰起落,具有极大的制约作用。"左"的社会思潮和文
艺方针,不仅难以产生历史小说;即或产生了,也随时都有被扼杀的可能。新
中国成立后相当长的一段时间内历史小说所以冷落沉默,其源盖出于此。而
近年来历史小说所以一改旧观,勃兴而起,根本原因在于我们今天的社会思潮
和文艺方针不是"使人觉得写过去的就不光彩"(胡耀邦语),而是从精神到物
质,同样受到党和人民的支持和鼓励。近年来历史小说的兴盛,还跟作家灾难
忧患的生活经历有关。狄德罗说:"什么时代产生诗人?那是经历了大灾难和
大忧患以后,当困乏的人民开始喘息的时候。那时想象力被伤心惨目的景象
所激动,就会描绘出那些后世未曾亲身经历的人所不认识的事物。……而在
那样的时候,情感在胸怀堆积、酝酿,凡是具有喉舌的人都感到说话的需要,吐
之而后快。"①在一定意义上,这个道理也适用于近年来历史小说的创作。我
们许多作者所以具有难以抑制的创作欲,并写出了好作品,重要原因之一就是
他们投入大灾难大忧患的时代生活深处,对自己描写的题材有着一定的生活
经历和深切的感受。有的作家还来不及将多年积累的历史素材加以提炼,有
的原先简直还没有把兴趣移到艺术创造上来,谁知命运一下子就将他们打入
生活的底层。这种不幸遭际使他们的"情感在胸怀堆积、酝酿",而当时政治气
候又不允许他们直抒胸臆,开诚布公地发表自己的思想见解,于是,他们中的
不少人就将目光投向了历史题材,或悄悄地动起笔来,或默默地酝酿、构思着
未来的作品。凌力的《星星草》创作便是如此。凌力出身于革命家庭,十年浩
劫时期,她目睹父母惨遭林彪、江青的迫害,"陷于极大的痛苦、矛盾和忧愤之
中"。为了从"历史发展的辩证法"中得"安慰",看到"光明",寻找"我们这一代
青年应该往哪里去"的道路问题,作者就选择了捻军起义历史题材。这一方面
固然是父辈的叮嘱和共产党员的天职,另一方面也是出于情感抒发的需要:在
捻军将士身上,"我当时忧郁愤懑的情怀得到了寄托。'四人帮'横行时,不允
许我用更为直接的方式说出我心中的一切,我只好借助于捻军将士的英灵,借
助于捻军苦斗的历史,来歌颂已经长眠于地下的和仍在人间坚持战斗的人民

---

① 狄德罗:《戏剧艺术》。

英雄们。《星星草》就这样诞生了。"我们似乎可以这样说,像凌力这样专事理工研究的、三十出头的女青年,写起历史小说来,不能说同她的坎坷经历和郁结的情怀无关。这是历史对"四人帮"一伙及其极"左"路线的嘲讽。

二

近年来历史小说的可观成就,不仅表现在数量上的众多,而且也反映在质量上的提高,思想上艺术上的许多新突破。

首先,题材广阔多样,从各个角度反映了丰富多彩的历史生活,许多长期无人问津的"禁区"和"死角"都相继打开,艺术视野变得空前开阔。农民起义,反抗外来侵略,科学文明与愚昧落后的斗争,为民请命的"脊梁"与贪官污吏的交锋,嫡庶之间争夺君权的冲突,农民义军内部的权斗,封建知识分子的失意痛楚,深宫闺阁的儿女之情,民族矛盾的烽烟尘嚣,焚书坑儒的流血事件,戊戌变法的惨痛结局……上述种种题材,在新中国成立后的历史小说创作中,有些是我们早已见到过的,有些则是首次闯入我们的眼帘。如近代史上的戊戌变法运动,由于极"左"路线的禁锢和康生、"四人帮"把它诬为"卖国主义"而大加讨伐,在过去的一段时间里是个危险的"禁区",大家要么避开这个题材,要么把它作为义和团运动的简单陪衬,用肯定的态度正面予以描写,则从未有过。现在,泼洒在这一历史事件身上的污水,被《戊戌喋血记》和《一百零三天》两部长篇大胆地擦净了。它们以如实的描写和形象的塑造表明,戊戌变法是冲破封建主义束缚、拯救中华的爱国主义运动,是顺应世界科学民主先进潮流的壮举。这个案翻得好,既正本清源,恢复了戊戌变法固有的历史功绩,又为历史小说创作开拓了一个新的题材领域。

作为"禁区"闯开的还有一个帝王题材,这是新中国成立以来禁忌最大的题材,也是当代作者最难把握并且无法把握的题材。这倒不是我们的作者对于这个题材缺乏驾驭的知识和本领,而是我们过去随心所欲的政治责难使得他们左右为难,无所适从:你写某一昏暴的帝王或某一帝王的刚愎忌刻吧,就说你是"影射";你写某一励精图治的帝王或某一帝王的开明政治吧,又说你是"歌功颂德"。在持此论调者看来,封建帝王既然是地主阶级的总代表,就应该一概予以否定,臭骂一顿,不能有丝毫的肯定。这种理论乍听起来挺"革命",其实是违背辩证唯物史观的,这是用贴阶级标签的办法来取代对历史人物作历史的具体的分析。毋庸置疑,任何清明的封建帝王从根本上说是为地主阶级利益服务的,但我们所以肯定赞扬他们,那是因为他们实施了某些有益于人民的政治主张。马克思主义从来不抹杀包括帝王在内的统治阶级人物的历史作用。恩格斯在《致约·布洛赫》一文中阐述"合力"论时,就曾明确指出个人历史作用中的"单个的意志"不仅是指被统治阶级中的人物,也包括统治阶级中的人物;认为"各个人的意志……融合为千个总的平均数,一个总的合力","每个意志都对合力有所贡献,因而是包括在这个合力里面的"。① 道理是显而易见的,正如否定克伦威尔、罗伯斯庇尔、拿破仑的历史功绩,便无法解释欧洲资产阶级革命发展史一样,将秦皇、汉武、唐宗、宋祖等杰出帝王从中国封建社会的发展进程中抹去,将会使我们数典忘祖,割断历史,走向唯心主义。我们高兴地看到,近年来的一些历史小说作者在思想解放运动的推动下,大胆地闯进了这个"禁区",多方面地对这个题材进行了开垦。从上古时代的大禹到近代的光绪,从西汉初期的吕后到清末的慈禧太后;有骑马打天下的开国皇帝,有纵情声色的末代亡国之君,有苦心经营的中兴之主;或赞扬,或批判,或二者兼而有之。以短篇小说而论,专门描写帝王生活的就有几十篇之多。题材领域之深广,人物形象之丰富,表现手法之多样,是五四以来所仅见的。

其次,坚持政治倾向性和历史真实性的统一,充分发挥"古为今用"的作用,使人们从中得到启发,受到教育和鼓舞。

古往今来的历史题材创作,逢场作戏的作品是有的,但真正有艺术生命力的作品,都是有感而发,有为而作的。对于一个严肃的作家来说,选取什么样的历史题材以及怎样写,总是和他现实的思想有联系的。离开现实的"发思古之幽情",是不可能创造出激动人心的好作品来的。从五四以来的历史题材创作看,举凡优秀的作品,如鲁迅的《故事新编》,郭沫若的《屈原》,以及田汉的《谢瑶环》,吴晗的《海瑞罢官》等,也都是"古为今用"的。这是先辈作家的优良传统。问题是我们过去往往把"古为今用"这个唯物论的方法"当作现成的公式,将历史的事实宰割和剪裁得适合于它"(恩格斯给爱因斯特的信),单纯地

① 《马克思恩格斯选集》第 4 卷第 478 页。

用来配合政治运动,搞实用主义的以古喻今,牵强附会的类比。

我们当然不能说近年来的历史小说不复存在这样的弊病。某些题材和主题都很有意义,艺术上也有一定特色的作品,由于简单、片面地强调"今用"而忽视历史面貌的真实描绘,结果大大损害了作品固有的现实教育作用。但是,从总的创作倾向看,从艺术追求看,以历史真实为依据,以形象生动的描写为特征,既向人们展示深邃的思想内容,又为现实提供可资借鉴的历史辩证法,毕竟是它的主流。1979年下半年后兴起的一大批反映封建时代劝谏、执法、举贤等短篇作品,在这方面表现得尤为突出。它们在描写历史的时候,不是"对过去时代谨守纯然客观的忠实",刻板记录,"不重要的外在事物上也要作到极端精确",而是力求站在时代的制高点,从历史事件的内部联系中挖掘出有益于今天的经验教训,因而虽然写的是古代清廉君主、官吏的纳忠言,严执法,举贤才,但今天读来,仍然具有强烈的时代感和现实教育作用。它启迪我们:封建时代的统治者尚且能够作到不畏权势,不徇私情,刚正不阿,敢讲真话,我们无产阶级难道不应该作得更好吗? 这对党风民气的改变,法制的健全,才路的开辟等都有一定的警策和借鉴意义。

再次,在形象塑造方面,不少作品不仅多种多样,性格各异;作为单个的人,也刻画得复杂而不单一,鲜明而有立体感,从而大大增强了作品的真实性和深刻性。

我国古典历史小说中的人物,往往是善恶分明、美丑判然的。鲁迅在评《三国演义》等作品时,多次表示不满。道理很简单,既然人的本质不是单个人所固有的抽象物,而是复杂矛盾社会关系的总和,那么作为社会关系反映的文艺作品却去写简单极致的人,当然,"在事实上是不对的,因为一个人不能事事全好,也不能事事全坏"。① 这种"事事全好""事事全坏"的形象曾经一度占据过我们的文坛,最突出的是"评法批儒"那阵子写下的所谓的"法家""儒家"的历史故事。那时谁要是把人物性格写得复杂一些,就会被扣上"人为地制造精神分裂","歪曲人物的阶级本质"等等帽子。"现实主义深化"的正确主张之所以倍受挞伐,其原因也在于此。

这种"左倾"思想的禁锢,在近年来的历史小说创作中,理所当然地被冲破

---

① 鲁迅:《中国小说的历史的变迁》。

了。在历史小说人物画廊里巡礼,我们随时都可看到这样一种全新的景象:复杂而不单一,鲜明而又丰富多样的人物,无论数量还是质量都有明显的进展;其中有些形象开掘到思想性格的深处,包含丰富复杂的内容,达到了较好的艺术层次和境界。被人们交口赞誉的崇祯形象就是突出的一个。姚雪垠以无比真实的典型化细节,准确逼真地刻画出他刚愎、自信、容易受蒙骗又自作聪明、专断、多疑、悲观、凶暴、残酷、歇斯底里等矛盾复杂的性格,给人留下了极其深刻的印象。在新版的第三卷中,姚雪垠又以精湛的描写艺术,为我们塑造了洪承畴这样一个复杂而深刻的汉奸典型。洪承畴并不是一被捕就投降的。据《清史稿》记载,他被捕后,先是"科跣漫骂",后来皇太极寻其弱点,投其所好,洪"乃叩头投降"。姚雪垠以充分史实为依据,按照生活本身的复杂性,在《辽海崩溃》、《燕辽纪事》等单元,纤毫毕现地展示了这个形象的复杂心理。他一会儿"牵挂"留在北京公馆中年轻貌美的小妾,一会儿思念俊秀温柔的仆人;一会儿"求生"的欲望应运而生,一会儿又被"死节"的意念压了下去;一会儿要写绝命诗,闭目不看敌人,一会儿又凄然欲绝,对前途充满猜测。当最终决定剃发降清时,但"心中感到惭愧、辛酸、隐隐作痛",有时"还感到羞耻,不禁发出恨声,不断长叹",内心深处激起波澜起伏的思想感情,矛盾、痛苦、惭愧、羞耻达到了饱和的程度。黑格尔讲得很深刻:"理智爱用抽象的方式把性格的某一方面挑出来,把它标志成为整个人的唯一的准绳。凡是跟这种片面的统治的特征相冲突的,在理智看来,就是始终不一致的,但是就性格本身是整体因而是具有生气的这个道理来看,这种始终不一致正是始终一致的、正确的。因为人的特点就在于他不仅担负多方面的矛盾,而且还忍受多方面的矛盾,在这种矛盾里仍然保持自己的本色,忠实于自己。"①不难想象,如若作者只写洪承畴投降的"本色",而不写其担负和忍受"多方面的矛盾",让他心安理得地笑跪在新主子的脚下,那么,无疑将使洪承畴形象的真实性和深刻性大打折扣。

近年来历史小说在艺术手法上也有创新、突破,主要表现在借鉴西方作品所擅长的心理描写的手法,打破时空观念,写感觉、写联想、写意识的流动和变幻。尽管这样的作品数量有限,也尽管对这种尝试性的创新可能毁誉不一,评价其成败得失还为期过早,但我以为,只要有助于更深刻地反映丰富多彩的生

---

① 〔德〕黑格尔:《美学》第1卷,朱光潜译,商务印书馆1979年版,第298页。

活,有助于思想的深刻性和艺术完美性的统一,有助于人们更好地认识历史和得到美的享受,这种艺术手法的采用,都应该得到支持和鼓励,而不应粗暴加以呵责。

五四以来的历史小说创作中,一些有卓见的先辈作家在这方面早就有过可贵的实践。20 世纪 30 年代茅盾写《豹子头林冲》,施蛰存写《石秀》等,就是十分明显地运用了心理描写的手法。相比之下,近年来历史小说在心理、意识的追求上就更自觉、更明朗了。如《戊戌秋》(载《红岩》1981 年第 2 期)。作品所反映的时间可谓短矣,从三更写到黎明;故事情节也十分简单,谭嗣同在临刑前夕写遗嘱,然后坦然从死。如果循守着中国传统的用行动显示其思想性格的准绳的话,恐怕是很难展开艺术描绘的。《戊戌秋》借鉴了写意识的手法,顺着谭嗣同变幻流动的心理活动,不时地穿插了他的速隐速现的回忆、联想,使我们从这些意识的自由流动中,探求谭嗣同的心灵奥秘和戊戌变法失败的前因后果。此外像《最后的恩赐》、《热泪洒青词》等也有一些尝试,它们开拓了作品的艺术容量,也一定程度地深化了主题思想。总的说来是成功可行的,而不是用凌虚蹈空来代替务实求真。

三

仅从上面这些简略的回顾,就可以看到近年来历史小说创作取得的成绩和初创的经验,是多么令人高兴。我们的历史小说作者,包括驰骋文坛的老将和头角崭露的新兵,用自己创造性的劳动促进了新时期历史小说的兴盛。这是党所领导的思想解放运动的丰硕成果,是我国历史小说发展到一个崭新阶段的标志。但是,应当看到,这短短五年只能是历史小说的一个良好开端和序曲,它还不能满足时代的要求和人民的期望,还存在着许多不足之处亟待加以提高。

比较普遍的毛病是艺术锤炼不够,典型化程度不高。不少作品不注意剪裁和提炼,不肯花费艰苦的劳动,结果篇幅冗长,结构松散,平铺直叙,情节缓慢,再加上语言啰唆,写法陈旧,常常使人难以卒读,长篇中拉长的趋势比较突出,动辄上、中、下,一、二、三部。短篇中万字文以上的绝不是少数;也有的剪裁不精当,焦点不集中,与其说是短篇,倒不如说是更像"压缩"了的中篇。这种状况的出现,从客观上看,可能是十年浩劫中断了正常的学习而带来的艺术修养不高的后遗症;从主观上看,可能是急于求成,未能精益求精。

最大的不足是有些作品缺乏历史的真实性。虽然讲究历史真实性已经成为这几年历史小说的主要特征,但我们也不能不遗憾地看到,只讲艺术而不讲历史,为了艺术而忘了历史的现象,在不少作品中也是相当程度地存在着的。这种情况比较复杂,表现形式也颇为多样。有的是时代环境错乱颠倒;有的是在古人身上赋予了现代人的思想、行为、语言;有的是对历史上有定评的、尽人皆知的重大事件进行随心所欲的改写;有的是细节描写失真;也有的作者"高明"一点,自知对历史钻研不够,把握不准,就对应该描写的时代风貌和生活环境一概回避,结果写成的作品时代难辨,环境不明。凡此种种,在各种题材、各类作家中均有存在。甚至像姚雪垠这样功力深厚的老作家,在他的《李自成》中也间或出现一些失真的败笔和现代化的疵点。相比之下,刚刚尝试历史小说创作的新人新作,自然就表现得更明显一些。譬如冯骥才、李定兴的《义和拳》和刘亚洲的《陈胜》。这两部作品都是在十年动乱之际写就,出版于1977年底的。从作品涉及的历史内容以及所作的详细注解中,看得出这三位青年作者是付出了辛勤的艺术劳动的;更可贵的是,他们在"儒法斗争"口号叫得震天价响的当时,能够坚持唯物史观的立场而不随波逐流,这种胆识很令人钦佩。但是由于受当时极"左"思潮的影响,也由于写作过于仓促而未能对历史作更全面、更深入的了解,因而势必给这两部长篇在历史真实性方面带来了这样那样的问题。《义和拳》主要表现在对义和拳的几个领袖特别是对张德成的描写,从思想到行为过于理想化了。在他身上我们几乎很难找到小生产者所难以超脱的狭隘性、保守性,有的只是远大的目光,恢宏的心地,周密深刻的思考,非凡超人的本领,无论就政治思想、策略水平,还是就军事部署、人才使用等,无不是英明正确、完美无缺的。《陈胜》中塑造的陈胜,比起张德成来,理想化现代化的问题更突出。最典型的例子是虚构陈胜有板有眼地指挥造墓工匠胜利"突围",赋予他以卓越的领导组织能力和军事指挥才能。此外的"陈胜斗兽"的情节描写,也是有碍于历史生活真实的。历史记载告诉我们,秦二世之前或之后,确也有过人兽搏斗的事例。如《列子传》中有秦王把魏人朱亥投进兽圈的记载,《汉书》中有窦太后令辕固"入圈击彘"、李禹被"悬下圈中"刺虎的记载,但此处的人兽搏斗,乃是古代君主惩罚臣下的一种偶然性举动,并未形成一种用以"娱乐"的社会习俗。秦汉时作为"娱乐"的是"角抵",即是一种技艺表演,大约同现代的"摔跤"相似。秦二世在赵高的怂恿下,也非常贪恋这种表演。据《史记·李斯列传》云:"二世在甘泉,方作角抵优俳之观。李斯不得见,因上书言赵高之短"。像这样涉及社会人情风俗的东西,我以为是不应随意夸大虚构的,还是尊重历史为好。可能这是作者从外国历史小说《斯巴达克思》中借鉴来的。但是应当指出的是,秦末社会和古罗马社会的人情风俗是并不相同的:从公元前3世纪上半叶开始,古罗马大剧场和公开场所经常举行"角斗"这种娱乐,是古罗马的风俗;而秦末社会则不然,它不存在这种颇具规模的、用以"娱乐"的斗兽风俗。至于细节描写,诸如典章制度、衣冠服饰、生活习俗等方面的失真,在一些历史小说中就更为常见。如有一作品描写秦代青年男女相爱诉恋时,赋予了现代人才有的方式。失真最多的是短篇《斩庄贾》(载《边疆文艺》1980年第5期)。其中所写的呷茶、躺椅子、以燕窝为肴馔、使用青花瓷、屏风上挂的肖像画等细节,都与史实不符。如呷茶是隋唐以后的事,春秋时代没有把茶作为饮料的习惯,秦汉以后,也只把茶作为药物使用。又如桌椅的出现始于唐代晚期和北宋之初,东汉中期有绳床、胡床等为坐具(古代床兼坐、卧二用),这以前古人皆席地而坐,只有几、案,并无椅子,让春秋时代的人"呷浓茶"、"躺在椅上",这就违反了历史生活的实际。

类似的例子还有不少,由于篇幅所限,恕不一一列举。这里需要指出的是,上述种种失真,追根究底,都可从艺术虚构中找到答案。历史小说是艺术作品,不是历史科学,它当然可以而且应当虚构。没有虚构就没有艺术,也就不会有历史小说。这是艺术创作的本质所决定的。从创作实践来看,古今中外的历史小说,包括优秀的历史小说在内,有哪一部能离开艺术虚构呢?仅此一例,就可以把"人人考据,事事有出处"的说法驳倒。正是在这个意义上,茅盾同志认为,"艺术真实"这个用语并不确切,改为"艺术虚构"较易理解,即历史真实与艺术虚构的统一,这样也突出了艺术虚构在历史题材中的重整性。但是,艺术虚构并不是凭空捏造,主观杜撰的。诚如茅盾同志所说,在进行艺术虚构的时候,"有一个条件,即不损害作品的历史真实性。换言之,假人假事固然应当是那个特定时代的历史条件下所可能产生的人和事,而真人真事也应当是符合于这个历史人物的性格发展的逻辑而不是强加于他的思想或行动。如果一部历史题材的作品能够作到这样的虚构,可以说它完成了历史真实与艺术真实的统一"。① 近年来一些历史小说所以没有完成历史真实与艺术真实的统一,其根本原因就在于:一、虚构的假人假事不是"可能产生的",如"陈胜斗兽"从艺术上看,写得险象环生,颇为引人入胜,问题是这种用以"娱乐"的流血游戏,秦末社会是不存在的,所以虚构也就失去了历史依据。二、真人真事的思想或行为是"强加"的,张德成是历史上实有其人的义和团领袖,为什么到了《义和拳》中则给人以不亲、不信之感呢? 这是因为作品在虚构之时,偏离了时代、阶级的局限及其人物性格发展的逻辑而"强加"给他们一些思想或行为。如果一部历史小说所虚构的假人假事不是"可能产生的",真人真事的思想行为是"强加"上去的,那么,即使艺术性再高,也难以为人们所接受。试想:倘若有一历史小说在写赤壁之战时,把战争地点从长江移到钱塘江上来;倘若《李自成》在写"谷城夜会"时,把李自成与张献忠两人写成坐在沙发上,抽着"大前门"的香烟密谈,我想也是不会有人赞赏的。历史小说虽非专为传布历史知识而作,但无论如何,历史小说不应当传布错误的历史知识。"情况既然如此;作家们在取用历史题材的时候,怎么能不抉择、分析史料? 在进行艺术虚构的时候,怎么可以把艺术作为护符而悍然改写历史、捏造历史、颠倒历史呢?"②

这里还要指出的是,这些问题的出现也不是近年来历史小说创作中所仅有的,而是一个古老而常新的艺术通病。综观中外古今的历史小说创作,都程度不同地存在这个弊病,如数量惊人、风靡欧洲文坛的司各特、大仲马的历史小说即是。据培厄森的《司各特传》中记载,司各特在写《古董家》时,曾请出版商约翰·巴兰丁代找一段引文,约翰找了好久没找到,司各特最后不耐烦地说:"去你的,约翰,我相信我自己创造一句格言,也要比你找一句快多了。"此后,他只要一时找不到合适的引语,就自己动手创造,伪称引自《古剧本》或《古歌谣》。大仲马也曾坦坦荡荡地宣称:"什么是历史? 就是钉子,用来挂我的小说"。③ 他们没有想到,写历史小说要下苦功对历史本身作精细的研究,因而使他们并不总能准确把握历史人物和事件,造成某些作品不应有的失真。无以匹敌的司各特、大仲马的历史小说尚且如此,更不待说其他作品了。当然,

---

① 茅盾:《关于历史和历史剧》。

② 茅盾:《关于历史和历史剧》。

③ 张英伦:《大仲马》,见《名作欣赏》1981 年第 3 期。

我们也不能把今天的标准降低到前人的水平上。当代文学应当在艺术上精益求精,超越前人。否则,就有负于时代对我们的要求。我们指出上述几部作品的某些失真,也正是从这点出发的,绝不是对它们的全盘否定。

如何使历史小说在现有的基础上进一步提高艺术质量,达到历史真实与艺术真实的有机统一,以至造成"较大的思想深度和意识到的历史内容,同莎士比亚的情节的生动性和丰富性的完美的融合"(恩格斯语),是一件十分艰巨的事,需要更多的同志在总结经验的基础上进行深入探讨。本文不过是对它的一个粗略的回顾和评述,将静待作者、读者和批评者的批评和指正。

(载《文学评论》1982 年第 2 期)

论 90 年代以来的历史小说创作

对于世纪交替的中国文学来说,历史小说创作的价值和贡献是有目共睹的。在迄今为止不算太长的二十多年时间里,它以其特有的韧性和厚重赋予了当代文学以独特的内涵,并作为一种重要的内驱力推动着文学的现代性进程。如果说在 20 世纪 80 年代,历史小说的创作成就主要体现在从观念认知到审美表现的深刻嬗变;那么到了 90 年代以来,它则日益明显地彰显出自我写作的独立意义,并以其精致和丰赡征服了读者,成为当下文学的一道亮丽的风景。特别是 1993 年,短短一年间推出了凌力的《暮鼓晨钟》、唐浩明的《曾国藩》、陈忠实的《白鹿原》、高建群的《最后一个匈奴》、李锐的《旧址》、刘震云的《故乡相处流传》等一批佳作,几可称为"历史小说年"。某种意义上,中国的历史小说在 90 年代已走向一种集体性的丰收和成熟。这种丰收和成熟当然与 80 年代以及 80 年代以前固有的创作直接有关;但更为主要的,它还是体现了 90 年代以来更加自由开放、也更为混沌无序的时代新变,是时代新变的一个曲折的反映。

一

论及 90 年代以来的历史小说,首先不能不提及姚雪垠的《李自成》。这位把生命最后的烛光都奉献给历史小说的老作家,在进入 90 年代以后,以年逾八十的高龄,严肃认真地从事着《李自成》第四、五卷续作的写作,并最终于1999 年去世前不久将其全部出齐,从而为这部历时 40 余年的马拉松式的赛跑画上了圆满的句号。①《李自成》续作可以说是传统经典历史小说的最后余脉,它与作者写于六七十年代的前三卷相比,也许并无本质的区别而存在着这样那样的思想艺术局限;但老作家对文学事业的执着和忠诚实在令人感动。无论怎么说,它的最后完成不仅首次填补了五四以来经典长篇历史小说的空白,而且为我们提供了一部宏伟的史诗,对当代历史小说的繁荣发展作出了开拓性的贡献。

《李自成》四五两卷共四册近百万字。它主要描写李自成由长安挥师东进,一路所向披靡,攻下北京城,在群臣的一声"劝进"中踌躇满志地演习登基大典。可随之而来,李自成及其农民义军自身的蒙昧、腐败和短视也迅速地蔓延开来:大顺军刚进京,立足未稳,从上到下就陶醉在一片胜利的赞歌声中,一些将官开始腐败。像刘宗敏这样的大将,不想带兵去攻打残敌,却热衷于在京城拷问官员追赃。李过、田见秀等将领都住进明朝大官僚的豪华府第,有的人甚至过起笙歌燕舞的享乐生活。大学士牛金星热心教习登极仪式,坐着八抬大轿四处往来拜客,俨然是一派太平宰相的风度。更为严重的是作为大顺军的最高统帅,李自成也被胜利冲昏了头脑:他不仅没有审时度势,断然有效地采取措施加以制止、整顿和应变,反而优柔寡断,贻误战机,并且变得偏狭、多疑、猜忌;先是不听宋献策等人的谏阻,草率统军亲征,招致惨败;接着偏信谗言,错杀了李岩兄弟,致使军心涣散,士气低落,内部也出现严重的分崩离析……这一切作者细细道来,写得无比沉痛,也写得充裕自如,使人读来感慨万端而又警策不已。如果说80年代以前出版的《李自成》前三卷主要用理想主义手法描写农民起义由小到大、由弱到强的胜利,歌颂他们的革命性、进步性;那么后两卷则着重以现实主义的冷峻之笔揭示这场农民运动的盛极而衰、功败垂成的悲剧,批判他们的负面性、落后性,将农民革命从虚幻的云端拉回到温煦的人间。因此,置身于作者构筑的新的历史文学世界,我们不仅愈后愈强烈地感受它触目惊心的深刻的悲剧主题,而且也具体实在地体味其现实主义回归的显著特色。

值得指出的是,作者在展现李自成功败垂成大悲剧时非常重视具有典型化意义的情节、细节和场面的营造,他力戒艺术表达的简单化、平庸化。如第

---

① 姚雪垠的《李自成》从1957年开始创作,至1999年五卷本全部出齐,前后历时40余年。

四卷中有关王长顺在目睹李自成沿途"警跸"进入北京时的沉重复杂心态,尤其是有关宫女费珍娥于洞房花烛夜刺杀李自成爱将罗虎的惨烈场面就很具代表性。它们被安排在李自成处于胜利的巅峰和出师山海关的前夜,这既是作者用来审视李自成的一个独到的角度,一个富有意味的"第三只眼睛";同时也为即将到来的历史悲剧及其成因作了有效的铺垫和揭示,甚至提供了某种预兆,具有深刻的文化真实性。而所有这一切,首先当然得益于他的现实主义创作方法及其以因果律为特征的事理逻辑的娴熟运用。因为现实主义文学编码过程的逻辑化,或者说现实主义文学编码严格遵循理性主义的逻辑规范,这就从根本上决定了作家要遵循必然性的悲剧阐释原则。所以,当他颇具匠心地将上述一系列人事凝聚、串联在李自成及其农民起义功败垂成的事理逻辑上,其所产生的悲剧效果就很自然而然的了。这也是现实主义价值之所在,它说明现实主义与历史悲剧之间具有深刻的同构对应的关系。

　　除了历史悲剧的揭示之外,《李自成》四五卷在人性刻画方面也有颇可称道之处。作者用以观照把握历史主要还是阶级斗争和阶级分析的思维方法,但作为具有丰富生活阅历和深谙艺术之道的老作家,姚雪垠仍给予人性以很大的关注。虽然这些人性内容是经过阶级性、时代性的过滤后表现出来的,但其具体的艺术描写仍然具有独立的审美意义,有的甚至远远超出一般阶级论、本质论的局限,表现了很高的历史价值和丰富的文化内涵。如第四卷写崇祯皇帝在李自成破城前的惶恐、悲愤、幻灭、绝望等错综复杂的心理;而在李自成破城后他下旨后妃自尽,亲手劈杀公主和幼女,反倒变得异常镇静沉着,大有"视死如归"的气概;最后只有在心腹太监王承恩一人的陪伴下自缢于煤山脚下。崇祯在破城前后的一系列行为及其思想心理、精神状态使人震惊不已,也令人感慨万端。这部分文字,虽说作者的写作立场并没有改变,但由于对历史、艺术和人学的洞悉,使得他具体叙述"逸出"阶级斗争观念、主题的拘囿,而给予了崇祯这个亡国之君以人性的展示乃至人性的同情。为什么崇祯悲剧性格的塑造无论在真实性、生动性、丰富性、深刻性等方面都远在李自成之上,成为全书最具光彩、最具魅力的艺术形象,主要原因恐怕就在于此。当然,就总体而论,四五卷中类似的人性描写毕竟不是太多,它并不能改变全书艺术整体坚硬的阶级论的框架。这里的原因分析起来,自然有与前三卷主题框架相谐一致的实际考虑(否则,恐有损于《李自成》这部历史长卷的整体和谐和统一),

同时也跟作者长期信奉并实践的阶级斗争思想观念密切有关。以姚雪垠这样的年龄层次、价值取向和知识结构，要他撇开前三卷的套路，另起炉灶，像新历史小说作家那样采用纯人性的视角来进行《李自成》续作的创作，那是不可能的，也似乎没有这个必要。

将农民起义摄入文学创作的视野，早在五四新文学的实践中就已经被确立了。30 年代在茅盾、孟超、廖沫沙等左翼作家的影响带动下，一度还颇为显目，乃至成为当时历史小说的"主流"。粉碎"四人帮"至 80 年代初，它更是盛极一时，几乎成了所有作家共同选择的题材。但站在今天的时代高度看，我们不得不指出他们对农民起义根本性质及其在中国历史上的作用是缺乏反思的：往往只看到它的正义性、进步性，而没有看到它的狭隘性、落后性以及给社会带来的破坏性，没有看到它毕竟只是一种没有实际力量的悲剧革命形式。因而农民领袖形象的塑造普遍有拔高的色彩。姚雪垠也不能幸免。这样，他就无法在深厚的文史修养与清醒的判断之间取得平衡，从而影响了作品悲剧、人性描写应有的真实和深度效应。在艺术上，尽管作者在续作中继续发挥"单元共同体"的横云断岭、大开大阖的结构优势，笔墨纵横驰骋，舒卷自如，显示了大家风范。但囿于观念本身，加上年龄的因素，同样未能取得与自己功力相谐的艺术成就，在内容的精致和情感的震撼力方面与以前相比，都有所减弱。坦率地讲，《李自成》四五两卷，除了山海关大战、崇祯之死以及上面提到的有关人性描写外，其余的大多一般化，显得比较粗糙，在总体上不如前三卷。

姚雪垠是老作家的优秀代表。与之几乎同时或稍后出现而又年龄相近的还有萧军（《吴越春秋史话》）、端木蕻良（《曹雪芹》）、徐兴业（《金瓯缺》）等，他们在七八十年代之交曾成为当时历史小说繁荣局面的主要开创者、支撑者。90 年代以来，由于不可抗拒的因素，这些老作家先后谢世。姚雪垠及其《李自成》写作是一个奇迹。然而从某种意义上说，它又何尝不是一个严峻的挑战。须知，在观念急剧嬗变的转型期，选择《李自成》这样浓重的阶级斗争题材和主题进行创作或续写，这个事情本身是很大胆的，同时多少也带有点悲剧性的。站在这样的层次角度观照，我们便对《李自成》续作的创作多了一份宽容和理解，并将创新和突破的希望自然而然地投向到了后起的作家们的身上。

二

姚雪垠的问题和缺陷，在凌力、刘斯奋、唐浩明、二月河、熊召政、吴因易、韩静霆、王顺镇、马昭、刘恩铭、张笑天、赵玫等四五十年代出生（当然，放宽地讲，还可将 30 年代出生的杨书案、李晴等也涵盖进来）的中青年历史小说作家那里较好地得到了避免。这批人一般在 80 年代有创作，有些还取得相当不俗的成就，曾经是当年历史小说大潮中的重要中坚力量。进入 90 年代以后，他们大多风采依旧和初显大家风范。一方面，保守主义思潮的持续升温，为他们进一步提高发展提供了合适的土壤；另一方面，他们自身较厚实的文史功底和严谨不逮的创作态度，又不期而然地使其在此时脱颖而出，成为 90 年代以来历史小说写作渐入佳境的一个重要标志。从思想艺术取向上看，这批作家更多继承了老辈作家的传统，总体上偏向于传统守成；但也抛弃了老辈作家常见的较为封闭的思维惯性，表现了相当的开放性和包容性。这就形成了他们总体创作上的深沉、厚重、稳健的艺术风貌，并决定了他们几乎清一色地选择带有很强客观写实特征的传统历史小说文类。这些年来优秀或较优秀的作品，如《白门柳》、《曾国藩》、《张之洞》、《暮鼓晨钟》等均出他们之手。某种意义上，中年作家在 90 年代以来正在走向大面积的丰收，他们在当下整个历史题材领域中占据举足轻重的地位。如果说七八十年代是《李自成》的时代，那么 90 年代以来便是这批中年作家以及下文将要论及的更为年轻的新历史小说作家创作的时代。再进一步，如果说 90 年代以来的新历史小说以其激进的叛逆姿态在为历史题材创作提供种种可能性时，也使自身陷入了种种不可能性，表现出了行之不远的困乏；那么真正标志这一时期创作实绩，代表这一时期文学成就的主要并不是新历史小说，而是上述这些中年作家创作的作品。

当然，这些作家彼此的风格差异也很大。有的追求史性写作，严格按照历史"本事"演绎人物和故事，具有明显的信史品格，如唐浩明的《曾国藩》；有的崇尚诗性写作，远离史料和史实而推重想象和抒情，文本编码机制显得既灵活又自由，如韩静霆的《孙武》；更多的则是选择亦史亦诗的写作，将史的严谨与诗的灵动融为一体，追求彼此结合的复合效果，如凌力的《暮鼓晨钟》、刘斯奋的《白门柳》等。但由于对历史、艺术和世界理解的相近性,作为一个承上启下的重要群体,这批中年历史小说作家仍有不少共同之处。他们的创作不仅不同于《李自成》,而且与新历史小说也有很大的差别。其主要的特点表现在以下三个方面:

首先是人文主义的写作立场。这批中年作家普遍抛弃了原先奉为圭臬的《李自成》创作模式,致力用人文主义来消解或取代传统经典历史小说所循守的那种"一切历史都是阶级斗争"的叙事框架,那种称之为"本质"和"规律"的东西。为此,他们一反六七十年代千篇一律写农民、颂农民的题材或主题套式,纷纷将艺术描写的目光投向古今二极:一极是上推至远古进行文化寻祖或文化溯源;另一极是下移至明清进行中西或古今文化转型的考察。于是,就有了《孔子》、《老子》、《庄子》、《李鸿章》、《张之洞》等不少文化名人历史小说,从而导致了题材对象的一大转换。同时,更为主要的是在这些作品中,作者们不仅致力于描写人文知识分子,而且还站在比较纯正的人文知识分子立场上对之进行批判或认同,努力从中发掘人文内涵。如刘斯奋的《白门柳》,它写多灾多难的明末社会,但作者的着眼点并不在于反映民族的历史遗恨,也不热衷展现动乱年代人们的悲欢离合或阶级冲突,而是重点揭示以黄宗羲为代表的早期民主主义思想的诞生及其具体表现。正如作者在该书第三卷"跋"中指出的:就这场使中国付出惨重代价的巨变而论,如果说也有某种历史进步的话,那就是明末的这种民主主义思想;只有它才是"代表积极方面、能够体现人类理想和社会进步的事物",其他的都不是。这种以民主、社会进步而不是以阶级、政治意识形态为取向的人文主义写作立场,不仅大大开拓了他们作品的精神空间;而且与当下学界倡导并得到社会广泛认同的"寻找人文精神"的呼声相符,形成能动的对话关系。

当然,秉持人文立场绝不意味作家对传统文化资源开拓可以忽略其负面价值的批判,恰恰相反,而是将开拓与批判融为一体,并推进到富有张力的理性高度加以审视。对此,上述不少中年作家也表现出了相当的艺术自觉。其中最突出的当推唐浩明的《曾国藩》,他在塑造"誉之则为圣相,谳之则为元凶"(章太炎语)的曾国藩形象时,其突破性的成就在于:摆脱单纯歌颂或批判的视角,既充分揭示曾身上的人格伟力、韧性精神和俭朴作风;同时又不淡化其杀人如麻、滥施酷刑和虚伪残忍。如逼迫兵败生还的胞弟曾国华出家,对太平天国降将韦俊叔侄的食言而肥等等。凡此这些,就使作品在对阶级论、本质论超越的同时,并没有简单回到传统文化的价值立场上去;它保持了历史的混沌性和丰富性,也显示了作者对中国文化的严肃思索,并为 90 年代以来如何进行民族文化资源的开发和重塑提供了一种新的思路。

其次是历史还原的叙事态度。历史有其真实性和客观性的一面,同时也具有选择性和主观性的另一面。历史还原主要强调的是前者。这也是包括《李自成》在内的以往所有历史小说追求的理想目标。但由于强势意识形态的影响和典型观的制约,其历史还原往往局限于政治本质的层次,离多维复杂的真实历史甚远,有的甚至以古类今,随心所欲地编排历史。这些中年作家作品的可贵就在于对这种带有明显写政治本质的创作原则的拒绝和超越,它最基本特征是正本清源,还原历史的本真。具体包含两层意思:一是现象还原,即通过摈弃既往历史的谬误,恢复历史的本来面目;一是观念还原,即通过对偏狭思想观念的超越,上升到一个更高更深厚更有现实感的人类精神的高度,重新评价历史和人性。① 无论是现象还原,还是观念还原,真实都只能看作是作者故意选择的一种超越现实社会政治而又相对客观的创作态度,是一种建立在历史理性、严肃考证和研究基础上的艺术"翻案"。所以,不少作品中的人事描写,不仅迥异于以往的结论,而且与当下一般社会习见也有很大的区别。但他们又不是率意而为,而是建立在对史料大量阅读、认真思索和缜密研究的基础上,经得起历史的检验;是一种合历史、合逻辑、合情理的创造,至少是一家之言。

这一特点在二月河的《雍正皇帝》中就得到了较好的体现。首先,是现象还原,即对历史真实事件和真实过程的还原。该作大胆剔除以往历史加在雍正头上的阴谋夺嫡、杀兄屠弟、杀人灭口的千古骂名,通过储位之争、励精图治和"恨水东流"等一系列重大情节,为我们复原了一位既冷酷阴毒又清正贤明、带有明显本真杂色特点且极具创意的帝王形象。当然,最可称道的还是观念还原,即不满足于上述描写的客观现象的真实,同时还进而在思想观念上刊谬反正,超越潜在的传统因袭的伦理偏见,还原成一种深沉挚爱的人民性的层次

---

① 参阅支宇:《历史还原·元叙述·文体混杂——邓贤长篇纪实文学研究》,《四川教育学院学报》1995 年第 4 期。

和境界,以此对雍正的所作所为作出历史主义的美学评价。如此,它对雍正的历史还原就超出了一般的"翻案",显得更真实也更深刻。

再次是长篇文体的运用。这也是这个中年创作群体的一大显著特点,是他们对 90 年代以来历史题材小说乃至整体文学所作的一个贡献。像上面提到的作品以及凌力的《梦断关河》、唐浩明的《张之洞》、二月河的《康熙皇帝》、《乾隆皇帝》、熊召政的《张居正》、韩静霆的《孙武》、王顺镇的《长河落日》、《竹林七贤》、胡晓明、胡晓晖的《洛神》、张笑天的《太平天国》、马昭的《世纪之门》等,几乎所有的中年作家都选择长篇甚至多卷本或系列体的超长篇文体。这种情况或许与《李自成》的影响不无有关,但就根本而言,我以为还是取决于这些作家自身的人文立场、历史还原以及大情感、大投入、大悲剧的艺术追求。因为长篇不同于寄托感慨或寓言式的中短篇,文类的特点决定了它可以充裕自如地展开独特的"历史文化场"的描写,在此基础上再徐徐推出有关的历史人事。所以,当这些作家不期而然地普遍采用长篇文体形式创作时,他们的作品就先天地具备了一种浓浓的历史感和人文底蕴,显得格外的深厚扎实,富有深度和厚度。而这,正是 90 年代以来文学所欠缺的,是他们文体选择综合效应之所在。

当然,不必讳言,他们也程度不同地存在着重史轻诗的倾向,述史的意图往往高于文学的考虑。所谓的历史还原或艺术翻案,更多似乎立足于历史本体论,将史识的大胆作为支撑,而尚未上升或有效地上升到审美本体论的层次。另外,艺术上也缺乏创新,文本叙事不那么讲究技巧、角度,语言显得较为单一笨拙。像杨书案那样将人物塑造、故事描写与心理刻画三者糅合起来,特别像赵玫那样借鉴西方现代主义,将女性叙事与历史叙事结合起来,从而使小说生发出一种独特的叙事氛围和审美意蕴,实在不多。这种历史与文学、内容与技巧的错位已在相当程度上影响制约了这批中年作家的艺术质量。自然,它也给他们的创作提出了严峻的挑战。历史和现实告诉我们,未来的历史小说是属于既包寓博大思情容量、同时又掌握新颖别致形式技巧的人们。为此,我们中年历史小说作家需要反思,更需要尽快提高整体艺术素质,进行自我充实和调整。据说二月河至今仍坚持每天花四个钟头研习文学名著,这也从一个侧面反映了这代作家为他们集团式的突破所作的酝酿和积蓄吧。

三

将新历史小说纳入历史小说的范畴也许会引来歧义,是可以讨论的。因为与上述中老年作家的思想艺术观不同,像苏童、格非、叶兆言、刘震云、孙甘露、余华、刘恒、北村等一批更加年轻的、以 60 年代出生为主体的作家的历史叙事,在我看来,更多只是在外观上接近于传统的历史小说,就其内涵而言则似乎是对后现代式的模仿乃至拼凑。他们似乎不再对历史保持谦卑,也从不打算去再现所谓的历史真实,而是按照"一切历史都是当代史"、"一切历史皆文本"的观念,潇洒从容地展开艺术想象。从这个意义上说,新历史小说的"新"字可作"反"字之解,它与中老年作家创作的传统历史小说之间不仅没有多少直接的师承关系,相反倒是一个釜底抽薪的颠覆。不过,撇开这点不论,从宏观的精神文化和文类演变的角度考察,它毕竟与传统历史小说具有一定的关联,其叛逆性、颠覆性的写作是以中老年作家的创作为参照或起点的,从一个特殊的侧面反映了传统历史小说文类在今天时代环境条件下所产生的巨大而深刻的裂变。

当然,新历史小说并非 90 年代以来始有,早在 80 年代中期莫言的《红高粱》那里它便初露端倪,其直接的思潮性的源头大致有三个:寻根小说摒弃政治性题材而亲和审美和超验的历史性题材的倾向;新写实小说的边缘化生存状态描写和对世俗性价值妥协退让的倾向;以及西方新历史主义有关历史话语与文本话语同一的理论主张。就具体的创作情况来看,新历史小说所选取的题材基本限制在民国时期,所以在界定概念时,有人就干脆将其概括为"民国时期的非党史题材"创作。① 但这恐怕只是早期的情况,后来内涵和外延均有所扩大,它实际上已将所有带有解构倾向的作品都包括在内。这也说明新历史小说的复杂。90 年代以来的新历史小说创作就是在这样的背景下继续发展并最终走向兴盛。这突出体现在从 80 年代文坛上过来的作家所创作的作品,如苏童的《我的帝王生涯》、《武则天》、《米》,叶兆言的《半边营》、《十字铺》,

① 参阅陈思和:《关于"新历史小说"》,收入《鸡鸣风雨》,学林出版社 1994 年版。

格非的《敌人》《边缘》,刘震云的《故乡天下黄花》乃至莫言的《丰乳肥臀》,陈忠实的《白鹿原》等。这些小说不仅进一步完善了新历史小说的艺术原则,而且在小说的文化探索和形而上精神上也比 80 年代有了新的超越,更多地烙上了先锋作家在世纪末精神探索的印记。1993 年以后,新历史小说出现了整体衰退的趋向,它的成就主要体现在副产品匪行小说上,另外在长篇小说领域尚有余脉。但可能是西方新历史主义的刺激,评论界对新历史小说的关注反而热情有加,各种各样的好评、苛评以及褒贬兼杂的评论如潮。

　　这里,我不想重复别人讲过的话语,只是按照本文既定的框架和思路,来约略地探讨一下 90 年代以来这些新历史小说给整体历史题材领域带来了什么:它在那些地方进一步拓展了传统历史小说的精神领域和艺术时空,又在那些地方出现了不应有的滞后和逆转,造成了新的迷失?

　　与中老年作家创作的历史小说相比,一个有目共睹的事实是,90 年代以来新历史小说普遍显露了浓重的存在主义思想倾向,在观念形态上已由 80 年代流行的理性主义进化论向现在的存在论、生命本体论转化。对历史潮流中人的生存状态和生命图景的关注,正构成了新历史小说主题所指的两个互为因果的方面。某些作品已具有了后现代主义小说的解构或消解的特征,烙上了浓厚的世纪末的颓废色彩和沧桑感。在这里,不仅中老年作家崇尚的以阶级、民族、主义、崇高为特征的宏大叙事受到了彻底的颠覆,就是早期《红高粱》等所固有的那样一种自由自在的生命激情也所剩无多,它成了与"历史"完全无涉的现实生存状态的纯主观的感性体验。因此,他们就不仅潇洒而巧妙地回避了十分艰苦繁难的史料搜集工作,获得了更大的自由度和虚构色彩;而且还有效地赋予作品以充沛饱满、血肉丰盈的现实生命实感和质感,使人类一切既有的生存体验轻而易举又从容自如地进入历史文本。有关这方面,像苏童的《我的帝王生涯》《米》那样只是凭借"'白纸上好画画'的信心和描绘旧时代的古怪的激情"①的作品自不必说——因为这些生长在腐朽的宫闱里的恶不是来自往事,而是来自苏童自身的先验感悟;作者只不过借助宫斗等一系列古典文化代码,用来演绎他对人类现实生存的形而上的思考。即使是在那些历史具有某种可确认性的作品,如洪峰的《东八时区》、格非的《边缘》等,它也根本

---

① 《苏童文集·婚姻即景》自序,江苏文艺出版社 1994 年版。

脱离了阶级斗争或历史的框架,成了一种个人难以把握的颓败历史及其因果相连的颓败主体的展现。而当它被作为人类的一个生存生命或文化哲学主题表达时,甚至具备了强烈的先锋性,代表了当下精神文化思想领域的最前沿。

历史小说怎样开拓创新,展示历史的无限丰富性和复杂性,追求真切的时代生命感和文学的先锋品格?这是摆在广大作家面前的一个大问题,也是影响制约迄今以来不少历史小说尤其是传统历史小说创作的一个很重要因素。这批新历史小说作家的创作,它的意义和价值首先就表现在这里。与中老年作家相比,也许他们的历史知识相当有限甚至可以说颇为无知,其历史观、价值观恐怕还有不少的极端和偏颇之处;但是从精神现代性的角度看,他们的努力无论如何值得肯定,对广大中老年历史小说作家的创作具有借鉴启迪意义。

如果说 90 年代以来新历史小说的主题深深打上了先锋文学精神探索的印记,那么在艺术上它则愈来愈强调历史叙事的技术含量,日益明显地体现出新潮作家要求将创作返回到文本自身的新意向。不同的观念,不同的经历,不同的知识结构和不同的素养,使他们形成了有悖于经典美学原则和主流历史小说话语的崭新的写作态度,如:重叙述轻描写,重想象轻经验,重主观轻客观,重感性轻理性等。而受西方后现代主义的催化影响,也是为了自身在市场经济条件下生存的需要,进入 90 年代以后,追求艺术纯度更是逐渐成为这些年轻作家的普遍自觉。在他们那里,传统的"历史"小说正向现代的历史"小说"转化。因此,作家的想象力、叙述能力和语言表达能力乃至游戏能力得到了充分的发挥,文本较之以前显得更精致,更具技术含量和游戏成分。如前面提到的苏童的长篇《我的帝王生涯》,这是一部完全"超验虚构"的文本,其中有关燮国国王荣辱沉浮的一生纯系子虚乌有,并无历史依据。但经过作者机智巧妙的安排和叙述(以第一人称"我"作为体验和叙事视角),历代王朝宫廷斗争、刀光剑影、骄奢淫逸、变幻无定等种种景象被十分生动完整地纳入文本之中。一切都显得那样的轻巧娴熟、曲折细腻,许多细节逼真到了可触可摸、可尝可嗅的程度。它扑朔迷离又凄婉感伤,具有颇动人的故事模型。这表明新历史小说作家日趋松动的大众化取向,他们的创作经过先锋时代的一段迷惘之后,倚仗叙事技巧和故事性,最后完成了对先锋小说文体试验导致的精英化的反拨。在叙事文本上也更趋于成熟,已取得了先锋技巧与大众手段调和的成绩。

中国传统的历史小说由于过分追求所谓的史诗性和古为今用价值,作家往往认为历史生活和现实题旨本身的力量就能决定一部小说的成败得失,而技巧则是次要的。这就造成了传统历史小说长期以来叙述滞后、形态粗糙、艺术性不足的通病。包括中老年作家在内的许多作品的成就和价值,主要就不是体现在艺术的成熟与创新上,而是体现在对历史还原的真实性和追踪时代的"今用"性上。新历史小说作家有关文本叙述技术化的创作实践,对此是一个很好的反拨。它至少极大激发了作家的想象力和创造力,为提高历史题材小说的审美品位,促进艺术现代性的进程提供了一种新的思路。从一定意义上讲,是新历史小说改变乃至结束了历史小说长期以来低水平徘徊重复的局面,它使我们在这里看到了中国年轻一代历史小说作家令传统历史小说作家望而兴叹的飞扬蓬勃的创造才情。但是也必须看到,在新历史小说作家自由自在地穿越历史与现实、进行文学重构的过程中,也很快暴露了他们对叙事快感过分热衷的弱点。这使其想象力变得随意放纵,甚至顾不上逻辑和情理的制约。此一问题在后来的新历史小说创作中(包括苏童的《我的帝王生涯》、《武则天》,也包括叶兆言、格非等人的创作)变得更加突出。这就使得文坛上出现了太多虚佞娱乐之作,最终不能不把新历史小说引向疲惫、困境并成为写作的游戏。为什么90年代初期以后新历史小说遁入颓势,整体上出现了衰变与终结,不少作家争先恐后地加入影视"选妃"的行列,竞相戏说历史,很重要的原因就在于此。

从这里我们也不难可知新历史小说的技术化写作是有缺陷的。它无论怎样重要和必要,都不能解决中国当前历史小说创作的一切,不能代替作家的思想、生活和经验。大量的事实表明:真正优秀的历史小说从来都是内容与形式、真实与虚构、技巧与经验的有机统一。也正因此,我觉得有必要对新历史小说的技术化写作保持应有的反思和警惕,并进而认为90年代以来的历史小说创作,不管是中老年作家擅长的传统历史小说文体,还是年轻作家拿手的新历史小说类型,它们彼此本无轩轾,尽可以充分自由地发展。对于它们,我们需要的不是扬此抑彼或抑此扬彼,而是最大限度的"包容"与"综合"。未来中国历史小说的前景,也许就在这有容乃大的"包容"与"综合"上。

（载《社会科学战线》2003 年第 4 期）

当代中国大众文化视野中的
历史小说及其发展

　　中国所谓的历史小说,通常是指以一定历史事实为基础加工创造的这类作品而言,它与历史真实具有"异质同构"的特殊关系。用郁达夫先生的话来说,就是"指由我们一般所承认为历史中取出题材来,以历史上著名的事件和人物为骨子,而配以历史的背景的一类小说而言。"①这种情况一直延续了近千年。至 20 世纪末,尤其是 20 世纪八九十年代,在新的文学观、历史观特别是在西方新历史主义的浸渗影响下,有人开始把文本叙述只有"虚"的历史形态而无"实"的史实依据的虚构性作品也包括进来,这就使原本比较复杂的历史小说,在概念扩大的同时也显得更为复杂。本文为了避免歧义,以便更全面和在更大的范围内勾勒世纪之交中国当代历史小说的发展轮廓、基本现状,在这里姑且沿用比较宽泛的概念来进行概括,即将只有"虚"的历史形态而无"实"的历史依据的纯虚构的作品,也视为"历史小说"引进视野。

　　我认为,作为一种既古老传统而又富有时代特征的普泛的文学思潮,历史小说在当代中国的重新复兴尽管只有短短的 20 余年历程,但由于历史的、现实的、文化的诸多方面因素的综合作用,它的总体成就却是相当突出的。这个突出成就,其共时态的表现是:密切地保持创作与整个中国当代文学乃至世界文学主潮息息相关的联系,使其不仅丰富多元立体,而且还殊途同归地将艺术目标指向"人的解放及其现代性"的这一时代主题上;而就历时态的角度观照,则不妨可作这样表述:这就是以开阔开放的思维观念和变革创新精神,不断地打破自己心造的和手造的创作模式,进行艰难的转型。这种转型具体又可分以下三个阶段:

---

① 　郁达夫:《历史小说论》,《郁达夫文论集》,浙江文艺出版社 1985 年版。

第一阶段(1977—1982 年)。历史小说在短期内迅速崛起,产生了姚雪垠的《李自成》、徐兴业的《金瓯缺》、凌力的《星星草》、任光椿的《戊戌喋血记》、端木蕻良的《曹雪芹》、蒋和森的《风萧萧》、杨书案的《九月菊》、鲍昌的《庚子风云》等一批史诗性的鸿篇巨制,并在 80 年代初达到了新文学以来的鼎盛期而成为世人瞩目的文学重镇。从思想内容看,此一阶段的历史小说表现了强烈的政治意识和忧患意识;作为"文革"的过来人和"反右"运动的受害者(这一时期颇多历史小说作家曾经被打成为"右派"),没有人比他们对封建法西斯专制主义更具有感同身受的深切体会。因此,在拨开阴霾、重见天日的乍初,就毫不迟疑地把情感指向和主体价值追寻活动定位在对封建主义思想,尤其是君权独裁、愚民政策、盲目崇拜、伦理至上、扼杀人性等方面内容的关注和批判上,以充满激情的叙事和宏大的场面参与对民族历史的反思。这使其一出来就处于颇高的思想艺术起点之上,与"人的解放及其现代性"的新启蒙思想潮流契合相符,并成为这场新启蒙运动的重要组成部分。为此,历史小说的成就和影响自然也就远远超出了自我本身,而在事实上成为当时整个时代的"文学经典"。这是历史小说最辉煌的时代。我个人甚至认为,它是继明代中叶首次高潮之后,在 500 多年间中国历史小说所仅见的又一次高潮。

但尽管如此,成就背后也潜伏着危机。大多作品基本上是一种社会政治或准社会政治的观照,思想价值和艺术取向也比较单一,很难跳出农民/地主、正面/反面、英雄/叛徒、革命/反革命、前进/倒退这样一种两极对立的模式。所有的人事描写都呼应"阶级斗争和人民群众是推动历史前进的唯一动力"的观念,而很少甚至不敢旁涉非阶级性的、纯人性方面的内容。即是说,这是国家的、民族的、阶级的神性的话语,而不是作家个人化的或大众消费性的话语。也正是这个缘故,所以在这次高潮过后,历史小说很快陷入了沉寂。而在此时,现实题材文学创作经过一段酝酿积蓄之后迅速赶上,相比之下,历史小说领域反差太大。到底如何在原有基础上求得新的发展,这个问题尖锐地摆到了历史小说作家的面前。

第二阶段(1982—1990 年)。历史小说逐渐失去了前一阶段的轰动性,声势开始减弱。但另一方面,由于受"文化热"的影响和"观念创新"的驱动,在整体上则又明显表现了由一般政治历史反思向文化历史反思转换的趋向。愈来愈多的作家特别是中青年作家突破过去惯见的阶级斗争的单一模式,自觉采用宏观大文化的视角,笔力所及中华上下五千年历史以及由此凝结而成的内隐和外显的观念系统,包括物质文化、制度文化、社会潜文化等方方面面,这就因此而给作品在思维层次和艺术向度上带来了两大新的变化:一是描写对象已不再拘泥于农民领袖或民族英雄的系列范围,而是开始广泛扩大到知识分子、统治阶级内部矛盾等各个方面;二是艺术重心已不再满足阶级论、编年史式的概括和反映,而是更倾心对朝代兴亡、文化基因、心理结构的穿透和自审,从中体现出一种历史追溯意识和艺术思辨力。像顾汶光的《大渡魂》、刘斯奋的《白门柳》、凌力的《少年天子》等都具有这样的特点。

文化,本来是一个极具弹性的概念,据说各种定义就有160种之多。不过对于这一阶段历史小说来讲,我认为它的意义和价值主要就是为之提供一种感知历史的多维开阔的思维观念和审视角度。这种思维观念和审视角度当然不是唯一的甚至恐怕不能说是最好的,但考虑到当代历史小说领域长久以来被严重的政治化因而也直接招致其创作出现严重的公式化概念化的客观现实,故我们就感到它特别重要而难得,读来颇令人耳目一新。这与此期当代文坛盛行的"寻根文学"遥相呼应,同出一源。诚然,它也从此为历史小说如何处理文学与文化关系、寻求彼此审美沟通,留下了一个历史性的难题。

不仅如此,随着中西文化交流的进一步深入和文学的日趋繁荣开放,这阶段历史小说在普遍向文化位移的同时,也开始有意识地借鉴西方的现代主义,创作出了颇具现代派意味的《苦海》(王伯阳)以及"新历史小说"《红高粱》(莫言)等。另外,《括苍山恩仇记》(吴越)、《波影珠》(董乃斌)、《康熙皇帝》(郭秋良)、《津门大侠霍元甲》(冯育楠)、《白衣侠女》(王占君)、《龙吟虎啸》(王有华)、《强盗与尼姑》(王真)、《唐伯虎落第》(曹正文)等一批以故事情节的曲折离奇(其中有的是子虚乌有的纯虚构作品)见长的传奇通俗的历史小说也应运而生。形式、风格、手法、类型日趋多样化。与之相关的,存在的问题也不少,争论也逐渐多起来。于是,中国作家协会于1986年6月在湖北黄冈召开了一次全国性规模的"历史小说创作研讨会"。它在纷争诘难中,拉开了历史小说及其观念大讨论的序幕。

第三阶段(1990—现在)。这是中国社会转型的加速期,也是当代中国历史小说走向更加多元、更加开放、也更加繁荣的时期。特别是90年代以来,在市场经济和西方后现代主义影响之下,一批先锋作家的相继加盟,更是大大推动了历史小说的这种整体态势的新变。我们看到,一方面,随着社会由政治中心向经济中心转移,以及文学不断地被影视大众传媒所挤压,这就不能不使上述这些历史小说在事实上处于相当的尴尬境地;但另一方面,也正是这种,它才有可能促使历史小说不得不对自身原先的创作体系模式进行反思和调整,从而为其现在和将来的历史转型打下了基础。这从长远的观点来看,是有好处的。

现在要对 90 年代以来历史小说作出确当的描述和评价还为时尚早。不过,就本文的论题范围而论,我认为它至少有以下四点新的动向值得引起注意:

(1)受传统文化或海外新儒学的影响,创作了一批以文化名人为主体的传记体作品,如杨书案的《炎黄》、《孔子》、《老子》、《庄子》、《孙子》,韩静霆的《孙武》,曲春礼的《孔子传》、《孟子传》、《孔尚任传》,唐浩明的《曾国藩》、《旷代逸才》,穆陶的《林则徐》等,希望通过文化溯源增强中华民族的自信心,用名人先哲的伦理精神和人格魅力来教育后代,用中国传统文化的历时性辉煌来对抗西方现代强势文化的共时性威胁,将人物史传的叙事巧妙地转化为对现实民族本位文化的支撑和承传。

(2)受历史和现实生活的催化,或基于意识形态与伦理道德规范性的考虑,注目于晚近的党史、军史、共和国史,首次不约而同地将视野投向毛泽东等一批刚离我们不久的领袖人物,题材下移,力图将历史与现实、阶级性与人性、爱国主义与本我主义连接起来。通过对那段刚逝去的创世纪辉煌历史以及那些创世纪伟人的回忆,以说服和引导读者认同现实秩序和自我的社会位置。如周而复的《长城万里图》,王火的《战争和人》,李尔重的《新战争与和平》,黎汝清的《湘江之战》、《碧血黄沙》,石永言的《遵义会议记实》,权延赤的《走下圣坛的周恩来》等;

(3)从莫言的《红高粱》开始,到苏童的《我的帝王生涯》、《米》,刘震云的《故乡天下黄花》,叶兆言的《半边营》,格非的《敌人》等为数众多的一批"新历史小说",它们选材与寻根小说相似但却割断了与寻根小说的精神联系,不再讲匡时救世、重塑民族魂魄作为自己不能承受之重的使命;而是袭用后现代主义或新历史主义的某些理论,在任性、无奈乃至颓唐的叙事中,将历史与过去庄重严肃的阶级或阶级斗争层面转向到世俗卑琐的纯人性纯生存纯生命的层面,从而对上述两种以政治/伦理、文化/人格为本位叙事模式颠覆与消解。

(4)受商品经济和市民趣味的影响,抓住历史的某些碎片泡沫如风流天子、风流女皇、太监宫女、和尚尼姑等宫闱寺院秘史绯闻编织故事,进行"戏说",强化突出它的感官刺激功能,排除历史意识,割断与现实生存的真实性联系,把历史小说简化转化为演绎享乐主义和欲望消费的价值观,迎合大众口味和商业规则的纯文本游戏。街头书亭书摊上出售的某些大众通俗文学杂志,内中不少的历史小说就是属于这种情形。

上述种种不同的创作走向,其实反映了作家对政治/文化/商品的不同选择。它们的共时并存,甚至在一个文本中既矛盾又统一地同时并存两种或两种以上不同的创作倾向、两套或两套以上不同的价值体系,从一个侧面反映了当下中国社会转型之际文学文化现代性的"众声喧哗"的复杂景观。

(载〔日〕《大众文学研究》1997年第2期)

当代历史小说中的明清叙事

在新时期斑驳纷纭的历史小说大潮中，明清叙事无疑是一个引人瞩目的突出亮点。尤其是 20 世纪 90 年代以来，愈来愈多的作家更是把目光投向中国晚近的这充满风云变幻的历史时空。这是因为明清鼎革之际社会矛盾和文化纠葛的尖锐复杂，与当下中国社会的大变革和文化转型有许多脉息呼应之处；中华民族由盛转衰的那段历史大动荡以及由之而来的人性大曝光，"与小说艺术应当高度集中的写作要求正好一致。"①尽管在这之中，也许无法不打上现时代的某些潜隐的印痕，甚至并不排除间或仍存在着戏说、野说、闲说历史等现象；但从总体来看，毫无疑问，绝大多数的作家都是写得很用心的，创作路子也相当严正。特别是像姚雪垠的《李自成》最后二卷（四、五卷），凌力继《星星草》之后的"百年辉煌"系列（《少年天子》、《倾国倾城》、《暮鼓晨钟》）、《梦断关河》，唐浩明的《曾国藩》、《旷代逸才》、《张之洞》，二月河的"落霞"系列（《康熙皇帝》、《雍正皇帝》、《乾隆皇帝》），刘斯奋的《白门柳》，熊召政的《张居正》（刘、熊这二部作品均获"茅盾文学奖"），张笑天的《太平天国》，蔡敦祺的《林则徐》，马昭的《世纪之门》等一批长篇，堪称是这方面的代表作。因此，在个人化、欲望化叙事颇有点失控的今天，它们就显得格外的凝重厚实和富有钙质。一定意义上，可以说是表现出我们这个转型时代的文学精神和骨气，反映了知识分子以史鉴今、重塑中国未来新形象的殷殷之情。正是基于如上的事实和道理，我认为当代历史小说作家的明清叙事，不仅仅是属于历史小说的，同时也是属于整个时代文学的。它所体现出来的思想艺术指向，与世纪交替的文化反思潮流十分合拍，给我们以许多深刻的思考。

---

① 刘斯奋：《〈白门柳〉的追述及其它》，《文学评论》1994 年第 6 期。

本文为了论题的方便和集中,拟以凌力、唐浩明、二月河三位作家的作品为中心进行考察。试图通过这颇具代表性的个案分析,从一个侧面对 90 年代以来的历史小说创作进行归纳和总结。

一

历史小说作为一种独立的小说体裁,具有某些特定的写作规范。在通常所说的历史与艺术的关系上,古往今来的创作实际上各行其道,各领风骚。鲁迅当年曾将它分为"博考文献,言必有据"和"只取一点因由,随意点染"两类。① 今天的情况当然就更丰富也更复杂了,除了姚雪垠为代表的社会政治型历史小说之外,还有年轻新锐创作的现代主义历史小说(如赵玫的《高阳公主》)、新历史小说(如苏童的《我的帝王生涯》)、新故事新编(如李冯的《另一种声音》)等。且每个作家亦往往都有自己的考量和处理,真可谓争奇斗艳,姿态纷呈。

面对历史小说的这种日趋多样的创作趋向,凌力、唐浩明、二月河作出了自己的理性选择。他们彼此的艺术个性和审美趣味不同,但在追求艺术描写的历史性、质定性和整体性,尽可能地复现历史原貌方面,却具有惊人的相似或一致之处。凌力在谈《关河梦断》的一篇短文中就坦言相告:"认真倾听历史的声音,尊重客观的历史真实,应该是我写历史小说的基础。"②二月河、唐浩明也多次表白:他们的"落霞"系列、《曾国藩》等小说的创作,不仅"既忠实于历史的真实性,又忠实于艺术的真实"③,而且其中"所写的大多都是真的","当中主要人物的姓名、家世、生平经历等等,也与历史记载相符",即使虚构也"是有可能发生的,也就是说,将虚构的成分置于整个小说的历史氛围中是浑然一体的,令人可信。"④这便使他们在众多的"主义"和类型中,不能不对现实主

---

① 参见鲁迅:《故事新编》序言,漓江出版社 1999 年版。
② 凌力:《倾听历史的声音》,《光明日报》2000 年 7 月 20 日。
③ 李海燕、谭笑:《晚霞璀璨,黑暗来临——二月河谈他的"落霞"系列小说》,《东方》2000 年第 4 期。
④ 唐浩明:《〈曾国藩〉创作琐谈》,《文学评论》1993 年第 6 期。

义情有独钟,反映在创作中,就是普遍采用建立在深入历史研究基础上的那种史传式的客观写实和理性把握的宏观叙事。而现实主义,无论是作为一种艺术哲学或美学原则,还是作为一种创作方法,它原本就与辩证唯物主义、历史唯物主义具有密切的理论渊源关系,在真实地再现历史及其本质,反映历史的深度和广度上,的确较之其他样式具有难以企及的独到优势。所以这样的结果,自然就给他们的历史叙事带来了为一般作者所没有的特别强的艺术品格和真实效应:不仅在诸如吴桥兵变、清初入关、顺治临朝、康熙除霸、雍正夺嫡、太平天国、中法战争、洋务运动、戊戌变法等到一系列重大事件描写上,悉按当时的历史"本事"演绎,与历史原型保持异质同构的"胶着"关系;而且内中还全方位、大容量地融进事件之外的山川名物、宫廷礼仪、典章制度、机构设置、官员配备、饮食起居、农事桑麻、民俗风情等各类生活场景,以及自己深入历史所得的研究成果。这无疑使小说因此更切合历史的本色与本色的历史,实现最大限度的历史还原,从而散发出浓浓的历史感。这一点,在当下"戏说"历史成风的情况下,尤为难能可贵。

当然,这也许不是最主要的,关键还是要看它还原什么,怎样还原。须知我们今天所说的历史,其实包括"历史本体"与"历史认识"。按照福柯的说法,前者属于文献知识,后者属于意义知识。只有将文献知识上升为意义知识,历史小说才能在史实还原的基础上表现出一种重诠历史的价值判断和意义指向。这也是现实主义的本质规定之所在,是历史小说创作的一个根本要旨和难点。上述三位作家之所值得称道,主要也就在于此。就拿凌力的"百年辉煌"来说吧,该作品系列浓墨重彩地再现了崇祯五年(公元 1632 年)至康熙六十一年(公元 1722 年)期间明清两个朝代的重大历史事件和重要历史人物,这其中就融入了作者个人对王朝兴亡的历史理性思考和以"变"为要揭示历史的思想认知:"'人间正道是沧桑',变化确是天地人间的大道,是事物的客观规律。写长篇更得注重这个'变'字。"①在这里,最具价值并让我们赞赏不已的,应该说主要还是作者的史识而不是它所还原的史实本身。

同样道理,是二月河笔下的"落霞"系列展现的宫闱争斗尤其是雍正与"八

---

① 凌力:《天子—孙子—孩子——有关〈暮鼓晨钟〉创作的思考》,《当代作家评论》1994 年第 1 期。

爷党"之间的储位之争,它显然烙上鲜明的时代社会和作者个人情感好恶色彩,包括站在整个社稷民生和社会稳定高度来审视封建帝王个人作为的历史认识,甚至包括赋予某种通古鉴今的现实的生存体验(如对雍正的"恶与孤独"主题的叙述)。简言之,他对雍正的"翻案"及其悲剧的描写,已远远超出了传统的"历史演义"的范畴,实际上变成了"把自己投入进去"(二月河语)进行重塑的个性化历史的产物。至于唐浩明的皇皇八大卷、洋洋二百多万言的三部小说在这方面似乎就更突出了,他的以文明、社会进步而不是以阶级、政治意识形态为取向的人文立场,对知识分子和民族文化既认同又批判,同时又将其纳入世界整体格局进行重构的历史理念,不仅极大地激活、提升了题材本身固有的厚重的史实内涵,而且使其笔下的曾国藩、杨度、张之洞因此具有很强的现实性和关照性,并让我们由此及彼对古与今、中与外、情与理、理想与现实、个体与群体等关系问题作出深刻的反省和别具新意的阐释。总之,唐浩明的成功,他让人觉得有"味道",最根本的是得益于厚积史实基础上的新颖而不失稳健的历史眼光。福柯曾说过,历史叙事不应简单地局限在"解释文献、确定它的真伪及其表述的价值,而是确定文献的内涵和制订文献",依靠作家的知识素养和理性认知,使历史由文献"这样一种无生气的材料","重新获得对自己的过去事情的新鲜感。"①上述三位作家的创作,又一次为这个观点提供了证据。

不过尽管如此,我们不应让凌力、唐浩明、二月河作品中"史"的因素夺去太多的注意。毕竟,历史小说是小说而不是历史;既为小说,就不能偏离塑造人物及追求小说自我美学规范的基点。而作为具有丰富创作经验和艺术积累的中年作家,他们自然也深谙此道,并努力实践各具个性化的史诗结合或曰融史于诗的审美转换和创造。文学硕士出身的唐浩明于此似乎较为谨慎、规矩,他特别敏感于捕捉凝聚着复杂社会历史关系的"蜘蛛式"的典型人物——一头连着宫廷帝王后妃,一头连着各级地方官吏的朝廷重臣,以此为主线,用一种俯瞰般的整体观照和全知全能的叙事视角,笔力雄健地再现一段历史的风云波涛。从书写的气质来看,他的创作大体属于史传式的历史正剧。作者注重

---

① 〔法〕米歇尔·福柯:《知识考古学》,谢强等译,生活·读书·新知三联书店 1998 年版,第 6—7 页。

历史氛围和文化气息的营造,强调叙事情节因果链的前延后递,并将它纳入历史大框架中按照现实主义的事理逻辑进行编码。这就使其不仅散发出浓浓的书卷气,而且具有很强的理性穿透力。当然有时他也失之分寸、表现出了颇明显的重史轻诗倾向,故艺术描写未免质胜于文,显得有点拘板,缺少应有的韵味。

相比之下,凌力、二月河就洒脱得多,更具灵性的特点。凌力以前也比较偏重历史还原,强调主要内容要有史可稽,是一种学者型的较为正规的历史小说写法。从《少年天子》开始,她就有意识地进行历史人化、内化的探索,并取得了骄人的成就。90年代以来,她的历史小说大体走的也是人化、内化的创作路数,继续描写重大历史事件和历史事变中的人的生存及其精神心理状况,将历史转化为活生生的心史和情史;同时又在虚与实、大与小、轻与重、英雄传奇与世俗生活、真善美与假恶丑等一系列关系处置上有新的拓展。尤其是反映鸦片战争的近作《关河梦断》,其众所周知的血与火的内容被巧妙地虚化为作品的背景,正面向我们展示的则是完全虚构的普通人——一个梨园世家与时代风雨纵横交织的爱情传奇故事。这种独出机杼的创作视角和聚焦谋略,不但对凌力本人甚至对整个历史小说创作而言,都是一次难得的突破和超越。它使作者笔下的历史显得格外的厚实而鲜活,充分显示出现实主义创作方法有着通向艺术至境的多种手法、多条渠道。

二月河则又有别于凌力,在历史真实与艺术真实之间,他自述更偏重于后者。这不仅表现在虚构的自由度更大,进入作家历史叙事中的,除了正史外还有大量的野史、民间史、神话传说甚至妖道鬼神(这方面描写,有些地方显得过火,如《雍正皇帝》中的人妖斗法就明显失之荒诞);更为主要的还是在于在寻求史、诗结合的同时,特别进行了通俗化写作的探索,为历史叙事的雅俗共赏作了卓有成效的成功尝试。如采用章回体形式,评书口吻表述,融历史、情爱、武侠、推理等小说因素于一炉等。因而故事情节波澜叠起、环环相扣而又层次分明、脉络清楚。传统的历史小说到底如何进行审美转换,寻找既合乎小说艺术又契合市场规律及读者需求的新的历史还原的叙述方式,最大限度地发挥娱乐消遣功能,处理雅俗之间的关系,二月河的创作对我们无疑是有启迪的。

二

可能是受潜在的民族情感的驱动,现如今包括明清叙事在内的历史小说都加强了对传统文化资源的发掘。与粉碎"四人帮"初期将凌厉笔锋投向帝王将相、饱蘸血泪地反封建不同,他们似乎更多也更愿在传统文化及其封建上层人物身上寻找人物品性中的积极正面的东西。凌力、唐浩明、二月河也是如此。所以,历史温情在他们笔下弥漫开去,传统文化显示出了前所未有的迷人色彩;其有关的顺治、康熙、雍正、乾隆、曾国藩、张之洞、杨度等描写变得可亲可爱起来,他们普遍被作者"翻案"为戡乱治世的英杰和忠勇仁义的传统文化的代表。这表明作者们在观念上已实现了对简单狭隘的阶级论、本质论的超越,真正运用恩格斯的有关"历史合力论"对传统文化进行比较客观公正的理性审思。这一点,他们的创作谈可以佐证。如二月河就曾说过:"中国的文化是博大精深的,孔孟以来的中国文化传统是渗透到每个中国人的血液里的,是任何力量打不倒的。"①凌力也认为:康熙、雍正、乾隆"他们祖孙三代皇帝,以'敬天法祖、勤政爱民'为座右铭,医治战争浩劫遗留下来的创伤,努力实现中国传统文化长期提倡和颂扬的仁政,给中国平民百姓带来了一个半世纪的和平与繁荣。"②已有的大量事实也告诉我们:中华民族的文化传统是富有生命力的,即使在步入由盛转衰的晚期——明清时期,在内忧外患的刺激下,它也能调动起全部力量和精华,作最后一搏,实现一次回光返照式的中兴,产生出一批的历史人物。也许正是从这个意义上,凌力、二月河才将他们的多卷本作品命名为"百年辉煌"和"落霞"系列,显示了强烈的民族自尊与对文化重建的期盼。这与新历史小说致力于消解颠覆,流露浓厚的虚无颓废倾向,形成了鲜明的反差。

但这样说并不意味作者就不写历史的负面与负面的历史,为了弘扬所谓的民族优秀传统,主观随意地美化和粉饰笔下的明清历史。而是相反,基于严正的现实主义立场,充分正视其中可怕的异质,对它在走向"落霞"过程中所展

---

① 李海燕、谭笑:《晚霞璀璨,黑暗来临——二月河谈他的"落霞"系列小说》,《东方》2000年第 4 期。

② 凌力:《暮鼓晨钟》后记,十月文艺出版社 1997 年版。

现出来的衰退没落有着足够清醒的认识。在他们看来,虽然明清之际中国社会各方面在原有的体系框架下达到了极致,固有文化也显得相当璀璨夺目;但它毕竟是西山迟暮,沉入黑暗的趋势不可逆转,其封建文化的劣根性也表现得最为淋漓尽致。尤其是上层政治集团的腐败丑恶及其专制政体内部的残酷诡谲的政治权力、政治权术的运作,更是达到了登峰造极的地步。于是,他们往往带着不无矛盾、痛苦乃至惆怅的心情对此进行批判揭露,这使得他们的作品无意平添了一种微妙而复杂的况味,并深深触摸到了中国晚期封建社会的某些规律性的东西。唐浩明的深刻犀利,很重要就表现在透过貌似正常平静的一些重要人事变动,来揭示其背后隐含的惊心动魄的政治角逐和权力斗争。如《张之洞》上卷第二章有关张之洞"破格简拔"为朝廷重臣并出任山西巡抚一事,表面上看,它只不过是朝廷下的一道谕旨,但作者洞幽烛微的描写告诉我们,实际上它却包含了当时晚清君臣干员之间极为诡谲复杂的政治用心和机谋权变:最高统治者慈禧越级提拔张之洞,是为了制衡功高自大的李鸿章、曾国荃等人;醇王极力举荐,是意在拉拢;堂兄张之万中间斡旋,主要是为了扩大自己在朝中的势力。而作为政治利益最大受惠者的张之洞,为了未来的政治前途,也为了保持一点清流的名节,他在接到谕旨的当天晚上,独自一人前去醇王府拜谢,对醇王动之以情,恭谦应答……其他类似的情节和场面在书中比比皆是,包括前面两部作品《曾国藩》、《旷代逸才》。

可以这样说,张之洞及曾国藩、杨度所谓的立德、立功、立言,他们无一不殚思竭虑而又无可奈何地借助于政治权力这根魔杖,被置于当时满汉之间、庙堂之上和群僚之间的权力角逐的网络之中。这就从一个侧面向我们揭示了知识分子与封建集权体制之间的暧昧关系:一方面,为了经世致用,贡献自己的政治智慧,往往千方百计地进入权力机制、介入权力斗争,因为有位才有为,只有这样,才能改变其整体的功能结构;另一方面,一旦进入权力机制和介入权力斗争,就不能不与政治权力合谋,不可避免地学会了权力机制派生的特有的狡诈和残忍,其智慧则变成世故圆滑、尔虞我诈,甚至异化为可怕的反人性反人道的阴谋诡计,最后成为权力斗争的受害者和迫害者。作者对集权专制下知识分子的生存处境和文化命运可谓洞若观火,鞭辟入里。

如果说唐浩明主要从知识分子和官场文化角度揭示封建王朝内部残酷的政治杀戮、权力斗争,那么凌力、二月河则侧重从帝王及宫廷文化层面探讨这种政治杀戮、权力斗争与专集独裁王权结合给整个社会带来的巨大吞噬力。这是一个比官场更可怕也更诱人的特殊场所，它拥有了封建专制政体的全部狡诈和阴谋，实际上成了一切政治杀戮、权力角逐的大本营和策源地，能把人性中最卑鄙、最丑恶的那部分私欲如挑拨是非、钩心斗角、排斥异己、争权夺利、父子反目、兄弟倾轧等激发出来。处在这样的权力机制中，作为皇权化身封建帝王，即使有良好的个人素质，也都不能幸免。凌力《暮鼓晨钟》中的冲龄天子康熙形象塑造便具有这样一些特点，作者倾力在险恶的宫廷斗争中展示他智擒鳌拜、夺回大权的非凡智慧和胆识；但同时也表现他少年老成地学成帝王之术，他那天资聪颖、坚毅倔强性格中的另一面：这就是随着年龄的长大和形势的严峻，而为人处世日趋虚委多疑、刚愎暴烈，这与他在后宫的率真天性形成了鲜明的对比。

当然，最典型的恐怕要数二月河的《雍正皇帝》，他所描绘的宫斗要比凌力的叙述更来得严酷惨烈，扣人心弦。围绕着雍正的"夺嫡之谜"、励精图治以及"恨水东流"等重大史事，作者将人们引向波谲云诡、危机四伏的深宫内廷，用他那极具渲染力和观赏性的生花之笔描写了四爷雍正与兄弟"八爷党"之间展开的一场惊心动魄的权力争夺战：双方斗智斗勇，斗权斗术，阴谋诡计无所不用其极，把上自康熙皇帝、后宫皇后嫔妃、弘时皇子，下至年羹尧、隆科多、张廷玉等大批重臣以及谋士、太监、宫女等都拖曳进来，搅得宫廷内外腥风血雨，狼烟四起。以至连作为最高存在的康熙都无法摆脱它的梦魇般的纠缠，不仅在有生之年为儿子间的相互争斗和残害而伤心焦虑，耗尽心机，而且在弥留之际都不得安宁地走完生命的最后旅程，被这帮时刻觊觎皇位、毫不顾惜父子之情的儿子们活活地气死。而作为赢家的雍正，他也正是靠察言观色、沉着应对，采取一系列政治手腕和权术，才问鼎九五，实现其整顿吏治的政治抱负的。作者以较著的篇幅展示，在九个阿哥中，雍正本来尚比较温和厚道，但他一俟介入权力斗争，就逐步变得刻薄寡恩、不择手段。为了争夺皇位和巩固皇位，他殚思竭虑地博取康熙的信任，拉拢十三爷、年羹尧、隆科多，甚至对跟随和效忠自己多年的心腹下毒手。他在当皇帝前后，活埋了与八爷勾结的管家高福儿；即位之后，将知道很多内情的手下坎儿杀掉；而对"智囊"人物邬思道也不放心，虽然邬已急流勇退，但他仍派人监视，时刻加以控制。可见其心机之深沉、手段之狠毒，难怪悉知他的邬思道形容说："四爷豺声狼顾，鹰视猿听，乃是一世阴鸷枭雄之主"。而生活在这样尔虞我诈权力机制中的封建帝王也许他个人是"自由"的(黑格尔认为古代的中国只有一个人是自由的,这个人就是皇帝①),并享有至高无上的权力,但他内在的人性是寻觅不到灵魂的安妥,而必然陷于无可排解的孤独。这种孤独不是传统意义上缺乏心灵与心灵的对话,而是根本就不存在着这种对话的可能。因为他由己推人,往往对周围的一切充满了怀疑猜忌,是真正的孤家寡人。《雍正皇帝》的结尾,作者安排雍正死于乱伦的悲剧,他宠幸最多、寄托了最大心灵对话可能性的,竟然是他自己的亲生女儿引娣。这个结局明显是作家的一种大胆的想象,引起了不少的争议,但是这种安排的确写出了雍正令人绝望的孤独和无法超越的历史规定。虚与实的比例在此都是无关紧要的,重要的是想象的某些素质已经悄悄地发生了的变化,多少融进了一些先锋文学的因素,②并且颇富意味地将权力描写与人性嬗变有机地结合起来。

明清题材历史小说中的这种强烈的权力叙事有其深刻的必然性、合理性。权力本来就是政治的重要组成部分,是驱动历史发展的一个根本要素。正如英国历史学家阿克顿所说:"历史并非清白之手编织的网。使人堕落和道德沦丧的一切原因中,权力是最永恒的、最活跃的。"而中国作为一个具有几千年悠久历史的高度集权的国家,在这方面就更是得到极度的膨胀。从一定意义上讲,几千年中国历史就是一部权力争夺的历史。因此,自《三国演义》以始,古往今来包括凌力、唐浩明、二月河等作家在内的历史小说将艺术描写建立在对政治斗争及其斗争策略或权术关心之上就很自然的了,甚至像唐浩明的《旷代逸才》"更把它作为贯穿全书的一根链条"(唐浩明语)也不难理解。这是历史对作家选择的结果,也是当代历史小说作家求取历史真实(历史还原)、诠释封建文化乃至承续历史经验和人生智慧的一个重要途径或方面。因为无论是作为一种行为还是作为一种手段,从某种意义上讲,权力运作实际上表现了人的政治智慧和人生智慧,它在客观上不能不说是人类历史经验的一个特殊的积淀和组成部分。而从艺术创作的角度审视,权力角逐、计谋权变的诡秘性、不定性,它本身就蕴含着极为丰富复杂的叙事资源,只要稍加转换,就可以写成

---

① 〔德〕黑格尔:《历史哲学》,王造时译,上海书店出版社1999年版,第127页。

② 参见武汉大学范奇志博士论文:《中国当代长篇历史小说创作论》,第49页。

相当曲折动人的作品。这一点,对虚构受到一定限度的历史小说来说显得尤为重要。加上文化市场的诱导以及读者探秘心理的期待,因而历史小说创作中出现的包括上述明清题材在内的权力叙事现象就不仅可以理解,而且也具有为其他描写所不能取代的独到意义和价值。

然而在肯定这一切的时候,我们不应忽略这些作品所写的权力角逐毕竟寄植在封建文化基础之上,是封建政体的衍生物。它所体现出来的政治智慧和斗争经验虽不能说都与社会历史发展无益,但它的核心是等级制的,是人治式专断,与现代民主政治完全相背离。"这种智慧却并没有带来社会的进步和经济的发展,没有带来现代中国的繁荣和富强,它起到的是恶化社会环境、阻碍人类进步的作用。"①至多也只能起到历史循环的作用,从本质上讲是反人性反人道的。正因此,我们在进行艺术描写时就应该将其纳入现代民主和人性人道的整体框架中加以理性审思。这里的根本关键,是要确立权力叙事现代性的逻辑基点,凸现权斗有关的真实的总体历史背景,揭示权斗具体的性质所在及其意义指向。以此返观《暮鼓晨钟》、《雍正皇帝》、《曾国藩》、《旷代逸才》、《张之洞》等作,应该说它们对此也是注意的。其中有些描写,如上文提到的雍正从得势前的"龙骧虎步"到得势后的"鹰视猿听"的性格嬗变,他的孤独,他与引娣乱伦而双双死于非命的悲剧结局;又如《曾国藩》中的曾国藩为了免遭朝廷非议,逼迫兵败的同胞兄弟隐姓埋名去出家,从此与黄卷青灯为伴等,还以自己独到的识断眼光和深刻的批判态度,令人战栗地揭示了权力杀戮的极度残酷及其对人性的可怕扭曲和异化,从而也就在思想艺术上较大地实现了对传统权力观的超越。

当然,这只是举例性质。就总体而论,这样人道主义性质的权力叙事尚不多。不少作家的有关这方面描写似乎还停留在古代史家的认知水平上,因而未能充分显示作为现代人应有的文化超越和审美创造力。情感上也往往流露对权力运作的欣赏同情,有的还借人物之口发出诸如"皇上也难呀"之类的感叹,为权谋者辩解,将权力的知晓(叙述)与权力的皈依不适当混为一谈。这样的作品也许在历史知识、人生智慧和生存处世给人以阅读的愉悦,但却难以在精神上带给人们以震撼和新的启悟;这恐怕正是它们在官场颇为"走红",以至

---

① 　王富仁、柳凤九:《中国现代历史小说论》(三),《鲁迅研究月刊》1998年第5期。

成为"从政之道"、"从商之术"的形象教科书的深层原因。上述三位作家的创作，类似此弊也不是没有。如《雍正皇帝》中历史进步和民本立场的逻辑基点就过于薄弱，与紧张酷烈、触目惊心的权力叙事显得不那么相称；有关引娣这个审视雍正的"第三只眼睛"的人物描写，赋予其理性批判的色彩也嫌淡。另外，像《曾国藩》《旷代逸才》等作，在权力叙事方面也或多或少存在重述多于创造、同情多于批判的问题。

看来，以人性人道为基点实现对古代作家权力观的超越，包括精神取向、思想认知也包括艺术审美的超越，这个问题有必要引起当下历史小说作家的高度重视。否则，他们所创作的历史小说的原有文化优势不仅难以得到有效发挥，处理不当，甚有可能滑向与时代社会相悖的反现代性的轨道上去。

三

探讨明清题材的历史小说创作，还不能不述及中西文化冲突方面的内容。这也是近年来历史叙事的一个新的生长点。可能是与题材的普遍下移（从古代下移到近现代）不无有关吧，现今的不少作家已不满于过去垂直式的古今关系的创作思路，而是放开眼光，努力从横向的中外尤其是中西关系角度切入进去，站在世界文明一体化的高度来观照历史，正面直接地表现民主、自由、平等、科学等时代话题，从而给历史小说带来了不少生机和活力。像刘斯奋的《白门柳》、马昭的《世纪之门》、蔡敦祺的《林则徐》、吴果达的《李鸿章·海祭》、张笑天的《太平天国》包括陈军的《北大之父蔡元培》等，都明显地体现出了这种意向。尤其是刘斯奋的《白门柳》，更以其自觉写民主、颂民主的高远立意和文化＋诗情的描写在同类题材中脱颖而出，倍受广泛好评，而荣获第四届茅盾文学奖。可以这样说吧，几乎所有的明清或近代题材的历史叙事，都程度不同地涉及这个问题，它们从来没有像今天这样普遍感兴于民主、自由之类话题，重视文本中西文化内涵的阐发。这样的结果，毫无疑问，它当然不能不给相对单一滞后的历史小说的整体构成和水平带来一定的改观，使之新颖警策，以更大的时空范围和更具现代性的思想去激活历史，创造历史。为什么在整个世纪交替的历史小说创作中，明清叙事较之其他时代的作品显得更有思想冲击力,与时代社会更有一种精神连接的对话关系,这恐怕是其中一因。

在了解了当下历史小说中西叙事的总体情况之后,我们就可更具体切实地展开对凌力、唐浩明等作家有关这方面求索的探讨了(二月河的创作对此很少涉及,这里就暂付阙如)。

不妨还是从凌力说起。她虽不能说是最早的,但无疑是迄今为止当代历史小说中最早进行中西文化关系探索的少数作者之一。她的《少年天子》在描写清初宫廷斗争时,抛弃了一般人对西方传教士的误解,以充满韵致之笔为我们刻画了一位热心宣扬西方博爱、仁厚基督精神的文明使者汤若望形象。此后的《倾国倾城》《暮鼓晨钟》,在满、汉、洋文化对峙的聚集点上,又进而对此作了较深入的揭示。如《倾国倾城》在叙述吴桥兵变、明王朝覆亡时有这样一些围绕西洋火炮的情节:孙元化善用西洋火炮,筑炮台抵御清兵;朝野保守势力则把火炮当作"妖术",利用一次炮筒爆炸事件否定这一先进的防卫技术;而率兵进攻登州的皇太极和范文程却乔装潜入登州城,探寻西洋火炮的秘密。这样的情节想象与设置,就寓意深刻地将兴亡治乱的历史题材与西方文化联系起来思考。

当然,真正正面展开叙述并且在整体上有创意的当推1999年下半年出版的《梦断关河》。不同于八九十年代众多的反映鸦片战争或抵抗外侮的作品(如穆陶的《林则徐》等),《梦断关河》不仅构思独特,视觉新颖——通过玉笋班戏子的不幸遭遇来反映鸦片战争给人民带来的深重灾难,将大历史与小历史、国事与家事有机地融为一体,使历史进程内化为人的命运的流程,显示了第三世界知识分子强烈的民族自尊心和正义感;更为主要的是在中西文化关系问题上,摆脱了以前历史叙事完全按照阶级关系或本土文化进行审视的创作模式,至少在以下两点融入了自己独到的见解(自然也包括吸收了史学界在这方面的最新研究成果):

一是将中英战争性质的定位与个中蕴涵的新旧文明之间的冲突结合起来。一方面,作者义正词严地揭露这场侵略战争的凶残暴虐,另一方面又从经济、军事、政治、科学各方面如实显示近代的西方后来居上,处于明显的强势地位。相反,此时的清王朝则全方位地落后了,他们对战争的认识,与千年前的赤壁之战、淝水之战并无根本区别,重视的是权变谋略。更为可怕的是思想观念的落后,甚至愚昧到了用女人马桶和妓院月布沿江排列去"破"所谓的英军炮火进攻,用占卜求签的荒唐之举来"决定"战争总攻的时间……这样的描写,

"两相对照,在军事思想的观念上,交战的双方仿佛差着好几个世纪。所以,侵略者每战必胜,而清王朝各路兵马不是英雄战死,就是望风溃逃,百战百败。"这就注定了"这场战争不可避免,这场战争中中国的失败不可避免。"①而正是借助于这样痛切而严酷的历史叙述,它表现了作者对中西文化冲突的思考已超越了传统惯见的中国"单纯受害者"的狭隘层次(这往往是道德情感层次),而推进到了更加深邃开放的文化和体制反思的层次。二是将这场侵略战争的描写与两国人民之间的关系严格区分开来,用现代宽阔的胸怀看待和处理当年这段历史。小说通篇而下,浸渗着浓烈灼人的民族情感,但作者并没有将战争责任简单归咎于参战的士兵,把参战的双方简单纳入二元对立的思维模式中。相反,还颇为"出格"地为我们塑造了一个反战的英军军医亨利的形象,叙述了他与玉笋班戏子天寿之间从孩童起就结下了深厚的友谊,最后他俩经过了一番曲折磨难还成了一对恋人。他还腾出相当的篇幅,用笔裹霜毫的笔调揭露清王朝统治者对外御敌无能而对内杀人夺物有方。他们在西方殖民者入侵的非常时期,不仅不去团结依靠人口和文明程度都占优势的汉族广大人民群众,反而对他们防范更严甚至肆加杀戮,将抗洋与反汉荒唐地联系起来,视为一体。该书第四卷有关镇江满洲将军海龄在英军兵临城下之际,以"杀汉奸"为名残酷杀害无数汉族百姓、血染小校场和城墙内外的描写,可见一斑。据说这是真实的历史而不是出自作者的虚构,这就更令人震悚,使人痛心。由之,它也体现了作者深挚的人道主义思想,并自觉地将反侵略与反封建、爱国主义与个体主义结合起来,这就十分难能可贵。这样的写法,较之同题材的其他历史战争小说,无疑是更见深度,也更具艺术魅力。

　　就中西文化冲突描写的人性化、灵性化而言,唐浩明的《张之洞》似不及凌力的《梦断关河》,多少显得有些粗疏呆板;但是,男性作家擅长的理性思辨,也给他这部长达125万字的反映近代洋务运动的长篇新作增添了独到的深度和力度,显得厚重大气。它让我们看到中西文化冲突除了最激烈、最极端的民族战争形式外,更多、更普遍并且往往更深刻的还是表现在传统文化自身内部产生的结构性、功能性的裂变,即通常所说的近代维新变法。当然,严格地讲,这样的题材内容早在80年代初就有人写过,如任光椿的《戊戌喋血记》、周熙的

---

① 　凌力:《倾听历史的声音》,《光明日报》2000年7月20日。

《一百零三天》等,且在《曾国藩》、《旷代逸才》中作者也曾有所涉及。但前者的创作指向主要意在为"改良主义"翻案,歌颂其爱国主义的义烈豪举,故题材本身固有的中西文化冲突内涵被淡化了;后者也即作者的《曾国藩》、《旷代逸才》两作,因人物原型所限,这一主题亦没有成为作者在此所要表现的重点。因为对曾国藩来说,他当时的主要忧患是来自传统社会体制内的太平天国起义而不是来自西方的外部威胁,所以无论就他还是就作者而言,都无意于中西文化冲突方面花费太多的笔墨。至于杨度斯人,虽然其生活的近代末期已具备了这种历史选择的可能性,但他迷恋于帝王之术而不悟的行为却偏离了时代本质,因而也难以承担此一严肃的文化冲突的主题。只有到了张之洞这个比曾国藩稍后,而又毕生深深卷入时代社会的矛盾漩涡中,并身体力行地实践"中体西用"的晚清重臣兼知识精英身上,借助于这一具有特定文化语码的人物载体,作者关于传统文化应对西方文化、实行近代转型的思想,才算找到了可以较完美呈现的题材对象。

作为当下历史小说的一部凝重厚实之作,《张之洞》关于近代中西文化冲突的思想理念,最突出的,首先体现为对转折时代传统社会文化心理的痛苦裂变及其反应机制所作的深刻领悟和把握上。作者用如椽大笔描写在内忧外患的弱势生存环境条件下,上至宫廷慈禧、光绪,中至朝廷大员、地方要员,下有民间势力等各种利益群体所作的不同选择,以及在这种选择过程中所折射出来的扑朔迷离的历史走向和丰富复杂的心理内涵。尤其是具有补天倾向的儒家知识分子,面对这场三千年来未有过的文化大碰撞、大裂变,更是表现出分外的痛苦和迷茫。中华民族所创造的辉煌灿烂的华夏文明铸就他们身上根深蒂固的心理优越感,使之有理由哪怕是在清季这一封建末世之际也对固有传统颇为陶醉不已。但另一方面生逢日趋开放的环境,西方列强坚船利炮入侵的事实以及注重科学经济的现状,又迫使他们不得不逐步调整自我心态,在坚持传统价值根基的同时尽可能顺应世道潮流。于是,围绕着改革还是守成,就酿就了作家们叙说不已的知识分子悲喜剧。他们有的恪守周公孔孟之道,不图通变,有的则与时俱进,开始认同并接纳一点西方异质文化。

《张之洞》就是站在这样的层次和高度来审视张之洞倡导的那场"洋务运动",并以某些因循守旧的知识分子为参照对此作了认可。小说开篇,写张之洞虽跻身清流党,但他在对待崇厚与俄国签署的伊犁条约一事却不像张佩纶等其他清流党人那样一味慷慨激昂,攻讦不留情面,只求痛快不懂转圜,而是在奏折和召见时尽可能关注经济,讲究务实,重在言事而少言人,为朝廷设想应时之策。这就将他与一般的清流党区别开来。以后,随着故事情节的进一步推进,当张之洞由言官进而为学官、干臣,尤其是在出任湖广总督期间,从民族求生的"第一命令"的理念出发,破天荒地借鉴西方的强国方略,办工厂、开矿山、建学堂、练新军,成为洋务运动"殿军"之时,由于对现实社会和国情有更深切的了解,进而与清流拉开了距离并逐渐从他们那里分化出来。小说后半部多次写到张之洞对这些清流的不满,以至产生深刻的裂缝,拒绝相见。这其实包含了作者对传统文化尤其是儒学的空疏虚伪("只重虚而不重实,只重末而不重本")的批判,以及对西方经世之学崇尚的深刻用意,从"内源性"现代化的角度揭示了晚清之际社会文化变革的迫切性、必然性。而这种经世之学,正是张之洞最终与清流党分道扬镳的精神内核和心理基础。把握了这一点,它也就将作者大量的有关张之洞突破固有的传统藩篱办洋务,包括为了达此目的不惜投机取巧等有关描写在文化框架的纵横关系上作了清理。该书第八章有这样一个细节:张之洞在山西与西方传教士李提摩太接触过程中,当亲自聆听到了对中国文化的批评和目睹了蒸汽机等科学小实验之后,"不得不在心里表示赞同",他终于认识到在经世致用和科学技术方面,中国确实"一点能耐都没有"。因此他感到有必要向洋人学习,"不管他出自何种目的,我至少可以从他那里取来为我所用之物"。这表明他思想观念上已产生了新的嬗变,身上的求"变"的那一部分内涵开始得以凸现。

当然,张之洞不同于"戊戌维新派"康有为、谭嗣同等人试图一夜之间改变中国的激进式的改革,他的改革是渐进的、温和的,是在维护旧文化和体制前提下的修修补补。他引进西学办洋务,仅仅限于一些技术性、实用性的东西,而不想也不愿去触动传统文化和"圣"教之本;他也正是站在传统文化和"圣"教为本的立场引进西学办洋务的。这使他建立在"中体西用"文化理念基础上的洋务运动,随着历史的急遽发展,日益明显地暴露出内在逻辑的破绽。但却是如此,在上一个世纪之交,他的这一不伤筋动骨的变法也阻力重重,步履艰难,新旧两派都有意见。加上本人好大喜功,使气任性,喜好形式主义那一套,最后终于功亏一篑,不幸流产。小说结尾,张之洞惨淡经营的钢铁厂因管理混乱、贪污成风而导致严重的亏空,办不下去了;他本人也在凄凉中离开了人世,以至于临终前发出了这样的感叹："这一生的心血都白费了"。如此这般,这就向我们昭示张之洞文化自救的失败,说明在科学昌明时代和传统文化日渐衰微的情况下,选择"中体西用"道路所不可避免的悲剧性结局。众所周知,明清时期正好是欧洲历史从文艺复兴走向现代资本主义的全面大发展时期。这时,整个西方文化与成长中的资本主义生产关系互渗互融,产生一系列重大的革命性的变化,使西方社会呈现出了前所未有的勃发生机。而恰恰是在这个时候,中国却在世界范围内落后了,农业经济的自足性和社会文化系统的长期封闭保守使中华民族在近代化转型中停止了脚步,造成了千古历史遗恨。正是有感于此,所以作者上述的有关描写悲凉和痛切之情力透纸背,愈后愈浓。这多少冲淡、弥补了作品诗化不足的一些弊病,它也反映了作为当代知识分子巨大深刻的文化忧患。然而,虽然作者揭示了张之洞文化应变无法更改历史进程的悲剧性本质,但他并不因此贬低或否定其所作的努力;相反,借张之洞的老友兼幕僚桑治平之口,肯定其"中体西用"在特定的历史条件下"是一个极高明的策略"。

不仅如此,在小说最后,通过盛宣怀接任汉冶萍钢铁矿公司扭亏为盈以及黄兴在东京宣称要给张之洞颁发大勋章等情节细节的描写,来反证它在中国现代化过程中所起的作用。凡此种种,都蕴含着历史辩证法思想。即使是对慈禧这样一个应受重责的历史人物,也没有简单地划归保守派之列加以批判鞭打,而是将她放在满、汉、洋三种文化相互矛盾又相互激荡的错综复杂的潮流中加以历史的具体的考察:一方面写她为了维护大清来之不易的江山,不得不"变",默认甚至支持洋务运动,有时甚至表现得不无开通;另一方面出于猜忌、短视,也是为了满足一己私欲和维护清朝权贵者的利益,不仅经常摇摆不定,而且成为推动变革运动的极为重要的制约性因素。这就比较客观公正,它也体现了作者惯有的开放而又不失稳健的叙事风格。

总之,无论从中西文化冲突的整体历史理念来看,还是就它对具体历史情景和构成内涵的把握来看,《张之洞》都有独到和深刻之处。它的出现具有一种标志性的意义,表明了历史小说叙事尤其是明清题材历史小说叙事进入了一个新的更加开放开阔的时空领域。

(载《文学评论》2002 年第 4 期)

历史追忆中的多层次掘进
——论近年国内"反法西斯主题"的抗战文学创作

历史是否正如多棱镜一样，具有变幻莫测的多种潜在话语的可能？20世纪80年代中期以来，取自中国近现代历史时段的作品源源不绝，这与其说是文学对历史的好感，不如说是文学向历史讨要话语权力的一种方式。因为从作家的创作实绩来看，他们的兴趣似乎并不在于历史本身的钩沉索隐，而是立足于当代性的要求来表达重新书写历史的欲望。以眼下"反法西斯主题"的文学创作而论，作为一个世界性的文学事件，它曾蕴生了多少优秀佳构，以致成为超越国界、超越民族的永恒话题。但随着人们对"二战"历史认识和理解的不断深化，近年来这类题材又成为许多作家关注的热点，在选材立意、价值取向、审美形态诸方面发生了微妙而深刻的变化。

一、世界格局与文学传统中的当代中国写作

也许我们宁愿拒绝今天这种文学的辉煌，而不愿人类拥有昨天曾经历过那场可怕的"文学之源"。在人类的整个发展过程中，战争作为一种特殊的文化符号系统，它保存了人类求生存发展过程中人的本质异化和分裂的种种非常表现形式。战争无情地毁灭了人的价值与创造，以肆无忌惮的暴力形式颠覆着我们曾经坚定不移地恪守着的正义、公理、和平等价值信条。"二战"无疑是一个极致。它像一个巨大的"震源"以其强烈的冲击波影响到整个人类。彼时和此时，法西斯主义的浓重阴影还不时地出现在我们的上空。相应地在文学领域，对于这场战争的残暴性与荒诞性的追问与反思，对于战争状态下人的精神价值、人的生存处境的关注，就很自然地成为世界反法西斯文学共通的

主题模式。

"战争与人"有着天然的联系。它既是人类实现自身目的的一种途径,也是人类捍卫自己生存权利的一种手段。就其本身而言,它既在创造着人,同时也在毁灭着人。所以"战争与人"的矛盾实质上是任何战争文学都会面临的两难选择。第二次世界大战是场侵略与反侵略、法西斯主义与反法西斯主义的激烈斗争,它直接关涉到反法西斯斗争的许多国家、民族的生死存亡。因此,作为一种战争文学,无论从历史还是从逻辑角度上讲,世界反法西斯文学必然要共同经历一个英雄主义与爱国主义的"颂歌"时代。正义与非正义的战争价值观,使它的作家们情不自禁地站在捍卫国家民族利益的本位立场上,表现正义之战的崇高与壮美,呼唤英雄的出现,并且以强化英雄的智慧、力量与人格的完美来支撑起处于弱势民族对法西斯主义的精神抵抗。如果我们有兴趣翻读一下肖霍洛夫的《学会恨》、阿·托尔斯泰的《俄罗斯性格》、西蒙诺夫的《日日夜夜》、法捷耶夫的《青年近卫军》以及被文学史家称为苏联战争文学第一浪潮的诸多作品,就不难体味。另外像法国罗曼·罗兰的《欣悦的灵魂》、萨特的《自由之路》、维尔高《沉默的海》等,也都颇可称道。

与上述作品相比,中国"反法西斯主题"抗战文学中的爱国主义、英雄主义情感更是深沉固厚,被强化到了极致。从建国前夕的《吕梁英雄传》(马烽、西戎)到五六十年代的《风云初纪》(孙犁)、《战斗的青春》(雪克)、《铁道游击队》(知侠)、《野火春风斗古城》(李英儒)、《苦菜花》、《迎春花》(冯德英),中国作家在对抗战历史进行"伟大叙事"的同时,都无不对我们民族在抗击日本法西斯斗争中所显示出来的伟大凝聚力与英勇的献身精神进行了讴歌,着力表现了战争对于人的超验情感的激活与净化。尤其是孙犁,更是以诗化笔墨来描绘战争的感性存在。他的小说中,成功的艺术形象似有一个基本模式:女性+普通人=英雄。这里,"等号"关系之所以能够成立,主要在于他的小说文本中植入了一种超越性的精神力量,这种力量可以使柔情似水的水生嫂们变得坚毅刚强。人物形象上的张力,引发出小说的另一种内涵:战争对于人的奇异改造力量。

弘扬爱国主义与英雄主义,构成了世界反法西斯文学的第一个潮头。但是,毋庸讳言,这种表现由于过分专注于营造超验的民族精神神话,那就很容易忽视对战争本体、人类生存、人的本质力量的艺术思考,致使形象塑造有意无意地走向理想化和模式化,主题思想的开掘,也难以达到黑格尔所谓"高远的旨趣"尤其是"人类所共有"的人性人道的层次和境界,因而往往导致审美价值的平面化和单一化。其实,战争对于人类的灾难并不单纯是毁伤肉体,更主要的还是戕害灵魂、扭曲人性。20 世纪后半叶,为什么西方哲学思潮与文学思潮表现了浓厚的虚无颓废倾向,譬如存在主义对此在一切价值的质疑,黑色幽默将整个人类视为荒诞的存在,这一切恐怕都与"二战"密切相关。可见,战争对于人类生存特别是精神生活的影响是多么的巨大而深刻!

就世界的范围来看,把人作为价值尺度,用人道、人性、人情来审视战争,大约始于 50 年代。这一历史性转换的结果,是使对战争残暴与荒诞的揭示,对人之命运的悲剧性同情必然升格为作品文本的中心,而国家和民族的精神话语则相应地退居到了次要的边缘。这一点可以看作是"二战"之后的西方包括苏联反法西斯文学发展的一条基本轨迹。肖霍洛夫的短篇小说《人之命运》就开启了这一文学浪潮的先河。小说以主人公自述的方式,叙述了索科洛夫在战争中的不幸经历,表现战争如何影响普通人的生活及其命运。对战争给人造成的不幸和灾难的渲染,使作品蒙上了一层悲剧的色调。同样的作品还有瓦西里耶夫的《这里的黎明静悄悄……》、法国作家加缪的《鼠疫》等。日本作为"二战"的发动者与战败国,战争中人民饱受离乱之苦,战后控诉战争罪行的作品也相继问世。五味川纯平的《战争和人》,就以非常明确的反战意识对日本军国主义罪行进行深入的揭示和剖析。尤其是作者对战时各种爱情的描写,把死亡与爱两个永恒的主题置放在情节的延宕之中,更是感人至深。当然,同样是以人为价值中心的描写,在肖霍洛夫和瓦西里耶夫的创作意识中,我们还可以看到英雄主义精神的余晖。在表现"人与战争"的冲突时,他们竭力调和价值取向上的矛盾性,既表现正义战争的合理性,又从人性的角度写出战争的残酷。于是,英雄主义与悲剧性往往成为这批作品的双重题旨。真正完成反法西斯文学中英雄历程的则是那些走得更远的作家。苏联"战壕真实派"的作品,以生命本体意义作为价值评判尺度,渲染战争中人的求生本能,甚至倾注对逃兵、开小差士兵的同情;美国作家约瑟夫·海勒的小说《第二十二条军规》,在表达了对战争价值的怀疑和对特定军事生活的荒诞体认的同时,也对"开小差"行为予以人道主义的肯定。在这些作品中,由对人本体的思考取代了过去对战争本质的思考,民族主义、英雄主义遭到了无情的抹灭与消解。在某种意义上可以说,由于切入战争生活的角度变异,这类作品丢失的不仅是悲壮与崇高的美学内涵,而且也失去至少是极度淡化了"反法西斯主义"这一美学题旨。

如果说新中国成立前夕和五六十年代的中国"反法西斯主题"抗战文学走过的是一条相近于苏联的发展道路,那么,近年来我们在这方面的创作则显示出迥异于西方的独特景观。当西方作家们以人道主义精神对即便是"正义"的战争进行重新审视,更多地发现战争的荒谬与残酷的时候,中国作家受传统文化思想与现实政治意识形态的影响,却相当谨慎而有节制地接纳人道、人性渗透融入。可以说,西方作家是在视点的位移(从战争本体向人的本体)中完成了20世纪反法西斯文学的历程,而中国近年的反法西斯文学却依赖作家文学观念的多方位变动,才逐步实现了自身创作的发展变化。这种审美逻辑上的差异,使中国近年的"反法西斯主题"抗战文学呈现出另外一种发展态势,它完全可以纳入新时期文学发展的主潮中并成为其中的一个不可分割的重要有机组成部分。如莫言描写农民自发抗日活动的《红高粱家族》,就是颇具代表性的寻根文学的文本实践;叶兆言、刘震云等有关抗战题材的"新历史小说",它们体现的写作意识及文学精神与"新写实"存在着不谋而合的话语关系;张廷竹以国民党军队抗日活动为描写重点的《黑太阳》等一系列作品,在真实与虚构的矛盾关系处理上,相当典型地反映了当前许多作家艺术选择的意向;周而复、李尔重、王火等老作家的鸿篇巨制《长城万里图》、《新战争与和平》、《战争和人》则清晰地显示出新时期文学"回归现实主义"的美学追求……文学观念、思想意识的解放无疑拓宽了作家的审美视域。因此,他们的思维触角也就不期然而然地由原来较为单一的国家民族本位向个人本位转换,以深邃的目光关注起人的生存与命运、道德与人性、死亡与爱情,努力揭示战争作为人之存在方式的本体意蕴。这种追求,使得中国的反法西斯文学在内化深化人学方面,殊途同归地接通了同当代世界文学的联系。尤凤伟的《生命通道》最近之所以引起广泛的关注和好评,究其根本,主要也就在于它摆脱了我们习见的那种狭隘的政治功利和阶级归属模式体系,而将"战争与人"的思考推进到人本体的层面。当然,由于人学内涵的丰富复杂,也由于我国作家文学观念、审美价值取向的差异,近年文坛反法西斯抗战文学虽有阶段性的不同呈现,但就总体来看,它基本上还是处于一种共时态的块状景观。不同的创作群体以及他们的作品当然有联系,但彼此之间的确还存在着很大的区别,有的甚至是抵牾,难以对话。但如同其他所有文学题材的创作一样,中国当前"反法西斯主题"的抗战文学,它本身就是一个复杂的多元无序格局。对此,我们应该有个恰如其分的、准确的认识。

二、不同价值取向中的不同艺术形态

反法西斯文学毕竟不同于现实题材的文学创作。严格地讲,它同一般战争文学相比较,也自有其独特的题材、主题、审美价值取向,它体现了作者对战争、历史、人类精神在某一特定历史情境下特殊的情感和认知。正是因为这个缘故,所以面对同样的历史,中国当代作家才表现出他们不同的价值取向,并且以各自不同的艺术实践,对历史重新进行着自己的书写。

如果对近年来"反法西斯主题"的抗战文学稍加梳理,我们就可以看到,作家们对历史的种种书写尽管千差万别,殊态纷呈,但就实而论,它们基本可归为以下四种艺术形态或曰审美范式:一是以现实主义精神为创作旨归,力图客观地再现历史的原生全貌,确立战争历程、人物事件的叙事价值;二是超越战争客体,对战争过程中人的精神形态进行把握审视,着意破译蕴存于其中深层的文化意蕴和某种先验的存在;三是在对历史本体的思考中,由过去机械教条的一元论进入到现在立体多元的合力叙述;四是由人性层面切入战争本体,致力于表现战争中人的情感世界的丰富性、复杂性。当然,这只是一种相对的划分,事实上这四种形态彼此之间或多或少都存在着一定的交叉和联系。

试图以史诗气势的恢宏与壮阔,全景式地复现抗日战争的全貌,整体把握当时的政治、军事、经济、文化、外交等方方面面,是第一种形态作品的一个显在特征。这批作品规模宏伟、篇幅巨大,无论就其包容的历史信息量,还是就它们所传达的思想意蕴和取得的艺术成就来看,都达到了相当的境界,堪称近年来反法西斯抗战文学的重头戏。尤其是周而复的《长城万里图》、李尔重的《新战争与和平》和王火的《战争和人》三部多卷本、长达几百万字的皇皇巨著,更是发挥了长篇小说囊括整个时代、包罗广阔无垠社会生活的优势,以历史上曾经发生过的一系列重大事件为骨架或背景,支撑起一座蔚为壮观的艺术殿堂。在这里,作者不是罗列少数几个人物,少数几个事件,少数几场战斗,少数几个生活片断敷衍成篇,而是描写生活的一个全貌和整个过程。从纵的方面看,它从抗战开始写到抗战胜利,几乎把八年抗战发生的重大人事都一一编织进小说。从横的方面看,它把中国的抗战放到第二次世界大战的背景下,笔墨涉及敌、我、友诸方面,中、日、意、美、英、德等主要国家;上至共产党领袖,国民党不同派系人物,民主党派和知名人士的抗战活动,下至地下党的艰苦奋斗,知识分子的痛苦选择,普通小人物在抗战激流中的种种生存风景;包括孤岛时的上海,沦陷了的苏州和南京,天灾人祸的中原,惨绝人寰的南京大屠杀,白雾茫茫的陪都重庆都尽收眼底。如此包罗万象的历史容量,在以往的反法西斯抗战文学中恐怕是难以见到的。它反映了这些老作家雄厚的生活积累和非凡的艺术概括力,同时也说明思想解放和进步史识之于创作的重要。如《战争和人》中的主人公童霜威,原是国民党政府的高级幕僚,放在"文革"以前的作品中,肯定要被目为汉奸或反派人物的,但作者却把他还原成一个关心民生疾苦、对抗战前途深怀殷忧的正直的爱国者,并以他为中心,组成一个犬牙交错、异常复杂的人际关系网。这样,不管是共产党员柳忠华、冯村、童家霆,还是汉奸欧阳筱月、三青团的处长陈玛荔、陷身泥淖难以自持的欧阳素心等形形色色的众多人物也就自然而然地被引出笔端,得到真实生动的描写。由此可见,史诗的追求对作者来讲,既是一个艺术观念问题,更是一个思想观念问题。"生活本来就是复杂的,这些五光十色的人和事其实人们在那个时代都多少有过见闻,但不解放思想就不会这么写,也不'敢'这么写。""如不是解放思想,我将不会去写这个题材。如不是解放思想,童霜威和他的下一代童家霆将不能在书中占有重要地位。"①王火此言,从一个侧面道出了这类作品之所以成功的根本原因。

如果说第一种形态作品主要是通过历史情节化的推进,表达了正义必胜的理性观念,弘扬崇高的精神主题,从而给我们以凝重的阅读感受的话,那么在以莫言、池莉、叶兆言、刘震云、苏童、周梅森为代表的第二种形态的作品中,前者所习惯表达的主题再也不是延宕于小说情节中的一个形而上隐喻和某种精神性暗示,而是作者着意要填补的一个空白甚至是悬置。这批作品,通常被

---

① 王火:《〈战争和人〉三部曲创作手记》,《文学评论》1993 年第 3 期。

广泛地称为新历史小说。但实际上,这一指谓下的作家队伍却是一个庞杂而缺乏一致性的创作群体。就本文述及的反法西斯抗战文学的题旨而论,刘震云、苏童的作品,在把历史向故事转化的过程中,历史其实只是充当故事结构中的风景和摆设而已。历史的时间性被得到证实,而空间实在性却在小说文本中被断裂成为无数碎片,以致我们难以把它们纳入到"反法西斯主题"这一严肃命题中加以论析。而周梅森的《国殇》等一类作品则似乎无意于解释历史,在某种意义上,他关注的只是历史中发生了什么。尽管他的叙述话语中隐含着揭示历史的动机,但作者自己发现的历史结果往往只是一团迷雾,历史的本质和理性真实在文本中遂成为一个巨大的悬置与存疑。这种历史认知方式渗入"反法西斯主题"的文学创作之中,它对这类作品固有价值取向的影响乃至消解自然就不言而喻了。

相比于刘震云、苏童、周梅森,莫言、池莉、叶兆言的作品就更有一种精神企慕。在他们这里,历史本身的叙述被淡化,小说文本由过去单纯的表意操作,走向对人类文化的深度审视。有关这方面的追求,创始者当推莫言。他的长篇《红高粱家族》就是在寻根意识驱动之下对战争感性存在的一种深沉打量。余占鳌领导的农民武装队伍,没有经过革命思想的洗礼,也没有明确的奋斗目标。但在外族入侵的历史情势之中,他们强悍的生命力和敢作敢为、富于冒险的个人品格却爆发出威武不屈的抗暴精神。余占鳌、戴凤莲们的浓厚乡土之情中凝聚着超拔的民族精神力量,在战争中,这一切升华成令人敬畏的壮美人格和民族抗争意志。他们的抗日显然也是历史的一种真实存在。莫言从寻找民族生命活力的层面去表现战争中人的精神形态,无疑是对历史和战争本身的重新发现。

沿着莫言的路子走下去的还有叶兆言的《追月楼》和池莉的《预谋杀人》。《追月楼》的作者虽然尽力保持一种温和而有节制的叙述口吻,但小说情节和人物形象的张力却无处不在。前清翰林丁老先生,反对过白话文,讲究尊卑有序,有大片田产过着优厚的地主生活。但在日军攻占南京后,他却不愿躲进租界作难民;他心仪顾炎武等前明先贤,把卧室易名为"不死不活庵",仿《日知录》写《不死不活庵日记》;临终立下遗嘱:生不愿与暴日共戴天,死亦不乐意与倭寇照面,就葬在追月楼下。他心里铭刻着先贤古人的人格、操守、名节,在国难当头、外敌侵凌之际,这些人格精神却成为丁老先生的一道坚实的精神防线,成为他抗衡现实环境的巨大力量。

与叶兆言从民族传统文化中寻绎民族精神的代码相比,池莉的《预谋杀人》则有一种对历史揭秘的味道。小说讲述的是一个农民向地主"报仇"和"告密"的故事。农民王腊狗是地主丁宗望的两代佃户。他对丁宗望充满妒恨:丁宗望广有田产且娶了一个漂亮妻子,王腊狗却为生计所迫背井离乡只娶了个麻脸老婆。为了杀死丁宗望,他向日本人告密,出卖了新四军通讯员,堕落成汉奸。而地主丁宗望却能坚持民族大义,在日寇严刑之下一声不吭。他为新四军办事颇有古道热肠,掩护通讯员,替新四军传送情报,完成通讯员未竟之业。这里,"农民"与"地主"再也不是那种标本式的人物。生命个体的道德善恶在特定历史条件下却显影为英雄与民族罪人的截然对立。

显然,《红高粱家族》、《追月楼》、《预谋杀人》等作品提供给我们的,已经是超越一般常规阅读经验的那种历史真实。在突破原来单向极化的阶级论、民族论模式之后,作家们的视点拓展到民族文化与人类本体的基点上,触及战争过程中一些带有普遍性和更为深广的民族精神与人类心理问题。这无疑是作家自省意识的觉醒,也是作家认识深化的标志。它使我们的阅读获得了前所未有的纵深感,作品的思想穿透力因之也大为加强。

直接取材和描写国民党军队抗日的一类作品,是我们这里要谈的第三种形态的反法西斯抗战文学。这种形态的作品近年来为数不少,如《落日孤城》、《血战台儿庄》、《光岳遗恨》、《激战红土地》等等。它们大多是纪实性的,文学品位不高,散见于各种地摊文学和个体书店。真正写出成就、具有创意的恐怕要数浙江的中年作家张廷竹了。他的《黑太阳》、《支那河》、《酋长营》、《中国无被俘空军》、《泪洒江天》、《落日困惑》等作,对于传统话语场中累积的以共产党领导下的军民共同抗日活动的观念显然是一个大胆的突破,而且整个叙述的确也让人感到有一种颠覆历史、重写历史的味道。但他与许多新历史小说作家不同,不是以解构历史的态度表现历史,而是自始至终用炽烈的艺术真诚参与其间。更主要的,它不单纯是观念、描写范围的开拓与扩大,从一定意义上说,正是反映了作者对历史真实在理解方式上的变化:"现在我们清楚地知道了历史是这么一回事,我们就会知道任何已经铸成的历史事实后面肯定还有一条或多条并行的隐线。就像山是事实,而山的表层下的石头也是事实一样。"①正是由于这种理解方式的变化,作者在他笔下才避免了以往那种单向的观察所带来的局限,而从"对历史的纵横比较和多层次的价值把握"②中,放笔描写了当年国民党军队曾经有过的壮怀激烈而又无可奈何的抗战活动,将过去被阶级斗争"漏斗"过滤了的、纷繁斑驳的历史内容还给历史。如《黑太阳》这个中篇描写的张将军"盘着肠子"照样指导战斗,直到取得最后胜利,它让我们具体地感受到历史的另外一种真实。这种真实超越了狭隘的党派观念,它对于我们虽然是陌生的、异己的,但它的确曾是构成我们抗战历史"合力"的一个重要参数,是我们中华民族顽强的生存意志和复仇意识、深沉的尚武精神与爱国主义传统的真实反映。所以,我们读来同样受到心灵的震撼。有人说,张廷竹的作品一方面追求最大限度的还原,利用一切信史、档案,让人难分属实录还是虚构;另一方面又将信史与戏剧化、纪实风格与英雄美人模式结合,使人读后有英雄豪气、儿女情长之感。在我们看来,作者之所以如此,主要还是因为他洞照历史和审视战争的真实观、审美观变化所致。而观念的变化,至少在目前,它恰恰是驱策我国当代"反法西斯主题"抗战文学的一个重要的动力源。

第四种形态的创作,相对而言,现在还没有形成一个颇可观的创作群体。尽管从人性的角度切入战争生活,在徐怀中、朱苏进、李存葆的军事题材的作品中早已经有过积极的探索。但在反法西斯抗战文学这一领域,却不免显得有些孱弱。没有一定数量的作品,就把它们归类为一种艺术形态似乎有点勉强。但作为一个创作意向,或一种对于战争生活的审美诠释方式,我们认为它恰恰应该提倡。因为,战争是人的战争,只有表现战争中人的丰富性、复杂性,在审美意义上表现出战争与人的深刻的矛盾,才能把对战争的认识推进到深刻的层次上去。

值得欣慰的是,近年来这方面的探索毕竟不是完全空白,有的作品甚至颇富创意。如《最后一幅肖像》就是以凝练的笔致,刻画了日本侵华宪兵队长复杂的心理矛盾。作为一个以杀戮为天职的日本军人,他的双手沾满了被侵略

---

① 张廷竹等:《论战史文学——关于军事文学创作突破的思考》,《当代文学研究资料与信息》1988 年第 6 期。

② 张廷竹等:《论战史文学——关于军事文学创作突破的思考》,《当代文学研究资料与信息》1988 年第 6 期。

国人民的鲜血;但作为一个良知未泯的人,他又深为自己的残暴行为感到不安。实际上,他是一个被战争的血污与灵魂的自我忏悔紧紧缠绕的战争的受难者。作者跳出过去脸谱化的写作方式,从战争与道德的双重空间,逼视敌对一方人物的人性中固有的矛盾,无疑是一次大胆的尝试。另一个作家尤凤伟的《生命通道》,在这方面更可称道。该作所写的是抗战时一个医生的奇特生活与命运,副标题是"反法西斯战争胜利五十年祭",可见作者的郑重态度。但具体描写却从人性角度切入战争而又超越"人性善恶"的纠缠。作者把艺术聚焦对准人的灵魂,他苦苦拷问的是人在生死攸关时刻的良知、道德与正义。小说中的医生苏原,他既不是一个十恶不赦的汉奸,也不是一个大义凛然的民族英雄(他既迫于无奈为日军治病,同时也窃取过日军的情报)。事实上,他只是一个恪守医生天职的普通意义上的人。"生命通道"计划是他人生意义的完美体现,也是他在尖锐激烈的民族矛盾中的一次超越性选择;而其他一切,诸如爱国意识与民族意识,在他个人行为中却显示出某种不确定性。很显然,《生命通道》不仅超越了传统"反法西斯主题"抗战文学那种非此即彼的审美认知方式,同时也超越了一般人性价值的评判。

三、新的突破与新的前景

中国当代"反法西斯主题"抗战文学创作的多元格局在标志着创作的一时繁荣之外,是不是同时也意味着它已走上了一条成熟的、理想的发展通道了呢? 其实不然。一种情况是,在近年创作界一窝蜂追异求新思潮的影响下,不少作家把审美目光投向了历史,投向了抗战生活(因为题材知名度高),在文本实验主义态度操纵下,历史(抗战生活)颇有点试验田的味道。历史与文本的对立中,重心正悄悄地向后者转移。另一种情况是,传统意义上的反法西斯文学,发展到今天,也在实现自身文学观念、历史观念的不断变革。这些作品无疑刷新和改变了我们对反法西斯抗战本身的一些印象。但这种艺术实践又绝非已臻无懈可击的完美之境,它们同样是成功与不足并存。

因此,作为一种审美现象的反法西斯抗战文学,在眼下文学转型的大环境中,正在进行一场深刻的变革,孕育着新的突破。这场变革与突破是那么艰巨和复杂,以致我们理论界要对它进行审慎的研究,除了在接受当下创作的突出成就之外,更要洞察到创作实践中存在的不足,总结经验教训,归结出突破不足的方面、方向与可能性。只有这样,才能有助于反法西斯抗战文学这一时代创作更加健康扎实地发展,尽量少走弯路。

　　那么,对于目前的反法西斯抗战文学创作来说,它的不足在哪里? 又该在什么方面需要寻求新的突破? 我们认为主要有以下三点。

　　首先,是作家们的审美意识有待进一步强化,文学的审美领域有待于进一步拓展,应该致力向战争文化的深层结构中探寻其丰厚的人文内涵。因为,文学的本体功能永远是以人为价值中心,失去了人,就失去了美,更谈不美的丰富性与深刻性了。从读者接受角度来看,反法西斯抗战文学影响我们的,主要还不是战争本身的扑朔迷离、多姿多彩和战争中人们的怎样行动,我们更为关注的是战争是如何影响人类,它对人类生存究竟产生了一种什么样的深刻影响? 恰恰是在这个带有普遍性的问题上,目前的文学创作却少有人触及。如果把战争文化比作一个球体,那么近年来的许多创作无疑只是球体表面的种种姿势优美的滑翔。从作品的主题立意到对战争的审美观照,诸多作家作品都还停留在某种为人熟知的形而上语义层面。如周而复、李尔重、王火所表达的"正义必胜"的主题模式,莫言们在广阔的文化空间中所审视的民族气节与英雄意识,周梅森们对历史本质的种种质疑等等,莫不如此。这倒不是说近年来中国作家们的探索只停留在浅显的表层,但至少可以说,他们远未将战争文化固有的丰厚内涵和艺术应有的审美特质揭示出来,以致我们很难读到像美国作家诺曼·梅勒《裸者与死者》那样的具有震撼人心力度的作品。如果梅勒不是带着"弄清楚第二次世界大战事件对美国人民有什么意义"①这样的写作目的去揭示战争中人的生存处境,关注人的命运,那么它的艺术魅力和给予读者心灵的震动肯定会大大减弱。当然,作家们有自己的创作自由,我们也不否认在特定的题材范围之内,他们的创作达到了较高的水准。但是,从民族文学自身体系的完整性来看,反法西斯抗战文学应该作到多层次、多角度地再现和表现那场空前规模的人类战争。这不仅是文学丰富性的需要,也是衡量一个民族文学在此一领域是否成熟的一个重要参照。缺少这样的作品,无疑是一

---

① 〔苏〕莫·缅杰利松:《当代美国文学探胜》,上海译文出版社 1994 年版,第 282 页。

个很大的遗憾。

其次，是历史观念与历史认知方面既有成功的经验，也有探索中的失误。反法西斯抗战文学既然是熔历史与艺术于一炉的一个特殊的艺术品种，那么对于作家来讲，在历史向艺术转化过程中，很自然就会遇到一个历史的内化问题。历史观念、历史认识可以说是内化的一个思维中介。当然，这里所谓的历史观念与历史认识已经不是历史哲学意义上的纯粹理性范畴，而是在作家创作过程中所体现出来的历史的综合审美意识。我们强调历史认识的重要性，既是反法西斯抗战文学的个性使然，也是它求得独特功能价值的基本前提条件。近年来不少作家在这方面作出较为成功的努力。正是由于老一辈作家如周而复、李尔重、王火等对于历史本质的辩证把握与宏观认识，他们的《长城万里图》、《新战争与和平》、《战争和人》以及李为奇的《光岳遗恨》、宗璞的《南渡记》、费枝的《二战飘尘》等，才能以大时空或较大时空的叙事构架真实地再现了中国反法西斯抗战这一历史特别事件。其作品开合有度、大起大落、气势非凡，非胸有成竹者显然不能为之。尤其是《长城万里图》，有效打破过去线性的历史时空架构，从更为广阔的世界历史背景中来表现中国的抗日战争。很显然，随着历史时空的超越，作品所达到的历史真实程度无疑是被更进一步拓展和延伸的。

或许可以这么说，表现本质、必然，是以牺牲它的现象、偶然为前提的。周而复等作家虽然在表现历史本质方面堪称典范，但在历史表象的丰富多彩和鲜活灵动上却显然不及新历史小说的作家们。由纯粹本质向历史本体原生状态回归，可以说是许多新历史小说的显著特征。作家们的创作意识中，存在着强烈的反叛"透明本质"的倾向。当他们以此观照历史、表现历史的时候，往往就把历史本体中的实有升格、放大为历史认识中的真实。《预谋杀人》中王腊狗与丁宗望在民族矛盾中的相异表现，就比较完整地体现了作者这方面的追求。在向历史本原的回归中，本体真实与本质真实相互混同。以本体代替本质进而取消本质，这是新历史小说作家们历史观念和历史认识的一个误区。这种观念上的错位有其必然性。因为，与其说是历史激起了作家的话语欲望，不如说是作家们在注解历史中，自由地注入了个人极其强烈的言说历史的欲望。他们无法漠视与绕开我们视为本质的走向必然，所以在历史的自由叙说过程中只好在现象中建立表达策略。在周梅森的《国殇》中，历史所呈现的一切都是那么的偶然,充满玄机,英雄与叛徒,投降与爱国的两极行为中没有解释的可能性。历史仿佛是一道永远没有正解的数学方程式横置在那里,费人猜测。

我们承认历史的表象中饱含丰富的真实,新历史小说以此为实践领域,作为对过去一种真实论的补充当然无可厚非。但是,如果这种历史认知方式大规模进入文学,它给文学带来什么样的后果就很难说了。正确的态度应该是坚持历史辩证的哲学观点,作富有意味的价值观照。唯其如此,才有可能使反法西斯抗战文学在现有基础上更上一层新境。

再次,是强化作品的当代价值,并且要与审美价值有机融合。对于取材于历史的反法西斯抗战文学来说,当代价值不应只是一个理论术语,它应该成为一个具有浓厚实践色彩的文学语词。当然,当代价值也不是一种狭隘的功利观,它是作品所体现出来的与今天甚至是未来的人类生活息息相通的那种思想深度和深层价值。写过不少反法西斯抗战小说的作家张廷竹这样理解:包括抗战作品在内的战史文学应该"是一个高层次高规格的未来学。它能凝聚民族魂魄,弘扬人类品格,一切向着未来,展示着人类坚韧进化的趋势。"①站在人类文化的高度来把握历史的当代价值,作家们的视界就会开阔起来。以此观照当下的文学创作,我们欣慰地看到有些作家已经摆脱了过去单一民族论、阶级论的普遍模式。如《红高粱家族》、《最后一幅肖像》,这些作品颇为鲜明地体现了作家们对于当代价值的追求,已经突破过去那种"过去—现在"的共时态对应模式,而是从历史的历时性发展中寻求更为深层的沟通。因此,它就更具有开放的气度和恒远的文化意蕴。这样一种创作思路显然是第一种形态"还历史本来面目"的创作所不具备的。由于过多拘囿于历史本身,缺乏应有的超越,第一种形态作品的当代价值大多往往体现在它的认识功能,而相应地缺少一种更为深广的人类精神价值指向。不过它用挚爱之情讴歌的历史爱国主义和民族英雄主义这些崇高的精神审美价值,今天仍然是很闪光动人的。而这一点却恰恰是许多新历史小说作家在对历史的自由言说中竭力拒绝介入文本的。它们的主体地位完全被一种形而下的日常生存或生命本能所代替。

---

① 张廷竹等:《论战史文学——关于军事文学创作突破的思考》,《当代文学研究资料与信息》1988 年第 6 期。

《红高粱家族》中对高粱地里野合的渲染,对日本侵略者活剥人皮的零度叙述,都表明作家们的美学观、价值观已经发生了实质性的转移;在其转移过程中,反法西斯抗战文学固有的崇高美、悲壮美不能不大打折扣。

以上两种相异的创作是两种不同价值观、美学观的不同艺术实践,我们对此当然不可简单地贬褒臧否。但是,作为对反法西斯抗战文学这样一种启迪今天、警示未来的特殊文学现象或文学形态来说,我们就必须既要照顾到其创作价值的前瞻性,又要充分注意其自身艺术实践所呈现的审美价值态度问题。看来,提高当代中国反法西斯文学思想艺术力量的关键,乃是在于它的当代价值与审美价值的有机融合。

(本文与周保欣合撰,载《文艺研究》1995 年第 5 期)

论世纪之交的领袖传记文学创作

　　这是一个原本辉煌而且可以创造得更加辉煌的史诗。遗憾的是,它在很长一段时间里却被我们定格在神的世界中仅仅作为一种令人敬畏的精神象征。因此,当历史进入 20 世纪 80 年代中后期以来,它首次频频不断地在文学界、影视界出现,以至形成一股颇具规模的领袖传记热时,它给我们社会和文坛带来的震动、影响就可想而知了。尽管对这一领袖传记热至今有不同的看法,并且严格地讲,对这样一种文学现象进行客观评估,现在恐怕还为时尚早。然而,这丝毫不意味我们的批评今天可以放弃理性析说而驻足不前。关键是,我们自身对从事的这项工作是否有清醒的认识,是我们能否摆脱各种狭隘的、功利的观念的束缚,而尽可能作出合乎时代、合乎逻辑的客观判断。

　　应当承认,领袖传记是一个不那么确定的概念,有历史性与艺术性之分。我们在此说的领袖传记属于后者,它是指文学性、艺术性较强的那一类作品;着眼于"历史本事"记载的,并不包括在内。故有时我们又以传记文学称之。

一、作为"真实领域"的领袖传记文学

　　传记文学作为历史与文学结合的特殊品种,讲真实历来是它题中的应有之义。然而,如同历史文学、报告文学这类带有纪实写实性特征的艺术类型一样,传记文学的真实又是那样歧义叠起,解释迥异。何谓传记文学的真实性,人们对此至今尚无严格而明确的界定。有的说它的真实主要是对历史真实的特指和限定,有的说它的真实更多的是对一般艺术真实的涵括;有的说它应该严循史实真实,不能虚构,有的说它应该忠于艺术真实,可以虚构。就是主张

真实是特指和限定的吧,彼此的理解和阐释也不一样,有的认为它指的是史实(事实)的真实,有的认为它讲的是历史本质的事实;有的认为真实应该以文献资料为据,有的认为应以当事人知情人回忆作准;此外还有某些内部情况内部史料能否解密问题;随着史料新发现、研究新进展,如何对待既有历史文献资料问题;对领袖传记历史真实的要求是否也针对一般纪实作品、纪实性历史小说等不同类型而区别对待,也都有不同的看法。这其中的原因,除了观念、观点的差别之外,理解层次、范畴的不同,判断角度、观点的不同,都可能增加理解的难度,使这一原本极为复杂的问题显得更为复杂。

这里不想就这些问题展开讨论,那不是我的任务;而只是想指出传记文学真实与史家真实在目的、功能上虽然毫无疑义地存在着质的差异,但是它们彼此却也有着能够相互叠合的一面,有其共同性。那就是面对历史对象所体现出来的最大限度的客观性、公正性和写实性,以及严肃认真、孤介耿直的思想态度;在事关历史事件、事关主人公的基本面貌方面,要求毫不含糊地忠实与真实。从美学角度说,一般文学只是"可能"就够了,它不必是一定发生的实事而只要合乎生活的实情;而传记文学则必须是"只能",它对传主及其有关人事描写,受史实的制约,"只能"写成这样而不能随意虚构成"可能"的那样。也就是说,它与一般文学相比,自由度受到了更多的限制,只能"通过选择、构思,从事实中得出生活形象,在给定的材料范围内……把素材加工成闪光的东西,如果他捏造或隐瞒材料来制造一个效果,那么他在艺术方面就是失败的。"[1]传记文学的这一特点,对于以张扬主体个性为能事的作家来讲无疑是个难耐的束缚——这也使不少作家不愿涉足传记文学;然而,唯其如此,它才真实有力,对读者构成一种特殊的信赖和诱惑,产生为其他一般文学所没有的艺术效应。有些人不了解这一点,往往对此多有非难呵责,仿佛一提历史真实,就玷污了文学的神圣纯洁,将传记文学引入歧途。这种说法看似创新,思维方法则是陈旧封闭的,它透露出浓厚的也是不切实际的虚构文学"大一统"的独断气味,其结果是在文学或审美的名义下模糊传记文学自我,并进而取消它在整个文学大家族中的特殊位置和作用。

事实表明,历史与文学,或者说历史真实与艺术真实,它们彼此尽管各具

---

[1] 《新大英百科全书》"传记文学"条目,《传记文学》1984 年第 1 期。

非己莫属、无法越俎代庖的性质和功能机制,但也并不像我们所想象的那样决然对立,而是互渗互融,在一定条件下可以转化的一个矛盾的统一体。这种统一,在审美范畴上就叫"和谐",诚如黑格尔所说,它"牵涉到的不复是单纯量的差异,而基本上是质的差异。这种质的差异不再保持彼此之间的单纯对立,而是转化到协调一致。"①此外,从艺术接受方面审视,传记文学是以历史或现实生活中的真人真事作为描写对象的,这些对象大多早已化为带有"公理性质"的逻辑的格积淀在人们的认知结构中。尤其是领袖传记,所叙的都是知名度很高的人物,就更是如此。稍有不慎,就要招致作品创造的"艺术形象"与已然在人们认知结构中的"历史心理图像"的直接抵牾,从而由此及彼,造成接受者思想情感上的严重审美阻遏以致损及作品整体的接受效果。这方面教训在我们以往的领袖传记创作中是很多的。譬如,"文革"之中兜售的旨在歪曲革命历史的所谓林彪上井冈山、林彪领导南昌起义。又譬如新时期之初出版的平江起义的作品,其间有关描写居然没有彭德怀,甚至将他的事迹移到别人身上。这种对历史采用极端实用主义的作法,凭借一定政治他力等因素的作用,虽也可能热闹一阵,但终因与历史真实也与人们已知心理结构中的历史图像距离太大,而被拒之接受大门之外。可见,对领袖传记讲真实,讲尊重历史真实,不仅符合传记文学的文体特征,同时也包含着对读者尊重、对社会审美接受尊重的意思。

了解和认识了历史真实之于传记文学特别是领袖传记文学的特殊姻缘联系之后,我们再谈领袖传记创作如何致真求真的话题时,就有了一种具体观照和操持的批评尺度。

若论世纪之交领袖传记的真实追求和表现,毫无疑问,它的成绩是显著的,而且是呈立体多样的状态;但最令人瞩目的我以为主要体现在以下这样两个方面:一是根据实事求是的文学态度和对立统一的美学原则,努力突破真实表现封闭狭窄的思维格局,强化或突出艺术创作的表现领域,使之在真实的广度上有新的开拓。二是借重当今时代的思想意识和艺术哲学的理性思辨,尽力将艺术笔墨伸向历史生活的底蕴,由表及里,掘微探幽,以期在真实的深度上有新的发现。当然,这两者是相辅相成的:真实的广度,本身就包含着真实

---

① 〔德〕黑格尔:《美学》第1卷,朱光潜译,商务印书馆1979年版。

的某种深度；同理，真实的深度，是以一定真实广度为前提；而且，它们分明都受到现实主义审美精神的滋润，或者说，不约而同地体现了现实主义高度忠于历史生活、不作毫无节制谵妄之想的精神品格。因此，当它们被付之实现，那也就必然极大地拓阔领袖传记的审美天地，给这方面的描写带来真实深刻的效应。

在那些以表现领袖生活化描写以及长征、解放战争、"文革"题材作品中，这种态势被体现得更为明显一些。譬如权延赤的《走下神坛的毛泽东》、《走向神坛的毛泽东》、《领袖泪》、《红墙内外》、《陶铸在"文化大革命"中》、纪实的《朱德和康克清》、赵蔚的《长征风云》、黎汝清的《湘江之战》、魏巍的《地球上的红飘带》、石永言的《遵义会议纪实》、黑雁男的《十年动乱》、铁竹伟的《霜重色愈浓》、范硕的《叶剑英在1976》、陈敦德的《毛泽东、尼克松在1972》，以及电影《周恩来》、《巍巍昆仑》、《开国大典》、《大决战》等等。这些作品与20世纪五六十年代乃至80年代中期之前的领袖传记相比，其"异样的真实感"是很容易察觉和品领到的。它们的艺术传达方式自然各有千秋，风格、个性、类型的差异也十分明显，但在对待和把握历史的审美精神方面却有着某种惊人的一致。就其理论和实践的可能性而言，它们至少从文化学角度为这一题材领域致真求真提供了一种新颖的视角，展示了相当诱人的前景。在这里，我要特别指出《遵义会议纪实》、《湘江之战》、《周恩来》、《霜重色愈浓》等一些正面涉笔遵义会议和"文革"的作品，它们面对历史所表现出来的那种真诚和勇气，那种充分尊重历史客观性，而又熔铸作家自身对历史对现实人生许多深刻乃至不乏痛苦见解的艺术态度，与前面所说的作品相比，在程度和水准上似乎更可值得称道。

《遵义会议纪实》、《湘江之战》所写的毛泽东为挽救红军、实施自己政治抱负向"三人团"发起的"夺权"，他如何在会前找王稼祥、洛甫作工作；周恩来作为"三人团"成员之一如何面对危局和被动，迈出历史性的一步等等，第一次披露了人们想知而又不知或知之甚少的一段历史隐情，一段富有意味、分明蕴含着极为丰富审美内涵的历史隐情。这种写法虽然是初步的，笔墨也远非饱满恣肆，但它对于那种以尊卑浮沉定褒贬的思维方式无疑是一次革命。它所显示的意义，不仅是真实内容的扩大，而且是真实内容的深化，因此，不能不被我们视为现实主义精神回归的一个重要表征。与之相似，是《周恩来》、《霜重色愈浓》,它们对周恩来、陈毅"文革"生活命运的直接正面切入,无可避讳地涉及对毛泽东晚年错误的评价,以及这两位历史伟人潜在的悲剧性的思想性格。当作者把艺术笔触伸向高层,不是"想当然"而是"求真情",力图写出真实立体、既矛盾又统一的总理、元帅时,他们也就给整个作品的艺术传达和表现涂抹上某种大胆而又宝贵的"艺术悲剧"色彩。而这,正是这两部风格迥然不同的作品之所以别有新意和深度、颇能打动人心的奥秘所在。

著名部队作家、也是传记文学作者兼组织者石言同志在比较黎汝清的另一部作品《皖南事变》、赵蔚的《长征风云》与莫言的《红高粱家族》时,曾指出传记文学的要义在于"利用客体史实的优势","拥抱你的客体",这种"拥抱"的前提是必先拥有"材料",进行艰苦细致的"真相"探索和"真情"探索。他认为:黎汝清的成功,首先就在于很好地实践了这一点,所以,他方能"突破了过去虚假成分较明显的虚构,通过艺术创造,求得了文学艺术最主要的东西——真,生活的真和艺术的真。《皖南事变》一书中文学价值高的部分正好是这样搞出来的。在这里,严峻的历史题材和严峻的文学真实得到了不同于《红高粱》的另一种谐和。这部小说中文学价值较低的又正好是作者占有材料太少,很不熟悉,基本上靠走老路编制出来的人物和情节。这岂不说明,在带纪实性的革命历史题材小说(传记文学)中,史实性和文学性并不总是此强彼弱,弄得好倒是可以相辅相成的。"①他所说的,与我们前面有关传记文学真实性的阐释无疑是一致的,用来归纳和总结当代领袖传记创作,也颇为贴切。

行文及此,我们实际上已接触到领袖传记的历史真实与艺术真实关系处理问题。作为传记文学中的"这一个",如前所述,领袖传记自然要充分尊重历史,不能像一般虚构性文学那样作可塑性很强的自由驰骋,纵笔放达。但是,传记文学毕竟是文学的一种而不是历史,它与历史只是保持"异质同构"而不是"同质同构"的关系。就是说,它对历史的尊重、引进、描写、处理,虽然在关系、形态方面与史家呈现某种"同构"的相通或一致;但在目的、功能、手段上则有着"异质"的根本区别,就其实质而言,仍然属于文学功能圈的范围,不能违背艺术创造的基本规律。历史的真实与传记文学的真实,它们之间虽有共叠交叉,但毕竟是性质不同的两码事。从前者到后者,它起码经历了将"历史真

---

① 石言:《拥抱你的客体吧》,《文学报》1988 年 7 月 7 日。

实心理化(心灵化),再进而审美心理化"这样两个阶段①,此间主观化的因素是十分强烈而明显的。尽管我们知道,人类历史上,的确存在着如司各特所说的"使得那些创造性的辉煌相形见绌的事实",存在着"比所有单纯虚构的东西更扎实有力,更引人入胜、动人心弦"②的自然。作为一个伟大的存在,中国现代领袖群体中的毛泽东、周恩来、刘少奇、朱德等,他们每一个既是一种历史形象,在一定程度上又是一种艺术形象,潜藏着无比丰富的审美潜能可资开掘和利用。然而,这一切终究是历史原生态的东西,是一种历史的真。原生态中审美潜能的丰富固然有利于创作的成功,但它毕竟不能代替艺术创造,代替艺术的真即传记文学的真。对于传记文学来说,它的真实与否以及真实程度如何,主要不是看它写了什么样的历史而是怎样写历史,即是否根据自己对历史生活的理解和感受,将其纳入富有意味的审美机制中加以表现,使历史之真如同溶于水一样被艺术之真所化解,从而创造出一种独特的"艺术双合金"。

及此我们不难作出结论:上举有关作品的真实描写之所以获得成功或较为成功的效果,主要也就归因于此。譬如被称为"大型史诗文献片"的《周恩来》,看似只用广角镜如实地记录了周恩来在最后十年所走过的人生轨迹,殊无多少艺术性可言;但细思则发现它拙中藏巧,其实倒是相当注意艺术化真为美的功能,注意艺术以情感人的规律的。如周恩来出场的描写,他坐在缓缓行驶的车内,目睹大街两旁铺天盖地的大字报的那种焦虑不安的神情,不仅一下子就展现了那个疯狂动乱年代的真实情景,把观众带入了不堪回首的噩梦的岁月,而且为全剧带有艺术悲剧色彩的叙述定下了基调。又如周恩来抱病参加贺龙追悼会的描写,他对贺龙夫人薛明那一声声令人心碎的呼唤,面对贺龙遗像那一次次忘情的鞠躬,以及"我没有把他保护好啊"、"我的时间也不长了"的凄然话语,其环境气氛的渲染,典型化细节的运用,特别是情感机制的构建,简直达到了极致,更非一般虚构性作品可比。它不仅合历史,而且也合艺术。

及此我们不难作出结论:对于历史真实的强调,不但丝毫不意味着对领袖传记艺术真实的贬抑或薄视,恰恰相反,而是更强化了对它艺术真实的推崇和重视。因为唯其强调历史真实,才在事实上给作家的艺术审美转化提出了更

---

① 参见吴秀明:《论历史真实与作家的主体意识》,《齐鲁学刊》1990 年第 2 期。

② 参见《司各特研究》,外语教学研究出版社 1982 年版,第 202 页。

高更严的要求。要知道,化解高强的历史真实,是需要有相应高强的艺术感知力、审美创造力的。

二、人的还原与领袖超常特质的把握

读过《红墙内外》的读者可能记得该书开篇的那段作者与被采访者的对话:"你看银幕上的'毛主席'表演得像吗?""貌合神离,少了血肉和性格。"这个被采访者就是毛泽东当年的贴身卫士长李银桥。作为长期工作在毛泽东身边、对毛泽东有特殊了解的直接当事人,他的批评无疑是带有权威性的,实际上提出了领袖传记如何从神坛中彻底解放出来,向人的层次还原的问题。

人的还原核心就是人学的回归。这是当代文学在走出"文革"后不久,就与真实性问题一道被提出来进行热烈讨论、并得到了理论界原则认同的一个不算太新的问题。但理论原则认同是一回事,具体理解和实践又是另一回事。同样是人的还原,怎么个还原法? 还原到哪里去? 在向度、价值等问题上一直吵吵嚷嚷,并没有得到圆满的解决。领袖传记处在这样的大背景中自然不例外。所不同的,是由于题材对象的高强政治性,文化心理上的崇拜情结以及对传主生活情状的隔膜无知,它显得更加举步维艰:在从神坛向人学回归的道路上虽起步不晚,但却很快被其他现实题材追赶上来居于胶结不前的状态;塑造的领袖形象往往只有共性而无个性,概念化、模式化的倾向颇为严重。面对这样一种情景,下一步到底怎么走,这是人们普遍关心和苦恼的难题所在。

在表现领袖向人还原的问题上,我认为权延赤的努力是颇具成就和特色的。他的《走下神坛的毛泽东》等一批数量众多而又颇多重复的作品,其最大的特征,主要就是一反过去政治化或泛政治化、单从社会变革或党性阶级性角度写人的叙事模式,首先把领袖还原为一个具体的人,当作一个活生生的生命个体来塑造;着重表现他们日常生活中的精神情感世界,从人的基点上透视,寻找内在的审美价值。这个特色在作品中是如此鲜明突出,它的大量引进、执着的强化式的渲染,其功能作用以至远远超出了一般教科书所谓的艺术细节而直接成为小说从政治大事记向人化生活化转变,凝聚整体审美情趣、审美价值的枢机所在。

　　例如《领袖泪》中有关毛泽东在观看《白蛇传》以及在得知农民还在吃窝窝头时的"三哭"描写,有关他在天津正阳春饭店和武汉黄鹤楼被沸腾的群众围观时的激动而又苦涩心情,以及为不能游长江而发脾气、面对七级大风而执意向大海挑战的描写,有关"朱总彭总相持不下,小平同志观棋不语"的描写,甚至有关他们的吃喝拉尿之类不那么雅达的生活偏嗜,如毛泽东的爱吃红烧肉、脱光身子睡觉、习惯性便秘,乃至跟身边工作人员就"放屁"问题幽默风趣地进行调侃,也毫无忌讳地将它呈于笔端,编串成一个个生动感人的小故事。权氏的这种写法,客观地讲,艺术上不无粗糙,手法也嫌单一,但因它的材料直接来自领袖身边工作人员,"它保存了原始材料和传记作者亲身经历的事实,并常常保存了传主的私人文件",属于根据第一手材料写成的"来源性传记"①,有时甚至以这些被采访者的"第一人称"叙述形式来写。因此,较之以前我们见到的以第二手资料研究写成的领袖形象(这类传记多以某某研究室集体创作的名义发表),包括老一辈革命家撰写的回忆性传记中的领袖形象(这类传记以《红旗飘飘》、《星火燎原》为典型代表作),自别有一番血肉真情的诱人魅力。后两类传记文学成绩当然不可磨灭,它们分别在形而上的智性空间和党性群体原则高度为我们塑造了颇有力度、颇具理性光彩的领袖形象。但是作为历史伟人,这些形象在获得辉煌灿烂(且不说这辉煌灿烂在过去常常或多或少地包裹着某种神化色彩)的同时,却减弱了生活的鲜灵性、可感性和情感的湿润性。当他们在高文化的理性、理想的层面上演绎时,作为现实关系总和中人所共具的个体生命情感——那种由文化积淀和文化影响所形成的领袖个体的精神生活、情感生活及家庭私人生活之类的东西却在一层隔板上封闭着。正是从这个角度,我们看到了权延赤对当代领袖传记的意义。他的作品,相比之下较少形而上的理性、理想的依傍,更多的是一般平民百姓喜闻乐见的形而下的东西,因而更朴素更本真,更带有浓烈的人民性思想,在艺术传播和接受上更易得到人民群众的广泛认同。因为按照美学、心理学观点来讲,艺术作品的接受是与接受主体的先在经验和认知图式密切相关的。愈是与读者先在经验和认知图式相近或一致的对象,就愈能在经验和情感心理层面上使他们消除隔膜,产生一种先天的亲和性和吸附力。

---

① 《新大英百科全书》"传记文学"条目,《传记文学》1984 年第 1 期。

如果说权延赤主要是从生命个体的独立舒展,从较为单纯平面的生活化角度对领袖进行人的还原的话;那么黎汝清的《皖南事变》则就侧重从生命个体的丰富复杂,从相当广阔立体的全人格角度对领袖进行人化复呈。它们之间,虽然目的相同,都旨在塑造一个活的、真的领袖形象,但其具体的艺术途径和表现方式则又有着明显的区别。前者往往采用凝聚式的写法,它竭尽全力将人物的某一特点凸现出来,"工其一点不及其余";后者则网开多面,更多凭借散点透视,致力写出人物性格的多种因素组成的矛盾复杂的有机体,并同时向人生的多侧面扩展。很显然,后者的还原,有利于作者在艺术上创造出更立体丰满的领袖形象来——就像福斯特早就指出的,"因为她像月亮那样盈亏互易,宛如真人那般复杂多面",所以它更能显示人生的真相,无疑在成效方面具有"圆形人物"的优势和特长[①];但也自然对作家的史料积累、思想胆识和艺术功力提出了更高的要求,它不可避免地涉及作家对领袖功过是非的把握,涉及美学上的"一与多"关系的处理,涉及作家把握历史、重构历史的能力等等。其存在的难度较之单纯的生活化描写,无疑要大些。

《皖南事变》的创作,情况就是这样。作者为此付出的艰辛的艺术劳动以及从中显现的卓识,只要翻读他的那篇极具考据味、充满理性思辨色彩、篇幅竟有二万之长的"代后记",就不难体察。正是立足于此,他对当时新四军的缔造者、也是当时我党领袖集团中的重要成员之一的项英以及叶挺的思想性格才能作出如此多侧面、全方位的激活:既写了他们那种英毅果敢,具有处变不惊的超常气概,不愧为无产阶级工人运动久经考验的革命领导者,同时在他的许多优秀品质之下又交织着强烈的权力崇拜、家长制的领导作风以及妒贤嫉能等封建思想杂念的羁绊;一个忠勇英武,具有报国壮志和经纬之才,不失为威震一代的"名将之花",但在受命于危难、可以充分施展才华之时,却为名将意识所驱,竟然拒绝率部突围,致使最后酿成了一场惨绝人寰的历史大悲剧。项英与叶挺这种包含着是与非、伟大与渺小、恢宏与偏狭的矛盾性格和性格的矛盾,积蓄了深不见底的容量。它既是历史文化的沉淀,又是现实生活的折射;既是人的生命个体全信息的曝光,又是作家哲学思考和审美追求的结晶。它或许比较特殊,用二律背反解释大概无能为力,但如果我们真正辩证地认识

---

① 〔英〕福斯特:《小说面面观》,花城出版社 1984 年版,第 61—63 页。

到生活和艺术中不需要也没有完美无缺的神,只有真实存在的人,认识到凡是真实存在的生命个体,哪怕是伟人也总是一个矛盾的复合体,那么对此就不会感到大惊小怪。诚如马克思所说,人的还原就是"把人的世界和人的关系还给人自己",就是承认"人不仅仅是自然存在物,而且是人的自然存在物……是为自身而存在着的存在物,因而是类存在物。"①于是,当作者的笔触从政治反思向文化反思挺进时,人性的全部丰富性、广阔性和可能性就自然地进入了领袖传记的艺术视野之中了。

人的还原,使当代领袖传记实现了从神化到人化、从共性到个性的历史性转折。但是有必要指出,这种还原只是问题的一个方面,而不是我们理论和实践的理想模式。为什么这样说呢?因为生活中的领袖传主形象,无论从社会人还是自然人来说都具有某种超常性,他们并非简单的人的普遍类型可以概括得了。作为一种独特的崇高艺术,领袖形象也应该具有康德所说的高山般的体积和暴风雨的气势,他们的原型对象本身就存在着"把个人的命运纳入了人类的命运,并在我们身上唤起那些时时激励着人类摆脱危险,熬过漫漫长夜的亲切力量"。② 所以,这就决定了我们作家的人化还原除了要揭示领袖身上人的类本性或曰类的生命个体的普遍共性外,同时还要十分注意他们高于一般类性的超常特质的把握,体现了人类最高理想的完善性和崇高性。所谓领袖传记的人的还原,正确完整的理解应该是这样,也只能是这样。只有准确地契合这一点上并予以形象的显现,我们领袖传记的人化才能有效地避免进入俗化乃至庸俗化的新的误区,真正显示出自己特殊的个性和价值。就拿人们较为熟悉的《周恩来》和《霜重色愈浓》来说吧,这两部作品的传主打动我们,引起我们思想情感震撼的,难道仅仅是因为他们走下了神坛,具有我们常人那样自由不拘、丰富复杂的普遍人性吗? 主要的,恐怕还是他们那种"人所固有的,我必固有","人所没有的,我亦所有"的伟岸博大的情怀和人格力量:如周恩来在批陈(陈毅)大会上挺身而出;在邢台与灾区人民共进晚餐;果断地处理"九一三"事件;临终前嘱咐罗青长勿忘朋友。如陈毅在外语学院会上公开表态支持工作组;在所谓的"二月逆流"会上与林彪、江青一伙针锋相对进行斗争;在

---

① 《马克思恩格斯全集》第 42 卷,人民出版社 1982 年版,第 169 页。
② 〔瑞士〕荣格:《论分析心理学与诗的关系》,《荣格文集》,改革出版社 1997 年版。

老帅座谈会上对中美建交和珍宝岛事件所持的精辟见解;在身患癌症、饱受痛苦的情况下不仅自己毫不气馁反而真诚抚慰蒙受委屈的吴院长……

《周恩来》和《霜重色愈浓》的编导者、作者丁荫楠、铁竹伟对此也并不讳言,他们在有关创作谈的文字中告诉我们:他们正是感触到这两位历史伟人"光辉灿烂令人目眩的人格魅力"①以及"博大胸怀和思想感情的脉搏"并"有意识地克服自我感情的替代,力求避免'以小人之心度君子之腹'"②,所以写成的人物不仅具有历史的真,而且具有崇高的美。所谓的"克服自我感情替代"和"避免以小人之心度君子之腹",意思就是不能完全用常人的思想、常人的感情去看待领袖人物,在进行人化还原时要正视他们与常人之间实际存在的差距,不能将其超常特质的一面磨灭掉。类似的例子、类似的见解在刘白羽的《大海》、范硕的《叶剑英在1976》,尤其是陈敦德的《毛泽东、尼克松在1972》中也不难找到。他们塑造的朱德、叶剑英、毛泽东形象以及撰写的有关创作谈的文字,也都清楚地向我们昭示领袖之为领袖的特质和魅力所在;把握住了这种特质也就把握住了生活辩证法和艺术辩证法的真谛。

列宁在谈到决定论和道德、历史必然性和个人作用关系时曾指出:"决定论思想确定人类行为的必然性,推翻意志自由的荒唐的神话,但丝毫不消灭人的理性、人的良心以及对人的行为的评价……同样,历史必然性的思想也丝毫不损害个人在历史上的作用,因为全部历史正是由那些无疑是活动家的个人的行动构成的。在评价个人的社会活动时会发生的真正问题是:在什么条件下可以保证这种活动得到成功呢?有什么东西能担保这种活动不致成为孤立的行动而沉没于相反行动的汪洋大海中呢?"③我认为,从宏观的历史高度看,上述描写是和这样一种精神思想相吻合的,它激扬出的正是当代作家对历史发展中个人作用和偶然性因素所合力申发出的自觉的艺术哲学认识。它对领袖特质的重视和把握,既是一种艺术进步,同时也是一种深刻的哲学嬗变。它反映了八九十年代,我们作家愈来愈变得理性而富于思辨,他们不再把历史必然性当作一种形而上学的、宿命的东西来强调,而是将它与个人意志作用、历史偶然性因素"异质同体",视为双向能动演绎的存在方式。可以这样说,领袖

---

① 丁荫楠:《制作电影〈周恩来〉的几点想法》,《文艺研究》1992年第1期。

② 铁竹伟:《霜重色愈浓》代后记,解放军文艺出版社1986年版。

③ 《列宁选集》第1卷,人民出版社1972年版,第26页。

特质的把握,其意义不限于传记文学自身,它实质上触及哲学认识论上长期以来被简单化、庸俗化了的关于包括领袖人物在内的个体能动作用,并随之而来的必然充满各种偶然性因素这样一个大问题。正因此,我们没有理由不予以高度的重视。

三、需要寻求新的突破

任何实践都是在一定的时空条件下进行的,因而任何实践都必有其一定的历史局限。当我们匆匆结束了对世纪之交领袖传记成就描述,进而将探讨的目光投向对它局限的新突破时,就深深领悟到这一点。上面曾经说过,作为一种普泛的文学现象,当代领袖传记的兴起是 20 世纪 80 年代以后的事,它的出现很带有点突发性的热的味道,就像文化热、琼瑶热、三毛热一样。热者,倏忽之间,骤然升温也。它当然不是无因之果,但顷刻成热,容易出成果,容易轰动,随之而来的,往往也就容易出问题,这可以说是一个规律。我感到,正是这种热,它在激发和成就许多领袖传记作家创作的同时也制约和限定了他们的创作,甚至包括整个社会接受机制。

当然,我们这样说无意将当代领袖传记的兴起以及它的成就、不足统统归因于这种热——实际情况也并非如此简单,它当然还有其深刻必然的历史的、现实的、文化的诸方面原因;我只是说,当我们在对它成败得失进行分析研究,对它当前及今后创作进行预测展望时,是不能离开这种特定时空条件的参照背景的。事实表明,当前领袖传记的创作现在似已经历了从 80 年代末的高潮而开始呈现某种降温趋势,它正在向影视领域转移并日趋深化。这种情形,客观上有利于我们更冷静地思考一些问题。再从创作实绩来看,毫无疑问,当代领袖传记在这些年的确取得了令人瞩目的成绩;但是,由于时间短,也由于题材难度大,加之其他种种原因,如创作队伍中几无广孚众望的优秀中青年作家,商品经济影响带来的粗制滥造"短平快"等等,它在总体上毕竟还是比较孱弱的,艺术表现也显得不无粗糙。不要说离辉煌的史诗的要求差距甚远,就是与其他相类的姊妹艺术历史文学、报告文学相比,也明显居于后进。

那么,对于当前领袖传记创作来说,它所寻求的新的突破主要是哪些呢?

（一）最重要的，首先也许就是被黑格尔称之为"高远的旨趣"的东西需要作进一步强有力的开发。此所谓的"高远的旨趣"，主要包含两层意思：一是指作品的思想深度和深层价值，一是指"心灵中人类所共有的东西，是真正长存而且有力量的东西"①，即我们通常所说的带有普遍性永久性的历史哲学或社会人生命题。用美学的语言讲，这就叫作美的深刻性和延续性。因为作为一种艺术，领袖传记影响和作用我们的，主要的并不是传主们创造的那段辉煌历史，而是在于他们创造辉煌历史时所体现的那种不朽的精神美、人格美。这种精神人格，既是推动历史前进的内在深层动因，也是贯通古今、撩拨现代读者忘情参与文本结构的审美中介。影片《开国大典》所以具有强烈的震撼力，备受人们称道，其根本原因之一就在于它没有单纯地把艺术描写停留在对新中国缔造者丰功伟绩的礼赞上，而是在影像层面和叙事层面为我们精心构造了"新中国来之不易"、"国共两党兴衰胜败原因的思考"以及"共产党在执政后即将面临的问题的预示"这样的多层意义结构网。这样的多层意义既有强烈的历史兴亡感和哲学沉思色彩，又有诗学意义上的新意和深度，所以它不能不在思想情感上深深打动我们并引起由此及彼的连绵遐思。同样道理，《皖南事变》等作品，之所以在思想艺术上有不同方面、不同程度的突破，追究其因，往往也可以从中找到类似答案。遗憾的是，具有这样意向的作品在我们的领袖传记中却非常难得。不少作者似难抵御领袖表层秘闻的诱惑。他们专注于传主常人化、个体化生活故事的讲述，虽使作品因此有血肉真情而颇令人耳目一新，但无扎实内容的支撑，其最终的结果实际上还是吞噬了作品的血肉真情，时间一长，引起读者的心理厌倦。此种倾向，在回忆性的文学类作品中尤为明显。如《毛泽东生活录》、《毛泽东人际交往录》、《紫云轩主人》，甚至包括权延赤的某些作品，如对毛泽东"拉屎的时候正好想事情"的描写（《走向神坛的毛泽东》），都程度不同地存在这个问题。

黑格尔在《历史哲学》导论中曾有言：用从私人生活角度对伟人所作的道德评价代替从历史角度所作的文化评价是不适当的，"因为世界历史所占的地位高出于道德正当占据的地位，后者乃是私人的性格"。② 可见私生活私道德

---

① 〔德〕黑格尔：《美学》第 1 卷，朱光潜译，商务印书馆 1979 年版。

② 〔德〕黑格尔：《历史哲学》绪论，王造时译，上海书店出版社 2001 年版，第 67—68 页。

的描写也有个如何深化历史内涵、开掘"高远的旨趣"的问题,不是任何的私生活私道德描写都足资称道。这里正确的作法应该是"以小见大",从中容含深邃的历史内容。归结到作家创造主体层面上讲,很重要的就是要解决和处理好"出"与"入"的关系,不能因为自己对传主的特殊情感或掌握的第一手材料的丰富而陷于情绪化、材料化不能自拔;而同时应该跳出来,用富有理性的眼光进行审视。今天,当这些或直接由领袖身边工作人员自己撰写或根据这些工作人员直接采访创作而成的回忆性传记(《新大英百科全书》将它称之为"来源性传记")数量剧增,并且在今后一段时间内恐怕还要剧增时,这个问题的提出就更有重要而迫切的现实意义。否则,他们弥足珍贵的材料优势不但不能得以发挥,反会堕为制造平庸和浮浅的可怕催化剂。

(二)是致力向历史和艺术的双重空间开拓。这一点在谈真实性时多少有所述及。从理论角度讲,领袖传记既然是熔历史与艺术于一炉的一个特殊品种,那么这对作家来讲,就很自然地有个向历史和艺术双重空间开拓的问题。这既是传记文学之所以为传记文学的个性使然,也是传记文学求得独特功能价值的基本前提条件。关于这方面,中外许多作家如歌德、罗曼·罗兰、莫洛亚、茨威格、郭沫若、吴晗等,早就发表过精论高见,并用他们的《诗与真》、《伟人列传》、《雪莱传》、《巴尔扎克传》、《创造十年》、《朱元璋传》等著作雄辩地予以证实。可惜的是现在我们的一些传记文学作家,对此往往缺乏应有的认识和辩证的把握。他们在向历史和艺术空间开拓时,为数不少的人笔墨拘谨浮泛,停留在一般浅显的层面,远未将历史固有的丰富内涵和艺术应有的个性之美揭示出来。这种情况相当普遍,以致连《遵义会议纪实》、《周恩来》这样较为优秀之作也不能幸免。前者,我们只要将它与索尔兹伯里的《长征——前所未闻的故事》、威尔逊的《周恩来传》对照阅读,就不难感知它对遵义会议前后毛泽东的"担架上的阴谋"和他虎气猴气兼得性格的描写,对周恩来在关键时刻"把自己置于毛的支配之下"和他忠诚睿智品性的描写,在面向历史的价值取向和面向艺术的价值取向上都尚有一定的距离。后者呢,它在表现周恩来鞠躬尽瘁、死而后已的卓越品格时,将其内心世界的矛盾痛苦一面回避忽略,就很能说明问题。凡此,当然不能不影响到作品的真实程度和艺术审美价值,它跟作家的史胆史识,思想观念及艺术功力等不无关系。像《皖南事变》那样大胆而又富有意味的描写,在整体创作中恐怕只是一个特例。

由此看来,阻遏当前领袖传记"双重空间开拓"的,主要还是因袭思维观念的禁锢,包括价值观和艺术观诸方面。随着创作的深入,旧的思维习惯和旧的价值尺度的桎梏日见明显和突出。所以,这也预示着我们现在及将来的领袖传记创作较之早先较单纯的政治是非评判,无疑将会更艰难、更严峻。它需要在深层的思维观念上来一场革命。因为我们知道,无论就历史还是就艺术,作者的"双重空间开拓",他的每一次成功实践,都意味着对旧有传统思想观念的一次突破和超越。这种突破和超越,既是对社会的,也是对作家自身的,有时是很要点勇气和力量的。如刚才论及的周恩来在"文革"之中的内心矛盾痛苦,假若我们不像《周恩来》那样含糊隐略而是真正放笔大胆地展开描写,那么这就必然在观念思维上深深触及传统文化中的为贤者讳以及本于《史记》的那种简约明快而又不免简单粗糙的叙述方式。这对作家来讲,就不单是跟社会流行习俗的抗争,同时也是对自身惯有的封闭狭隘旧我的诀别,这是很不容易的。然而,正因此,它往往也就成为决定作家创作成败的一个至关重要的深层动因。

(三)是强化美,注重按美的规律造型。领袖传记是一种崇高美的创造事业,究其实质它是按照美的规律将无序的历史转换成一种有机有序的艺术整体,所以时序安排得当与否对它来说就具有非同寻常的意义。因为作为文学的一个门类,诚如《新大英百科全书》有关传记文学条目所说的那样:"一方面,作者力图通过描写传主多样的兴趣、感情的不断变化和事件的发生,来展示传主的生活,但是为了避免产生实际日常生活中的混乱,作者必须打乱每天的时间顺序,并把材料归类,以便揭示出生活的重大主题、人物的个性特点、和导向重大决定的行动和态度。作者作为一个传记艺术家的成就,在很大程度上将取决于他的以下两个能力:他所能够表现出的年代的范围和岁月的跨度;他所能够显著地表现一个人的外貌和内心的主要行为方式。"①用这样一种创作原则来衡量,应该说,我们的领袖传记是不乏成功或较成功之作的。如刘白羽的《大海》以大海为主题旋律和象征物表现朱德光辉一生,《长征风云》、《毛泽东、尼克松在1972》用大时空、复调式的叙述方式展示长征前夕和1972年中美建交的非常事件等等,都颇鲜明地表现了作者在时序安排处理上对美的规律造型的重视和追求。

---

① 《新大英百科全书》"传记文学"条目,《传记文学》1984年第1期。

　　不过从总体来看，这样的作品毕竟极为有限。与之相异，我们看到颇多作者因缺乏这"两个能力"，不是将传记写成领袖大事记、年表图，满足于罗列事件，介绍生平经历，就是把它当作轶闻趣事的汇编、生活实录，过分黏滞于细碎琐事的拾撷，致使作品的结构形式至少在以下两个方面出现了不应有的错位：一是只重外部客观世界叙述顺序，而忽视了作家的心理对位、异质同构；一是只顾文本外在结构形式的匀称和可读，而疏忽了读者阅读心理的丰富复杂以及必有的历史嬗变（艺术接受总是一个不断有所补充、有所提高的动态过程）。传记文学中的时空关系与历史生活中的时空关系是不尽相同的，它当然要严格遵守历史生活内部结构真实性的制约，而且时间的自然延伸、空间的如实更换，都不得擅自虚构；但又可以为突出传主的思想性格，按照美的规律对有关生活时空进行必要的取舍、切割、浓缩、稀释的处理。所以，它就不能不考虑在认知方式上寻求与作家与读者的沟通。一部传记文学结构形式的美和美的结构形式的创造，它总是与作家主体创造和读者的艺术接受达到最佳的心理对位，成为他们最佳的外化形式。斯诺的《西行漫记》和史沫特莱的《伟大的道路》为什么魅力不减，其中重要原因之一就在于他们打破了时间的直线延续，摒弃了对外在琐细表象的过多关注，通过灵活自由、亲切自然的现场采访的格式，将生活结构审美物化（审美心理化）为波澜叠起、摇曳多变的艺术结构。因此，我们读来意趣盎然，叩动心弦。他们的经验作法，至今仍有必要值得我们学习借鉴。

　　历史总是惊人地不完美，因而历史总是以螺旋式的形式上升，人类的努力和追求也才有其意义。也许人们已经看到了领袖传记创作中存在的问题以及出现的某种降温迹象，也许中国今天的现实对领袖传记创作还有种种不该有的束缚，它还不是历史真正成为历史的时候。但是展望未来，我却固执地相信，它在经历了一段带有浓重政治学、文化学色彩的热之后，正在积储力量，酝酿着一次重要的新突破。现在所作的一切，只不过是它艺术之旅的刚刚开始。如果我们作家艺术家进一步拓展眼界，解放思想，提高素质，努力深耕，及时总结经验教训并在实践中不断加以提高完善，那就完全有可能创造出真正无愧于时代辉煌史诗的领袖传记文学出来。当然，这是一个异常艰辛、充满荆棘的历史过程。

（载《文艺研究》1993 年第 6 期）

“故事新编”模式历史小说在当下的复活与发展

“故事新编”作为历史重写（rewriting）中一种独特且颇具魅力的书写方式，在历史小说的创作园地中展示着顽强的生命力和丰硕的实践成果。就中国现当代文学的范围而言，鲁迅的《故事新编》当属个中翘楚，无疑也是后人倾心学习、师法的一个范本。从 1922 年《补天》（原名《不周山》）问世以来，后人的模仿之作颇多，但正如茅盾所言：“勉强能学到的，也还只有他的用现代眼光去解释古事这一面，而他更深一层的用心——借古事的躯壳来激发现代人之应憎恨与应爱，乃至将古代与现代错综交融，则我们虽能理会、能吟味，却未能学而几及。”①这其中固然有作家主体创造性的局限，也有周遭客观文化语境的限制。进入 20 世纪八九十年代，情况发生了变化，先前几近绝迹的“故事新编”式的历史小说重新浮出了水面，再一次涌入我们的眼帘，并且以不同于鲁迅的写作方式彰显着自我存在的价值。

一、“故事新编”文体模式的开拓性

《故事新编》是鲁迅在 1922 年至 1935 年间陆续发表的八个短篇历史小说的结集。自此以后，中国现当代历史小说的创作园地里便因它的存在而矗立起一座绝世独立的纪念碑。关于《故事新编》对历史小说的贡献，人们已经千百次地反复论证过，我们这里主要感兴趣的是：《故事新编》作为一种新型的历史小说在文体史上的超前性、开拓性的贡献；或者说是一种不仅适用于当时，

① 茅盾：《玄武门之变》序，《茅盾全集》第 21 卷，人民文学出版社 1991 年版，第 283 页。

同时也适用于现在和未来的文体模式的新特征。

关于历史小说的文体模式,按照鲁迅在《故事新编》序中的概括,无非是这样两类:一是"博考文献,言必有据";一是"只取一点因由,随意点染,铺成一篇"。① 这两种模式一直源远流长地贯穿于历史小说发展的始终,成为历史小说发展史上两大最主要、最基本的传统经典范式。而《故事新编》则不然,其小说中的"本事"虽取材于神话、传说、寓言、历史一类典籍(唯其如此,方为作者命名为一语双关的"故事"),但具体艺术描写则破天荒地采用古今杂糅、幻实交混、喜剧性穿插以及滑稽戏拟等打破陈规的叙事方式。这种创作手法好比中国戏曲中,丑角偶尔游离于戏剧情节的插科打诨。它是有意让不合理的节外生枝,打破艺术形象和情节的正常发展,以引起了整体构思逻辑的断裂,显示其与实际生活的失调和不合理。从艺术接受的角度看,则在于打破读者关于历史真实的阅读幻觉,唤起对于作品题材的理性反省,促使人们建立起对于小说主人公的全新审视眼光,而不是仅仅把它们当作普通的历史故事去接受。这无疑是所谓的"陌生化"艺术思维原则最生动的体现,它也是鲁迅之前历史小说创作中从未出现的新现象。

类似《故事新编》文体模式的历史文学在西方也有,鲁迅上述创作与他们有很多相通或一致之处。但他绝不简单照搬和模拟,而是根据自己的历史观、思维观、审美观、文体观,将其孵化为一种新的形态;且当这种形态在西方历史文学中还处于尝试的阶段,鲁迅已大胆地把它引入小说创作领域。而当鲁迅开始这样创作的时候,他在无意中创造了当时时代的这样三个高度:

第一,从思维观来看,当其他小说家还专注于某一段历史事实,包括当时的社会形态、生活事件、历史细节,当他们对历史采取一种段落式、断层式的具体展示时,鲁迅却用一种抽象、整体、综合的眼光来审视中国的历史和文化。这使他的作品有别于现实主义题材真实的再现,也不同于浪漫主义构筑的激情澎湃的理想家园,而总体上呈现出一种理性、立体、充满哲理概括和广义象征的现代风格。

第二,一般的历史小说立足于对历史的认同而展开创作,所以他们的作品呈现出连贯的逻辑性、合理性,读者用固有的思维方式就可以解读。而鲁迅则

① 参见鲁迅:《故事新编》序言,《鲁迅全集》第2卷,人民文学出版社2005年版,第354页。

是立足于对历史、文化的批判来展开创作的,因此他笔下的画面多表现出怪诞、夸张、荒谬、滑稽的特质。鲁迅以大方无隅、大象无形的艺术气度,巧妙地将直叙与反讽、写实与夸张、严肃与油滑、最纯粹的历史生活与最不可思议的现实幻境融为一体。

第三,就叙述风格来看,《故事新编》中"鲁迅特色"的嬉笑怒骂、鞭辟入里、旁逸斜出的可笑笔触俯拾皆是。比如《理水》中对文化山上的学者们在吃饱睡足之后压倒涛声的学说和用以向下民收取榆叶和水苔的所谓精密考据的反讽式描述,实可谓妙趣横生的"自我暴露";而学者和灾民代表向视察大员陈述灾情的一段描写则采用了"直接矛盾式反讽";在叙述水利局的官员欣赏采集来的民食的情况时,又用了佯装天真无知的笔法。这些亦庄亦谐的描写,不禁使人自然地将其与鲁迅的杂文风格联系在一起。从这个意义上说,"故事新编"是最适合鲁迅的,甚至是独属于鲁迅的,它也是不可模仿的。作为一种文体模式,它既是充分现代性的,又是极具个性化的,是现代性文体模式在具有个性化的作家身上的寄植。

长期以来,由于思维认知的局限,人们对"故事新编"模式的上述特征和贡献缺乏了解。评论文章虽多,但基本尚停留在传统认知范围,是一种思想价值倾向的评论,而鲜有文体形式的评论;即使有,也是用通常的现实主义、浪漫主义标尺对它进行衡量,看不到这种现代主义文体模式的特殊性。直至 20 世纪 80 年代后,随着西方现代主义和超现实主义的引进,这种情况才有所改观,人们开始用现代主义、超现实主义视角研究《故事新编》,并对这种不仅在当时,就是在今天看来也颇具先锋性和独创性的历史小说的文体模式在学理上给予真正的认同。人们开始认识到《故事新编》这种古今杂陈的模式,不仅新颖别致,给人一种特殊的真实感和陌生美,而且以其卓越的创造性,打破了长期以来历史小说大一统的僵化格局,使其从封闭落后推向先锋的境地,并对当时及未来历史小说的繁荣活跃,产生了重要的影响和推动作用。鲁迅何以明明不满"油滑",却偏要执着使用,很大程度恐怕就是针对那些封闭僵化的思维艺术观,是其思想艺术中叛逆精神、创造精神的一大生动表现。用他自己的话来说,就是不想将历史小说写得"太死",旨在颠覆传统文体模式的整体构思逻辑,最大限度地发挥杂文"嬉笑怒骂皆成文章"的风格特点,开创一种既充满现代性又颇具个人特殊风格的历史小说模式。

二、"故事新编"模式的渐趋式微

尽管鲁迅的《故事新编》创作契合时代的精神文化,对历史小说文体模式的现代性作了开拓性的贡献,但令人遗憾的是,它并未给现当代历史小说的创作实践带来多大的影响,改变其原有的基本格局和轨道。其历史观、思维观、审美观、时空观对后来者的影响是相当微弱的。作为一种新型的创作模式,《故事新编》似乎愈往后生存发展的空间愈小,在很长的一段时间里甚至出现了每况愈下的趋势。

当然,此种模式并非无人尝试,但总的来看,却难以产生《故事新编》的特殊美感。主要原因就在于:作者在有效地进行机制转换时,还是依傍传统写实的思路,结果陷入了进退失据的窘境。而后来,主体也由于酷烈的客观环境所致,连这样的探索也终止了。《故事新编》文体模式的文学史意义连同其研究一样,未被人们所认识,基本上停留在有保留的理性认识层面,而未被作家转化成具体的创作实践。当时历史小说的文体形式,几乎惊人地复活了鲁迅当年所说的那种状况:要么是"博考文献,言之有据";要么是"只取一点因由,随意点染,铺成一篇"。所不同的是,较之传统增加了更多现实政治的内涵,更强调社会政治的指向。在这方面,郭沫若的创作有相当的代表性。他的作品中以古注今、借古喻今的心态溢于言表;思考的对象也比较狭窄,往往在对历史人物的重写中,探讨政治和文化、政治官僚与知识分子的命运,历史人物与现实人物基本上可以找到一一对应的关系。与鲁迅相比,郭沫若过于局限在寻找实现自我文化价值的合理方式,局限在以切近功利的眼光演绎历史。

20 世纪三四十年代,社会民族矛盾日趋尖锐,阶级、政治内涵更是得到高度强调,历史小说更多地充当了面向当下的文化武器。比如孟超的《陈涉吴广》,写的是大泽乡起义的过程,却似在号召天下走投无路的人起来反抗;茅盾的《豹子头林冲》、《石碣》、《大泽乡》则是直接回应波澜壮阔的农民革命运动,在反抗当时专制压迫的意义上,既热情歌颂了农民起义,同时又在农民起义内部关系的描写中批评了农民的自私性、狭隘性以及封建等级制度的残余。除此之外,宋云彬的《夥涉为王》、陆费皇的《陈胜王》、廖沫沙的《陈胜起义》等作品都是在司马迁《陈涉世家》的基础上写成的;靳以的《禁军教头王进》、张天翼的《梦》以及施蛰存的《石秀》、李拓之的《文身》等则选取了施耐庵《水浒》的材料。以上这些作品,在整体上是忠于历史事实的,马克思主义阶级斗争的学说也为它们如何看待历史提供了一个新视角,但司马迁的《陈涉世家》和施耐庵的《水浒》仍是两个没有被超越的高峰;作为生命本体——人,在这些作品中应有的品格地位也因阶级性的突出而被磨灭了,历史小说变成了为现实政治服务的工具。70年代《李自成》等一批长篇历史小说创作,在这方面更是将其强调、推崇到了极点。文体形式,包括内中的价值观、真实观、时空观等离《故事新编》越走越远。与之相似,是有关知识分子题材的创作。从30年代郑振铎的《桂公塘》、曹聚仁的《叶铭琛》,到40年代谷斯范的《新桃花扇》,再到六七十年代马昭的《醉卧长安》、宋词的《书剑飘零》。它们对古代仁人志士的描写,大多也还是停留在个人气节和道德品质的歌颂中,与时代的精神主潮有点"隔"。有的虽纳入当时的时代中,但却没有将其很好纳入现代中国人的感受中来,整个文体形式显得僵硬、粗糙,单调陈旧的叙述使之难以承担文化批判的使命。

说到这里,不能不提及施蛰存、李拓之等开创的以西方精神分析学说为要义的历史小说创作。他们的作品不但写精神、写心理,还首次大胆正面地触及人的生命本能。如施蛰存在《鸠摩罗什》中写宗教和色欲的冲突,在《将军底头》中写信义和性欲的冲突,在《石秀》中写友谊和色欲的冲突,在《阿褴公主》中写种族和色欲的冲突;李拓之的《文身》则表现英雄人物压抑的性本能被旺盛的生命活力所点燃,其《埋香》主要描写一个萎靡的生命对旺盛美好生命的嫉妒和毁灭的快感。他们将人的生命本能的潜在作用富有意味地涵纳到对历史人事的理解和表现中来,这是继《故事新编》之后,历史小说中最具独创性的文体实践。它虽未成为中国现当代历史小说的主流,但却自成一脉,不绝如缕地贯穿于始终。80年代伯阳的《苦海》、赵玫的《高阳公主》等就显示了这种文体模式的努力方向:他们将人类历史视为人类的本能欲望与社会道德二者之间矛盾和斗争的历史,重点表现人类本能欲望对社会道德限制的反抗。当然,不必讳言,他们的"小说意义"大于"历史意义"。这不是因为他们不能上升到对中国历史的整体把握,而是他们的作者比较满足于表现上的新颖,未能把它当作探索历史奥秘、在更深广的意义上表现历史的手段;缺少综合,缺少超越之境,文体模式的格局也比较狭小。它精致但却不够大气,没能像《故事新编》

那样涵盖古今,形成彼此的能动对话。这是一种单向度的写心,而不是将写心与写实、象征与纪实、荒诞与真实、客观与主观有机结合起来的多维写作。鲁迅开创的历史中有现实,现实中有历史,古今没有一条不可逾越的鸿沟的现代性历史意识,以及由此衍生的对历史的思考,在他们那里没有被继承下来。他们走的是另一条路。

如果说郑振铎、姚雪垠写的是政治型历史小说,施蛰存、赵玫写的是心理型历史小说,那么 90 年代走红的唐浩明、二月河创作的《曾国藩》《雍正皇帝》等作品则可以说是文化型的历史小说。不同于以往作家,他们用大文化视角替代原来的政治视角,有的虽未能作好文化转换(将文化化为文学)的工作,却极大地开拓了历史小说思想艺术的空间。加之顺应了全球化语境中的保守主义、怀旧主义的思潮,一时颇为轰动。但综观这些作品,我们也不得不指出:他们基本还是思想道德乃至史实层面的翻案,没有跳出认识论、反映论的范畴。作者感兴趣的主要还是史实或政治历史层面的还原,而不是审美和形式上的创新。故文本模式仍显僵硬陈旧,缺乏创意。《曾国藩》叙述过于严直朴拙,缺少艺术韵味。尽管具有史诗的规模,但艺术空间仍然不大;二月河稍有不同,在既定史实的框架中吸取了民间的资源,包括传说、评书等。但由于旨在翻案,加之没有处理好文体模式的转换,故内中引进的谈玄论怪、鬼神之说不仅不能涉笔成趣,别具机巧,反而破坏了小说的整体性,甚至显得有些不伦不类。

由此,不禁使人想起了长篇历史小说《宫闱惊变》的作者吴因易在该书后记中所说的一段话:"随着反复研读这段历史,我逐渐明白了,鲁迅先生并非有兴趣为一个风流皇帝和为绝代佳人立传,而是开创了举世闻名而又亲手毁掉了这一盛世的李隆基,作为中华民族以及人世间的镜鉴,只怕不是其他历史人物所能代替的。鲁迅先生要用他那如椽之笔,为文学画廊新绘这一人物,其意当在此吧。"看来,由于知识结构以及观念所致,这代中年作家还在相当程度上秉持着"历史小说首先是历史"的观念,把历史小说创作看成是"将历史艺术化"的创作,他们基本局限于现实主义还原范畴,难以真正认同并实施"故事新编"的创作模式。复活与发展"故事新编"模式历史小说的任务,看来恐怕只能寄希望于更年轻、也更具现代意识的历史小说作家了。

三、"故事新编"模式在当下的复活与发展

文体模式发展是很奇妙的,有时在很长时期停滞不前或走向式微,有时则在很短的时间内得到复活和发展,产生惊人的新变。我们所说的鲁迅的《故事新编》模式的历史小说就是这样。它在经历了鲁迅之后半个多世纪的日渐式微后,至 20 世纪 90 年代,在多种因素,尤其是在"新历史主义"的影响催发下,竟奇迹般地出现了某种复活。在短短一年左右时间推出了王小波的《万寿寺》、《红拂夜奔》、《寻找无双》,叶兆言的《濡鳖》,何大草的《衣冠似雪》,丁天的《剑如秋莲》,李冯的《另一种声音》及其重写系列《孔子》、《牛郎》、《我作为英雄武松的生活片段》、《唐朝》,刘震云的长篇《故乡相处流传》,潘军的《重瞳——霸王自叙》,商略的《子胥出奔》、《子贡出马》,朱文颖的《重瞳》,张伟的《东巡》,木木的《幻想三国志之王粲笔记》,张想的《我作为丁兴追随建文帝的逃亡生涯》、《孟姜女突围》,卢寿荣的《刻舟求剑》,瞎子的《刺秦》等充满新鲜气息的作品。这批作家以初登文坛的新锐居多,其中不乏先锋或晚生代的作家。

与"新历史小说"一样,这批作品与上述所说的政治型、心理型、文化型历史小说的区别是明显的。它的滥觞可追溯到冯骥才的《神鞭》、戏剧领域魏明伦的《潘金莲》,与 80 年代中期莫言的《红高粱》以及马原等人的创作也有颇多的渊源关系。在这个意义上,它与"新历史小说"同根异枝,都属于新形态的历史小说,具备了当下"先锋"文学的品格。也正是出于这个缘故,迄今为止,人们都习惯于将这批作品与"新历史小说"混为一谈。但我们认为这两者是有区别的。如果单论作品的时代感,那么应该说两种模式的作品各有千秋,不相上下;但若论空间的开拓和形式的创造,这批作品则似乎更大胆别致,因而也更具魅力。为论述方便,我们不妨将这批作品称之为"新故事新编"。

从艺术表现的形式手段来看,新时期作家已经习惯于将属于不同历史时期的人事放在同一个空间中并置,或者让叙述人穿行于不同历史时期。因此,这些"新故事新编"与鲁迅颇为相似的形式是:它们大都均有基于元典的历史事实的支撑,但读者所需面对的是一番打破时空界限、忽略古今差异的综合性空间。那种腾挪于历史与现实之间,创造了古今杂陈、幻实相映的"幻象的

真",正是不自觉地学习了鲁迅所开创的历史小说文体学上的"故事新编"形式。而这种新文体模式小说在叙述上时空跨越和视角变换的娴熟技巧,热烈夸张的语言风格,较之鲁迅的早期实践则是有过之而无不及。最典型的例子是刘震云的《故乡相处流传》:叙述人"我"明显挣脱了时空的羁绊,一上来就给曹操搓脚,过了几段,"我"突然变成了 20 世纪的"刘震云";曹操"睁开眼睛又兴致好时,知道我也是当代中国一个写字的,便也与我聊天,谈古说今"。这种转换事先未有任何叙述上的准备、铺垫和承接,我们在阅读过程中看不到任何对这种情况的解释,也看不到叙述人对这种不合理状况的任何不安。"我"坦然地来回于"刘震云"和搓脚人之间,穿梭于世纪之间,对过去与现实之间的界限毫无兴趣。

又比如在商略的《子贡出马》中,一干历史上的圣贤人物都有了现代的身份标识。孔子是私立学校的校长,开的必修课是《礼》、《乐》、《诗》、《书》、《易》、《春秋》,七十二弟子修不到学分要补考;子贡出使各国,住在五星级宾馆,在包厢里吃海鲜;勾践"卧薪尝胆",睡的是蚕丝被,尝的是绿豆糕。所有被典籍记载的历史典故,包括《论语》中孔子师徒的谈话,孔子弟子的不同个性,子贡出使的战略部署和吴越两国的斗智斗勇,都被改写成了现代人所熟悉并身体力行着的日常经验。而在李冯的《另一种声音》里,神圣和英雄的严肃主题被消解殆尽,《西游记》变成了"戏游记"或"嬉游记"。一路上,师徒享受桑拿浴、芭蕾舞,通宵狂欢蒙面大聚会,处理离婚结婚图书包销业务等。小说中有宋元交替、《水浒》《红楼》、农民起义、青楼名妓、美元兑换,林林总总,不一而足。这种时空错置的手法与"新历史小说"往往借助代表现时状态的叙述者(一般以"我"为主体),通过一种复式的叙述结构来完成时空的跳跃变换是不同的。更为重要的是,在主题思想的表现上,它们那种非政治化、从现实批判转向哲理探求的过程,那种将现代人的性情爱憎、观念意识融入历史文本的观念和做法,在历时半个世纪之后,完成了对鲁迅的继承。并且,在这些引进了现代性情节的文本中,我们看到的不再是对历史的反思,而更多的是对历史的概括和创造。虽然每位作家对历史进行哲理思考的角度不同,反映的内容也迥然有异,但无疑,鲁迅思考和探询历史的方法得到了延续,并且或多或少对文化及其主体——人,有了新的思辨。

这批"新故事新编"模式的历史小说大体可分两种类型:一种偏重于消解

经典叙事,展开戏拟式的重写,它与鲁迅先生"嬉笑怒骂"的写法是基本一致的。在这里,传世之作和历史人物的神话被打破,历史转为现实的隐喻。就拿刚才提到的《故乡相处流传》来说吧,它以河南延津县为中心,书写了从曹操、袁绍到朱元璋、慈禧、陈玉成再到 20 世纪 60 年代某"领导人"光临该地的情景,除了这些人物的确到过延津这一史实之外,其余事件皆为虚构。尤为荒唐的是,在各个历史阶段行走的竟是同一拨人物。这部小说试图表达的中心恰恰是这些环绕在历史人物周围、历经数代转世痴心不改的小人物不变的命运。尽管他们似乎随着大人物一时的喜好或彼此势力的消长而升降沉浮,但他们受人驱使、任人宰割的处境却古今不易;他们依附权力、见风使舵的本性同样也始终如一。这无疑是对中国人国民性痼疾的沉重反省和对我们民族循环往复的历史进程的隐喻。同样道理,在《子贡出马》中,子贡周游列国,欲解救鲁国于战事之水火的经历,不想在各国各怀鬼胎的算计下,原本为了平息战火而出马作说客的他,反而成了挑起更大范围战争的导火线。在良好的动机下运筹的历史,因许多偶然性因素的作用,竟引起天下格局的大变化;被史书大书特书的"分久必合"的历史,在作者笔下成了一个个偶然的奇妙组合。于是,子贡解救鲁国的历史事实被"子贡出马,杀人如麻,子贡出马,扰乱天下"的解释所重构;勾践"卧薪尝胆"的传奇故事被"睡蚕丝被,尝绿豆糕"的滑稽情景所解构;孔子从公认的圣人形象被改写成了人们眼中的治丧委员会主任。种种怪诞形象的设计,都表现出作者对过于宏大的经典叙事的不信任和对历史偶然性与必然性关系的再思考。

作品对历史上重要人事的反讽和揶揄,很容易让我们联想到鲁迅《故事新编》的文体模式和叙事风格。再如新生代作家李冯的《牛郎》、《另一种声音》,它也对人们耳熟能详的传奇故事《西游记》、《天仙配》进行了极度怀疑和揶揄式的拆解及再创造。历史定格于虚无与雷同,感伤的浪漫情绪弥漫其中,与记忆的碎片、纵横交错的思索杂糅,人物成为作家叙述故事的符码。孙悟空早已不是人们心目中腾云驾雾、降妖除魔的英雄,而是丧失法力、记忆,与蹉跎、跌踬相伴的悲剧性人物;牛郎也不再是人们想象中的那个优美浪漫、完全不考虑世俗利益的、且又动人心弦的爱情故事的主角,而是跌落于现实世界中早已过时被遗忘的、不为世人看重的、融化了的象征而已。李冯的这几篇小说均由前人作品——母本衍生而来,是一个互文的结果。虽然他的故事是拼接而变形的,想象是荒谬而跳跃的,声音是感伤而动荡的,可是那期望逃脱精神劫数、探究人类情感前景的搏动的心灵,汩汩流淌的血脉依然鲜红如新。大量利用现成的故事是为了强调虚构,而强调虚构的目的是为了在强调自诩感的基础上,完成对于常态思维的超越。

另外还有王小波的《青铜时代》中的三个历史题材长篇。他以"性"为切入点,将历史人物严嵩、红拂与现代人物形成一种奇特的拼接,现代的生活场景很不协调地穿插在古人古事中,形成一种怪诞的氛围。在这种怪诞氛围的掩护之下,以传统文学从未有过的坦然和自信来表现人的欲望,无所顾忌、穿行自如地驰骋于古今中外的广阔天空,将古代才子佳人的奇闻逸事与现代人的性观念、性意识自然地拼贴在一起,形成了对中国文化性禁忌传统的一次强有力冲击。更可贵的是,作者并没有像施蛰存那样单纯以"性"的学说来统领一切,而是站在一个凌驾于古人与今人的高度,来审视中国人对性的真实看法。总之,在以上的这种"新故事新编"作品中,形成了一个由夸张、怪诞、反讽、错置构成的文本空间,在一种抽象反常的状态下,历史与现实变成了一种"共时"的结构性的存在;在此结构性的存在中,对历史和现实的观照却获得了前所未有的深度。而这,恰恰是古往今来一般的现实主义或浪漫主义作品所无法企及的。

还有一类"新故事新编"模式的历史小说与之不同,戏拟的成分比较弱,它基本上没有对历史人物的揶揄嘲弄,而是重自我感觉的书写,表现自我在意义寻求中的体验,颇有"个人化"写作的味道。在表达生存体验时,有感伤情绪而少了一分油滑。比如朱文颖以描写南唐后主李煜的囚禁生涯为内容的《重瞳》。这个历史短篇的文本就像一张精致的网,在密集的古典意象里,多重对应了一些精神层面的问题的探讨:卑弱与壮烈、屈辱与欢乐、现实与梦想、天上与人间等等。在文中,"重瞳"不仅是一个历史细节,也是一种途径。借助它,李煜得以挣脱而去,成为项羽,在卑弱的生命之外,游历了英雄的精神世界。在当下的现实社会中,人们也常常面临李煜所遇到的景况:灵魂无处安放,情感无所寄托,身体无法安宁;虽然我们在行动上是自由的,但面对庸常杂乱的现实世界,英雄和崇高已日益离我们远去了。像李煜只有在"重瞳"中才能成为项羽一样,我们理想中的高尚和诗性,往往也只有在想象中完成。《重瞳》捕捉住了这种感觉。但它不是像李冯的《孔子》那样激励人们去探寻,而是用针尖一般细腻的语言把这种欲说还休的感觉表达出来,让人们看到真实的自我。又比如潘军的《重瞳——霸王自述》、商略的新作《子胥出奔》,虽都不是以戏谑为主的叙事风格,但它同样表达了人们一种共同的感受,那就是别无选择的使命与自由理想的冲突,这也是鲁迅在《铸剑》中曾经探讨过的一种生存体验和感受。在《重瞳——霸王自述》中,项羽是一个血管里流着贵族血液的且具有诗人气质的军人,一个对世界富有天真烂漫情怀的男人,一个厌倦了连年征战的性情中人。这些特征中矛盾的部分是作家着力刻画的内容。我们看到,他厌倦战争,而秦国已亡,天下大乱,他必须担负起家族的使命。他不愿意杀人。而在权力和人性之间,他又必须服从自己历史使命的选择。他想和心爱的女人去草原过幸福的游牧生活,但历史、家族赋予他的使命却永远是战争和杀戮。这一辈子,项羽只作过一件完全服从于自由理想的决定,那就是在乌江边像个真正军人那样优美地死去。"每个人对自我有其个人的概念,而这个概念却可悲地(或可笑地)同现实中的他并不相符",米兰·昆德拉曾这样概括人的现代性悲剧。从这个意义上说,作品中的项羽不是死了两千多年的古人,不是史书上那个力拔山兮气盖世的霸王,而是我们中间的一个,昨天才刚刚告别人间。"重瞳"就是中介。因为有"重瞳",项羽亡灵的视线是无限的,使他得以站在你我之间,用他一生的故事述说着我们共同的命运。

与鲁迅当年一样,这些作品由于重在表达现实生存体验和感受,而不着重于历史的重铸,所以作者在进行历史叙述时,就自然而然地将自我在世纪末的痛苦之源以及不断寻求救赎超越的真实之思融入其中。在这方面,李冯的《孔子》尤为典型。该作写道:孔子师徒远行时正是一个"可怕的混乱的"时代,诸侯割据,生灵涂炭。于是"尔虞我诈的文明",促使这群志向远大的师徒们试图去作"和平的使者"、"理想的远征军"——周游列国,推广仁政,拯救众生于水火。他们一厢情愿地出走后,很快就意识到当初的期望实为南柯一梦,可是他们又不得不继续上路。因为旅行已经开始了,它已不能改变,旅行成了一种宿命。几年间,在迁徙、饥饿、放逐中;在社会理想的破灭、肉体的毁坏、恐惧绝望和死亡的多次威胁中,师徒们多次失去目的,还"经常遇到惊险的驱逐和追杀",不得不"像一群丧家犬在荒野中乱转",伟大的旅行终于堕落成堂·吉诃德式的疯狂可笑、毫无意义而又发人深省的济世旅行。这些社会的圣人意识到自己与那些无恶不作的流窜犯竟没有差别。于是,在陈蔡边境,困窘潦倒而又百无聊赖的师徒引出了《诗经·小雅·何草不黄》中那个著名的诘问:"匪兕匪虎,率彼旷野。"

那么,究竟这一番长途的跋涉还有没有意义? 为什么师徒们屡遭创伤,明知治国的抱负无法伸展却还要像野牛猛虎那样在黑暗荒野中奔跑? 为什么他们多次发出疑问后又迟迟不肯回归故国,而宁愿在路上受饥挨饿,困窘劳顿? 作家在这里不断询问的命题是:人活着到底为了什么? 一种表达? 一个象征? 还是一次精神漂泊? 其实,作者内心深处的答案是肯定的:这就是欲使生命之意义不朽就必须上路,不断追寻,哪怕路上有种种的艰难;而只要有跋涉和追寻,惆迷和痛苦就无法避免。人因其本身的局限性不能完全得到他所想获得的,这是现代人包括当下的中国民众在现代社会中体验到的最为根本的生存痛苦之一。李冯不但揭示了这一层,更向我们示范了对抗痛苦的有效方法:人既然已经在路上,那么无论是慢行还是奔跑,只要坚持寻找,就都会在心灵上得到启示,或有所启发和觉悟。

"新故事新编"模式的历史小说创作优长赫然若揭,局限也显而易见。与鲁迅的写作相比,他们没有回忆可供咀嚼,没有包袱前来重压,人物被符码化了;作者的审美情感是冷静而低沉的,缺乏拥抱生活的热望,更多的是颓废、反讽和揶揄。比如我们在阅读两个版本的《重瞳》时,就感到一种来自心灵深处的悲凉,似乎人物最具价值的精神就是他们对待死亡那种优美和飘忽的心态;与死亡相比,悲壮的战争、委婉的情爱都是等而下之的陪衬。阅读这样的作品,仿佛是欣赏一滴完美的眼泪,精致却难以持久。又如李冯的《另一种声音》,个中《西游记》式的经典元叙事固然被解构了,但嘈杂的文化符码的错置,语言上略显机械的故作混乱,使小说读来像一段没有旋律的摇滚乐,缺乏艺术上的感染力。此外,情节是破碎的,缺少宏大的历史感和对历史抗争的意识,导致了一些小说看似悲剧而又缺少悲剧的崇高美,看似反传统却最终遁入了某种价值虚无。如木木的《幻想三国志之王粲笔记》,它固然将历史人物的内心刻画得入木三分,但文章只停留在对王粲生命中遗落的美好事物的追思中,充满了宿命感而少了主人公与命运之间的"对手戏"。而瞎子《刺秦》,则让人联想到古龙风格的武侠小说。它既有情境美,又有上乘的心理刻画和现代人的观念意识。但在处理厚重的历史事件时,由于缺少对历史的哲理性思索,因此精致的、诗化的场景和煽情的语言,仅仅增加了讲述故事的吸引力而已。

当然,指出缺点和不足,并非要历史小说创作都回到鲁迅那里去。从一定意义上讲,《故事新编》是不可重复的,它是在特定语境下,一位独特作家的天才创造。但作为一种文体模式,它毕竟又有一些共同的规律可循。我们今天需要的是致力于构造契合时代文化精神旨趣的新的"故事新编",继承鲁迅那种飞扬的超越性,对时代精神的敏感性,以及大胆的奇思遐想和非凡的创造力。

（本文与尹凡合撰,载《文艺研究》2003 年第 6 期）

从历史真实到现代消费的两度创造

——论历史文学真实的现代转换

本文所说的"两度创造",是指历史文学以历史真实为基点参与现代消费的一种能动的转换过程,其意相当于黑格尔说的"既真实而对现代文化来说又是意义还未过去的内容"或伽达默尔说的"效应历史",它是历史文学实践性很强而又非常重要的一个理论命题。但过去有关的历史文学研究,我们往往不是将它忽略就是用简单的机械还原论进行解释。因此,所得出的结论既有悖于创作事实,又缺乏理论的内在逻辑。实践表明,从原生态的已然历史到创作而成"为今用"的历史文学文本,这一整个的转换过程,对历史文学作家来讲,就是从"原生历史—心理历史—审美心理历史"的转换过程;而就文本创作的角度来看,则就是从历史真实到现代消费的"两度创造"即语言形式创造和题材内容创造的过程。所谓历史文学真实,严格地讲,是历史心理化与心理历史化的有机统一,是后(今)人以社会心理为中介、以自我实现为目的的对历史真实的一种富有理性的现代转换。

一

为什么作家的文本创作首先要在语言形式方面进行改变呢?因为他们选择的历史题材对象是历史文化的产物,而它所创造的艺术成品则属于现代精神文化消费的范畴,两者由于时间鸿沟的作用,彼此在语言表现方式乃至整个生活方式诸方面存在着很大的差异。过去耳语惯熟的用语,在今天听来可能稀奇古怪,十分生疏隔膜。譬如"冰人"、"致仕",除了少数的历史学家、人类学家、考古学家、文学史家外,现在能有几人知道它就是我们今天所说的"媒人"

和"退休"？

古今表现形式上的这种差异,给历史题材的现代消费即古为今用设置了为现实题材所没有的特殊难度。很显然,如果我们的作家为了所谓的"真",让人物在作品中特别在舞台或屏幕上漫口说诸如"冰人"、"致仕"之类的"当时语",那么读者和观众一定如堕云雾之中,他们只好用西方喜剧《锁》中人物芒戈批评摩里特里安人的音乐所说的那句话来对付作者:"俺要是听不懂,就算听得见又有何用呢?"正是从这个意义上,我们对目前西方有人提出的在尊重原著的前提下将莎士比亚史剧适当浅显化现代化的主张作法原则上表示赞同。这倒不仅仅是一般观众文化水平不高,他们只接触语体文而对文艺复兴时代的无韵素诗感到陌生,更主要的是为莎剧能借此与缓缓有所变易的新时代的观赏者互通声息,焕发新的艺术美感。借用英国历史教授罗思的话来说,就是"我要让莎士比亚活在世上,而不能老是让人把他搁在冰箱里"。① 也正是从这个意义上,我们非常赞赏郭沫若、陈白尘早在半个多世纪前提出的历史文学不能使用真正的历史用语而只能采用"根干是现代语"②来进行写作的艺术主张,认为他们总结的"历史(文学)语言＝现代语言,'减'现代术语、名词,'加'农民语言的质朴、简洁,'加'某一特定历史时代的术语、词汇"③这样的语文公式,虽嫌简单但却具有一定的理论价值和重要的实践意义,可谓触到了问题的本质。

文学史上,对社会变更而造成语言形式变易规律有所察知的,历来都有。如我国唐代刘知几在《史通·言语》篇中,就曾鲜明地提出了作者应在书中运用当代语记事而不可"稽古"的主张,他说:

> 夫《三传》之说,既不习于《尚书》;两汉之词,又多违于《战策》。足以验讹俗之递改,知岁时之不同。而后来作者,通无远识,记其当时口语,罕能从实而书,方复追效昔人,示其稽古。是以好丘明者,则偏模《左传》;爱子长者,则全学史公。用使周、秦言辞见于魏、晋之

① 裘克安:《莎士比亚的现代化》,《读书》1985 年第 7 期。
② 郭沫若:《历史·史剧·现实》,见《郭沫若论论创作》,上海文艺出版社 1983 年版,第 501 页。
③ 陈白尘:《历史与现实——史剧〈石达开〉》代序,《戏剧日报》1943 年第 4 期。

代,楚、汉应对行乎宋、齐之日,而伪修混沌,失彼天然,今古以之不纯,真伪由其相乱。故裴少期讥孙盛录曹公平素之语,而全作夫差亡灭之词。虽言似《春秋》而事殊乖越者矣。

刘知几此论主要是针对史书记载而发。史书崇尚实录、讲究科学性准确性,况且也要反对语言"稽古",那么作为艺术创造的历史文学就更不用说了:它怎么能够置当代读者现时精神文化生活方式于不顾,偏要"追效昔人",给他们本来愉悦易解的审美接受人为地增设罃障呢? 自然,在这方面说得最深刻的还是德国美学大师黑格尔。为什么历史题材向现代消费转换时必须要在语言表现形式上进行一度创造? 包括刘知几在内的多数哲人都是从艺术的通俗化或质文代变的观点予以解释。黑格尔的深邃就在于,他认为这种创造主要还是为艺术自身的特有规律所决定的:"艺术中最重要的始终是它的可直接了解性",它可以破坏所谓"妙肖自然"的原则进行合目的合规律的虚构创造。他举例说,在特洛伊战争的年代,语言表现方式乃至整个生活方式都还没有达到我们在《伊利亚特》里所见到的那样高度的发展,希腊人民大众和王室出色人物也没有达到我们在读埃斯库罗斯的作品和更为完整的索福克勒斯的作品时所惊赞的那种高度发展的思想方式和语言表现方式。但这种改变对于创作来说却是许可的,不能与"反历史主义"相提并论;只要表现品的内在实质没有变,它都属于正常的虚构范围而不应受到指责。为什么这样说呢? 黑格尔极富见地地指出:这是因为"艺术作品之所以创作出来,不是为着一些渊博的学者,而是为一般听众,他们须不用走寻求广博知识的弯路,就可以直接了解它,欣赏它……它也必须是属于我们的,属于我们的时代和我们的人民的,也用不着凭广博的知识就可以懂得清清楚楚,就可以使我们感到它亲近,而不是一个稀奇古怪不可了解的世界"。①

实践雄辩地证实了刘知几、黑格尔上述道理的正确。它告诉我们语言形式的改变与否以及改变得当程度如何,不但对历史文学的本体价值起着巨大的制约作用,而且有时甚至还直接关乎它的成败毁誉。以英国18世纪初著名艺术家、考古学家斯特拉特的历史传奇《奎因珸大厅》为例,这部经西方历史小

---

① 〔德〕黑格尔:《美学》第1卷,朱光潜译商务印书馆1979年版,第345—352页。

说鼻祖司各特续写润色的作品所以花时甚多而又未能取得预期成功、受人冷遇,其中一个很重要原因——如司各特所说:"那是因为那位有才华的作家使用了过于古老的语言,同时又过分地卖弄了他的考古学知识,因此它们反而成了他成功的障碍"。① 我国古典历史文学创作中类似的例子亦有不少。包括《三国演义》这样的名著,也都程度不同地存在这个问题。本来,早在晚唐时代,李商隐在他《骄儿》诗中描述他五岁的儿子"或谑张飞胡,或笑邓艾吃",已经可以证明那个时代"讲史"的艺人高明到至少能惟妙惟肖地扮演数个角色以至于儿童也能模仿这些角色为乐。但是到了《三国志平话》,作者虽然给了张飞以主角的身份,却没有利用他黝黑的皮肤或其他面部特征作取笑的材料。至于征服蜀汉的魏将邓艾就更差了,他充其量留下一个匆匆带过的名字而已。《三国演义》稍好些,编者毛宗岗在第一次提到邓艾名字时补充了他口吃的史料:新投诚的魏将夏侯霸告诉姜维,"艾为人口吃,每奏事必称'艾艾'。戏谓曰:'卿称艾艾,常有几艾?'艾应声曰:'凤兮,凤兮'故是一凤。'"但是在此后的叙述中,毛宗岗仅依照罗贯中的原本,用一种简洁的文体把邓艾的话记录下来,毫无口吃之象。美籍华人夏志清曾经指出,中国古代历史小说的表现形式一直都有个与说话传统艺人对抗的问题,他们的作者虽然远比说话艺人有学问,但由于以所谓高雅古朴为鹄的,不从谈话人那里吸取艺术营养,因此在生动的写实上反不如说话人而显得刻板枯燥。他认为这是中国古代小说落后于西洋小说的一个重要原因。② 夏氏的结论是否公允可以讨论,但他所指出的现象则不容否定。这与刘知几、黑格尔以及三百多年前冯梦龙对文言小说所作"尚理或病于艰深,修词或伤于藻绘","不足以触里耳而振恒心"③的"稽古化"的批评,应该说是颇吻合的。

在历史文学的表现形式上,可能是受崇史尊史思想观念的浸渗或文言文体的影响的缘故吧,我们历来总强调文要师古,辞要隐幽,语言"稽古化"的倾向一直是比较严重的。这种"稽古",从历史文学本体论角度看,实际上就等于取消了以欣赏者易解为前提条件的语言形式的一度创造;而归落到语言学的层面审视,它的问题主要在于向读者输送构成形象的信息时,因语言"稽古"或

① 参见《司各特研究》,外语教学研究出版社 1982 年版,第 291 页。
② 刘世德编:《中国古代小说研究》,上海古籍出版社 1983 年版,第 8—14 页。
③ 冯梦龙:《醒世恒言》序。

"稀奇古怪"不可解达不到应有的阈值。唯其"达不到",它当然也就不能有效地引发读者的心理感应,使他们借运语言信息来调动自己的感性经验去充实、构造鲜明生动的艺术形象。而一个作品本体一旦失去了感应,那么它的一切的"真"就将变得毫无意义,根本不可能转化为现代的精神文化消费,即使具有最大的"为今用"的价值也等于白搭。

也许正是出于这个缘故吧,文学史上那些社会责任感强、艺术经验丰富的历史文学作家才都那样殚精竭智地在语言表现形式上下苦功。他们从不以维护历史真实性为由,向读者和观众大摆凛然漠然的"历史架子",兜售深奥生冷的历史用语;而总是采用为现实人们能够轻而易举欣赏接受、感到近切生动的语言款式。为了实现这一点,有时候甚至不惜一而再、再而三的修改。郭沫若的《屈原》,初版本开头写屈原朗诵《橘颂》,作者开始曾让屈原直接从《离骚》中照读原文:"后皇嘉树,桔徕服兮,受命不迁,生南国兮,深固难徙,更壹志兮。……"后来修改时,为了能使广大观众都能听懂理解,很快地进入审美享受,作者就遂将它翻译成颇带现代意味的白话诗文:"辉煌的桔树呵,枝叶纷披。生长在这南方,独立不移。……"郭老的剧作为什么能产生轰动效应,颇受大众的欢迎?语言表现形式上的随时就势,力戒"稽古化"而赋予新的美感形态就是其中一因。已故著名戏剧家焦菊隐曾称道郭老的历史剧创作,"是以科学家、历史学家在作渊博的准备,而以革命诗人在作丰富的构思,最后再以戏剧家的绚丽风格去落笔。"焦菊隐的话很值得玩味。我们的历史小说家在进行以语言表现形式为主旨的一度创造时,也应该像郭老那样把科学家和历史学家的禀赋发挥限制在"准备"阶段,而在"构思"和"落笔"时则不希望过多地显示科学家、历史学家的渊博和细密。

当然,这是语言的一度创造,小说与戏剧、影视因文体形式的规范不同,彼此在运用时是各有所别的。小说是阅读的艺术,它可以细细咀嚼,可以反复玩味;可以随时放下,也可以随时拿起,这都无碍于读者的艺术接受。而戏剧与影视是临场观赏的艺术,它是顺流直下,一泻千里,以直观的、连续的形式直接显影于舞台和银幕,不能有半刻的停顿,所以它在语言方面与小说的要求也是有所不同的。李渔说:"曲文之词采,与诗文之词采非但不同,且要判然相反。何也?诗文之词采贵典雅而贱粗俗,宜蕴藉而忌分明;词曲不然,话则本之街谈巷议,事则取其明言直说。凡读传奇而有令人费解,或初阅不见其佳,深思而后得其意之所在者,便非绝妙好词。"①李渔说得太好了,他在这里实际上提出了小说(广义的诗文)与戏剧(那时还没有影视)的文体自觉问题,这对我们历史文学作家怎样"度其体宜"(曹雪芹语)地用好语言关系极大。郭老的《司马迁发愤》在写司马迁在赶写《史记》末篇时与来访的益州刺史任少卿交谈一段情节,该小说结尾处,作者直接抄引了《史记·太史公自叙传》中一段颇有点长的文言文入书:"昔西伯拘羑里,演《周易》。孔子厄陈蔡,作《春秋》。屈原放逐,著《离骚》……"作为文字,我们读到这里可能有点拗,但这无关紧要,你可以放慢节奏,细嚼慢品;更重要的是通过这段古味十足的文言,它给予我们以特有的历史感。这就是小说给我们的便利。所以,我们不仅不应责怪郭老,反要感激他。至于戏剧、影视一般就不允许这样。如果它们的作者为了求得历史感,简单效仿小说作法而不"直说明言",那么只会令观众如坠云雾之中;真则真矣,但历史感也就在这莫名其妙中被化为乌有。由此可见历史文学语言形式的一度创造,它其实是涵盖着复杂的文体因素,所谓的"熟悉可解",只有与各自的形式规范的特点联系起来,才是可行的、合理的。

二

历史真实转化为现代消费的一度创造表现在语言形式的改变上,二度创造则主要体现在题材内容的改变方面。

为什么题材内容要改变呢?这是因为历史文学创作如同"凡人作事,贵于见景生情。世道迁移,人心非旧,当日有当日之情态,今日有今日之情态,传奇妙在人情,即使作者至今未死,亦当与世迁移,自唶其舌,必不为胶柱鼓瑟之谈,以拂听者之耳"。② 特别是考虑已然题材对象由于可以理解的历史原因,往往是非掺杂,美丑并存,随着时代社会的发展变化,有些内容或已失去了它的积极意义,或其消极落后的一面日见突出,与现代人的思想观念和审美趣味截成抵牾,如封建伦理道德、迷信宿命思想、大汉族主义等等。这就决定了我

---

① 李渔:《闲情偶寄·贵显浅·演习部》。
② 李渔:《闲情偶寄·贵显浅·演习部》。

们作家在创作时不能简单照搬历史,据实而作,而只有根据时代精神的需求对题材内容进行有选择有分析的处理。同样一个赵贞女题材,从南宋《赵贞女蔡二郎》到元末的《琵琶记》、清朝的《秦香莲》,其间七百余年之所以被翻来覆去地改变,道理即此。同样一个诸葛亮故事,罗贯中在《三国演义》中把他写成呼风唤雨、神乎得有些"近妖"的超级智圣,而20世纪80年代李法曾主演并得奖的电视连续剧《诸葛亮》则将他处理为很具"人味"特点的古代智人,道理也正在这儿。不管怎么说,在现代的今天出现披发仗剑借东风之类的场面,总得有个契合时代、合乎情理的说法。我们总不能以"继承遗产"为由,像罗贯中那样抱着绝对忠信的态度和真挚的感情去宣扬封建迷信宿命思想(当然也不能置原著于不顾,将诸葛亮面目尽改,赋予他以现代人才有的新的天地鬼神观)。

大家知道,真的并不等于美的善的,作为一种价值存在,它只有经过美的统纳和善的同化才和它们凝结成一个有机的艺术整体。历史的价值不仅取决于自身,更取决于它与我们时代关系的功能特质。就是说,历史文本作为第一级存在,既有客观"范"式的一面,它并不随意听从后人的主观搓捏编派而更改自己的原生本体;而作为第二级存在,它又有主观"导"式的另一面,它的意义不仅仅在于为我们留下某种理性规范、某种行为模式,更重要的是为我们提供可资现时活动参照的文本对象。真正的历史是不会凝固的,美也永不凝固,它们的内容在时间的长河中会不断地被赋予新的内涵。我们固然可以说一部仅仅具有美的魅力和符合善的原则的历史文学作品未必就是好作品,但却可以说一部完全缺乏美的魅力和违背善的原则的历史文学作品必然不是一部好作品,尽管它的描写都来自历史,在真实性方面经得起历史的检验。

卢卡契在论述德国现代历史小说时讲过一个很好的意见,他说当时德国不少作家"常常沉溺于描写残酷的处死和用刑等场面,而忽视这一点:读者——正是在读一本历史小说时——极快地就'习惯'于这些残忍了,并且把它们理解为所描写的时代的必然的特点,这样就失去了任何效用,也失去了宣传反对过去阶级统治的非人性的作用。"他认为在这方面老一辈作家"把古老的阶级统治的非人性中发生的人性的冲突推到描写的中心点上去"的写人方法值得效仿,因为它弘扬了人性,"根本不需要有效地实现残酷的法则"。[1] 卢

---

[1] 《卢卡契文学论文集》(一),中国社会科学出版社1980年版,第148页。

卡契的见解是深刻的,他无意道出了历史文学创作中一个带有普遍性的规律:这就是一切历史包括美丑善恶的历史都是当代史,作家写什么、怎样写,只能根据现实时代"对话"的审美需求;也只有根据现实时代"对话"的审美驱需,他才能对题材内容中美丑善恶的历史含义进行增损贬抑的处理,特别是对那些有悖于时代旨趣的丑恶的、非人性的东西进行必要的淘汰剔除。

古往今来的历史文学作家,为使自己的作品能畅通无阻地参与现实的精神文化消费,事实上也正是这样作的。剔丑抑恶,这可以说是历史文学内容转换的最基本的原则。这不是你愿意不愿意的问题,而是作为一个面向读者、面向时代的作家的起码的艺术良知和社会道德的问题。拿我国人民非常熟知的昭君题材来说,为什么除曹禺的《王昭君》外,迄今有关此类题材的作品一般都写到昭君被逼出塞或半途殉身(纯系虚构)为止就煞住了,这里分明就有这样的含意。即便是正面直笔昭君出塞后生活情景的《王昭君》吧,曹禺也只是写昭君与呼邪单于"长相知,长不断",维护了蒙汉之间的团结;至于单于死后的昭君如何"从胡俗",嫁给了单于前妻的儿子,就一概避而不述。因为这虽然是历史真实,如果不加选择地表现出来,那不仅有损于昭君形象的美,同时也为今人的伦理道德观念所难以接受;这毕竟是原始群婚制的余脉,愚昧落后的婚姻陋习。再比如勾践复国题材,为何历来的作家几乎无不都抓住他的"卧薪尝胆"作文章,而没有听说有谁对他的"尝粪疗疾"进行刻意渲染。推究一下,其实也是这个道理。因为"尝胆"和"尝粪"尽管都是历史真实,都能表现勾践忍辱负重、委曲求全的精神品格,后者毕竟不雅不美,如果将它照实搬上舞台或银幕,就会使人不堪入目,恶俗至极,演员也觉得难以忍受。正如鲁迅先生所说:"世间实在还有写不进小说里去的人。倘写进去,而又逼真,这小说便被毁灭。譬如画家,他画蛇,画鳄鱼,画龟,画果子壳,画字纸篓,画垃圾堆,但没有谁画毛毛虫,画癞头疮,画鼻涕;画大便,就是一样的道理"。[①] 历史文学终究是一种精神性、情感性的艺术,它不能背离现代人正常的人性和人情;也不能为了所谓的真,而置今天起码的伦理道德和审美特性于不顾。真要服从美,更要接受善的制导。难怪莱辛说:"身体苦痛的情况之下的激烈的形体扭曲和最

---

① 鲁迅:《且介亭杂文末编·半夏小集》,《鲁迅全集》第 6 卷,人民文学出版社 2005 年版,第 620 页。

高度的美是不相容的。所以他不得不把身体痛苦冲淡,把哀号化为轻微的叹息。这并非因为哀号就显出心灵不高贵,而是因为哀号会使面孔扭曲,令人恶心"。①

自然,我们这样说并无意于将审美的"淘汰剔除"当作历史文学内容转换的全部。从实际的创作情况来看,它往往是与作家"扬善崇美"的追求联系在一起,而且它也可以通过逆向或视点转移的艺术方法,将丑的题材内容转化为人们公认的审美欣赏对象。这也就是说,面对丑的历史与历史的丑,作家并非消极无为的,它同样可以充分发挥自己的主观能动性、创造性。当代长篇历史小说《金瓯缺》中有关李师师与宋徽宗情感关系的描写,在这方面就很可佐证。本来,对这样一对名妓与昏君的风流艳事,我们当然无须称颂,不仅不值得称颂,如果不加剔除地正面展开,恐怕还会陷作品于自然主义泥沼,招致其思想艺术价值的不应有贬损。《金瓯缺》的内容转换,其成功主要就得益于富有意味的理性淘漉和逆向性、视点转换的表现手法。对于李师师,他一方面着意表现她以"冷美人"的态度处置与宋徽宗赵佶的关系,保持自己独立的人格和作人的尊严;另一方面又强化突出她思想性格中的深明大义、疾恶如仇以及强烈的爱国主义的精神情感,赋予善的内涵;还用诗化的语言和诗化的意境,极写她的外形美、内心美。这样,原型形态中的否定性内容就很自然地变成了艺术美,以致我们挑剔的评论家看了也止不住惊呼:"李师师的描写是全书最美、最动人的篇章之一","是作者创造的一个在历史上也许不存在的、动人心魄的奇迹"。② 而对于与李师师有关的宋徽宗赵佶,作者对其昏庸无能、灵魂可鄙一面进行了必要揭露,但也腾出许多篇幅,同时描写赵佶对真正心爱的人不忍用强的涵养和苦心,以及写了赵的高超的艺术才能,特别是作为"丹青妙手"的精湛造诣。作者甚至还用描绘李师师的诗化笔调,描写赵为李师师作画的情景,让人在一种浓重的艺术氛围中感受到这幅堪称神品的画的意境之美。至此,丑的历史对象和历史内容经过作家富有意味的加工创造,不着痕迹地升华为第二自然形态的艺术美。

从这里我们可知,历史文学所谓的"逆向或视点转移",其实就是作家按照

---

① 〔德〕莱辛:《拉奥孔》,朱光潜译,人民文学出版社 1979 年版,第 16 页。

② 徐缉熙:《历史与诗的结合——简评长篇历史小说〈金瓯缺〉》,《上海师大学报》1983 年第 1 期。

善的原则和美的规律对否定性历史内容的一种对象化的认同,它是集客观的社会性和作家主体的审美理想于一体的。具体地讲,"逆向"即是依逆反性思维,化腐朽为神奇,从否定性对象身上发现美,创造美;而"视点转移",则是变换艺术表现的角度,暗度陈仓,丑中见美。

从这里我们也可知,历史文学中的历史丑恶并非就不能写,关键在于怎样写:是以丑为美,嗜痂成癖,还是"用一种美的方式去想"①,"把具有全部戏剧性深度的心灵和自然纳入表现中"?② 这才是最根本的。如果是后者,即使写到丑,那它不但不与现代人的思想观念产生龃龉,反而使他们在美丑对比的高反差中看到内中固有的丰富的思想含义,使人的情感得到升华。传统的现实主义或浪漫主义历史文学,此种情形就不乏存在。如司各特《米德罗西安的心》中的处决场面的描写,由于作者"第一用的是十分节省的篇幅,第二强调了人性的先决性和结果,强调了人性的特点,而不是处决的残忍的特点,不是把处决作为处决来强调"③,所以,能把世俗视为残忍丑恶的负价值转化为人性美好的正价值。当然,在这方面最典型也最极端的要数 20 世纪兴起的现代主义历史文学的审美造型。在此种形态的历史文学作品中,诸如此类的残忍丑恶场面描写不仅愈来愈多,而且被大大推向了极点。施蛰存写于 20 世纪 30 年代的《石秀》等几个短篇历史小说,那大段大段地描绘石秀的性变态心理,就很好地说明了这一点。至于 80 年代中期出版的王伯阳的长篇历史小说《苦海》,其对明末清初历史和郑成功、施琅人性弱点、污点和人性恶的细致入微的放笔描写:如郑成功在刚毅果敢的同时又是怎样专断暴戾、多疑、寡信、杀伐无当,甚至借治长子之罪的名义挟杀董夫人,施琅在威武勇猛的外表下又是如何残忍冷酷、心狠手辣、心胸狭窄,为了达到个人复仇的目的,竟背信弃义地杀害千余名明军战俘;包括在新时期颇具影响的新历史小说《红高粱》、《红蝗》等,无所顾忌地写杀人、写大便、写性,这更是以前历史文学所不可能有、也不敢想象的事。尽管这也许有一些夸饰、偏颇的成分,但从积极的意义上讲,它却可以通过这种强刺激的特殊方式而让丑恶的历史内容由自我曝光走向自我否定,并因此释放出震撼人心的审美价值。这大概就是鲍桑葵所说的"普遍知觉

① 《西方美学家论美和美感》,商务印书馆 1980 年版,第 114 页。

② 鲍桑葵:《美学史》,商务印书馆 1985 年版。

③ 《卢卡契文学论文集》(一),中国社会科学出版社 1980 年版,第 148 页。

目之为丑的东西,往往是最高贵的艺术中十分突出的东西,深深地灌注着不可否认的美的品质,以致不能解释为只是同丑自身明确区别开来的美的要素的衬托物"。①

正是从这个意义上,我认为我们前面引用的鲁迅和莱辛的话又不够全面。看来,对历史文学有关残忍丑恶的描写,我们还是要把它放在历史的范畴中作全面的、具体的、辩证的把握才是。

三

作家将已然历史对象化为现代真实形态的艺术成品,在这一转换过程中,语言和内容的"两度创造"尽管不可避免,起到了不可或缺的重要作用;但它仅仅是历史文学真实性的一个方面而不是全部,并不是说只要实行了"两度创造"就可以直抵成功的彼岸,创作出有分量的、能充分体现自我个性魅力的真实佳构来。历史文学毕竟不同于现实题材的文学,它取材于一定的历史故实,原本就与历史具有某种"异质同构"的联系,堪称是真正的"戴着镣铐跳舞的文学"。因此,这就使其现代转换在总体上只能纳入"历史—现代"的特殊审美机制中加以表现,这也就是说,历史文学真实的现代转换是二维的,它的一端植根于特定的历史沃土,而另一端则维系着现实社会的思想心理,并受与之俱来的历史真实性的制约,是历史与现实之间的能动感应和对话。

大量事实表明,历史文学上述这种双向互动感应和审美复合,看似矛盾抵牾实则正常合理,它不但完全合乎历史文学独特的文学本义,而且也是历史文学有效凸现自我、避免不适当现代化的一个重要前提。就拿语言来说,为了使历史文学消除不必要的审美阻隔,我们在这方面只能要求作家使用以现代汉语为基础的现代白话文,不过,这恐怕也只是一种非常笼统、原则的说法,并且主要还是站在纯现实立场的一种观照。如果将问题推进到历史文学本体论角度审思,即把历史文学看成是一种有限度的文学,认为它可以而且应该体现一定的历史质感和实感,那么就会感到以上所说的现代白话语体的采用又不免

---

① 鲍桑葵:《美学史》,商务印书馆 1985 年版。

有失简单,需要充进历史内涵加以合逻辑合情理的改造。其所以如此,乃是因为现代语言包括语感、语态、语调、语势、语汇、语词毕竟是现代文化的产物,它和今天的精神思想不可分割地联系在一起并深受其规约;在传递、表达历史生活内容方面有时显得心有余而力不足,无法构建既使读者可以满意接受但又具有历史感的艺术意象。语言学原理告诉我们,语言作为一种思维和交流的符号系统,它是用来指称被反映的客体对象。语言符号虽不是客体本身,但由于它是意义的载体;而意义则是客体的反映,是客体的观念表现形式,所以它同客体之间存在着一定的联系,对客体具有特殊的价值指向。

正因为语言具有符号、意义和指称这样一种三元一体的关系,故作家在进行创作时,为使语言符号携带的信息能传递历史对象的意义,给作品以应有的历史真实性和真切感,那就不能主观随意地将一些具有特定价值指向的语言符号输送给读者。例如:我们在描写昭君出塞、贞观之治时,为使作品为现代人可欣赏了解,当然可以而且应该采用颇富现代意味的语言;但是无论如何,我们不可让王昭君、汉元帝、呼邪单于、李世民、魏征等人嘴里随口吐出诸如"民族大家庭的利益高于一切"、"积极开展批评与自我批评"的现代新名词。道理很简单,这些词如果作为一种信号输送给读者,只能诱使人们将它和现代生活内容直接挂钩联系,从而使审美心理上积储起来的历史感顷刻崩溃倒塌,造成符号与意义、指称的截然分离。人们经常批评的历史文学现代化倾向所指即此。

大概是有鉴于此,迄今为止我们见的历史文学之作,特别是成功或较成功之作,都无不避开那些为现代所独有的、带有特定含义的名词术语,并在现代人能读懂的范围内,有意识地融进大量的诗、词、曲、赋、碑、铭等古代韵文和词汇。他们这样作,从审美感知上说,就可因此而给作品平添"熟悉的陌生化"、"远近的双重性"的特征:一方面能使人感到是亲切可解的,另一方面又让人觉得陌生奇异,从而在艺术欣赏时既能达到感情与共而又处处隐伏历史距离的特殊美感。高层次的历史文学语言就是这样,它从不为了现实而忘了历史。这也许就是阿尼克斯特为什么称道司各特作品虽然具有"传达出小说人物的民族性、地方性和历史性的语言特点",但他"并不滥用这种手法,他的小说人物说话所用的语言虽然包含某些表达出历史色彩的典型的字句,但仍为现代读者所了解"。①

历史文学真实的现代转换,不但语言表现形式有个历史感的问题,而且其题材内容的选择处理也要自觉接受历史可然律的必要规范。历史文学中美丑善恶的增损贬抑当然离不开作家现实性原则的参与乃至接受美学所谓的符号异化的处理;但作为一种客体对象,美丑善恶本身毕竟来自历史,它带有特定的历史气息和历史内涵。更为主要的是,在颇多情况上,它的古今表现形态虽然并不相同但彼此之间却存在着难以切割的深刻联系。历史辩证法告诉我们:历史的发展是以螺旋形上升的,每一种社会形态都要在低级阶段和高级阶段重复出现,因而历史与现实是割不断的,它的美丑善恶的历史内容在不同的阶段,常常会发生惊人的相似之处,亦即"在高级阶段上重复低级阶段的某些特征、特性等等,并且仿佛向旧东西的回复"。② 按照系统论的观点,从人类社会发展的完整历程考察:美丑善恶的历史不是节节逝去的外在事物,而是作为类存在的、发展着的某种本质力量丰富和展开的过程,它们在精神主体上彼此具有内在的深刻继承和联系。今天是昨天的发展,不可能不留下昨天的痕迹;昨天是今天的由来,也必然能从中找到今天的某些渊源;甚至像菊池宽所说的德川时代"不记仇不报仇"思想与 20 世纪"人本主义和人道主义"③不期而合的现象,在历史上也不乏其例(菊池宽的历史小说《恩仇之彼方》表现的就是这样一种历史内容)。

正因这样,我们作家在进行内容转换时,就不应置其历史含义于不顾,将对美丑善恶的增损贬抑处理当作一种完全无干的纯现实的单项创造。须知,真虽然并非等于美和善,但它毕竟是美和善价值兑现的前提条件和基础。为什么传统历史文学《清宫谱》、《赵氏孤儿》等虽有明显的封建糟粕,但却通体透出一股毕肖酷似的历史氛围和大气磅礴的正气,让人看了真实动情,悲怆不已,而五六十年代创作的《信陵公子》、《窃符救赵》以及不少卧薪尝胆的新编历史剧一心想"为今用"但最终效果适得其反,竟遭人拒绝? 这个中就是历史之"真"的功能价值在起作用:前者,它在实施内容转化的现实性原则的同时,也充分注意历史的质定性和客观"范"的一面;后者,则把美丑善恶的内容转化处

---

① 〔英〕阿尼克斯特:《英国文学史纲》,人民文学出版社 1959 年版,第 362 页。

② 列宁:《辩证法的要素》,《列宁全集》第 38 卷,人民出版社 1959 年版。

③ 〔日〕菊池宽:《历史小说论》。

理完全等同于作家文学主体的单向运作,而忽视了在这一转换过程中历史自身也能产生一部分能量。从社会学、发生学角度讲,就是只看到历史发展过程的变异性,而看不到它的连续性,是变异性与连续性的有机统一,互为因果。

(载《文学评论》1998 年第 2 期)

论文化转型语境中的
"历史翻案"现象
——兼谈当前历史文学的历史观和艺术创造力问题

在 20 世纪八九十年代兴起的历史文学大潮中,"历史翻案"无疑是一个引人注目的突出现象。尤其是近十年来,更是愈演愈烈,呈弥漫扩大之势。先是杨书案的《孔子》、刘恩铭的《努尔哈赤》、颜廷瑞的《庄妃》、凌力的《倾国倾城》、《梦断关河》、唐浩明的《曾国藩》、《旷代逸才》、《张之洞》、二月河的《康熙皇帝》、《雍正皇帝》、《乾隆皇帝》、赵玫的《高阳公主》、《武则天》、《上官婉儿》、张建伟的《大清王朝的最后变革》等历史长篇;紧接着是《李鸿章》、《魏忠贤》、《刘伯温》、《左宗棠》、《彭玉麟》以及数量可观的以武则天为题材对象的人物传记;最后是根据《雍正皇帝》、《康熙皇帝》改编的《雍正王朝》、《康熙王朝》以及《荆轲刺秦王》、《秦颂》、《走向共和》等电视连续剧。它们与"戏说风"彼此掺杂,构成一个看似矛盾抵牾实则相反相成、互为影响的新的文化景观,从侧面反映了当下历史文学在多种文化和主义的碰撞冲击之下,处于怎样一种复杂的解构—建构的生存状态。

一

所谓翻案,是针对传统的定论而言的,它是对传统定论的一种颠覆性或否定性的艺术处理。用郭沫若的话来说,就是站在今天的立场,"推翻历史的成案,对于既成事实加以新的解释,新的阐发。"①这也是历史文学不同于现实题材文学的独特之处。因为客观的"历史的本体"是不变的,也不会改变;但主观

---

① 郭沫若:《我怎样写〈棠棣之花〉》,中国社会科学出版社 1986 年版。

的"历史的认识"是会变的,甚至可能产生惊人的变化。特别是在目前"一切都翻了个"的这样一个文化转型的环境中,作家以怀疑和批判的精神,打破种种既定的历史圭臬,对传统教科书的某些定论及其观念体系采取"翻案"式的写作姿态,这很正常,也可以理解。从某种程度上,它恰恰表明了我们历史文学作家强烈的当代意识、执着的求真信念和大胆的创新精神,并把这一切化为能充分凸现作家现时创造主体的话语重构活动。

当然,以上所说比较笼统。倘若具体细析,我以为当前历史文学的翻案,又可分为"历史化的翻案"与"非历史化的翻案"这样两种不同的情况。

历史化的翻案,最典型的要数唐浩明的《曾国藩》、《旷代逸才》、《张之洞》,二月河的《雍正皇帝》、《康熙皇帝》、《乾隆皇帝》。他们虽然赋予曾国藩、杨度、张之洞、雍正、康熙、乾隆这些历史人物以迥异于传统的"圣君贤相"的新面目,某些写法甚至颇有些惊世骇俗的感觉;但这并不是空穴来风,也不是简单地说反话、唱反调,而是建立在历史真实的基础之上。他们往往也是抱着严谨求实的创作态度来进行翻案的。因此,其所改写的人物一般都有较强的历史真实感。如唐浩明笔下的曾国藩,作家将这个曾经在相当长的一段时间内被定性为汉奸、卖国贼、刽子手翻新为中国传统文化的精英和近代史上的悲剧人物,循守的就是这样一种历史化的创作原则:"既是文学创作,就免不了虚构。(但)小说中所写的大事都是真的。如曾国藩守制期间奉旨办团练,湘勇建立之初与湖南官场和绿营不和,靖港惨败,曾国藩投水自杀,武昌、汉阳同日攻下,在江西受到困乏……"①因而史的内涵和要素在形象之中得到了突出强调,甚至史的刊谬剔抉也成为作家进入创作的必不可少的前提(唐浩明曾受命编辑《曾国藩全集》,研读了有关曾国藩的几千万字史料)。相应的,他的反叛式的描写处理,就变成了对自己苦心探研的历史"本事"的一种形象化诠释。显然,这也是他的现实主义理性历史观的圆满体现。同样道理,是二月河对雍正在夺嫡、杀兄、屠弟、诛功臣等问题上竭力给予理解和辨析,以至变否定性叙事为肯定性叙事。除了艺术创新之外,也明显具有求索历史真实的意向,它的"细节是虚构的,重大的历史事件(则)是真的"。② 为此,作家不仅在创作之前

---

① 唐浩明:《〈曾国藩〉创作琐谈》,《文学评论》1993 年第 6 期。

② 卫庶:《文学真实与历史真实——访二月河》,《社会科学论坛》1999 年第 2 期。

花费大量工夫深入历史,广泛搜集并甄别有关史料;而且在具体的艺术转化过程中不期而然地采用现实主义方法,"在历史的真实和艺术之间,(我)尽量作到两者的结合"①,从而为全书的思想艺术翻案带来为一般作品所没有的双向真实的效应。其他如《旷代逸才》中的杨度、《白门柳》中的钱谦益、柳如是、《倾国倾城》中的孙元化、《努尔哈赤》中的努尔哈赤、《高阳公主》中的高阳公主,包括 2003 年上半年在中央电视台热播并受到批评的电视连续剧《走向共和》中的李鸿章、慈禧、袁世凯,也都有类似的情况。应该说,这种叛逆文化姿态的写作在中国近十年的历史文学中是比较普遍并且具有相当的市场。它几乎成为"创新"乃至"时尚"的代名词,已经并正在深刻地浸渗影响着我们历史文学的整体面貌和创作走向。当然,不必讳言,这之中的确也存在有悖于历史文学创作规律的随意拔高或贬损历史人物的不良倾向,有的问题还比较突出。如《走向共和》在为李鸿章、慈禧、袁世凯等翻案时夸饰失度,过于理想化,这就造成了另一种失真。

与历史化的翻案不同,非历史化的翻案主要是苏童、叶兆言、刘震云、格非、刘恒、李晓等年轻或较年轻作家的新历史小说写作。它们有的是基于元典的历史事实的支撑,如苏童的《紫檀木球》(又名《武则天》)、潘军的《重瞳——项羽自叙》;但更多的则是"无中生有"的,是作家对长期以来被遮蔽的近现代民间史、家族史和边缘革命史的奇思遐想的结果,如乔良的《灵旗》、叶兆言的《追月楼》、刘恒的《苍河白日梦》等。这批作品虽然与历史化的翻案几乎同时出现在 80 年代后期,但由于本质上是先锋或实验写作,故带有明显的后现代式的模仿和拼凑的特征。而后现代,则是以"断裂"历史为前提的。因此,其翻案就较唐浩明、二月河等中年作家走得更远,也更为彻底:它不仅对传统定论来了个釜底抽薪的颠覆,同时也对中年作家带有正本清源性质的历史化的翻案进行革命性的消解。中年作家的翻案是建立在历史是可以被认知的基础之上的,存在着是非善恶、真假美丑之分。他们的创作就是想拨乱反正,将历史重新还给历史。而这些年轻作家则坚持认为历史是子虚乌有的(格非在其处女作《追忆乌攸先生》中,就利用"乌攸"——即"乌有"的谐音这个人名,表达了对历史还原的怀疑和否定),它只是一种单纯的语言事实,甚至是"骗子"、"婊

---

① 卫庶:《文学真实与历史真实——访二月河》,《社会科学论坛》1999 年第 2 期。

子"。因此,历史文学创作就没有必要也不可能求得所谓的历史真实,而只能作"修辞想象"乃至文字合成才有实在的意义。这就使其翻案的历史明显个人化、主观化了:它由过去的单数"大历史"的庄严叙述,变成了现在的众多复数"小历史"的随意调侃;由过去的表现历史之真、人文之真变成了现在的表现生命之真、生存之真。如格非的《大年》、苏童的《罂粟之家》所写的农民豹子、陈茂与地主丁伯高、刘老侠之间围绕"性"纠葛展开的暴力、死亡、饥饿、性意识冲突等,就明显具有这样的特征。它与其就是对"历史"的翻案,不如说是借一段"旧事"为由头,对以往千篇一律的"阶级对抗"的经典叙事框架的一次充满快意的大胆出格的改写。不仅如此,由于这些新历史小说的主观随意性,也由于作者非理性主观因素(如神秘主义、历史不可知论等)的强烈介入和参与,它在如此这般颠覆"历史"的同时,还身不由己地颠覆了"自我"。既然历史本身是虚伪或虚无的,那么对它的任何解构就没有必要也无意义,甚至连历史文学文体亦可以取消。翻案的结果连翻案者自身也被取消否定了,成为一种荒诞悖谬的存在,这大概是新历史小说作家没有想到的。

说到这里,有必要对《戏说乾隆》、《康熙微服私访记》、《铁齿铜牙纪晓岚》等"戏说历史"和赵玫的描写"唐宫女性"的三部历史长篇《高阳公主》、《武则天》、《上官婉儿》以及李少红导演的电视剧《大明宫词》略述一二,以进一步拓宽上述问题探讨的容量,使我们的研究具有更强的现实针对性。

一般来讲,"戏说历史"也不妨可称之为非历史化的翻案,它具有非历史化翻案的一些基本特征。并且对反抗沉重的历史传统的压迫,表现当代人尤其是年轻人"超我"的文化力量,以获取一份轻松与平等之感,具有积极的意义。但是,也正因为它停留在戏谑、戏仿的层次,以娱乐搞笑为目的,而没有将笔触伸向历史和人的里层深处;因此这些"戏说"犹如参天大厦墙脚处的涂鸦,是难以真正撼动传统的历史定论和经典化的文本。戏谑、戏仿一结束,作品也就失去了意义。它恐怕无力构成对传统经典的颠覆或消解,读者和观众(也许毫无历史知识的少年儿童除外)一般也不会对它所"戏说"的"历史"太顶真。与此不同,倒是《高阳公主》、《武则天》、《上官婉儿》、《大明宫词》等,虽然虚构的成分很大甚至超过"戏说历史"(如历史上的太平公主与武攸嗣、王维根本没有关系,而《大明宫词》则将他们分别写成太平公主的后继丈夫和情人;历史上的太平公主秉承乃母武则天,擅于弄权,而《大明宫词》则将她写成一个冰清玉洁、多情善感的美丽女性);但女性主义的立场和诗化的方式,使它们这一着重"从一个女人的角度"去表现"权力与爱情、权力与人性"的翻案,不仅在文本意蕴上达到了相当的思想深度,而且显示了对"男权历史崇拜"的批判力度。所以,同样是非历史化的翻案,它与"戏说历史"大相径庭,作用于读者和观众的感受也不一样。这里的关键,主要不在于虚实含量的多少,而是在于彼此进入历史和表现历史的层次境界、目的旨趣和历史观的差异。

二

当前历史文学创作中的这股"历史翻案"风的出现意味深长。它也许相当复杂,存在的问题也不少(如有明显的人为炒作成分和追逐时尚的倾向)。但从文学与时代的关系角度考察,从历史文学自身发展的角度观照,则自有其深刻的必然性。它是文化转型的精神气候之在文学中的一个折光反映,是历史文学作家历史观大变革的一个生动写照。

大家知道,20 世纪七八十年代之交,在姚雪垠的《李自成》的影响之下,当代中国文坛曾奇迹般地涌现出徐兴业的《金瓯缺》、凌力的《星星草》、蒋和森的《风萧萧》、杨书案的《九月菊》、鲍昌的《庚子风云》、李晴的《天国兴亡录》、顾汶光、顾朴光的《天国恨》等一批历史长篇。他们以充满政治激情的叙事,热烈讴歌农民起义,愤怒鞭笞封建主义思想,与当时反封建的新启蒙相符,在社会上产生了很大的反响。从艺术上看,也取得了相当高的成就,有的已跻身于红色革命经典的行列,甚至有里程碑式的意义。

然而综观这些风格各异的作品,我们可以发现它们的历史观其实是一致的。这就是悉以阶级画线,所有的人事描写都呼应"农民的起义和农民的战争才是历史发展的真正动力"的经典论断,并相应在文本中组成泾渭分明的敌我两套话语系统:农民阶级代表革命、正义和进步;其对立面帝王将相则成为腐朽、反动和丑恶的化身。这样的结果,就使得具有无限丰富复杂的历史有意无意地被简化为一部阶级斗争史。① 其实,农民与地主,或者说起义与镇压,他

---

① 参见吴秀明:《文化转型语境中的历史叙事与本体演变》,《浙江大学学报》2002 年第 1 期。

们彼此的矛盾关系十分复杂。就拿大家非常熟悉的太平天国来说吧,冯友兰先生就指出:"时人称许太平天国,贬骂曾国藩,可是从中国近代史的主题来说,洪秀全要学习并搬到中国的,是以小农平均主义为基础的西方中世纪神权政治。中国当时需要的是西方的近代化,所以洪秀全的理想若真实现,中国就要倒退。这样一来,自然就把它的对立面曾国藩提高了。不过曾推行一套以政代工的方针违背了西方近代化以商代工的自然道路,又延迟了近代化。"①可见情况之复杂。遗憾的是,由于历史观方面的原因,在当时不仅没有认识,相反将其纳入"革命与反革命"的两极对立模式中作褒贬臧否的价值评判,从而致使包括《李自成》在内的这些史诗规模的作品大多思想价值和艺术趋向比较单一,老辈作家深厚的文史功底也不能有效地转化为艺术创造力。这是当代文学的一大损失。

正是在这样的情形之下,唐浩明、二月河等这批中年作家采用大文化或大人文的视角,对此进行翻案式的描写,其意义就不言而喻了。显然,这里所说的翻案,它不是一般意义上的艺术创新,而是对长期以来形成的封闭狭隘的阶级论、本质论的超越和突破。它表现了在新的全球化语境中(这也是西方强势文化咄咄逼人地侵蚀民族本土文化)人们对传统文化承传及其重建的殷切之情。于是,与《李自成》等不同,他们抑农民暴力革命而扬戡乱治世的封建英杰人物,开启了一个以"圣君贤相"为中心的新的创作流潮。这里,主角的易位和主题的变迁,其实隐含着这样一种历史观的大变化:"历史不再只是由农民起义和农民战争推动的,而是由农民群众和'圣君贤相'共同创造的,后者的作用甚至被认为更显著。"②这与恩格斯所说的"历史合力论",大致是吻合的,与世纪之交盛行的新保守主义文化思潮也具有某种内在的精神连接。

当然,也许是与知识结构和思维定势有关,这些中年作家更倾向于把否定性的翻案视作是一种绝对理性的活动。他们一边在成功地颠覆着政治理性的虚伪,一边又在有意无意地制造着新的文化或人文理性的虚伪;似乎觉得理性可以包打天下,无往而不胜。这就造成了思想艺术的某种新的偏至。站在这样的层次角度来看苏童、叶兆言、刘震云、格非、刘恒、李晓等年轻作家的新历

---

① 转引自范鹏:《回归自我成正果——晚年冯友兰》,《读者文摘》2002 年第 5 期。
② 雷达:《关于历史小说的历史观》,《文艺报》2003 年 10 月 21 日。

史小说写作，我们便对他们固有的意义价值具有更深切的理解和认识。尽管他们的综合水平不及《李自成》、《曾国藩》、《雍正皇帝》、《梦断关河》，尤其是在整体把握历史生活方面，颇明显缺乏姚雪垠、凌力、唐浩明、二月河那样的气度和胸襟。但不同的文化背景和不同的文化资源，使他们具有了不同于以往的全新的历史观和价值观。特别是新历史主义有关"存在的历史"永远只是作为"文本的历史"形式存在，而所谓的"文本的历史"仅仅是作者的一种"修辞想象"，是一种话语拼合产物；有关"对传统史学整体模式的冲击，打乱其目的演进秩序，瓦解由大事和伟人拼合的宏伟叙事，以消除人们对历史起源及合法性的迷信，重现它们被人为掩饰的冷酷面貌"①等思想观点的潜在深刻的影响。这就不仅为他们超越传统僵硬的理性框架提供了基础，同时也为自己按照现实主观生存体验和非本质的偶然性原则重写历史提供了合法性依据，从而将历史小说很快就推进到了先锋的境地，使它从此结束了在当代文学中慢一节拍的滞后状态，具备了当下最前沿的思想艺术品格。

在这里，我们似乎已触及了历史文学（当然不仅仅是历史文学）创作的一个人人无法逾越的定律：历史文学犹如环环相扣的一个链条，包括老中青在内的每代作家都是这链条当中的一个环节。他们每一代都作了自己的创造和贡献，也都留下了自己的不足和遗憾。由此才组成一部代代相续又不断发展的完整的文学史。我们上面所说的历史文学翻案及其有关的历史观，是可以而且应该纳入这样的链条之中进行考察。也只有纳入这样的链条之中进行考察，才有可能对他们彼此作为较为客观公正的评价。在这里，我们还触及到了历史文学创作中的一个令人尴尬的悖论：那些文史功底深厚的作家，由于观念的僵滞，往往难以超越固有历史凝固书写形式对自身的"压迫"。这时丰富的历史知识反而成为一种负担，不能转化为活的浑融的生命整体。而那些历史知识并不丰富甚至相对贫乏的作家，因为摆脱了具有超强意识形态性的本真历史的约束，从中注入了自身独特的生命体验和生存憬悟，反而赋予僵硬而冰冷的历史以温暖鲜活的人性内涵，显得魅力无穷。对此，我们或许感到有些迷惑，但也可以借此对以往的历史文学创作尤其是中老年作家擅长的历史化的

---

① 赵一凡：《什么是新历史主义》，《美国文化批评集》，生活·新知·读书三联书店1984年版，第238页。

翻案进行深刻的反思。它至少提醒我们:历史翻案自然以一定的历史知识为前提,尤其是历史化的翻案更是如此。但一旦进入创作的堂奥,就应将历史知识抛开,按照美的规律造型。记得50年前著名戏剧家焦菊隐曾称道郭沫若的历史剧创作,"是以历史家作准备,革命诗人作构思,最后以戏剧家去落笔"。我们的翻案也应像郭老一样,将历史家及其历史知识限制在"准备"阶段,而在"构思"和"落笔"时,则希望更多展示作家的功能,不希望过多展示历史家渊博的知识。

不过,我们也要清醒看到,凡事都有两面性。作家的叛逆性写作固然可以快速地推进当代历史文学创作,但同时也把其中潜存的矛盾和问题很快暴露出来。根据福科"知识考古学"的观点,"历史"和"文学"作为一种"知识"的存在尽管是平等的,不存在等级制意义上的价值评判;但就具体的实践而言,这种知识的存在从来也没有摆脱权力的干预和压制,都身不由己地被纳入一种权力关系中进行解读。也就是说,我们恢复了一部分被遮蔽了的历史真实,同时在恢复这些历史真实的过程中,客观上形成了对另一部分历史真实的遮蔽。

按照这一解释,我认为上述翻案不仅在方法论甚至在本体论上都可以质疑,它只有相对的合理性,而没有绝对的完美性;其充满历史温情和挚爱的大量的有关帝王将相的描写,也存在着难以掩饰的缺憾。它一定程度上反映了我们作家对阶级斗争和民间意识的一种排斥心理,表露了他们对底层民众的苦难和底层民众反抗封建压迫的正义要求的一种不应有的忽视,或者说表露了他们对阶级斗争和"农民革命动力说"矫枉过正后的一种新偏见。是的,"中国农民革命确实存在种种问题,但这和封建历史和民族文化密切相关。中国知识分子也难以摆脱传统的巨大束缚。因此,我们决不能因为中国农民的历史局限而忽视他们的反抗封建压迫的动力。如果连这种'官逼民反'的反抗也没有,如果受尽屈辱的老百姓只是逆来顺受,中国历史不是会更加沉重和悲哀。"[1]再进一步,如果连这种反抗都要用所谓的"精英文化立场"加以解构或调侃,那么我们历史文学的人文精神又在哪里?它到底是比《水浒》前进了还是倒退了呢?

---

[1] 李运抟:《从"农民革命戏"到"帝王将相戏"——对新时期古史题材小说历史意识的反思》,《文艺报》2002年8月20日。

严格地讲,历史是一条包纳百川的河流,在这里,主潮与支流、大波与细澜融会成一个不可分割的整体。中国的历史更是一条超巨型的浩浩荡荡的长江或黄河,它无疑具有更大的包容性和吞吐量。我们希望读到能充分展示中华大历史、大文化本真风貌神韵的历史文学,从中发掘具有原创性的精神钙质和创造过程。从这个意义上,我觉得历史文学仅是翻案是不够的,它同时还需要融合。真正优秀的历史文学,也不是简单的翻案所能概括的,它应该兼容并包地涵盖更加丰富立体的历史内容。就像唐浩明笔下的曾国藩一样,呈现"很复杂"的个性和内涵;创作之前,他也许怀有强烈的翻案动机,但一俟进入艺术实践的世界,就按照历史主义典型化原则进行超越式的全面整体的把握。就此而论,说《曾国藩》等是翻案之作似乎不大准确,至少失之简单。然而,正是这种既翻案又超翻案的描写,才使作家有关曾国藩形象的塑造跳出了非此即彼的二元对立的思维模式,显得别具新意和深度。

三

以上所说的翻案,主要还停留在一般的思维认知层面。它与我们讲的历史文学翻案当然有重要关系,但在价值向度上则具有明显的质的区别。因为历史文学虽不能像一般虚构性文学那样作可塑性很强的自由驰骋,纵笔放达。尤其是旨在翻案的这些作品,它往往选择彰明昭著的重大历史事件或重要历史人物作为题材对象,就更要尊重历史"基本事实、基本是非"的规范,即所谓的"大事不虚,小事不拘",不可作倏忽意兴的向壁虚构。但是,历史文学毕竟是文学而不是历史,它与历史只是保持"异质同构"而不是"同质同构"的关系。也就是说,它对历史的尊重虽然在关系和形态方面与史家呈现某种"同构"的相通或一致,但在目的、功能和手段上则有着"异质"的根本区别。就其实质而言,仍然属于文学的范畴,它应该极大地调动和开发作家艺术创造力的潜能。

事实表明,真正的历史文学的翻案,它不仅体现一个作家对历史的深刻怀疑和批判精神,而且还体现他丰沛的文学想象力和艺术创造力。即使在翻案时所得的结论与史家相同,达到了真正所谓的"历史还原",但由于上述的"异质同构"的原因,仍可开拓出属于自我的全新的审美世界,而成为一种独特的诗性的存在。凌力的《梦断关河》之所以在同类的鸦片战争题材中显得卓尔不凡,其中原因之一就是打破传统历史教科书的"侵略与反侵略"的模式,通过梨园世家几个年轻戏子的视角,生动地展示那个时代的历史悲剧。在这里,众所周知的血与火的内容被作家巧妙地虚化为作品的背景,正面呈现在我们面前的是普通下层民众多姿多彩的心史和情史。而正是在这种鲜活灵动的平民化、人性化的叙述过程中,却使得它从人们耳熟能详的历史中获得了异常独特的审美发现。二月河的《雍正皇帝》也有意识地进行历史人化、内化的探索。作家在对"夺嫡之谜"、"励精图治"以及"恨水东流"等重大史事进行颠覆性描写时,一方面大量融进野史、民间史、神话传统甚至妖道鬼神等内容;另一方面又广泛吸纳爱情小说、武侠小说、推理小说以及传统白话小说等叙事要素(如章回体形式、评书口吻等),在雅与俗、虚与实等一系列关系处置上有新的追求。因而把一段众说纷纭的宫闱历史演绎得惊心动魄,具有很强的观赏性和吸引力。

遗憾的是,这种充溢着艺术创造力的优秀较优秀之作并不是很多。占据我们创作主流的,依然是那些满足于对历史表象进行简单复制或对历史定论进行简单颠覆的作品。不少作家总是对过往的历史保持着高度的依赖性,并将艺术旨趣放在对所谓的历史本真的写实纪实上。这就导致了艺术想象力的匮乏,使其有关的翻案不期而然地蜕变为一种平面单维的历史叙事,而未能成为真正意义上的颠覆性或否定性的审美表达。即便是像唐浩明这样的优秀作家,他在用历史现实主义事理逻辑对曾国藩、杨度、张之洞进行重新编码,也表现了颇明显的重史轻诗倾向,故艺术描写未免质胜于文,显得厚重有余而灵性不足,史学价值高于文学价值。其他如杨书案的《孔子》、刘恩铭的《努尔哈赤》等也都有类似的情况。当然,作为多元历史文学格局中的一种审美追求,这些作品同样有其存在的合理性;它对固有历史的积极的投入姿态以及由此给作品平添的历史质感,也自有其独到的价值,并且得到了不少读者的喜爱。但是,必须看到,这些作品毕竟在相当程度上是与艺术的自由秉性和创造精神相抵牾,而自觉不自觉地返回到"以史为本"的传统老路,它并没有走向真正的文体独立。更为主要的是由此及彼,严重地窒扼了作家的艺术想象力和审美创造力,使原本的历史与文学的"双语写作"变成现在的历史的"单声独白"。这显然是对历史文学艺术品质的很大伤害。从渊源上看,恐怕与根深蒂固的传统的"实录"观念影响有关;而从思维上看,则恐怕与我们长期以来乃至于今天将历史文学对真实的求取视作是绝对理性活动的认知有关。

其实,严格地讲,历史文学的真实性只有相对独特的意义。从历史的真实到文本的真实,它一般都经历"将历史真实心理化再进而审美心理化"①这样两个阶段,其间主观化的因素是十分明显的;它可以而且应该融入作家独出机杼的创造,融入他对历史和现实的充满诗意的向往。这也是历史文学真实性的魅力之所在,是我们衡量一部作品艺术价值和品位的重要标准。而恰恰在这个问题上,上述诸多作品无论在认识还是在实践上都出现了偏差。所以,它就不能不影响乃至损及世纪之交的历史文学的整体格局和水平,使其思想与艺术之间程度不同地出现了错位。这有必要引起我们的重视。

新历史小说相比之下,在艺术创造力方面较前面这些中年作家有超越。它第一次将先锋的超验想象和先锋的超常思维带进历史文学创作领域,使历史叙事的审美话语在想象中得到了独特而有效的激活,而真正成为一种充满艺术智性的可能性叙事。于是,其所构造的文本历史顺理成章地打破了森严有序的逻辑因果链的束缚,呈现出了前所未有的开放性和主观化、感性化的特征。在这方面,苏童的长篇小说《我的帝王生涯》是颇具代表性的。它所描写的燮国国王端白荣辱沉浮的一生纯属虚构,并无任何的历史依据,作者也无意于为历史上曾经真实存在的某一帝王作还原式的复现。但正因为它是虚构的,所以作者可以打破旧的历史神话的羁绊,并富有意味地以第一人称"我"作为小说体验和叙事的视角,巧妙地将李煜、崇祯、光绪、宣统等末代皇帝的精神心理以及历代宫廷内部的刀光剑影、骄奢淫逸、变幻无定等种种景象纳入文本之中。一切都显得那样的真切细腻而又挥洒自如,它让我们以现代人的意识,具体而微地体味到中国权力文化中心对人性的可怕的窒扼和扭曲。而这,则往往是传统的历史小说所欠缺的,是它们艺术创造力极易折翅的地方。另外像李冯的《孔子》、《唐朝》、何大草的《衣冠似雪》、丁天的《剑如秋莲》、商略的《子贡出马》、朱文颖的《重瞳》、张伟的《东巡》、叶兆言的《濡鳖》、木木的《幻想三国志之王粲笔记》等一批与新历史小说同根异枝、近年来颇为时尚的"新故事新编",也明显具有类似的创作意向。它们在鲁迅《故事新编》的基础上,揉

---

① 参见吴秀明:《论历史真实与作家的主体意识》,《齐鲁学刊》1990 年第 2 期。

进了后现代及当下"大话西游"的许多超越时空和幻化神奇等叙事要素,又进一步把新历史小说刚建立起来的历史艺术世界推向"另类"式的荒诞和怪异。当然,与新历史小说一样,由于过分随意和缺少必要的艺术节制,它也反过来戕害了这些作家的艺术原创能力,致使在经历近十年创作的今天没有留下可与《白门柳》《梦断关河》《曾国藩》《雍正皇帝》等可比的佳作。这也是当代中国先锋实验文学的一个难以逃遁的宿命。

顺便还要提及赵玫的《高阳公主》《武则天》《上官婉儿》和李少红导演的电视剧《大明宫词》以及大量的"戏说历史"等,它们在历史的"艺术化"和"创造力"方面所作的探索同样值得重视。特别是赵玫、李少红两位女性作家创作的作品,那充满浪漫"诗说"建立起的可能性世界也许离真正的历史相距甚远,但它所蕴含的超越庸常的历史认知和大众经验,让历史之真内化为心灵之真和人性之真的审美倾向,对如何进一步丰富激活作家的想象力,提升当下历史文学的艺术品格,无疑是有启迪的。即便是"戏说历史",我们在指出它的过分的商业诉求和世俗化倾向给历史文化正常承传带来消极影响的同时,也要对其具有"狂欢"和"自娱"性质的大众化的合理想象给予一定的认同。无论怎么说,娱乐消遣虽不是历史文学的目的,但也是它题中的应有之义。我们不能因为去污除垢,就将脏水和婴儿一起倒掉。

那么,现实和未来的历史文学到底怎么发展?它在创作和翻案的过程中到底怎样寻求和开发艺术创造力的潜能?这当然比较复杂,但从目前的状况来看,我认为主要可从以下三个方面或方向进行扩容和拓展:

一、在空间上,不但要重视宏观的大历史,同时也要关注微观的小历史,让艺术创造力和审美热情伸向政治生活之外并与之相连接的日常生活。不能把眼光过多停留在重大历史事件及其帝王将相等显赫的历史权贵人物之上,将历史文学中的历史写成非艺术非现代的历史事件史和帝王将相史,尤其是帝王将相的权力斗争史。须知,日常生活虽不是历史的全部,但它却是历史本体的一个不可或缺的重要组成部分,这里既包括名不见经传的平民百姓的"世俗化"的生存状态,同时也包括远离史家所谓的"本质"或"规律"的感性具体的生活。正是这些被传统史家弃之如履的世俗化的感性生活,它蕴含着对感性之学的文学来讲十分弥足珍贵的丰富复杂的艺术美质。所以,史家在此搁笔之处,恰恰应成为作家落笔的地方。只有充分地扩展这方面的生活内容,才能使历史文学创作有效地被纳入艺术审美化的轨道,而显得血肉丰盈,婀娜多姿。这也是古典名著《红楼梦》以及李劼人的《大波》、巴人的《莽秀才造反记》、鲍昌的《庚子风云》等现当代历史小说(同时也应该包括新历史小说),留给我们一条宝贵的艺术经验,是我们衡量一个历史文学作家审美感悟和体验能力的重要方面。

二、在思维上,不但要重视"常态"的经验写作,同时也要关注"非常态"的超验写作,将艺术审美智性拓展到超逸客观实在的抽象世界或幻象世界。落实到具体的文本创作上来,就是打破亚里士多德所说的可然律必然律原则,把艺术描写推向荒诞和变形。这就需要借鉴现代主义、超现实主义等有关的创作方法和思维理念,作好"超俗性"——从内容到形式的"超俗性"这篇文章,不能用现实主义一把标尺包打天下。当然,"非常态"的超验写作尽管随意荒诞,带有明显的反经验反逻辑的特点;但它并非随心所欲,无所规约,而是竭力按照整体性和自为性的艺术规律进行运作。① 因此,在艺术上能给人产生一种如置身哈哈镜面前的似真犹幻、似幻犹真的奇特美感。鲁迅的《故事新编》、卡夫卡的《万里长城建造时》、马尔克斯的《百年孤独》、西格斯的《旅途邂逅》,以及前面提到的李冯、商略、朱文颖、张想、木木等的"新故事新编",在这方面已作了成功或有益的探索。我们现在需要作的,是在继承前人和时贤的基础上,如何进一步出新和提高。

三、在文体上,不但要对历史文学本体自身进行艺术革新,同时也要向其他文体特别是向武侠文学、科幻文学和侦探文学寻求借鉴,进行跨文体的融合。因为中国的"庄骚"(《庄子》和《离骚》)和上古神话的想象力传统——这是中国文学有别于史传传统的一个最具艺术创造力和想象力的传统,它较多体现在武侠文学这种边缘的文体之中并在那里得到较为充分的继承和发展;而现代的想象和幻想包括它上天入地的奇思异想的能力,也包括它运用现代心理学和逻辑推理在想象的空间里制造悬念及营造扑朔迷离的故事的能力等,则更多体现在现代科幻文学和侦探文学这种新型的文体之中。事实上,现在也有作家在进行尝试,如易生的《宋元英雄传》就有意识地融进了不少武侠文体的要素,以至被人称为"史侠小说"。而这,恰恰是我们历史文学所欠缺的。

---

① 参见吴秀明:《论历史文学独特的语言媒介系统》,《文艺理论研究》2003 年第 2 期。

故有必要放开眼光,也放下"架子",在保持历史文学审美属性的基础上,尽可能从武侠文学、科幻文学和侦探文学那里吸收更多的艺术资源,以丰富和充实自己。

（载《文艺理论研究》2005 年第 5 期）

论历史文学创作中的"影射"问题

一、影射不是一个美学的概念

迄今为止,尽管人们对历史文学的"影射"解说不尽一致,但大都是把它视为用隐晦的方式方法对于某一现实具体人事有意故意的直观比附。新版《辞海》曰:"影射,暗指某人某事,或借此说彼",其意即此。所谓"暗指"、"借说",就是指影射的暗示性、类比性。历史文学创作是十分复杂的,置身历史文学创作领域的作家,也并不都遵循正常的艺术轨道行进。有时候,出于某种特殊功利的需要,他们往往就会在文本中着意编织暗指暗示的意象。诗人白居易诗云:"含沙射人影,虽病人不知;巧言构人罪,至死人不疑。"欧阳修也有诗说:"水涉愁蝎射,林行忧猛虎。"影射的要义,大概就是这种"含沙射影"。一般地讲,它是作家在感受到某方面压力、言难及意情况下所采取的一种特殊曲折的方式,目的是为了借此对现实某一具体人事进行抨击、讽喻或攻讦,因而它是非文学的,在通常的文学辞典中系贬义词("含沙射影"的本意,按字面应作"鬼蜮的伎俩"解),至多是中性词;它也不是一个美学的概念,不是历史文学创作中合目的合规律的艺术审美形式或手段。

影射之所以能含沙射影,额外负荷着"暗指"、"借说"的特殊作用,这要归因于人类创造的语言符号与它所指的客观对象之间的矛盾:"语言就其本身来讲是隐喻性的,它不能直接描写事物,而只能求助于间接描述方法,求助于含混而歧义的语调"。① 由于语言本身是隐喻性的,不能全知地反映客观对象,语言对客观现象的表述是丢失中的保留,是在丧失隐型文化的内容基础上的交流,这在客观上就使人类固有语言符号较之事物对象本身涂抹上了含蓄模糊、可塑性大、意义飘忽等功能特征,从而使作者的影射成为可能和可行。可以这么说,影射的产生就源于人类语言符号本身。试看一下中外文学史,无论是文艺复兴时期的莎士比亚(如《查理二世》)还是古典主义时期的拉辛(如《倍雷尼斯》),无论是元朝的马致远(如《汉宫秋》)还是国民党统治时期的郭沫若(如《屈原》《虎符》),他们借此说彼的影射,无不根植于人类语言符号隐喻性的基础上。正是从这个意义上讲,我们对新古典主义批评家洛克在他的《论人的知解力》一书中将隐喻和影射并称,视二者为巧智或想象力所常使用的两种修辞格,并宽容地指出对这类作品不应"用真理和理性的规则去衡量"②的解说虽未尽首肯,但却不得不承认他是颇具见地的。可以这样说,只要语言符号隐喻性特征不消失(事实当然不会也不可能消失),由此派生的文学创作中的影射就不可避免。

为了进一步搞清影射的概念,有必要将它与比喻、象征作一番比较辨析。比喻就是"打比方",也就是用某一事物或情境来比喻另一事物或情境,它一般都有拿来被比事物的本体、作比事物的喻体与喻词(像、如、是等)三部分组成。本体与喻体之比的关系是明确的。然而影射与之不同,它不像比喻那样放在任何的语境中靠逻辑推导都能明白可解,而是有意把明言化为隐语。如果人们对特定相关的具体文化背景尤其是喻体对象,例如抗战时蒋介石制造的皖南事变生疏隔膜,缺乏了解,那么观赏《虎符》时就有可能对作者蓄意设计的喻体意象茫然不解。再看影射与象征的区别。象征一词在古希腊原指"一块木板分成对半,双方各执其一,以保证相互款待"的信物,后逐渐引申为代表了某种思想观念的物象符号。艺术的象征是个美学的概念,它的基本含义是用某种知觉或想象的图像暗示超逸这一形象的某种不可见的思想意蕴。象征的本体与喻体关系,柯勒律治说是"半透明式地反映着永恒"③,它的主体意识是很强的,形象之中往往浸润着诗化了的理性内蕴。影射则不然,它虽也有暗示有

① 〔德〕恩斯特·卡西尔:《人论》,甘阳译,上海译文出版社年 2004 年版,第 140 页。

② 朱光潜:《西方美学史》,人民文学出版社 2002 年版,第 210 页。

③ 引自余秋雨:《艺术创造工程》,上海文艺出版社 1987 年版,第 211 页。

寓意,但其表现只能算是浅层结构。对它来说,影射体与影射寓意之间的关系不仅是单向的类比,而且类比本身也极其浮浅。通常的作法是先预设好某个或贬或褒的目标,然后由目标反推出历史或现实中某个相似的对象进行直接的黏合,其结果无非是"遁辞以隐意,谲譬以指事"。① 另外,影射的观念寓意也不是来自本身而大多是作者外加的;它在整个作品的艺术肌体里,不是构成引导人们往里开掘的凝聚点,而是当作诱发人们由审美走向单义确指的实用工具。它的效果的取得是以牺牲审美为前提,对象征体往往采取到岸舍筏、得鱼忘筌的态度。

正是因此,它所表现的观念一经点破之后便一览无余,没有意味。同是观赏《屈原》,我们可以从婵娟身上联想到比上述还要丰富得多的内容,如品格高洁、清冽芬芳的橘树,生长在水国深岩的秋兰、芙蓉,触发连绵不断的神思遐想;但对内中的诸如"封锁住疯子们的嘴,免得他们胡说八道,就乱人心"之类影射性描写,除了凭经验直觉,"不费思索"地将它和当时黑暗现实、专制独裁的蒋介石直接连挂起来,不能在审美心理上产生其他更多的创造性联想。

二、影射的基本表现形态

影射的表现形态,是影射概念内涵的外化和具体。归结到艺术创造的范畴看,它一般有以下这样几个层面的显现。

第一个层面,是叙述语言。在这一层面中,影射的表现是以语言为单位出现的,它主要利用语言的隐喻功能和词义间的类同关系,有意将两种不同的概念串叠在一起,从一个构成信息编码的词汇背后寄填更深一层的后设语言或曰特殊的指谓价值。这里含有三种情况:(1)通过双关、借题、曲语及语音相同即谐音等手法,特意在一个语词中引进非常明显的暗示暗指内容,形成它对某一具体现实人事的影射。这在一些诗歌和戏剧中可以见到。如"天安门诗歌"中那首著名的诗:"黄浦江上有座桥,江桥腐朽已动摇。江桥摇,眼看要垮掉;请指示,是拆还是烧?"此处的"江"、"桥"、"摇",实际上是暗指江青、张春桥、姚

---

① 刘勰:《文心雕龙·谐隐》。

文元,影射的表现是借助于双关、谐音而完成的。(2)直接套引或摹写现实生活中某一特定人物使用过的语言,乘机捎笔带来,于中达到对此一特定人物影射的目的。比较典型的例子如鲁迅《奔月》套用高长虹攻击他的话语,让逢蒙诅咒羿"打了丧钟",让使女称赞羿是"战士"和"艺术家",就属于这样的情形。(3)更多情况下还是掺插一些具有明显暗示性比附性的语汇,如郭沫若《虎符》中提到"想陷害他(指信陵君)的人今天清早已经派人到汤阴去通知晋鄙,要在公子路过的时候,把他暗杀,把那三千食客,斩尽杀绝"。作者有意对此进行强化或渲染使之成为直接与现实挂钩联系的结尾,暗度陈仓地把读者的注意力吸引到单义实指的皖南事变上来,吸引到为他们经验感知的这个具体喻体身上以及由此激起的愤怒的情感。

第二个层面,是表现在作品的语义结构方面。夏衍的《赛金花》中有这样一个细节:清廷的一个办外交的大员被俘,被带去见德军,这个平日盛气凌人的民族败类马上脸变腿软地拜倒在洋人的脚下,并且恬不知耻地说:"奴才只会叩头,跟洋大人叩头"……此一细节的安排主要就是为了在语义叙事单位与文本结构之外寻找与之类同的文化意义单位的联系,即作者所谓的"为着要使读者能够在历史的人物里面发现现今活跃着的人们的姿态"①,"只是利用这个事件,来讽刺国民党的屈辱外交而已。"②比较一下叙述语言层的影射,"叩头"这个细节自然要复杂得多,它的影射功能的发挥已由具体词语的凭借进而到由词语和句子组成的更大的语义单位,即传统文学理论所说的场面、动作、情节、事件等等。由于是一个具有相对完整性的叙事语义单位,以具体的物象为依附,故同样是影射,语义结构层的功能效应较之单纯语言符号层的功能效应就进了一层:它不只是暗指暗示的符号工具,同时还为我们留下了一些可以称之为"象"的具体的东西。如果处理得好,这些所谓的"象"多少还有一点艺术审美成分;尽管它们未必是作品内容的有机组成部分,未必是作者艺术上刻意追求的,它们的产生,更多的是出于作者对具象或意象的强迫。

影射表现特性的第三个层面,是体现在作品的模式体系上。这是一个带有整体意义的借此说彼,整体意义的暗指类比。它所凭借的原理与上述没有

---

① 夏衍:《历史与讽喻》。
② 夏衍:《题材·主题》。

什么两样,只不过将这个原理扩大到作者总体的取材、构思和叙述模式之中,将描写的整个生活对象当成一个符号,预先赋予它和现实以某一特定时代社会的等价关系,然后加以验证,从而在总体上控制了作者的叙述方式而已。以众人皆知的《济金根》为例,拉萨尔对此剧有关济金根失败的描写从酝酿到构思,目的是为了同当时"巨大时事问题"相类比,即用来影射1848年到1849年的德国革命失败。因为拉萨尔的影射是整体构架的影射,故它的影射在一定意义上比局部形式影射负面作用更甚:唯其整体全局出了问题,被纳入了暗指类比形式,因而它对作品思想艺术和真实性的损害也就更大、更致命;今后倘若修改起来就更具难度,要想从根本上剔除影射,做到真正意义上的古为今用,除非将整个模式体系打破,重新再建。

颇有意思的是有这样一些作品,它们的作者从写作动机到具体构思都没有影射之意,他们的确并无拿自己笔下人事去暗指现实生活某某人事的存心;然而读者和观众的阅读欣赏效果却正好与之相反,有时候甚至产生作者根本意想不到的、令人瞠目结舌的联想。如大仲马的《亨利三世和他的宫廷》和高明的《琵琶记》被说成是影射法国国王查理十世、王安石就是。此种现象在古今文学史上虽非普遍但也绝非仅见。它的存在当然与接受者经验联想和情感活动的差异不无关系。但尽管如此,我们也不应将它拿来作为衡量一部作品有无影射的标尺。原来影射之所以为影射,它之所以有别于象征、比喻就是作者特意为之的,具有明确实在的单义指向。影射一定给接受者提供狭窄固定、根据潜在经验一眼就可洞底的特定意向,它主要触发的是他们的再造性联想的功能,并不像一般的艺术表现那样引起接受者理解的不确定性。影射如果没有稳固的规定性、非常确定范围的创造性联想,那它就不是影射;它也不可能发挥借此说彼,具有直接功利性和实用性作用的特殊效应。基于上述理解,我们有理由将作家创作意向的鉴识和接受者再造性联想的运用,作为判别影射的一条重要的批评原则。

说到接受者再造性联想,也许我们有必要借助一下现代心理学的分析,这对于理解不同表现形式的影射为什么被人接受,是有启发意义的。依发生认识论的说法,欣赏者观赏作品,首先就得对作品中传递的意象刺激有所感应,然后与心灵中蕴藏的图式产生一种同化效应,使自己的情感与作品提供的氛围相契,甚至超出作品本身的内质而获得意味无穷的美感。欣赏者对作品中的意象刺激并不都同样感兴趣。一部作品的意象要引起感知并最后产生由此及彼的联想,是与大脑神经活动的"兴奋泛化"与"分化抑制"过程密切相关的。所谓"泛化",就是大脑神经兴奋的扩散,即对事物之间的相同、相似、相通方面的反射;而"分化"则是对事物不同和差异方面的反射,从而使兴奋之点得以集中。① 影射之所以被接受,就是欣赏者脑神经兴奋扩散引起的与有关生活经验对象的反射,它一般不经某种具有创造性的心理联想为中介,直接将影射体与影射对象粘合起来。人在一生中都有实践经验和内心体验两种生活积累,它们平时储存在大脑皮层的某一部位,一旦被外界与之相似的触媒引发,便可能成为他的对象,建立喻指关系,并展开意指表现活动。人也往往喜好寻找与之相似的艺术对象,或多或少地潜积着一种意指、喻比的心理能量,具有将它外射于具体某物的倾向,这就是心理学上的对象性原理。影射从某种意义上讲就是对象性原理的具体表现。因此,就艺术接受和传播角度而言,把它仅仅解作是简单的再造性或再现性活动又不尽妥当。它应当说是欣赏者在特定语境中为语词、语义结构或整体模式所诱导的精神"兴奋泛化"的心理运动过程。《辞海》条目说影射是"借此说彼",实际上就是欣赏者目中所触之"此",成为他心中隐含之"彼"的暗指,因而激发出相应的经验联想和情感表现。借此说彼不是胡来,唯其它的此与彼即影射体与影射对象具有直接的关系,不像通常的艺术手段那样通过审美途径获得,借审美中介环节连接,那么它就更需要借助欣赏者泛化活动的参与。这种此与彼之间愈相近,欣赏者神经泛化的展开才能愈轻便,因而也可以收到更有效的影射效果。

由上分析可知,影射的存在和表现虽然不合规律,但它却自有其或然必然的心理动因。明乎此,我们也就不会将它与主观随意的编造简单对等起来,更不至于对它采取一味贬斥甚至严令禁行的批评态度。

三、影射的历史评价与艺术审视

此处说的历史评价,主要是就写于言论不自由的过去年代那些作品而言

---

① 金开诚:《文艺心理学概论》,人民文学出版社 1987 年版,第 67 页。

的。并非所有的影射都起因于言论不自由，如《采石矶》(郁达夫)用戴东原影射胡适就不尽其然；至于像唐代《补江总白猿传》之类，写欧阳纥妻子被大白猿劫去怀孕生子，拿来诽谤书法家欧阳询，那就更不用说了，无论在外部条件还是内在性质上都不能与之相提并论。

自然，历史评价的应用范围是很广的，认真地说，任何方式手段、任何作品恐怕都不例外；但我们之所以提出这个问题，乃是鉴于影射为它自身的性质所囿，又有它的特殊的复杂。这里的难度主要在于：一般文学形式或手法尽管不完全不完善，但它毕竟是文学自身发展过程中的必要的一环，以其合规律合目的为存在前提；而影射作为借此说彼的暗指或暗示，它本身就是非艺术、非审美的，它也许合目的却不合规律，我们对它不说全然否贬，起码不予倡导。然而，使人感到颇为犯难和棘手的，恰恰正是这种不为我们推崇的方式方法，它在特定情况下却能产生一般正常艺术审美所无法达到的轰动效应，而且还常常被一些文学史家肯定为进步文学的一个标识。这个问题怎么看呢？确实，它给我们的评价出了一个难题。

关键是将问题放到一定的历史范围内特别是那个时代的具体社会关系总和中，看它是否顺应了社会发展的趋势，代表了进步和正义。如果是，那就应该给予历史的评价。试以《汉宫秋》为例，该剧在情节和场面展开的关节之处，总是反复要他的主人公王昭君满嘴不离"汉家"、"大汉"、"汉主"等词儿，尤其是在饯别和投江两个片断，让其当众脱去汉衣，为汉朝殉身。作者这样写，诚如有的论者指出，显然是利用"汉"字的双重含义，影射诅咒元代现实，缅怀逝去的大宋江山。① 但他为什么要这样写？因为作者当时生活的时代，"全中国无异成了一个可怕的刑场和牢狱"②，如果"妄制词曲"，"犯上恶言"，就要被判处"大恶"的死刑。③ 现实不允许他直言倾吐。于是不得已，他就只好采用这种曲笔，将自己的一腔激情投寄到一个大写的"汉"字上。可见，这是作者对黑暗现实的巧妙反抗，它的弦外之音对当时的人们来说是不言而喻的。根据历史文学真实是一个系统，一个由假定性真实、主体性真实、当代性真实以及认同性真实诸要素耦合而成系统效应这样的原则来衡量，上述这些如《汉宫秋》

① 余秋雨：《中国戏剧文化史述》第 4 章，湖南人民出版社 1985 年版。

② 吕振羽：《中国政治思想史》，人民出版社 2008 年版，第 529 页。

③ 《元史·刑法志》。

之类的影射之作既然在相当程度上反映了当时的时代精神,表达了广大人民的现实思想感情,那么,它也就必然获得了一定的真实品性而具有自我的存在价值。

以上,我们对影射在过去政治高压时代出现的必然性和自身存在的价值作了分析。这里应该强调指出:历史的评价并不意味着对它固有思想艺术价值的全面审视。必须看到,尽管这种影射之举在当时具有积极的进步意义,但若按正常的美学观点和古为今用法则来考察,它又不能不说是一种历史性的损失。灾难忧患年代,作家在反动酷政的统治下失去了身心自由,他们的艺术良知和生死攸关的使命感常常促使他们有意无意地将生活对象处理导向对现实具有公愤性质的某一具体人事的暗射,于是影射就成了势所难免。问题在于,灾难忧患年代属于人类社会的反常时期、情况特殊,它不能作为比较平稳安定的人类正常时期的普遍规律。如果不加区辨地把它扩大推广到所有的创作中,将它视作常态的艺术法则,那就难免同现实日趋丰富也日趋提高的审美需要相冲突,从而淡化了艺术的独特功能,断裂了人类审美的历史积淀,这显然是有碍于艺术创作的提高和发展的。从理论角度看,进行影射在特定情况下虽不无它的理由,但从根本上说它终究是非历史非艺术的。具体主要有以下三方面问题:

一、它抹去了历史发展的阶段性,把古今之间表面现象性的相像当成本质的相似,结果使作品因失去客观必然性的应有规范,轻则流于虚幻浮浅,重则歪曲历史真实。《济金根》之所以失真,堕为个人主观意愿的单纯传声筒,问题主要也就在于抛开了历史发展的阶段性,把16世纪德国宗教改革时期的历史事件非历史地与19世纪的现代革命完全等同起来。这就从根本上违反了马克思在论述普鲁士学派特洛森在其《希腊化时代》中把武力统一希腊各小邦和传播希腊文化的古代马其顿君主国比作近代的普鲁士君主国,影射普鲁士负有统一德意志的使命并把弗里德里希二世比作亚历山大大帝时所作的科学论断:由于古代阶级斗争同现代阶级斗争在物质经济条件方面有着根本的区别,"在由这种斗争所产生的政治人物之间,也就不能比坎特伯雷大主教与祭司长撒母耳之间有更多的共同点了。"①历史是以螺旋或阶梯的形式发展的,它虽

---

① 马克思:《路易·波拿巴的雾月十八日》。

有连续性,但在不同的历史阶段不可能出现从现象到本质相同的历史人事、历史经验。古今之间有许多相像的现象,有的纯系偶然巧合,有的是某种必然性规律在起作用。即使是后者,也只是本质相似而已,它们本身内部包含着各自的特殊矛盾,这种矛盾就构成了一事物区别他事物的特殊本质。

二、它违背了艺术活动应以形象本体为基础,靠整体把握为要的基本规律,这样就很容易在进行艺术处理时将原本内涵丰富的艺术对象作宰割式的引申肢解,从而造成作品的偏狭与单薄。艺术思维和活动的"最大优势"之一——"就是对客观事物的整体性综合反映",它是要"用形象说话,而形象总可以完整地表现被反映的事物。① 愈是优秀的文学作品愈是如此。它所体现的精神意蕴应该与世界整体相对应,建立在作品的整个形象本体即主题、人物、情节的综合描写的基础之上,靠形象本体来完成,是形象本体的有机延伸。作品中的人物当然也可见列现实生活中某些人的思想身影,但它应该是作者创造的艺术总体中的一个有机的组成部分,是一个具有自我生命力和典型性的艺术的形象,不是现实生活中具体某某人的隐喻式的符号。影射作法之所以不可取,重要原因之一也就表现在这里。它以暗指作归指,将艺术活动的目标规定为对现实具体人事的比附,那就必然迫使它不得不抛开作品形象整体,在局部枝节特别是个别的台词、警句上大做文章,按生活实像来摹写艺术形象,并以此来取代作品的形象本体。这就从语言学上犯了索绪尔所批评的"把一个词认作仅仅是某一声音与某一概念的结合物"的"很大的错误","这样就会将词与它的系统孤立开来,认为可以从孤立的词出发,一个一个地加起来就成为系统了。但事实正相反。我们要从相互依赖的整体出发通过分析,而得到它所包含的要素。"②

不独如此,由于影射颠倒了艺术活动中局部与整体关系,以牺牲作品形象本体为代价,把目光投向一时一地的具体方针、政策,或个别人物的一言一行,它还严重地阻遏艺术作品创作和接受活动的正常展开。从作家方面来说,唯其创作的出发点是针对自身周围的某一具体实像而非第二自然的形象总体,那么反映到实践中来,为这种狭义的功利确指所囿,从而使形象失去了自身的

---

① 〔苏〕苏霍金:《艺术与科学》,王仲宣等译,生活·读书·新知三联书店 1986 年版,第 170—171 页。

② 岑麒祥:《语言学史概要》,科学出版社 1958 年版,第 258 页。

生命光彩和美学价值而蜕变为日常政治观念的外在符号。从欣赏者方面来看,影射作法固然可以引发他们有关潜在经验的反射,有时甚至还能部分地调动他们的积极心理活动,但由于进行鉴赏时他们的兴奋点从正常的审美观照被导向现时功利实用层次,这样,有形无形之中,也就助长了艺术接受活动中实用观念的反常膨胀,对局部个别的反常兴趣,放松忽视了对作品艺术整体的沉潜与领悟。久而久之,那就极易导致"审美贫乏症"的诱发,使欣赏主体趋于病态和不健全,以至可能出现像鲁迅《阿 Q 正传》所碰到的那样:看到阿 Q,就惴惴不安地认为影射自己或另外哪个人,混淆生活与艺术的关系,将艺术创作庸俗化、世俗化。

　　三、与上述两个问题密切相关,影射的执意运用还必然损失作品的艺术生命力。这一点不难理解:影射是非文学的,它是在特定语境中由影射体为媒介引起的审美向日常习用转换的一种效应过程,而语境总是不断运动着的,它不可能永恒定在一个点上,故它的特定性一旦随境发生变迁,那么人们因失去了具体特殊的参照系,往往将不知影射之所指,很难在心理上、情感上与作者产生共鸣,甚至连观赏的兴趣都难以调发,对它产生一种"明日黄花"的认异感。文学创作毕竟是一种形象的艺术,它重在塑造典型,靠形象的典型性来显示自身的生命活力和恒久的传播价值。站在人类历史的高度审视,艺术作品之于我们后人来说,它的真正的价值则是那些带有普遍性意义的思想意蕴,而不是个别的、偶然性的人事相同。个别偶然的比附虽然也可达到"为今用"的目的,但因它不经审美内容这一媒介过度,直接将古今粘贴在一起,搞对号入座,因此这就自然注定了它的生命价值的短浅。李渔早在三百多年前就说过,文艺作品要想"传世",具有久长的延续力,必须杜绝影射实指的攻讦作法而竭尽思想含义方面的普遍概括:"凡作传世之文者,必先有可以传世之心,而后鬼神效灵,予以生花之笔,撰为倒峡之词,使人人赞美,百世流芳。传非文字之传,一念之正气使传也。""传奇无实,大半皆寓言耳。欲劝人为孝,则举一孝子出名,但有一行可纪,则不必尽有其事,凡属孝亲所应有者,悉取而加之";"凡阅传奇而必考其事从何来,人届何地者,皆说梦之痴人,可以不答者也"。① 李渔把反对影射实事与作品传世问题联系起来,指出只有对"应有"之事作富有广度的

---

① 李渔:《闲情偶寄》。

概括才有不衰的艺术生命力,见解无疑是精辟的。这与黑格尔在《美学》中提出的艺术作品"长存的基础却是心灵中人类所共有的东西,是真正长存而且有力量的东西"的有关论述,真是异曲同工。新中国成立以后,史学家如范文澜、翦伯赞、吴晗等都自觉地将原作中的影射部分删改,就是出于作品传世效果的考虑。

总之,一般而言,影射是不可取的,它不是一个美学的概念,不是文学创作中合规律的艺术审美形式。因此在当代的历史文学领域,应当为我们所不取。当然,对此对它如何作历史的评价,那又是另一回事了。

（载《社会科学研究》1994 年第 5 期）

论历史文学创作中的"现代化"问题

在下笔探讨历史文学创作中"现代化"问题的时候,我想到英国现代文学批评家乔治·森茨白瑞如下的话语:"尽管他们在不同程度上各具才能,其中一两位甚至小有天才,但所有这些作家都在一个严峻的难题——即时代错误——上跌了跤子。"①显而易见,森茨白瑞这里所说的"所有"作家,指的是 18 世纪末、19 世纪初英国的一些尝试历史小说创作的哥特式作家们。如今,历史已经进入了 20 世纪 80 年代,历史文学在全世界有了新的发展。但是,作为一种同是规律和普遍现象,森茨白瑞所说的这种情况还存在不存在呢? 这是值得我们深思的。

熟悉中国当代文学的读者大概不会忘记,20 世纪 50 年代初期,当文艺界对《新大名府》、《新天河配》等历史剧、神话剧讨论时,不少评论家就目光犀利地注视到这个问题,对当时在戏曲改革工作负有一定领导责任的杨绍萱的"不顾历史的客观真实而任意杜撰和捏造历史"②的反历史主义的理论和实践展开了严肃的批评。此后,类似的回声一直经久不衰。60 年代初,在"卧薪尝胆"及历史剧问题的讨论中,人们曾经又广泛地旁涉过一阵。粉碎"四人帮"后的这几年,随着历史文学创作的兴盛和理论批评工作的活跃,人们对这个问题的批评意兴更是勃发无前。说郭老的《蔡文姬》、《武则天》"随心所欲地臆造历史,以古媚今"③者,有之;说曹禺的《王昭君》"一定程度地将古人现代化、理想化","把古人拔高到共产党人的思想高度"④者,有之;而对姚雪垠的《李自

---

① 《司各特研究》,外语教学与研究出版社 1982 年版,第 127—128 页。

② 周扬:《改革与发展民族戏曲艺术》,《文艺报》1962 年第 24 期。

③ 曾立平:《评历史剧创作中的反历史主义倾向》,《戏剧艺术》1981 年第 1 期。

④ 周祖美:《从〈王昭君〉看历史剧的倾向性和真实性的关系》,《文学评论》1980 年第 6 期。

成》，竟还有这样一幅漫画："李自成读马列"①……

其实，岂止是中国，在西欧、苏联、日本等其他国家的历史文学领域中，有关现代化的批评和议论也同样不绝于耳。就是开头提及的乔治·森茨白瑞，他在肯定风靡欧洲的历史小说鼻祖司各特作品艺术价值时，也不客气地指出其间存在"年代误差"②之弊。日本的井上靖，写了一部描写成吉思汗的《苍狼》，日本作家大冈升平以"《苍狼》是历史小说吗"为题，认为井上的描写违背历史真实，不能称之为历史小说，由此引起了一场轩然大波。③ 最有意思的是托尔斯泰，他曾严厉地指责莎士比亚的历史剧犯有"时代错误"。④ 可是，当他的《战争与和平》前三卷刚问世，当时俄罗斯评论家安年科夫就用他指责莎士比亚时所使用的相似语言，批评他在作品主人公身上，"加进了我们时代才形成的对人、事的思想和观念"。⑤ 托尔斯泰、司各特、井上靖这样的大文豪、历史文学高手况且难逃此类批评，其他等而下之的作家就更不用说了。

以上事例充分表明，历史文学中的有关现代化的批评，是一个中外皆然、由来已久的世界性现象。提及这一点有其必要，它有助于我们自觉意识现代化问题探讨的普遍意义，并进一步激发起思考和研究的兴趣。根据历史文学创作的历史现状，本文试图以真实性为本，就如下三个方面对现代化问题作一番粗浅的考察。

一、"现代化"的概念及其有关理论阐释

在探讨现代化之前，有一个问题需要搞清楚：什么叫历史文学现代化？在这方面中外名家有什么理论性的阐释？

这似乎也应当从历史说起。在西方，是谁首先在历史文学研究中使用现代化一词，还是一件待考的事，但我们却可以肯定地说，最着力、最全面就此进

---

① 转引自姚雪垠：《关于创作〈李自成〉的艺术追求和探索》，《华南师院学报》1980 年第 3 期。

② 《司各特研究》，外语教学与研究出版社 1982 年版，第 127—128 页。

③ 参见郭来舜：《日本作家井上靖和他的历史小说〈敦煌〉》，《兰州大学学报》1982 年第 2 期。

④ 托尔斯泰：《论莎士比亚及其戏剧》。

⑤ 《俄国作家批评家论列夫·托尔斯泰》，中国社会科学出版社 1982 年版，第 82 页。

行探讨的,黑格尔无疑是第一个。这位德国 19 世纪唯心主义理论大师对历史文学创作十分关注,当他离开"理念世界"的套路而用辩证观点来观察、说明艺术现象时,就会对现代化问题讲出非常精彩的意见:

> 艺术家之所以为艺术家,全在于他认识到真实,而且把真实放到正确的形式里,供我们观照,打动我们的情感。在这种表现过程中,艺术家应该注意到当代现存的文化,词言等等。……这样破坏所谓妙肖自然的原则正是艺术所必有的反历史主义。表现品的内在实质并没有改变,只是进一步发展的文化使语言表现和形象必然受到改变。另一种情形却不能与此并论,那就是把宗教道德意识的较晚的发展阶段中的观点和观念强加于另一个时代或另一个民族,而这个时代或民族的全部世界观是与这种新观念相矛盾的。……一个时代和一个民族的这种实体性的核心或心理方面的基本特点是诗人所必须知道的,只有他在这种内在的中心点里放进对立矛盾的东西,他才算犯了一种较重的反历史主义。①

得显然,黑格尔这里所说的历史文学现代化,比我们今天所谓历史文学的现代化的概念要宽泛得多,它同时将"必有的反历史主义"和"不应有的反历史主义"这样两个截然不同的内容都涵盖进去了。黑格尔此说,乍看起来,确实有点不可思议,但细细体味,则不能不说是讲得相当辩证而又富有哲理意味的。我们知道古代特别是远古时代人们的语言文化方面的真实情况,由于史料缺乏及各方面客观条件的限制,我们今人甚至包括历史学家往往也很难得知其详。要想叫作家绝对"妙肖自然"地忠实历史,是不大可能也是不大现实的。即使勉强做到了,今人也未必能欣赏接受。很难想象,如果有哪一位作家将春秋、秦汉时代人民语言文化表现方式一股脑儿地照搬过来,让这些人物在舞台上,在屏幕上,在作品中漫口尽说春秋、秦汉时的话语,那么观众和读者很可能将如坠云雾之中。真则真矣,却难以为人们所接受。从这个意义上讲,我们认为黑格尔提出的历史文学创作"应该注意到当代现存的文化语言","破坏

---

① 〔德〕黑格尔:《美学》第 1 卷,朱光潜译,人民文学出版社 1958 年版。

所谓妙肖自然的原则正是艺术必有的反历史主义"是很具有合理、必然的价值标准和审美趣味,也非常契合艺术的"可直接了解性"的基本法则。

但是,应当特别指出,在其"必有的反历史主义"的具体内容上,黑格尔的说法也是相当有分寸的。他只是说描写时"应当注意到"现存的文化语言,而没有说"应当用现存的文化语言米进行描写",措辞不谓不讲究。而且紧接着加上这么一句:"表现品的内在实质并没有改变,只是已进一步发展的文化使得语言表现和形象必然受到改变。"这就是说,即使语言文化有所改变,但表现品的"内在实质"却是不能变的。可见,黑格尔所谓的"必有的反历史主义",是有前提条件的,并非硕大无朋的箩筐。明白了这一点,我们对其引文后半部分他所提出的不能"把宗教道德意识的较晚的发展阶段中的观点和观念强加于另一个时代或另一个民族"之上,在"一个时代和一个民族的这种实体性的核心或心理方面的基本特点"上应该严循历史的真实的主张,就不会感到大惑不解了。

黑格尔对现代化问题的阐释,在文学上产生了深远的影响。他的一些基本观点,迄今仍然不断地被中外许多理论研究者所援引。不过也不必讳言,在这方面黑格尔似乎也有一些偏颇和欠缺。他在谈到现代化问题时,旨趣多集中在"必有的反历史主义"上面。在这点上,他的阐释显出了他理论上的缜密和分析的精到。相形之下,对"不应有的反历史主义",他不仅关注得不够,而且阐释也比较抽象和空泛。在艺术的历史内容和外在细节关系问题上,他强调内容真实的决定性作用是正确的,但由此而薄视外在细节,甚至把它看成是"不关重要的",认为在这方面花费很多的劳力"是白费了的"①,这就有失偏颇。其实,细节真实与否,对一部历史文学作品的真实关系影响极大。细节的失真,往往就是造成一部作品现代化的重要原因之一。这一点,我们将留待后文再谈。

黑格尔的不足,也许就是卢卡契的优长。他的那部负有盛名的《历史小说》论著,以其翔实的材料和雄辩的笔姿,对黑格尔未及细究的疑题作了富有见地的拓展。卢卡契认为,真正伟大的历史艺术,虽然描绘历史是"明确地联系现在",但"这种联系在于活生生地表现过去,使过去成为现在的前期历史,

---

① 〔德〕黑格尔:《美学》第 1 卷,朱光潜译,人民文学出版社 1958 年版。

使经历了漫长的进化过程而造成我们所知道的今天生活的那些历史、社会和人性的力量得到诗意的体现"。① 从这点出发,卢卡契既反对那种"自由主义的和唯知识论的与人民生活具体问题的疏远"的旧历史小说,同时也对 19 世纪德国盛行的"只是今日问题在历史中的历史反射"、只是现代在考虑的"那些问题的一种抽象的来历"②的有些反法西斯历史小说提出了尖锐的批评。他着重探讨的:是为现实斗争的需要而"抽象"地显示历史,还是尊重历史真实,表现历史的"具体"特性,这往往就是造成历史文学现代化与否的一个重要原因。理论的支点一旦确定,卢卡契便挥洒自如地展开了他的阐释。他登高眺远,笔扫整个欧洲历史文学创作的历史和现状。在列举了当时反法西斯历史小说作家孚希特万格、雷格勒、弗兰克、亨利希·曼等作品的失误和托尔斯泰、司格特、普希金等其他各国优秀历史文学作家的成功之后,最后下了一个断语:"只有在历史小说的行动着的人的思想与感情、想象与经历有机地从时代的具体的生存条件中发展出来的情况下,才能避免将人物加以现代化。在这种情况下,人物的心理跟我们的时代的接近,限制在'必要的历数差错'上。如果相反地抽象地去理解生存基础,那就会只从心灵的一面来得到人物的生气,从而必然受现代化的支配。"③

平心而论,卢卡契上述观点,从总体上看,没有比黑格尔有多大的突破,而且有些地方也多少有点教条化的味道。但是,由于他所面临的时代是历史文学在全世界范围内特别是在西欧和苏联有重大的进展,实践已为他提供了更为丰富深刻的经验教训。因此,他对现代化问题的探讨,比之黑格尔自然要切实一些,具体一些。从现实出发,他就不能不把重心和视点放到反历史主义的现代化上,他的努力,至少补救了黑格尔的一些不足。

跟西方不同,我国理论界对现代化问题的探讨,如同对其他一些理论问题探讨一样,基本没有跳脱即事点评的范畴。论者大多在谈到真实性问题时,便中引申、生发、述及一二。话虽不多,但思精义丰,往往具有直觉的独到的识见和深度。在这方面,茅盾是堪可称道的典型一例。他在《关于历史和历史剧》长文中对现代化所作的论述,鲜明地体现了东方人特别是中华民族所特有的

---

① 〔匈〕卢卡契:《历史小说》,《卢卡契文学论文集》(一),中国社会科学出版社 1980 年版。
② 〔匈〕卢卡契:《历史小说》,《卢卡契文学论文集》(一),中国社会科学出版社 1980 年版。
③ 〔匈〕卢卡契:《历史小说》,《卢卡契文学论文集》(一),中国社会科学出版社 1980 年版。

品性。同黑格尔、卢卡契一样，茅盾主要也是从历史文学与历史、历史文学与现实的关系角度来探讨现代化的。也许由于跟民族文化和心理结构不无关系吧，他的眼睛较多地盯在"历史"两字上。他突出强调的是历史文学的历史精神，主张历史文学创作应以"真实地还历史以本来面目"为最高追求目标。[①]他对现代化所作的阐释，立论就在于此。茅盾有关论述，比黑格尔泛泛而论"实体性内容"应该真实，甚至比卢卡契主张"具体性"而反对"抽象化"描写的意见，都似乎显得更为明白透亮。我国长期以来文史不分家，史对文的影响和渗透十分严重。我国人民也往往从历史文学中接受零零碎碎但却丰富多彩的历史文化教益。这种深厚的审美传统，使得我国人民对历史真实的要求，对反历史主义现代化的批评，比起世界其他民族来，往往显得特别峻严。与茅盾意见相似，我国当代学者、评论家如吴晗、何其芳、张光年、朱寨、张庚、马小波、张真等人的一些文章，也都力主严格的真实观。

从黑格尔、卢卡契到茅盾的有关论述中，我们可以看出，所谓现代化，实乃是在将历史文学放在真实性天平上衡量时使用的一个术语。它的含义是特指历史文学中的反历史主义现象。内容包括描写对象的内在主体和外在形态，作家的思想观念和创作态度等等，大体属于历史文学真实性的范畴。这里也许应该说明一点：黑格尔所谓的现代化，其指意和卢卡契特别是茅盾是有所不同的。他用了较多的篇幅淡了"必有的反历史主义"，这当然无可厚非。但从实践的观点来看，"不应有的反历史主义"现象在实际创作中似乎更具有普遍性，用它来涵盖现代化似乎更切合事实，合乎人们的思维旨趣。也许是出于这个缘故吧，自他以后的有关现代化问题论述中，论者往往只取其后半部分的含义。久而久之，到了今日，这样一种含义仿佛成了铁定的概念，而前半部分的含义随着岁月的流逝，却无形之中被退化了。这倒是黑格尔所始料未及的。我们下面所要论述的就是后一种含义上的现代化。

二、"现代化"的主要表现形态

这个问题前面多少已经涉及，这里主要是变换一下角度，把目光从历史性

[①]　茅盾：《关于历史和历史剧》，《茅盾文艺评论集》（上下册），文化艺术出版社 1981 年版。

的一般理论阐释转向对批评本体的考察。

从总体看,历史文学现代化都是反历史主义的。它的共同特点是超越了历史固有的客观性和可能性,把后来特别是现代人才有的立场观点和思想感情强加到古人身上,让古人说后来或现在的话,办后来或现在的事,造成了时代的错乱颠倒,歪曲了历史的真实面貌。但是,具体到不同的作家作品,它所暴露出来的问题,不仅在程度上有区别,而且在表现形态方面也有差异。现在,我们拟从批评本体的微观角度看历史文学现代化到底具有怎样的表现形态。

第一,在创作的主客体关系处理上,历史文学现代化突出的表现是不顾客体限制的主观化倾向。诚然,与其他任何题材一样,历史文学从根本上说也是创作主体(作家)和客体(历史生活)相融合的反映,是主客之间联姻结缘的产物。据此,在整个艺术创造的过程中,我们不仅不否认作家主体意识的积极能动作用,而且认为它有进一步强化之必要。但是,这和我们下面所说的搞唯意志论的主观化是两码事,它是有一定的潜在的条件为前提的,即不能把作家在将历史转化为艺术时的主观能动性超空拔世,无限夸大,把过去时代的客观形态完全抛开。否则,那就很容易招致现代化,因为作家的创作一旦偏离了特定的客观形态的限制而听凭自我主观意志的驰骋,它所展现的历史实际上就成了作家主观臆想的产物,使塑写的人事换上了现代化的内容色彩。黑格尔早就看出了这一点,他在《美学》第一卷中就曾尖锐地批评了法国古典派作家的一些作法,如拉辛《伊斐琪尼亚在奥理斯》、《艾斯忒》里写及的希腊勇将阿喀琉斯和波斯国王阿哈斯凡鲁斯,作家不仅在装束上而且在招式上都充分地把他们17世纪法国宫廷化了:前者,犹如一个彻头彻尾的法国亲王,如果没有标出他的姓名,就没有人会认出他是古希腊的英雄;后者,初上台的气派完全像路易十四入朝一样,他粉刷着法国式的头发,穿着法国国王穿的貂袍,身后跟着一大群法国式装饰的侍从。由于他们的创作完全不顾客体形态的限制,而非常随意地为"凡是他们所爱好的都必须先经过'法国化'"①这一狭隘的自我主观趣味的调遣,因而后果所及,就将他们所反映的具有特定个性历史内容"刨平磨光",造成了作品中的人物形象,无论"中国人也好,美洲人也好,希腊罗马

---

① 〔德〕黑格尔:《美学》第1卷,朱光潜译,人民文学出版社1958年版。

的英雄也好,所说所行都活像法国朝廷里的人物"。① 这岂止是"现代化"而且也"异国化"了。所以理所当然地引起了黑格尔的鄙薄和不满。

类似的例子还可举拉萨尔的《济金根》。这个被马克思、恩格斯批评过的剧本,在主观化这点上暴露出来的问题同样也是足以为训的。拉萨尔为了影射1848年德国的现代革命,来为他现时的政治思想作辩护,把16世纪德国一个没落贵族骑士济金根描写成一个革命者,把济金根的逆历史潮流而动的必然败亡归结为革命的目的和机会主义策略之间的矛盾悲剧。拉萨尔这样做,就违背了历史剧创作虽可充分发挥主体的能动性创造性但却又不能不顾及客体的实体性内容方面客观形态这一基本原则。我们知道,历史上的济金根,按其阶级属性和历史地位,如同马克思所说,实际上只不过是一个"被历史认可了的唐·吉诃德"。② 他的失败与其说是革命目的与机会主义策略矛盾所致,不如说"是因为他所作为骑士和作为垂死阶级的代表反对现存制度"③的必然的历史结果。拉萨尔在处理济金根史实时,无视这个题材固有的实体性内容,硬是把济金根这个穷途末路的可怜虫美化和拔高为反对封建制度、解放农民的革命者,非历史地与1848年现代革命等同起来,这就只能说明他的《济金根》确是他所谓的主观的"美的幻觉和逼真的印象"的派生物,毫无历史真实可言。而他这样做,当然也就不能不将济金根现代化了。

第二,在古今关系处理上,现代化突出的表现是不分历史与现实界限的"一锅端"。历史与现实往往有惊人的相似之处,把握并发掘这种"相似",是历史文学古为今用、获取艺术灵魂的关键所在,也是衡量每个历史文学作家思想洞察力、艺术敏锐感的重要一着。正是从这个意义上,我们非常赞赏黑格尔如前提出的"应该注意到当代现存的文化、语言"的主张,认为那种背向现实的、纯粹"发思古之幽情"的、为古而古的学究作法并不足取,更不值得提倡。然而这仅仅是问题的一个方面,与此同时,我们必要清醒地看到,历史是螺旋式上升的,它的过去与现在虽然"相似"但却并不等于"相同",因为每一事物,其内部包含着本身特殊的矛盾,这种矛盾就构成了一事物区别他事物的特殊的本质。因此,我们在进行具体创作的过程中,就应该辩证地处理好它们两者之间

---

① 〔德〕黑格尔:《美学》第1卷,朱光潜译,人民文学出版社1958年版。
② 《马克思致斐·拉萨尔》,《马克思恩格斯选集》第4卷,人民出版社1995年版,第340页。
③ 《马克思致斐·拉萨尔》,《马克思恩格斯选集》第4卷,人民出版社1995年版,第340页。

的关系。我们所说的"一锅端",问题恰恰就出在这里,它把古今之间的这种表面的上"相似"当作了本质上的"相同",忽视了它们其间存在的内在的、质的差异,结果既歪曲了历史,又歪曲了现实,遂使作品中写及的历史成为今天现实的简单比附,显得不伦不类。在这方面,我国 60 年代初戏剧界一窝蜂地出现了上百个描写越王勾践发愤图强的历史剧,是颇有深刻的教训的。当时这些众多的作品,它们内中有关越国及越王勾践的描写,除了背景和服饰有点历史的影子外,其他诸多方面,与我国 1949 年后的现实特别是 60 年代初的现实几乎惊人地完全等同:勾践不但会像我们的下放干部那样从事农业劳动,与人民"四同",而且还有今天我们所理解的"以农业为基础"的思想,越国不但大兴水利,大搞农业,而且还大炼钢铁,请了外国专家帮助铸造机器,改良农具,勾践不但自己卧薪尝胆,而且还搞"三反"(反贪污、反浪费、反偷工减料)运动……以上这些情节,真是可笑之至。它的偏差,主要不在于有无一定的历史依据,而是在于对历史进行描写时,不能区分二千四百年前的越国历史和我们现实社会之间的界限,不适当地将古今混淆等同起来。

第三,在人物塑造上,现代化的主要表现形态是将人物特别是英雄人物过分理想化。作家出于对古代英雄人物精神品格的热爱,在将生活原型概括为艺术典型的过程中,加进自己的审美理想,运用浪漫主义手法,把形象铸造得更鲜明、生动、辉煌,包括某些理想化的成分,当然是可以的。但是,这里确实也有个分寸问题。如果将这种理想化无端加以夸饰渲染,超越了历史的客观性和可能性,那就要拔苗助长,导致历史人物的现代化。在这方面的实例中外文学史上随处可找。比如说吧,司各特颇负盛名的历史长篇《艾凡赫》中的狮心理查的描写,就是其中的一例。历史上的理查,原是个昏庸残忍的暴君。马克思指出,狮心王理查一世"实质上是一个像兔子一样的胆小鬼。狮心就是……一个野心大而能力小的阴谋家"。① 可是到了作家笔下,他却摇身一变,被虚构成为一个罕见的贤明君主。他爱民如子,慷慨豪侠,英勇过人……作家这种极度理想化的描写,与历史原型的理查岂止是相距太远,简直完全相抵牾,这恐怕只能说是司各特政治上拥护封建王室保守思想的一种曲折的体现。从艺术上看,它不仅使理查这个形象矫揉造作,苍白无力,而且还掺进了许多

---

① 参见《马克思恩格斯全集》第 8 卷,人民出版社 1961 年版,第 296 页。

现代化的成分,使人读来感到不可亲,不可信。

与司各特性质不同而形态相似,我国历史文学创作中过分理想化的现象也是倾向性地存在着的。历史剧《王昭君》中有这样一个情节:昭君姑娘在自愿请行来到"胡地"后,月光之下,她不仅悠闲自得,兴致益然,而且还一再向呼韩邪单于等人表白:"我来,是为了两家百姓的欢乐","我是带着整个汉家姑娘的心来到匈奴的。"从而使呼韩邪等人吃惊、钦佩不已。这些情节描写,显然过于理想化了。把一个身处封建经济文化中心的汉族少女出塞到经济文化相当落后、起居饮食都大不相同的少数民族地区,写成轻松得如同一次旅游相仿佛,已经够夸饰、够诗化了,至于叫她说类似"民族大家庭"思想意味的话,那实在是有点强古人之所难了。须知,"民族大家庭"这样的思想含义,是在民主革命时期才开始出现,并由中国共产党不断充实、付之实现的。二千多年前的汉代人嘴里,怎么能说出这样一个颇具现代思想观念的话呢?

第四,现代化的表现形态,还体现在外在事物描写上的缺乏定性。历史是具有客观定性的。这种定性不仅表现在有关时代和民族的实体性的内容方面,表现在人物的内在的思想道德情感方面,而且还反映在外在的事物方面,如人情风土、语言服饰等等。不必讳言,比起实体性的内容和内心心理方面,外在事物当然是"次要"一些,但是,"次要"并非意味着"无关紧要",更不是说作家可以倏忽意兴地胡编乱造。"次要"和"主要"只是相对的。没有外在事物的真实,内在的实体性东西之真也就失去了依托和附丽,很难有多少真实性可言。在这点上,我们倒是与黑格尔的观点有些相左。我们认为,从历史文学创作的主客观因素看,要想叫作家将外在事物完全"妙肖自然"地复制出来,做到字字句句绝对忠实,乃是不大可能也无必要,在这方面,我们自然也"不应剥夺艺术家徘徊于虚构与真实之间的权利"(黑格尔语)。但是,在如此这般的时候,我们却不能疏忽了这样一个重要的前提,那就是不能听任作家离历史真实走得太远,尤其是不能将现代读者太熟悉的语言行为方式、典章礼仪等社会人情风尚引进作品。这是历史文学创作最起码的也是最低层次的要求。如果在这些方面也都轻率地加以违背,那就会将作品应有的定性破坏殆尽,谈不上什么历史真实感了。不少历史文学所以给人以现代化的幻灭感,原因往往就出在这里。

我国近年来不少历史文学包括历史小说、历史剧、历史题材的电影、电视等,其外在事物描写上的任意编派、缺乏定性,相当突出。比如一部描写汉代清官董宣的人物传记体历史长篇,书中不少场合,竟让这位近两千年前的封建官吏漫口说出:"真对不起,请原谅","少受精神折磨","作好精神准备","在今后的道路上","对我会产生无穷无尽的力量"之类现代人日常惯用的话语。其他诸如职官名号、地名、服饰、陈设等方面想当然的杜撰,情况就更多、更带有普遍性了。例如,杨贵妃变成"洋贵妃",用以钩击的金戈可以刺人,昭君姑娘抱上西汉没有的乐器琵琶。像这种描写,显然是与历史的客观定性相悖谬的。它的直接后果只能破坏作品的历史感,给读者带来滑稽和幻灭之感,并由表及里,毁及与之相谐的整个实体性的内在主体的真实。因为外在事物和内在主体,"这两个方面是相联系的,而且是互相影响的,对人物所在的外在事物具体描写越是现代化,对人物内在主体方面的描写也就必然越加现代化"。①

当然,以上所说的是就传统的、现实主义范畴的历史文学而言,至于现代主义和后现代主义类型的历史文学创作(包括鲁迅先生的《故事新编》以及 20世纪 90 年代后出现的"新故事新编"),情况又不尽相同。但即使是后种类型的创作,它也并非没有自己的艺术原则和规约机制。这一点,笔者在拙著《文学中的历史世界》谈"非常态"历史文学语言媒介和《"故事新编"模式历史小说在当下的复活与发展》时,对此曾有所述及 ②,此处不赘。

---

① 茅盾:《关于历史和历史剧》,《茅盾文艺评论集》(上、下册),文化艺术出版社1981 年版。
② 在拙著中,笔者在分析了"非常态历史文学"即现代主义历史文学语言媒介的"古今式"、"魔幻式"、"心理式"三种类型后,着重强调指出:作为一种"特定"的艺术假定形式,"非常态历史文学"不能也不应与"常态"历史文学的"历史—现代"形态简单等同起来,而需用"整体性"、"自为性"两个批评原则加以规约和区辨。这也就是说,上述所说的历史文学"现代化"问题,也有一个适应域的问题,不可作简单理解。以上参见吴秀明:《文学中的历史世界》,吉林教育出版社 1994 年版,第 191—198 页;吴秀明:《论历史文学独特的语言媒介系统——兼谈 20 世纪现代主义历史文学的语言实验》,《文艺理论研究》2003 年第 2 期;吴秀明、尹凡:《"故事新编"模式历史小说在当下的复活与发展》,《文艺研究》2003 年第 6 期。

三、"现代化"产生的主客观因素

现代化的产生,往往都跟特定的社会政治有着密切的关联,这里有一种对应关系。换句话说,它是与一定的社会政治之间基本同步,并且是这种社会政治曲折的、特殊的反映。我们发现,当作家面临的社会政治昏暗无道,阶级对立严重激化,意识形态领域的斗争趋于短兵相接的境地,一句话,历史的发展出现了一个反常的逆转时,反映在历史文学创作中,就常常诱使作家们不仅神使鬼差地把注意力投向遥远的往昔,而且为一种直接强烈的政治旨趣所驱使,往往有意无意地在作品中打上了现代化的痕迹。第二次世界大战期间,希特勒法西斯分子在对国内人民实行暴虐的政治迫害和恐怖活动的同时,也在文化思想上强制推行为法西斯国家政治服务的反动政策。当时,德国大批进步作家纷纷流亡外逃。现实的黑暗,激发了他们革命的人道主义思想。为了从历史中寻找对今天复杂而痛苦问题的答案,"用来反映自己的时代,表现自己的、现代的、主观的观点",①他们对历史题材表现了前所未有的浓厚兴趣,几乎所有的作家都操起了历史小说这个特殊的武器。历史小说在德国近代文学史上,一时蔚为壮观。然而与此同时,我们也不无惋惜地指出,由于这些作家"从头起就在一个非常高的抽象高度上去领会他们的材料"②,描写更多是"从想象出发、从反射出发、从问题出发,而不是从存在出发"③,也由于他们思想认识上的模糊错误和抽象的唯心史观的作祟,故而,他们在进行历史小说创作时,其中不少的就有意无意地把"当时的社会问题和概念搬进了过去的时代,使历史人物具有二十世纪人们的心理和情感"。④ 例如像海·克斯滕《菲利浦二世》这部作品,作者就是从"残忍和暴力统治着历史发展的某些时期,而这两

---

① 〔匈〕卢卡契:《历史小说》,《卢卡契文学论文集》(一),中国社会科学出版社 1980 年版。

② 苏联科学院编:《德国近代文学史》下,人民文学出版社 1984 年版。

③ 〔匈〕卢卡契:《历史小说》,《卢卡契文学论文集》第 1 集,中国社会科学出版社 1980 年版。

④ 苏联科学院编:《德国近代文学史》下,人民文学出版社 1984 年版。

个人便是这种原则的两次表现"①这种从现存观念出发,非历史地将历史上的暴君、疯子国王菲利浦和当时的疯子独裁者希特勒等同起来,把菲利浦现代化了的。更有甚者,海布罗赫的《诱惑者》中的主人公是蛊惑家和骗子,一个"满脸胡子茬"的教派分子、流浪汉,他把偏僻的阿尔卑斯山区一个荒芜的小村子里的宗法制居民的灵魂收进他的粘网里。此人不仅在思想性格上,即使在外表上也很像希特勒。这样的作品在当时固然能发挥特殊作用,并使相当多的读者获得理性的满足,但它毕竟因缺乏历史真实,艺术生命有限。一定的时间一过,原有的特殊的价值就会随之而丧失。特别是后代人,因不察当时的具体实情,更会对它表示淡漠。

另一种社会政治与此不能相提并论,但也往往是造成现代化的一个重要客观因素,这就是在正常的政治生活中,当我们把文艺看成仅仅是政治的附庸和工具,要求文艺无条件直线式地为政治服务,当我们的社会"左"的势风盛行,现行的政治气候使作家无法享受真正创作自由时,也都有可能诱使作家自觉不自觉地犯现代化的错误。在这方面,我国和苏联的现当代历史文学创作中都有不少的深刻教训。《卧薪尝胆》为了"写中心"、"配合政策"而将历史人物现代化了。由此推想开去,1962年到"文革"前夕("文革"之中的情况又当别论)这一段"左倾"思想急剧膨胀的日子里,历史文学创作受羁绊而导致现代化的情况,那就更加不待而言的了。苏联文艺界也有类似的情形。在斯大林时期,由于受极"左"思潮和个人迷信思想的影响,苏联历史文学作品中也严重地存在着歪曲和伪造历史的现象。例如科斯蒂廖夫的历史小说三部曲《伊凡雷帝》中所描绘的伊凡四世,他不仅是个公正贤明的国君,而且对百姓也和蔼可亲。作者写到沙皇处决犯人、滥施淫威时,不但为他的一切行为辩护,甚至还寄予同情地说:"⋯⋯圣上很为难哪!"②这样的描写的确是发人深思的。应该说,它是当时苏联国内不正常政治生活的一个曲折反映。

当然,我们也应当看到,外界社会政治的干扰影响仅仅是导致现代化产生的客观因素,它还不是唯一的、决定性的因素。这里有一个作家自我主观因素在起作用的问题,这也许是更内在的、更为紧要的一着。从作家主观因素角度

① 苏联科学院编:《德国近代文学史》下,人民文学出版社1984年版。
② 参阅外文出版局:《编译参考》1980年第4期。

探讨,我们认为现代化的产生,主要有以下两方面原因。首先,是作家自身文化修养的缺乏。黑格尔早就看到了这个问题。他在《美学》中指出:"这种主观的表现方式之所以产生,是由于对过去时代的无知,也由于艺术家的天真,感觉不到或认识不到所写对象与这种表现方式之间的矛盾。总之,文化修养的缺乏就是这种表现方式的根源"。①

其次,是对历史文学特有艺术规律尊重不够。作为一个独特的艺术门类,历史文学具有自己特有的艺术规律。它既是文学中的一种,又跟历史结下了不解之缘。要想把它和历史棒打鸳鸯两边分是不可能的。在历史和文学的关系处理上,我们当然允许作家根据题材、主题的实际情况和实际需要做出自己的选择。允许他们按照自己不同的创作个性和艺术形式确定自己的比重。在这方面,我们不应搞强求一律,剥夺他们的自主权利。但是,在如此这般的时候,我们同时也理应要求作家不能违背基本的历史事实,不能漫无边际地进行虚构。这两种偏向都有悖于历史文学的创作规律,效果也不好。前者,可能把历史文学写成如同历史教科书一样枯燥乏味,后者,则会给作品抹上虚假的阴影。我们所说的现代化,就直接原于后者。它实际上是作者在历史与文学关系问题上偏离历史文学特有创作规律、虚构无边问题。

历史文学创作应以遵循自身的创作规律为前提,顾及基本的主要的历史事实,不能为艺术而忘了历史,只讲虚构而不讲限度。否则,就不可避免地要陷于现代化的困境。

(载《中国文学研究》1987 年第 4 期)

---

① 〔德〕黑格尔:《美学》(一),朱光潜译,人民文学出版社 1958 年版,第 338 页。

论茅盾对现当代历史文学理论建设的贡献

茅盾的历史文学观是中国现当代历史文学理论的重要组成部分。然而长期以来，由于种种原因，它并未引起我们足够的重视。据不完全统计，从 1979 年至今，在各类期刊上发表的有关茅盾历史文学研究文章只有 10 篇左右，而研究茅盾其他的文章则多达近 2000 篇，这两个数字形成了鲜明的反差和对比；且在已有的茅盾历史文学研究文章中，能系统地对其理论进行阐释的更是凤毛麟角。

而在事实上，茅盾在历史文学艺术实践方面也许成就比较一般，但在理论研究上却做出了甚于鲁迅、郭沫若的重要贡献，他也有意识地于此作了不懈的追求和探索。从 1924 年发表《佛罗贝尔》，到 20 世纪 60 年代撰写《关于历史和历史剧》以及"文革"后期对《李自成》的跟踪研究，在时间上跨越了大半个世纪；不仅涉足历史文学理论研究的时间早，而且始终立足创作实践，重说理分析，初步建立了自成一体的理论体系，对迄今以降的历史文学的创作和研究具有重要"指导作用"，[1]也"解决了有关这方面的各种问题"。[2] 如果说鲁迅、郭沫若的历史文学理论主要是感悟式的，是基于自己创作实践的一种经验表述的话，那么茅盾的历史文学理论则是理性化的，是对 20 世纪历史文学乃至整体中国历史文学创作的形上归纳和总结。因此，它不仅具有很强的逻辑性和普遍的概括力，而且也为构建现代历史文学理论做出了属于自己的独特贡献。现今学术界和创作界有关历史文学的一些基本理论、艺术规律、概念定义，其中有不少就源出于茅盾的著述特别是其代表作《关于历史和历史剧》。大量事

---

① 谢中征、刘伟林：《茅盾建国后的文艺批评》，《华南师范学院学报》1981 年第 3 期。
② 林焕平：《茅盾的生平及其伟大的成就》，《青海湖》1981 年第 5 期。

实表明:在 20 世纪的历史文学理论研究中,茅盾是无法绕过去的一个存在。缺少了对他的理论的探讨和总结,后人的反思与突破就失却了重要的基础。

一、历史论争的总结与体系性的构建

探讨茅盾的历史文学理论,首先不能不谈 20 世纪历史文学理论的总体状况。这是我们观照和把握茅盾的一个视点。也只有在这样一个宏观的大背景角度切入,茅盾的历史文学理论才能彰显其重要意义,我们才有可能对他在这方面的学术贡献做出较为准确客观的评价。

众所周知,历史文学在中国源远流长。如果将《左传》视为历史文学的源头,那么,它迄今已有两千多年的历史。在漫长的岁月中,也许是此种文体特别复杂,也许是国人过于感性的思维方式,历史文学一直未曾建立起自己恰当的理论体系。进入 20 世纪以后,由于西方文化思想、时代环境和新的创作实践的催化影响,情况才发生了变化,人们开始从各个方面关注和重视历史文学理论建设问题。这种关注和重视,大体经历了这样三个阶段:

一是在 40 年代,《戏剧春秋》杂志社在桂林举办了历史剧问题座谈会。茅盾、柳亚子、田汉、蔡楚生、胡风等十几位理论家就历史剧的真实与虚构、“古为今用”等问题进行了讨论。① 本次讨论是在抗日救亡的大背景之下展开。在此之前,郭沫若、阳翰笙、欧阳予倩等曾创作了一批广为影响的历史剧作,郭沫若还在《我怎样写〈棠棣之花〉》中提出了历史剧写作的“失事求似”原则。但由于处于动乱时期,加之会议的时间又短,这些问题虽经提出却未能充分展开;会后也缺乏继续深入的探讨与总结。然而它毕竟第一次以会议的形式组织了众多的名家,较为集中地讨论了五四以来历史剧的创作经验和一些基本理论问题,开启了现代历史文学理论构建的先声;其中诸家对历史真实等问题的见解,即使在今天也相当醒人耳目。

二是在 50 年代,主要围绕《新大名府》、《新天河配》等新编历史剧、神话剧展开讨论。《新大名府》的作者、也是负责当时戏改的杨绍萱,延续了他在延安

---

① 田汉等:《历史剧问题座谈》,《戏剧春秋》第 2 卷第 4 期。

时期创作的《逼上梁山》的"经验",在新剧《新大名府》有关卢俊义被逼上梁山的故事中机械地添加了宋金民族战争的背景,让大名府与金人联合夹击梁山,甚至还刻意突出了本应属于现代的阶级斗争,让燕青、春梅等人成为无产阶级的代言人。如此"新编",遭到了艾青、马少波、陈涌、何其芳等人的批评。于是,引发了全国范围的一场大辩论。此后不久,电影《武训传》的播映又引起了更大的争议(后因领袖的介入,进而演化为一场震惊全国的文化大批判运动)。这里讨论的焦点不是历史剧创作和改编是否可以虚构,而是它如何古为今用,对历史(包括原著)和艺术怎样进行把握。综观此次争论,一些本属文学或学术问题被不适当地被政治化了,包括杨绍萱对艾青等的批评,也包括艾青等对杨绍萱的批评以及后期对杨的行政处理。这就不能不使这场讨论烙上浓重的政治色彩,许多极富意味的问题无法得以展开,而最终只能草草收场。

三是在60年代,以郭沫若的《蔡文姬》为先声,吴晗的《谈历史剧》为聚焦,《胆剑篇》、《甲午海战》等作为具体文本,何其芳、李希凡、王子野、朱寨乃至吴晗、齐燕铭、翦伯赞、范文澜、侯外庐等众多专家学者,就历史与文学的关系、细节真实与本质真实、历史文学的现代化、历史文学的命名等问题展开了激烈的论争。规模之大、范围之广、参加人数之多、讨论之深入,都大大超过了以往。这是20世纪历史文学发展史上最具学术水平和品格的一次讨论。而《甲午海战》、《卧薪尝胆》、历史剧问题等座谈会的召开,《文学评论》、《文艺报》、《戏剧报》、《光明日报》、《人民日报》等大量传媒的介入,更使它不期而然地成为十分抢眼的学术事件。这不仅对当时及今后的历史文学创作产生不可小觑的深刻影响,而且在历史文学现代理论建设方面也取得了颇丰的收获。不少纷纭复杂、歧义迭出的理论问题,通过这次讨论也程度不同地得到了解蔽,甚至获得了共识(如有关"历史真实与艺术真实统一"的问题)。

在上述三次讨论中,茅盾仅参加了第三次讨论,且只发表了一篇文章,即连载于《文学评论》1961第5、6期上的《关于历史和历史剧》这篇九万字的长文。但由于借鉴吸纳了前人及现代众多学者有关历史文学的研究成果,加之视野开阔,学养深厚,又融入了自己长期以来有关这方面的思考,因而,显得内涵丰沛,带有总结性的意义。它标志着我国的历史文学理论从原先零碎松散的经验表述上升为较系统严谨的逻辑推演。在这里,茅盾不同于鲁迅、郭沫若,他们往往立足自己的经验感受而将理性感性化——如鲁迅有关历史小说的"博考文献,言必有据"和"只取一点因由,随意点染"①的两种不同的分类,郭沫若有关历史剧创作要"失事求似"而不是"实事求是"②观点;但具体到底如何协调处理,把握好彼此的关系和尺度,却并未展开,他们似乎也无意在这方面进行论述。参与上述三次讨论的理论家们也不例外,他们于此付出的心力显然还不够,成就也不高。而茅盾这篇长文与众不同之处,恰恰就表现在这里:他将原有较为感性而又零散的问题理性化、系统化了,并以此为基础初步构建了一套现代的历史文学理论体系。

茅盾的这套理论,内涵相当丰富。如果剔除其个别不论,就其主体和本质而言,我们以为不妨可作如下概括:这就是建立在历史文学独特的审美属性基础上的"历史观"、"今用说"、"真实论"、"虚构说"。这四个板块或曰子系统,它们在现实主义理论统领下彼此之间既相对独立、各具功能,合在一起又遂成一个互为关联的系统;相当全面地表达了茅盾对历史文学"是什么"、"怎么样"、"应该怎样"等有关问题的现实主义式的深刻思考。如果说"历史观"、"今用说"、"虚构说"是他主体理论的精神内核、生命动力和审美价值的话,那么,"真实论"便是支撑其整体构架的阿基米德点。也正是这个缘故,茅盾较之鲁迅、郭沫若等其他不少理论家,往往更强调艺术与生活的关系,强调史实的本源意义,对历史文学的外部关系和外在描写方面,如古代具体的生活环境、阶级关系、意识形态、世俗民情等,给予足够重视。茅盾与鲁迅、郭沫若的历史文学观不尽相同。如果说鲁迅的历史文学观是一种文化哲学,强调的是对处于不同历史文化语境中的民族精神的反思,郭沫若的历史文学观是一种政治哲学,关心的是影射或服务时代的"今用"价值;那么茅盾的历史文学观就是历史哲学,他更客观冷静、富于理性化,重视理论的逻辑性及其与内外之间的复杂关联。也正因这样,茅盾的阐释才显得缜密透辟。这是茅盾独擅的理性思辨和惯有学术个性在历史文学研究中的折光反映。他的历史文学研究,包括前期的《佛罗贝尔》也包括后期的《李自成》评论文章,都具有这样的特点。

在中外文学理论发展史上,历史文学研究向来是一个弱项。大多的研究都是一些随机性的颖悟,少有真正的具有理论品位的体系性的构建。包括擅

---

① 鲁迅:《故事新编》序,《鲁迅全集》第 2 卷,人民文学出版社 2005 年版,第 354 页。

② 郭沫若:《历史·史剧·现实》,《郭沫若谈创作》,黑龙江人民出版社 1982 年版,第 137 页。

长理论体系性建构并在这方面作出较大贡献的黑格尔、别林斯基、卢卡契,也不能完全幸免。他们或由于心力和积累所致,在其《美学》、《文学的幻想》、《历史小说》等著述中对历史文学只是点到为止,其理论的虚蹈和泛化是显而易见的;或因为简单和僵硬的思维局限,在具体阐述时过于偏向时代社会政治,造成理论不应有的概念和单调。相比之下,茅盾的成就就显得益发难能可贵。他的带有体系性的构建和构建的体系性,从一个侧面反映了中国文学理论批评在经过半个多世纪的嬗变后已逐步走向理性和成熟,而开始具备了现代的品格。这也可看作是茅盾对中国乃至世界历史文学的一个贡献。

二、历史观:对人民主体性的认同与超越

历史观是指人们对社会历史的根本观点及总的看法,是世界观的组成部分。在历史文学理论研究中,历史观实际上反映了研究主体的价值观、社会主流话语的权力指向等。在不同的时代、不同的意识形态及理论体系中,历史观也呈现出不同的内涵。而就 20 世纪历史文学研究来说,大致可分"人的历史观"和"人民的历史观"两种。茅盾属于后者,他的观念取向突出表现在对人民主体性的认同上,重视他们作为群体、阶级方面的共同含义及其影响力。它十分契合毛泽东有关人民创造历史的历史观。

大家知道,我国传统历史文学的主体或主角多为帝王将相,即便是在平民意识颇为浓厚的杂剧与传奇中,对平头百姓的歌颂同样离不开明君清官的有力支持,其认可的依然是主流话语所承认的强势主体,人民仅仅是陪衬统治者英明伟大的附属品。正如鲁迅所说的,所谓"正史","等于为帝王将相作家谱"。① 而茅盾基于对历史动力、历史本质的认识和理解,则强调突出了人民的历史主体作用。在《关于历史和历史剧》中,他肯定了 60 年代初创作的许多卧薪尝胆剧本,并把它当作比旧剧"高出了不知多少倍"的重要的"优点"之一。认为它们尽管存在一些简单粗糙、生硬笨拙乃至人为拔高的问题,但毕竟用历

---

① 鲁迅:《中国人失掉自信力了吗》,《且介亭杂文》,人民文学出版社 2005 年版,第 122 页。

史唯物主义和辩证唯物主义的观点和方法"突出描写了人民的力量",①揭示了历史的本质,体现了现代历史文学应有的品格。特别是对《胆剑篇》(曹禺执笔,梅阡、于是之共同编写)这样将人民主体内化为一个具体切实的苦成形象——他为了自力更生、复仇雪耻,不仅不顾生命危险,献稻穗给勾践,将其刺在禹庙前的镇越神剑拔掉,而且最后还为保全越国的兵器而壮烈牺牲,茅盾更是十分赞赏。他指出这里的苦成以及人民的力量的描写尽管是虚构的,但"在当时越国已经几乎完全被解除武装而且经济文化又比吴国落后的情况下,越国君臣如果没有人民的有力支持,即使卧薪尝胆,凭什么来发奋图强";②另一方面,自勾践臣吴那时起,由于客观环境的变化以及越国采取一系列"爱民"政策,它"当然进一步缓和了(越国)阶级矛盾,而人民的力量也会更显著地发挥作用"。③ 因而它是真实的,也完全符合历史唯物主义观点。茅盾上述思想在后来《李自成》的评论中也有突出的体现。对这部正面歌颂农民起义、以人民为本位的史诗性长篇历史小说,他更是推崇备之,表现了前所未有的热情。不仅在作家创作过程中频频写信给予指导,而且在"文革"时期支持作家用超越"儒法斗争"的观点来描写和把握李自成领导的这场农民运动的"历史意义和作用的深度和广度",④并对此给予很高的评价。相反,对突出强调越国君臣"阴谋"(如用西施搞美人计等)而不写他们顺应民心、发愤图强的《浣纱记》等传统历史剧,则提出了尖锐的批评,认为"这是对于吴越关系的历史发展的歪曲,从而也就削了剧本的思想教育作用"。⑤ 茅盾的历史观,从某种意义上说,就是对以帝王将相为本位的传统价值观念的一个根本颠覆,它努力探寻和实践的是符合时代旨趣的"人民创造历史"的新的历史观。

当然,肯定人民性并不意味着排斥帝王将相,将彼此截然对立起来。在这

① 茅盾:《关于历史和历史剧》,《茅盾文艺论文集》(下),文化艺术出版社 1981 年版,第 1002 页。

② 茅盾:《关于历史和历史剧》,《茅盾文艺论文集》(下),文化艺术出版社 1981 年版,第 1002 页。

③ 茅盾:《关于历史和历史剧》,《茅盾文艺论文集》(下),文化艺术出版社 1981 年版,第 1010 页。

④ 茅盾:《关于长篇历史小说〈李自成〉》,上海文艺出版社 1979 年版,第 11 页。

⑤ 茅盾:《关于历史和历史剧》,《茅盾文艺论文集》(下),文化艺术出版社 1981 年版,第 1024 页。

个问题上,茅盾也是相当谨慎的。如在评价《胆剑篇》时,他就不因苦成等形象的重要而简单地否定勾践、夫差等帝王将相,而是通过大量的史料分析和考证对曹禺等人的有关翻案式的描写表示由衷的赞赏:勾践"确是春秋末期(越国当时还在奴隶经济阶段)的一个有为之主。虽然他自己没有提出什么惊人的计划,他只是善用他人之所长,从善如流,然而领导越国复兴的,确是他。这是符合当时历史事实的。"①"夫差比较后代的一些亡国之君(荒淫昏庸的和昏庸而不荒淫的)似乎要强得多了","夫差还不失为精明能干的人,因而他之任用伯嚭,和其他昏庸之主的偏信佞臣,不可一概而论。"②并盛赞该剧对帝王将相不是一味否定,对人民群众不是一味拔高,而是真实地展现彼此之间实际存在的丰富复杂的权力纠缠角逐的空间;在肯定人民历史主体性的同时,对帝王将相的历史作用包括所采取的相对缓和的"爱民"政策作出客观的评价。这较之当时乃至以后过分贬低帝王将相的简单化的批评,显然是一大进步,它完全符合历史唯物主义和辩证唯物主义他观点。

需要指出,茅盾以人民为本位的历史观与通常教科书中所说的人民性是不同的,甚至具有本质的差异。过去历史文学也讲人民性,但它仅仅只说了"民"的存在而非作为历史主体性的"人民"的存在,而且"民"是被遮蔽的,被强行纳入英雄创造历史的评价体系之中。如司马迁的《史记》,它采用的是以人物身份和地位为标准的分类法(如本纪、世家等),书中的主要人物大多是公侯将相。虽然他也将农民起义首领陈胜单列一章叙述,但始终视其具有"王"的品格而未能脱离"王者为尊"的模式。此后的历史文学的叙事基本上沿袭了这种对"民"的认识。如《三国演义》,特别是《水浒传》,尽管作家力图表现"平等"意识或"官逼民反"的反抗精神,但创作主体对"忠义"的极力推崇实际上还是重复了忠君的老路,再次压抑了"人民"的主体地位。茅盾与此区别在于,他清晰地看到了现代意义上的"人"与古代的"民"的区别:"前人作品中尽管有很多歌颂劳动人民的篇章,但是从立场、观点说来,他们和我们是完全不同的……

---

① 茅盾:《关于历史和历史剧》,《茅盾文艺论文集》(下),文化艺术出版社 1981 年版,第 939 页。

② 茅盾:《关于历史和历史剧》,《茅盾文艺论文集》(下),文化艺术出版社 1981 年版,第 1010 页。

春秋后期的人民不等于我们今天所说的劳动人民。"①可见,新的历史文学对人民性的表达是立足于人民的主体能动性的,它所强调的是人民在其阶级属性、意识形态方面的先进意识。正如后来有人指出的,"人民的文学"不同于传统文学的地方,乃在于其"以工农兵为主体","体现了一种新的文化和政治实践"。② 这也告知我们,"人民的文学"的人民性是对无产阶级阶级性的强调,而非从平民、个体启蒙意识的角度来认定"人民"的。在倡导"人民的文学"的过程中,茅盾作为当时的文化部长以及《人民文学》的主编,自然不能也无法超逸主流意识形态的规约。

"人民的历史观",顾名思义是强调人民的主体历史地位,它更多关注的是内中的阶级的、群体的元素,历史唯物主义和阶级论是其重要的理论基础。因此,历来备受左翼或进步的作家理论家乃至革命领袖的重视,在 20 世纪历史文学创作和研究过程中占据突出的位置。特别是 40 年代毛泽东关于《逼上梁山》的信,以及 50 年代批判电影《武训传》、60 年代关于文艺问题的"二个批示"的发表,受其影响,它更是成为压倒一切的、毋庸置疑的至尊话语;并随着批判的不断升级和人文生态环境的恶化,被充进了不少"左倾"教条的东西,而变得日趋封闭、狭隘和僵硬。以至于像茅盾在《关于历史和历史剧》中批评的"把越国十年生聚、十年教训的重要措施都归功于人民的主动创议,甚至像尝胆这样的细节也说成是人民的创议",因而"过高地估计了当时人民的政治觉悟、思想水平乃至文化水平"③的创作也不在少数。至于站在文化批判的高度,对旧时人民特别是对农民运动愚昧落后一面及其对社会带来的破坏性进行揭示的,似未有之。在这样的背景下看茅盾的历史文学研究,我们一方面得承认它的确也程度不同地打上那个时代的烙印,存在着这样那样过分夸大阶级性、忽视人性和作家个性的缺憾;但另一方面,也要实事求是地指出,他对阶级性强调的同时又给我们留下了较大的空间和弹性,看到了不同阶级的人在其阶级属性之外还存在着人性的某些共通之处。这便是茅盾通过历史文学理论对人民

---

① 茅盾:《关于历史和历史剧》,《茅盾文艺论文集》(下),文化艺术出版社 1981 年版,第 1011 页。

② 旷新年:《人民文学:未完成的历史建构》,《文艺理论与批评》2005 年第 6 期。

③ 茅盾:《关于历史和历史剧》,《茅盾文艺论文集》(下),文化艺术出版社 1981 年版,第 1010 页。

性的创造性的发挥,也是他对传统的人民性的超越之处。

三、真实观:现实主义事理逻辑与"历史还原"的坚守

　　真实性问题无疑是历史文学创作和研究中的一个十分重要而又棘手的话题。古今中外有关这方面的论述很多,但大多流于空疏。如清代李渔就曾说过"虚则虚到底,实则实到底",西方的黑格尔也讲过"徘徊于虚构与真实之间"之类的话。但到底如何循守历史真实、处理虚实关系,都未作具体细究和深入探讨;即使有,往往也是片断式的颖悟,远未臻于形上而完备的概括和提炼,更不要说对此作较为全面系统的理论表述。茅盾的历史文学研究,恰恰在这方面做出了创造性的贡献。如前所述,他早年在研究福楼拜历史小说时就表现了对历史真实的高度关注,此后 40 年,随着岁月的流逝和思考的进展,他对历史文学真实问题的思考也在逐步不断地充实扩展而趋向系统化了;不仅在历史文学虚实关系上有较深入的思考,而且还联系创作实践,就历史文学真实与创作主体真实、接受主体真实等进行了多方面的探讨。这样,就使其历史文学真实理论因此有了坚实的支撑。

　　中国的历史文学,或许是史学过于发达的缘故,历来十分强调历史真实。从张尚德的"羽翼信史"、"庶几乎史",到余象斗的"本诸《左》《史》"、"考核甚详",到毛宗岗的"据实指陈"、"真而可考",诸如此类的说法不绝于耳,成为压倒一切的声音。茅盾的历史文学理论也承续了这样的传统,他强调历史叙事与历史真实之间的异质同构关系。不同的是,因时代精神风尚的影响,加之左翼文学的传统以及自己的特殊身份,在崇尚历史真实的同时也十分重视思想倾向性和"古为今用"效果。这一点,只要翻检其有关论述,就不难可见;而在新中国成立后十七年乃至延安时期的历史文学创作中,这种"倾向性"至上的现象的确也很盛行。比较典型的如杨绍萱的《新大名府》,竟让宋江娴熟地运用着现代的"统一战线政策",创作者还不无得意地认为自己:"适应着中国革命的实际情况和反抗民族侵略"的背景,写出了一个反映"武装革命"及"阶级

斗争"、"妇女解放"等现实问题的剧本。① 这一现象在 60 年代初也相当普遍，据茅盾所说，有百分之五十左右的卧薪尝胆剧本都程度不同地存在"以今变古"的"现代化"之弊。这种在既定的"倾向性"的规训下的所谓"古为今用"，自然是为茅盾所难以接受；作为现实主义大师，他也有不为时俗所拘的、自己的执着坚守。这里所说的坚守，具体地讲，主要就是从现实主义惯有的客观求实原则出发，对历史文学的倾向性作较宽泛的也是合历史、合情理的理解，将现实主义事理逻辑与"古为今用"有机地结合起来；并尽可能从中融入更多的人文内涵，给予人性的阐释。茅盾这一思想主张，贯穿其历史文学理论始终，成为他真实观的枢机所在。他也就是基此，花费大量时间知识和精力，在深入文本、对照历史分析的基础上，对当时不少"把联系现实（今天我们国家的现实）来理解古为今用"的机械实用主义的做法提出严厉的批评：指出这样写不仅"势所必然会变成影射现实，这对我们的现实是一种诬蔑。……同时，这又是以今变古，严重地离开了历史唯物主义的观点。"他认为，古为今用是建立在历史真实的基础之上，"只要反映了历史真实，就是古为今用"；②而"借古讽今"、"借古喻今"以及影射现实等，是没有艺术力量的，它也不可能达到真正的古为今用，最终只能造成政治与艺术的双重失败。后来在《李自成》的评论中，他又再次对此作了强调，肯定了作者对历史真实的高度严肃和认真，认为其顶住压力、坚持用"大大超过"所谓的"儒法斗争"的写法是"很对"的。③ 可见，茅盾所说的"古为今用"并非用今人的意识去随意改写历史，它是有条件的，也是有限定的。在这里，历史虽被纳入带有强烈现实指向的"为今用"的机制中进行艺术转换，但它却最大限度地复活历史千百年积淀下来的那些基因，保持对历史（包括历史本体与历史认识）的应有的尊重和敬畏。他所倡导的，实际上是一种通古鉴今、带有历史哲学意味的真实观。用他自己的原话来说，就是"如果能够反映历史矛盾的本质，那末，真实地还历史以本来面目，也就最好地达成

① 杨绍萱：《〈新大名府〉里所反映的阶级斗争和统一战线》，《戏曲报》1951 年第 3 卷第 9—10 期。
② 茅盾：《关于历史和历史剧》，《茅盾文艺论文集》（下），文化艺术出版社 1981 年版，第 1010 页。
③ 茅盾：《关于长篇历史小说〈李自成〉》，上海文艺出版社 1979 年版，第 11 页。

了古为今用"①。

茅盾上述有关古今关系的论述堪为精深。历史文学作为以历史真实为基点参与现代文化消费的一种特殊文体,它的价值不仅取决于历史本身,同时也取决于它与我们时代关系的功能特质。任何作家在写作时,它都不可能发思古之幽情,其创作主体必定会表露出一定的思想倾向。让历史文学绝对忠实于史载是不可能的,也没必要。也就是说,历史文学的真实性并不排斥创作主体的思想倾向性。作家的历史观也必定表现于他对人物的塑造、对事件的取舍与剪裁上。问题是当时流行的"倾向性"并不是作家在具备自身主体能动性的条件下自主地获取的,而是受到了意识形态、政治任务等诸多外在因素的制约,在重重束缚和规训中是先天预设或人为强加的。它往往是先定思想,再寻找史料;先定基调,再从现代的主观意识出发,对史料进行合乎现实需要的改动。实际上是违反创作规律,是典型的一种"主题先行"。它与茅盾所主张的尊重历史真实的"古为今用",是完全相违背的。因此,理所当然地引起茅盾的强烈反感,以至使用"诬蔑"这样严厉的措辞加以批评。因为它表现的不是"既真实而对现代文化来说意义还未过去的内容",②而是为了现实"今用"的某种需要,把历史当作随意打扮的姑娘,硬是可笑地从中塞进了它没有也不可能有的东西。

既然历史真实之于历史文学是如此重要,那么,它又如获取呢,有什么样的具体方式和途径?有关这方面,过去及当时不少作家理论家如郭沫若、陈白尘、姚雪垠等都讲过,但像茅盾那样将其提到这样重要的高度,并且讲得如此透彻到位,则未曾有之。他认为,首先是史料搜集和甄别问题。这也是茅盾用力最多的一个问题,是迄今我们见到的最详尽、最具学术分量的论述。其中有这样三点特别值得称道:一是他用大量的篇幅,反复强调丰富翔实的史料的获取之对历史文学的重要,将史料问题当作历史文学真实性的重要元素予以定位。而以往不少作品之所出现不应有的失真,恰恰也就在于"对于历史资料掌握不多,或者对于某一历史事实未加查考以意为之,这就往往不必要地违背了历史,或者造成似是而非的描写",当然它也就不可能向人们传播"正确的历

---

① 茅盾:《关于历史和历史剧》,《茅盾文艺论文集》(下),文化艺术出版社 1981 年版,第 994 页。

② 〔德〕黑格尔:《美学》第 1 卷,朱光潜译,商务印书馆 1986 年版,第 343 页。

史知识"。①二是在对史料意义价值进行定位之后,他还进而提出了相应的甄别标准:文字史料的可信度是分层次的,其中最可信的当属对待史料态度客观的一类,如《左传》《史记》等。对于其他几类,他也不因其中的一些不足、糟粕而简单予以否定;而是将其和其他史料一起都纳入自己考证的范畴,通过对官方、民间、文字、口头等多方面资料的比较、分析和推理,从中得出自己的结论,寻找自己的视角。三是强调用逻辑思维来统领史料工作,明确提出:"作家必须在充分掌握史料(前人记载和民间的记载或传说)、甄别史料、分析史料之后进行概括,——到此为止,作家是以历史学家身份做科学的历史研究工作,他要严格地探索历史真实;此后,他又必须转变其历史家的身份为艺术家,在自己所探索得的历史真实的基础上进行艺术构思,并且要设身处地、跑进古人的生活中来进行艺术构思,否则,就不免会不自觉地把现代人的意识形态强加于古人身上了。"②这也就是说,他不主张在史料搜研过程中"形象思维"过早过多地介入,而试图通过史家身份和逻辑思维的强调,从源头上解决历史真实的难得或难以把握问题。这与郭沫若所说的"史剧家对于所处理的题材范围内,必须是研究的权威",③何乃相似!它不仅对当时而且对今天的历史文学创作和研究,无疑具有重要的现实意义。他自己的出色研究,也证明了他上述的理论的可行。

其次是历史框架选择与确立问题。历史框架是指构成历史事实的基本轮廓、基本纲目,这是后人无法改变的。它的存在不仅具有无可置疑的合理性而且还有不可易移的逻辑性。尤其是关系重大、影响深远的历史框架,它是彼时彼地特定历史条件、历史环境下的产物,有它严密的逻辑性,所以更要慎重。这也是历史固有的客观性、质定性的一个具体表现,是后人对历史应有的一种尊重。《桃花扇》之所在历史文学发展史上占有"卓越的地位",堪称"是我国古典历史剧中在历史真实与艺术真实的统一方面取得最大成功的作品",很重要的也就在于"凡属历史重大事件基本上能保存其原来的真相,凡属历史上真有

---

① 茅盾:《关于历史和历史剧》,《茅盾文艺论文集》(下),文化艺术出版社1981年版,第1012、1019页。

② 茅盾:《关于历史和历史剧》,《茅盾文艺论文集》(下),文化艺术出版社1981年版,第990页。

③ 郭沫若:《历史·史剧·现实》,《郭沫若谈创作》,黑龙江人民出版社1982年版,138页。

的人物,大都能在不改变其本来面目的条件下进行艺术的加工"①。相反,当时有些历史剧为了避免"复仇"和"先开第一枪"等所谓的"副作用",而将勾践起兵伐吴等重大历史事件"改写"成别国乞援、吴国侵犯或被迫反击;致使虚构描写因失去框架的支撑而造成整体的失真,被茅盾批评为"是要不得的,是反历史主义的"。② 历史文学是以一定历史事实为依据进行创造的文学,所以,历史框架就成为其艺术创造的基点,它也最能彰显历史文学的固有个性。从某种意义上,历史真实是靠历史框架之真来体现的,没有或背离了历史框架,所谓的历史真实就极有可能堕为主观随意的产物。这也就是茅盾为什么对此特别重视的原因之所在。当然,这是就一般而言,例外的也是有的,如《李自成》开篇有关潼关南原大战的描写,经姚雪垠考证系子虚乌有。但一来"这个战役实际上是存在的,不过被明末清初的史学家弄错了地点和夸大了规模。因而由此而作的虚构不但在当时历史条件可能发生,而且还有历史的根源"。更为主要的是,它可借此"一下子就把李自成及其重要将领推到舞台的正前方",通过这场激烈的战争揭示了历史胜败的某种必然规律,故而受到茅盾的认可。③ 可见框架之真对历史文学来说也非绝对的,它大体则有、定体则无,是可以而且应该纳入可能性或必然律机制中进行理解。这也是我们探讨历史文学真实性时需注意的,是茅盾批评实践对我们的启发。

再次是历史细节的描写和把握问题。历史框架尽管重要,但它毕竟只是个轮廓性的东西,要将其化作形象具体的历史诗学,还需要融进大容量的丰富鲜活的历史细节。只有这样,方能达到对历史骨肉兼具的、全相息的反映。茅盾自然深谙个中三昧。他主要从生活和艺术两个方面对它的重要性、必要性作了强调。前者,更多体现在传统历史剧和新编历史剧的研究上;后者,着重反映在《李自成》的评论上。这里有赞许(如对《李自成》和《胆剑篇》),较多的是批评(如对诸多卧薪尝胆剧本),并联系具体的时代历史背景一一作了分析,指出在这个问题上要实行"古宽今严"的批评标准:"诸如此类的不顾史实、错

① 茅盾:《关于历史和历史剧》,《茅盾文艺论文集》(下),文化艺术出版社 1981 年版,第 1021 页。

② 茅盾:《关于历史和历史剧》,《茅盾文艺论文集》(下),文化艺术出版社 1981 年版,第 1014 页。

③ 《关于长篇历史小说〈李自成〉》,上海文艺出版社 1979 年版,第 158—159 页。

乱时代的毛病,在古典的历史剧中早已视为逢场作戏、理所当然。这是因为作者下笔之时,心有所注,虽在讥刺,而服务对象,实非广大群众而只是他那一个小圈子的人们,……观众自然心照不宣,既不发生传播错误的历史知识的问题,也不负无端破坏古人名誉的责任"。而在今天以科学的唯物史观为指导、历史文学面向大众的时代,"就是不可取的,就是不必要的了"。① 否则就有负于时代和人民,并由此及彼毁及作品的整体真实和艺术生命。正是从这样的事实和道理出发,茅盾不仅把历史细节当作历史文学真实的一个重要环节和途径加以重视,而且对它的实施提出了具体的规范和要求;这就是遵循历史还原的原则,要经得起逻辑的推理;在语言运用上要避免时代性错误,古今结合,弃生僻的古语词,避免所使用的现代语中包含古人未有的现代意识;在职官名号、地名、服装、器物、陈设方面也要严格遵循时代的限制,等等。总之,细节描写应符合特定历史时代的真实性,要合情合理,要注意分寸。

四、艺术观:"合情合理"的原则与作为本体的"虚构创造"

历史文学既然是文学,它就不能没有虚构,如果没有虚构就没有历史文学。这一点在今天大概不会有什么异议。如果说有什么不同,主要在于在如何虚构问题上有不同的做法:一种是主张不受任何历史真实的规约,采用一般的艺术规律来进行虚构,如人们熟知的杨家将题材,如当下的新历史小说;一种是恪守一定历史真实的规约,在大的历史框架和主要历史人物的书写上进行有限度的虚构。茅盾无疑属于后者,这就是以历史真实为基础的一种虚构,他追求的是历史与文学之间既对立又对话的二维创造,而不是单纯单维的纯艺术创造。或者说,他是用艺术虚构的方式去还原历史,是一种还原式的虚构创造。显然,茅盾的这种艺术观,是建立在历史可以还原的认识论基础之上,他自信历史是可以认知和把握的。这是一种理性、理想的艺术观,它是茅盾这一代作家、理论家历史观和价值观在历史文学研究中的必然反映。

---

① 茅盾:《关于历史和历史剧》,《茅盾文艺论文集》(下),文化艺术出版社 1981 年版,第 995—1004 页。

　　也正是立足这样的艺术观,茅盾对文献史料给予了高度重视,主张作家创作之前,首先要"以历史学家身份做科学的历史研究工作"。它的目的,除了前文所说"探索历史真实"之外,还可从中发掘潜在的艺术美质;而大量事实表明,历史原型中的确存在不少可供发掘的艺术美质。黑格尔由之出发,甚至提出了历史文学创作"题材优越论"的主张。① 不过尽管如此,我们认为,所有这些在历史文学创作中并不是主要的,它毕竟是历史原生态的东西,是属于历史1;而非历史3,它也不能代替作家的艺术虚构和创造。②历史文学所写的历史终究是文学意义上的历史,即所谓的历史3。从原生态的历史1,到按照艺术规律加工创造的审美态的历史3,这之间它已不是对原型历史进行简单的还原或补缺,而是在整体上将其打碎重建,赋予以迥异于历史的不同的目的、功能、向度。这里的关键,首先是作家要有审美眼光,善于发现题材历史原型中蕴含的艺术美质;其次是将其纳入审美机制中,按照美的规律予以造型。茅盾的历史文学艺术观,他的有关虚构创造的论述,主要就集中在这样两个层面。

　　从前者出发,他往往较多强调虚构创造对历史原型的尊重,对那些置历史原生美于不顾的主观随意的创作倾向提出尖锐的批评,如对"把夫差写成戏台上常见的昏君"的批评,认为这样写不仅"距离历史上的夫差太远",而且也造成艺术上的平庸,它直接淡化了戏剧冲突的效果。③ 从后者出发,他特别强调虚构创造的"合情合理",不但主张"真人假事"、"假人真事"要"合情合理",就是完全虚构的"人事两假",也要"合情合理":"人与事虽非真有,但在作品所反

① 参见〔德〕黑格尔:《美学》第1卷,朱光潜译,商务印书馆1986年版,第336—342页;吴秀明在《文学中的历史世界》第1章第1节中对此作过较为详细的论述,吉林教育出版社1994年版。

② 童庆炳在《"历史3"——历史题材文学创作的历史真实》中曾列举了历史—史书—历史文学三者不同的性质,他依次称其为历史1、历史2、历史3。他说:"历史小说和历史剧的真正的生活源泉,正是历史1","既然历史3是历史题材文学创作的历史真实,它属于文学范畴,那么如何超越历史典籍,让所描写的内容具有想象性、诗意性,就是很自然的。"童庆炳:《"历史3"——历史题材文学创作的历史真实》,《人文杂志》2005年第5期。

③ 茅盾:《关于历史和历史剧》,《茅盾文艺论文集》(下),文化艺术出版社1981年版,第990页。

映的时代社会条件下,这些人与事的发生是合理的,是有最大的可能性的";①
并且对人物、结构、语言等给予足够的关注。有关后者,他的论述特别多,也特
别充分。如在评论《李自成》中的"李岩起义"单元时,他就是据此对作者笔下
"于史无征,然于理为必有"的汤夫人大加褒奖,给予了很高的评价:指出"分
析封建时代读书明'礼'、有识有胆之大家闺秀之心理甚为精辟,我极为赞成。
一部大书,岂但要把若干风云人物写得有声有色,也将要求貌似陪衬人物而在
当时有典型性的人物给予一定的地位。汤夫人适当其选……得妙笔创造了
她,实可补明末'浮世绘'之不足。"②他甚至用充满诗化的语言称赞"商洛壮
歌"单元中子虚乌有的商洛山大战的描写:"十五章中,大起大落,波澜壮阔,而
节奏变化,时而金戈铁马,雷震霆击;时而风管鸥弦,光风霁月,紧张杀伐之际,
又常插入抒情短曲,虽着墨甚少,而摇曳多姿。"③

　　由之可见,茅盾尽管恪守历史还原的现实主义历史文学观,但他并未淡化
对艺术审美的要求,而是给艺术虚构留下了可供驰骋的广阔空间。在《关于历
史和历史剧》一文中,他甚至还提出用"历史真实与艺术虚构的结合"概念来取
代传统的"历史真实与艺术真实的统一",以便突出"艺术虚构在历史文学(历
史剧)中的重要性"。④ 茅盾在这里所说的,完全合乎历史文学的创作规律。
历史文学毕竟是文学,同样是还原历史,它也与史学截然不同:史家关注的是
历史普遍性、必然性的规律,是那些形上抽象的东西;而作家注重的则是人的
心理、情感、命运,是对象本身的审美价值和审美内涵。因此,在史家搁笔的地
方,往往是作家的落笔之处。高明的作家与作家的高明,主要也就在于恪守其
禁,纵横其许,在循守历史真实(特别是主要历史人事的"基本事实、基本是
非")的必要规范与限制同时,按照"合情合理"的原则,通过写人和写情这样二
个艺术中介展开大胆的虚构创造。大量实践表明,没有艺术性的历史观、真实
观是没有力量的,也是不可能实现的。鲁迅当年批评郑振铎的历史小说《桂公

---

①　茅盾:《关于历史和历史剧》,《茅盾文艺论文集》(下),文化艺术出版社 1981 年版,
　　第 1013 页。
②　《关于长篇历史小说〈李自成〉》,上海文艺出版社 1979 年版,第 18 页。
③　《关于长篇历史小说〈李自成〉》,上海文艺出版社 1979 年版,第 7 页。
④　茅盾:《关于历史和历史剧》,《茅盾文艺论文集》(下),文化艺术出版社 1981 年版,
　　第 1013 页。

塘》"太为《指南录》所拘束,未能活泼耳",①主要也是指其为了追求历史真实而放弃忽略了艺术应有的虚构创造,将历史 3 等同于历史 1。而在茅盾撰写《关于历史和历史剧》的 60 年代初,这种"失之于过分的拘谨",因而"作品干巴巴,缺乏艺术感染力"的现象同样存在。② 它对历史文学带来的消极影响也不可小觑。在此情况下,茅盾将艺术虚构作为历史文学本体问题提出,其意义就不言而喻的了。这也表明艺术观在他历史文学理论体系中占有的重要地位。

当然,以上所说比较笼统。比这更重要的也许是虚构理论本身,特别是虚构的丰富性、深刻性的有关主张。茅盾毕竟是中国现当代大师级的作家,他的人生阅历、知识结构、思维理念、审美情趣和创作实践,赋予了他以"虚构说"为本位的历史文学艺术观以少有的丰沛内涵。

1. 丰富性。这是茅盾对历史和艺术丰富性的一种认知,也是他对历史和艺术丰富性的一种求索。反映在历史文学研究上,就是超越美丑、善恶绝对对立的二元对立的艺术观,对历史文学人事描写中呈现的丰富复杂的历史、艺术内涵给予充分的重视。这也是现代历史文学理论的一个重要品性,是茅盾《子夜》等创作经验、审美情趣的理性凝结。他的《关于历史和历史剧》一文,也就是据此高度肯定了当时"卧薪尝胆"剧本的 9 种开场方式、3 种结束方式,并将这种"艺术构思"上的"百花齐放"当作这批新编历史剧的四个"优点"之一。③当然,他所说的丰富性更多还是针对具体的人事描写,是对历史个体和个别内涵丰赡的一种指认;在这方面他的论述也多。如上文讲到的夫差形象,他认为这种简单化、漫画化的处理只会对历史和艺术带来双重的伤害。因为经考证,他认为历史上的夫差其实是一个"精明能干的人",④他之所放归勾践,主要"从更大的扩张计划(争霸中原)考虑有必要保留勾践一命以羁縻其它小国",有其很深的政治用意。而要更立体本真地反映历史的本来面貌,就应该在尊

---

① 鲁迅:《致郑振铎》,《鲁迅书信集》(上),人民文学出版社 1976 年版,第 545 页。

② 茅盾:《关于历史和历史剧》,《茅盾文艺论文集》(下),文化艺术出版社 1981 年版,第 1003 页。

③ 茅盾:《关于历史和历史剧》,《茅盾文艺论文集》(下),文化艺术出版社 1981 年版,第 962 页。

④ 茅盾:《关于历史和历史剧》,《茅盾文艺论文集》(下),文化艺术出版社 1981 年版,第 962 页。

重历史的基础上揭示其人物性格的丰富性、复杂性。如果用"漫画的方法"描写人物,则就"把原来应当有的教育意义庸俗化了。不客气地说,诸如此类的加在夫差身上的虚构和历史真实是不协调的"①。这里所谓的"不协调",不仅道出了茅盾有关历史真实与艺术虚构结合的主张,同时也为历史文学如何书写真实丰富的人物形象提出了很好的警示:艺术的丰富性既是先天才赋的自然发挥,也是后天学养的必然结果,它是建立在对固有的丰富史料的掌握和研究的基础之上;唯有深入历史,严格地探索历史真实,才有可能在将历史转化为艺术的创造过程中获得更多的自由,创造更丰富的美。

茅盾这一思想相当强烈,它几乎成为其历史文学艺术观的枢机所在。他对曹禺等人《胆剑篇》中的伍子胥形象在肯定的同时有批评,主要也就在于"剧作者明白地看到伍子胥性格的复杂性",而在勾践最终获释问题上又给予非历史非审美的简单化处理,没有很好地将其对历史和艺术的丰富复杂的理解贯穿始终。② 他对《李自成》中崇祯、杨嗣昌、李岩、汤夫人等人物形象和潼关南原大战、商洛山大战等战事描写的褒扬,也是基于这样的道理,认为这是作者对历史也是对艺术本体的尊重;它不仅形象地再现了历史的复杂变幻的矛盾本相,而且也极大地拓宽了艺术表现和虚构想象的空间。茅盾所述的丰富性,带有明显的史诗的美学特征,它总与历史本真和本美联系在一起。因此,它往往境界开阔、大气,这是一般的历史文学作者和研究者很难企及的。

2.深刻性。这也是茅盾现实主义历史文学理论的必然表现。如果说丰富性主要强调的是空间拓展,那么深刻性则主要指意于深度的揭示。这是由此及彼、由表及里、由现象到本质的一种理性洞烛,它建立在历史本质和真理可以把握认知的前提之上。用茅盾的话来说,就是"以历史唯物主义的观点分析史料并从中找出事件发展的规律,然后在这样的基础上虚构人与事"。③ 在他看来,历史现象不管如何纷纭复杂、变幻莫测,但它还是有内在的本质可寻。

① 茅盾:《关于历史和历史剧》,《茅盾文艺论文集》(下),文化艺术出版社 1981 年版,第 962 页。

② 茅盾:《关于历史和历史剧》,《茅盾文艺论文集》(下),文化艺术出版社 1981 年版,第 1024—1027 页。

③ 茅盾:《关于历史和历史剧》,《茅盾文艺论文集》(下),文化艺术出版社 1981 年版,第 1002 页。

这个本质就是历史的胜败最终是由人民决定的,正义必将战胜邪恶,新生必将战胜腐朽。历史文学创作就是借助历史理性之光,揭示现象背后的这些本质的东西。这样,艺术描写才能达到列宁所说的"深刻的本质"的层次,而对读者产生警世策人的重要影响。他对《李自成》的评价,就很好地体现这一思想。如在分析潼关南原大战时指出:李自成与崇祯虽力量悬殊,但由于彼此"顺应"或"违反"了历史潮流,因而就不可避免导致了后来的兴衰逆转。在谈及崇祯宫廷内部矛盾和不可救药的腐化无能时也表达了类似的思想,认为这样处理可让读者从中"看到明王朝的没落已成定局。这是历史发展的规律"。① 至于对卧薪尝胆剧作的研究,他更是突出强调人民的、正义的力量之对历史发展的决定性作用,并将它视为深刻的本质纳入精心构建的逻辑因果链中给予赞许或批评。茅盾有关深刻性的见解,今天看来某些地方也许不无偏颇;但总体而言是与马恩有关"历史活动是群众的事业",②"构成历史的真正的最后动力的动力,……是使广大群众,使整个的民族,以及在每一个民族中间又使整个阶级行动起来的动机"③的论述相吻合,应值得肯定。它实则反映了论者强烈的一种理性观。

当然,茅盾崇尚的理性不同于西方的理性观。后者是黑格尔历史哲学的核心观念之一:"哲学用以观察历史的唯一的'思想'便是理性这个简单的概念。是'理性'是世界的主宰,世界历史因此是一种合理的过程。"黑格尔所认定的"理性",包含有"宇宙的实体"及"宇宙的无限的权力"两重含义。④ 茅盾不大赞同这样的观点,他说:"唯理论把理性作为真正知识的唯一源泉,否认经验(感性知识)在认识过程中的必要性,而不知道经验是认识的第一阶段,就必然要把理性和经验分割,把概念和思维绝对化。因此,唯理论者认为真理是直接由理性获得的,真理之是否正确,不是靠实践和经验来证实,而要看我们的概念是否清晰和明确。也就是说,真理的标准不在理性之外,而在理性本身之中。因此,唯理论必然会走到没有具体内容的纯粹抽象的绝境。这是它的消

① 《关于长篇历史小说〈李自成〉》,上海文艺出版社 1979 年版,第 159—162 页。
② 马克思、恩格斯:《马克思恩格斯选集》第 2 卷,人民出版社 1965 年版,第 104 页。
③ 马克思、恩格斯:《马克思恩格斯选集》第 4 卷,人民出版社 1965 年版,第 245 页。
④ 〔德〕黑格尔:《历史哲学》,王造时译,上海世纪出版集团 2006 年版,第 8 页。

极的一面."①这番话较为确切地道出了茅盾对理性与感性的态度:他虽强调历史现象背后的历史本质,主张在现代思想统领下把握历史本质及其必然性;将理性放于极为重要的位置上;但同时又不忘"写实",要求作家深入历史,融进经验感受,在此基础上再进而由感性思维过渡到逻辑思维,进行合乎本质的深度写作。从这个意义上,茅盾所谓的深刻性已蕴涵了感性的成分,已与西方的理性原则有较大的区别,它是理性感性化与感性理性化的一种双向互融。明乎于此,我们也就不难理解为什么他的历史文学理论较之西方更为灵动,其深刻性的艺术观中蕴涵颇多的审美感知和直觉。显然,这是中国传统文化及其认知方式对他浸润和影响的结果。我们在探讨和总结茅盾历史文学理论时,对此有必要予以重视。

(本文与黄健合撰,载《中国现代文学研究丛刊》2009 年第 4 期)

---

① 茅盾:《夜读偶记》,《茅盾文艺论文集》(下),文化艺术出版社 1981 年版,第 824 页。

后　记

　　本书是从自己历年已发的 200 多篇文章中挑选出来的一个结集,共 35 篇。最早的一篇刊发在 1982 年年初,最晚的一篇则刊载于 2017 年年底,前后相隔 35 年,大多发表在《文学评论》、《文艺研究》、《文艺理论研究》、《中国现代文学研究丛刊》、《学术月刊》、《社会科学战线》、《浙江大学学报》等刊上。其中有三篇,刊于日本、韩国和中国台湾地区的杂志上,有六篇是与人合撰的(合撰者见合撰文章尾处)。借此机会,我要对这些刊物及合作者表示诚挚的感谢,因为其中也有他们付出的劳动。需要说明,这些文章,有的在发表时因刊物版面限制而作压缩处理,此次悉予恢复,并于文尾标注所载的刊物及其刊发的具体时间。行文的观点及表述维持原貌不变,只是个别文字,为避免不必要的歧义和重复,作了点技术处理。

　　当然,这不是说这些所选的文章都写得称心如意。其中有的,尤其是 20 世纪 80 年代所写的有的文章,站在今天的高度回望,可能还显得不无稚嫩,但它却反映了刚刚走出"文革"不久的那个时代的学术风尚和思维理念,构成了自己治学道路的不可或缺的一个环节。比如说本书所收的最早一篇文章——《评近年来的历史小说创作》(载《文学评论》1982 年第 2 期),尽管当时的《文学评论》将其置于该期的"头条",发表后反响也不错,被多家报纸转载,也尽管它是我从事学术研究的起点,对后来的研究尤其是建立自己的"根据地",从事历史小说研究产生了重要的影响,但其对历史小说思想性、真实性、艺术性的评价和解析,按照今天的观点来看似乎就嫌简单了,它没有自然也不可能将后来才有的现代主义和后现代主义有关思想艺术及真实观纳入视域。然而,因为它对我来说,是带有标志性和纪念性的,包括对自己,也包括对负责处理这篇文章的责编。所以,我还是不揣冒昧地将它选入。这一点,笔者在近期撰写的一篇短文《刻在心碑上的记忆——由 20 世纪 80 年代初给〈文学评论〉的一次投稿说起》(见中国社会科学院文学研究所编:《〈文学评论〉六十年纪念文汇》,社会科学文献出版社,2017 年 10 月版)中有具体的记叙,读者如有兴趣,不妨一阅。

由此及彼,我也深深地感到,新时期以降的中国当代文学,与其所在的整个当代中国社会及文化一样,发展和变化实在太大太快了,真可以用"瞬息万变"四个字来形容。面对这样的变化,作为研究者的我们,其所表现的蹒跚和迟滞也是显见的。可不是吗? 当我将几十年前的文章翻箱倒柜地找出来,再一次公之于众的时候,说实在,我不仅没有丝毫的沾沾自喜,相反,为自己的不才及其追踪性研究过程中留下的不甚成熟的文字感到不无汗颜。从这个意义上,展示自己过往的研究文字,是一件不容易的事情,有时甚至需要有一点儿勇气。

选本作为"以后视前"的一种言说方式,固然要充分尊重历史,从中隐含和体现从"前"到"后"的发展逻辑和运演轨迹,但就其精神指向而言,它不能不是针对当下现实的一种发言。因此,它属于现实的精神文化消费的范畴,借用克罗齐的话来说,大概就叫作"一切真实的历史都是当代史"吧。正是基于这样的事实和道理,笔者虽将本书的框架定为"文献史料的研治与阐释"、"文学历史的编写与反思"、"历史文学的理论与实践"三编即三个板块,且自以为这三个板块较好地反映和概括了自己 40 多年的治学理路和实践;但在具体编选时,我主要并不考虑它们各自所发文章的数量,而是更多着眼于彼此的均衡尤其是内容指向。也就是说,在注意选文代表性的同时,也注重选文本身的学术性,以及与当下学术的对接,尽可能反映和体现今天学术的时代性特点。就拿历史小说研究来说,它是笔者三大板块中数量最多,也是研究最早的一个部分。但为了更好地体现上述理念,就只选择了其中非常有限的几篇,而对文学史和文献史料方面的研究,在无形之中,当然也就作了放大的处理。从时间上看,这里所选的文章,较多集中在 20 世纪 90 年代以迄于今的近二十余年,而不是在 80 年代的新时期。这也可以说是"合历史合目的"的一种选择吧。

以前,我从未有过编选自选集的念想,总觉得以自己这样的身份和水平,在强手如林的浙大中文系是不甚合适的,更何况,自己的师辈们还没出呢? ——由此也可见浙大中文系谦慎的学术品格。此次中文系用"双一流"的经费,为至今还在岗工作的相关教师推出一套自选集丛书。我有幸忝列其中。所以,在颇感惶恐的同时,就动手编了这个选本。我们这代人,扛过枪,下过乡,经历过不少苦难。幸运的是赶上改革开放的好时机。所以,一俟走上学术之路,就青灯黄卷,颇有点"发愤之所作为"之味道,尽管因种种原因,知识学养等方面存在着历史性的欠缺。某种意义上,我们也是历史的一个"中间物",现在已到了淡出江湖或即将淡出江湖的时候了。"60后"至"80后"乃至"90后"学者的崛起,开始左右学界并进而对整体全局产生辐射影响,态势日益明显。"江山代有人才出",这是很令人欣喜的,也是对我们的一个很好的鼓励和鞭策。

现在我们所能做的,就是在老一辈学者引领和年轻一代学者的推动下,尽量将这个"中间物"的角色做得更好更到位。就我自己而言,就是希望在身体和状态尚可的情况下,还想继续研究一下,如果上苍假年,再试着勉力去爬一个小坡。

吴秀明

2017 年 12 月 15 日